ちくま学芸文庫

藤原定家全歌集　上

久保田 淳 校訂・訳

筑摩書房

目次

拾遺愚草　下

凡例

一、本書は藤原定家の家集『拾遺愚草』を中心として、現在知られる定家のすべての和歌の注釈を試みたものである。

一、『拾遺愚草』は宮内庁書陵部蔵冷泉為村書写本を底本とし、冷泉為臣編『藤原定家全歌集』所収自筆本、高松宮蔵自筆透写本（紙焼）、公益財団法人冷泉家時雨亭文庫編『冷泉家時雨亭叢書』第八・第九巻所収自筆本（影印）、名古屋大学蔵来田本（紙焼）その他を参照して、本文を作成した。

一、『拾遺愚草員外』は東京大学文学部国文学研究室本を底本とし、宮内庁書陵部蔵正徹奥書本、六家集板本、『冷泉家時雨亭叢書』第九巻所収中世写本（影印）他を参照して本文を作成した。

一、右以外の定家の作品はおおむね冷泉為臣編『藤原定家全歌集』の「拾遺愚草員外之外」並びに赤羽淑編著『藤原定家全歌集全句索引本文篇』の「定家歌集補遺」に従って排列し、歌番号も『藤原定家全歌集』によったが、それぞれの作品の本文は、可能な限りしかるべき資料と対照して新たに定めた。

一、1　私意により清濁を区別し、詞書に読点、返り点等を付した。

2　本文の仮名遣いは歴史的仮名遣いに統一し、また適宜漢字を宛てたが、底本の仮名表記をルビとして残すことにより、底本の表記に復元しうるように配慮した。
3　読み易さを考慮して新たに付したルビは（　）に入れて、底本の表記と区別した。
一、1　頭注には、一首の現代語訳、本歌、解釈上参考となる和歌・漢詩文その他、語釈、鑑賞のポイントなどをスペースの許す範囲内で掲げた。
2　頭注に収容しきれなかった注釈的な事項は補注に掲げた。
3　本歌、解釈上参考となる和歌・漢詩文その他は、それぞれ最も信憑しうる本文に拠るように努めたが、その表記は私意によって改めた。
4　本歌、解釈上参考となる和歌・漢詩句の番号は、『万葉集』に限り研究書で定着している松下大三郎・渡邊文雄編纂『国歌大観』により、勅撰集・『古今和歌六帖』『新撰朗詠集』は「新編国歌大観」編集委員会編『新編国歌大観』によった。『和漢朗詠集』の詩歌番号、『枕草子』の段数は、ともに日本古典文学大系本によった。
一、上巻には『拾遺愚草』上中下を収めた。下巻には『拾遺愚草員外』及び右以外の作品を収め、更に解説、藤原定家略年譜、歌枕地名一覧、和歌初句索引を付した。
一、本書を成すに際して、底本の翻刻をお許しいただいた宮内庁書陵部の関係者各位、『藤原定家全歌集』の歌番号、一部の本文の使用をお許しいただいた公益財団法人冷泉家時雨亭文庫に深くお礼申しあげる。

藤原定家全歌集　上

拾遺愚草　上

百首歌

初学　二見　円位上人　大輔　閑居
早率　二度　花月　十題　歌合
院　初度　同千五百番　内大臣家　建保三年
内裏　名所　院　建保四年　関白左大臣家　貞永元

已上千五百首

初学百首　養和元年四月

詠百首和歌　侍従

春廿首

1 いづる日のおなじ光に四方《よも》の海の浪にもけふや春はたつらむ

2 あさがすみへだつるからに春《はる》めくは外《と》山や冬のとまりなるらむ

3 鶯のはつねをまつにさそはれてはるけきのべに千世もへぬべし

4 雪《ゆき》の内にいかで折《お》らましうぐひすの声こそ梅のしるべなりけれ

5 梅花《(むめのはな)》こずゑをなべてふく風にそらさへ匂ふはるのあけぼの

6 なか〳〵によもににほへる梅花たづねぞわぶる夜半《(よは)》の木のもと

7 春《はる》雨のはれゆくそらに風ふけば雲《くも》とともにもかへる雁かな

8 春雨のしく〳〵ふればいなむしろ庭にみだるゝ青柳のいと

初学百首―治承五年（養和は七月十四日から）（一一八一）四月、定家二十歳の時の詠。「初学」の字より、最初に試みた百首歌と思われる。組織・歌題はおおむね『久安百首』に同じ。

1　立春の今朝、日の出の光はいつもと同じだが、それとともに四海にも、春がやってきたのであろう。参考「月影はおなじ光の秋の夜をわきて見ゆるは心なりけり」（後撰・秋中・三二六　読人不知）○たつ―「浪」の縁語。▽百首歌の最初の歌では立春を歌うのが普通。ここでは海上の立春を歌う。

2　朝霞が外山（里近い山）を立ち隔てると共に春めいてきた。外山は冬の行き着く所なのだろうか。本歌「年ごとにもみぢ葉流す竜田川みなとや秋のとまりなるらむ」（古今・秋下・三一一　貫之）

3　鶯の初音を待っていたが、子の日の松に誘われて、遥かな野辺にやってきた。松の緑にあやかって、ここで千年も経ってしまいそうだ。本歌「いつまでか野辺に心のあくがれむ花し散らずは千代もへぬべし」（古今・春下・九六　素性）「鶯の鳴きつる声にさそはれて花のもとにぞわれは来にける」（後撰・春上・三五　読人不知）、参考「鶯声誘引来二花下一」（和漢朗詠・鶯・六七　白楽天）○はつねをまつに―「初音を待つ」と「初子を松」とを掛ける。初子は初子の日（新年最初の子の日）。この日、野に出て小松を曳き、常磐の松にあやかり長寿を祈るのが、子日（ねのひ）の行事。○はるけき―「千世」の縁語。

4　雪の中で白梅をどうやって見分けて折ろうか。そうだ、鶯の声をたよりに見分けたらよいのだ。参考「花の香を風のたよりにたぐへてぞ鶯さそふしるべにはやる」（古今・春上・一三　友則）▽雪中梅に鶯を取り合せた。

5　梅の花の梢をおしなべて吹く風のために、空さえ馥郁と匂っている。美しい春の曙。参考「花の色にあまぎる霞たちまよひ空さへにほふ山桜かな」（永承五年六月祐子内親王家歌合　長家）

6　なまなか四方に芳香が充ち満ちているものだから、夜目指す梅の木の下に辿りつくのは難しい。梅の木を尋ねあぐんで、わたしは春の夜をさまよう。ちょうど恋人を尋ねるように。参考「春の夜の闇はあやなし梅の花色こそ見えね香やは隠るる」（古今・春上・四一　躬恒）○なか〳〵に―なまじっか。

7　春雨が晴れてゆく空に風が吹くと、飛ぶ雲と共に雁が北の故郷に帰ってゆく。▽風は雨が上がる時に吹くとされる。その風に乗じて帰る雁を歌う。

8　春雨がしきりに降ると、庭には日一日と青さを増した柳が、糸を乱したように枝を垂れている。参考「春雨のしくしく降れば山も野もみなおしなべて緑なるかな」（堀河百首・春雨　藤原顕仲）→補注。

9 吉野《よしの》山たか木のさくらさきそめて色たちまさる峯のしら雲

10 花ゆゑ《へ》に春はうき世ぞを《お》しまるゝおなじ山ぢにふみまどへども

11 いにしへの人に見せばやさくら花誰もさこそは思ひお《を》きけめ

12 あづさ弓春は山ぢもほどぞなき花の匂ひをたづね入《（いる）》とて

13 年をへておなじ梢にさく花のなどためしなきにほひなるらむ

14 都《みやこ》べはなべてにしきとなりにけりさくらを折らぬ人しなければ

15 中〱にを《お》しみも留《と》めじわれならで見る人もなきやどのさくらは

16 風ならで心とを散《ち》れさくら花うきふしにだに思ひお《を》くべく

17 春の野にはなるゝこまは雪とのみちりかふ花に人やまどへる

18 みなかみに花やちるらむ吉野《よしの》山にほひをそふるたきの白いと

19 お《を》しなべて峯のさくらやちりぬらむ白たへになる四方《よも》の山かぜ

20 うらみてもかひこそなけれゆく春のかへる方《かた》をばそことしらねば

9　吉野山地の高城（たかき）山の丈高い桜木が咲き始めて、峯に立つ白雲の色も、前より一層引立ってきた。参考「み吉野の高城の山に白雲は行きはばかりてたなびけり見ゆ」（万葉・巻三・三五三　通観）「桜花咲きぬる時は吉野山立ちも昇らぬ峯の白雲」（金葉・春・四七　顕季）→補注。

10　花を見たいばかりに、春はこの憂き世が惜しまれる。世を遁れた人と同様、山路を踏み迷うのだけれども。

11　このみごとな花を古人に見せたい。今までの誰も、そのように思ってきたのだろうか。

12　春の山路は道のりも余りないように感じられる。花の匂いを尋ねて分入り、すっかり花に気を取られているからだ。○あづさ弓―「弓」の縁語「張る」から、「春」に掛る枕詞。○たづね入―「入（る）」に、「射る」（「あづさ弓」の縁語）を掛ける。

13　何年経っても同じ梢に咲く花が、どうして例のない美しさなのだろう。参考「年をへて同じ桜の花の色を染めますものは心なりけり」（治承二年三月十五日賀茂別雷社歌合・花・二一番左勝　公時、相手は定家）

14　都はおしなべて錦となってしまった。桜を手折って都大路を歩かない人はないから。本歌「見わたせば柳桜をこきまぜて都ぞ春の錦なりける」（古今・春上・五六　素性）▽「ももしきの大宮人はいとまあれや桜かざしてけふもくらしつ」（和漢朗詠・春興・二五　赤人）という風情を歌う。

15　なまなか惜しんで散るのを引留めることはよそう。私以外に見る人とてない、わが家の桜は。本歌「見る人もなき山里の桜花ほかの散りなむのちぞ咲かまし」（古今・春上・六八　伊勢）▽自分以外に見る人がいないのは、自分が世間から見捨てられて、訪問客もないから。

16　風のせいでなく、勝手気ままに散れ、桜花よ。お前が私の気持も解さず、つらかったということだけでも憶えておこうから。→補注。

17　春の野辺に、手綱を放れた駒がいる。雪のように散りかう花のために、飼主が見つけられないのだろうか。→補注。

18　水上に花が散るのだろうか。吉野山に落ちる滝の白糸は、いつもの白さにさらに美しい色を添えている。→補注。○にほひ―ここでは美しい色どりと見る。

19　一面に峯の桜が散るのだろうか。あたりを吹く山風は白妙になった。

20　恨んでも甲斐がない。春の帰る方角はどこそこと分らないから。参考「花散らす風のやどりはたれか知るわれに教へよゆきて恨みむ」（古今・春下・七六　素性）

夏十首

21 を《お》しむにも心なるべき袂さへ花のなごりはとまらざるらむ
22 卯花《(うのはな)》に夜のひかりをてらさせて月にかはらぬ玉川のさと
23 とゞめお《を》きし移《うつ》り香《が》ならぬ橘にまづこひらるゝほとゝぎすかな
24 橘の花ちる風にあらねどもふくにはかを《ほ》るあやめ草哉
25 五月《(さつき)》やみくらぶの山のほとゝぎすほのかなるねににる物ぞなき
26 すぎぬるをうらみははてじ郭公《(ほととぎす)》なきゆくかたに人もまつらむ
27 さみだれにけふも暮《(くれ)》ぬるあすか川いとゞふちせやかはりはつらん
28 五月雨《(さみだれ)》にみづなみまさるまこも草みじかくてのみあくる夏の夜
29 そま河やうきねになるゝいかだしは夏の暮こそすゞしかるらめ
30 夏の日の入《い》る山みちをしるべにて松の梢に秋風ぞふく

21　春を惜しむ心を表わそうにも、衣がえをして、今は袂にも花のなごりはとどまっていないのであろう。▽四月一日の更衣の心を詠む。

22　卯月の闇夜を真白な卯花に照らさせて、月が出ているのと変らない、玉川の里よ。参考「見わたせば波のしがらみかけてけり卯花さける玉川の里」（後拾遺・夏・一七五　相模）○卯花―ウツギの花。旧暦では四月頃咲く。

23　時鳥がとどめておいた移り香ではないのだが、（ちょうどそのように）橘のよい香りをかぐと、まず時鳥のことが恋しく思い出される。↓補注。▽ほととぎすを恋人のように歌うのは、和歌での常套的発想。

24　橘の花を散らす風ではないけれども、風が吹くにつれ、軒に葺いた菖蒲が、橘と思い誤るようなよい香りを漂わす。○ふく―「吹く」と「葺く」の掛詞。○あやめ草―ショウブ。サトイモ科。五月五日端午の節句にその葉を軒に葺き、邪気を払う。

25　五月闇、暗部山に鳴く時鳥のほのかな声は、似るものもなく趣がある。↓補注。

26　時鳥が我が宿を鳴き過ぎていったのを、いつまでも恨んでいるのはよそう。鳴きながら飛んでいった方向に、待っている人もいようから。本歌「ほととぎすなが鳴く里のあまたあればなほうとまれぬ思ふものから」（古今・夏・一四七　読人不知）

27　さみだれがおやみなく降るうちに、今日も暮れた。ふだんでも淵瀬が変りやすい飛鳥川は、この雨で明日から一層淵瀬のありかが変ってしまうだろう。本歌「世の中は何か常なる飛鳥川昨日の淵ぞ今日は瀬になる」（古今・雑下・九三三　読人不知）

28　さみだれのために水波が高くなりまさり、水面に生えている真菰も短く見える。そして、夏の夜もしだいに短く、明け易くなった。参考「さみだれに沼の岩垣水こえて真菰刈るべき方も知られず」（金葉・夏・一三五　師頼）▽水郷のさみだれを歌う。

29　杣木を下す川で、筏の上の仮寝に馴れている筏師は、夏の暮にはさぞ涼しいことだろう。参考「杣川の筏の床の浮き枕夏は涼しきふしどなりけり」（詞花・夏・七六　好忠）○そま河―杣木（杣山から伐り出した材木）を筏などに組んで流し下す川。固有名詞ではない。

30　夏の陽の沈む西の山道をたよりとして、松の梢に早くも秋を思わせる風が吹く。○しるべにて―目印として。「山みち」の縁でいう。

秋廿首

31 お《を》しなべてかはるいろをばお《を》きながら秋をしらする荻の上風

32 うらみをやたちそへつらむたなばたの明《あ》くればかへる雲の衣に

33 風ふけばえだもとをゝにお《を》く露のちるさへを《お》しき秋萩《はぎ》の花

34 をみなへし露ぞこぼるゝおきふしに契りそめてし風や色なる

35 露ふかきはぎの下葉に月さえて小鹿(をじか)なく也秋の山ざと

36 月《つき》かげをむぐらの門《かど》にさしそへて秋こそきたれとふ人はなし

37 勅撰 天のはらおもへばかはる色もなし秋こそ月の光なりけれ

38 秋《あき》の夜のかゞみと見ゆる月かげは昔のそらをうつす也けり

39 うきぐものはるればくもる涙かな月見るまゝの物がなしさに

40 露の身はかりのやどりに消(きえ)ぬとも今夜の月のかげはわすれじ

41 心こそもろこしまでもあくがるれ月はみぬ世のしるべならねど

31　おしなべてやがて黄に変る草木の色はさて措き、まず秋の訪れを知らせる、荻の上葉を吹く風よ。○荻の上風―荻の上を吹く風。「荻の下露」と共に、秋の訪れをいち早く告げるものとされる。

32　牽牛・織女は、七夕の夜の明けると共に、別れ別れに帰ってゆく。二人の着る雲の衣は、尽きせぬ恋の恨みという裏を加えて、裁ち縫いされているのだろうか。参考「たなばたは雲の衣を引き重ね返さで寝るや今宵なるらむ」（後拾遺・秋上・二四一　頼宗）○うらみ―「恨み」に「衣」の縁語「裏」を掛ける。○たちそへつらむ―接頭語「立ち」に「衣」の縁語「裁ち」を掛ける。

33　風が吹くと、萩の花が散るのはもとより、その枝もたわわに置いた露が散るのさえ惜しい。参考「風吹けば玉散る萩の下露にはかなく宿る野べの月かな」（続詞花・秋上　忠通）

34　女郎花の露がこぼれる。彼女（女郎花）が、起臥しに契り初めた風（男）は浮気なので、それを嘆く涙なのだろうか。○をみなへし―オミナエシ。秋の七草の一。女に譬えることが多い。○契りそめ―「そめ」は「色」と縁語。

35　秋の山里では、露深い萩の下葉に月の光が冴えて、牝鹿を求める牡鹿の悲しげな鳴声が聞えてくる。参考「牡鹿鳴く秋の山里いかならむ小萩が露のかかる夕暮」（源氏物語・椎本　匂宮）

36　むぐらの生い茂った門に射す月の光を添えて、秋は訪れてきたけれど、尋ねて来る人はいない。○さしそへて―「さし」は月かげが「射し」に門を「鎖し」を響かせる。▽侘人の家に訪れた秋を歌い、述懐（愚痴）の意を籠める。↓補注。

37　思えば、空にはこれと変った色もない。が、月の光こそは秋の色なのだ。参考「春水満㆓四沢㆒、夏雲多㆓奇峯㆒、秋月揚㆓明暉㆒、冬嶺秀㆓孤松㆒」（陶淵明集・巻三　四時）▽早く『拾遺愚草抄書』が「秋月揚明輝のこゝろ也」という。諸橋轍次『大漢和辞典』は四時詩の作者を陶潜としつつ、一説に顧愷之の詩の一部分が陶潜の集に誤入したという。

38　さながら秋の夜の鏡と見えるまどかな月は、昔の空を映し出すのだった。参考「くまもなき鏡と見ゆる月影に心うつらぬ人はあらじな」（金葉・秋・二〇五　長実）

39　浮雲が晴れると、反対に月は涙に曇る。月を見ていると物悲しさに流れる涙で。本歌「さやかにも見るべき月をわれはただ涙に曇るをりぞ多かる」（拾遺・恋三・七八八　中務）

40　露のようにはかないこの身は、この世での仮の宿に消えてしまうとしても、今夜の美しい月の光を忘れることはないだろう。

41　月を見ていると、心は遠く大唐の昔のことまでもあこがれる。べつに、月が見ぬ古の道しるべというわけではないけれど。参考「遥かなるもろこしまでもゆくものは秋の寝覚めの心なりけり」（千載・秋下・三〇二　大弐三位）

42 ふす床をてらす月にやたぐへけむ千里《(ちさと)》の外《(ほか)》をはかる心は

43 塩釜《しほがま》のうらの浪かぜ月さえて松こそ雪の絶間《ま》なりけれ

44 秋の夜は雲ぢをわくる雁がねのあとかたもなく物ぞかなしき

45 身《み》にかへて秋やかなしき蛬《(きりぎりす)》よな〳〵こゑををしまざるらむ

46 露ながら折《お》りやお《を》かまし菊《きく》の花しもにかれては見るほどもなし

47 咲《さ》きまさるくらゐの山の菊のはなこき紫に色ぞうつろふ

48 もみぢせぬときはの山にやども哉《(がな)》わすれて秋をよそにくらさん

49 もみぢばは映《うつ》るばかりにそめてけりきのふの色を身にしめしかど

50 ひゞきくるいりあひのかねも音絶《をと(たえ)》ぬけふ秋風はつきはてぬとて

冬十首

51 はれくもるそらにぞ冬もしりそむる時雨は峯の紅葉のみかは

52 千載 冬きてはひと夜ふたよを玉篠《(ざさ)》の葉《は》分《わけ》の霜《しも》のところ狭《せ》きまで

42　千里もの遠くにいる懐しい人を思いやるわが心は、こうして私が臥している床を照らす月の光と共に届いたのだろうか。参考「三五夜中新月色　二千里外故人心」(和漢朗詠・十五夜付月・二四二　白楽天)○たぐへけむ—…と共に行ったのだろう。…に伴ったのだろう。

43　塩釜の浦の浪風に月の光が白く冴えて、あたかも雪が降り積ったよう。そして、島々の松がその雪のとぎれめとなっている。参考「白河の春の梢を見渡せば松こそ花の絶え間なりけれ」(詞花・春・二六　俊頼)「曇りなき山にて海の月見れば島ぞ氷の絶え間なりける」(山家集・下)

44　空を分けて行く雁の飛翔した跡が見えないように、秋の夜はわけもなく物悲しい。

45　きりぎりすにとって、秋は命と引替えるほど悲しいのだろうか。だから、毎晩声を惜しまず鳴いているのだろう。○蛬—「きりぎりす」と読むが、今のコオロギのこと。

46　菊の花を露ごと折っておこうか。霜枯れてしまったら、殆ど見る間もないから。本歌「露ながら折りてかざさむ菊の花老いせぬ秋の久しかるべく」(古今・秋下・二七〇　友則)

47　位の山の菊の花は咲きまさり、濃紫に色映えている。位階高い人々の袍の色を思わせて……。○くらゐの山—飛騨国の歌枕。位階の比喩に用いられる。

48　紅葉しない常磐木の山に宿があったらよいなあ。秋を忘れて、秋思を無関係なものとして暮らそうに。本歌「もみぢせぬ常磐の山は吹く風の音にや秋を聞きわたるらむ」(古今・秋下・二五一　淑望)

49　昨日までの青葉の色を身にしめていたけれど、もみじは、色が映るほどに深い紅に、山々を染めてしまった。↓補注。

50　響いてくる入相の鐘の音も絶えてしまった。九月尽の今日、秋風は尽き果てたというので。↓補注。○いりあひのかね—日没時を告げる鐘。○つきはてぬ—「尽き」に、「鐘」の縁語「撞き」を掛ける。

51　時雨は峯の紅葉を染めるだけではない。晴れたり曇ったりして、空にも冬の訪れを知らせる。○はれくもる—底本「はれくもり」、自筆本・書陵部五〇一・五一一本等により改める。▽時雨によって初冬を知るのは「神無月降りみ降らずみ定めなき時雨ぞ冬のはじめなりける」(後撰・冬・四四五　読人不知)以来の伝統。

52　冬が来てからまだ一夜一夜だというのに、玉笹のそれぞれの葉に分けて置いた霜は、窮屈なくらい真白だ。参考「朝日さす光を見ても玉笹の葉分の霜を消たずもあらなん」(源氏・藤袴　兵部卿宮)○ひと夜ふたよ—「夜」に「篠（ささ）」の縁語「節（よ）」を掛ける。○葉分の霜—一枚一枚の葉に分配するように置いた霜。

53 かずしらずしげるみ山のあをつゞら冬のくるにはあらはれにけり

54 しぐるゝも音《をと》はかはらぬ板間《いたま》より木のはは月のもるにぞありける

55 池水にやどりてさへぞを《お》しまるゝ鴛鴦《をし》のうきねにくもる月かげ

56 とも千鳥なぐさの浜《はま》の浪風にそらさえまさる在明の月

57 音《をと》たえずあられふりお《を》く篠《(ささ)》の葉《は》のはらはぬ袖をなにぬらすらん

58 ふみわくる道ともしらぬ雪の内にけぶりもたゆる冬の山ざと

59 花をまち月ををしむと過ぐしきて雪にぞつもる年はしらるゝ

60 つらゝゐるかけひの水はたえぬれどを《お》しむに年のとまらざるらむ

恋廿首

61 如何《(いかに)》せむ袖のしがらみかけそむる心のうちをしる人ぞなき

62 これやさはそらに満《み》つなる恋ならむ思《(おもひ)》たつよりくゆるけぶりよ

63 袖のうへはひだりもみぎもくちはてて恋はしのばむかたなかりけり

53　無数に生い茂っている深山の青つづらも、冬が来ると、枯れて、あらわになってしまった。参考「なき名のみたつたの山の青つづらまたくる人も見えぬ所に」(拾遺・恋二・六九九　読人不知) ○青つづら―蔓でからみつく植物を漠然という。○くる―「来る」に「繰る」(「青つづら」の縁語)を掛ける。

54　時雨の降る音が続いていると思った葺板の隙間から、月の光が洩れてきた。あれは木の葉の降る音だったのだ。○もる―「しぐるゝ」の縁語。

55　冬の月は、池の水面に宿ってさえ惜しいと思われる。鴛鴦鳥の浮寝のために月影が曇るので。▽「をし」「鴛鴦」と同音反復。

56　友千鳥が鳴く名草の浜の浪風に、空に掛っている有明の月は、いっそう冴える。

57　篠の葉に絶えずばらばらと音を立てて、霰が降り置く。そして、私の袖にも。霰を払ったりしないのに、何が袖を濡らすのだろう。それは心細さにこぼれる私の涙だ。

58　踏分けて訪う道はどことも分らない、雪の中に住む人の柴を折り焚く煙も絶えてしまった、冬の山里の寂しさ。↓補注。

59　春は花を待ち、秋は月を惜しむといって、うかうかと過してきた。冬、雪が降り積るのによって、わが身に積る年は知られる。

60　筧の水は止まってしまい、つららが下っているが、いくら行く年を惜しんでも、流れる年は停まってはくれないだろう。

61　どうしよう、初恋の心が顕れないように涙を塞く袖のしがらみを掛け初めた私の心の中を知る人はいない。参考「いかにせむいはぬ色なる花なれば心のうちを知る人ぞなき」(狭衣物語・巻一　狭衣大将)「涙川おつる水上早ければ堰きぞかねつる袖のしがらみ」(拾遺・恋四・八七六　貫之) ▽自分の恋心が相手の人に知られないことを嘆く心。

62　では、これが空に充ち満ちるという恋なのであろう。思い初めてからというものは、思いの火は煙を立ててくすぶり燃えている。↓補注。○思―「思ひ」に「火」(「くゆるけぶり」の縁語)を掛ける。

63　袖は左も右も、涙のために朽ちてしまって、恋心を忍び隠す方法もない。参考「うしとのみひとへに物は思ほえでひだりみぎにも濡るる袖かな」(源氏物語・須磨　光源氏)

64 もろこしの吉野《よしの》の山のゆめにだにまだみぬ恋にまどひぬる哉

65 いかにしていかにしらせむともかくもいはばなべての言《こと》のはぞかし

66 日にそへて益田《ますだ》の池のつゝみかねいひ出《いづ》とてもぬるゝ袖かな

67 夢の内にそれとて見えし俤《おもかげ》をこのよにいかで思《おもひ》あはせむ

68 須磨《すま》のうらのあまりももゆる思ひ哉しほやく煙人はなびかで

69 あづさ弓まゆみつき弓つきもせず思《おもひ》いれどもなびく世もなし

70 ちつかまでたつる錦木《にしきゞ》いたづらにあはで朽《くち》なん名こそ惜《をし》けれ

71 はかなくてすぐる此世《このよ》と思《おもひ》しはたのめぬほどの日数なりけり

72 さ夜衣わかるゝ袖にとゞめお《を》きて心ぞはてはうらやまれぬる

73 君《きみ》がためいのちをさへもを《お》しまずはさらにつらさをなげかざらまし

74 むすびけん昔ぞつらき下紐の一夜とけける中の契りを

75 憂《う》しとてもたれにか問《と》はむつれなくてかはる心をさらばをしへよ

64　唐土の吉野の山の夢にも見たことのないような、ふしぎにあやしい恋に惑う。本歌「もろこしの吉野の山に籠るとも遅れむと思ふわれならなくに」（古今・雑体・誹諧歌・一〇四九　時平）○もろこしの吉野の山―現実にありえない山。ただし作者は商山四皓の商山などをイメージに描いているか。

65　あの人に、この思いを、どのようにして、どう知らせたらよいのだろうか。好きだとも、愛しているとも、言ってしまえば当り前の言葉にすぎないのだ。→補注。

66　日が経つにつれて恋心は増して、とうとう包みきれず、あなたに初めてわが思いを打ち明けるにつけても、袖は涙で濡れます。まるで、堤の切れた益田の池のように。○益田の池―「増す」を掛ける。○いひ出とても―「いひ」は「言ひ」に池水を調節する樋の「樋（いひ）」（「池」、「つゝみ」の掛詞「堤」の縁語）を掛ける。「池水のいひ出づることの難ければ水隠（みごも）りながら年ぞ経にける」（後撰・恋四・八九〇　敦忠）

67　夢の内に、これが恋人だと見えた人の面影を、この世で何とかして、あの人だったと思い合せたい。○思あはせむ―「あはせ」は「夢」の縁語。→補注。

68　あの人は、私の意に従わない。恋心は、須磨の浦の海人の焚く、藻塩の煙が、風に靡かずに空に立昇るよう。余りにも燃えさかる我が思いよ。本歌「須磨の海人の塩焼く煙風をいたみ思はぬ方にたなびきにけり」（古今・恋四・七〇八　読人不知）○あまりも―「海人」を掛ける。○思ひ―「火」を掛ける。

69　幾年も経って、尽きせず思い込んでいるけれども、あの人が靡く時はやってこない。○あづさ弓まゆみつき弓―「つきもせず」を起す序。○思いれども―「入れ」と「射れ」（「弓」の縁語）の掛詞。○なびく―「弓」の縁語「引く」を掛ける。→補注。

70　恋の成就を祈って千束までも錦木を立てたが、効果はない。このまま恋人と会わず、私も死に、立てた錦木も朽ちてしまうとしたら、亡き後の不名誉な評判は残念だ。→補注。

71　この世は月日がはかなく過ぎてしまうと思っていたのは、あの人が会おうとあてにさせないうちのことだった。あのように約束した後は、日の経つのが何と遅いことか。

72　あの人と後朝（きぬぎぬ）の別れをした時、その袖に我が心を留めておいてきたので、ついにはその我が心までが羨ましくなってしまう。→補注。▽後朝の別れの後の男の心。

73　恋しいあなたのためにわが命までも惜しまず、死んでしまったならば、今になってさらさらあなたの薄情さを嘆くこともなかったでしょう。本歌『君がためをしからざりし命さへ長くもがなと思ひけるかな』（後拾遺・恋二・六六九　義孝）

76 つらきさへ君がためにぞなげかるゝむくい《ひ》にかゝる恋もこそすれ

77 もろともに猪名《ゐな》のさゝはら道たえてたゞふく風の音《をと》にきけとや

78 思い《(おもひ)》でよ末《すゑ》の松山すゑまでも浪こさじとは契らざりきや

79 こひわたる佐野《さの》のふなはしかけたえて人やりならぬねをのみぞなく

80 如何にせむうきにつけてもつらきにも思ひやむべき心地こそせね

雑廿首

神祇

81 春日《かすが》山谷のふぢなみたちかへり花さく春にあふよしもがな

82 おもひのみ大原野《おほはらの》べに年へぬるまつことかなへ神のしるしに

釈教

83 ながれきてちかづく水にしるき哉まづひらくべきむねの蓮《(はちす)》は　法師品

84 うき世にはうれへの雲のしげければ人の心に月ぞかくるゝ　寿量品

85 さだめけるほとけの道をしるべにて今はうきよにまどはずもがな　神力品

74　下紐が或る夜解けたばかりに、打解けてあの人と契りを結んだ、昔のことがつらく思われる。→補注。▽女の心で詠む。

75　つらいからといってあなた以外の誰に尋ねたらよいのでしょうか。薄情で変る心を、それでは教えて下さい。参考「さりとてはたれにかいはむ今はただ人を忘るる心教へよ」（詞花・恋下・二六七　読人不知）

76　あなたが私に対してつらいことさえ、あなたのために嘆かれる。私も先の世で、誰かにつらく当った報いで、このような苦しい恋をしているのだから。→補注。

77　嘗て一緒にいた二人なのに、すっかり交際もと絶えて、あなたはただ風の便りに噂を聞けというのですか。本歌「有馬山猪名のささ原風吹けばいでそよ人を忘れやはする」（後拾遺・恋二・七〇九　大弐三位）→補注。

78　思い出してもみよ。遠い先までも、末の松山を引合いに出して、心変りはするまいと約束しなかっただろうか。→補注。

79　あの人を恋し続けているけれども、佐野の船橋を架ける術も尽きて（連絡の方法もなく）、他人のせいではなく、声を出して泣いている。→補注。

80　どうしよう。あの人がつらいにつけても、この恋心をやめようという気持にはなれない。→補注。

81　春日山の谷底に生える藤のように、藤原氏の下っぱである我が一門が、昔に立帰り、花咲く春に逢うことができたらなあ。参考「三千年（みちとせ）になるてふ桃の今年より花咲く春にあひにけるかな」（拾遺・賀・二八八　躬恒）

82　希望ばかり多く抱きながら、幾年も経っています。大原野の神よ。神の霊験として、この社頭に年経た老松のように長らく私の期待していること（昇進）を叶えて下さい。

83　渇きを癒そうとしている私の方に流れ近づいてくる水によって、はっきりと分る。まず我が胸の中の蓮花が開くであろう（道心がきざすであろう）ということは。▽「決定知近水」の句の心を詠む。→補注。

84　この憂き世には、愁いが雲のごとく事繁くあるので、愚かな衆生のために、月は一旦隠れた（釈尊は涅槃に入った）と見せかけるのだ。▽「常在霊鷲山」の句の心を詠む。→補注。

85　仏様が決めて下さった教えの道をたよりとして、今は憂き世で迷うことなく、悟りの世界に入りたい。▽「是人於仏道　決定無有疑」の句の心を詠む。→補注。

86 身にしめてかきお《を》く法《(のり)》の花の色のふかさあささ《、》はしる人もなし　薬王品

87 きゝはつる花のみのりのすゑにこそさだめお《を》きける身ともしりぬれ　勧発品

無常

88 ながめてもさだめなき世のかなしきは時雨にくもるありあけの空《そら》

89 水のうへに思《(おもひ)》なすこそはかなけれやがて消《(きゆ)》るをあわ《は》と見ながら

別

90 千載 わかれても心へだつなたび衣いくへかさなる山ぢなりとも

旅

91 つく〴〵とねざめてきけば浪まくらまだ小夜《さよ》ふかき松風のこゑ

92 ゆきかへるゆめぢをたのむ宵ごとにいや遠ざかる宮こかなしも

93 たつたびに心ぼそしや藻塩《もしほ》やくけぶりはたびのいほりならねど

94 ゆきかへりたびのそらには音《ね》をぞなく雲井の雁をよそに見しかど

95 たびのそら姨捨《をばすて》山の月かげよすみなれてだになぐさみやせし

86　この仏法の精華である法華経を一生懸命書写する功徳の深さ浅さは、当の仏様の知恵でも量り知れないと言われるほどだから、まして知ることができる人はいない。▽薬王菩薩本事品では「於一切諸経法中、最為第一。…書経中王」と説く。↓補注。

87　釈迦如来が法華経を説法されたのをうかがって、釈尊入滅の後にも成仏すると決められていた身であると知ることができた。▽普賢菩薩勧発品の末尾「仏説是経時、普賢等、諸菩薩、舎利弗等、諸声聞、及諸天竜、人非人等、一切大会、皆大歓喜、受持仏語、作礼而去」の心を詠む。↓補注。

88　じっと眺めていると、有明の月の懸っていた空は、たちまち時雨に曇ってしまった。このように定めないこの世は悲しい。参考「ひとり寝の涙や空にかよふらむしぐれに曇る有明の月」（千載・冬・四〇六　忠通）

89　結んではすぐ消えてしまうのは泡であると見ながら、それを単に水の上のこととあえて思おうとするのは、はかない。それは人生そのものなのだ。参考「ここに消えかしこに結ぶ水の泡の憂き世にめぐる身にこそありけれ」（千載・釈教・一二〇二　公任、維摩経十喩、此身如水泡の心）

90　今別れても、心に隔たりを作らないで下さい。これから幾重も重なる山路を越え、遠く隔って長い旅を続けて行かれるとしても。参考「白雲の八重にかさなるをちにても思はむ人に心へだつな」（古今・離別・三八〇　貫之）○へだつな―「へだつ」は「たび衣」の縁語。○いくへ―衣は重ねるものだから「たび衣」の縁語。

91　つくづく寝覚めて聞くと、枕元には浪の音と松風の声が響いてきて、まだ夜は深い。▽海辺の旅寝の心。

92　毎晩、夢の中では旅から都へ帰ると見て、それをあてにしているが、実際にはいよいよ都が遠くなるのは悲しい。本歌「蘆辺より雲居をさしてゆく雁のいや遠ざかるわが身かなしも」（古今・恋五・八一九　読人不知）

93　藻塩を焼く煙は、立昇るたびに心細く思われる。旅人が仮庵で焚く煙ではないのだが、それを思わせて。

94　行きも帰りも、旅路にあって声を出して私は泣く。空を行く雁を関係のないものとして見たが……。参考「物へまかりける道にて雁のなくを聞きて　能宣　草枕われのみならず雁がねも旅の空にぞなきわたるなる」（拾遺・別・三四五）

95　旅にあって、姨捨山の月影を見た。この寂しい光景は、この地に住み馴れても慰みとなったことだろうか。本歌「わが心慰めかねつ更級や姨捨山に照る月を見て」（古今・雑上・八七八　読人不知、大和物語・一五六段）○すみ―「住み」に「澄み」を響かせる。

祝

96 きみが世は峯にあさひのさしながらてらす光のかずをかぞへよ

97 わがきみのみよとこたへむ世中《(よのなか)》にちとせやなにと人もたづねば

物名

さしぐし　日かげ

98 神山にいくよ経《へ》ぬらむさか木ばのひさしくしめをゆひかけてける

はんぴ　したがさね

99 すが枕おもはむ人はかくもあらじたがさねぬ夜《よ》にちりつもるらん

半臂《ノ》字不レ可レ然《カラル》。初学已《ニ》披露、雖《モ》レ不《ト》レ可《カラ》二直《シ》改《ム》一、後学可レ存《シズ》。

とことはにひとすむとこは、如《ク》レ此《ノ》可《シ》レ詠《ズ》。

述懐

100 三《み》笠《かさ》山いかにたづねむ白《しら》雪のふりにしあとはたえはてにけり

96　我が君の代は、山の峯に朝日が射しながら照らす、その光の数を数えて、それだけ続くと知ってほしい。参考「君が代は限りもあらじ三笠山峯に朝日のささむかぎりは」（金葉・賀・三二五　匡房）

97　世間で千歳とは何だと、もし人が尋ねたなら、それは我が君の御代の数だと答えよう。

98　榊の葉に、長いこと占縄を結び掛けている。いったい神山で幾代経ったのだろう。○さしぐし―挿櫛。飾りとして髪に挿す。五節の頃、人に贈る習慣があった。○日かげ―日蔭。ひかげのかずら。美しい緑なので、神事の際冠の掛物にした。後には青い組紐で代用した。

99　私以外の誰が、夜も眠れないほど懊悩して、菅の枕に塵が積ることだろう。私の愛する人は、これほどのことはあるまい。○はんぴ―半臂。束帯を着る時、袍と下襲との間に着る、短い装飾的な衣。「半臂はさせる用なき物なれど、飾りとなる物なり」（無名抄）○したがさね―下襲。束帯の時、袍・半臂の下に着る。背後の裾を長くして、袍の下に出す。○さねぬ―「さ寝ぬ」。「さ」は接頭語。→補注。

100　どうしたら三笠山に昇る方法を尋ねることができるだろう。昔の道筋は白雪が降って埋もれてしまった。（どのようにしたら近衛職で栄達することができるだろう。我が家門の人々が近衛の栄職に就いた伝統はすっかりとだえてしまった。）○白雪の―「ふりにし」を起す有心の序。○あと―「雪」の縁語。

二見浦百首　文治二年　円位上人勧二進之一

侍従

詠百首和歌

春廿首

101 吉野《よしの》山かすめるそらをけさ見れば年は一夜のへだてなりけり

102 道たゆる山のかけはし雪消《(きえ)》て春のくるにもあとは見えけり

103 なにとなく心ぞとまる山の端《は》にことし見初《(そむ)》る三日月のかげ

104 春きぬとかすむけしきをしるべにて梢につたふ鶯のこゑ

105 雪きえてわかなつむ野《の》をこめてしも霞のいかで春をみすらむ

106 枯《か》れはれし草のとざしのはかなさも霞にかゝる春の山ざと

107 風かを《ほ》るをちの山ぢの梅花《(うめのはな)》いろにみするは谷のした水

108 梅《むめ》の花したゆく水のかげみれば匂ひは袖にまづうつりけり

二見浦百首―文治二年（一一八六）、西行が寂蓮・隆信・公衡・定家・家隆・慈円らに勧進した百首歌。現在まとまった形では伝わらない。定家はこの年二十五歳。

101　吉野山の霞んでいる空を、立春の今朝見ると、たった一夜の隔てを置いて年が立つのだなと思われる。参考「春たつといふばかりにやみ吉野の山も霞みてけさは見ゆらむ」（拾遺・春・一　忠岑）▽和歌では、立春とともに霞が立つと歌われる。

102　冬のうち交通が途絶していた山の桟の雪が消えて、春がやってくる足跡も見えた。参考「道たゆといとひしものを山里に消ゆるはをしきこぞの雪かな」（堀河百首　匡房）「雪深き岩のかけ道あとたゆる吉野の里も春はきにけり」（同　堀河）

103　とくに何ということもなく、心惹かれた。新年になって初めて見た、山の端の三日月の光に。

104　春がやってきたというので霞んでいる様子を道しるべとして、梢から梢へと、鶯の声が木伝いする。▽声自体が梢から梢に伝わるとした所が新鮮。

105　霞は、雪が消えたので人々が若菜を摘む野を立ち籠めて隠してしまって、どうして春の景色を見せるというのだろう。本歌「見わたせば比良の高嶺に雪消えて若菜つむべく野はなりにけり」（和漢朗詠・早春・一七　兼盛）▽人々が若菜を摘む姿は、最も早春らしい風景であるのに、それを立ち隠す春霞に、矛盾を感じたのが作意。○こめてしも―「しも」は強意。

106　冬枯れであらわに見渡され、頼りなく思われた山里の草庵の扉も、春ともなれば、霞が懸ってしっかりしたものに見える。参考「霜枯れの草の戸ざしはあだなれどなべての人をいるるものかは」（後拾遺・冬・三九六　能宣）○枯れはれし―底本・自筆本・高松宮本「かれはれし」、来田本・書陵部五〇一・五一一本「枯はてし」。なお、『大斎院前の御集』に「人めだにかれはれになる浅茅生に月影のみぞすみて見ゆらむ」とある。

107　風が薫りを運んでくる遠くの山路の梅の花、その花の色を見せるのは、花片を浮べて流れてくる谷川の水だ。

108　樹下を流れゆく水の面に映った梅の花影を見ると、早くもそのよい匂いは袖に移る。本歌「末結ぶ人の手さへやにほふらむ梅の下ゆく水の流れは」（後拾遺・春上・六五　経章）、参考「散りかかる影は見ゆれど梅の花水には香こそうつらざりけれ」（金葉・春・二〇　兼房）▽花が水に映るのに対し、匂いは袖に移ることに興趣を感じたという作意。

109 あさなぎにゆきかふ舟のけしきまで春をうかぶる浪の上哉

110 をちこちのよもの梢はさくらにて春風かを《ほ》るみよしのゝ山

111 青《あを》柳のかづら木山の花ざかりくもにゝしきをたちぞかさぬる

112 いまもこれすぎてもはるの俤《(おもかげ)》は花見るみちの花の色〳〵

113 あらしやはさくよりちらす桜花すぐるつらさは日数也けり

114 惜《お》しまじよさくらばかりの花もなし散《(ちる)》べきための色にもある覧《(らん)》

115 いしばしる滝こそけふも厭《いと》はるれちりてもしばし花は見ましを

116 千載 いづこにて風をも世をも恨《(うらみ)》ましよしのゝ奥も花はちる也

117 まだきより花を見すてゝゆく雁やかへりて春のとまりをばしる

118 花のちるゆくへ《ゑ》をだにもへだてつゝ霞のほかにすぐるはるかな

119 小《を》山田の水のながれをしるべにてせきいるゝなへになく蛙《(かはづ)》哉

120 くれぬなりあすもはるとはたのまぬに猶のこりける鳥の一声《こゑ》

109　朝凪に往来する船の様子まで、春らしい気分を浮べている、穏かな波の上よ。

110　吉野山は、遠くも近くも、四方の梢はすべて桜の花で、春風も薫っている。

111　青柳の茂った葛城山の花盛りは、さながら湧き立つ白雲に錦を裁ち重ねたよう。○青柳の—古代、蔓にしたところから、「葛城山」に掛る枕詞として用いる。○たちぞかさぬる—「たち」は錦の縁語「裁ち」に雲が立つの「立ち」を掛ける。↓補注。

112　今、花見の道で賞美している色とりどりの花、それは春が過ぎても春の俤となって残るだろう。▽眼前に咲く花を見ながら、それらが散った後、面影の花となってとどまることを予想する。↓補注。

113　嵐は、桜花が咲くそばから散らそうか。そうではない。桜が散り過ぎるのは、どんどん過ぎてゆく日数のせいなのだ。時の流れがつらく思われる。▽嵐が花を散らせるという通念を否定し、時間の持つ抗し難い力を嘆く。

114　桜を惜しむまい。桜ほどの花は他にはないが、それは散るべき運命のために、あのように美しい色をしているのだろうから。

115　岩盤を走り流れる滝が、今日は厭わしく思われる。散ってしまったのちも、しばらく花を見ていたいのに、滝の水は落花をも流してしまうので……。本歌「いしばしる滝なくもがな桜花手折りてもこむ見ぬ人のため」（古今・春上・五四　読人不知）○いしばしる—「岩走る」と同じく、滝の枕詞。

116　一体どこで風をも、また世をも、恨んだらいいのだろう。世を厭うて遁れた吉野山の奥でも、風が吹いて、花は散るのだ。本歌「いづくにか世をばいとはむ心こそ野にも山にもまどふべらなれ」（古今・雑下・九四七　素性）

117　早くから花を見捨てて北の方へ飛び帰ってゆく雁は、かえって春の行き着く場所を知っているのだろうか。○かへりて—「帰りて」に「却りて」を掛ける。▽「春霞立つを見すてて行く雁は花なき里に住みやならへる」（古今・春上・三一　伊勢）という古歌の疑問に対して、一つの回答を提示した。↓補注。

118　花の散りゆく行方までも隔てて、霞の外に春は過ぎ去ってしまった。↓補注。

119　小山田の水の流れをしるべとして、堰き入れるにつれて鳴く蛙よ。参考「山吹の花のつまとは聞かねどもうつろふなへに鳴くかはづかな」（久安百首・千載・春下・一一七　清輔）

120　春は暮れてしまったようだ。明日も春だとはあてにしていないのに、春のなごりを思わせるように一声鳥の声がした。○鳥の一声—鳥は鶯か。「隔レ楼鶯舌両三声」（和漢朗詠・暮春・四五　元稹）▽三月尽の心を詠む。

夏十首

121 散《ち》りねたゞあなうの花やさくからに春をへだつるかきねなりけり

122 なべて世にまたでを見ばや郭公さらばつらさにこゑやたつると

123 あやめ草かを《ほ》るのきばの夕風にきくゝ心地するほとゝぎす哉

124 うらめしや待《ま》たれ〳〵てほとゝぎすそれかあらぬか村雨のそら

125 五月雨のくものあなたをゆく月の哀《(あはれ)》のこせとかを《ほ》る橘

126 夏ふかきさくらがしたに水せきて心のほどを風に見えぬる

127 猶しばしさてやは明《あ》けむ夏のよのいはこす浪に月はやどりて

128 大井河をちのこずゑのあを《お》ばより心にみゆる秋の色〳〵

129 つゞきたつせみのもろ声はるかにて梢も見えぬならのしたかげ

130 夏《なつ》ぞしる山井の清《し》水たづねきておなじ木かげにむすぶ契りは

121　ああ、うとましい卯の花よ。散ってしまえ。お前が咲くから、春は去ってしまうのだ。お前——卯の花垣は、春をわたしから隔てる垣根なのだ。○あなうの花や—「あな憂」（ああいやだ）と「卯の花」を掛ける。本歌「わが宿の垣根や春をへだつらむ夏来にけりとみゆる卯の花」（拾遺・夏・八〇　順）

122　いっそのこと、世間一般で、時鳥のことを待たないで、時鳥の反応を見ようか、そしたら、時鳥の方から、つらさに堪えきれなくなって、声を立てるかどうか……。↓補注。▽時鳥を恋人のように見なして詠む。

123　五月五日、軒端に葺いたあやめを吹く夕風が薫る。すると、そら耳だろうか、時鳥の声を聞いたような気がしてくる。参考「少し曇りたる夕つ方、夜など、忍びたる郭公の、遠く空耳かと覚ゆばかりたどたどしきを聞きつけたらんは、何心地かせん」（枕草子・四段）

124　恨めしい時鳥よ。さんざん人々に待たれたあげく、村雨の降り出した空で、それかあらぬか定かに決め難いような忍び音で鳴くとは……。↓補注。

125　さみだれの雲が覆い隠している空の向う側を行く月（われわれには見えない月）の情緒を、地上に残せというかのように、橘の花が闇夜によい香りを放っている。

126　夏も深まった頃、葉桜の下に水を堰き入れて涼み、移ろいやすい心の程度を風に見られてしまった。▽春は花を散らすものとして、風を厭わしく思っていたのに、今はこのように涼風を楽しんでいるのだから。

127　短い夏の夜はこうして明けてしまうのか。もう少し明けないでいてほしい。夏の夜の岩を越す波に、月の光が宿っている。この情緒を満喫したい。

128　大堰川の遠くの梢は、まだ青々としている。しかし、私の心には、それらが秋になって色とりどりに紅葉した有様が思い描かれる。○をちのこずゑ—嵐山あたりの木々の梢。▽青葉を見て紅葉した眺めを想像する。

129　蟬の大合唱がどこまでも遥かに続いていて、広い葉が重なり茂った楢林の下蔭からは、梢も見えない。

130　同じ山の井の清水を尋ねてきて、同じ木蔭で掬って飲むという、前世からの因縁は、夏に初めて知られる。参考「入日さす山井の清水木隠れてむすべば秋の心地こそすれ」（風情集）▽仏説の「宿㆓一樹下㆒、汲㆓一河流㆒、一夜同宿、一日夫婦……皆是先世結縁」（説法明眼論）を踏まえる。

秋廿首

131 ゆふまぐれ秋のけしきになるまゝに袖より露は《を》おきけるものを

132 わすれつるむかしを見つるゆめを又猶おどろかす荻の上風《(うはかぜ)》

133 これもこれうき世の色をあぢきなく秋の野原《はら》の花のうは露

134 秋のきて風のみ立《た》ちしそらをだにとふ人はなきやどの夕霧

135 新古今 見わたせば花も紅葉もなかりけり浦のとまやの秋の夕暮

136 秋《あき》といへば人の心にやどりきて待《(まつ)》にたがはぬ月のかげ哉

137 いづるよりてる月かげの清見がたそらさへ氷る浪の上かな

138 いとはじよ月にたなびくうき雲も秋のけしきはそらに見えけり

139 ながめじと思《(おもひ)》し物を浅茅生《(あさぢふ)》に風ふくやどの秋の夜の月

140 秋のみぞ更《(ふけ)》ゆく月にながめしておなじうき世は思《(おもひ)》しれども

141 ありあけの光のみかは秋の夜の月は此世に猶のこりけり

131　秋の夕まぐれのたたずまいが濃くなるにつれて、まず私の袖から、（秋思の涙の）露は置いたのだが、今は草葉にも露が滋く置いている。本歌「われならぬ草葉もものは思ひけり袖よりほかにおける白露」（後撰・雑四・一二八一　忠国）

132　忘れていた昔を夢に見る。その夢を再び覚ましたのは、（昔の人の訪れかと錯覚させる）荻の上を吹く風の音だった。○むかしを見つるゆめ―「折しもあれ花たちばなのかをるかな昔を見つる夢の枕に」（千載・夏・一七五　公衡）との先後関係は未詳。○おどろかす―目を覚まさせる。

133　人生の華やかな彩りもつまらなく感じ、飽いてしまった私の目には、秋の野原に咲く花の上の露が、これまた美しくも、はかないものと映ずるのだ。○秋―「飽き」を掛ける。

134　秋が来て秋風が立った、その空の様子だけをも見ようと、訪れる人もない。寂しいわが宿を夕霧が包む。↓補注。

135　見わたすと、花も紅葉も、はなやいだ色彩は何も無い。ただ漁師の苫屋がぽつんとあるだけの、海浜の秋の夕暮の風景。参考「なかなか、春秋の花紅葉の盛りなるよりは、ただそこはかとなう繁れる蔭どもなまめかしきに」（源氏物語・明石）「四月の初の景気也。かく至極あたらしく書なせる、たぐひなきうへに、見渡せば（以下略）と定家卿の読める、また深重なる物也」（細流抄・三）

136　秋というと、実際に照る前に、まず人々の心に宿り、期待を抱かせ、やがてその期待を裏切ることなく、さやかに照る月の光、そのすばらしさ。

137　ここ清見潟では、出るとすぐ明るく照る月は、清く、波の上はもとより空さえ氷りつくような、冷たく冴えた光を放っている。▽月光は氷に喩えられることが多い。

138　月にたなびく浮雲も、邪魔なものと厭うまい。それによって、秋らしい様子は空に見えるのだ。↓補注。

139　眺めまいと思ったのだが、つい眺めてしまう。浅茅生に風が吹く、寂しいわが宿の秋の夜の月を。

140　四季を通じていつも、同じ憂き世は知っているけれども、秋だけは、更けてゆく月を見て、物思いに沈んでしまう。参考「ながむるに物思ふことの慰むは月はうき世のほかよりやゆく」（拾遺・雑上・四三四　為基）

141　心細くなってゆくのは有明の月の光だけだろうか。そうではない、この身も心細い存在なのだ。しかし秋の夜の月は、やはり昔のままにこの世に残っている。

142 くれてゆくかたみにのこる月にさへあらぬ光をそふる秋哉

143 ゆふやみになりぬと思へば長《なが》月の月待《(まつ)》まゝにを《お》しき秋かな

144 大かたの秋のけしきは暮はててたゞ山のはのありあけの月

145 はつかりのくもゐのこゑははるかにてあけがたちかき天《(あま)》の川《かは》霧

146 新古今 山がつの身のためにうつ衣ゆゑ《へ》秋のあはれを手《て》にまかす覧

147 そこはかと心にそめぬしたくさもかるればよわ《は》る虫のこゑ〳〵

148 うつろはむまがきの菊はさきそめてまづ色かはる浅茅原《はら》哉

149 神《(かみ)》なびのみむろの山のいかならむしぐれもてゆく秋のくれかな

150 たゞいまの野原《はら》をおのがものと見て心づよくもかへる秋かな

冬十首

151 神な月方《(かた)》もさだめずちるもみぢけふこそ秋のかたみとも見《み》め

152 ふゆきてはいりえのあしのよをかさね霜置《(おき)》そふるつるの毛衣

142　秋は、暮れてゆく形見として残る月にさえ、本来無い（寂しい）光を添える。本歌「暮れてゆく秋の形見におくものはわが元結の霜にぞありける」（拾遺・秋・二一四　兼盛）

143　九月も半ば過ぎて、夕闇が続く時節になってしまったと思うと、月の出を待つにつけて、秋の暮れてゆくのが名残惜しく思われる。

144　おしなべて秋の様子はすっかり暮れてしまって、ただ山の端に懸っている有明の月だけが、まだ秋だと思わせるものだ。

145　初雁の声は空から遥かに聞えてきて、明け方は近いらしく、天の川に深くたちこめた霧は、ようやく晴れようとしている。本歌「秋風にさそはれわたる雁がねは雲ゐはるかにけふぞ聞こゆる」（後撰・秋下・三五五　読人不知）

146　山賤は、我が身のために擣つ衣ゆえに、秋の情緒をその手中にほしいままにしているのだろう。参考「たがためにいかに打てばか唐衣ちたびやちたび声の恨むる」（堀河百首・擣衣　基俊）「独寝の夜寒になるに重ねばやたがためにうつ衣なるらむ」（山家集・上）→補注。

147　美しく紅葉しないのでどことい って心に深くとめない下草も枯れると、さまざまな音色で鳴いていた虫の声も弱ってくる。→補注。

148　冬の訪れとともにやがて移ろうであろう籬の菊が咲き始める時分になると、その菊に先立って、まず浅茅原が草紅葉して、色が移ろってゆく。〇うつろはむ―色が変るであろう。白菊は霜に逢うと紫に変る。

149　冬の訪れの近さを思わせて、次第にしぐれがちな天候となってゆく暮秋の日々だ。このぶんだと、三室の山はどうだろう。さぞ紅葉したことだろうか。本歌「竜田川もみぢ葉流る神南備の三室の山にしぐれ降るらし」（古今・秋下・二八四　読人不知、拾遺・冬・二一九　人麻呂）

150　九月尽の野原のうらさびしい様子を、己の所為の物と見ながら、しかも気強くも帰る秋だ。

151　十月と共に、方向も決まらず紅葉が散る。十月朔日の今日こそ、それを秋の形見と見よう。本歌「風吹けば方も定めず散る花をいづかたへ行く春とかは見む」（拾遺・春・七六　貫之）

152　冬がやってくると、入江の蘆は節（よ）を重ねて枯れ臥し、夜を重ねる度に、もともと真白な毛衣の上に、更に白い霜を置き添えてゆく、鶴の姿よ。〇よをかさね―「よ」は蘆の「節」と「夜」を掛ける。〇つるの毛衣―羽毛に包まれている鶴を、毛衣を着ていると見立てていう。

153 霜さゆるあしたのはらの冬がれにひとはなさけるやまとなでしこ

154 しぐれつるまやの軒端《きば》のほどなきにやがてさし入月《（いる）》のかげ哉

155 はれくもるおなじながめの頼《たの》みだに時雨にたゆる遠《（をち）》の里人

156 物ごとにあはれのこらぬみ山かなおつるこのはもかるゝ草葉も

157 あさゆふの音《をと》は時雨のならしばにいつふりかはるあられなるらむ

158 さびしげのふかきみ山の松原《ばら》やみねにもを《お》にも雪はつもりて

159 あとたえて雪《ゆき》もいくよかふりぬらむを《お》のゝえ朽《（くち）》しいはのかけ道

160 をしみつゝくれぬる年をかねてよりいま幾度としる世なりせば

恋十首

161 世中よたかきいやしきなぞへなくなどありそめし思ひなるらむ

162 おもふとは見ゆらむものをおのづからしれかし宵の夢ばかりだに

163 このよよりこがるゝ恋にかつもえて猶うとまれぬ心なりけり

153　霜が冷たく氷りついている朝、朝（あした）の原の冬枯に、大和撫子が一つだけ残りの花を咲かせている、その鮮かさ。

154　真屋の庇はさほど深くもない。さっきまではそこに注ぐ時雨の音がしていたのだが、すぐ月の光がさしこんできた。ああ、時雨はあがったのだ。○まや―真屋。切妻造りの家。▽月光をあしらって、しぐれの定めなさ、晴れやすさを歌う。

155　晴れるにつけ曇るにつけ、遠くの里に住むあの人も、同じようにこの風景を眺めていると思って、慰めていた。しかし、時雨によって眺めることも絶えてしまったので、今はあの人を偲ぶよすがもない。参考「水まさるをちの里人いかならむ晴れぬながめにかきくらすころ」（源氏物語・浮舟　薫）

156　落ちる木の葉も、枯れる草葉も、すべての物事につけ、いっさい情緒らしいものの残らない、蕭条たる山奥。参考「物ごとに秋ぞかなしきもみぢつつうつろひゆくをかぎりと思へば」（古今・秋上・一八七　読人不知）▽第四句・第五句が対になる。

157　朝夕聞える物音は、楢柴に時雨が降り注ぐ聞き慣れた静かな音だったが、いつからそれが霰の大きな音に変ったのだろう。▽自然の微妙な推移の、聴覚による把握が作意。

158　寂しさの深い深山の松原よ。峯にも尾根にも雪は積って……。参考「山桜わが見にくれば春霞峯にも尾にも立ち隠しつつ」（古今・春上・五一　読人不知）

159　岩の崖っぷちの桟道に、樵夫の斧の柄は朽ちてしまった。そして、人跡もすっかり絶え、雪も幾夜（幾代）降ったことだろう。▽晋の王質の爛柯の故事を詠み入れる。↓補注。

160　惜しみながら暮れてしまった年を、前々から、あと何回送れる、（あと何年生きられる）と、わかる世だったらなあ。

161　人が人を恋しく思うとは、この人の世でどうして身分の高下の別ちなく、始まった思いなのだろう。本歌「あふなあふな思ひはすべしなぞへなく高き卑しき苦しかりけり」（伊勢物語・九三段）

162　私があなたのことを思っているということは、宵に見た夢だけででも、分っているだろうに。打明けなくても、私の恋心を自然と知って下さい。参考「男のはじめて人の許に遣しけるに代りてよめる　和泉式部　おぼめくな誰ともなくて宵々に夢に見えけむ我ぞその人」（後拾遺・恋一・六一一）

163　愛欲に執着した者は、来世でその身が燃え焦れる苦を受けるというが、私はこの世から既にあの人を恋い焦れて、心も燃えるような思いをし、しかもそれをうとましいとも思わない。

164 恋〳〵て思《（おもひ）》しほどもえぞなれぬたゞ時のまの逢《あ》ふ名《な》ばかりは

165 あまのはらそらゆく月の光かは手にとるからに雲のよそなる

166 君といへばおつる涙にくらされて恋しつらしとわくかたもなし

167 こひはよし心づからもなげくなりこは誰《た》がそへしおもかけぞさは

168 新古今 あぢきなくつらきあらしの声もうしなど夕暮にまちならひけん

169 千載 しかばかり契りし中もかはりける此世に人をたのみける哉

170 常陸《ひたち》帯のかこともいとゞまとはれて恋こそみちのはてなかりけれ

述懐五首

171 見しはみな昔とかはる夢の内におどろかれぬは心なりけり

172 千載 を おのづからあればある世にながらへてをしむと人に見えぬべき哉

173 見るもうし思ふもくるしかずならでなど古《（いにしへ）》をしのびそめけん

174 ありはてぬ命をさぞとしりながらはかなくも世をあけくらす哉

164　あの人を恋い続けてきたが、かねがね思っていた程度に馴れ親しむことができない。ほんのちょっと、名ばかりの逢う瀬では。

165　あの人は空を行く月の光だというのだろうか。手に捉えたと思うけれども、結局私とは無関係だ。↓補注。

166　あの人のことというと、落ちる涙に目の前も見えなくなって、恋しいとも、またその薄情さがつらいとも、区別するすべもない。○くらされて—暗くさせられて。

167　よし、恋心は私自身の心から起ったものとして、自らを嘆こう。しかし、では、この目前にちらつく恋しい面影は、いったい誰が添えたというのだ。他ならぬあなたではないか。

168　つまらなく、つらい嵐の声も、いやだ。どうして夕暮になると、恋人の訪れを待つ心の習わしがついてしまったのだろう。○あらし—夕嵐。その激しさは男の薄情さを暗示する。▽男の来訪を待つ女の心。

169　あれほど堅い約束をした二人の仲も変ってしまった。このように、何もあてにならない現世で、私はあの人の誠意を信頼していたのだ。↓補注。

170　常陸帯のように、愚痴もいよいよからんできて、常陸は東路の果だが、恋の道には終点がなかったのだ。○常陸帯の—常陸で産した帯には、締めるための金具「かこ」があることから、「かこと」の序詞としていう。下の「まとはれて」は「常陸帯」の縁語。参考「あづま路の道のはてなる常陸帯のかことばかりもあひみてしがな」（古今六帖・第五・三三六〇、新古今・恋一・一〇五二　読人不知、第五句「あはむとぞ思ふ」）

171　かつて見た人や物は、昔の存在と変ってしまう、夢のような世の中で、それでもその無常迅速なることに驚かないのは、愚かなわが心だった。参考「驚かぬわが心こそうかりけれはかなき世をば夢と見ながら」（千載・釈教・一二三五　登蓮）「往事眇茫都似レ夢　旧遊零落半帰レ泉」（和漢朗詠・下・懐旧・七四三　白楽天）

172　しぜんと在俗のままいればいられるこの世にとどまっていて、現世に執着していると見られるだろう。本当はこの世を厭わしく思っているのだけれども。○見えぬべき哉—見られるにちがいない。「見え」は受身の意。

173　現実を見るのもつらい、あれこれ思うのも苦しい。とるに足りない身の上でありながら、どうして古を偲ぶことを始めたのだろう。

174　いつまでもこのままで終ることはない命を、そうだと知りながら、何のなすこともなく（仏道に志すこともなく）明暮れ世を送っている。本歌「ありはてぬ命待つまのほどばかりうきことしげく思はずもがな」（古今・雑下・九六五　貞文、大和物語・一四三段）

175 月のいり秋のくるゝををしみても西《にし》にはわきてしたふ心ぞ

無常五首

176 まぼろしよゆめともいはじ世中はかくてきゝ見るはかなさぞこれ

177 お《を》しなべて世はかりそめの草枕むすぶ袂にきゆる白露

178 世中はたゞかげやどす真《ま》澄鏡《すかゞみ》見るをありともたのむべきかは

179 あすはこむ待《ま》てゝふ道《みち》も人の世のながきわかれにならぬものかは

180 ひとしれぬ人の心のかねこともかはればかはる此世なりけり

雑

神祇五首

181 さやかなる月日のかげにあたりても天《あま》てる神をたのむばかりぞ

182 なか〳〵にさしてもいはじ三《み》笠《かさ》山おもふ心は神もしるらむ

183 きくごとにたのむ心ぞすみまさる賀茂《かも》の杜のみたらしのこゑ

175　月が西の山の端に入り、秋が暮れるのを惜しんでも、私の心はとりわけて西方を慕い求めている。○西にはわきて―西方については格別。月が入るのは西、秋の方角は五行説で西だから、秋は西から来て西に帰る。そして西は、西方極楽浄土のある方向。

176　幻だ、夢だとも言うまい。このように、人の死を見たり聞いたりするはかなさが、即ち世の中の実体なのだ。

177　総じて、この世は虚妄だ。それは、あたかも、旅人が仮に草枕を結んで旅寝する、その袂に消える白露のようなもの。○かりそめ―「草」の縁語「刈り」を掛ける。

178　世の中は、ただ像を映すよく澄んだ鏡のようなものだ。見える物を実際に存在すると、あてにすべきではない。参考「この身影の如し世の中にわがあるものと思ひしは鏡のうちの影にぞありける」（公任集）「影の如し　水に浮かぶ影はなきにもあらねどもそれはありとは頼むべきかは」（赤染衛門集）

179　「明日また来よう。待っていてくれ」と約束の言葉を残して別れた道も、人生における永久の別れ道（死別）とならないことがあろうか。○待ててふ道―待てという道。▽『西行物語』で西行出家の機縁として語られる話に通う発想。

180　他人が窺い知らない、ある人間の心の中の約束も、変る時には変るのが、この世の中なのだ。参考「人しれぬ心のうちのかねことを空しくなさぬ行末もがな」（長方集・恋）○かねこと―約束した言葉。約束事。

181　さやかな月日の光に当たるにつけても、天照大神の御加護をお願いするばかりです。▽伊勢大神宮を歌う。

182　なまなか、祈願しておりますことはこれこれと、指しては申しますまい。春日明神は、三笠山（近衛職）について思っております私の心はお見通しでございましょう。○さしても―「三笠山」の「かさ（傘）」の縁語。▽藤原氏の氏神である春日明神を歌う。

183　賀茂の御社に参詣して、御手洗川の流れる音を聞くたびに、神の御加護を期待している私の心は、いっそう澄んでゆきます。ちょうどその水のように……。参考「いはでのみたのみぞわたるよそながら御手洗川の音にたてねど」（別雷社歌合二条院讃岐）○たのむ―「手飲む」（手で掬って飲む）を響かせ、「すみ」「みたらし」の縁語。○みたらし―御手洗川。社前を流れる手を洗い清めるための小流れ。▽―七歳で出詠した別雷社歌合でも賀茂明神の加護を祈願していた→三九七五。

184 うきこともなぐさむ道のしるべとや世を住吉《よし》とあまくだりけむ

185 いかならむ三輪《みわ》の山もと年《こし》ふりてすぎゆく秋のくれがたのそら

暁

186 しのゝめよよもの草葉もしを《ほ》るまでいかに契りて露のお《を》くらん

夕

187 そこはかと見えぬ山ぢの夕けぶりたつにぞ人のすみかともしる

夜

188 むかし思《(おもふ)》ね覚のそらにすぎきけむゆくへ《ゑ》もしらぬ月のひかりの

山家

189 山ふかき竹のあみどに風さえていくよたえぬる夢ぢなる覧

田家

190 しぎのたつ秋の山田のかり枕たがすることぞ心ならでは

山

191 あけぬとも猶おもかげにたつた山こひしかるべき夜はのそら哉

河

192 よそにてもそでこそぬるれみなれ棹《(ざを)》さしかへる宇治《うぢ》の川長《かはをさ》

184　つらいことも慰まる方法としての、歌道を導いてやろうとされて、世を住みよしと願われる住吉明神は、天降られるのであろうか。▽歌道の守護神である住吉明神を歌う。

185　暮れ近くの空を見て、私は途方にくれる。いったい私の身はどうなるのだろう。三輪山の麓に、待つことも叶わぬまま年を取って、秋も過ぎようとしている。参考「三輪の山いかに待ち見む年経（ふ）とも尋ぬる人もあらじと思へば」（古今・恋五・七八〇　伊勢）▽三輪明神を歌う。

186　しののめの時分は、あたりの草葉もしおれるまで、涙を思わせる露が一杯に置く。一体、暁はどのように約束したというのだろうか。▽「暁」という時間を男、草葉を女、露を涙に見立て、そこに恋人の関係を想定する。

187　そこがどことはっきり見えない山路に、夕方近く煙が立ち昇るので、人の家があるとも知られる。本歌「人めだに見えぬ山路に立つ雲をたれすみがまの煙といふらむ」（後撰・恋四・一二五七　信）○そこはかと―「そこはかとなく」の意の副詞「そこはかと」に、代名詞「か」を掛ける。○夕けぶり―炊煙とも暖を取るための焚火の煙とも考えられる。

188　寝覚めて昔を偲ぶ空に、昔から今に至るまで月の光が過ぎてきたのだろう。そして、知らない未来をも照らすだろう。

189　山深い庵の竹の編み戸に風が冷えびえと吹きつけ、幾夜夢の通い路がとぎれた（夢を破られた）ことだろう。○いくよ―「夜」と「節（よ）」（「竹」の縁語）の掛詞。

190　鴫が飛び立つ秋の山田で仮寝をするといった寂しい思いは、自分から寂しさを求めてでなくては、誰がしようか。↓補注。

191　夜、立田山を越えてゆく、愛する人のことが偲ばれる。その恋しい面影は、夜が明けてもなお目の前に立つことであろうか。参考「風吹けば沖つ白波たつた山夜半にや君がひとり越ゆらむ」（古今・雑下・九九四　読人不知、伊勢物語・二三段、大和物語・一四九段）

192　水馴れ棹をさしながら帰ってゆく、宇治川の船頭の生活の営みは、はたで見ていても、苦労が多いと、同情の涙で袖が濡れる。本歌「さしかへる宇治の川長朝夕のしづくや袖をくたしはつらむ」（源氏物語・橋姫　大君）

別

193 新古 わするなよやどる袂はかはるともかたみにしぼる夜半の月かげ

旅

194 月よするうらわ《は》の浪をふもとにてまづ袖ぬらす峯の松風

195 ふる郷をへだてぬ峯のながめにもこえこし雲ぞ関はすゑ《へ》ける

楊貴妃

196 みがきお《を》くたまのすみかも袖ぬれて露と消《(きえ)》にし野《の》べぞかなしき

李夫人

197 ほのかなるけぶりはたぐふほどもなしなれし雲井にたちかへれども

王昭君

198 うつすともくもりあらじとたのみこし鏡《かゞみ》のかげのまづつらき哉

上陽人

199 しらざりきちりもはらはぬ床の上にひとり齢《(よはひ)》のつもるべしとは

陵園妾

200 なれきにしそらのひかりのこひしさに独《(ひとり)》しを《ほ》る丶菊の上露

193　あたかもその行動が忘れ形見だというように、お互に涙で濡れた袂を絞って、私達は別れを惜しむ。その涙に月の光が宿る。月の光は、やがて旅愁に堪えかねて流す涙に宿ることだろう。そうなっても、今夜の別れのことを、そして私のことを、忘れないで頂きたい。参考「忘るなよほどは雲ゐになりぬとも空行く月のめぐりあふまで」（拾遺・雑上・四七〇　忠幹、伊勢物語・一一段）

194　浦の波は月を宿し、あたかも岸辺に月を寄せるようだ。そういう光景を麓のものとして見ながら、寂しい峯の松風を聞いていると、袖は涙で濡れる。

195　峯から眺望すれば、後にしてきた故郷は眺められる筈なのだが、今まで幾重も越えてきた雲が、旅人を止める関所のようにそれを邪魔している。本歌「ふるさとを峯の霞はへだつれどながむる空はおなじ雲ゐか」（源氏物語・須磨　光源氏）

196　金殿玉楼に帰ってきても、亡き楊貴妃の思い出で、皇帝の袖は悲涙に濡れ、妃が露と消えてしまった、馬嵬の野辺が悲しく思われる。参考「西出二都門一百余里。六軍不レ発無二奈何一。宛転蛾眉馬前死。…天旋地転廻二竜馭一。到レ此躊躇不レ能レ去。馬嵬坡下泥土中、不レ見二玉顔一空死処。君臣相顧尽沾レ衣」（白氏文集・巻一二・長恨歌）〇たま―「玉」に楊貴妃の「魂」を響かせるか。

197　反魂香の煙の中に現れたほのかな李夫人の面影は、住み馴れていた宮中に帰ってきたとはいえ、昔の姿とは比べようもない。参考「又令三方士合二霊薬一。玉釜煎錬金炉焚。九華帳深夜悄悄。反魂香降夫人魂。夫人之魂在二何許一。香煙引到焚香処。既来何苦不二須臾一。縹緲悠揚還滅去。去何速兮来何遅」（白氏文集・巻四・李夫人）〇雲井―ここでは宮中の意。「けぶり」「雲」「たち」は縁語の関係にある。

198　映して見ても曇りない美しさに、絵師が美しく描くだろうと頼みにしていた、鏡に映るわが面影が、まずつらく思われる。参考「漢使却廻憑寄レ語。黄金何日贖二蛾眉一。君王若問二妾顔色一。莫レ道不レ如二宮裏時一」（白氏文集・巻一四・王昭君）

199　知らなかった。君王が訪れられることもないまま、積った塵を払おうともしない床に、空しく独り起き臥しして、いたずらに齢のみ積る（年を取ってゆく）のが私の宿命とは。参考「未レ容三君王得二見レ面。已被二楊妃遥側レ目。妬令三潜配二上陽宮一。一生遂向二空房一宿」（白氏文集・巻三・上陽白髪人）

200　馴れてきた宮中の光恋しさに、重陽の節の菊花に置く露を見るにつけ、私自身がしおれてしまう。参考「松門柏城幽閉深。聞レ蟬聴レ燕感二光陰一。眼看二菊蘂一重陽涙。手把二梨花一寒食心。把レ花掩レ涙無二人見一。緑蕪墻遶青苔院」（白氏文集・巻四・陵園妾）

皇后宮大輔百首　文治三年春詠《ジ》送《ル》レ之《ヲ》

詠百首和歌　侍従

春十五首

201 もろびとの袖をつらぬる紫の庭にや春《はる》もたちはそむらん

202 春きぬと霞は色に見すれども年をこむるは梅のはつ花

203 峯の松たにのふるすに雪消《(きえ)》てあさ日とゝもにいづる鶯

204 梅花《(うめのはな)》にほひの色はなけれどもかすめるまゝをゆくへ《ゑ》とぞみる

205 いろまさる松のみどりの一しほに春《はる》の日数のふかさをぞしる

206 あさみどりつゆぬきみだる春雨《さめ》にしたさへひかるたま柳哉

207 秋霧《ぎり》をわけしかりがね立《(たち)》かへり霞にきゆるあけぼののそら

208 しるからむこれぞそれとはいはずとも花のみやこの春のけしきは

皇后宮大輔百首―皇后宮（殷富門院）大輔が勧進した百首歌。定家・寂蓮・隆信・公衡・家隆・資実等が応じた。定家は時に二十六歳。

201　百官諸司が袖を連ねて並み居る宮中の庭に、新しい春も立ち初めるのであろう。本歌「紫の袖をつらねてきたるかな春立つことはこれぞうれしき」（後拾遺・春上・一四　赤染衛門）〇紫の庭―宮殿のお庭。禁中の御苑。「朝廷　たましく庭。むらさきの庭」（八雲御抄・三）▽元日宴を詠む。元日宴は元日節会ともいい、天皇が紫宸殿で群臣百官に賜う宴。『江家次第』にその儀式の有様を記す。

202　霞は浅緑色にたなびいて、春がやって来たと見せるけれども、梅の初花は雪を思わせる白さで、まだ年を冬に閉じこめている。〇色―五行説で春の色は青。霞の色は和歌ではしばしば青に近い「浅緑」と表現される。〇年をこむるは―「霞」の縁語として「こむる」というか。

203　嶺の松に積った雪、谷を埋めていた雪が消えて、雪を解かした朝日とともに、鶯は古巣の谷から、里の方へ出てくる。参考「鶯の谷より出づる声なくは春来ることを誰か知らまし」（古今・春上・一四　千里）

204　梅の花の匂いに色はないけれども、春霞がかかっているのを、匂いの流れていった方向と思って、眺める。

205　松の緑の色がひとしお濃くなってきたので、日数が重なって春の深まったことが分る。〇一しほ―一入。本来、一度染料に浸すこと。転じて、いっそうの意の副詞となる。ここでは原義と転義とを掛けて使われているか。

206　浅緑の新柳は、春雨の露の玉を貫きつつ、枝を乱して、その木の下さえ光っている。本歌「浅緑　濃い縹　染めかけたりとも見るまでに　玉光る　下光る　新京朱雀のしだり柳…」（催馬楽・浅緑）「浅緑糸よりかけて白露を玉にも貫ける春の柳か」（古今・春上・二七　遍昭）

207　秋霧を分けてやってきた雁が、北国へ帰ってゆくというので、曙の空、春霞の中に消えてゆく。本歌「春霞かすみていにし雁かねは今ぞ鳴くなる秋霧の上に」（古今・秋上・二一〇　読人不知）

208　これが花の都の春の景色だと、取立てて言わなくても、都の春の美しさはよそめにもはっきりしているだろう。

209 白雲とまがふさくらにさそはれて心ぞかゝる山のはごとに

210 かすみとも花ともわかず菅原《すがはら》や伏見の里の春《はる》のあけぼの

211 雪とちる比良《ひら》のたかねの桜花猶ふきかへせ志賀《しが》のうら風

212 いかにしてしづ心なく散《(ちる)》花ののどけき春《はる》の色と見ゆらむ

213 九重《(ここのへ)》の雲《くも》のうへとはさくら花ちりしく春の名にこそありけれ

214 ふりにける庭のこけぢに春くれてゆくへ《ゑ》もしらぬ花のしら雪

夏十首

215 梓弓いる日をいかでひきとめむさてもやお《を》して春のかへると

216 いつしかとけふぬぐ袖よ花の色のうつればかはる心なりけり

217 あたらしや賤《しづ》が垣根《きね》をかりそめにへだつばかりのやへの卯花《(うのはな)》

218 そらもそらなかでもやまじ夕暮をさもわびさする郭公かな

219 なごりだにしばしな明《あ》けそほとゝぎすなきつる夜半のそらのうき雲

209　白雲と見紛う桜花に惹かれて、あたかも雲が山々に懸るように、私の心はどの山の端にもかかずらう。▽桜のために気もそぞろな状態。雲がどの山の端にも懸かるように、心が懸かると言った心理的表現が新しい。

210　菅原の伏見の里の春の曙は、あたり一面おぼろで、霞がかかっているとも、花が咲いているとも、区別できない。参考「何となく物ぞ悲しき菅原や伏見の里の秋の夕暮れ」（千載・秋上・二六〇　俊頼）

211　雪と散る比良の高嶺の桜花を、吹き返して、咲いている状態に戻してくれ、志賀の浦風よ。〇志賀のうら風—琵琶湖の志賀のあたりの浦を吹く風。▽類想歌「桜咲く比良の山風吹くままに花になりゆく志賀の浦波」（千載・春下・八九　良経）との先後関係は未詳。

212　落着いた心もなく散る花が、どうしてのどかな春の色に見えるのだろう。本歌「久方の光のどけき春の日にしづ心なく花の散るらむ」（古今・春下・八四　友則）

213　宮中を九重の雲の上というのは、桜花が散り敷く春の季節での呼び名だったのだ。参考「もみぢせばあかくなりなん小倉山秋待つほどの名にこそありけれ」（拾遺・夏・一三五　読人不知、後拾遺・夏・二三二　能宣）

214　庭の苔に、白雪のように散り敷いた落花は、一体どこへ行ってしまったのだろうか。庭はまたもとの古びた苔路となって、春は暮れようとしている。↓補注。

215　三月尽の今日の入る日（夕日）を、何とかして引留めよう。それでも春は強引に帰るかどうか、試みてみよう。〇梓弓—弓は射るから、「いる」に掛る枕詞。〇ひきとめむ—「ひき」は「梓弓」の縁語。〇さてもや—「や」は疑問の係助詞。「梓弓」の縁語「矢」を響かせる。▽入日を招き返すという魯陽の故事を暗示するか。

216　早くも更衣の今日、春衣を脱ぐ。花の色が移ろうにつれて人の心も変るのだ。

217　もったいないことだ、垣根として農家を仮に隔てているだけの、八重咲きの卯の花は。

218　空の様子も、いかにもほととぎすがやってきそうに曇っている。ほととぎすよ、鳴かないではすむまい。それなのに、お前はいつまでも鳴かないで、夕暮をいかにも侘しくさせる。▽ほととぎすは、少し曇った空にやってくると考えられた。「少し曇りたる夕つ方、夜など、忍びたるほととぎすの、遠く空音かと覚ゆばかりたどたどしきを聞きつけたらんは、何心地かせん」（枕草子・四段）

219　ほととぎすのなごりを偲びたいから、しばらく明けないでくれ。ほととぎすが鳴いた夜の、空の浮雲よ。

220 五月雨のをやまぬ空《そら》ぞもしほやくうらのけぶりのはれまなりける

221 庭たづみかきほも堪《た》へぬ五月雨はまきのとぐちに蛙《(かはづ)》なくなり

222 あぢさゐ《え》のしたばにすだく蛍をば四《よ》片《ひら》のかずのそふかとぞ見る

223 紅のつゆにあさひをうつしもてあたりまで照るなでしこの花

224 浪風のこゑにも夏はわすれぐさ日数をぞつむ住吉《よし》のはま

225 みそぎ河刈《か》らぬあさぢのすゑをさへみなひとかたに風ぞなびかす

秋十五首

226 秋の色をしらせそむとやみか月の光をみがく萩のした露

227 わすれ水たえま〳〵のかげ見ればむらごにうつる萩《はぎ》が花ずり

228 ゆふさればすぎにし秋の哀さへさらに身にしむ荻《(をぎ)》の上風

229 袖はさぞ秋は心に露やお《を》く風につけてもまづくだくらむ

230 たづぬれば花のつゆのみこぼれつゝ野風にたぐふ松虫の声

220　ふだんは藻塩を焼いている浦では、さみだれのおやみなく降る空が、その煙の晴れ間（絶え間）だ。

221　庭の雨水を垣根も堰くことができないさみだれの頃は、庭は一面水田のようになってしまい、槙の戸口のあたりで、蛙の鳴いている声がする。

222　あじさいの下葉に集まっている蛍を、あじさいの四枚の花弁が増したのかと、ふと錯覚して見る。↓補注。

223　花の色で紅に光る露に朝日を映し、あたりも照り輝くほどの、撫子の花の美しさ。○なでしこの花―大和撫子（カワラナデシコ）に限らず、唐撫子（トコナツ）のことを指すことがある。「なでしこ」という時は愛育する子の意を寓することがある。↓補注。

224　住吉の浜では、涼しげな浪風の声に、夏であることは忘れてしまって、忘れ草を摘みながら何日も滞在して（日数を積み重ねて）しまう。昔の人は、この草を摘んで、恋の苦しみを忘れたというが……。本歌「道知らば摘みにもゆかむ住の江の岸に生ふてふ恋忘れ草」（古今・墨滅歌・一一一一　貫之）○わすれぐさ―カンゾウ（萱草）。この草を持っていると憂いを忘れるという。○つむ―「積む」と「摘む」の掛詞。

225　みそぎ川では茅の輪のために刈り取られなかった浅茅の葉末までをも、早くも秋を思わせる涼しい風が、皆一方に吹き靡かせている。○みそぎ河―禊ぎをする川、六月祓（みなづきばらえ）をする川。普通名詞。○刈らぬあさぢ―茅萱を束ねて輪を作り（茅の輪・菅貫き）、夏越（なごし）の祓の時くぐる。「沢辺なる浅茅をかりに人なして厭ひし身をも撫づる今日かな」（堀河百首・荒和祓　俊頼）○ひとかた―「一方」と、禊ぎに用いる「人形」の掛詞。

226　秋の色を知らせ初めるというのか、萩の下露は三日月の光を映している。○そむ―「初む」に「色」の縁語「染む」を響かせる。

227　野中の忘れ水に映る、とぎれとぎれの影を見ると、萩の花はあたかも萩の花摺り衣が村濃に褪せかかっているようだ。参考「はるばると野中に見ゆる忘れ水絶えま〳〵を嘆く頃かな」（後拾遺・恋二・七三五　大和宣旨）○むらご―同色で濃淡ある染め色。○うつる―「映る」と、褪せる意の「移る」の掛詞。○萩が花ずり―萩の花の汁を摺りつけて染めたもの。

228　夕方になると、過ぎ去った昔の秋のあわれさえ、さらに心にしみるように、荻の上を吹く風が身にしみる。参考「秋はなほ夕まぐれこそただならね荻の上風萩の下露」（義孝集）

229　秋は、袖に露が置くのはもとより、心にも露が置くのだろうか。風が吹くにつけても、露が砕けるように、まず心が千々に砕ける。

230　秋の野を尋ねると、秋の草花の露がこぼれ、野風に伴って、私を待っていたかのように、松虫の声が聞えてくる。本歌「秋の野に人ま

231 さゞなみや志賀《しが》のうらぢの朝霧にまほにもみえぬ沖のとも舟

232 続古 我のみと声にも鹿のたつる哉月は光に見せぬ秋かは

233 まちを《お》しむひまこそなけれ秋風の雲ふきまがふ夜はの月かげ

234 千載 如何《(いかに)》せむさらでうき世はなぐさまずたのみし月も涙おちけり

235 となせがは玉ちるせゞの月を見て心ぞ秋にうつりはてぬる

236 山のはになごりとゞめぬかげよりも人だのめなる在明の月

237 秋ふかき岸《し》のしらぎく風ふけば匂ひはそらのものにぞありける

238 さびしさはお《を》きそへてけり萩のえの秋の末葉にまよふ初霜

239 いろ〳〵に紅葉をそむる衣手も秋《あき》のくれゆくつまと見ゆらむ

240 くれてゆく秋も山ぢの見えぬまでちりかひくもれ峯のもみぢば

冬十首

241 さだめなきしぐれの雲のたえま哉さてや紅葉のうすくこからむ

つ虫の声すなり我かとゆきていざとぶらはむ」（古今・秋上・二〇二　読人不知）「おぼつかないづこなるらむ虫の音を尋ねば草の露や乱れむ」（拾遺・秋・一七八　為頼）

231　志賀の浦のあたりにたちこめた朝霧のために、琵琶湖の沖を行く帆船の列は、完全にも見えない。○さゞなみや―志賀に冠して枕詞的に用いられる。○まほにも―完全にも。「まほ」には「帆」を響かせ、「とも舟」の縁語。○とも舟―連れ立ってゆく船。船列。

232　鹿はさも自分ばかりが秋であるかのように、声を立てる。月は光に秋の様子を見せないというのだろうか。

233　秋風が雲を吹きかけて、ともすれば隠れがちな夜の月は、その出を待ち、入るのを惜しむ暇もない。

234　どうしたらいいのだろう。そうでなくても憂き世は慰まらない。慰められるかとあてにしていた月を見ても、涙が落ちる。↓補注。

235　戸無瀬川の、水が玉と散る瀬々に映る月を見て、心はすっかり秋に移ってしまった。↓補注。

236　山の端になごりをとどめることなく、さっさと出る上弦の月よりも、人々に期待感を抱かせる有明の月よ。

237　秋も深まった頃、岸辺の白菊に風が吹くと、菊香は空に立昇る。○岸のしらぎく―「岸」は池の岸か。「岸の菊久しく匂ふといふことを題にて、和歌を奉らせ給ふ」（栄花物語・駒競べの行幸）

238　秋の末、うら枯れた萩の枝先の葉に初霜が置いて、寂しさもさらに加わった。

239　悲しみの血の涙で、とりどりの紅葉色に染まる袖も、（衣手の杜の色とりどりのもみじと同じく）秋が暮れてゆくきっかけと見えるだろう。○つま―いとぐち。種。「衣手」の縁語「褄」を掛ける。

240　秋が暮れてゆく山路が見えなくなるまで、乱れ散って空を曇らせてくれ。峯のもみじよ。本歌「桜花散りかひくもれ老らくの来むといふなる道まがふがに」（古今・賀・三四九　業平、伊勢物語・九七段）▽暮秋を惜しむ心。

241　時雨の雲の切れめは定まらない。だから、もみじが薄かったり濃かったりするのだろう。本歌「いかなればおなじ時雨にもみぢするははその杜の薄く濃からむ」（後拾遺・秋下・三四二　頼宗）に贈答した体。

242 冬きては野辺のかりねの草枕くるれば霜やまづむすぶ覧《(らん)》

243 たびねする夢ぢはたえぬ須磨の関かよふ千鳥の暁のこゑ

244 ふりしきし木のはの庭にいつなれてあられまちとる音《をと》を告《つ》ぐらむ

245 日かげ草くもりなきよのためしとや豊《とよ》のあかりにかざしそめけん

246 神垣《がき》やしもお《を》くまゝに打しめり月かげやどる山あゐの袖

247 ふる雪にさてもとまらぬ御《み》狩野《かりの》を花の衣のまづかへるらむ

248 つもりける雪のふかさもしらざりつ槇《(まき)》のとあくる曙のそら

249 をちかたやはるけき道に雪つもりまつ夜《よ》かさなる宇治の橋《はし》姫

250 年の内にはかなくかはる事もみなくれぬるけふぞおどろかれぬる

忍恋

251 わが恋よきみにもはてはしのびけり何をはじめと思《(おもひ)》そめけむ

252 みをつくし、しのぶ涙のみごもりに此《(この)》よをかくて朽《(くち)》やはてなん

242　冬が来たので、日が暮れるとまず霜が野辺で仮寝の草枕を結ぶのだろうか。○かりね―「仮寝」に「草」の縁語「刈り根」を響かせるか。○むすぶ―「草」の縁語。

243　磨の関に通う千鳥が暁方に鳴く旅寝の夢は覚めてしまった。須寂しい声を聞いていると、寝られなくなって。参考「淡路島通ふ千鳥の鳴く声に幾夜寝覚めぬ須磨の関守」（金葉・冬・二七〇　兼昌）

244　この間まで木の葉がしきりに降って散り敷いた庭に、いつのまにか霰のたてる音が聞えるようになった。落葉は庭でいつ霰を待ち受けるのに馴れたのだろう。

245　ヒカゲノカズラは曇りない世の実例として、豊明節会（とよのあかりのせちえ）にかざし始めたのであろうか。▽聖代を寿ぐ心。

246　社頭では霜が置く時分となるにつれて、舞人の山藍染めの袖はしっとりと夜気を含んで、月の光がそこに映る。▽旧暦十一月下の酉の日に行われる賀茂臨時祭を詠む。

247　雪が降ってきた御狩場に野宿せず、人々は帰ってゆく。まず、縹（はなだ）の狩衣が色褪せるだろう。○御狩野―皇室のための御狩場。いわゆる禁野である。交野・宇多野など。○かへる―色があせる意の「褪（かへ）る」に「帰る」を掛ける。▽鷹狩の心を詠む。鷹狩は雪を催す頃行なう。

248　夜中にこんなに雪が深く積ったとは知らなかった。白々明け放たれる空の下で、真木戸を開けて初めて気づいたのだった。

249　都から宇治までの遠く遥かな道に雪が積もり、男の訪れもとだえて、宇治の橋姫にとって空しく男を待つ夜が多くなってゆく。本歌「さむしろに衣片敷きこよひもや我を待つらむ宇治の橋姫」（古今・恋四・六八九　読人不知）○宇治の橋姫―宇治橋を守る女神とも、古物語の『橋姫物語』で語られる二人妻説話での旧妻ともいう。▽定家の歌での「宇治の橋姫は『源氏物語』で薫が「をちの里人」と詠んだ（→一五五参考）浮舟を連想させる。

250　今年中に起った無常な出来事も皆、いよいよ今年も暮れようとしている歳晩の今日、改めて驚かされる。○はかなくかはる事―具体的には、今年亡くなった人のことなど。▽歳晩の実感。古くは大晦日に魂祭を行なった。その習俗の印象がなお残っていてこの詠があるか。

251　私の恋心よ。ついには当のあなたにもそれを隠している。いったい何をきっかけとして、私はあなたを思い初めたのだろう。

252　身をさんざん苦しめ、恋心をこらえる苦しさに流す涙に溺れて、ちょうど澪標が水中に朽ちるように、このままこの世を朽ち果ててしまうのだろうか。○みごもり―水中に籠っていること。

253 いかならむふしにさぞともしらせましまだ音《ね》もたてぬ夜半の笛たけ

254 事つてむ人の心もあやふ《う》さにふみだにも見ぬあさむづのはし

255 袖のうへにさもせきかへすなみだ哉人の名をさへくたしはてじと

256 おりたちてかげをも見ばやわたり河しづまむそこのおなじふかさを

257 あらはれむその錦木《にしきゞ》はさもあらばあれ君がためてふ名をし立《た》てずは

258 蘆垣《あしがき》のひとめひまなきまぢかさをわけてつたふるまぼろしもがな

259 みだれじとかくてたえなむたまの緒《を》よながき恨のいつかさむべき

260 続古 恋わびぬ心のおくのしのぶ山露も時雨も色に見せじと

逢不遇恋

261 あけぬとてわかれしそらにまさりけりつらき恨にかへる恋ぢは

262 年月はお《を》のがさまぐ\つもるともわするべしとは契りやはせし

263 ながくしもむすばざりける契りゆゑ《へ》何あげまきのよりあひにけん

253　どんなきっかけに、夜、笛を吹いて、その音色で、あの人に「あなたが好きだ」と知らせたらいいだろう。私はまだ少しも打明けてはいないのだ。（私はまだあの人と共臥ししていない。）○ふし―「竹」の縁語「節」に「臥し」を響かせるか。○音―「笛」の縁語。「寝」を暗示するか。『文選』巻八、向子期の「思旧賦並序」に「鄰人有㆓吹㆑笛者㆒。発㆑声寥亮。追㆓思曩昔遊宴之好㆒。感㆑音而歎」とある。

254　手紙を托す他人の心も信用できないので、あの人の文を見ることもない。参考「朝津（あさむづ）の橋の　とどろとどろと　降りし雨の　古りにし我を　誰ぞこの　仲人たてて御許（みもと）のかたち　消息し　とぶらひに来るや　さきんだちや」（催馬楽・朝津）○ふみ―「文」と「踏み」（「橋」の縁語）を掛ける。

255　涙を袖で堰いてそれほどにも押返すよ。袖だけでなく、あの人の名までをすたらせまいと思って。

256　あの人と共に三途の川に降り立って、影を映してみたい。二人が共に沈む同じ奈落の底の深さを見たい。本歌「降り立ちて汲みはみねども渡り川人の瀬とはた契らざりしを」（源氏物語・真木柱　光源氏）

257　錦木を取り入れてくれないことによって、私の実らない恋が人に知られてしまうのは、もうかまわない。私の相手があなただという噂さえ立てなければ。参考「紅のひとはな衣薄くともひたすらくたす名をし立てずは」（源氏物語・末摘花　命婦）○錦木→七〇補注。

258　間近にいながら、人目の隙がないばかりに、恋心を通わすことができない。この隙を分けて私の心を伝えてくれる、長恨歌の道士のような人がいたらなあ。→補注。

259　取乱すまいと思って堪え忍ぶうちに、このようにして私の命は絶えてしまうであろうよ。しかし、恋が叶えられないこの長い恨みはいつ覚める時があるだろうか。→補注。

260　陸奥の信夫山では、露もしぐれも木の葉の色に出して見せまいと堪えているうちに、ついに色に出てしまった。恋心を忍ぶのにも堪えきれなくなってしまった。本歌「しのぶ山忍びて通ふ道もがな人の心の奥も見るべく」（伊勢物語・一五段、新勅撰・恋五・九四二　業平）

261　恋人がつれないので、会えぬまま恨みを抱いて帰る道のつらさは、夜が明けて、別れ難いのに別れてきた、以前の後朝の空よりもまさる。

262　各々違った境遇で年月が経ったとしても、お互に愛しあったことを忘れようとは約束しなかったではないか。本歌「今までに忘れぬ人はよにもあらじおのがさまざま年の経ぬれば」（伊勢物語・八六段、新古今・恋五・一三六六　読人不知）→補注。

263　いつまでも変らない愛情を約束した間柄でもないのに、どうして一緒になってしまったのだろう。→補注。

264 かきながすたゞその筆《ふで》のあとながらかはる心のほどは見えけり

265 世とともにしのぶなげきのなぐさめはわすらるゝ名のたゝぬ斗《(ばかり)》や

266 猶ぞうき此世にきゝしことのははかはるももとの契りと思へど

267 うきを猶したふ心のよわ《は》らぬやたゆる契りのたのみなるらん

268 わすれぬやさはわすれけるわが心夢になせとぞいひてわかれし

269 うつるなりよしさてさらばながらへよさのみあだなる君が名もを《お》し

270 たびのそらしらぬかりねに立別《(たちわかれ)》あしたの雲のかたみだになし

寄名所恋十首

271 霞しくよしのの山のさくら花あかぬ心はかゝりそめにき

272 いはでのみ年ふるこひを鈴鹿《すゞか》川八十瀬《やそせ》の浪ぞ袖にみなぎる

273 いつかこの月日をすぎのしるしとてわがまつ人を三輪《みわ》の山もと

274 清見《きよみ》がた関《せき》もるなみにこととはむ我よりすぐる思ひありやと

264　書き流す筆蹟は全く同じあの人だけれど、そこにも心変りした有様は見える。

265　年とともに堪えている、失恋の嘆きの慰めは、あの人に忘れられたという不名誉な噂が立たないだけとは。

266　やはりつらい。あの世に変っても二人は同様に恋人の間柄だと思うけれども、この世で聞いた薄情な言葉は同じと思うと。

267　憂くつらいあの人をやはり慕う心が衰えないのは、絶えた契りがまた復活するかと期待させる手懸りであろうか。

268　あなたは、私を忘れてしまったとおっしゃるのですか。では、私も私自身の心を忘れてしまったことになります。この逢う瀬は夢と考えようと言って、二人は別れたのでした。それなのに、私はあのことは夢だったのだと思って忘れてしまうことができないのですから。▽『正徹物語』に、この歌についての正徹と耕雲の両様の解釈を語る。↓補注。

269　心変りしたのですね。ええ、分りました。それではせめて長生きをしてください。あなたが誓いを破ったために冥罰を受け、早死をして、それほど不実な人だったという評判を立てられるのが、私にはいとおしくてなりません。参考「忘らるる身をば思はず誓ひてし人の命の惜しくもあるかな」（拾遺・恋四・八七〇　右近）

270　旅の空で、知らぬ女と仮寝の夢を結んで、別れてきた。二度と会うこともないだろうに、朝雲となって山に懸るという程度の後朝の形見もない。▽『文選』「高唐賦」の朝雲暮雨の故事をかすめる。↓補注。

271　霞が布を敷いたように一面にかかる吉野山の桜花を見飽きないのと同じく、あの人を飽きずに思う初恋の心が、私の内にきざした。参考「霞しく吉野の里に住む人は峯の花にや心かくらん」（聞書集）○かゝり―「霞」の縁語。

272　打明けて言うこともないままに年月が経った恋をして、袖には涙がたくさんの瀬を作っている。ちょうど鈴鹿川の八十瀬の波のように。↓補注。

273　私は三輪山の麓で、門の杉を目印に、あの人が尋ねてくるのを心待ちに待っている。そして多くの月日が過ぎた。いつ待ったたけのことがあって、三輪明神の霊験で、あの人を見ることができるのだろう。↓補注。

274　清見関の柵を洩れる清見潟の波に尋ねよう。お前は私以上思い悩むことがあるのかどうかと。○もる―「洩る」と「関」の縁語「守る」の掛詞。○すぐる―「関」の縁語。

275 浪こさむ袖とはかねて思ひにき末の松《まつ》山たづね見しより

276 塩釜《しほがま》のうらみになれてたつけぶりからき思ひはわれ独《(ひとり)》のみ

277 たづね見よよし更級《さらしな》の月ならばなぐさめかぬる心しるやと

278 いかで猶わがてにかけてむすび見んたゞあすか井の影ばかりだに

279 なみだやはもみぢ葉《ば》ながす立田河たぎるとすればかはる色かな

280 布引《ぬのびき》のたきよりほかにぬきみだりまなく玉ちる床の上哉

雑恋十首

281 ほどもなきおなじいのちをすてはてて君にかへつるうき身ともがな

282 よな〳〵は身もうきぬべし蘆べよりみちくるしほのまさる思ひに

283 続古 さもこそはみなとは袖のうへならめ君に心のまづさわぐらん

284 君のみとわきても今はつらからずかゝるもの思《(おもふ)》世をぞうらむる

285 時のまの袖のなかにもまぎるやとかよふ心に身をたぐへばや

275 末の松山を尋ね見た時から（愛情を誓いあって深い間柄になった時から）、あなたが誓いを破り心変りして、私の袖を嘆きの涙の波が越すことになるのだろうとは、前々から思っていました。本歌「君をおきてあだし心をわが持たば末の松山波も越えなむ」（古今・東歌・一〇九三　陸奥歌）

276 塩釜の浦に藻塩の煙が立昇るのは、見馴れた風景。あなたは私の恨むのに馴れっこになって、恋の煙を立ち昇らせ、つらい思いをしているのは私一人だけ。○うらみ―「恨み」と「浦見」の掛詞。○からき―「塩」の縁語。○思ひ―「煙」の縁語「火」を暗示する。

277 私から去るまいと思っているのならば、訪ねて下さい。更級山に捨てられて月を見ている老婆のように、あなたに捨てられて慰めかねている私の気持が、分るかどうか。本歌「わが心慰めかねつ更級や姨捨山に照る月を見て」（古今・雑上・八七八　読人不知、大和物語・一五六段）○更級―「去らじ」を掛ける。

278 何とかして飛鳥井の水を、やはり自分の手で掬って飲みたい。飛鳥井姫と契りを結びたい。→補注。

279 涙はもみじ葉を流しているのだろうか。そうではないのに、たぎり落ちると共に、立田川のように色が変る。それは血の涙のせいなのだ。本歌「年ごとにもみぢば流す竜田川みなとや秋のとまりなるらむ」（古今・秋下・三一一　貫之）

280 布引の滝の他にも、貫く緒が切れて玉が散り乱れるように、ひっきりなしに涙の玉が散る私の床の上。本歌「ぬき乱る人こそあるらし白玉のまなくも散るか袖のせばきに」（古今・雑上・九二三　業平、伊勢物語・八七段）

281 どうせそう長くも生きられない同じ命を捨てて、わが憂き身をあなたへの実らない恋の代償にしたい。→補注。

282 蘆辺から満ちてくる潮のようにまさる慕情のために流す涙で、毎晩毎晩身も浮き上ってしまいそうだ。→補注。

283 いかにも涙の湊が袖の上にあるから、舟が寄ってきて人々が騒ぐように、あなたゆえに心がまず騒ぐのでしょう。本歌「思ほえず袖に湊の騒ぐかなもろこし舟の寄りしばかりに」（伊勢物語・二六段、新古今・恋五・一三五八）

284 今となっては、あなただけがとりわけつらいわけではない。このような物思うべき世の中そのものを恨めしく思う。

285 ちょっとの間あなたの袖の中にも紛れ入るだろうかと思って、あなたの所に通うわが心に、この身を伴わせたい。参考「飽かざりし袖の中にや入りにけむわがたましひのなき心地する」（古今・雑下・九九二　陸奥）

286 うしみつときゝだにはてじ待《まち》えずはたゞあけぬまの命ともがな

287 恋しさのまさるなげきは夢ならでそれとだに見《み》ぬやみのうつゝよ

288 新古 須磨《すま》の蜑《あま》の袖にふきこすしほ風のなるとはすれど手《て》にもたまらず

289 見てすぎよ猶あさがほの露のまにしばしも留《と》めむあかぬ光を

290 あひ見ても猶ゆくへ《ゑ》なき思ひ哉命やこひのかぎりなるらむ

旅恋五首

291 こひわびぬ花ちる峯にやどからむかさねし袖やさてもまがふと

292 夏山やゆくてにむすぶ清《し》水にもあかでわかれしふるさとをのみ

293 草枕ちるもみぢばのひまもがななれこし方《かた》をよそにだにみむ

294 かりに結《ゆ》ふいほりも雪にうづもれて尋《たづね》ぞわぶるもずの草ぐき

295 わすればや松風寒き浪のうへにけふしのべとも契らぬものを

286　恋人の心の憂くつらいことが分ってしまった。丑三つという時の奏を聞き終ることもないでしょう。いくら待っていても恋人の訪れがあてにならないのならば、いっそ夜の明けないうちに死んでしまいたい。本歌「人心うしみつ今は頼まじよ（女）夢に見ゆやとねぞ過ぎにける（宗貞＝遍昭）」（拾遺・雑賀・一一八四）→補注。

287　逢ったことによって恋しさがいよいよまさるという嘆きは夢ではなくて、しかも、夜現実に逢ったこと自体は、とても現実のこととは思われない。本歌「むばたまの闇のうつつは定かなる夢にいくらもまさらざりけり」（古今・恋三・六四七　読人不知）

288　須磨の海士の袖に吹いてくる潮風のように、あの人は私に馴染むようだけれど、しっかりとその心をつかまえることができない。参考「なれゆくはうき世なればや須磨の海人の塩焼衣まどほなるらむ」（斎宮女御集、新古今・恋三・一二一〇　女御徽子女王）○なる——「馴る」に「鳴る」を響かせる。

289　寝起きの美しくない私の顔ですが、御覧になってから通り過ぎて下さい。朝顔の露がほんのしばしでも光を宿すように、いくら見ても見飽きないあなたの美しい御様子をとどめましょう。本歌「咲く花に移るてふ名はつつめども折らで過ぎ憂き今朝の朝顔（光源氏）朝霧の晴れ間も待たぬけしきにて花に心をとめぬとぞ見る（中将）」（源氏物語・夕顔）

290　相会っても、やはりどこまでも私の思いはあこがれる。命の終るのが恋の終る時なのだろうか。参考「逢ふことをその年月と契らねば命や恋の限りなるらむ」（千載・恋二・七一四　重基）

291　恋心がつのって堪えられない。花の散る峯に宿を借りよう。そうしたら、恋人と美しい袖を重ねた（共寝をした）のに見紛うかと。

292　夏山を越えようとして、行く先にある清水を手に掬って飲むにつけ、飽きもしないのに別れてきた故郷のあの人をのみ、なつかしく思う。本歌「むすぶ手のしづくに濁る山の井のあかでも人に別れぬるかな」（古今・離別・四〇四　貫之）

293　草枕に散りかかるもみじがちょっと散りやむひまがあるとよいのに。そしたら、馴れ親しんできたあの人の住む方角をよそながらでも見よう。

294　恋人と共に過すために仮に結った庵も雪に埋もれてしまって、もずが草に隠れて見えないように、恋人の行方を尋ねることはできない。→補注。

295　あの人のことを忘れてしまいたい。今日このように、松風が寒く吹く海辺に波音を聞きながら、恋心を堪え忍べとは約束しなかったのに。○松風——「待つ」を響かせる。

寄法文恋五首

人天交接両得相見

296 ひとの世もそらもあひ見ん時にもや君が心は猶へだつべき

我不愛身命

297 あぢきなや上《かみ》なき道《みち》ををしむかは命をすてん恋の山べよ

又如浄明鏡

298 法《(のり)》にすむ心に身をもみがかばやさても恋しきかげや見ゆると

如渡得船

299 君《きみ》をおきてまつもひさしきわたし舟のりうる人の契りしれとや

又如一眼之亀値浮木孔

300 たとふなる浪ぢのかめのうき木かはあはでもいくよしを《ほ》れきぬ覧

○寄法文恋─仏教の経論の語句に恋心を託した恋の歌。

296　人と空とが相接する時にも、あなたの心はやはり私を隔てているのであろうか。▽題は経典の語句を切取ったもの、いわゆる法文題である。この句は『法華経』五百弟子受記品第八に「七宝台観。充ニ満其中一。諸天宮殿。近処ニ虚空一。人天交接。両得ニ相見一」と説かれているのによる。

297　ああ情ない。無上の道である仏道のために、雪山で身を投げるのだろうか。そうではなく、恋のために恋の山辺に命を捨てることになるのだろう。○上なき道─「高野山上なき道に尋ね入りて峯の朝日の光をぞ待つ」（殷富門院大輔集）○恋の山べ─「誰をかは恋の山べのほととぎす草の枕にたびたびは鳴く」（家持集）▽雪山童子半偈投身の話を踏まえて詠む。題の法文は『法華経』勧持品第十三の偈「我不レ愛ニ身命一　但惜ニ無上道一」の一句。

298　仏の教えに澄む心と同じように、この身をも練磨したい。それでも恋しい人の面影が目の前にちらつくかどうか、試したい。参考「濁りなく清き心に磨かれて身こそ真澄の鏡なりけれ」（長秋詠藻・法華経二十八品歌）↓補注。

299　渡し舟を待つように、あなたが私の心を受入れてくれるのを私は待っている。「渡し舟に乗れる人は前世からの契りがあるのだ、私は無縁なのだ」ということを知れというのですか。○のり─「乗り」に「法」を掛ける。↓補注。

300　盲亀の浮木の喩えではないが、あの人に会えないで、私は幾夜泣きしおれていることだろう。参考「一目にて頼みかけつる浮木には乗りはつるべき心地やはする」（発心和歌集）「われやこれ浮木にあへる亀ならむこふは経れども法は知らぬを」（長秋詠藻・法華経二十八品歌）↓補注。

閑居百首　文治三年冬与二越中侍従一詠ズレ之ヲ

詠百首和歌　　侍従

春廿首

301 けふは又あまつやしろの榊ばも春のひかげをさしやそふらん

302 今よりのけしきに春はこめてけり霞もはてぬあけぼののそら

303 うくひずとなきつる鳥《とり》や春《はる》きぬとめぐむわかなも人にしらする

304 ふりつもる色よりほかの匂ひもて雪をば梅のうづむなりけり

305 いろ見えで春にうつろふ心哉やみはあやなき梅の匂ひに

306 雪きゆる片《かた》山かげのあを《お》みどりいはねのこけも春は見せけり

307 ちぎりお《を》けたままく葛に風ふかばうらみもはてじかへる雁がね

308 春雨《さめ》よこのはみだれしむら時雨それもまぎるゝ方はありけり

閑居百首―壬二集（玉吟集）によれば、文治三年（一一八七）十一月の試み。越中侍従と呼ばれた家隆と二人で詠んだ。定家は二十六歳。家隆は三十歳。

301　立春の今日は、天つ神を祭る社の榊葉も、春の光をさしそえることだろう。○あまつやしろ―「明らけき雲の上をば万世と天つ社も照らしますらむ」（長秋詠藻・右大臣家百首）○さし―「射し」に「榊」の縁語「挿し」を掛ける。

302　すっかり霞みきってもいない曙の空、これからのこの空のたたずまいに春が籠められている。

303　「憂く乾ず」と鳴いた鳥（鶯）や、芽ぐむ若菜も、春の訪れを人に知らせる。本歌「心から花のしづくにそぼちつつうくひずとのみ鳥の鳴くらむ」（古今・物名・四二二　敏行）

304　白雪は白梅の上に降り積って、梅をしろじろと埋めるが、梅はその匂いで逆に雪を埋める。▽「雪をば梅のうづむなりけり」が意表を突いた表現。

305　それとはっきり色は見えないけれども、古人が「春の夜の闇はあやなし」と歌った、夜の梅の匂いのために、心は春に移ってゆく。本歌「春の夜の闇はあやなし梅の花色こそ見えね香やは隠るる」（古今・春上・四一　躬恒）「色見えで移ろふものは世の中の人の心の花にぞありける」（古今・恋五・七九七　小町）

306　雪が消えた片山蔭の、岩の根元に生えた青緑の苔も、春の訪れを見せている。

307　約束しておけ。北国へ帰ってゆく雁よ。今は玉を巻いたように若葉を巻きこんでいる葛に秋風が吹いて、その葉裏を見せる時分になったならば、またやってくると。そうしたらいつまでも恨んでいるわけにもゆくまいから。参考「浅茅原玉巻く葛のうら風のうらがなしかる秋はきにけり」（後拾遺・秋上・二三六　恵慶）○うらみ―「恨み」に「葛」の縁語「裏見」を掛ける。葛の葉はひるがえると裏が目立つ。○かへる―「帰る」に「葛」の縁語「返る」を掛ける。

308　木の葉が散り乱れ、時折しぐれした時節も、気持の紛れることはあった。春雨がしとしと降る頃は、紛れることがなく無聊だ。

309 としふれど心の春はよそながらながめなれぬるあけぼののそら

310 しばしとていでこし庭もあれにけりよもぎの枯葉《かれは》すみれまじりに

311 山ざとのまがきの春のほどなきにわらび許《(ばかり)》やを《お》りは知《し》るらむ

312 月かげのあはれをつくす春の夜にのこりおほくもかすむそら哉

313 春《はる》のきて相《あひ》見んことは命ぞと思《(おもひ)》し花ををしみつるかな

314 おもしろくさくらさきける此世《(このよ)》哉さもこそ月のそらにすむとも

315 さくと見し花の梢はほのかにて霞ぞにほふゆふぐれのそら

316 雲のうへのかすみにこむるさくら花又たちならぶ色をみぬ哉

317 たづねばやしのぶのおくの桜花風にしられぬ色やのこると

318 ちる花をみよのほとけにいのりてもかぎる日数のとまらましかば

319 花さかぬわがみやま木のつれ〴〵といく年すぎぬみよの春《はる》風

320 ものごとにいろはかはらでを《お》しまるゝ春は心のわかれなりけり

309　幾年も経ったけれども、心の春はめぐってはこない。そういう状態でじっと物思いに沈みながら曙の空を眺めるのにも、いつしか馴れてしまった。○心の春―心から楽しめる春。具体的には、春の除目で昇進などして得意な春。▽述懐の心を籠める。

310　ほんの暫しと思って出てきた故園の庭も荒れてしまった。久しぶりに訪れてみると、蓬の枯葉にまじってすみれが咲いている。参考「昔見しいもが垣根は荒れにけりつばなまじりの菫のみして」（堀河百首・菫　公実）▽菫は廃園に咲く草花というイメージがある。

311　山里の籬に訪れた春はまだ浅く、それらしい趣もない。山人が折取るわらびだけが、この季節を知っているのであろうか。○をり―折り。時節。時候。折取ることから、「わらび」の縁語。

312　月影があわれさの限りを尽す春の夜に、なごり多くも霞んでいる空よ。↓補注。

313　春がやってきて、再び花に会えるのは、こちらの命あってのことと思っていたが、私はつれなく生き永らえていて、逆に短い命の花が散るのを惜しんでいる。「春ごとに花の盛りはありなめどあひ見むことは命なりけり」（古今・春下・九七　読人不知）

314　まことにすばらしく桜が咲いた。いかに月が空に澄むとしても、この桜がなかったら、この世はどんなにつまらないことだろう。

315　春の夕暮の空には、咲いたと見た花の梢はほのかに霞みわたって、その霞そのものが色づいているようだ。参考「雲かかる山の桜はおしなべておもしろくこそ中に見えけれ」（相模集）

316　九重の霞の内に籠められている、大内の桜花――これに匹敵する美しい色を他に見たことがない。↓補注。

317　尋ねてみたい。信夫の里の奥の桜花は、風に知られないままに吹き散らされることもなく、美しい色が残っているかどうか。参考「あしひきの山がくれなる桜花散り残れりと風に知らるな」（拾遺・春・六六　小弐命婦）

318　散る花を、どうか散らないようにと三世の仏様達に祈ることによって、いつまで咲いていると限られた日数の過ぎゆくのが止まるのならば、祈りもしようが……。時の流れを止めることはできないのだ。参考「折りつればたぶさにけがる立てながら三世の仏に花奉る」（後撰・春下・一二三　遍昭）

319　私は、花の咲かない深山木のようなもの。春風の吹く（恵みあまねき）三代の帝の聖代で、なすこともなく何年過ぎてしまったのだろう。参考「頼めおく春の光をかしこみてわが深山木の花を待ち見む」（林下集）○みよ―「御代」に「三代」（高倉・安徳・後鳥羽）を響かせるか。▽述懐の心を籠める。

320　目に触れる物毎に、暮春だからといってその様子が特に変ることはないけれども、何となく行く春

夏十五首

321 春夏《なつ》のお《を》のがきぬ〴〵ぬぎかへてかさねし袖を猶を《お》しむ哉

322 しかりとてけふやは名《な》のるほとゝぎすまづ春暮《(くれ)》てうらめしのよや

323 なにとなくすぎにし春ぞしたはるゝふぢつゝじさく山のほそ道

324 如何《(いかに)》せむひのくま河のほとゝぎすたゞ一声のかげもとまらず

325 橘に風ふきかを《ほ》るくもり夜《よ》をすさびになのるほとゝぎす哉

326 ふるさとは庭もまがきもこけむして花たち花《(ばな)》の花ぞちりける

327 五《さ》月やみそらやはかを《ほ》る年をへて軒《のき》のあやめの風のまぎれに

328 山ざとののきばのこずゑくもこえてあまりな閉《と》ぢそ五月雨のそら

329 打《(うち)》もねずくるればいそぐうかひ舟しづまぬ世《よ》もやくるしかるらむ

330 いかならむしげみがそこにともしして鹿まちわぶるほどの久しさ

331 もゝしきのたまのみぎりのみかは水まがふ蛍もひかりそへけり

が惜しまれる。春の別れは心の中での別れなのだ。参考「物ごとに秋ぞ悲しきもみぢつつうつろひゆくを限りと思へば」（古今・秋上・一八七　読人不知）

321　衣更なので、重ね着していた春着を薄い夏着へと脱ぎ替えるが、やはり今までの春着の袖を脱ぐのが惜しく思われる。本歌「しののめのほがらほがらと明けゆけばおのがきぬぎぬなるぞ悲しき」（古今・恋三・六三七　読人不知）

322　春が暮れたからといって、立夏の今日、早くも時鳥がやってきて鳴くということがあろうか。それなのに、春はさっさと暮れてしまって、恨めしく思われる。

323　何ということなく、過ぎ去った春が慕わしく思われる。藤や躑躅が咲いている山の細道を行くと。

324　どうしたらよいのか。檜隈（ひのくま）川の時鳥は、ただ一声鳴いて過ぎてしまって、川面に影をとどめることもない。本歌「ささの隈檜の隈川に駒とめてしばし水かへ影をだに見む」（古今・神遊びの歌・一〇八〇　日女の歌）

325　橘に風が吹いて良い薫りを運んでくる、どんより曇った夜、本気ではなく戯れのように時鳥が鳴く。

326　故郷は、庭にも垣にも苔が生えて、花橘の花が散っている。▽橘の花が散っている「ふるさと」ということから、『源氏物語』花散里の巻が連想される。

327　五月闇は空が薫るのであろうか。そうではない。住みついてから何年も経っている庵の軒に葺いた菖蒲に、風が吹いて、その香があたりに紛れているのだ。↓補注。

328　山里の軒端すれすれに生えている木々の梢に雲が越えて、視界をさえぎっている。これ以上この山家を余りに閉じこめてしまわないでくれ。五月雨の空よ。○あまり―副詞「余り」だが、軒の突き出た部分をも「あまり」というので、「のきば」の縁語。

329　寝ようともせず、日が暮れると急いで舟を出す鵜飼の仕事は、殺生の罪ゆえに、来世は地獄に沈んで苦を受けることだろうが、今生においても既に苦しいのだろう。↓補注。○うかひ舟―鵜飼の舟。鵜飼は、鵜を飼い馴らして鮎を取ること、またそれを業とする鵜匠。

330　茂みの底に照射をして、鹿が近寄ってくるのをそのように待ちわびている時の間の長さは、どうだろう。○ともし―照射。松明をともし、鹿をおびき寄せて射止めること。また、その火。○鹿―副詞「然（しか）」を響かせる。

331　禁裏の玉を敷きつめた庭を流れるみかわ水に、これまた玉と見まごう蛍が飛んで、内裏にいよいよ光を添えている。○みかは水―内裏の御殿の周辺を流れる溝の水。▽祝言の心を籠める。○まがふ蛍―「軒近くまがふ蛍の透き影にげに玉垂れの御簾かけてけり」（拾玉集・句題百首）は定家のこの歌とほぼ同じ頃の詠。

332 やへむぐらしげるまがきの下露にしを《ほ》れもはてぬなでしこの花
333 かげきよき池のはちすに風すぎてあはれすゞしき夕まぐれ哉
334 松風のひゞきも色もひとつにてみどりにおつるたにがはの水
335 夏《なつ》ふかきのべをまがきにこめお《を》きてきりまの露の色をまつかな

秋廿首

336 ふく風にのきばの荻《おぎ》はこゑたてつ秋よりほかにとふ人はなし
337 草の原《はら》をざゝがすゑもつゆふかしお《を》のがさま〴〵秋たちぬとて
338 虫のねにはかなきつゆのむすぼほれところもわかぬ秋のゆふぐれ
339 よをかさね身にしみまさるあらし哉松の梢に秋やすぐらん
340 秋ふかき木々のこずゑにやどかりてみやこにかよふ山おろしの風
341 ほの〴〵とわがすむかたはきりこめて蘆屋《や》の里に秋風ぞふく
342 秋きぬと手ならしそめしはしたかもすゑ野《の》にすゞのこゑならすなり

332　雑草が茂っているあばら屋の垣根の下露に、しおれきってもしまわず、可憐に撫子の花が咲いている。○なでしこの花―トコナツを指すか。→二一三。

333　清らかな影を水面に映している池の蓮に風が吹き過ぎる。ああ、涼しい夕まぐれ。参考「葉展影翻当ㇾ砌月　花開香散入ㇾ簾風」（和漢朗詠・蓮・一七六　白楽天）

334　松風の響きも松の色も一つになって、谷川の水に落ちるようだ。それで谷川は碧潭を湛えているのだろう。

335　夏も深まった。閑居する我が家の垣根の内も夏野のようにうっそうと茂って、秋霧の絶え間の、秋草に宿る美しい露の色を待っている。

336　吹く初秋の風に軒端の荻は声を立てた。ああ、今年も秋はやってきた。しかし、それ以外に私を訪れる人はいない。→補注。

337　草原の小笹の葉末にも、涙のような露が深く置いている。それぞれに秋（飽き）が来たというので。参考「今までに忘れぬ人は世にもあらじおのがさまざま年の経ぬれば」（伊勢物語・八六段、新古今・恋五・一三六六　読人不知）「うき身世にやがて消えなば尋ねても草の原をば問はじとや思ふ（朧月夜）いづれぞと露のやどりをわかむまに小笹が原に風もこそ吹け（光源氏）」（源氏物語・花宴）

338　悲しげな虫の音にはかない露が結ぼおれ、秋の夕暮は場所の区別なく寂しい。

339　夜を重ねるにつれいよいよ身にしみる山風よ。松の梢に秋が吹き過ぎるのであろうか。

340　山颪の風は、秋色も深まった木々の梢に宿を借りて、都へと吹き通う。

341　私の住んでいる方角は、ほのぼのと霧が立ちこめていて見えない。ここ蘆屋の里には、蘆の花や葉に寂しく秋風が吹いている。参考「晴るる夜の星か河辺の蛍かもわが住む方の海人の焚く火か」（伊勢物語・八七段、新古今・雑中・一五九一　業平）○ほの〲と―蘆の穂を暗示する。

342　秋が来たというので調教し始めたはしたかも、今や末野で脚に付けられた鈴の音を鳴らしている。○はしたか―はいたか。小型の鷹。

343 うづらなくゆふべのそらをなごりにて野となりにけり深草《ふかくさ》の里

344 夢にだにつまにはあはぬさをしかの思《(おもひ)》たえぬるあけぼののこゑ

345 まどろむと思《(おもひ)》もはてぬ夢ぢよりうつゝにつゞくはつかりのこゑ

346 くまなさはまちこしことぞ秋の夜の月よりのちのなぐさめも哉《(がな)》

347 ひさかたのくもゐをはらふこがらしにうたても澄《す》めるよはの月哉

348 ゆくへ《ゑ》なきそらに心のかよふ哉月すむ秋のくものかけはし

349 いろかはるあさぢがすゑの白露に猶かげやどすありあけの月

350 わがおもふ人すむやどのうすもみぢ霧《きり》のたえまに見てやすぎなん

351 うつろひぬ心の花はしらぎくのしもお《を》く色をかつうらみても

352 竜田山紅葉ふみわけたづぬればゆふつけどりのこゑのみぞする

353 みよしのも花見し春のけしきかはしぐるゝ秋の夕暮のそら

354 あぢきなく心に秋はとまりゐてながむるのべの霜《しも》がれぬらん

343　寂しげに鶉の鳴いている夕暮の空が、恋人同士が住んでいた頃のなごりをとどめ、深草の里はすっかり野となってしまった。本歌「年を経て住みこし里を出でていなばいとど深草野とやなりなむ　野とならば鶉と鳴きて年は経むかりにだにやは君は来ざらむ」（古今・雑下・九七一　業平、九七二　読人不知、伊勢物語・一二三段）

344　夢の中ですら妻の鹿に逢わない牡鹿が、明方悲しげに泣く、絶望的な声が聞えてくる。▽夢野の鹿の古伝説をかすめて詠む。『日本書紀』第一一仁徳天皇三十八年の条や、『摂津国風土記』逸文に八田部郡菟餓野（雄伴郡夢野）の口碑として、その身に霜が降ったという牡鹿の夢を、妻の鹿がそれは狩人に射られて身に塩を塗られる前兆だと合せたが、果してそのようになったことを語り、「刀我野に立てる真牡鹿も、夢相のまにまに」という諺を伝える。

345　秋の夜長、まどろんだとも思われないうちにうとうとしたらしい。その夢の中から初雁の声が聞えてくると思っていたら、それがいつしか現実に続いているのだった。▽よくありがちな、夢から現実に続く聴覚を歌う。

346　秋の夜のこの明月のくまなさは、かねて期待していたことだ。この明月ののちの慰めが欲しい。

347　雲を吹き払う木枯に、余りなまでに澄む夜の月よ。

348　月が澄む秋の夜、どこまでもはてしなく拡がる空を見ていると、雲を桟として、わが心もはるばるとそこに通う（空の果が思いやられる）。○かよふ―「かけはし」の縁語。

349　色が変った浅茅の葉末の白露に、有明の月は依然として光を宿している。

350　心に思う人が住んでいる宿の薄紅葉を、霧の絶え間に見るだけで、私は通り過ぎるのだろうか。参考「見わたせばもみぢにけらし露霜にたが住む宿のつまなしの木ぞ」（長承三年九月十三日中宮亮顕輔家歌合・紅葉二番左　宗能）

351　霜が置いて移ろった白菊の色を一方では恨んでも、心の花も移ろってしまった。本歌「色見えでうつろふものは世の中の人の心の花にぞありける」（古今・恋五　七九七　小町）参考「ませの内なる白菊も　うつろふ見るこそあはれなれ　我らが通ひて見し人も　かくしつつこそかれにしか」（古今著聞集・巻八好色）

352　竜田山に紅葉を踏分け尋ね入ると、夕告鳥の声ばかりする。本歌「たがみそぎゆふつけ鳥か唐衣立田の山にをりはへて鳴く」（古今・雑下・九九五　読人不知、大和物語・一五四段）参考「奥山に紅葉ふみわけ鳴く鹿の声聞く時ぞ秋はかなしき」（古今・秋上・二一五　読人不知、百人一首　猿丸大夫）

353　み吉野も、しぐれている秋の夕暮の空は、かつて花を見た春の景色などとても想像できない寂しさだ。▽花の名所の秋の夕暮を取上げた所が狙い。

354　つまらないことに、秋は心の中にだけ止まっていて、私は人に

355 ゆく秋のしぐれもはてぬ夕まぐれなにに分《わ》くべきかたみなるらん

冬十五首

356 かくしつゝことしもくれぬと思《(おもふ)》よりまづなげかるゝ冬はきにけり

357 いまよりはいづれの里にやどからむ木《(こ)》の葉しぐれぬ山かげもなし

358 風ふけばやがて晴《は》れのくうきぐもの又いづかたにうちしぐるらむ

359 やま里はわけいる袖のうへをだにはらひもあへずちる木のは哉

360 小野《をの》山や焼くすみがまのけぶりにぞ冬たちぬとはそらに見えける

361 続後 あられふる賤《しづ》がさゝやよそよさらに一夜《(ひとよ)》ばかりの夢をやは見る

362 さびしさは霜こそ雪にまさりけれ峯の梢のあけぼののそら

363 しもふかき沢辺《さわべ》のあしに鳴《な》くつるのこゑもうらむるあけぐれのそら

364 うらやまし時をわすれぬはつ雪よわがまつことぞ月日ふれども

365 いかにせむ雪《ゆき》さへけさはふりにけりさゝわけし野《の》の秋のかよひぢ

飽かれ、じっと物思いに沈みながら眺める野辺は霜がれて、人の訪れも離（か）れてしまっているのだろう。○秋―「飽き」を掛ける。○霜がれぬらん―「枯れ」に「離れ」を掛ける。▽閑居の趣に、男に捨てられた女の心情をからませる。

355　すっかりしぐれてしまわない夕まぐれ、何を行く秋の形見として見分けたらよいのだろう。

356　そうこうしているうちに今年も暮れてしまうと思うと、まずつい嘆息してしまう。そういう冬がやってきた。▽昇進のないことを述懐する心を籠める。

357　これからは、どの里に宿を借りたらよいのだろう。木葉しぐれの降らない山蔭もない。

358　風が吹くとすぐ霽れてゆく浮雲は、またどの方角に行って、時雨を降らせるのだろう。

359　山里に分入るにつれて、払いきれないほどおびただしく、袖の上に木の葉が散る。▽「入りもてゆくままに霧りふたがりて、道も見えぬ繁木の中を分け給ふに、いと荒ましき風の競ひに、ほろほろと落ち乱るる木の葉の露の散りかかるもいと冷やかに、人やりならずいたく濡れ給ひぬ」（源氏物語・橋姫）という描写に通う趣がある。

360　小野山は、炭を焼く炭竈の煙が立昇るので、冬が立った（冬になった）ことが空にはっきりと見える。参考「炭竈に立つけぶりさへ小野山は雪げの雲に見ゆるなりけり」（金葉・冬・二九〇　師時）○冬たちぬ―「たちぬ」は「けぶり」の縁語。

361　霰がばらばらと音を立てて降る、賤山がつの笹葺の小屋では、一夜だけでもゆっくり夢を結ぶほど眠れるだろうか。○さゝや―笹で屋根を葺いた小屋。○そよ―それよ。感動詞。笹のそよぐ擬音「そよ」（「笹」の縁語）を掛ける。○一夜―「笹」の縁語「一節（よ）」を掛ける。

362　寂しさは、霜の朝の方が雪の朝よりもまさっている。曙の空の下、峯の葉を落とした木々の梢を見て、つくづくそう思う。

363　まだ明けやらぬ空の下、霜が深く置いている沢辺の蘆の中で、鳴いている鶴の声も、寒さを恨んでいるように聞える。参考「鶴鳴㆓于九皐㆒、声聞㆓于野㆒」（詩経・小雅・鶴鳴）

364　時節を忘れず降る初雪はうらやましい。私が待っていること（昇進の喜び）は、いくら月日が経っても訪れないのだから。▽述懐の心を籠める。

365　どうしよう。生い茂った笹藪を分けてやっと通った秋の野の道に、今朝は雪さえ降ってしまった。本歌「秋の野に笹分けし朝の袖よりも逢はでこし夜ぞひちまさりける」（古今・恋三　六二二　業平、伊勢物語・二五段）

366 山ふかきまきの葉《は》しのぐ雪をみてしばしは住《す》まん人とはずとも

367 続後 浦風やとはに浪こす浜松《はまゝつ》のねにあらはれてなくちどり哉

368 ふる袖の山あゐの色も年つみて身もしをれぬる心ちこそすれ

369 身につもる年をば雪のいろに見てかずそふ暮《くれ》ぞ物はかなしき

370 春《はる》秋のあかぬなごりをとりそへてさながらをしき年のくれかな

恋十首

371 あさましやむなしきそらに結《ゆ》ふ標《しめ》のかけてもいかゞ人はうらみむ

372 たぐふべき室《むろ》の八島《やしま》をそれとだにしらせぬそらのやへがすみ哉

373 さばかりに心のほどを見せそめし頼《たよ》りもつらきなげきをぞする

374 わすられぬ人をいづことたづねてもなれしかことのある世《よ》なりせば

375 うくつらき人をも身をもよし知らじたゞ時のまのあふこともがな

376 いかにせむあふ夜《よ》をまさるなげきにて又それならぬなぐさめはなし

366　深山の真木の葉を押しつけて積る雪を見て、しばらくこの山住まいを続けよう。たとえ人は訪れなくても。本歌「奥山の真木の葉凌ぎ降る雪の降りはますとも地に落ちめやも」(万葉・巻六・一〇一〇　橘奈良麿)

367　浦風が吹き、永劫変らないように、浜辺の松の根を波が洗っている。そして、悲しそうな声を立てて千鳥が鳴く。本歌「風吹けば波うつ岸の松なれやねにあらはれて泣きぬべらなり」(古今・恋三・六七一　読人不知)

368　賀茂臨時祭の舞人が振る山藍の袖(青い袖)も、年が経って、袖だけでなくこの身もしおれてしまいそうだ。○山あゐの色―藍色。

369　この身に積る年齢を雪の色をした白髪で知って、本当の雪にこの色の加わった年の暮は悲しい。▽述懐の心を籠める。

370　今年の行ってしまうのが惜しい上に、春秋がなごり惜しかったことも加わって、まったく年の暮は惜しまれる。

371　我ながらあきれてしまう。茫漠たる大空に標縄を結うように、あてもなく人を恋しても、ほんの少しでも怨みようがないではないか。参考「夢にだにまだ見ぬ人の恋しきは空にしめゆふこゝちこそすれ」(新勅撰・恋一・六二八　読人不知)○むなしきそら―虚空。○かけても―かりそめにも。

372　秋の胸の煙は、室の八島の水煙に比べられるくらいなのに、空には八重霞が立って胸の煙を紛らわせ、恋人にそれと知らせてくれない。参考「いかにせむ室の八島に宿もがな恋の煙を空にまがへむ」(治承二年七月右大臣家百首、千載・恋一・七〇三　俊成)

373　あれほど最初好意を示してくれた仲立ち(媒人、恋を取り持つ人)も、かえってつらく思われるような、恋の嘆きをする。

374　忘られない人をどこにいるかと尋ねて、尋ねあてられても、すでに馴れ親しんで愚痴をいえるような間柄だったらいいのだけれど……。○かこと―愚痴。不平。

375　憂くつらいあの人も、また私自身も、どうなってもかまわない。ただちょっとの間でもいいから逢いたい。本歌「逢ふことの絶えてしなくはなかなかに人をも身をも恨みざらまし」(拾遺・恋一・六七八　朝忠)

376　どうしたらいいのだろう。一夜逢ったことによって思いはいやまさるけれども、また逢うこと以外に慰めはない。

377 今ぞしるあかぬ別のなみだ河身をなげはつる恋のふちとも

378 しきたへの枕ながるゝ床《(とこ)》の上にせきとめがたく人ぞこひしき

379 新古今 かへるさのものとや人のながむらんまつよながらの有明の月

380 ちぎらずよ心に秋はたつた河わたるもみぢの中たえむとは

述懐五首

381 むれてゐしおなじ渚《なぎさ》の友《とも》づるにわが身ひとつのなどお《を》くるらん

382 こす浪ののこりをひろふはまの石の十《とを》とてのちも三とせすぐしつ

383 お《を》しなべてお《を》よばぬ枝の花ならばよそに三笠《みかさ》の山も憂《う》からじ

384 影きよきくもゐの月をながめつゝさても経《へ》ぬべき此世ばかりを

385 これも又おもふにたがふ心かなすてずは憂《う》きをなげくべきかは

雑十五首

386 たのむかな春日《かすが》の山の峯つゞきかげものどけき松のむらだち

377　今分った。飽かぬ別れに流した涙の川は、そこに投身自殺をするための恋の淵だったのだ。本歌「涙川身投ぐばかりの淵はあれど氷とけねばゆく方もなし」（後撰・冬・四九四　読人不知）○なみだ河—おびただしく流す涙を川に喩えた言い方。

378　枕も流れるほど、床の上に涙は流れて、堰き止めがたい。そのように溢れる慕情を堰き止めがたくあの人が恋しい。参考「涙川枕流るるうき寝には夢もさだかに見えずぞありける」（古今・恋一・五二七　読人不知）○しきたへの—「枕」に掛る枕詞。

379　あの人は、他の女の許からの帰り路に眺めていることだろうか、私があの人を待ちながらまんじりともしないで見つめている、この同じ有明の月を。▽男に捨てられた女の心で詠む。

380　秋になって、竜田川を渡ると紅葉の錦が中断するように、あなたが私に飽いて二人の中が絶えることになろうとは、約束しませんでしたよ。本歌「竜田川紅葉乱れて流るめりわたらば錦なかや絶えなむ」（古今・秋下・二八三　読人不知、左注、奈良御門）○秋—「飽き」を掛ける。

381　同じ渚に群がっていた仲間の鶴に、どうしてこの私独りが飛び遅れたのだろう。▽官位の停滞をあからさまに述懐した歌。

382　波の越えるように、人々は私を追い越して出世してゆく。そして私はその残り物となった浜の石を拾っているようだ。拾遺（侍従）となってもう十三年経った。参考「年だにも十とて四つは経にけるをいくたび君を頼みきぬらむ」（伊勢物語・一六段）「……五の品に　年深く　十とて三も　経にしより……」（久安百首、新勅撰・雑五・一三四二　俊成）○こす浪—超越（追い抜いて昇進すること）してゆく友の比喩。○のこりをひろふ—侍従の唐名「拾遺」を和らげて読む。▽沈倫を述懐した歌。

383　三笠山の木の枝の花（近衛職）は、誰も手の届かない高嶺の花ならば、私に無関係なものと見て、つらくも思わないだろうが（そうでないからつらいのだ）。○三笠—「見」を掛ける。▽家門の伝統を思って述懐した歌。

384　光も清い空の月を眺めながら、この世だけでもそうして送ることができるのに（私は何をあくせく思うのだろう）。

385　これまた予期に反するわが心だ。この憂世を捨てないのならば、憂さを嘆くべきではないのに（実際は嘆いている）。

386　日の光ものどかで、峯続きに松のむら立つ、春日山に神鎮まります御氏神のおぼしめしを、私はお頼み申上げます。

387 跡《あと》たえてそなたとたのむ道もなし南《みなみ》の岸のしるべならでは

388 しかばかりかたき御《み》法《のり》のすゑにあひて哀このよとまづ思ふ哉

389 花の春紅葉の秋とあくがれてこゝろのはてや世にはとまらん

390 世中を思ひのきばの忍草《(しのぶぐさ)》いく代《よ》のやどとあれかはてなむ

391 さぎのゐる池のみぎはに松古《ふ》りてみやこのほかの心ちこそすれ

392 ゆきかはる時につけてはお《を》のづからあはれを見する山のかげかな

393 たきのお《を》と峯のあらしもひとつにてうちあらはなる柴のかき哉

394 里《さと》びたる犬《いぬ》のこゑにぞきこえつる竹よりおくの人の家居《いゑゐ》は

395 菊かれてとびかふ蝶《てう》の見えぬ哉さきちる花やいのちなりけん

396 さかのぼる波のいくへにしを《ほ》れけむあまのかはらの秋のはつ風

397 くろかみはまじりし雪《ゆき》のいろながら心のいろはかはりやはせし

398 くさがれの野原《はら》のこまもうらぶれてしらぬさかひの長《なが》月のそら

387　南円堂のお導き以外には、藤原氏北家の末流たる私の家が繁栄する道もありません。本歌「ふだらくの南の岸に家居して今ぞ栄えむ北の藤波」（袋草紙・上　春日明神、新古今・神祇・一八五四　春日榎本明神、第三句「堂建てて」）○南の岸―南円堂。

388　それほど遇うこと難い仏法に末法の世ながら遇い奉り、この世に人身を享けて生れてきたのは、ああ実に有難いことだと思われる。参考「厭ふべし思ひもすべし鷲の山御法の末にあふ世なりけり」（寂蓮結題百首）

389　花の春、紅葉の秋と、美しいものにあこがれてきた私の心は、死んだ後にもついにはこの世にとどまることであろうか。

390　世間から隠遁するため、この家を立ち退こうと思う。軒に忍ぶ草の生えているこの家も、何代も前の誰かの家として、私のことを偲ぶ人もないままに、すっかり荒廃してしまうのであろうか。本歌「住みわびて我さへ軒の忍ぶ草しのぶかたがた滋き宿かな」（金葉・雑上・五九一　周防内侍）○思ひのきば―「思ひ退き」に「軒端」を掛ける。○忍草―ノキシノブ。

391　廃園を訪れる。鷺の佇立する池の汀に生えている松は古色を帯び、とても都の内とは思われない。参考「蒼茫霧雨之霽初　寒汀鷺立　重畳煙嵐之断処　晩寺僧帰」（和漢朗詠・僧・六〇四　閑賦）▽謡曲「鷺」に引かれている歌である。

392　季節の移り変るにつれて、自ずと情緒を見せる山蔭よ。

393　滝の音、峯の嵐も、一つになって聞えてくる。中があらわに見える、小柴垣をめぐらした庵。

394　人里に育ったらしい犬の声で分った、竹林の奥にも人の住まいがあることは。▽源氏物語・宇治十帖の世界に通うものがある。↓補注。

395　菊は枯れて、飛びかっていた蝶も見えない。咲いては散っていった菊の花が、蝶の命だったのだろうか。参考「秋花紫蒙蒙　秋蝶黄茸茸　花低蝶新小　飛戯叢西東　日暮涼風来　紛紛花落レ叢　夜深白露冷　蝶已死二叢中一　朝生夕倶死　気類各相従　不レ見千年鶴　多栖白丈松」（白氏文集　巻八・秋蝶）

396　天の川のあたりに、秋の初風が吹いている。昔、張騫が黄河の水源を遡って天の川に至った時は、どんなにか波に濡れたことだろう。▽『蒙求』にいう「博望尋河」の故事を詠む。

397　黒髪は雪の色がまじるように（胡麻塩に）なったが、心の色は変りはしない。

398　九月の空の下、草は枯れ、野原を行く駒も旅にやつれて毛色も変り、私は知らぬ土地をどこまでも旅をする。参考「陟二彼高岡一　我馬玄黄」（詩経・周南　巻耳）

399 つてにきくちぎりもかなし相思《あひおも》ふこずゑの鴛鴦《をし》のよな〳〵のこゑ

400 いか許《(ばかり)》ふかき心のそこを見て生田《いくた》の河に身のしづみけん

399　故事として伝え聞く男女の間柄は、悲しい。相愛の鴛鴦が、毎夜相手を求めて鳴く声が聞える。↓補注。

400　蘆屋の菟原処女は、一体どれほど深い相手の男達の心の底を見て、生田川に身を沈めたのであろう。▽生田川伝説を詠む。参考「住みわびぬわが身投げてむ津の国の生田の川は名のみなりけり」（大和物語・一四七段）

奉和無動寺法印早率露胆百首　文治五年春

詠百首和歌　　侍従

春　此題同㆓堀川院百首㆒今略而不㆑書㆑之

401 年くれしあはれをそらのいろながらいかに見すらん春《はる》のあけぼの

402 なにゆゑ《へ》にはつねのけふの小《こ》松ばら春のまとゐを契りそめけん

403 たちかくすよそめは春《、る》のかすみにて雪にぞこもるおくの山ざと

404 うぐひすのやどしめそむる呉《くれ》竹にまだふしなれぬ若音《わかね》なくなり

405 いざけふはあすの春雨《はるさめ》またずとも野ざはのわかな見てもかへらん

406 ふみしだくおど《を》ろがしたにしみいりてうづもれかはる春の雪かな

407 こぞもこれ春《はる》のにほひになりにけり梅さくやどのあけぐれのそら

408 お《を》そくときみどりのいとにしるき哉春《はる》くるかたの岸の青柳《(あをやぎ)》

奉和無動寺法印早率露胆百首―文治五年（一一八九）、定家二十八歳の春の作。無動寺法印は慈円を指す。早率はそそっかしいこと。露胆はまごころを披瀝するの意。堀河百首題を速詠した慈円の「楚忽第一百首」（拾玉集・第一所収、文治四年十二月詠か）に和したもの。

401　今朝の曙の空は、旧年が暮れたあわれさをその色にとどめていて、どのように立春の喜びを見せるのであろう。▽題は「立春」。

402　どうして初子の今日、小松原で春の団欒をする習慣が始まったのであろう。〇はつね―正月初めての子日。↓三。〇まとゐ―団居。仲良く輪になって坐ること。▽題は「子日」。

403　山奥の里は、よそめには春の霞が立ち隠しているようだが、その実はまだ残雪に籠っているのだ。▽題は「霞」。

404　鶯が自分の宿として所を占める呉竹に、谷から出てきたばかりで、まだ臥し馴れないのか、節も馴れぬ若い声で鳴くのが聞える。〇呉竹―呉から渡来した竹。鶯は竹と取合わされることが多い。〇ふし―「臥し」に「呉竹」の縁語「節」を掛ける。▽題は「鶯」。

405　さあ、今日は、明日あたり降る春雨を待たず、野沢の若菜がどのくらい伸びたか、見て帰ろう。↓補注。▽題は「若菜」。

406　いばらを踏みしだくと、残雪は解けてその下に沁みこむ。今まではいばらを埋めていたのに、立場が変っていばらに埋もれる春の雪。〇おどろ―「棘」などの字を宛て、いばら、また、やぶの意。▽題は「残雪」。立場が逆転した面白さ。

407　ああ、去年もこうだったっけ。梅咲く家の、未明の空は、芳香が充ち満ちて、春の香りそのものになってしまった。〇あけぐれのそら―夜が明けきらない頃の暗い空。「明闇は梅が香に心のとまる比也。明はつれば万事に心のうつりて、感ずるけあさくなる也」（聞書）。▽題は「梅」。

408　池のほとりの柳を見ると、その緑の糸の芽ぐみように遅速があるので、春がやって来る方向（東）の岸がどちらか、はっきりする。参考「東岸西岸之柳　遅速不㆑同　南枝北枝之梅　開落已異」（和漢朗詠・早春・一一　保胤）〇春くるかた―春は東からやって来るとされる。「くる」は「来る」に「いと」の縁語「繰る」を掛ける。▽題は「柳」。

409 いはそゝく清《し》水も春《はる》のこゑたてゝうちやいでつる谷《たに》のさわらび

410 いかゞせむくもゐのさくらなれ〴〵てうき身をさぞと思《(おもひ)》はつとも

411 春の夜をまどうつあめにふしわびて我のみ鳥《とり》のこゑをまつ哉

412 をちかたや花にいばえてゆく駒《こま》のこゑも春《はる》なるながきひぐらし

413 春ふかみこしぢにかりのかへる山名こそ霞にかくれざりけれ

414 おもひたつみちのしるべか喚子鳥《(よぶこどり)》ふかき山べに人さそふなり

415 きなれたる駒《こま》にまかせむなはしろの水に山ぢはひきかへてけり

416 春雨《はるさめ》の布留野《ふるの》のみちのつぼ菫つみてをゆかん袖はぬるとも

417 関《せき》ぢこえみやこ恋しき八橋《やつはし》にいとゞへだつるかきつばた哉

418 おもふから猶うとまれぬ藤《ふぢ》の花さくより春のくるゝならひに

419 ちらすなよ井手のしがらみせきかへしいはぬ色なる山吹の花

420 春しらぬうき身ひとつにとまりけりくれぬる暮を惜《(をしむ)》なげきは

409　岩に注ぐ清水も、春らしい音を立てている。谷のわらびも拳のような芽を突き出したであろうか。参考「紫塵嫩蕨人拳レ手」（和漢朗詠・早春・一二　篁）↓補注。▽題は「早蕨」。

410　雲井の桜にも（宮仕えにも）馴れてきた。我が憂き身をこのようなものだと断念しても、さてどうしたらよいだろうか。なまじこのような生活では、出家もできないだろう。▽題は「花」（桜）。述懐の心を籠める。

411　春の短夜を、私だけは窓打つ雨の音に寝もやらず、夜明を告げる鶏の声を待ちわびる。参考「恋しくは夢にも人を見るべきを窓打つ雨に目をさましつつ」（後拾遺・雑三・一〇一五　高遠）↓補注。▽題は「春雨」。

412　遠くの方で、一日中花にいななきつつゆく駒の声も、いかにものどかで春の日にふさわしく長い。▽題は「春駒」。

413　春も深まったので、雁は秋にやって来た越路の帰山に帰ってゆく。霞はその山を隠しているが、その名は隠れはしない。↓補注。○こしぢ―「来し路」と「越路」の掛詞。▽題は「帰雁」。

414　遁世を思い立った私の道案内をするのであろうか。深い山辺に人を誘うかのように鳴く喚子鳥の声がする。↓補注。▽題は「喚子鳥」。

415　苗代に水を張ったので、山田のある山路はすっかり様子が変ってしまった。迷わぬように、来馴れてよく路を覚えている馬に任せて行こう。参考『韓非子』などに見える老馬知道の故事↓一七。▽題は「苗代」。

416　春雨の降る布留野の道に咲くつぼすみれを摘んでゆこう。たとえ、袖は春雨に濡れても。↓補注。▽題は「菫」。

417　逢坂の関路を越え、参河の国八橋まで来た。都が恋しく思われてならないのに、かきつばたは都との間を一層隔てるかのように、垣を成して咲いている。↓補注。▽題は「杜若」。

418　藤の花は好きなのだが、でもやはり厭わしくも思われる。お前が咲くと春が暮れるというのが、この世の習いなので。↓補注。▽題は「藤」。

419　井手の柵は河水を堰き返し、その水のしぶきでくちなし色の山吹の花を散らしてしまうなよ。▽題は「款冬」。参考「かはづ鳴く井手の山吹散りにけり花のさかりにあはましものを」（古今・春下・一二五　読人不知、一説橘清友）○いはぬ色―物を言わぬ色。即ち、口無し（梔子）の黄色。

420　暮春の一日も暮れてしまった。それを惜しむ嘆きは、世に遇わず春を知らぬ我が憂き身一つにとどまっている。参考「春知らぬ越路の雪もわればかり憂きに消えせぬ物は思はじ」（長秋詠藻・述懐百首）▽題は「暮春」（三月尽）。述懐の心を籠める。

夏

421 如何《いかに》せむひとへにかはる袖の上にかさねてを《お》しき花のわかれを

422 秋冬のあはれしらする卯花よ月にもにたり雪かともみゆ

423 としを経《へ》て神もみあれのあふひぐさかけてかゝらむ身とはいのらず

424 あづまやのひさしうらめしほとゝぎすまつ宵すぐる村雨のこゑ

425 春《はる》たちし年も五《さ》月のけふ来《き》ぬとくもらぬそらにあやめふく也

426 とる苗《なへ》のはやく月日はすぎにけりそよぎし風の音《をと》もほどなく

427 夏衣たつたの山にともしすといく夜かさねてそでぬらす覧

428 新古今 玉桙《たまぼこ》の道ゆき人のことづてもたえてほどふる五月雨のそら

429 ふるさとの花橘にながめして見ぬゆくすゑぞはてはかなしき

430 打なびく河ぞひ柳ふく風にまづみだるゝはほたるなりけり

431 ひとはすむとばかり見ゆるかやり火のけぶりをたのむ遠《をち》のしばがき

421　ひたすら一重の夏衣と変わった袖の上に、繰返し、なごり惜しい花との別れを重ねて、どうしたらいいのだろう。参考「身にしみて花色衣惜しければひとへにけふはぬぎぞかへつる」（堀河百首・更衣　紀伊）○ひとへにかはる袖—夏衣を暗示する一重に、副詞「ひとへに」を掛ける。○かさねて—「ひとへ」「袖」の縁語。動詞「重ね」に副詞的な意をも含ませる。▽題は「更衣」。

422　秋、冬の情緒まで一度に知らせる卯の花だ。その白さは月にも似ている。雪かとも見える。▽題は「卯花」。↓補注。

423　賀茂の神も見そなわせ。みあれの神事に用いる葵を掛けて、幾年も、どうかこのような下積みの身となりますようにとは、仮にもお祈りしたことはありません。↓補注。▽題は「葵」。

424　東屋の長く突出た廂が恨めしい。私は久しい間時鳥を待っているが、宵も過ぎて村雨が激しい音を立てて降る。こんな具合だと、時鳥が鳴いても、その声は紛れてしまうだろう。▽題は「郭公」。

425　ついこの間立春だと思ったのに、今日はもう五月五日だというので、まださみだれに曇ってもいない空の下、菖蒲を軒に葺く。▽題は「菖蒲」。

426　まったく月日は早く過ぎてしまう。ついこの間稲葉にそよぐ秋風の音を聞いたと思ったのに、今こうして早苗を取り、田植をするとは。↓補注。▽題は「早苗」。

427　立田山に照射（ともし）をするというので、猟師は幾夜続いて、夏衣の袖を夜露に濡らすことだろう。○たつたの山—「夏衣裁つ」から立田山へと言い続ける。○かさねて—「裁つ」とともに「衣」「袖」の縁語。▽題は「照射」。

428　毎日、空を暗くしてさみだれが降る。道行く人の伝言もとだえて、何日も経った。↓補注。▽題は「五月雨」。

429　故里で、私は花橘をじっと見て、物思いに沈む。しまいにはまだ見ぬ行末のことまでが、悲しく思われてくる。○ふるさと—親しい人に見捨てられた里。○見ぬゆくすゑ—まだ見ぬこれから先のこと。具体的には、自分の死後。▽題は「盧橘」。↓補注。

430　なよなよと靡く川沿い柳を風が吹くと、柳条よりもまず蛍が乱れ飛ぶ。○河ぞひ柳—川沿いに生えている柳。川端柳。「稲むしろ川そひ柳水ゆけば靡き起き立ちその根は失せず」（日本書紀・巻一五・顕宗紀　顕宗天皇）▽題は「蛍」。

431　そこにも人は住んでいると見え、蚊遣火の煙が立昇っている。それを頼りに、私は遠くの柴垣に囲まれた家を尋ねてゆく。▽題は「蚊遣火」。

432 この世にもこのよの物と見えぬ哉はちすの露にやどる月かげ

433 ひむろ山まかせし水のさえぬれば夏《なつ》のせかるゝかげにぞありける

434 山かげのいはねの清《し》水たちよれば心の内を人やくむらん

435 みそぎしてとしをなかばとかぞふれば秋よりさきにものぞ悲しき

秋

436 みむろ山けふより秋の立田姫いづれの木々の下葉そむらん

437 たなばたのあかぬわかれの涙にや秋しら露のお《を》きはじめけむ

438 さきにけり野べわけそむるよそめより虫の音《ね》みする秋萩の花

439 をみなへしなびくけしきや秋風のわきて身にしむ色となる覧

440 しのぶ山すそのの薄いかばかり秋のさかりを思ひわぶらん

441 たづぬれば庭のかるかやあともなく人や古《ふ》りにしあれはてにけり

442 ふぢばかまあらぬくさばもかを《ほ》るまで夕露しめるのべの秋風

432　この世でもこの世のものと見えない。蓮の露に宿る月の光の清らかさは。▽題は「蓮」。蓮花から西方浄土を連想する。参考「水清み池の蓮の花ざかりこの世のものと見えずもあるかな」（堀河百首・蓮紀伊）

433　氷室山に引入れた水は冴えて、夏が堰きとめられたかのように氷の光を放っている。○ひむろ山―氷室のある山。○まかせし水―氷らせるために引入れた水。▽題は「氷室」。

434　山蔭の岩の根方に湧く清水に立寄ると、涼を求める私の心の内を人は汲みとるであろう。▽泉の水を汲もうとした自分の心を他人が汲むであろうと、「汲む」の語を二重に働かせた点が狙い。▽題は「泉」。

435　六月祓のみそぎをして、今年も半ばは過ぎてしまったと数えると、秋の訪れに先立って、ものがなしく思われる。→補注。▽題は「荒和祓」。

436　今日から秋が立つ。御室山の竜田姫はどの木々の下葉から染めるだろう。○立田姫―秋を司る女神。▽題は「立秋」。

437　牽牛織女二星が起きて飽きもしないのに後朝（きぬぎぬ）の別れをする、その涙から、秋を知らせる白露が置き初めたのだろうか。参考「朝戸開けてながめやすらむたなばたの飽かぬ別れの空を恋ひつつ」（拾遺・雑秋・一〇八四　貫之）○しら露―「秋知ら」から「白露」へと続けた。○おき―「置き」に「起き」を掛ける。▽題は「七夕」。

438　はたから見ていて秋萩の花が咲いたと思って野辺を分け初めると、その根元で虫の音が聞えるのに気付いた。▽題は「萩」。虫の「音」を「見する」と言った点が珍しい。

439　おみなえしが秋風に靡いている。秋風は彼女にとってとりわけ身にしむものとなるのだろうか。▽題は「女郎花」。女郎花を女、秋風を男と見立て、両者の間に恋愛関係を想定する。

440　信夫山の裾野のすすきは、どんなにか秋の盛りを堪え難く思っているだろう。本歌「忍ぶれば苦しかりけりしのすすき秋の盛りになりやしなまし」（拾遺・恋二・七七〇　勝観）○秋のさかり―「秋」に「飽き」を掛ける。▽うなだれた薄を、男に飽きられ見捨てられている女に見立てて詠む。▽題は「薄」。

441　住む人もすっかり老いてしまったのだろうか。尋ねると、刈萱の生い茂った庭には、人の通った跡もなく、家は荒廃しきっている。本歌「里はあれて人はふりにし宿なれや庭もまがきも秋の野らなる」（古今・秋上・二四八　遍昭）▽題は「刈萱」。

442　ふじばかまはもとより、そうでない草葉も薫るほど、夕露のしっとり置いた野辺に、秋風が吹いている。▽かおりは湿度が高くなると強まる。▽題は「蘭」。

443 こぼれぬるつゆをば袖にやどしお《を》きて荻《おぎ》のはむすぶ秋の夕かぜ

444 草がれのあしたのはらに風すぎてさえゆくそらに初雁のなく

445 しかの音《ね》はつたふる遠《をち》のあはれにてやどのけしきはわれのみや見《み》む

446 かへるさはしぼるたもとの露《つゆ》そひてわけつる野《の》べに夜は更《(ふけ)》にけり

447 秋ふかく霧《きり》たつまゝのあけぼのはおもふそなたのそらをだに見《み》ず

448 さればこそとはじと思ひし旧郷《(ふるさと)》を咲《さ》けるあさがほつゆもさながら

449 たちつゞくきりはらの駒《こま》こゆれども音《をと》はかくれぬ関のいはかど

450 秋きても秋を暮《く》れぬとしらせてもいくたび月の心づくしに

451 しのばじよあはれもなれがあはれかは秋をひゞきにうつ唐《から》衣

452 うらめしやよしなきむしのこゑにさへひとわびさする秋の夕暮

453 又もあらじ花よりのちのおもかげに咲《さ》くさへを《お》しき庭のむら菊

454 そよや又山のはごとにしぐれしてよもの梢は色かはるなり

443 吹かれてこぼれた露を人の袖に（涙として）宿しておいて、荻の葉にさらに露を吹き結ぶ、むら気な秋の夕風。参考「荻の葉に露吹き結ぶ秋風も夕ぞわきて身にはしみける」（源氏物語・蜻蛉　薫）▽題は「荻」。

444 草の枯れた朝の原に風が吹き過ぎて、だんだん冷気を増してくる空に初雁が鳴く。▽題は「雁」。

445 鹿の音は遠くの方のあわれさを伝えてくるが、宿のたたずまいの寂しさは私だけが見るのであろうか。▽題は「鹿」。→補注。

446 帰途は、本当の露に、袂も絞るばかりの涙の露が加わって、分けて来た野辺に、夜は更けた。○かへるさ―恋人の許からの帰途。▽恋の心を漂わせた。▽題は「露」。

447 秋も深まって、霧が深く立ちこめる曙は、愛する人の住むその方向の空すらよく見えない。→補注。▽題は「霧」。

448 久しぶりに訪れた旧里には、置く露も昔のまま、以前と変らずに朝顔が咲いている。そして、昔の恋がよみがえってくる。だからこそ、訪れまいと思ったのだ。→補注。▽題は「槿」。

449 立ち続く霧の逢坂の関を、桐原の駒が越えている。霧に包まれて、その姿は見えないけれども、岩角を踏み鳴らす蹄の音は隠れなく聞えてくる。本歌「逢坂の関の岩角踏みならし山立ち出づる桐原の駒」（拾遺・秋・一六九　高遠）○きりはらの駒―信濃国桐原の牧で産した馬。「桐原」に「霧」を掛ける。▽題は「駒迎」。

450 月の光は、秋が来たと知らせるにつけ、また秋も暮れてしまうと知らせるにつけ、気をもませる。いったい、幾度このように気をもませることか。本歌「木の間よりもりくる月のかげ見れば心づくしの秋は来にけり」（古今・秋上・一八四　読人不知）▽題は「月」。

451 秋と響き合うように唐衣を打つ音が聞えてくる。もう堪え忍ぶまい。このあわれさもお前（砧）のあわれさか。そうではない。秋そのもののもたらすあわれさなのだ。▽題は「擣衣」。

452 恨めしいよ。秋の夕暮は、つまらない虫の声さえ人を侘しくさせる。▽題は「虫」。

453 この花が咲いてしまったあとは、花の面影はまたとあるまい。そう思うと咲くのさえ惜しい庭の村菊よ。参考「不㆓是花中偏愛㆒菊　此花開後更無㆑花」（和漢朗詠・菊・二六七　元稹）▽題は「菊」。

454 ああ、また、どの山の端もしぐれして、あたりの梢はもみじするのだ。▽題は「紅葉」。

455 あぢきなしうき世はおなじ世中ぞ秋はかぎりに夜は更《(ふけ)》ぬとも

冬

456 かきくらす木《こ》の葉《は》は道もなきものをいかにわけてか冬のきつ覧《(らん)》

457 月はさえ音《をと》は木《こ》の葉《は》にならはせて忍《しの》びにすぐるむら時雨哉

458 葉がへせぬ竹さへ色の見えぬまでよごとに霜《しも》をおきわたすらん

459 ふりそめしそらは雪げになりはてぬ人をもまたじ冬の山里

460 あられふり日さへあれゆく槙のやの心もしらぬ山おろし哉

461 こもり江の蘆《あし》の下葉のうきしづみ散《ち》りうせぬよのあぢきなの身や

462 淡路《あはぢ》しま千鳥とわたるこゑごとにいふかひもなくものぞかなしき

463 とけぬうへにかさねてこほる谷《たに》水にさゆる夜ごろのかずぞ見えける

464 はねかはすをしの上毛《うはげ》のしもふかくきえぬ契りを見るぞかなしき

465 いかゞするあじろにひを《お》のよる〳〵は風さへはやき宇治《うぢ》の川瀬《かはせ》を

455 ああつまらない。九月尽の夜は更けた。秋は今夜限りだ。しかし、わたしが飽きはてた憂き世は、秋が行ってしまっても同じように続くのだ。▽題は「九月尽」。

456 空を暗くして降る木の葉に埋まって、道もないのに、そこをどう分けて冬はやって来たのだろう。▽冬を擬人化して、落葉の道を踏分けてくるものと歌う。題は「初冬」。

457 月は空に冴えたまま、音を落葉時雨の音として木の葉に学ばせて、こっそりと通り過ぎるむら時雨よ。▽題は「時雨」。↓補注。

458 落葉しない竹さえ、その青い色が見えないまでに、毎夜節ごとに白く霜が置くのだろう。参考「葉がへせぬ竹の林に枝交すこの君たちや千代のわが友」（林葉集）○よごとに—「よ」は「夜」に「竹」の縁語「節」を掛ける。▽題は「霜」。

459 雨の降り始めた空は、雪模様になってしまった。こんな時分、この冬の山里を訪れる人はいないだろう。もはや人の訪れを待つまい。▽題は「雪」。↓補注。

460 霰が降り、冬の日は荒れ模様になってゆく。このような時に槙の屋にひとり住む私の心も知らぬかのように、激しく吹き下ろす山颪よ。▽題は「霰」。槙の屋は檜などの板で屋根を葺いた家なので、霰が降ると高い音を立て、その音が一人住む人の心を一層わびしくさせる。

461 隠り江の蘆の下葉は浮き沈みしつつ、散り失せてしまうことはない。ちょうどわが身はその下葉のようなもの。ああ、つまらない世だ。参考「こもり江に生ひぬる蘆の風吹けば折節にこそねはながれけれ」（清輔集）○こもり江—深く入り込んで全体が見えない入江。○散りうせぬ—「松の葉の散り失せずして」（古今仮名序）。○よ—蘆には節（よ）があるから、その縁語で、「世」を掛ける。▽述懐の心を籠めた歌い方。題は「寒蘆」。

462 淡路島へと明石の門（と）（海峡）を渡る千鳥の声を聞くたびに、いいようもなく物悲しい。↓補注。○とわたる—瀬戸を渡る。▽題は「千鳥」。

463 前の氷が解けない上に、重ねて谷水が氷る。その氷の層に、このところの冴えた夜々の数が見えるようだ。○夜ごろ—数夜。▽題は「氷」。

464 羽を交すおしどりの上毛に霜が深く置いて、なかなか消えない。それほどじっとしているつがいの、契りの深さを見るのは、悲しい。▽鴛鴦は、しばしばその夫妻仲のよさが歌われる。↓三九九。▽題は「水鳥」。

465 漁師はどうするのだろう。網代に氷魚の寄る夜々は、ふだんでも流れの早い宇治の川瀬に、風さえ早く吹きすさぶだろうが。○ひを—氷魚。鮎の稚魚。宇治川の名物とされる。○よる〳〵—「寄る」に「夜」を掛ける。▽題は「網代」。

466 たちかへる山藍《あゐ》のそでにしもさえてあかつきふかき朝倉《あさくら》のこゑ

467 かり衣はらふたもとの重《をも》るまで交野《かたの》ゝ原《はら》に雪はふりきぬ

468 すみがまのあたりをぬるみたちのぼるけぶりや春《はる》はまづかすむらん

469 あけがたのはひのしたなる埋火《(うづみび)》ののこりすくなく暮《(くる)》るとしかな

470 年くれぬかはらぬけふのそらごとに憂《う》きをかさぬる心ちのみして

恋

471 これも又ちぎりなるらむとばかりに思《(おもひ)》そめつる身をを《お》しむ哉

472 おもひねのゆめにもいたくなれぬればしのびもあへず物ぞかなしき

473 続拾 名取《とり》河いかにせんともまだしらずおもへば人をうらみける哉

474 あひ見てもいへばかなしき契り哉うつゝもおなじ春《はる》の夜《よ》のゆめ

475 わかれつるほどもなく〳〵まどはれてたのめぬ暮《くれ》を猶いそぐ哉

476 つらからずわが心にもしられにきなれてもなれぬなげきせむとは

466 立ち帰る舞人の山藍の袖に霜が冷たく置き、暁にはまだ間のある闇に、「朝倉」を歌う声が響く。○山藍のそで—山藍で染めた舞人の衣裳の袖。○朝倉のこゑ—神楽歌の「朝倉」を歌う声。「朝倉」は、「朝倉や　木の丸殿（まろどの）に　わがをれば　わがをれば　名乗りをしつつ　行くは誰」。神楽の終り近くで歌われる。▽題は「神楽」。

467 払う狩衣の袂も重くなるまで、交野の原に雪は降ってきた。参考「思へただ交野の雪を払ひつつ消えぬ先にと急ぐ心を」（赤染衛門集）▽題は「鷹狩」。

468 炭竈のあたりは気温も暖く、立昇る炭を焼く煙が、春にはまず霞むのであろうか。↓補注。▽題は「炭竈」。

469 明方の灰の下の埋み火は残り少なくなった。今年も残り少なくなって、暮れようとしている。↓補注。▽題は「炉火」。

470 大つごもりの空を迎えるたびに、毎年変らず、歳だけでなくて「憂き」を重ねる気がして、今年も暮れた。▽述懐の心を籠める。題は「歳暮」。

471 このようにあの人を好きになるのも、前世からの契りがあるからだろうと思うと、あの人を愛し始めた我が身も惜しくなる。▽題は「初恋」。

472 思い寝に見るあの人の夢にもひどく馴れたので、もう恋心をこらえきれず、物悲しくて仕方がない。▽題は「忍恋」。

473 浮名は取った（噂は立った）けれども、あの人と逢うにはどうしたらよいか、まだそのすべも知らない。思えば、あの人を恨んだことだ。本歌「名取川瀬々の埋れ木あらはればいかにせむとかあひ見そめけむ」（古今・恋三・六五〇　読人不知）▽題は「不逢恋」。

474 逢っても悲しい二人の契りだ。この逢う瀬は現のことでも、春の夜の夢も同じだ。▽題は「初逢恋」。『伊勢物語』六九段のような恋愛を歌う。

475 あの人と別れてまだいくらも経っていないのに、私は泣く泣く心も惑乱して、あの人がまた訪れるかどうかあてにもならないのに、早く夕暮にならないかと、せっかちに思う。○なく〳〵—「無く」と「泣く」の掛詞。▽題は「後朝恋」。女の気持で詠んだ歌。

476 このようになるのもつらいとは思わない。恋人と馴れ親しんでも、いつまでも馴れていられない嘆きをするだろうということは、私の心にも分っていたことだった。▽題は「逢不遇恋」。恋に陥ったのもわが心からとあきらめて相手を恨まない女の心。

477 たれゆゑ《へ》とさゝぬたびねのいほりだにみやこの方《(かた)》はながめしものを

478 先《さき》だたば人もあはれをかけて見よ思《おも》ひにきえむそらのうき雲

479 よしさらばあはれなかけそしのびわび身をこそすてめ君が名《な》はを《お》し

480 身をしればうらみじと思《(おもふ)》世中をありふるまゝの心よわ《は》さよ

雑

481 うかりけり物思《(おもふ)》ころのあかつきは人をもとはむこの世ならでも

482 松風のこずゑの色はつれなくてたえずおつるは涙なりけり

483 呉《くれ》竹のわがともはみな並《なら》べどもひとりよそなるはのはやし哉

484 おく山のいはねのこけの世とともに色もかはらぬなげきをぞする

485 たらちねの心をしれば和歌《わか》の浦《うら》や夜ぶかき鶴《つる》のこゑぞかなしき

486 まだしらぬ山のあなたにやどしめてうき世へだつるくもかとも見む

487 はやせ河うかぶみなわ《は》の消《(きえ)》かへりほどなき世《よ》をも猶なげくかな

477 このように旅をするのも誰のためと、指していわぬ旅寝の庵ですら、都の方角は眺めたのに。(この旅は恋人ゆえだから、まして恋人の住む都の方を眺めてしまう)〇さゝぬ―「指さぬ」に、庵を結ぶ意の「庵さす」の「さゝぬ」を響かせるか。▽題は「旅恋」。業平などの気持で詠んだ。

478 もし私が先に死んだなら、空の浮雲を、思い死をした私の遺骸を焼いた煙と思って、あなたも同情して見て下さい。→補注。▽題は「思」。

479 ええ、それでは、同情などして下さいますな。恋心をこらえかねて、私は身を捨てましょう。しかし、あなたの名は惜しいのです。▽自分が身を捨てたら、相手が薄情だったという悪い評判を立てられる。それが惜しいと歌う。題は「片恋」。

480 ふがいない我が身を知っているから、恨むまいと思いながらも、世の中に生きながらえていると、心弱くも薄情なあなたを恨んでしまう。▽題は「恨」。述懐の心を籠める。

481 ああつらい。物思いに沈む暁は、この人の世でなくても、自分と同じようなことを思っている人を訪れよう。本歌「今ぞ知る苦しきものと人待たむ里をば離(か)れず訪ふべかりけり」(古今・雑下・九六九 業平、伊勢物語・四八段)▽題は「暁」。

482 松の梢は色を変じない常磐の緑だが、颯々と吹く風の音を聞くと、私の涙は絶えず落ちる。〇つれなくて―変らないで。平然としていて。紅葉しないことを擬人的にいう。▽題は「松」。述懐の歌。

483 呉竹が幹を連ねるように、私の友は皆羽林(近衛の中・少将)に列しているが、私一人だけはのけ者にされている。→補注。▽題は「竹」。述懐の歌。

484 奥山の岩の根元の苔はいつも変らない緑だ。私はそのように、代々同じ色の衣を着て下積みの嘆きをくりかえしている。→補注。▽題は「苔」。述懐の歌。

485 その親心が分るので、和歌の浦で夜更けに子を思って鳴く親鶴の声は悲しい。〇たらちね―「たらちねの」で「親」の枕詞だが、ここでは「たらちね」で親の意。〇夜ぶかき鶴のこゑ―鶴は深更わが子を思って鳴くとされる。参考「夜鶴憶子籠中鳴」(和漢朗詠・下・管絃・四六三 白楽天)▽題は「鶴」。述懐の歌。

486 まだ知らない山のかなたを住みかとして、そこにかかる雲を憂き世を隔てるものかと見よう。本歌「み吉野の山のあなたに宿もがな世の憂き時のかくれがにせむ」(古今・雑下・九五〇 読人不知)▽題は「山」。

487 早瀬をなして流れる川の面に浮ぶ水の泡が、生れては消えるように、無常なこの世を、嘆かわしく思う。▽題は「川」。

488 身の果《はて》をこの世ばかりとしりてだにはかなかるべきのべのけぶりを
489 くらべばや清見《きよみ》が関《せき》による浪もの思《(おもふ)》袖にたちやまさると
490 身《み》のうきは久米路《くめぢ》の橋《はし》もわたらねど末も通《とお》らぬみちまどひけり
491 おもふ人あらばいそがむふなでして虫明《むしあけ》の瀬戸《せと》は浪あらくとも
492 みやことてしぼらぬ袖もならはぬをなにをたびねのつゆとわくらん
493 かへるさをちぎるわかれををしむにもつひ《ゐ》の哀《(あはれ)》はしりぬべき世《よ》を
494 山ざとを今はかぎりとたづぬともひとかたならぬ道《みち》やまどはむ
495 如何《(いかに)》せむおくてのなるこひきかへし猶おどろかぬかりそめの世《よ》を
496 おもかげはたゞめのまへの心地してむかしとしのぶうき世なりけり
497 ぬるたまの夢はうつゝにまさりけりこの世にさむる枕変《かは》らで
498 かつ見つゝ猶すてはてぬ身なりけりいつかはかぎりあすや後《(のち)》の世《よ》
499 おもふとてかひなき世《よ》をばいかゞせむ心はのこれなき身なりとも

488　人間として死ぬのはこの世だけと知っていても、野辺にたなびく荼毗の煙ははかないに違いない。まして、死後はどこに転生輪廻するか分らないのだから……。▽題は「野」。

489　比べたいものだ。清見関に寄る波も、物思う私の袖の涙の波に立ちまさるかどうか。▽題は「関」。述懐の歌。

490　わが身の憂さは、葛城の久米路の岩橋を渡ったわけではないけれども、目的も達せられず、中途で道に迷っている。↓補注。▽題は「橋」。

491　愛する人がいるならば、船出して海路を急ごう。たとえ虫明の瀬戸は浪が荒くても。↓補注。▽題は「海路」。

492　都にいた時でも涙の袖は絞り馴れていたのに、旅寝して、何を露、何を旅愁の涙と区別するのだろうか。▽題は「旅」。

493　再会を約束して別れを惜しむ際にも、いつかは永別せねばならぬという、この世のあわれさは当然知っているはずなのだが。▽題は「別」。

494　もう浮世とはお別れだと思って、住みかを求めて山里を尋ねても、どこへ行ってよいか、あれこれと道に迷うことだろう。↓補注。▽題は「山家」。

495　晩稲の山田の鳴子を引いても驚かないように、この世が仮りそめの世であることに驚かない（気づかない）この愚かな心を、どうしよう。↓補注。○おくてのなるこ―晩生の稲の田になる鳴子。「ひきかへし」を起す有心の序。○かりそめ―「おくて」の縁語「刈り」を掛ける。▽題は「田家」。

496　故人の面影はただ目の前に浮ぶような気がして、しかもそれを昔のことと偲ぶ憂き世だ。▽題は「懐旧」。

497　来世でなく、この世において、迷いから覚める枕をして見ると、眠っている間魂が見る夢は現実に立ちまさっている。○ぬるたまの―自筆本・来田本も底本に同じ。書陵部五〇一・五一一本「ぬる玉の」。本歌「むばたまの闇のうつつは定かなる夢にいくらもまさらざりけり」（古今・恋三・六四七　読人不知）▽題は「夢」。本歌を進めて「夢はうつゝにまさりけり」と常識を顚倒させた所が狙い。

498　人生の無常を見て、一方では無常だと思いながらも、やはり現世を捨てきれない我が身だ。この私自身にとって、いつが人生の終りだろう。明日はもう後生を迎えるだろうか。▽題は「無常」。

499　いくら思っても、その甲斐のない世をどうしよう。どうにもならないままに、わが身は亡くなっても、せめて、わが心は残ってくれ。▽題は「述懐」。

500

思ひやる心はきはもなかりけりちとせもあかぬ君が代《よ》のため

500 千年続いても飽きることのない君が代のために、思いやるわが心は際限もない。▽題は「祝」。

重奉和早率百首　文治五年三月

百首和歌　同題

春

501 吉野山かすまぬ方《(かた)》のたに水も打《(うち)》いづる浪に春はたつ也

502 ねの日するのべの小松《こまつ》のひき〴〵にうら山しくも春《はる》にあふかな

503 たづねきて秋見し山のおもかげにあはれたちそふ春霞哉

504 春《はる》やとき谷のうぐひす打《(うち)》はぶきけふしら雪のふるすいづ也

505 もろともにいでこし人のかたみ哉色もかはらぬのべのわかなは

506 心にもあらぬわかれのなごりかはきえてもを《お》しき春《はる》の雪哉

507 春の夜は月の桂もにほふらむひかりに梅の色はまがひぬ

508 植《う》ゑ《へ》お《を》きし昔を人に見せがほにはるかになびく青柳のいと

重奉和早率百首─文治五年（一一八九）三月、定家二十八歳の時の詠。重ねて慈円の早率百首に和した百首の意で、題はやはり堀河百首題による。

501 吉野山は霞み、まだ霞まない方角にある谷川にも、氷がとけて流れ出る波とともに、春がやってきた。本歌「谷風にとくる氷のひまごとに打ち出づる波や春の初花」（古今・春上・一二　当純）▽題は「立春」。

502 子の日の遊びをする野辺の小松が人に引かれて、春に逢うのは羨ましい。知人が権門の引き立てによって、わが世の春に逢うのは羨ましい。→補注。▽題は「子日」。述懐の心を籠める。

503 秋、尋ね来て見た山の姿が髣髴として、そこにさらに情緒を添えるように立つ春霞よ。▽題は「霞」。春の山を眼前にしながら、それが秋満山紅葉していた有様を思い描く。

504 春はまだ早いのだろうか。しかし、谷の鶯は羽ばたきし、今日、まだ白雪の降っている谷の古巣を出るらしい。○ふるす──谷の古巣。白雪の「降る」と「古」を掛ける。本歌「春やとき花やおそきと聞きわかむ鶯だにも鳴かずもあるかな」（古今・春上・一〇　言直）▽題は「鶯」。本歌より季節をやや進めた。

505 緑の色も変らず、野辺の若菜は、一緒に出てきた人の筐（かたみ）に摘まれている。○かたみ─筐。籠。「形見」の意を掛ける。○色─青に通う。若菜の色は五行説で春の色とされる。▽題は「若菜」。

506 不本意ながらの恋人との別れでもないのに、まるでそのように、春の雪は消えた後もなごり惜しい。▽題は「残雪」。

507 春の夜は、月の中にある桂の木が美しく照り映えるのだろう。梅花の白い色は月の光に見まごうほどだ。本歌「久方の月の桂も秋はなほもみぢすればや照りまさるらむ」（古今・秋上・一九四　忠岑）▽題は「梅」。

508 古人が植えておいた昔を人に見せるかのように、青柳の糸はどこまでも遥かに続いて、春風に靡いている。○植ゑおきし昔─五柳先生と号した陶淵明などが念頭にあるか。○見せがほに─西行や俊成も用いた表現。○はるかに─空間・時間の両方について言う。▽題は「柳」。

509 わらび折《お》るおなじ山ぢのゆきずりに春《はる》のみやすむいはのもと哉

510 けふこずは庭にや春ののこらまし梢うつろふ花の下風

511 春《はる》も又かれし人めにまちわびぬ草葉《ば》はしげる雨につけても

512 ひきかへつあしのはめぐむ難波《なには》がた浦《うら》わのそらもこまのけしきも

513 これに見つこしぢの秋もいかならむ吉野《よしの》の春《はる》をかへるかりがね

514 くもり夜の月のかげのみほのかにてゆく方しらぬよぶこどり哉

515 おもふこそかへすぐ〵もさびしけれあら田のおものけふの春雨

516 すみれつむ花ぞめ衣つゆを重《も》みかへりてうつる月くさの色

517 古《ふ》りにけりたれかみぎりのかきつばたなれのみ春の色ふかくして

518 ゆく春をうらむらさきの藤《ふぢ》の花かへるたよりにそめやすつらむ

519 すぎてゆく真袖《まそで》ににほふ山吹に心をさへもわくるみち哉

520 春《はる》のけふすぎゆく山にしをり《ほ》して心づからのかたみとも見む

509　同じ山路の途中だが、春だけは、わらびを折って、岩の元で休息する。▽題は「早蕨」。→補注。

510　もし今日来なかったら、庭に春の情緒は残っていただろうか。花の梢は早くもうつろい、下風が吹いている。本歌「今日来ずは明日は雪とぞ降りなまし消えずはありとも花と見ましや」（古今・春上・六三　業平、伊勢物語・一七段）▽題は「花」。

511　草葉の茂る春雨が降るにつけても、冬だけでなく、春もまた人の訪れが遠のいているので、私は来訪者を待ちわびている。本歌「山里は冬ぞさびしさまさりける人目も草もかれぬと思へば」（古今・冬・三一五　宗于）○かれし人め―遠ざかった人の訪れ。「離れ」に「枯れ」、「人目」に「芽」（ともに「草葉」の縁語）を掛ける。▽題は「春雨」。

512　蘆の葉が芽ぐむ難波潟は、海岸の空の様子も、放牧されている駒の様子も、寂しかった冬とはうって変って、にぎやかになってきた。○ひきかへつ―「ひき」は「こま」の縁語。▽題は「春駒」。

513　吉野山の春を見捨てて、雁が越路の方へ帰ってゆく。秋、越路から雁が飛んで来る時、越路の人がどう感じるか、これで分った。▽題は「帰雁」。

514　曇り夜の月の光はぼんやりして、行方もはっきりせぬままに、よぶこ鳥が鳴いて飛んでゆく。▽題は「喚子鳥」。

515　新田の面に今日春雨が降る。思うだけでも、かえすがえすも寂しい風景だ。→補注。○かへす〴〵も―田を耕すことを、田を返すということから、「あら田」の縁語。○あら田―新田、荒田の両方が考えられるが、題の「苗代」から考えて、新田がよいか。

516　すみれを摘むと、衣はすみれの花の色に染まる。そこに露が重く置くので、すみれの紫は露草の水色に色変りする。▽題は「菫」。

517　みぎわのかきつばたよ、おまえだけが、春の色を深く湛えてひっそり咲いているけれども、誰が見ようか。この廃園には訪れる人もなくて。○みぎりの―砌の。「見」を掛ける。砌は水際。▽題は「杜若」。

518　行く春を恨むかのように、藤の花はうら紫に咲いている。春が帰るついでに染め捨ててゆくのだろうか。→補注。○うらむらさき―紫色。「恨む」を掛ける。○かへる―染色があせることを「かへる」ということから「そめ」の縁語。▽題は「藤」。

519　過ぎてゆく両袖に、山吹の花が匂う。山吹だけでなく、かなたこなたへと心をも分ける道よ。○真袖―両方の袖。▽題は「款冬」。

520　三月尽の今日、春の過ぎてゆく山にしおりをして、自分の心から逝く春の形見として見よう。▽題は「暮春」。

夏

521 ぬぎかふるせみの羽《は》衣そでぬれて春のなごりをしのびねぞなく

522 いたびさしひさしくとはぬ山ざとも浪まに見ゆる卯花のころ

523 あまの河生《お》ふともきかぬ物ゆゑ《へ》に年にあふ日となどちぎりけん

524 郭公《(ほととぎす)》世になき物と思ふともながめやせまし夏の夕暮

525 かぜふけば夢の枕にあはすなりしげきあやめの軒《き》のにほひを

526 たねまきしむろのはやわせおひ《い》にけり降《お》り立《(たつ)》たごの雨もしみゝに

527 ともするしげみがそこのすり衣袖のしのぶも露やお《を》くらん

528 とはでこしよもぎの門《かど》のいかならむ空《そら》さへとづるさみだれのころ

529 終夜《(よもすがら)》花橘をふく風のわかれがほなるあか月の袖

530 夏虫のひかりぞそよぐ難波《なには》がたあしのはわけにすぐるうら風

531 かやり火のけぶりのあとや草枕たちなん野《の》べのかたみなるべき

521　脱ぎ更えた蟬の羽衣のような夏衣の袖も涙に濡れて、春のなごりを偲びながら、忍び音に泣く。↓補注。▽題は「更衣」。

522　久しく訪れない、山里の板庇の小屋も、卯花の咲く頃は、ちょうど波間に浮ぶ小島のように見える。↓補注。▽題は「卯花」。

523　七夕が年に一度逢う天の川に生えているとも聞かないのに、賀茂祭の葵を年に一度「逢う日」に通ずる「葵」と名付けるとは、どうして約束したのだろう。本歌「秋ならで逢ふことかたきをみなへし天の河原に生ひぬものゆゑ」（古今・秋上・二三一　定方）○年にあふ日―葵に「あふ日」を掛けるのは常套的技巧。年に一度の賀茂祭に逢う葵の意。▽題は「葵」。

524　夏の夕暮に時鳥が鳴く。あれは死んだ人の魂だと思って、ながめようか。▽題は「郭公」。↓補注。

525　風が吹いて夢から覚めた。そして、夢の中での芳香は、軒に葺いた菖蒲の強い香りを風が吹き送ってきたのだと、思い合せた。○夢の枕―「橘の夢の枕に匂ふ夜は昔の人に寝（ぬ）る心地する」（玄玉集　実房）との先後関係は未詳。○あはすなり―思い合せる。判断する。夢を占うことを「夢合せ」ということから、「夢」の縁語。▽題は「菖蒲」。夢に忍び込んだ嗅覚的刺激を歌う。

526　種を播いた室（囲いをした苗床）の早稲がびっしり生えた。田の面に立つ田子は、繁く降る雨にぐっしょり濡れながら、早苗を採っている。↓補注。▽題は「早苗」。

527　照射する茂みに露が降り、茂みの底に身を潜めている猟師の摺衣の模様のしのぶ草にも露は置くだろうか。↓補注。○すり衣―模様を摺りつけて染めた衣。▽題は「照射」。

528　訪れないままに過ぎてしまったが、よもぎの生い茂ったあの人の家はどうなっているだろう。空さえ雲にとざされているさみだれの時分には、しきりに気遣われる。参考「言の葉につけてもなどか訪はざらむ蓬の門もわかぬあらしに」（相模集）▽『源氏物語』須磨の巻の面影がある。顕は「五月雨」。

529　夜通し花橘を吹く風のため、暁方起きてみると、袖には、人と別れてきたあとの移り香のように、橘の芳香が移った。○わかれがほ―いかにも恋人と別れてきたあとであるような様子。▽題は「盧橘」。

530　難波潟では、蘆の葉を分けて浦風が吹き過ぎる。すると、蘆の葉に宿る蛍の光がそよぐ。↓補注。○夏虫―ここでは、蛍。▽題は「蛍」。

531　蚊遣火を焚いた跡は、野宿をして発ったのちの形見であろうか。○草枕―「旅」「旅寝」の意。「朝なけに見べき君とし頼まねば思ひ立ちぬる草枕なり」（古今・離別・三七六　寵）▽題は「蚊遣火」。

532 あさゆふにわがおもふかたのしるべせよ暮《く》るればむかふ蓮《はちす》葉の露

533 いとひつる衣手かるし氷室山ゆふべののちの木々の下かぜ

534 よるひると人はこのごろたづねきて夏にしられぬやどの真《ま》清《し》水

535 みそぎすとしばし人なす麻《あさ》のはもおもへば同じかりそめのよを

秋

536 けふといへばこずゑに秋の風たちてしたのなげきも色かはる也

537 秋風やいかゞ身にしむ天河《(あまのがは)》きみまつよひのうたゝねのとこ

538 ちらばちれ露《つゆ》わけゆかむはぎはらやぬれてののちの花のかたみに

539 しのゝめにわかれしそでの露の色をよしなく見《み》するをみなへし哉

540 人も訪《と》へあれなんのちの虫のねも植《うへ》ゑ《を》おくすゝき秋し絶《た》えずは

541 朝まだきちぐさの花もさてお《を》きつ玉ぬくのべのかるかやの露

542 霧《きり》のまにひとえだ折《お》らむ藤袴あかぬ匂ひや袖にうつると

532　日が暮れると蓮葉の露に向っては願う——朝に晩に私が生れ変りたいと思っている方、西方浄土への道しるべをしてくれよ。▽題は「蓮」。

533　氷室山に夕方過ぎて吹く木々の下風に、いやがっていた夏衣の袖も軽くひるがえる。▽題は「氷室」。

534　わが宿の清水に涼を求めて、この頃は夜昼となく人が尋ねてくる。この清水は暑い夏に知られていないのだ。↓補注。▽題は「泉」。

535　みそぎをするために、しばしの間人の代りとなる麻の葉も、本当の人の身体も、考えてみれば、この仮そめの世では同じくはかないものだ。○麻のは—茅（ち）の輪を作る麻の葉。○かりそめ—「あさのは」の縁語「刈り」を掛ける。▽題は「荒和祓」。

536　今日は立秋だというので、高い木々の梢には秋風が立ち、下生えの木々もそろそろ色が変ってくる。下積みの私の嘆きも深くなる。○秋の風—「秋」に「飽き」（「嘆き」の縁語）を響かせる。○したのなげき—「嘆き」に「木」を掛ける。▽題は「立秋」。述懐の心を籠める。

537　天の川で、七夕の宵、牽牛を待ってうたた寝をしている織女の床の辺には、どんなにか秋風が身にしみるように吹くことだろう。▽題は「七夕」。織女の立場を詠む。

538　萩の花よ、散るならば散れ、私は露を分けながら萩原を行こう。その露に濡れたのちは、萩の花摺りとなって花の形見が残るだろうから。本歌「月草に衣は摺らむ朝露に濡れてののちはうつろひぬとも」（古今・秋上・二四七　読人不知）▽題は「萩」。

539　秋の野に宿って、しののめの時分、おみなえしと別れてきた。この花は、その色に染められた私の袖に宿る露を後朝の涙のごとくばつのわるいものに見せる。▽題は「女郎花」。女郎花を女性に譬えるのは、常套的な手法。ここでは東雲の女郎花を後朝の女性に見立てる。

540　植えておくすすきが絶えることなく、毎年秋に茂ったならば、この家が荒れはてた後も、すすきの根元に鳴く虫の声を聞きに、人々も訪れてほしい。↓補注。▽題は「薄」。有助の歌での「君」のような立場で詠んだ。

541　早朝、野辺のかるかやが露の玉を貫いた見事さには、秋の千草の花の美しさもさしおかれてしまう。参考「ともすれば風に乱るる刈萱にいつまでとてか露のおくらむ」（堀河百首・刈萱　河内）▽題は「刈萱」。

542　霧の絶え間に、藤袴を一枝折ろう。いくら嗅いでも飽きることのない芳香が袖に移り香として移るかどうか。参考「露しげき朝（あした）の原のをみなへし一枝折らむ袖は濡るとも」（堀河百首・女郎花、千載・秋上・一五一　師頼）▽題は「蘭」。

543 を《お》ぎの葉にふきたつ風のお《を》となひよそよ秋ぞかし思ひつること

544 きりふかきと山のみねをながめても待《(まつ)》ほどすぎぬはつかりのこゑ

545 わび人のわがやどからの松風になげきくははるさをしかのこゑ

546 終夜《(よもすがら)》山のしづくにたちぬれて花のうはぎは露もかわ《は》かず

547 したむせぶ宇治《うぢ》のかはなみきりこめてをちかた人《(びと)》のながめわぶらん

548 あさがほよなにかほどなくうつろはむ人の心の花もかばかり

549 かぞへこし秋のなかばをこよひぞとさやかに見する望月《もち》の駒《こま》

550 月きよみよものおほぞらくも消《(きえ)》て千里《(ちさと)》の秋をうづむしら雪

551 とけてねぬ伏見《ふしみ》の里はなのみして誰ふかき夜に衣うつらん

552 松虫の声だにつらきよな〳〵をはては梢に風よわ《は》るなり

553 ひとすぢに頼《たの》みしもせず春雨にうゑ《へ》てしきくの花をみむとは

554 竜田山やまのかよひぢお《を》しなべて紅葉をわくる秋のくれ哉

543　荻の葉にそよ吹く風の音がする。それ、思っていた通り、もう秋なのだ。↓補注。○そよ―「それ」の意の感動詞に、風のそよ吹く擬態語「そよ」を掛ける。▽題は「荻」。

544　霧が深い外山の峰を眺めて、ずいぶん長い間待った。そして、やっと初雁の声が聞えてきた。▽題は「雁」。

545　わび人である私の家のせいで寂しい松風に、嘆きが加わるように、牡鹿の悲しげな声が聞えてくる。↓補注。▽題は「鹿」。

546　夜通し山路に立ちつくし、木々の雫に濡れて、花の上着は露が乾かない。参考「あしひきの山のしづくに妹待つと吾立ちぬれぬ山のしづくに」（万葉・巻二・一〇七　大津皇子）▽題は「露」。

547　宇治川では川波が水面の下で咽ぶような音を立て、霧が立ちこめている。遠くの方をゆく人は眺望がきかなくて、困っているであろう。参考「明けぬるか川瀬の霧のたえまよりをちかた人の袖の見ゆるは」（後拾遺・秋上・三二四　経信母）▽題は「霧」。

548　朝顔よ、どうしてお前だけがまもなく移ろって（枯れて）しまうものか。人の心の花だって、それと同じようなものではないか。参考「色見えでうつろふものは世の中の人の心の花にぞありける」（古今・恋五・七九七　小町）▽題は「槿」。

549　日数を数えて待ち続けてきた秋の最中、中秋の明月の夜は今宵だと、はっきり知らせる望月の駒よ。参考「水の面に照る月波を数ふればこよひぞ秋のもなかなりける」（拾遺・秋・一七一　順）○望月の駒―信濃国望月の牧で産した馬。八月十五日（望月の夜）駒牽（こまひき）される意を掛けた言い方。▽題は「駒迎」。

550　秋、月は清く澄み、大空の雲はすべて消え、月光に照されて、千里もの遠くまで白雪が埋め尽したように、皓々と輝いている。↓補注。▽題は「月」。

551　伏見の里というのは名ばかりで、いったいどのような女性がこの深夜に、うちとけて寝もやらず、衣を擣っているのだろう。▽題は「擣衣」。○伏見―「伏」は「臥し」を、「見」は「身」を連想させる。○なのみして―「さざなみや近江の宮は名のみして霞たなびき宮木守なし」（拾遺・雑上・四八三　人麻呂）

552　毎晩聞えてくる松虫の声はつらい、いくら待っても人はやってこず、しまいには梢を吹く風も衰えてきたらしい。○梢―「来ず」を掛ける。▽題は「虫」。「松虫」の語によって、風は松風であること、ともに「待つ」心があることを暗示する。

553　春雨の降る頃植えた菊の花を見ることができようと、ひたすらあてにしていたわけでもない。↓補注。▽題は「菊」。無常な世であることを知っているので、長寿を期待しないという心か。

554　立田の山越えの路を通う人は、誰も皆紅葉を分けてゆく秋の暮よ。▽題は「紅葉」。

555 お《を》くれじとちぎらぬ秋のわかれゆゑ《へ》ことわ《は》りなくもしぼる袖哉

冬

556 秋のみか風も心もとゞまらずみなしもがれの冬の山ざと

557 かへり見るこずゑにくものかゝる哉いでつるさとやいましぐるらん

558 お《を》きそめてを《お》しみし菊の色を又かへすもつらき冬の霜哉

559 あられふる志賀《しが》の山ぢに風こえて峯にふきまくうらのさゞ浪

560 秋ながら猶ながめつる庭のおものかれ葉《は》も見えずつもる雪哉

561 こゑはせで波《なみ》よるあしのほずゑ哉しほひの方に風や吹覧(ふくらん)

562 ながき夜を思ひあかしのうら風になくねをそふる友千鳥哉

563 大井河浪をゐせきにふきとめて氷は風のむすぶ也けり

564 よそへても見せばや人にをしかものさわぐ入江のそこのおもひを

565 夜をへては見るもはかなきあじろ木にこしのみ空《そら》の風をまつ覧

555 去ってゆく秋に遅れまいと約束したわけでもないのに、その秋との別れゆえに、わけもなく悲しみの涙に濡れた袖を絞る。▽題は「九月尽」。

556 秋がとどまらないだけなものか。すべての物が霜枯れた冬の山里には、風も、そして人の心も、とどまろうとはしないのだ。▽題は「初冬」。

557 顧みる梢に雲が懸っている。ついさっきあとにしてきた里は、今しぐれしているのだろう。参考「秋篠や外山の里やしぐるらむ生駒のたけに雲の懸れる」（宮川歌合・二〇左、新古今・冬・五八五　西行）▽題は「時雨」。

558 秋。白菊の上に霜が置き初めたのを愛惜したが、冬の霜はその菊をまた紫に変色させるので、つらい。○おきそめて―「そめ」は「色」の縁語。○かへす―変色させる。白菊は霜に遭って紫に変わる。▽題は「霜」。

559 霰が降る志賀の山路を風が越えてくる。そのために志賀の浦に立ったさざ波が峯まで吹きつけるようだ。▽題は「霰」。

560 秋の時のまま、じっと眺めてきた庭の面の枯葉も見えず、積ってしまった雪よ。○秋ながら―秋に落葉したまま、払わなかったのでいう。▽題は「雪」。

561 蘆の穂末は音を立てないで波打つ。潮の干いた方角の潟に風が吹くのだろうか。参考「しぐるれど色も変らず難波江に波よる蘆の花と見ゆれば」（四条宮下野集）「難波潟蘆の穂末に風吹けば立ち寄る波の花かとぞ見る」（堀河百首・寒蘆　肥後）▽題は「寒蘆」。

562 ここ明石の浦で、私は、長い冬の夜を思い歎きながら明かす。浦風は友千鳥の鳴声を運んできて、私の泣く声に添える。↓補注。○思ひあかしの―「思ひ明かし」に「明石」を掛ける。題は「千鳥」。

563 大堰川では、風が井堰に波を吹き寄せ、そこで止められた波が氷りついている。つまり、氷は風によって出来るのだ。▽題は「氷」。

564 入江で騒いでいる鴛鴦の、入江の底のように深い奥底の思いを、私の思いによそえて、あの人に見せたい。参考「葦鴨のさわぐ入江の白波の知らずや人をかく恋ひむとは」（古今・恋一・五三三　読人不知）「葦鴨のさわぐ入江の水の江の世に住みがたきわが身なりけり」（柿本集、新古今・雑下・一七〇七　人麻呂）○をしかも―鴛鴦。▽題は「水鳥」。

565 夜を重ねるにつれ、見るも無常感をそそられる網代木に、漁師は北風が吹いて、氷魚（ひお）を獲る季節になるのを待つのであろう。○こしのみ空の風―北の越の国の空から吹いてくる風。▽題は「網代」。

566 香《か》を留《と》めし賢《さか》木のこゑにさよふけて身にしみはつる明星《あかぼし》のそら

567 とまるなよかりばのをのゝすり衣雪《ゆき》のみだれにそらは霧《き》るとも

568 小《を》野《の》山や見るだにさびしあさゆふにたれすみがまのけぶりたつ覧

569 うづみ火のひかりもはひにつきはてゝさびしくひゞく鐘の音《をと》哉

570 続古 ながらふるいのち許《(ばかり)》のかことにてあまたすぎぬる年のくれかな

恋

571 のちの世をかけてや恋《こ》ひむゆふだすきそれともわかぬ風のまぎれに

572 思ふとはきみにへだてゝさよ衣なれぬなげきに年ぞかさなる

573 あひ見てのゝちの心をまづ知《し》ればつれなしとだにえこそうらみね

574 何《なに》とこの見るともわかぬまぼろしによそのなげきのちへまさる覧

575 如何《(いかに)》せむ夢よりほかに見しゆめの恋にこひ増《ま》すけさの涙を

576 お《を》のづから人も時のま思《(おもひ)》いでばそれをこの世の思《(おもひ)》いでにせん

566　かぐわしい榊を採り物（舞人が手に持つ物。神が降臨するとされる）にしての、神楽歌「榊」を歌う声に夜が更けて、「明星」を歌う時分には、寒気も身にしみ、空には本当に明星が出ている。↓補注。▽題は「神楽」。

567　狩場の小野に立つ人の摺り衣に、あたかも乱れ模様のように雪が降りかかり、空は霧が立つ。たとえこのような天候でも、ここに泊まるなよ。○すり衣―摺り模様の狩衣。▽題は「鷹狩」。

568　小野山は見るだけでも寂しい。いったい誰が住んで、朝夕炭を焼く煙を立てているのだろう。参考「都にも初雪降れば小野山の真木の炭竈たきまさるらむ」（後拾遺・冬・四〇一　相模）↓補注。○たれすみがまの―「たれ住み」と「炭竈」とを掛ける。▽題は「炭竈」。

569　埋み火の光もすっかり尽きて灰となり、折しも撞き終った鐘の余韻が寂しく響く。○つきはてて―「尽き」に鐘の縁語「撞き」を掛ける。▽題は「炉火」。

570　甲斐もなく生き永らえているだけだ、などと愚痴を言って、何度も年の暮れを送ってきた。▽題は「歳暮」。

571　風の吹いたまぎれに、ちらと見ただけで、はっきりその人とも分らない人に逢えるようにと神に祈り、後の世にわたって恋するのだろうか。↓補注。○かけて―「ゆふだすき」の縁語。○ゆふだすき―神事の際に掛ける木綿の襷。▽題は「初恋」。

572　小夜衣が隔てとなるように、あなたを思っている私の心を当のあなたにも隔てて（隠して）、あなたと馴れ親しむことができない嘆きをして、幾年も経っています。○へだて―「さよ衣」の縁語。○なれぬ―褻衣などの言い方から「さよ衣」の縁語。○かさなる―「さよ衣」の縁語。▽題は「忍恋」。

573　逢ったのちいよいよ恋しくなるに違いない自分の心が、逢う前から分っているので、なかなか逢おうとしない相手を薄情だと恨むこともできない。本歌「逢ひ見てののちの心にくらぶれば昔は物も思はざりけり」（拾遺・恋二・七一〇　敦忠）▽題は「不逢恋」。

574　初めて恋人に逢っても幻のようで、逢ったとも分らないほどだ。この幻のために他の人の嘆きは千重にもまさるのだろう。参考「秋の夜は春日忘るる物なれや霞に霧や千重まさるらむ」（伊勢物語・九四段）▽題は「初逢恋」。他の人も同様に自分の恋人を恋しているのだろうと想像した心か。

575　どうしよう。夢ではないけれども夢のような逢う瀬をして、もともとの恋心に加えていよいよ恋しくなって流す、後朝の今朝の涙を。▽題は「後朝恋」。

576　ひょっとして、あの人もほんのちょっとの間、私のことを思い出してくれたならば、それをこの世の思い出にしよう。本歌「あらざらむこの世のほかの思ひ出でにいまひとたびの逢ふこともがな」（後拾

577 たびねするあらきはまべの浪の音《をと》にいとゞたちそふ人の俤

578 いか許《(ばかり)》ふかきけぶりのそこならむ月日とともにつもる思ひの

579 よひ〱はわすれて寝《ぬ》らん夢にだになるとを見えよかよふたましひ

580 きみよりも世よりもつらきちぎりこそ身をかへつとも怨のこらめ

雑

581 うらめしや別のみちにちぎりお《を》きてなべてつゆお《を》く暁のそら

582 草のいほの友とはいつかきゝなさむ心の内に松かぜのこゑ

583 時わかぬまがきの竹のいろにしも秋のあはれのふかく見ゆらん

584 なれこしはきのふとおもふ人のあともこけふみわけて道たどる也

585 人とはで砌《みぎり》あれにし庭のおもにきくもさびしきつるの一こゑ

586 如何《(いかに)》せむそれもうき世といとひいでば吉野《よしの》の山もなき身也けり

587 色はみなむなしき物をたつた河もみぢながるゝ秋もひとゝき

遺・恋三・七六三　和泉式部）▽題は「逢不遇恋」。情熱的な本歌に対してこれはあきらめきった女の心。

577　荒涼たる浜辺に旅寝すると、なかなか寝つかれない。うとうとまどろんだと思うと、波音とともに、いっそう恋しい人の面影が立ち添う。本歌「神風の伊勢の浜荻折り伏せて旅寝やすらむ荒き浜辺に」（万葉・巻四・五〇〇　碁檀越の妻）▽題は「旅恋」。

578　月日の積るとともに積ったわが恋の思いは、いったい来世でどんなに深い地獄の煙の底に私を突き落すことだろう。〇思ひ――「けぶり」の縁語「火」を掛ける。▽題は「思」。

579　宵ごとに私のことを忘れて寝るのだろう、あの人の許に通うわが魂よ、せめて夢の中だけでも馴れ親しむと見えてくれ。本歌「よひよひに枕定めむ方もなしいかに寝し夜か夢に見えけむ」（古今・恋一・五一六　読人不知）参考「人はいさわがたましひははかもなき宵の夢路にあくがれにけり」（和泉式部続集）▽題は「片恋」。

580　あなたゆえに、世にもつらい間柄は、たとえ生を替えても恨みが残るでしょう。▽題は「恨」。

581　暁の空の下、人と人とが別れる道に、約束をしたように、一面に露が置いているのは恨めしい。▽題は「暁」。

582　一体、いつ、これを草庵を訪れる友として聞くようになるだろう。心の裡に、心待ちにしている松風の声が聞える。〇松かぜ――「待つ」を掛ける。▽題は「松」。

583　四季を通じて変らない籬の竹の色にも、秋のあわれは深く見えるのであろう。→補注。▽題は「竹」。

584　馴れ親しんできたのはつい昨日のことのように思う。亡き人の跡を弔おうと、苔を踏み分けて、お墓への道をたどる。▽題は「苔」。

585　人も訪れず、敷石も荒れてしまった庭の面に、聞くも寂しい鶴の一声が聞える。▽題は「鶴」。

586　どうしよう、俗世間から遁れた笘の吉野山もやはり憂世だと厭うて出たら、行く場所もないこの身だ。参考「み吉野の山のあなたに宿もがな世の憂き時の隠れがにせむ」（古今・雑下・九五〇　読人不知）▽題は「山」。

587　存在するすべての物は皆空だ。竜田川に紅葉が流れる美しい秋もほんの一時だ。→補注。▽題は「川」。

588 なにとなく見るよりもののかなしきは野中の庵《(いほ)》の夕暮のそら

589 とまびさしもののあはれのせきすゑ《へ》て涙はとめぬ須磨《すま》のうらかぜ

590 夜をこめてあさたつ霧《きり》のひま〳〵にたえ〴〵みゆる勢多《せた》の長橋《ながはし》

591 まちえたる日よりをみちのたのみにてはるかに出《(いづ)》る浪の上哉

592 露しげきさやの中山《なか》なか〳〵にわすれてすぐるみやことも哉《(がな)》

593 くれてゆく春のかすみを猶こめてへだつる遠《をち》にたちやわかれん

594 いへゐしてまたかばかりもしらざりきみ山の里のこがらしのこゑ

595 おきふしにねぞなかれける霜さゆるかり田のいほのしぎのはねがき

596 心うしこひしかなしとしのぶとてふたゝび見ゆるむかしなき世《よ》よ

597 うたゝねに草ひきむすぶこともなくはかなの春の夢の枕や

598 いつ我もふでのすさびはとまりゐて又なき人のあとといはれむ

599 をしまれぬうさにたへたる身ならずはあはれすぎにし昔語《(がたり)》を

588 何ということなく見ると物悲しくなるのは、野中の庵の夕暮の空のたたずまいである。▽題は「野」。

589 浦風の吹く須磨では、苫廂を持った関屋を据えて、人々をとめる。しかし、この関は「もののあはれ」の関だ。流れる涙はとめようとはしない。▽題は「関」。

590 まだ夜の明けきらぬうちに出発した。立ちこめている朝霧の絶え間〳〵に、あの勢多の長橋もとぎれとぎれ見える。参考「朝ぼらけ宇治の川霧たえだえにあらはれわたる瀬々の網代木」（千載・冬・四二〇 定頼）○たつ—旅立つ意と霧が立つ意を掛ける。▽題は「橋」。

591 待てば海路の日和——この好天気を頼みとして、遠く遥か波の上に出る。▽題は「海路」。

592 佐夜の中山は霧が深い。かえって都のことを忘れてここを過ぎたい。▽題は「旅」。「東路のさやの中山さやかにも見えぬ雲居に世をやつくさむ」（忠岑集、新古今・羇旅・九〇七 忠岑）と類想の歌。

593 暮春の霞にさらに雲がたちこめて隔てている遠くの方に、春は、そして又人は別れて行くのであろうか。○たち—「かすみ」の縁語。▽題は「別」。春との別れ、人との別れを重ねてうたう。

594 深山の里の木枯の声がこれほど寂しいとは知らなかった。この寂しさは、住んでみて初めてわかった。参考「山里は秋の末にぞ思ひ知るかなしかりけりこがらしの風」（山家集・上・秋）▽題は「山家」。

595 霜が冷たく冴える刈田の庵で、鴫の羽根掻きを聞いていると悲しくなって、起き臥しに声を出して泣けてしまう。参考「暁の鴫のはねがき百羽（ももは）がき君が来ぬ夜はわれぞ数かく」（古今・恋五・七六一 読人不知）「わが門のおくてのひたにおどろきて室の刈田にしぎぞ立つなる」（千載・秋下・三二七 兼昌）▽題は「田家」。

596 つらかった、恋しかった、悲しかったと昔を思い出しても、その昔を二度と見ることはないのが、この世だ。そう思うと、その昔がやはり懐しい。▽題は「懐旧」。

597 うたた寝をするために草を結ぶこともなく、明けてしまった。春の夜の夢の何とはかないことか。本歌「枕とて草ひき結ぶこともせじ秋の夜とだに頼まれなくに」（伊勢物語・八三段）▽題は「夢」。本歌の季節を変えた。

598 いつ、私も筆のすさびだけが残っていて、「これが故人の筆跡だ」などと言われることだろうか。↓補注。▽題は「無常」。

599 ああ、たとえ亡くなっても人に惜しまれないというつらさに堪えて、生き永らえている身でなかったら、過ぎ去った昔語りをすることもできないだろう。参考「思ひ出でてたれをか人の尋ねまし憂きに堪へたる命ならずは」（千載・恋四・八四三 小式部）▽題は「述懐」。

600 あまつそら月日のかげもしづかにてちよは雲井にきみぞかぞへむ

600　空に照る日月の光も静かである。わが君は九重の宮居において千代を数えられるであろう。参考「長生殿裏春秋富　不老門前日月遅」（和漢朗詠・下・祝・七七五　保胤）○月日のかげもしづかにて―天変がないのは良い政治が行われている証という考えに基づく言い方。▽題は「祝」。

花月百首　建久元年秋　左大将家

詠百首和歌　　権少将

花五十首

601 続後 さくらばなさきにし日より吉野《よしの》山そらもひとつにかを《ほ》るしら雲

602 あしびきの山のはごとにさく花のにほひにかすむ春のあけぼの

603 花ざかり外《と》山の春《はる》のからにしき霞のたつもを《お》しきころ哉

604 かすみたつ峯の桜の朝ぼらけ紅《(くれなゐ)》くゝるあまのかはなみ

605 さくら花ちらぬこずゑに風ふれててる日もかを《ほ》る志賀《しが》の山ごえ

606 花のゝちやへたつくもにそらとぢて春《はる》にうづめるみ吉野《よしの》のゝそこ

607 さもあらばあれ花よりほかのながめかは霞にくらすみ吉野《よしの》のゝ春《はる》

608 あくがれし雪と月との色とめてこずゑにかを《ほ》る春の山かげ

花月百首―建久元年（一一九〇）九月十三夜、九条良経の家で披講された。作者は良経・慈円・定家・有家・寂蓮・丹後ら。同二十二日、本百首より各人十首の撰歌合を作り、俊成が加判した。定家は時に二十九歳。

601　桜花が咲き始めた日から、吉野山の空では、花といっしょになって、白雲がかかおっている。参考「桜花咲きにけらしなあしひきの山のかひより見ゆる白雲」（古今・春上・五九　貫之）

602　春の曙は、どの山の端も咲く花の色でぼうっと霞んでいる。参考「おしなべて花の盛りになりにけり山のはごとにかかる白雲」（千載・春上・六九　円位＝西行）〇花のにほひ―花の美しい色。かおりの意も持たせているか。

603　外山が春になって、今や錦を思わせるような花盛りだ。この頃は霞が立って、その錦を裁ち切ってしまうのも惜しい。参考「高砂の尾上の桜咲きにけり外山の霞立たずもあらなむ」（後拾遺・春上・一二〇　匡房）「唐錦枝にひとむら残れるは秋の形見をたたぬなりけり」（拾遺・秋・二二〇　遍昭）〇からにしき―唐錦。中国産の錦。〇たつ―「立つ」と錦の縁語「裁つ」を掛ける。▽実際には霞が懸って隠すことにより、花盛りの遠景が中断されることを、錦の布地が裁たれることによそえる。

604　霞が立つ峯に桜が咲いている朝ぼらけは、天の川の川波を紅にくくり染めにしたようだ。参考「ちはやぶる神代も聞かず竜田川からくれなゐに水くくるとは」（古今・秋下・二九四　業平、伊勢物語・一〇六段）、「吉野山花や散るらむ天の川雲の堤を崩す白波」（長秋詠藻・右大臣家百首）〇くゝる―糸でくくって絞り染めにする。

605　志賀の山越え道では、桜花のまだ散らぬ梢に風が触れて、照る日の光もかおっている。

606　み吉野の谷底では、花が咲いたのちは、幾重にも立つ雲に空も閉じふさがれて、あたかも春に埋まっているようなものだ。参考「吉野山八重立つ峯の白雲に重ねて見ゆる花桜かな」（後拾遺・春上・一二一　清家）

607　しようがない。霞の中に暮らすみ吉野の春は、花以外の眺めなどあろうか。〇さもあらばあれ―ままよ。不本意だが仕方ない、の意。この初句で切れる。▽花ばかりを見て暮らすのが不本意のように歌うのも、吉野の花への裏返された讃歌である。

608　春の山蔭（山蔭の地）では、王子猷があこがれた雪と月の、ともに白い色を梢に留めて、花が薫っている。▽王子猷が月の美しい雪の夜、戴安道を訪れた故事を歌う。↓補注。

609 吉野《よしの》山霞ふきこすたに風のちらぬさくらの色さそふらん

610 ふりきぬる雨もしづくもにほひけり花よりはなにうつる山みち

611 ながき日にあそぶいとゆふしづかにてそらにぞみゆる花のさかりは

612 もゝしきやたましく庭の桜花《(さくらばな)》てらす朝日もひかりそひけり

613 かざしもてくらす春日《はるひ》ののどけきにちよもへぬべき花のかげ哉

614 宮人のそでにまがへるさくら花にほひもとめよ春《はる》のかたみに

615 たを《お》りもてゆきかふ人のけしきまで花の匂ひはみやこなりけり

616 こきまずる柳のいともむすぼほれみだれてにほふはなざくらかな

617 雲の内雪の下《した》なる春のいろをたれわがやどのうへと見るらん

618 あけはてず夜のまの花にこととへば山のはしろく雲ぞたなびく

619 槙《(まき)》のとはのきばの花のかげなればとこも枕も春《はる》のあけぼの

620 いか許《(ばかり)》のちもわすれぬつまならん桜になるゝやどのゆふぐれ

609　吉野山の霞を吹き越す谷風は、まだ散らぬ桜花を散らそうとしているのだろう。

610　降ってきた雨も雫も匂うよ、花から花へと移動する山路では。参考「桜狩り雨は降り来ぬおなじくは濡るとも花の蔭にかくれむ」（拾遺・春・五〇　読人不知）○うつる—匂いは移るから、「にほひけり」と縁語関係にある。

611　春の永日、漂う陽炎も静かで、花の盛りの有様は空にはっきりと見える。○ながき—「いとゆふ」の「いと」の縁語。○あそぶいとゆふ—ゆらゆら立ち昇るかげろう。

612　禁裏の玉を敷いたような美しい庭に咲く桜花を照らす朝日も、光彩を添えている。○たましく庭—「九重や玉しく庭に紫の袖を連ぬる千世の初春」（文治六年女御入内和歌　俊成）

613　桜をかざしとして持って暮らす春の日はのどかなので、時の経つのをつい忘れてしまい、花の蔭で千代も経ってしまいそうだ。参考「ももしきの大宮人はいとまあれや桜かざしてけふもくらしつ」（和漢朗詠・春興・二五、新古今・春下・一〇四　赤人）

614　大宮人の袖に見紛う桜花、その花だけでなく匂いも袖にとどめてほしい。春の形見として。参考「ももしきの大宮人は……」→六一三。

615　花を手折って持ちながら行き来する人の様子までにおいやかな、春の都よ。参考「ももしきの大宮人は……」→六一三。

616　花にこきまぜる柳の糸も結ぼおれ、また乱れる、そして撩乱と咲く桜。本歌「見わたせば柳桜をこきまぜて都ぞ春の錦なりける」（古今・春上・五六　素性）○むすぼほれ—下の「みだれ」とともに「いと」の縁語。

617　空では雲の内、地に下りては雪のように見える春の色——桜の美しい色を、誰が自分の家の上に咲いているものと思っていい気になって見るだろう。参考「よそながらをしき桜の匂ひかなたれわが宿の花と見るらむ」（後拾遺・春上　一一五　定成）

618　明けきれない夜のうち、花はどこかと尋ねてみると、山の端に白く雲がたなびいている。あれは本当に雲なのだろうか、それとも花なのだろうか。

619　私の家の檜戸は軒端近く咲く花蔭にあるので、春の曙、開けると、床にも枕にも花が散り敷く。○あけぼの—「槙のと」の縁語「開け」を響かせる。▽普段は寂しい山家の艶な春曙。

620　桜になじんだ家で、夕暮に思う。この桜は一体どれほど、散ったのちも忘れられない、思い出の種であろうか。○つま—手がかり。きっかけ。▽桜を女性のように擬人化し、全体を恋歌ふうに仕立てる。

621 めかれせずいとゞさくらぞを《お》しまるゝ打《(うち)》もまぎれぬ春の山里

622 やへむぐらとぢける宿《やど》のかひもなしふるさととはぬ花にしあらねば

623 竹のかき松のはしらはこけむせど花のあるじぞ春さそひける

624 花《はな》のふちさくらのそことたづぬればいはもる水のこゑぞかはらぬ

625 枝かはす松のみありし梢にてくもと浪とにたどる春かな

626 そらは雪庭をば月のひかりとていづこに花のありかたづねん

627 花の香《か》はかを《ほ》るばかりをゆくへ《ゑ》とて風よりつらき夕やみのそら

628 思《(おもひ)》いるゆくへ《ゑ》は花のうへにしてこけにやどかる春のうたゝね

629 すぎがてに折《お》らましものを桜花かへるよのまに風もこそふけ

630 ちりまがふ木のもとながらまどろめばさくらにむすぶ春のよのゆめ

631 まだなれぬ花のにほひにたびねしてこだちゆかしき春《はる》のよのやみ

632 玉ぼこのたよりに見つるさくら花又はいづれの春かあふべき

621　春の山里では、他の物に紛れることなく、目も放されず桜を見つめて、いよいよその散るのが惜しまれる。○めかれせず—目が離せず。よそ目せず。▽心をまぎらすこともなく、ただ桜を凝視する寂しい山里人の心。

622　八重むぐらが生い茂って、誰も訪ねてこないように宿を閉じ塞いだ甲斐もない。花はこのような古里をも訪れないことはないから。本歌「八重むぐら茂れる宿のさびしきに人こそ見えね秋はきにけり」（拾遺・秋・一四〇　恵慶）▽花はわび人の住まいをも忘れずに咲くことを敢えて迷惑であるかのように歌い、実はそれを喜ぶ心。

623　竹垣、松の柱は苔むして、この庵はすっかり古びてしまったけれども、主人の花は、お客として春を誘っている。参考「五架三間新草堂、石階桂柱竹編墻」（白氏文集・巻一六・香炉峯下新卜㆓山居草堂㆒初成偶題㆓東壁㆒五首の第一首）「竹編める垣しわたして、石の階、松の柱、おろそかなるものから、珍らかにをかし」（源氏物語・須磨）

624　落花が谷川を埋め尽して、あたかも花の淵、桜の底となってしまったと思いながら。よくよく探し訪ねてみたら、岩漏る水の音は、前と変らず聞えてきた。

625　枝をさし交す松だけが前と同じ梢で、それ以外の木々の梢はどうなったのか。花の雲、花の波を見て、つい探してしまう。↓補注。

626　空は雪の降るよう、庭は月の光のさしているようで、どこに花のありかを尋ねたらよいのだろうか。

627　花の香がそこはかとなく薫る。それだけが花の行く方を思わせる手がかりだ。散らした風よりつらく思われる夕闇の空よ。

628　深く愛する花のゆくえはどうなるのだろうと思いながら、春、苔地の上にうたたねをする。

629　道を行き過ぎながら桜を折ったらよかったものを、帰途までの夜のうちにも風が吹いて、散らしてしまうかもしれないのだ。参考「朝まだき起きてぞ見つる梅の花夜のまの風のうしろめたさに」（拾遺・春・二九　元良親王）▽「吾が行きは七日は過ぎじ竜田彦ゆめこの花を風にな散らし」（万葉・巻九・一七四八　虫麻呂）などに通う心。

630　春の夜、桜が散り紛う木の下にまどろむと、夢にも桜を見る。参考「宿りして春の山べに寝たる夜は夢のうちにも花ぞ散りける」（古今・春下・一一七　貫之）

631　春の夜の闇、まだ馴れない花の匂いの中に旅寝して、いったいどんなに美しく咲いているのだろうと、木立を見たくなる。

632　道行くついでに見た桜花に、再びいつの春に逢うことができるだろう。本歌「夕露に紐とく花は玉ぼこのたよりに見えしえにこそありけれ」（源氏物語・夕顔　光源氏）○玉ぼこの—本来「道」の枕詞だが、ここでは本歌と同じく、「玉ぼこ」で道の意。▽ゆきずりに見た花を、ゆきずりに知った女のように歌う。

633 やまざくらいかなる花の契りにてかばかり人の思《(おもひ)》そめけむ

634 時こそあれさらではかゝる匂ひかはさくらもいかに春《はる》をまちけむ

635 さくら花たを《お》りもやらぬひと枝にこずゑにのこる心をぞしる

636 山桜心の色をたれ見てむいく世の花のそこにやどらば

637 のちもうし昔もつらし桜花うつろふそらの春《はる》の山かぜ

638 こずゑよりほかなる花のおもかげにありしつらさのにたる風哉

639 なにとなくうらみなれたる夕かなやよひのそらの花のちるころ

640 くれぬとも花ちる峯の春《はる》のそら猶やどからむ一夜《(ひとよ)》ばかりも

641 春風の浪こすそらになりにけり花のみぎはの峯のはま松

642 やまがくれ風のしるべに見る花をやがてさそふは谷《たに》河の水

643 山ざくらまてともいはじちりぬとて思ひますべき花しなければ

644 いかにして風のつらさをわすれなんさくらにあらぬ桜たづねて

633　山桜はどのような花としての前世からの約束で、これほど人が愛し始めるようになったのであろうか。

634　今こそは花咲く時期なのだ。そうでなかったらどうしてこのような美しい色であろうか。桜もどんなにか春を待ったことだろうか。

635　手折りもしないままに咲いている桜の一枝によって、梢に残っている、この木を愛した人の心が知られる。

636　山桜の木に、もし幾代もの花が着いたならば、それに寄せる人の心の愛情の深さを、誰が見るだろう。

637　桜花の色が移ろう（散る）空に、春の山風が吹く。こういう自然の定めができた昔もつらく思われ、今後も憂く思われる。▽恋歌めかして歌う。

638　梢の外に花の俤が立ち、以前のつらさに似た風（相変らずつらい風）が吹く。○ありしつらさ―「君や誰ありしつらさは誰なれば恨みけるさへ今はくやしき」（千載・恋三・八〇九　隆信）▽落花を惜しむ心を恋歌ふうに仕立てた。

639　三月の空の花の散る時分――何ということなく、怨めしい気分を味わいなれた夕だ。

640　花が散る峯に、春の空は暮れようとしている。たとえ暮れてもいい、一夜だけでもやはりここに宿をとろう。

641　峯の松を吹く春風は、飛花を運んで、あたかも空を波が越すようだ。そして峯の松は、花の海の汀に並ぶ浜松のようだ。▽花咲く空を海に、峯の松を海岸の松に、花を散らす風を波に見立てる。壮大な見立ての歌。

642　花片を吹き送ってくる風の道しるべで見た、山陰に隠れて咲いている花を、そのまま誘うのは谷川の水だ。参考「花さへに世をうき草になりにけり散るを惜しめばさそふ山水」（聞書集、西行上人集、宮河歌合・九番右）

643　散る山桜に、待ても言うまい。散ってしまっても、山桜よりもまさって思うべき花があるわけではないから。本歌「待てといふに散らでしとまるものならば何を桜に思ひまさまし」（古今・春下・七〇　読人不知）▽いくら言うことも聞かずに散っても、他の花に見かえることはないほど桜に執着している、と歌って、本歌よりも強い桜への愛着を告白する。

644　ふつうの桜でない桜、つまり風に散ることのない桜を尋ねることによって風のつらさを忘れるには、どうしたらいいだろう。○風のつらさ―「月影に花見るよはの浮雲は風のつらさに劣らざりけり」（金葉・春・五六　匡房）▽そのような桜はありえないから、結局はどうしようもない。桜を惜しむ心の裏返しの表現。

645 桜花思ふものからうとまれぬなぐさめはてぬ春の契りに

646 わびつゝは花をうらむる春もがな風のゆくへ《ゑ》に心まよはで

647 花をおもふ心にやどるまくずはら秋にもかへす風の音《をと》哉

648 ちりぬとてなどてさくらをうらみけんちらずは見ましけふの庭かは

649 あとたえしみぎはの庭に春くれてこけもや花の下にくちぬる

650 吹《(ふく)》風もちるも惜《お》しむも年ふれどことわ《は》りしらぬ花のうへ哉

月五十首

651 秋はきぬ月はこのまにもりそめてお《を》きどころなき袖の露哉

652 さえのぼる月のひかりにことそひて秋のいろなるほしあひのそら

653 これぞこのまたれし秋のゆふべよりまづくもはれていづる月かげ

654 かぞふれば秋きてのちの月のいろをおぼめかしくもしぼる袖哉

655 秋といへばそらすむ月を契り置《(おき)》て光まちとる萩のした露

645　桜花を愛するものの、やはりうとましくも思う。いつまでも咲いていないという宿命に慰められないで。本歌「ほととぎす汝が鳴く里のあまたあればなほうとまれぬ思ふものから」（古今・夏・一四七　読人不知）

646　思いわびたあげくは、花を恨む春があってほしいと思う。風の吹いてゆく方角に心を迷わせることなく。参考「花散らす風のやどりはたれか知るわれに教へよ行きて恨みむ」（古今・春下・七六　素性）

647　花を思う心に、葛の葉裏を吹き返す真葛が原の秋が思い浮び、秋風にも似た風の音が恨めしい。

648　散ってしまうといって、どうして桜を恨んだのだろうか。散らなかったら、落花の雪におおわれた、今日のこの素晴しい庭を見ることはできなかっただろう。本歌「今日こずは明日は雪とぞ降りなまし消えずはありとも花と見ましや」（古今・春上・六三　業平、伊勢物語・一七段）

649　人の足跡も絶えた庭の池の汀に春が暮れて、落花も朽ち、苔も落花の下で朽ちてしまったのだろうか。▽廃園の暮春の風情。

650　風が吹くことも、花が散ることも、それを惜しむことも、ずっと前から同じようで何年も経った道理だけれども、やはりこと花に関すると、その道理も分らなくなってしまう。

651　秋はやって来た。月の光は木の間から洩れるようになった。そして、秋思の涙の露や本当の露がいっぱいで、私の袖には置き所もない。本歌「木の間よりもりくる月の影見れば心づくしの秋は来にけり」（古今・秋上・一八四　読人不知）

652　冴え冴えと昇ってくる月の光に興趣が加わって、七夕の空はまことに秋の気配が著しい。○こと―興味。興趣。「事添ふ」は「事醒む」の反対。

653　秋の夕から雲が晴れて、さやかに出た月の光、これが心待ちに待たれたものなのだ。

654　日数を数えてみると、秋が来てから何日も経ち、月の色もあわれをさそうようになってきた。それで涙に濡れた袖を絞るのに、私はなぜ泣くのかといぶかしく思っていた。

655　秋というと、萩の下露は空に澄む月と約束しておいて、その光を待ち受け、自身で受け止める。参考「秋はなは夕まぐれこそただならね荻の上風萩の下露」（義孝集）「いかでかは袂に月の宿らまし光待ちとる涙ならずは」（金葉・補遺歌・七〇二　平康貞女）

656 あきをへて心にうかぶ月かげをさながらむすぶやどの真《ま》清《し》水

657 松むしのこゑのまに〳〵とめくれば草葉の露に月ぞやどれる

658 あかざりし山井の清《し》水手にくめばしづくも月のかげぞやどれる

659 深草のさとのまがきはあれはてゝ野となる露に月ぞやどれる

660 新古 さむしろやまつ夜の秋の風ふけて月をかたしく宇治の橋姫

661 なにとなくすぎこし秋のかずごとにのちみる月のあはれとぞなる

662 そのふしと思《おもひ》もわかぬなみだ哉月やはつらき秋もうからず

663 あづまやのまやのあまりの露かけて月の光もそでぬらしけり

664 蓬生《よもぎふ》のまがきのむしのこゑわけて月は秋とも誰かとふべき

665 月《つき》ゆゑ《へ》にさゝずはしばしことゝはむ柴のあみどよわれまたずとも

666 庭のおもにうゑ《へ》お《を》く秋の色よりも月にぞやどの心見えける

667 わけがたきむぐらのやどの露《つゆ》のうへは月のあはれもしくものぞなき

656　幾度も秋を経験してきたので、秋というと心に月影が浮ぶ。私はその月影ごとそっくり家の真清水を手に掬う。参考「水草ゐし朧の清水底澄みて心に月の影は浮ぶや」(後拾遺・雑三・一〇三六　素意)↓補注。

657　松虫の声が聞えるままに尋ねてくると、草葉の露に月の光が宿っている。本歌「おぼつかないづこなるらむ虫の音を尋ねば草の露や乱れむ」(拾遺・秋・一七八　為頼)

658　いくら飲んでも飽きない、山の井の清水を手に汲むと、こぼれ落ちる雫にも月の光が宿っている。本歌「むすぶ手の雫に濁る山の井のあかでも人に別れぬるかな」(古今・離別・四〇四　貫之)

659　深草の里の侘び住まいの籬はすっかり荒れて、野原同然となり、露が滋く置いている。その露に、月の光が宿っている。本歌「年を経て住みこし里を出でていなばいとど深草野とやなりなむ」(古今・雑下・九七一　業平、伊勢物語・一二三段)「里はあれて人はふりにし宿なれや庭も籬も秋の野らなる」(古今・秋上・二四八　遍昭)

660　月光の下、さ莚を片敷いて、宇治の橋姫は恋人の訪れを待つ。秋風が吹き、夜は更けたが、男は来ない。本歌「さむしろに衣片敷きこよひもや我を待つらむ宇治の橋姫」(古今・恋四・六八九　読人不知)▽恋歌に通じる雰囲気の妖艶な作。

661　今まで何ということなく秋を過ごしてきた。その年数が増すたびごとに、以前よりも月を見てしみじみと思うようになってゆく。

662　月がつらいことがあろうか。秋がつらいわけでもない。それなのに、何が原因とも分らぬまま、涙が出る。▽恋歌ふうに仕立てる。

663　東屋の庇の露、真屋の庇の露をかけ、その露に月の光が宿って、露も月の光も、袖を濡らす。参考「東屋の　真屋のあまりの　その雨そそき　我立ち濡れぬ　殿戸開かせ」(催馬楽・東屋)○あづまや―屋根を四方に葺き下ろした粗末な家。○まや―切妻造りの家。

664　蓬生の籬にすだく虫の音を分けて、月は秋に賞するものといって、誰が訪れるであろうか。▽月に誘われて友が訪れないかと待つ人の心。

665　月を観賞するために柴の編み戸を鎖していなかったら、たとえ、私を待っているのでなくても、ちょっと訪れてみよう。▽月に浮かれて友を訪う人の心。前の歌と対照的。

666　庭に植えておく秋草の色よりも、そこにさし来る月の光に、宿の主の心は知られる。

667　分けがたいほどむぐらの生い茂った庭の露の上に、月の光も、及ぶものがないほど趣深く宿っている。本歌「思ひあらばむぐらの宿に寝もしなむひじきものには袖をしつつも」(伊勢物語・三段、大和物語・一六一段)参考「秋の夜は衣さむしろ重ねても月の光にしくものぞなき」(大納言経信集、新古今・秋下・四八九　経信)

668 関の戸をとりのそらねにはかれどもありあけの月は猶ぞさしける

669 思《(おもひ)》やるみねのいはやのこけのうへに誰かこよひの月を見る覧《(らん)》

670 たづねきてきくだにさびしおく山の月にさえたる松風のこゑ

671 つきかげは秋よりおくの霜《しも》お《を》きてこぶかく見ゆる山のときは木

672 山ふかみいはきりとほ《お》すたに河をひかりに堰《せ》ける秋のよの月

673 秋の夜は月ともわかぬながめゆゑ《へ》そでにこほりのかげぞみちぬる

674 見るゆめは荻《おぎ》の葉《は》風にとだえして思もあへぬ閨の月かげ

675 ながむれば松よりにしになりにけりかげはるかなるあけがたの月

676 しのゝめは月もかはらぬわかれにてくもらば暮のたのみなき哉

677 月ゆゑ《へ》にあまりもつくす心哉おもへばつらし秋のよのそら

678 勅撰 あけば又秋のなかばもすぎぬべしかたぶく月のを《お》しきのみかは

679 幾《いく》さとかつゆけきのべにやどかりし光ともなふ望《もち》月の駒《こま》

668　鶏の鳴声をまねて関守をだまし、関の戸を開けさせたが、有明の月の光は依然として射している。本歌「夜をこめて鳥の空音にはかるともよに逢坂の関はゆるさじ」（後拾遺・雑二・九三九　清少納言）参考「遊子猶行於残月　函谷鶏鳴」（和漢朗詠・下・暁・四一六）

669　私は思いやる。峯の岩屋の苔の上で、いったい誰が今宵のこの月を見ているのだろうか。参考「今宵たれすず吹く風を身にしめて吉野のたけの月を見るらむ」（頼政集・上、新古今・秋上・三八七　頼政）「山深き松のあらしを身にしめてたれか寝ざめに月を見るらむ」（千載・雑上・一〇〇五　家隆、二見浦百首での詠）

670　月に冴えた松風の声、奥山に尋ねてきてそれを聞くだけでも物寂しい。

671　月の光は秋より奥、冬の霜が置いたようで、山の常磐木は木深く見える。

672　深山の岩盤を切り通して流れる谷川を、氷のような光で塞きとめている秋の夜の月よ。参考「吉野川岩きりとほし行く水の音には立てじ恋ひは死ぬとも」（古今・恋一・四九二　読人不知）▽「とほす」と「せく」との対照の妙。

673　秋の夜は月とも氷とも見分けがつかない眺めゆえ、私の袖にも、月の光とも氷の光とも区別し難い光が満ちている。

674　見る夢は、荻の葉を吹く風の音に中断されて、閨に差入る月の光の中で、見たと思った恋しい人の面影はどうしても思い出せない。参考「里の名も昔ながらに見し人の面がはりせる閨の月影」（源氏物語・東屋　薫）、これは亡き宇治大君の代りに浮舟を得た時の薫の詠。▽恋歌ふうの詠み方。

675　眺めると、遠くの方から光を送ってくる明方の月は、松より西の方にまわってしまった。

676　しののめの時分は、恋人と変らず月との別れでもある。これで空が曇ると、暮にまた会えるとあてにすることもできない。本歌「いつしかと暮を待つまの大空は曇るさへこそうれしかりけれ」（拾遺・恋二・七二二　読人不知）

677　月のために余りにも気をもむ。考えてみれば、秋の夜の空はつらく思われる。

678　十五夜の今宵が明けたら、また秋も半ばが過ぎたことになるだろう。傾く月が惜しいだけなものか。秋の過ぎるのも惜しいのだ。▽定家の秀逸を問われた家隆が答えずに、この歌を書き留めてある畳紙を落して立ち去った（今物語その他）などと語られる秀歌。『耕雲口伝』に「常に本として学ぶべき体の歌」の例に掲げる。

679　月の光を伴って、望月の駒が都まで上ってきた。幾里にわたって露の深い野辺に宿ってきたのであろうか。露に宿るべき月の光をその身に宿しているこの駒は。○望月の駒→五四九。

680 秋の夜のありあけの月の月かげはこの世ならでも猶やしのばむ

681 いく秋とゆくへ《ゑ》もしらぬ神世までたもとに見する月のそら哉

682 月を思《(おもふ)》心にそへてしのばずはわすれもすべき昔なりけり

683 とこのうへのひかりに月のむすびきてやがてさえゆく秋のたまくら

684 月きよみ羽《はね》うちかはしとぶ雁のこゑあはれなる秋風のそら

685 あくるそら入《(いる)》山のはをうらみつゝいくたび月にもの思ふらむ

686 袖のうへ枕のしたにやどりきていくとせなれぬ秋の夜の月

687 さらしなは昔の月のひかりかはたゞ秋風ぞ姨捨《をばすて》の山

688 よものそらひとつひかりにみがかれてならぶものなき秋のよの月

689 衣うつひゞきに月のかげふけてみちゆき人の音《をと》もきこえず

690 影さえててらすこしぢの山人は月にや秋をわすれはつらん

691 あくがるゝ心はきは《わ》もなきものを山のはちかき月のかげかな

680　秋の夜の有明の月の光は、この世でなくてあの世でも、やはり偲ぶことだろうか。▽月に後世を思う。

681　幾年昔の秋とも分らない神代のことまでも、昔を偲んでこぼす涙のかかったわが袂に見せる月よ。参考「思ひ出でよ神代も見きや天の原空もひとつにすみの江の月」（長秋詠藻・中）▽月に古代を思う。

682　月を思う心と一緒に回想しなければ、忘れてしまいそうな昔だ。

683　手枕をするわが床の上に涙がこぼれ、その涙に月が宿って、そのまま冷たく冴えてゆく。▽恋歌ふうの仕立て方。

684　秋風の吹く空に、月が清いので羽根を交しつつ飛ぶ雁の声が、あわれに聞える。本歌「白雲に羽うちかはし飛ぶ雁の数さへ見ゆる秋の夜の月」（古今・秋上・一九一　読人不知）

685　明ける空を恨み、月が入る山の端を恨み、といった具合に、月のためにいったい幾度心を悩ませることか。参考「世に経（ふ）るにもの思ふとしもなけれども月に幾度ながめしつらむ」（拾遺・雑上・四三二　具平親王）▽恋歌の趣がある。

686　秋の夜の月は、私の袖の上の涙、枕の下の涙に宿ってきて、幾年私となじんだことであろうか。▽恋歌の趣がある。なお、自筆本には歌頭に「続古」の集付がある。

687　更級には昔と同じ月の光がさしているだろうか。いや、ただ寂しく吹く秋風だけが、姨捨山の昔を語っている。

688　一面の空はたった一つの光に磨かれて、秋の夜の月は、他に並ぶものなく照り輝いている。

689　擣衣の響きがする。月光はいよいよ冴え、道を行く人の足音も聞えない、静かな夜更け。▽唐詩の趣がある。

690　月の光が冷たく冴えて照らす越の国（北陸）の山に住む人々は、それを雪と見て、今が秋であることをすっかり忘れてしまっているだろうか。

691　月を見て、どこまでも遠くあこがれる心に果はないのに、月影は山の端近くなった。

692 わすれじよ月もあはれと思《おもひ》いでよわが身ののちのゆく末の秋

693 しかりとて月の心もまだしらずおもへばうとき秋のね覚《ざめ》を

694 峯のあらしうらの浪かぜ雪さえてみな白妙の秋のよの月

695 月きよみねられぬ夜《よ》しももろこしの雲の夢まで見る心ちする

696 今よりのこずゑの秋はふかくとも月いづる峯は風のまに〳〵

697 つゆしぐれしたばのこらぬ山なれば月も夜をへて洩《も》りまさりけり

698 山のはのおもはむこともはづかしく月よりほかの秋はながめじ

699 あぢきなく物思《ものおもふ》人の袖のうへに晨明《ありあけ》の月の夜をかさねては

700 長月の月のありあけの時雨ゆゑ《へ》あすのもみぢの色もうらめし

692　私も忘れまい。だから、月も私のことをしみじみと思い出してくれ、私が亡きのちの将来の秋に。

693　私はこのように月を愛しているのだが、だからといって月の心はまだ分らない。そう思うと、秋の寝覚めも憂いものだ。▽恋歌の趣がある。

694　秋の夜、月は白く照り、峯の嵐も、浦の波風も、雪の冴えたように、物皆すべて真白だ。

695　月が清いので眠れない夜は、中国の雲夢の浦の夢を見るような心地がする。▽神女賦を本文とする。「楚襄王与二宋玉一游二於雲夢之浦一、使三玉賦二高唐之事一。其夜玉寝、夢与二神女一遇。其状甚麗」（文選・巻一〇・神女賦幷序）

696　これからは木々の梢は紅葉し、秋の情緒は深くなろう。それを散らすのは惜しいが、月の出る嶺は、風が心のまま雲を吹き払ってほしい。

697　露や時雨のために、もはや木々の下葉も残っていない山なので、夜を重ねるにつれ、月もいよいよ照るようになってきた。本歌「白露もしぐれもいたくもる山は下葉残らず色づきにけり」（古今・秋下・二六〇　貫之）

698　月を隠す山の端の思うことも恥かしい。月以外の秋の景色を眺めることはするまい。参考「飽かなくにまだきも月の隠るるか山の端逃げて入れずもあらなむ」（古今・雑上・八八四　業平、伊勢物語・八二段）、「いづかたの雲路にわれもまどひなむ月の見るらむこともはづかし」（源氏物語・明石　光源氏）、「思ひやれ知らぬ雲路も入る方の月よりほかのながめやはする」（後拾遺・恋三・七二六　康資王母）▽月に対する誠実な愛を歌う。恋歌ふうの詠みぶり。

699　心楽しまず物思いに沈む人の袖に宿る涙の上に、有明の月の光がさし、幾夜も重ねたら、どんなにいよいよ悲しいことか。

700　九月も終り近く、細い有明の月の出る頃降った時雨のために、明日はすばらしく染まるに違いないもみじの色までも恨めしく感じられる。○長月の月のありあり―下の「月」に「尽き」を響かせる。単に「月のありあけ」というような奇をてらう続け方は、後年の定家が否定的であったもの。▽月五十首の最後の作。九月の終りの有明の月が、冬の訪れ近いことを思わせるしぐれに曇るさまを歌い、もみじの紅から恨みの紅涙を連想する。

十題百首　建久二年冬　左大将家

詠百首和歌　　権少将

天部《(てんのぶ)》十首

701 久方のくもゐはるかにいづる日のけしきもしるき春はきにけり

702 いく秋のそらをひと夜につくしても思ふにあまる月の影かな

703 すべらぎのあまねきみよをそらに見て星の宿《やどり》のかげも動《うご》かず

704 あまの河年の渡《(わたり)》の秋かけてさやかになりぬ夏《なつ》の夜《よ》のやみ

705 はかなしと見るほどもなしいなづまの光《ひかり》にさむるうたゝねの夢

706 こたへじないつもかはらぬ風の音《をと》になれし昔のゆくへ《ゑ》とふとも

707 見ずしらぬうづもれぬ名のあとやこれたなびきわたる夕暮の雲《くも》

708 けふくれぬあすさへふらむ雨にこそおもはむ人の心をも見め

十題百首―建久二年（一一九一）十二月二十七日、良経に詠進した。定家三十歳。良経・慈円・定家・寂蓮の四人が作者だった。

701　遥か空高くに出る太陽の様子にもはっきりと、春はやってきた。○けしき―気色。▽天象のうち「日」を詠む。立春の心。

702　幾年の秋の空を一夜に凝集して惜しんでも、なお愛惜し足りない月影だ。▽天象のうち「月」を詠む。

703　御門のお恵みあまねき御治世は、空にもはっきりと反映し、星宿も天変を起こすことなく、静かに輝いている（宮廷では臣下が静かに列座している）。○星の宿のかげも動かず―星は静かにまたたいている。天下泰平の象徴。星は星辰を意味するとともに、廷臣の比喩ともなる。▽天象のうち「星」を詠む。

704　年に一度渡って二星が逢う七夕の秋に先がけて、天の川が冴えて見えるようになった夏の夜の闇。○年の渡の秋かけて―「年の渡」は万葉集に見える句。年の経過の意というが、ここでは年に一度渡ることの意に用いるか。参考「玉葛絶えぬものからさ寝（ぬ）らくは年のわたりにただ一夜のみ」（万葉・巻一〇・二〇七八　七夕歌群中の一首）▽闇を歌う。

705　稲妻の光に覚めるうたたねの夢は、はかないと見る時間もないほど、この上なくはかないもの。▽電光を歌う。

706　いつも変らぬ風の音に、馴れ親しんだ昔はどこへ行ってしまったかを問うても、風は何も答えないであろう。▽風を歌う。

707　この世に埋もれぬ名を残そうと思いながら死んでいった、見ず知らずの人のあとの形見がこれであろうか。夕暮の空に、雲がたなびいている。参考「竜門原上土　埋レ骨不レ埋レ名」（和漢朗詠・下・文詞付遺文・四七一　白楽天）▽雲（火葬の煙が凝って生じた雲）を歌う。

708　人に訪われることもなく、雨のうちに今日は暮れてしまった。明日もこのように降ったら、それで私を思っているという人の心のほどを判別しよう。雨をおしてまで、訪れてくるかどうかで。本歌『梓弓おして春雨けふ降りぬあすさへ降らば若菜摘みてむ」（古今・春上・二〇読人不知）参考「かずかずに思ひ思はず問ひがたみ身を知る雨は降りぞまされる」（古今・恋四・七〇五　業平、伊勢　一〇七段）▽雨を歌う。

709 この日ごろさえつる風にくもこりてあられこぼるゝ冬のゆふ暮

710 かきくらすのきばのそらにかず見えてながめもあへずおつる白雪

地部十

711 あともなしこけむす谷《たに》のおくのみちいく世へぬ覧み吉野《よしの》の山

712 わたつ海《うみ》によせてはかへるしきなみのはじめもはてもしる人ぞなき

713 うつなみのまなく時なきたまかしはたま〳〵みればあかぬ色かも

714 わきかへるいはせの浪に秋すぎてもみぢになりぬ宇治の河かぜ

715 をしのゐる蘆《あし》のかれまの雪氷冬こそ池のさかりなりけれ

716 わかなつむをちのさはべのあさ緑かすみのほかの春の色哉

717 秋はたゞいり江ばかりのゆふべかは月まつそらの真野《まの》の浦《うら》浪

718 月のさす関屋《せきや》のかげのほどなきにひとよはあけぬ須磨《すま》のたびぶし

719 しるべなき緒絶《をだえ》の橋《はし》にゆきまよひ又いまさらの物やおもはむ

709　この何日か、冴えていた風のために雲は凝り固まって、ついに霰がこぼれ落ちてきた、冬の夕暮の空。↓補注。▽霰を歌うか。

710　軒端から空をのぞくと、霧りわたった空に幾片も幾片も白雪が舞い、眺めることもできないほど次から次へと落ちてくる。▽雪を歌う。

711　苔の生えている谷の奥の道は、人の通った跡もない。吉野山は、このように人跡の絶えたまま幾代経ったのだろうか。▽山を歌う。

712　大海原に、幾重にも重なって波が寄せては返す。この海や波の、そして大自然の始まりや終りは、誰も知らない。参考「……立つ浪ものどには立たぬ　かしこきや　神の渡りの　しき浪の　寄する浜辺に……」（万葉・巻一三・三三三九）○しきなみ―後から次々に立つ波。▽海を歌う。

713　少しのひまもなく波に打たれ、洗われている美しい岩肌、時たま、波の合間にそれを見ると、見あきない色だ。○たまかしは―岩の美称。参考「難波江の藻に埋もるる玉かしはあらはれてだに人を恋ひばや」（千載・恋一・六四一　俊頼）▽岩を歌う。

714　秋も過ぎ、岩瀬にわきかえるように渦巻き流れる波に、川風に吹かれたもみじが散り落ちて、宇治川は一面もみじになってしまった。↓補注。▽川を歌う。

715　鴛鴦の遊泳している枯れ蘆の間には、雪が降り積み、氷が張りつめている。冬こそは、池の眺めが素晴しい季節なのだ。↓補注。▽池を歌う。

716　若菜を摘む遠くの沢辺の浅緑は、霞以外の青陽の春の色だ。▽沢を歌う。和歌では霞の色を「浅緑」と歌うことが多い。

717　真野の浦の秋の夕の風情は、ただ尾花が波寄る入江だけにあるのではない。月の出を待つ空にもあるのだ。参考「鶉鳴く真野の入江の浜風に尾花波よる秋の夕暮」（金葉・秋・二三九　俊頼）▽浦を歌う。

718　月の光がさす関屋の軒の蔭は浅いので須磨の旅寝の一夜はあっけなく明けた。○さす―「関」の縁語「鎖す」を掛ける。▽関を歌う。

719　道しるべもない緒絶の橋にたどりついて道に迷い。さらにまた物思いをするのであろうか。本歌「妹背山深き道をば尋ねずて緒絶の橋に踏みまよひける」（源氏物語・藤袴　柏木）▽橋を歌う。

720 かたるともか許《(ばかり)》人やしらざらん宮木の野辺《べ》のゆふぐれのいろ

居処《(きよしよ)》十

721 もゝしきやもるしらたまのあけがたにまだ霜くらき鐘《かね》のこゑ哉

722 くまもなき衛士《ゑじ》のたく火の影そひて月になれたる秋の宮人

723 秋津しまを《お》さむるかどののどけきにつたふる北の藤《ふぢ》浪のかげ

724 やどごとに心ぞ見ゆるまとゐする花の宮このやよひきさらぎ

725 むらすゝき植《う》ゑ《へ》けむあともふりにけり雲居《くもゐ》をちかくまもるすみかに

726 見なれぬるよとせをいかにしのぶらんかぎる県《あがた》のたちわかるとて

727 旅《たび》枕いくたびゆめのさめぬらん思《(おもひ)》あかしのむまや〳〵と

728 柴《しば》の戸《と》よ今はかぎりとしめずとも露けかるべき山のかげ哉

729 露じものおくての山田かりねして袖ほしわぶるいほのさ莚《(むしろ)》

730 いでてこしみちのさゝはらしげりあひて誰ながむらん旧里《(ふるさと)》の月

720　たとえ語り聞かせても、人はこれほどあわれ深いとは分らないであろう。宮城野のほとりの暮色を。▽野を歌う。

721　宮中では水時計が静かにしたたり、明け方にはまだ間もあるらしく、霜が降り、ほの暗い。その闇の中から鐘の音が聞えてくる。○もるしらたま—漏刻。水時計。↓補注。▽禁中を歌う。

722　衛士の焚く明るい火の光が加わって、秋の宮（後宮）にお仕えする人々は、月の光に馴れた（物馴れた）様子である。参考「御垣守衛士のたく火の夜は燃え昼は消えつつものをこそ思へ」（詞花・恋上・二二五　能宣）○衛士—衛士府（のち衛門府）に詰め、庭火を焚くなど雑役に従事する兵士。▽後宮を歌う。

723　秋津島を治める藤原氏北家の家門はのどけく、代々藤波の花影を伝えている。○北の藤—藤原氏北家。摂籙の家門。▽家門を歌う。

724　花の都の二月、三月は、どの家々でも団居しており、その団居の有様で、それぞれ住む人の心がうかがわれる。▽花洛を歌う。

725　禁中を守護する近衛の大将の屋敷に一村薄を植えたという旧跡も、古くなってしまった。本歌「君が植ゑしひとむら薄虫の音のしげき野辺ともなりにけるかな」（古今・哀傷・八五三　有助）▽近衛府を歌う。

726　いよいよ任期が満ちて、国府の館から別れるというので、今まで見馴れた四年間のことをどのように回想しているのだろう。↓補注。▽国府を歌う。

727　旅の憂さに思い明して、須磨から明石と、駅々を重ね、幾度旅枕に結ぶ夢の覚めたことだろうか。○いくたび—「旅枕」との同音反復の効果を狙う。○思あかしの—「思ひ明かし」と地名「明石」とを掛ける。明石には駅があった。↓補注。▽駅を歌う。

728　山の庵の柴の戸よ。もうここがついの住みかと決意して、場所を占めたのでなくても、露ぶかいに違いない山蔭だ。参考「住みわびぬ今は限りと山里に爪木こるべき宿求めてむ」（後撰・雑一・一〇八三　業平）▽山家を歌う。

729　露霜の置く頃、山田に晩稲を刈り、田の廬に仮寝すると、小屋の内の敷物は、露や涙で濡れそぼち、干しあぐねるほどだ。○おくて—「置く」と「晩生」を掛ける。○かりね—「刈り」と「仮寝」を掛ける。本歌「朝露のおくての山田かりそめにうき世の中を思ひぬるかな」（古今・哀傷・八四二　貫之）▽田家を歌う。

730　故郷をあとに、出てきた道には笹原が繁りあっている。故郷では、誰がこの月を眺めているのだろう。参考「東路の道の冬草茂りあひて跡だに見えぬ忘れ水かな」（新古今・冬・六二八　康資王母）○みちのさゝはら—『源氏物語』に見出だされる句。『世の常に思ひやすらむ露深き道のささ原分けて来つるも』（源氏・総角　匂宮）▽故郷を歌う。

草十

731 年の内はけふのみ時にあふひ草《ぐさ》かざすみあれをかけてまつらし

732 神世よりちぎりありてや山藍《あゐ》もすれる衣の色となるらむ

733 さやかなる雲井にかざす日かげ草とよのあかりの光ませとや

734 みちも狭《せ》にしげるよもぎふ打《(うち)》なびき人かげもせぬ秋風ぞふく

735 霜むすぶを《お》ばながもとの思草《(おもひぐさ)》きえなむ後や色にいづべき

736 あれにけりのきのしたくさ葉をしげみ昔しのぶの末の白露

737 我もおもふ浦《うら》のはまゆふいくへかはかさねて人をかつたのめとも

738 桜麻《さくらあさ》のをふのしたつゆ下にのみわけてくちぬるよな〳〵の袖

739 道芝《しば》やまじるかやふのお《を》のれのみ打ふく風にみだれてぞ経《ふ》る

740 ながれても思《おも》ふせによる若芹《わかぜり》のねにあらはれてこひんとや見し

731 一年の内、今日のこの御時に逢うために、あおい草をかざしに挿して、賀茂の御神の生れますことをお待ちするらしい。▽卯月の賀茂祭で人々が挿頭とする葵を歌う。

732 神代の時から約束があって、山藍は石清水臨時祭の舞人の摺衣の色となっているのだろうか。↓補注。▽山藍を歌う。

733 光さやかな宮中で、ひかげ草（ヒカゲノカズラ）を挿頭にさすのは、豊明節会にさらに光を添えよというのであろうか。○とよのあかり―豊明節会。新嘗会の翌日、宮中で行なわれる宴会。▽日蔭草を歌う。

734 道も狭いほど繁っている蓬を靡かせて、秋風が吹く。人影は一つとして無い。▽蓬を歌う。↓補注。

735 霜が結ぶ薄の根元に生えている思い草は、霜が消えたのちに、思いをそぶりに出すのであろうか。本歌「道の辺の尾花が下の思ひ草今さらさらに何をか思はむ」（万葉・巻一〇・二二七〇）○思草―諸説あるが、ナンバンギセルとするのが最有力。しかし定家はリンドウと考えていたか。▽思草を擬人的に歌う。

736 宿は荒れてしまった。軒の下に生えているノキシノブは葉が茂り、昔を偲んでこぼす涙のように葉末に白露を宿して。○昔しのぶ―草の名のシノブを暗示する。▽忍草を歌う。

737 浦の浜木綿の葉が幾重も重なっているように、何度も重ねて、あの人の誠意をあてにしようと。私も思う。↓補注。

738 桜麻の苧生の下露ばかりを毎夜分けて恋人のもとにこっそり通い、そのために袖は朽ちてしまった。本歌「桜麻の苧生の下草露しあれば明かしてい行け母は知るとも」（万葉・巻一一・二六八七）○桜麻の―「をふ」に掛かる枕詞。○をふ―麻の生えている所。ただし、中世では歌枕と考えられていたか。

739 道芝に混る萱の草むらが自分だけ吹く風に乱れるように、私だけ心乱れて日を送っている。▽萱を歌う。

740 水に流されても、思う瀬に流れ寄る若芹の根、そのように泣く声に出して恋をしようと思っただろうか。本歌「河上に洗ふ若菜の流れ来て妹があたりの瀬にこそ寄らめ」（万葉・巻一一・二八三八）、「風吹けば波打つ岸の松なれやねにあらはれて泣きぬべらなり」（古今・恋三・六七一　読人不知）○ながれても……若芹の―下句を起すための有心の序。「ながれ」に「泣かれ」を響かせる。○ね―「音」と「根」の掛詞。▽芹を歌う。

木十

741 草も木もひとつにおつるしものうちに葉《は》がへぬ松の色ぞのこれる

742 いその神布留《ふる》の神杉《かみすぎ》ふりぬともときはかきはのかげはかはらじ

743 巻向《まきもく》や檜原《ひはら》のしげみかきわけて昔のあとをたづねてぞ見る

744 けふ見れば弓《ゆみ》きるほどになりにけりうゑ《へ》し岡べの槻《つき》のかた枝

745 たび枕しひ《ゐ》のした葉《ば》を折《お》りかけて袖もいほりもひとつ夕露

746 月もいさまきの葉《は》ふかき山のかげ雨ぞつたふるしづくをも見し

747 鏡《かゞみ》山みがきそへたるたまつばき影もくもらぬ春のそら哉

748 夕まぐれ風ふきすさぶ桐《きり》の葉にそよいまさらの秋にはあらねど

749 しぐれゆくはじのたちえに風こえて心色づく秋の山ざと

750 梢より冬の山かぜはらふらしもとつ葉のこる楢のはがしは

741　草も木も一緒に落葉する霜の中に、ときわの松の緑の色が残っている。↓補注。▽松を歌う。

742　布留の社の神木の杉は古びても、常磐の緑の姿は変らないだろう。↓補注。▽杉を祝言の心を籠めて歌う。

743　巻向の檜原の茂みをかき分けて、昔の遺蹟を尋ねて見る。参考「鳴る神の音のみ聞きし巻向（まきむく）の檜原の山をけふ見つるかも」（万葉・巻七・一〇九二）○巻向や檜原のしげみ―大和国巻向の檜原の茂み。▽檜を歌う。「かざし折る三輪の茂山かき分けてあはれとぞ思ふ杉立てる門」（新古今・雑中・一六四四　殷富門院大輔）との先後関係は未詳。

744　岡辺に植えた槻の片枝を今日見ると、弓に切ることができるほどに成長した。▽槻を歌う。↓補注。

745　旅枕に椎の下葉を折り掛けて、仮庵に宿ると、袖も庵も夕露でひとつに濡れそぼってしまう。▽椎を歌う。

746　さあ、月の光はさしていないのであろう。槙の下葉が深く茂った山蔭に、雨が葉を伝って落ちる。その雫も見た。▽槙を歌う。

747　磨いた鏡に磨いた玉を添えたような鏡山の玉椿、その花影も曇らぬ春の空よ。参考「徳是北辰、椿葉之影再改、尊猶南面、松花之色十廻」（新撰朗詠・下・帝王・六一五　朝綱）○たまつばき―椿の美称。「たま」は「みがき」の縁語。○影もくもらぬ―「影」「くもらぬ」とも「鏡」の縁語。▽椿を歌う。但し漢字「椿」は本来日本のツバキとは別の植物であるという。↓補注。

748　夕まぐれ、風が吹きすさむ桐の葉のそよぎに、そうだ、秋だと思った。今さら気がついたのもうかつだが。参考「槐花雨潤新秋地　桐葉風涼欲レ夜天」（和漢朗詠・早秋・二〇九　白楽天）○そよ―「それよ」の意の感動詞に、葉のそよぐ擬態語「そよ」を響かせる。▽桐を歌う。あるいは成語「一葉の秋」に近い考えにもとづく詠か。

749　しぐれてゆくはぜの立ち枝を風が吹き過ぎる。それを見ていると、はぜの木だけでなく、心も色づくような気がする、秋の山里。参考「もずのゐるはじの立枝の薄紅葉たれわが宿のものと見るらむ」（金葉・秋・二四三　仲実）▽櫨を歌う。

750　梢から吹いてくる冬の山風が、槲の葉柏に残っている古い葉を吹き払うらしい。参考「榊とる卯月になれば神山の楢の葉柏本つ葉もなし」（後拾遺・夏・一六九　好忠）▽槲を歌う。

鳥十

751 しのぶ山こさちのおくにかふ鷲《わし》のその羽《は》許《(ばかり)》や人にしらるゝ

752 あづさ弓すゑのはらのにひき据《すへ》ゑてとかへる鷹《たか》をけふぞあはする

753 颪たちてさはべに翔《かけ》るはやぶさのはやくも秋のけしきなる哉

754 かれ野やくけぶりのしたに立《た》つきゞすむせぶ思ひや猶まさる覧

755 ゆふだちのくもまの日かげはれそめて山のこなたをわたる白鷺《しらさぎ》

756 なるこひく田のもの風になびきつゝなみよる暮のむら雀哉

757 深草の里《さと》のゆふ風かよひきて臥見《(ふしみ)》の小野《をの》にうづらなく也

758 さらぬだにしもがれはつる草のはをまづうちはらふ庭たゝき哉

759 人とはぬ冬の山ぢのさびしさよかきねのそは《わ》にしとゝおりゐて

760 つばくらめあはれに見けるためし哉かはる契りはならひなる世に

751　信夫山やこさちの奥に飼っている鷲は、その羽だけが人に知られるのだろうか。○こさち―未詳。あるいは東北の奥地を「胡沙地」と考えて用いた語か。○鷲のその羽―鷲羽は東北地方の重要な物産。『吾妻鏡』文治五年九月十七日条に、毛越寺建立の際、藤原基衡が都の仏師に「鷲羽百尻」を送ったとあり、『慈光寺本承久記』の北条義時の言葉には、これまで後鳥羽院に「夷ガ隠羽」を献上してきたとある。▽鷲を歌う。↓補注。

752　鷹狩の初日の今日、末の原野に、羽毛の抜け変った鷹を引き据えて、鳥に立ち向かわせる。参考「梓弓末の原野にとがりする君が弓絃の絶えむと思へや」（新勅撰・恋四・八七〇　読人不知）○あづさ弓―「すゑ」の枕詞。○すゑのはらの―狩り場で山城国の歌枕と考えられていたらしい。○とかへる鷹―冬になって羽毛が生え変った鷹。▽鷹を歌う。

753　風が立って、沢辺にすばやく隼が飛びかける。早くも秋の様子だ。▽隼を歌う。

754　枯野を焼く煙の下に立つ雉子の、子を思う情は野火よりもまさるであろうか。参考「春の霞いづち立ち出でてゆきにけむきぎす立つ野を焼きてけるかな」（山家集・上）▽雉子を歌う。焼野の雉子は夜の鶴とともに、子への愛情の深さの例に引かれる。

755　夕立を降らせた雲間からもれてくる日ざしが、次第に明るくなって、空は晴れてきた。山のこちら側を白鷺が飛んでゆく。参考「両箇黄鸝鳴二翠柳一、一行白鷺上二青天一」（杜少陵詩集・巻一三）▽鷺を歌う。

756　秋の夕暮、鳴子が引いてある田の面を吹く風に、稲穂が靡き波打つと、それと共に波打っている村雀たち。▽雀を歌う。

757　深草の里を吹く夕風が通ってきて、ここ伏見の小野には鶉の鳴く声が聞える。↓補注。▽鶉を歌う。深草の里と鶉との取合せは『伊勢物語』一二三段に基づく。

758　そうでなくてもすっかり霜枯れてしまった草の葉を払う庭叩きよ。ちょうど、塵の積った床を叩き、恋人の訪れを待つ、このわたしのように。▽庭叩きを女の心で歌う。

759　人の訪れない冬の山路の寂しさ。きりぎしのきわに結った垣根にしとどが下りてとまっていて。参考「山里は垣根のしとと人なれて雪降りにけり谷の細道」（壬二集・文治三年閑居百首）○そは―崖。岩山の陰などをもいう。○しとゝ―鵐。頬白の別名。また、その類の鳥の総称。現在は「しとど」というが、『日葡辞書』によれば、中世までは「しとと」といっていたらしい。▽鵐を歌う。

760　燕がいつまでも伴侶を忘れないというのは、感動される例だ。夫婦の間柄も移れば変るというのが、この世の習いなのに。↓補注。▽燕を歌う。

獣十

761 いつしかと春のけしきにひきかへて雲《くも》井の庭にいづる白馬《あおむま》

762 霜ふかくおくるわかれの小車《(をぐるま)》にあやなくつらき牛《うし》のお《を》と哉

763 おちつもるこのはもいくへつもるらん臥猪《(ふする)》のかるもかきもはらはで

764 つゆをまつ兎《う》の毛《け》のいかにしを《お》る覧《(らん)》月の桂のかげをたのみて

765 山ざとは人のかよへるあともなしやどもる犬《いぬ》のこゑばかりして

766 花ざかりむなしき山になく猿《さる》の心しらるゝ春《はる》の月かげ

767 思ふにはお《を》くれんものか荒熊《あらくま》のすむてふ山のしばしなりとも

768 つかふるき狐《ゝつね》の仮《か》れる色よりもふかきまどひにそむる心よ

769 ほどもなく暮るゝ日かげにねをぞなく羊《ひつじ》の歩《あゆ》みきくにつけても

770 たか山の峯ふみならす虎《とら》の子《こ》ののぼらむ道《みち》の末ぞはるけき

761 早くも春の様子になった。宮廷の庭に白馬の節会のための馬が引き出された。○白馬―白馬の節会のために引かれてきた白馬。白馬の節会は、青陽の春にちなみ、正月七日天皇が紫宸殿で馬寮の引く白馬を見る儀式。白馬は、昔は「青馬」と書いた。▽馬を歌う。

762 まだ霜が深く置く暁方、後朝の別れをして帰ってゆく恋人を送る牛車の車輪の音が聞える。その音の、ひどくつらいこと。○おくる―「置く」から「起くる」へと続け、さらに「送る」を響かせるか。○牛のおと―牛車の音。「牛」に「憂し」を掛ける。▽牛を歌う。

763 その上に落ち積る木の葉も、幾重にも重く積るだろうか。それなのに、枯草を掻き払いもせず、猪はぐっすり眠っている。参考「かるもかき臥す猪の床の寝（い）を安みさこそ寝ざらめかからずもがな」（後拾遺・恋四・八二一　和泉式部）○かるも―枯草。▽猪を歌う。

764 置く露を待っているかのように、兎の毛はどんなにかしおれることであろう。月の中にあるという桂の木の陰をあてにしていても。▽兎を歌う。

765 山里は人の通った跡もない。宿を守る犬の声だけがして。↓補注。▽犬を歌う。

766 春の夜、花盛りの、人気のない山で、月の下に猿が鳴いている。その心も分るような気がする。↓補注。▽猿を歌う。

767 たとえ、荒々しい熊の住むという山の柴の中でも、思う人が住むとしたならば、少しでも遅れるものですか。私はついてゆきます。↓補注。▽熊を歌う。

768 古塚に潜む狐の化けた、美女の仮の容色よりも、もっと人を惑わせる本当の美女の色香に愛着する、愚かしい人の心よ。参考「仮色迷㆑人猶如㆑是。真色迷㆑人応㆑過㆑此」（白氏文集・巻四・古塚狐）▽狐に托して色欲の誘惑を歌う。

769 まもなく今日も暮れてゆくかと思うと、斜陽に対して声を出して泣いてしまう。羊の歩み（移りゆく時刻）を知らせる声を聞くにつけても。参考「けふもまた午（むま）の貝こそ吹きつなれ羊の歩み近づきぬらむ」（千載・誹諧歌・一二〇〇　赤染衛門）▽羊を時刻として歌う。

770 山の峯を勇ましく踏み鳴らして、高く虎の子が登ってゆく道は、どこまでも遥かに続いている。▽虎を歌う。将軍は中国で竜虎に喩えられることから、「虎の子」は良経、「高山」は高い官位の比喩で、左近衛大将として順調なコースを歩んでいる良経を寿ぐ心を籠めているか。

虫十

771 なはしろにかつちる花の色ながらすだく蛙《かはづ》のこゑぞながるゝ
772 終夜《(よもすがら)》まがふほたるのひかりさへわかれはを《お》しきしのゝめのそら
773 けさ見れば野分《のわき》ののちの雨はれてたまぞのこれるさゝがにのいと
774 人ならば怨もせましそのの花かるればかるゝ蝶《てふ》の心よ
775 み山ふく風のひゞきになりにけりこずゑにならふ日ぐらしのこゑ
776 分《わ》きかぬるゆめの契りににたる哉夕のそらにまがふかげろふ
777 草ふかきしづの伏屋《ふせや》のかばしらにいとふけぶりをたてそふる哉
778 うきて世をふるやの軒《ゝき》にすむ蜂《はち》のさすがになれぬいとふものから
779 春雨《さめ》のふりにしさとをきて見ればさくらのちりにすがる蓑《みの》虫
780 お《を》のづからうちお《を》く文《ふみ》も月日へてあくればしみのすみかとぞなる

771　苗代に散りこむ花の色と一緒に、集まり鳴いている蛙の声が流れる。参考「みがくれてすだくかはづの諸声（もろごゑ）にさわぎぞわたる池の浮草」（後拾遺・春下・一五九　良暹）▽蛙を歌う。

772　夜通し、星かと見まちがえた蛍の光が消えてゆくのさえ、後朝の別れに似てなごりおしい、しののめの空。▽蛍を歌う。蛍を星かと錯覚するというのは、「晴るる夜の星か河辺の蛍かもわが住むかたの海人のたく火か」（伊勢物語・八七段）以来の見立て方。

773　今朝見ると、暴風の後の雨も霽れて、蜘蛛の糸に水玉が残っている。参考「透垣の羅文、軒の上にかいたる蜘蛛の巣のこぼれ残りたるに、雨のかかりたるが、白き玉をつらぬきたるやうなるこそ、いみじうあはれにをかしけれ」（枕草子・一三〇段）▽蜘蛛を歌う。

774　園の花が枯れると、遠のいてしまう蝶よ。もしも人だったら、恨みもしようもの。○かるればかる、―枯るれば離（か）るる。同音反復の技巧。▽蝶を歌う。

775　木々の梢に鳴いていた蜩の声は、いつしか深山を吹く風の響きにまぎれてしまった。▽蜩を歌う。

776　現実のことと区別し難い、夢の中での契りに似ている。夕の空にまぎれてしまいそうなかげろうのはかなさは。▽蜉蝣を歌う。

777　草深い農民の粗末な家のあたりに立つ蚊柱に、さらにうっとうしい蚊遣火の煙を立てている。▽蚊を歌う。

778　世を憂く思いながら、不安な状態で古びた家に住んでいる。その家の軒に巣くう蜂は、人を刺すので厭わしいものの、いつしか友として馴れるようになった。○うきて―「浮きて」に「憂き」を響かせる。「浮く」は不安定な状態になることで、今の「浮かれる」とは異なる。○ふるや―「経る」と「古屋」の掛詞。○さすがに―「蜂」の縁語「刺す」を掛ける。▽蜂を歌う。

779　春雨の降る旧里に来てみると、桜の塵（散った桜の花びら）に蓑虫がすがりついている。参考「虫は……みのむし、いとあはれなり」（枕草子・四三段）▽蓑虫を歌う。

780　しぜんに放り出しておいた文も、月日が経って開けてみると、しみのすみかとなっている。参考「紙魚といふ虫の住みかになりて、古めきたるかびくささながら」（源氏物語・橋姫）「今日開レ篋看。蠹魚損二文字一」（白氏文集・巻一・傷二唐衢一詩）▽紙魚を歌う。

神祇十

781 てらすらん神路《かみぢ》の山の朝《あさ》日かげあまつくもゐをのどかなれとは

782 鹿島《かしま》のや檜《ひ》原杉原《はらすぎはら》ときはなる君がさかえは神のまに〳〵

783 春日山峯の松原吹風《(ふくかぜ)》の雲井にたかきよろづ世のこゑ

784 賢《さか》木さす小《を》塩《しほ》の《ゝ》野べのひめこ松かはす千年のすゑぞひさしき

785 賀茂《かも》山やいくらの人をみづかきのひさしき世よりあはれかく覧

786 たのもしなあか月ちぎる月かげのかねてすむらんみ吉野《よしの》の《ゝ》嶽《たけ》

787 おもかげに思《(おもふ)》もさびしうづもれぬほかだに冬の雪《ゆき》の白《しら》山

788 雲かゝる那智《なち》の山かげいかならむみぞれはげしき長《なが》き夜《よ》のやみ

789 和歌《わか》の浦《うら》の浪に心はよすときく我をばしるや住吉《すみよし》の松

790 やはらぐる光《ひかり》さやかにてらし見よたのむ日吉《よし》の七《なゝ》のみやしろ

781　神路山の朝日の光は、皇位をのどかであれと照らすのであろう。▽伊勢大神宮を歌う。

782　鹿島の檜原や杉原が常磐であるように、わが君の栄えられんことは、神のお思召しのままであります。▽鹿島神宮を歌う。

783　春日山の峯の松原を吹く風は、空に高く万歳の声を立てている。参考「朕用二事華山一、……吏卒咸聞レ呼二万歳一者三。荀悦曰、万歳、山神称レ之也」（漢書・武帝紀）「山称二万歳一」（治部省式・祥瑞）▽春日社を歌う。

784　榊を挿す小塩山、大原野の野辺の姫小松が枝をさし交す、千年も先のことを思うと、本当に久しく思われる。参考「大原や小塩の山の小松原はや木高かれ千代の影見む」（後撰・慶賀・一三七三　貫之）「大原や小塩の小松葉を茂みいとど千年の影とならなむ」（新勅撰・賀・四五五　朝忠）▽祝言の心を籠めて大原野神社を歌う。

785　賀茂山にまします神は、瑞垣の久しい昔からどれほど多くの人々に、恵みを垂れていらっしゃったことであろうか。本歌「むつましと君は白波みづ垣の久しき世よりいはひそめてき」（伊勢物語・一一七段、新古今・神祇・一八五七　住吉明神）参考「をとめらが袖ふる山の瑞垣の久しき時ゆ思ひき吾は」（万葉・巻四・五〇一　人麻呂）▽賀茂社を歌う。

786　頼もしいよ。吉野の嶽、金峰山には、弥勒菩薩が世に出で給う未来の暁を前もって約束するかのように、月の光が住んでいる。→補注。

787　ほかにも雪が降る冬、その雪の中に埋もれないで聳え立つ白山の姿を面影に浮べて思うにつけ、寂しい気がする。○雪の白山―雪を戴いた白山。白山は加賀国。白山比咩神社が鎮座する。▽白山権現を歌う。

788　みぞれの激しく降る、長い夜の闇に思う。今頃、雲の懸る那智の山陰はどうであろうか。○長き夜のやみ―現実の冬の長夜の闇を言い、無明長夜の闇を暗示する。▽熊野三山の一、那智を歌う。

789　住吉の神は、和歌を好み給うと承っております。それならば、社頭の松も、和歌に連なるこの私を知っているであろうか。どうか神よ認めて頂き、お護り頂きたい。参考「むつましと君は白波」（→七八五本歌）○和歌の浦―紀伊国の歌枕和歌浦。歌壇の比喩。○心はよす―関心を抱く。「よす」は「浪」の縁語。○住吉の松―住吉神社の松。住吉神社は摂津国、現在大阪市住吉区にある。和歌の神と考えられていた。▽住吉明神を歌う。

790　わが頼む日吉七社の神々、和光利益の光をさやかに照らし給え。○やはらぐる光―漢語「和光」を大和言葉で言った。○日吉の七のみやしろ―日吉七社。大比叡（大宮）・小比叡（二宮）・聖真子・八王子・客人・十禅師・三宮をさす。▽本地垂迹思想に基づいて日吉山王を歌う。

釈教十

791 歓喜地
うれしさの涙《なみだ》もさらにとゞまらずながきうき世のせきをいづとて

792 無垢地
いさぎよくみがく心しくもらねば玉しくよものさかひをぞ見る

793 明地
あきらけきあさひのかげに愛宕《あたご》山雪も氷も消《き》えぞくだくる

794 焰恵地
冬がれのお《を》どろの古枝《ふるえ》もえつきてふきかふ風に花ぞちりしく

795 難勝地
あまつ風さはりし雲《くも》はふきとぢつをとめのすがた花ににほひて

796 現前地
すみまさる池の心にあらはれてこがねの岸に浪ぞよせける

797 遠行地
さはりなくとほ《を》地をわたす橋《はし》なればおちやぶるてふたぐひだに見ず

798 不動地
お《を》のがじゝまもるすがたの身にそひてうごかぬ道の固《かた》めとぞなる

「釈教十」では十地（じゅうじ）を題としている。十地とは菩薩が修行すべき五十二の段階のうち、第四十一位から第五十位までをいう。『十地経』『大般若経』『華厳経』『金光明最勝王経』などに説かれている。↓七九一補注。

791　長かった憂き世の関から出られるというので、随喜の涙もいっこうに止まらない。○歓喜地—菩薩の五十二位の第四十一位。十地の初地。聖者の初位。菩薩がいまだ認識しなかったことをこの状態で認識し、大いに喜ぶのでこう呼ぶという。↓補注。

792　いさぎよく磨く心は曇ることがないから、あたり一面玉を敷きつめた世界を見ることができる。○無垢地—離垢地ともいう。十地の第二地。中道の理に住し、衆生界のけがれの中に入ってしかもそれを離れる位。○みがく—下の「くもる」「玉」と縁語。↓補注。

793　明かな朝日の光に、愛宕山の雪も消え、氷も砕けた。○明地—発光地（ほっこうじ）ともいう。十地の第三地。智恵の光があらわになる地。↓補注。▽早春の景によそえて歌う。

794　冬枯のいばらの古枝はすっかり燃え尽き、吹きかう風に花が散り敷いている。○焔恵地—焔慧地（えんねじ）とも書く。十地の第四地。すべての煩悩の薪を焼きつくす力のある、悟りを得るための助けとなる焔が生ずる地。↓補注。○おどろの古枝—煩悩の比喩。▽春先の野焼きの風景によそえて歌う。

795　障害となっていた雲は空吹く風が吹き閉じてしまった。そして、天女の姿が花のように匂やかに舞っている。↓補注。

796　いよいよ澄んできた七宝池の中心にまではっきりと分るように、その黄金の岸に波が寄せた。○現前地—十地の第六位。縁起の姿がまのあたりに現れる地であるという。↓補注。参考「暁到テ波ノ声金ノ岸ニ寄スル程……　いにしへの尾上の鐘に似たるかな岸打つ波の暁の声」（長秋詠藻・下・極楽六時讃）

797　障害なく遠くまでを渡す橋だから、壊れて落ちる仲間が出るようなことはない。（菩薩が済度して下さるので地獄に堕ちる人はいない。）○遠行地（おんぎょうじ）—十地の第七地。菩薩が遠く世間と二乗との有相の行を出て脱するゆえにいう。↓補注。

798　獅子王が身を護ってくれるように、めいめいの身に不動明王の姿が添って、護って下さり、信仰の道をしっかりと強固なものにして下さる。○不動地—十地の第八地。努力精進することなく、自然に菩薩行が行われる状態をいう。↓補注。

善慧地

799 はかりなき花のもろ人なびききてまさるかざりのかひ《い》ぞありける

法雲地

800 おほぞらの法《のり》の雲《くも》ぢにすむ月のかぎりもしらぬ光をぞ見る

799　おびただしい花が散り乱れ、花のような大勢の人が御法に靡き従って来て、法会を飾る甲斐があった。○善慧地―十地の第九地。菩薩はすべての点にわたって法を説き、非の打ちどころがない状態なのでいう。↓補注。○はかりなき―「無量」を和らげていう。量り知れない。

800　大空に満ちる法の雲間に澄む月の（仏の御顔）、無限の光を仰ぎ見る嬉しさ。○法雲地―十地の第十地。説法が世界中に真理の雨を降らせる雲のごとくであるのでいう。↓補注。

歌合百首　建久四年秋

三年給フㇾ題ヲ。今年雖モ㆓憚ルト身㆒、依リ㆓別儀ニ㆒猶被ㇾ召サ㆓此ノ歌ヲ㆒。

詠百首和歌　　権少将

春

元日宴

801 春くればほしのくらゐに影見えて雲井《くも》のはしにいづるたをやめ

余寒

802 かすみあへず猶ふる雪にそらとぢて春物《はる》ふかき埋火（うづみび）のもと

春水

803 氷ゐし水《みづ》のしら浪たちかへり春風しるき池のおも哉

若草

804 おそ《を》くとくおの《を》がさま〴〵さく花もひとつふたばの春《はる》の若草

賭射

805 もゝしきや射手《いて》ひく庭のあづさ弓昔にかへる春《はる》にあふ哉

野遊

806 みな人の春《はる》の心のかよひきてなれぬる野辺の花のかげ哉

歌合百首―左大将家百首歌合、いわゆる六百番歌合のための百首、主催者は後京極良経。定家は建久四年（一一九三）秋に詠進した。近年まで「建久四年八月左大将家」と記す本百首和歌巻があったらしい。当時定家は母の喪に服していたので「憚身」という。時に三十二歳。作者は十二名。判者は俊成。歌題は永久四年（一一一六）百首の影響が著しい。歌合は『新編国歌大観』第五巻所収。

801　春が来ると、元日宴が開かれるので、きら星のように並み居る月卿雲客の前に姿を見せて、天女のような乙女が宮中の階に出てきた。春上四番左負。参考「ことわりや雲居に昇る君なれば星の位もまさるなりけり」（頼政集　顕昭）○ほしのくらゐ―星の位。列座する百官を星宿に喩える。→七〇三。▽永久四年百首に「元日」の題がある。

802　すっかり霞みもやらず、依然として降る雪に空はとざされて、まだ冬みたいだが、埋み火のあたりは春も深まった感じだ。春上一〇番左勝。参考「埋み火のあたりは春のここちして散りくる雪を花とこそ見れ」（後拾遺・冬・四〇二　素意）▽永久百首の題。

803　氷っていた池の面に白波が立ち、岸に返ってくるので、春風の吹いていることがはっきり分る。巻上一四番左持。本歌「石間ゆく水の白波立ちかへりかくこそは見めあかずもあるかな」（古今・恋四・六八二　読人不知）、参考「池凍東頭風度解」（和漢朗詠・立春・二　篤茂）、「池有二波文一氷尽開」（同・同・四　白楽天）

804　遅かったり早かったり、めいめい様々に咲く花も、春の若草の頃は、皆同じように一枚か二枚の双葉の状態だ。春上二三番左勝。本歌「緑なるひとつ草とぞ春は見し秋はいろいろの花にぞありける」（古今・秋上・二四五　読人不知）参考「おそくとくつひに咲きける梅の花たが植ゑおきし種にかあるらむ」（大和物語・一二〇段、新古今・雑上・一四四三　忠平）

805　宮中で古式に立返って、射手が賭弓を引く春に遭うことができた。春上三〇番左持。○賭射（のりゆみ）―禁中で正月十八日、近衛・兵衛の舎人が弓を射る儀式。射礼とも。「賭弓と申すは、天皇弓庭殿に臨み給ひて弓を御覧ずるなり。…是は左右の近衛、左右兵衛、四府の舎人どもの射侍るなり。左右の大将射手の奏を取り、大方近衛の管領にてあれば、事はてて後、射手に饗をたぶなり。是を帰り主と申すにや」（年中行事歌合・九番）▽永久百首では「賭弓」。

806　誰も皆、春考えることは同じで、野辺の花の蔭に通って来て、馴れ親しんだ。春中六番左持。参考「いざけふは春の山辺にまじりなむ暮れなばなげの花のかげかは」（古今・春下・九五　素性）

雉

807 たつきじのなるゝ野原《のはら》もかすみつゝ子《こ》を思ふ道や春まどふらむ

雲雀

808 末とほ《を》きわかばのしばふ打《(うち)》なびきひばりなく野《の》の春の夕暮

遊糸

809 くりかへし春《はる》の糸遊《いとゆふ》いくよへておなじ緑のそらに見ゆらん

春曙

810 霞かは花うぐひすにとぢられて春にこもれるやどのあけぼの

遅日

811 ながめわびぬひかりのどかにかすむ日に花咲《(さく)》山は西《にし》をわかねど

志賀山越

812 袖の雪そらふく風もひとつにて花ににほへる志賀《が》の山ごえ

三月三日

813 からひとのあとをつたふるさかづきの浪にしたがふけふもきにけり

蛙

814 ほのかなる枯野《かれの》のすゑのあら小《を》田にかはづも春のくれうらむ也

残春

815 このもとは日かず許《(ばかり)》をにほひにて花ものこらぬ春《はる》のふるさと

807　飛び立つ雉子が住み馴れる野原も霞んで、親鳥が子を思う道は、春はことに迷いやすいだろうか。春中七番左負。参考「人の親の心は闇にあらねども子を思ふ道にまどひぬるかな」（後撰・雑一・一一〇二　兼輔）▽永久百首の題。

808　どこまでも遠く広がっている芝生の若葉がなびき、野原で雲雀が鳴いている、春の夕暮。春中一三番左勝。

809　春の陽炎は、ちょうど何度も糸を繰るように、いったい幾代にわたって、同じ春の緑の空にこのように見えるのであろう。春中二四番左勝。参考「霞晴れ緑の空ものどけくてあるかなきかに遊ぶいとゆふ」（和漢朗詠・下・晴・四一五　作者未詳）〇くりかへし―「糸」の縁語。▽永久百首の題。

810　霞に閉じこめられているのか。そうではない。一面の花とにぎやかな鶯の声に閉じこめられて、春の曙、家に閉じこもっているのだ。春中二八番左負。参考「秦城楼閣鶯花裏　漢主山河錦繡中」（新撰朗詠・春興・一五　杜甫）▽永久百首の題。

811　春光ものどかに、霞む日差のうちに、花咲く山を眺めあぐんでしまった。花は西にばかり咲いているわけではないけれど、陽はそちらに沈むから。春下四番左勝。本歌「久方の光のどけき春の日にしづ心なく花の散るらむ」（古今・春下・八四　友則）

812　袖に落ちる花の雪、空吹く風も一緒になって、よい花の匂いがする、志賀の山越え。春下七番左勝。▽永久百首の題。

813　唐の人の風流韻事の伝統を伝える、曲水宴の盃が波に従って流れてくる、三月三日にもなった。春下一四番左勝。参考「漢人（からひと）も舟を（別訓「筏〈いかだ〉」）浮べて遊ぶとふ今日そわが背子花蘰（かづら）せな（別訓「せよ」）」（万葉・巻一九・四一五三、新古今・春下・一五一　家持、上句「唐人の舟を浮べて遊ぶてふ」、五句「花かづらせよ」）〇三月三日―王朝盛時曲水の宴が行われた。元久三年（一二〇六）三月良経が復活させようとしたが、その急死によって果されなかった。

814　ほのかに霞んでいる枯野の末の、まだ耕していない田で、蛙も春の暮れてゆくのを恨んで鳴いている。春下二一番左勝。▽永久百首の題。

815　暮春の旧里では、春の終りまで、僅かの日数を残すばかり、それがいわば春の形見の匂いで、木の下には花も残っていない。春下二八番左持。

夏

新樹

816 影ひたす水さへ色ぞみどりなるよもの梢のおなじわかばに

夏草

817 夏《なつ》山のくさばのたけぞしられぬる春見し小《こ》松人しひかずは

賀茂祭

818 雲のうへをいづる使《つかひ》のもろかづらむかふ日かげにかざすけふ哉

鵜河

819 をちこちにながめやかはすうかひ舟やみを光のかゞり火のかげ

夏夜

820 夏の夜《よ》はなるゝしみづの浮《う》き枕むすぶほどなきうたゝねの夢

夏衣

821 たづねいるならの葉かげのかさなりてさてしもかろき夏衣哉

扇

822 風かよふあふぎに秋のさそはれてまづ手《て》なれぬるとこの月かげ

夕顔

823 くれそめて草《くさ》の葉なびく風のまにかきねすゞしきゆふがほの花

816　四方の梢がすべて若葉なので、木々の影を浸す水の色さえ緑だ。夏上四番左負。参考「昆明春。昆明春。春池岸古春流新。影浸二南山一青滉瀁」（白氏文集・巻三・昆明春）▽永久百首の題。

817　春見た子日の小松をもし人が引かなければ、それと較べることによって、夏山の草葉の丈が知られたのに。夏上一一番左持。▽永久百首の題。

818　葵祭の今日、宮中を出発して賀茂の御社に向かう勅使は、もろ蔓をヒカゲノカズラの上にかざす。夏上一八番左負。○賀茂祭—賀茂神社の祭礼。陰暦四月中の酉の日に行われる。祭の当日、宮中から下社（賀茂御祖神社）、下社から上社（賀茂別雷神社）へと勅使が参向する。北祭、葵祭、また単に祭ともいう。「酉の日になりぬれば、使ども出立の所経営すめり」（建武年中行事）○もろかづら—桂に葵（カモアオイ）を付けたかずら。○日かげ—ヒカゲノカズラ。「日影」を掛け、賀茂明神をも暗示する。「雲」の縁語。▽永久百首の題。

819　遠くや近くで眺めあっているだろうか。鵜飼舟のかがり火の光は、闇を往き来している。夏上二一番左負。○鵜河—夜、篝火を焚き、鵜を使って鮎を捕える川漁。▽永久百首の題。

820　夏の夜は、清水のほとりに馴れて、ついうたた寝をするが、その夢もまもなく覚めてしまう。夏上三〇番左勝。○むすぶ—夢を結ぶ。水を手に掬うことをも「むすぶ」ということから、「清水」の縁語。▽永久百首の題。歌合百首の題には「春はあけぼの。……夏はよる。秋は夕暮。……冬はつとめて」（枕草子・一段）の影響も認められる。

821　涼を探し求めて楢の林に入ると、その広葉は重なって涼しい陰を作り、いっそう夏衣は身に軽く感じられる。夏下五番左持。参考「わが宿のそともに立てる楢の葉の茂みに涼む夏は来にけり」（恵慶集、新古今・夏・二五〇　恵慶）▽永久百首の題。

822　風が通ってくる扇に秋は誘われてくる。秋のものとして、まず閨にさし入る月影が手枕のあたりに馴染みとなった。夏下一一番左勝。参考「盛夏不レ銷雪　終レ年無レ尽風　引レ秋生二手裏一　蔵レ月入二懐中一」（和漢朗詠・扇・一九九　白楽天）「君が手にまかする秋の風なればなびかぬ草もあらじとぞ思ふ」（同・同・二〇三　中務）○とこの月かげ—歌合では「ねやの月影」、判者は「ねや」の語を「殊不レ可二庶幾一」としつつも、家隆の右歌の表現を批判して、定家の左歌を勝とした。「里の名も昔ながらに見し人の面変りせる閨の月影」（源氏物語・東屋　薫）▽永久百首の題。

823　暮れそめると、草の葉を吹き靡かせる風の合間に、垣根にいかにも涼しげな夕顔の花が咲いた。夏下一六番左勝。

晩立

824 風わたるのきのしたくさ打《(うち)》しを《お》れすゞしくにほふ夕立のそら

蟬

825 あらしふくこずゑはるかになく蟬《せみ》の秋をちかしと空《そら》に告《つ》ぐなる

秋

残暑

826 秋きても猶ゆふ風をまつがねに夏をわすれしかげぞ立《た》ちうき

乞巧奠

827 秋《あき》ごとにたえぬ星合《ほしあひ》のさよふけて光ならぶる庭のともし火

稲妻

828 影やどすほどなき袖の露《つゆ》のうへになれてもうとき宵《よひ》のいなづま

鶉

829 月ぞすむさとはまことにあれにけりうづらの床をはらふ秋風

野分

830 荻の葉にかはりし風の秋のこゑやがて野分《のわき》のつゆくだく也

秋雨

831 ゆくへ《ゑ》なき秋のおもひぞせかれぬる村雨なびく雲の遠《(をち)》かた

824　風の吹き渡る軒の下草は、暑さにしおれてしまっているが、空に涼気が匂い立った。夕立がやってくるのだ。夏下二〇番左持。参考「よられつる野もせの草のかげろひて涼しく曇る夕立の空」（新古今・夏・二六三　西行）○風わたる―歌合では「かれわたる」▽永久百首では秋の題とする。

825　梢は高く空を摩し、風が強く吹く。そこで鳴いている蝉も、秋は近いと空に告げているらしい。夏下二五番左勝。参考「夏山の峯の梢し高ければ空にぞ蝉の声も聞ゆる」（和漢朗詠・夏・蝉・一九七　作者未詳）「鳥下㆓緑蕪㆒秦苑寂　蝉鳴㆓黄葉㆒漢宮秋」（同・同・同・一九四　許渾）「音羽山けさ越えくれば時鳥梢はるかに今ぞ鳴くなる」（古今・夏・一四二　友則）▽永久百首の題。

826　夏の間は、松の根方で涼を取り、しばし夏であることを忘れたのだが、秋が来ても、やはり同じ松陰は立ち去りがたく、夕風が待たれる。秋上五番左勝。○ゆふ風をまつがねに―「夕風を待つ」と「松が根」を掛ける。参考「松かげの岩井の水をむすびあげて夏なき年と思ひけるかな」（拾遺・夏・一三一　恵慶、和漢朗詠・納涼・一六七、第三句「むすびつつ」）▽永久百首の題。

827　秋のくる度に絶えることなく行なう、星祭の夜も更けて、庭にはともし火がいっぱいに並んでいる。秋上一〇番左勝。○乞巧奠（きつこうでん）―七月七日の夜、牽牛・織女の二星を祭る儀式。宮中では清涼殿の東庭で行われる。「庭に机四を建てて、灯台九本おのおの灯し火あり。机に色々の物据ゑたり。箏の琴柱立ててこれを置く。机の火取りに夜もすがら空だきあり」（建武年中行事）。雲図抄に図がある。木工権頭為忠百首で歌題とされた。

828　袖の涙の露の上に光を宿すのも、瞬間のことだ。宵に訪れる、この稲妻という「つま」は何とまあ、馴れるようで、その実うとうとしいのだろう。秋一三番左勝。▽稲妻を擬人化し、恋人のように歌う。永久百首の題。

829　月が澄んで（住んで）いるだけで、深草の里は本当に荒れてしまった。鶉の伏す床を秋風が吹き払っている。秋二四番左勝。本歌「野とならば鶉と鳴きて年は経むかりにだにやは君は来ざらむ」（古今・雑下・九七一、伊勢物語・一二三段　読人不知）

830　秋の声は、ついこの間まで荻の葉を動かす風だと思っていたのに、もう野分となって吹きすさび、露を砕く。秋上二八番左勝。

831　どこまでもはるばる遠く思いやられる秋思も塞かれてしまった。遠くの方に雲が懸かり、村雨が風に吹き、靡かされて斜めに降っている。秋中二番左負。参考「遥かなるもろこしまでも行くものは秋の寝覚めの心なりけり」（千載・秋下・三〇二　大弐三位）▽右方に「雲の遠方とて果てたる、聞きにくくや」と難じられた。→一　一九。

832 秋夕
秋よたゞながめすてゝもいでなまし此里《さと》のみの夕《(ゆふべ)》とおもはば

833 秋田
いく世ともやどはこたへず門《かど》田ふくいなばの風の秋のお《を》とづれ

834 鴫
から衣すそのゝいほのたびまくらそでよりしぎのたつ心地する

835 広沢池眺望
すみ来《き》けるあとはひかりにのこれども月こそふりね広沢《ひろさは》の池

836 蔦
蘆《あし》の屋《や》のつた這《は》ふのきのむら時雨お《を》とこそたてね色はかくれず

837 新古今 柞
時わかぬ浪さへ色に泉河はゝそのもりにあらしふくらし

838 九月九日
いはひお《を》きて猶長《なが》月とちぎる哉けふつむ菊のすゑのしら露

839 秋霜
とけてねぬ夢ぢも霜《しも》にむすぼゝれまづしる秋のかたしきの袖

840 暮秋
ありあけの名許《(ばかり)》秋の月影によわ《は》りはてたる虫のこゑ哉

832　もしもこの里だけに秋の夕は訪れると思ったら、いつまでも物思いに沈んでいないで、見捨てて出ていってしまうだろう。しかし、どこも同じ寂しさなのだから、出ていっても仕方がないのだ。秋中一二番左勝。参考「さびしさに宿を立出でてながむればいづくも同じ秋の夕暮」（後拾遺・秋上・三三三　良暹）↓補注。

833　門田の稲葉を吹く風が秋の訪れを告げる。こうして幾代経てきたか、田園にあるこの宿は答えはしない。秋中一七番左負。参考「夕されば門田の稲葉おとづれて蘆のまろ屋に秋風ぞ吹く」（金葉・秋・一七三　経信）

834　裾野の庵に旅寝すると、あたかも袖から鴫が飛び立つような気がする。秋中二〇番左勝。○から衣—「すそ」の枕詞。○そで—「衣」「すそ」の縁語。○たつ—「立つ」に「衣」の縁語「裁つ」を響かせる。

835　月が広沢池に、何代にもわたって澄んで（住んで）きたことは、昔ながらの光によって知られるけれども、月は少しも古びた感じがしない。秋中二六番左持。○広沢池眺望—観月の名所とされる。近くに真言宗の古寺遍照寺がある。

836　蘆ぶきの小屋の葛の這いからまった軒に降りそそぐ村時雨は、音こそ立てないが、葛紅葉の色は隠しきれない。秋下五番左持。↓補注。▽永久百首の題。

837　四季を分かぬ泉川の水の波さえ、もみじの色に出た。上流にある柞の森に嵐が吹き、柞のもみじを散らしているらしい。秋下一二番左勝。○色に泉河—「色に出づ」から「泉河」へと続ける。参考「草も木も色変れどもわたつ海の波の花にぞ秋なかりける」（古今・秋下・二五〇　康秀）▽永久百首の題。散る柞に亡母を憶う心を籠めたとする説がある。

838　重陽の節の今日、菊花を摘み、白露を集めて祝い、寿命も長月のように長かれと祈念する。秋下一六番左負。参考「わが宿の菊の白露けふごとに幾代つもりて淵となるらむ」（拾遺・秋・一八四　元輔、和漢朗詠・九日付菊・二六五・中務）「長月のここぬかごとに摘む菊の花もかひなく老いにけるかな」（拾遺・秋・一八五　躬恒）○九月九日—王朝盛時重陽の宴（菊花の宴）が行われた。▽永久百首の題。

839　秋（飽き）になったのを知り、私は袖を片敷しいて寝るが、うちくつろいで寝られはしない。そして、夢も涙の霜に結ぼおれがちである。秋下二一番左勝。参考「とけて寝ぬ寝覚めさびしき冬の夜にむすぼほれつる夢のみじかさ」（源氏物語・朝顔　光源氏）○むすぼほれ—「夢」の縁語。上の「とけて」と対になる。

840　有明の月という名ばかりが秋のもので、月影ももはやかすかになり、虫の声もすっかり弱ってしまった。秋下一九番左負。参考「さりともと思ふ心も虫の音も弱りはてぬる秋の暮かな」（長秋詠藻・上・述懐百首・虫、千載・秋下・三三三　俊成）

冬

落葉

841 かつをし《お》むながめもうつる庭の色よ何を梢の冬にのこさむ

残菊

842 白菊《しらぎく》のちらぬは残《のこ》る色がほに春は風をもうらみける哉

枯野

843 夢かさは野辺のちぐさのおもかげはほの〴〵なびく薄許《(すすきばかり)》や

野行幸

844 狩衣お《を》どろのみちもたちかへり打《(うち)》ちるみゆき野風寒けし

霙

845 この山の峯《みね》のむらくもふきまよひ槙の葉《は》つたひみぞれふりきぬ

冬朝

846 ひとゝせをながめつくせる朝戸《と》いでに薄《うす》雪こほるさびしさのはて

寒松

847 あらはれて又冬ごもる雪の中にさもとしふかき松の色哉

椎柴

848 椎柴《しゐしば》ゝは冬こそ人にしられけれことゝふあられのこすこがらし

841 惜しむそばから、もみじは落葉していって、庭の眺めは移り変ってゆく。このままだと、梢は冬に何を残しておくのだろうか。冬上三番左持。参考「花の色はうつりにけりないたづらにわが身世にふるながめせしまに」(古今・春下・一一三 小町)▽永久百首の題。

842 白菊が散らないのは、いつまでも残るといった様子だ。春は桜を散らす風をも恨んだのになあ。冬上一二番左負。参考「花散らす風の宿りはたれか知る我に教へよ行きて恨みむ」(古今・春下・七六 素性)▽右方に「残雪無㆓面目㆒之上、下句も心得がたし」と批判された。判者俊成は「面無きにはあらず」としながら、「色がほ」の詞を「不㆑可㆓庶幾㆒にや」と咎めて、負とした。

843 秋の野辺に千草が咲き乱れていたあの面影は、では夢だったのだろうか。今はぼうぼうと、薄の穂が靡いているばかりだ。冬上一七番左勝。参考「陸奥国にまかりたりけるに、野の中に常よりもとおぼしき塚の見えけるを、……実方の御事なりと申しける、いと悲しかりけり、さらぬだに物あはれに覚えけるに、霜枯れ枯れの薄ほのぼの見えわたりて、後に語らむも言葉なきやうに覚えて　朽ちもせぬその名ばかりをとどめおきて枯野の薄形見にぞみる」(山家集・中・雑)○なびく―歌合では「まねく」。

844 昔に立返って、公卿達が狩衣を身にまとい、いばらの道を分けて、野行幸のお供をする。雪が散り、野風は冷たい。冬上二八番左持。↓補注。○野行幸―鷹狩などのために天皇が郊外に行幸すること。▽永久百首の題。

845 私の住むこの山の峯には村雲が風に吹かれて行き迷い、槙の葉伝いにみぞれが降ってきた。冬上二二番左負。▽永久百首の題。

846 一年の間じっと眺めてきた。その果に、冬の朝、戸を開けて、出で立つと、薄雪が氷りついている。この眺めは、寂しさの極まった果だ。冬下四番左勝。○朝戸いで―「夕凝りの霜おきにけり朝戸出(で)にいたくし踏みて人に知らゆな」(万葉・巻一一・二六九二 作者未詳)

847 雪の中にはっきりと顕われて、そしてしかも冬籠りをしている、いかにも年の深まったことが知られる松の緑の色よ。冬下九番左負。参考「雪降りて年の暮れぬる時にこそつひにもみぢぬ松も見えけれ」(古今・冬・三四〇 読人不知)○としふかき―一年の深まったことに松が老樹であることを重ねていうか。

848 常磐木の椎柴は、冬にこそ人にその存在を知られる。霰がその葉に音を立て、また木枯もその葉を散らさずに残すので……。冬下一八番左負。▽永久百首の題。

衾

849 ひきかくるねやのふすまのへだてにもひゞきはかはる鐘《かね》の音《をと》かな

仏名

850 河竹のなびく葉風も年くれてみ世のほとけの御名《みな》をきく哉

恋

初恋

851 新古今 なびかじなあまのもしほ木たきそめてけぶりは空《そら》にくゆりわぶとも

忍恋

852 氷ゐるみるめなぎさのたぐひかはうへせく袖《そで》のしたのさゞなみ

聞恋

853 もろこしの見ずしらぬ世の人(ばかり)許名にのみきゝてやみねとや思(おもふ)

見恋

854 続古 うしつらし安積《あさか》の沼《ぬま》の草の名《な》よかりにもふかきえにはむすばで

尋恋

855 新古今 おもかげはをしへし宿《やど》にさきだちてこたへぬ風の松《まつ》にふくこゑ

祈恋

856 新古今 年もへぬいのるちぎりは初瀬《はつせ》山を《お》のへのかねのよその夕暮

849　闇で夜具をひっかぶった程度隔っただけでも、鐘の響きは変って聞える。冬下二四番左負。参考「日高睡足猶慵レ起。小閣重レ衾不レ怕レ寒。遺愛寺鐘欹レ枕聴。香炉峯雪撥レ簾看」（白氏文集・巻一六・重題四首ノ三）▽永久百首の題。

850　河竹の葉を吹き靡かせる風も、年の暮を思わせる。三世の諸仏の名号を唱える、有難い声を聞く。冬下二六番左勝。○仏名（ぶつみょう）―仏名懺悔のこと。十二月十五日から十七日まで、後には十二月十九日の一夜、諸仏の名号を唱えて罪障を懺悔する法会。「仏名は、三世の諸仏の御名を唱へて一年の罪を懺悔し侍る心也」（年中行事歌合・三四番）▽永久百首の題。

851　漁師が藻塩火を焚き始めるように、あの人への恋心が点火され、勢よく燃えかねて、その煙が空にくすぶっても、あの人は煙のように私に従ってはくれないだろうな。恋一、四番左勝。参考「浦にたくあまだにつつむ恋なればくゆる煙よ行く方ぞなき」（源氏物語・須磨　朧月夜尚侍）「おぼろげにけつとも消えむ思ひかは煙の下にくゆりわぶとも」（狭衣物語・巻三　狭衣大将）

852　私は、海松も生えないままに氷りついている渚の類であろうか。うわべは袖で涙を塞き止めているが、下（心の内）はさざ波が立っている（動揺している）。恋一、一一番左持。参考「みるめなきわが身を浦と知らねばやかれなで海人の足たゆく来る」（古今・恋三・六二三　小町）○みるめなぎさ―海松の生えない渚。「見る目無き」を掛ける。▽永久百首の題。

853　唐土の、見もせず、知りもしない時代の人に対するように、私のあなたへの恋は、名を聞いただけで終ってしまえと、お考えなのですか。恋一、一八番左持。参考「君をまだ見ず知らざりし古の恋しきをさへ歎きつるかな」（続古今・恋五・一三一六　式子内親王）

854　安積の沼に生える、花かつみという草の名の憂くつらいこと。仮そめにも深い縁を結ばないことを暗示している。恋一、二三番左持。本歌「陸奥の安積の沼の花かつみかつ見る人に恋ひやわたらむ」（古今・恋四・六七七　読人不知）○安積の沼の草の名―花かつみのこと。この沼の名物だが、ショウブの類ともマコモともいう。○かりにも―かりそめにも。「草」の縁語「刈り」を掛ける。○え―「沼」の縁語「江」と「縁」の掛詞。

855　恋しい人の面影は目の前にちらつくが、教えられた家は見付からない。いくらその名を呼んでも、松吹く風の声は答えてくれない。恋一、三〇番左勝。○松―「待つ」を響かせる。→補注。

856　恋の成就を初瀬の観音様に祈って何年も経った。しかしその甲斐もなく、あの人との間柄は終ってしまった。初瀬山の尾上に、夕暮を告げる鐘が鳴る。しかし、それは私以外の恋人達が相逢う夕暮だ。恋二、五番左勝。→補注。

857 契恋
あぢきなしたれもはかなき命もてたのめばけふの暮《くれ》をたのめよ

858 待恋
風つらきもとあらのこはぎ袖に見て更行夜《(ふけゆく)》はにお《を》もるしらつゆ

859 遇恋
たふまじきあすよりのちの心地哉なれてかなしき思ひ添《そ》ひなば

860 別恋
変《かは》れたゞわかるゝ道《みち》の野辺《べ》の露いのちにむかふものも思《おも》はじ

861 顕恋
よしさらば今はしのばでこひしなん思ふにまけし名にだにも立《た》て

862 稀恋
年ぞふる見るよな〳〵もかさならで我もなき名《な》かゆめかとぞ思《(おもふ)》

863 絶恋
心さへ又よそ人になりはてばなにかなごりの夢の通路《(かよひぢ)》

864 怨恋
あらざらむ後《のち》の世までをうらみてもその面影をえこそうとまね

865 旧恋
いかなりし世々のむくい《ひ》のつらさにて此年月によわ《は》らざるらん

857　ああつまらない。誰も明日をも知れぬ、はかない命の持主なのですから、あてにさせるなら、いっそ今日の暮に会おうと、あてにさせてください。恋二、一一番左負。

858　風が無情に吹きつけて、もとあらの小萩に白露が吹き結ぶように、夜が更けてゆくにつれ、私の袖にも涙の白露が重く置くようになる。恋二、一八番左持。本歌「宮城野のもとあらの小萩露を重み風を待つごと君をこそ待て」(古今・恋四・六九四　読人不知)

859　今夜お会いして、このように親しくなったのちに、あなたが心変りなさるなど、悲しい思いが加わったならば、明日以後とても堪えられそうもない心地がします。恋二、二三番左持。

860　野辺の露に濡れ、涙に濡れて、私たちは今別れようとしている。私の心よ、ただ変ってしまえ。命にかかわるような物思いはすまい。恋二、二七番左勝。参考「直(ただ)に逢ひて見てばのみこそたまきはる命に向ふ吾が恋やまめ」(万葉・巻四・六七八　中臣女郎)▽永久百首の題。

861　いいや、もう、今となっては堪え忍ばないで、恋い死にをしてしまおう。恋心に負けたという噂が立っても、構いはしない。恋三、四番左負。参考「思ふには忍ぶることぞまけにける色には出でじと思ひしものを」(古今・恋一・五〇三　読人不知)

862　あの人と逢わないで、幾年も経った。夜、夢に見ることもほとんどないので、私自身、あのことは浮名を立てられたのだったろうか、それとも夢だったのだろうかと思うほど。恋三、十一番左負。

863　身体が別れ別れになっているだけでなく、心までもすっかり他人になってしまったならば、夢の中で会っても、何もなごりがないだろう。恋三、一八番左持。参考「住の江の岸に寄る波夜さへや夢の通ひ路人目よくらむ」(古今・恋二・五五九　敏行)

864　私が死んでしまった後の世まで恨んでも、恋しい人の面影をうとましく思うことはできない。恋三、二二番左持。参考「あらざらむこの世のほかの思ひ出でに今ひとたびの逢ふこともがな」(後拾遺　恋三・七六三　和泉式部)

865　いったいどんな先々の世で犯した罪のつらい報いで、こんなにも長い年月恋に悩み、恋情がいっこうに衰えないのだろう。恋二、二八番左持。○世々のむくい―先々の世での罪業の報い。

暁恋

866 おもかげも別《わか》れにかはる鐘の音《をと》にならひかなしきしのゝめの空《そら》

朝恋

867 雲かゝり重《かさ》なる山をこえもせずへだてまさるはあくる日のかげ

昼恋

868 おほかたの露はひるまぞ別《わか》れけるわが袖ひとつのこるしづくに

夕恋

869 こひわびてわれとながめし夕暮もなるれば人のかたみがほなる

夜恋

870 たのめぬをまちつる宵《よゐ》もすぎはてゝつらさ閉《と》ぢむるかたしきの床《とこ》

老恋

871 暁にあらぬ別も今はとてわが世ふくればそふおもひ哉

幼恋

872 葉をわかみまだふしなれぬ呉《くれ》竹のこは絞《しぼ》るべき露のうへかは

遠恋

873 かなしきはさかひことなる中《なか》としてなき魂《たま》までやよそにうかれん

近恋

874 なみだせく袖《そで》のよそめはならべども忘《わす》れずやとも問《と》ふひまぞなき

866　しののめの空の下、晨朝の鐘の音とともに、恋しい面影とも別れなければならないという、習慣が悲しい。恋四、五番左負。参考「しののめのほがらほがらと明けゆけばおのがきぬぎぬなるぞかなしき」（古今・恋三・六三七　読人不知）

867　雲が懸り、重なる山を越えたわけでもないのに、恋人との間をいよいよ隔ててゆくのは、明けゆく日の光だ。恋四、一一番左負。

868　大抵の露は乾いてしまう昼間に、恋人と別れた。しかし、私の袖にだけは、涙の雫が残っている。恋四、一七番左勝。本歌「大空にわが袖ひとつあらなくに悲しく露やわきておくらむ」（後撰・秋中・三一四　読人不知）参考「おほかたの露には何のなるならむ袂におくは涙なりけり」（山家集・上・秋、千載・秋上・二六七　円位＝西行）「涙にや朽ちはてなまし唐衣袖のひるまと頼めざりせば」（千載・恋三・八二〇　清重）○ひるま―「干る」と「昼間」を掛ける。

869　恋心に堪えかねて眺めた夕暮の空も、馴れると、あの人との恋の形見のように思われてくる。恋四、二四番左勝。本歌「大空は恋しき人の形見かはもの思ふごとにながめらるらむ」（古今・恋四・七四三　人真）参考「夕暮は雲のはたてに物ぞ思ふ天つ空なる人を恋ふとて」（古今・恋一・四八四　読人不知）

870　あてにならない恋人を待った宵の口もすっかり過ぎて、つらさをしめくくるのは、袖を片敷いて独り寝する床。恋四、二八番左勝。

871　年を取ると、暁にならないうちに恋人と後朝の別れをして、思いはいっそうまさる。恋五、六番左勝。参考「残りなくわが世ふけぬと思ふにも傾く月に澄む心かな」（千載・雑上・九九九　堀河）○ふくれば―更くれば。年齢が深まること。夜が更ける、の意を掛けるか。

872　葉が若くてまだ節が整っていない呉竹の筍のように、まだ幼いので臥し馴れていないのに、これはまあ、愛情を注ぐことができようか。恋五、一一番左勝。○ふし―「節」と「臥し」を掛ける。○呉竹のこは―「呉竹の子」と言い続けてきて、感動の「こは」を掛ける。▽幼妻を歌う。

873　悲しいことには、あの人とは幽明界を異にしているので、あの人の亡魂までも外にさまよい出ることだろうか。恋五、一七番左勝。○中として―「中」は男と女の「仲」。▽故人を恋う心を歌うことにより、「遠恋」という題を表現した。

874　恋の涙を袖で抑えて、よそめには恋しい人とさりげなく並んでいるけれども、あの人に、「私のことを忘れないですか」と尋ねる隙もない。恋五、二二番左持。本歌「花がたみめならぶ人のあまたあれば忘られぬらむ数ならぬ身は」（古今・恋五・七五四　読人不知）○ひま―底本「人」。自筆本・高松宮本・来田本・書陵部蔵六家集本により改める。

旅恋

875 ふるさとをいでしにまさる涙哉あらしの枕ゆめにわかれて

寄月恋

876 やすらひにいでにしまゝの月のかげわが涙のみ袖《そで》にまてども

寄雲恋

877 時のまにきえてたなびく白雲のしばしも人にあひ見てし哉《(がな)》

寄風恋

878 しらざりし夜ふかき風の音《をと》もにず手枕うとき秋のこなたは

寄雨恋

879 さはらずはこよひぞきみをたのむべき袖には雨の時わかねども

寄煙恋

880 限なきしたの思《おも》ひのゆくへ《ゑ》とてもえんけぶりのはてや見《み》ゆべき

寄山恋

881 あしびきの山ぢの秋になるそではうつろふ人の嵐なりけり

寄河恋

882 いつかさは又は逢《(あふ)》せを松浦《まつら》がたこの河かみに家《いゑ》はすむとも

寄海恋

883 遠《とを》ざかる人の心はうなばらのおきゆく舟のあとのしら浪

875　故郷を出発した時、なごりを惜しんで流したのにもまさる涙だ。旅寝の夢で、故郷に残してきた愛する人を見たが、嵐に夢を破られ、心ならずもその面影と別れてしまった。恋五、三〇番左持。

876　あの人は、有明の月に照らされながら、いかにも心が残るように、ためらいがちに出ていった。それから私は袖を涙で濡らして待つけれども、あの人は来ない。涙に月が宿り、あの暁のあの人の姿を思い出させる。恋六、五番左持。〇やすらひ—ためらうこと。▽女の心で歌う。

877　わずかの間に消えてはたなびく白雲、そのちょっとの間にでも、あの人に逢いたい。恋六、一〇番左勝。

878　その昔知らなかった、夜更の風の音に似ても似つかぬ、激しい秋風の音よ。あの人に飽きられて以後、手枕をしてうたた寝することも稀になった私にとっては。恋六、一六番左持。参考「手枕のすきまの風も寒かりき身はならはしの物にぞありける」（拾遺・恋四・九〇一　読人不知）

879　この雨にもかかわらず私を訪れてくださったら、今宵こそあなたの愛情を信頼しましょう。私の袖には、いつもいつも涙の雨が降っていますけれど。恋六、二三番左勝。参考「いそのかみ降るとも雨にさはらめやあはむと妹にいひてしものを」（拾遺・恋二・七六五　方見、原歌は万葉・巻四・六六四、伊勢物語・一〇七段）〇さはらずは—障害とならないならば。▽待つ女の心。

880　この上なく激しい内心の恋の思いの結末として、恋死をし、なきがらが荼毘に付されて立ち昇る煙の果が、あの人に見られるであろうか。恋六、二八番左負。〇思ひ—「もえ」「けぶり」の縁語「火」を掛ける。

881　秋の山路を行く旅人の袖がもみじで赤くなるのは、嵐がもみじを散らすから。私の袖が紅涙でもみじの色になるのは、愛情のなくなったあの人が激しくつらく当るから。〇秋—「飽き」を暗示する。〇嵐—「荒し」を響かせる。恋七、六番左持。

882　この仙女たちは、松浦潟のこの川上に家があるといっても、いつまた逢う瀬を待つことができよう。恋七、一四番左勝。本歌「玉島のこの川上に家はあれど君をやさしみあらはさずありき」（万葉・巻五・八五四　松浦川の女子）〇松浦がた—「待つ」を掛ける。▽仙女との別れを惜しむ男の心と解したが、仙女自身の心とも解しうる。

883　遠ざかってゆく人の心は、海原の沖を行く船の航跡に立つ白波のよう。みるみる消えてしまう。恋七、一一番左持。本歌「世の中を何にたとへむ朝ぼらけ漕ぎゆく舟のあとの白波」（拾遺・哀傷・一三二七　満誓）参考「海原の沖ゆく船を帰れとか領布（ひれ）振らしけむ松浦佐用姫」（万葉・巻五・八七四　作者未詳）

寄関恋

884 身にたへぬおもひを須磨《すま》の関《せき》すゑ《へ》て人に心をなどとゞむらん

寄橋恋

885 ひと心緒《を》絶《だえ》の橋《はし》にたちかへり木《こ》の葉ふりしく秋のかよひぢ

寄草恋

886 いはざりきわが身ふるやの忍草思たがへてたねをまけとは

寄木恋

887 こひしなばこけむす塚《つか》に柏《かへ》ふりてもとの契りのくちやはてなん

寄鳥恋

888 かものゐるいり江の浪を心にてむねと袖とにさわ《は》ぐこひ哉

寄獣恋

889 うらやまず伏《ふ》す猪《ゐ》の床(とこ)はやすくともなげくもかたみ寝《ね》ぬも契りを

寄虫恋

890 わすれじのちぎりうらむる故郷の心もしらぬ松虫の声

寄笛恋

891 笛《ふえ》竹のたゞひとふしを契りにて世々のうらみをのこせとや思(おもふ)

寄琴恋

892 昔きくきみがてなれの琴《こと》ならばゆめにしられてねをもたてまし

884　わが身にとても堪えられぬ恋の思いをし、どうしてわが心にわざわざ須磨の関ならぬ関を設けて、あの人のことを（心に）留めるのだろう。恋七、二〇番左持。参考「播磨路や心の須磨に関すゑていかでわが身の恋をとどめむ」（山家集・中）○とゞむ―「関」の縁語。

885　秋（飽き）がきて、通い路も降りしく木の葉に埋まり、緒絶の橋の状態に戻り、あの人の愛情は絶えてしまった。恋七、二六番左勝。参考「秋かけていひしながらもあらなくに木の葉降りしくえにこそありけれ」（伊勢物語・九六段）

886　私が古家のように見捨てられ、そこに忍草の種を播くように、ただ昔を懐しく偲ぶようにして下さいとは、お願いしませんでした。恋八、六番左持。参考「涙のみふる家の軒のしのぶ草けふのあやめは知られやはする」（和泉式部集）

887　恋死をしたならば、私を埋めた塚に苔が生え、植えた柏も老樹となって、昔の契りは朽ち果ててしまうであろうか。恋八、八番左持。参考「犁二十五年、吾塚上柏大矣。雖レ然妾待レ子」（史記・晋世家第九）○柏―ヒノキ・サワラ・コノテガシワなど常緑針葉樹（松柏類）の古称。古くは「栢」と書く。

888　鴨が浮いて波を立てている入江は、私の心そのまま。私の胸は波立ち、袖は鴨の羽掻きのようにあわただしく涙を抑えようと動く。恋八、一八番左勝。参考「思ほえず袖にみなとのさわぐかなもろこし舟の寄りしばかりに」（伊勢物語・二六段、新古今・恋五・一三五八　読人不知）

889　猪が寝るように安眠できるのを羨しくは思わない。このように嘆くのも恋の形見だし、寝られないのも因縁なのだから。恋八、二一番左勝。本歌「刈る藻かき臥す猪の床の寐（い）を安みさこそ寝ざらめかからずもがな」（後拾遺・恋四・八二一　和泉式部）→補注。

890　薄情な恋人の、忘れまいとの空約束を恨んでいる旧里の女の心も知らず、その訪れを相変らず待つかのように松虫の声が聞える。恋八、三〇番左持。

891　笛竹の一節のように、たった一夜契っただけで、何年もの長い歳月にわたって恨みを残すようなことになれと、あなたはお思いですか。恋九、五番左負。○ひとふし―「竹」の縁語。○世々―「竹」の縁語「節々（よよ）」を掛ける。

892　昔あったと聞く、あなたの手馴れの琴が娘子と化して現れたのでしたら、夢の中でそれと知られて、妙なる楽の音を立てましょうものを。恋九、七番左持。本歌「言問はぬ木にはありともうるはしき君が手（た）馴れの琴にしあるべし」（万葉・巻五・八一一　旅人）

寄絵恋

893 ぬしやたれ見ぬよのことをうつしお《を》く筆のすさびにうかぶ俤

寄衣恋

894 こひそめしおもひのつまの色ぞこれ身にしむ春《はる》の花の衣手

寄席恋

895 新古今 わすれずはなれし袖もやこほるらむ寝《ね》ぬ夜の床《とこ》の霜《しも》のさむしろ

寄遊女恋

896 心かよふゆききの舟のながめにもさしてかばかり物は思《おも》はじ

寄傀儡恋

897 ひと夜かす野上《のがみ》の里の草枕むすびすてける人の契りを

寄海人恋

898 袖ぞいまは雄島《をじま》のあまもいさりせんほさぬたぐひに思《(おもひ)》ける哉

寄樵夫恋

899 山ふかきなげ木《き》こる男《を》のお《を》のれのみくるしくまどふこひの道《みち》哉

寄商人恋

900 辰《たつ》の市や日をまつしづのそれならばあすしらぬ身にかへてあはまし

893 この絵に描かれている人物は誰であろうか。見ぬ昔の時代を写しておく筆のすさびに、美しい人の面影が髣髴と浮んでくる。恋九、一三番左勝。参考「絵にかける女を見ていたづらに心を動かすがごとし」（古今仮名序）

894 身にしみるような、春の花の色（紅色）をした袖、これが恋をし始めた思いの色です。恋九、二二番左持。参考「恋ひそめし心の色の何なれば思ひ返すに返らざるらむ」（千載・恋四・八九二 小侍従）〇こひそめし―「恋ひ初め」に「色」の縁語「染め」を掛ける。

895 もしあの人も私のことを忘れなかったら、馴れ親しんだ袖も涙で氷っているだろうか。私は夜も寝られず、床のさむしろには涙の霜が置いている。恋九、三〇番左勝。

896 往来する舟の中で遊女達が物思いに沈みながらじっと見つめるとしても、その舟と同じく彼女達はお客と心も通いあっているのだろうから、特にこの私ほど恋の物思いに悩むことはないであろう。恋一〇、五番左勝。参考「家夾㆓江河南北岸㆒心通㆓上下往来船㆒」（新撰朗詠・下・遊女・六七二 以言）〇かよふ―「舟」の縁語。〇さして―棹さすことから、「舟」の縁語。→補注。

897 野上の里の草枕を一夜貸して、契りを結び、そのまま旅立っていった人との、はかない恋よ。恋一〇、一〇番左勝。〇寄傀儡恋―野上、鏡山、野路、萱津など、海道筋の宿駅にたむろしていた傀儡女（人形を操る芸を見せながら売色をした遊行婦女）を詠む。

898 干せないという点で、海人の袖と同類だと思っていた。そんな程度ではない。今は私の袖で、雄島の海人も漁をするだろう。恋一〇、一〇番左持。本歌「松島や雄島の磯にあさりせし海人の袖こそかくはぬれしか」（後拾遺・恋四・八二七 重之）

899 深山の木を樵るきこりが斧を手に道を迷うように、私だけが恋の道に苦しく迷う。恋一〇、二四番左勝。参考「なげきこる山とし高くなりぬれば頬（つら）杖のみぞまづつかれける」（古今・雑休・誹諧歌・一〇五六 大輔）〇なげ木―「歎き」に「木」を掛ける。〇おのれ―「木」「こる」の縁語「斧」を掛ける。

900 辰の市の市が立つ日を待つ商人のように、決った約束があるのならば、明日をも知れぬ無常な命にかえてでも、思う人と逢おうもの。恋一〇、二八番左負。本歌「無き名のみたつの市とはさわげどもいさまた人をうるよしもなし」（拾遺・恋二・七〇〇 人麻呂）

正治二年八月八日追ツテ給ヒレ題ヲ、同廿五日詠二進ス之ヲ一。

秋日侍　太上皇仙洞同詠百首応　製和歌

従四位上行左近衛権少将兼安芸権介臣藤原朝臣定家上

春廿首

901 春《はる》きぬとけさみ吉野《よしの》の朝ぼらけ昨日は霞む峯の雪かは

902 あらたまの年のあくるをまちけらしけふ谷《たに》の戸《と》をいづる鶯

903 春《はる》の色を飛火《とぶひ》の野守《もり》たづぬれどふたばのわかな雪も消《(きえ)》あへず

904 もろびとの花いろ衣たちかさねみやこぞしるき春きたりとは

905 続古 うち渡すをち方人《(かたびと)》はこたへねど匂ひぞなのる野辺の梅が枝《え》

906 新古今 梅花にほひをうつす袖のうへにのきもる月の影ぞあらそふ

907 花《はな》の香《か》のかすめる月にあくがれて夢《ゆめ》もさだかに見えぬころ哉

秋日侍太上皇仙洞同詠百首応製和歌―いわゆる正治二年院初度百首和歌のこと。正治二年（一二〇〇）、後鳥羽院が侍臣に詠進させた百首歌。六条家の人々の策謀を支持していたと見られる権臣源通親らの意見によって、作者の顔ぶれから除外されていた定家・家隆らの詠進が、俊成が正治仮名奏状を進めることによって、実現した。時に定家は三十九歳。本百首の完本は『新編国歌大観』第四巻所収。○「応製」―「応制」とも書き、本来、唐詩などで、天子の命によって詩文を作ることをいう。○従四位上行左近衛権少将―官位が相当しておらず、位が高い場合、位と官との間に「行（ぎょう）」の字を加える。近衛少将は正五位下に相当する官。

901　昨日は霞んでいただろうか。しかし、今朝見ると、朝ぼらけの吉野の峯は、雪を戴きながらも霞んでいる。いよいよ春が来たのだ。参考「春立つといふばかりにやみ吉野の山も霞みて今朝は見ゆらむ」（拾遺・春・一　忠岑）、「春霞たてるやいづこみよしのの吉野の山に雪はふりつつ」（古今・春上・三　読人不知）○けさみ吉野―「見」と「み吉野」の掛詞。

902　立春の今日、谷の戸を出る鶯は、新年の明けるのを待っていたらしい。↓補注。○あらたまの―「年」の枕詞。○あくる―「戸」の縁語。

903　飛火野の野守に春の色を尋ねるけれども、若菜はまだ双葉で、雪もすっかり消えてはいない。本歌「春日野の飛火の野守いでて見よいまいくかありて若菜つみてむ」（古今・春上・一八　読人不知）○春の色を飛火の野守―「春の色を問ふ」と「飛火の野守」を掛ける。

904　人々が花の色の衣を新たに仕立てて重ね着して、春がやってきたと、都でははっきり分る。○花いろ衣―「花いろ」は桜色か。「脱ぎかふる花色衣をしきかな春の形見をたたじと思へば」（堀河百首・更衣　師時）○たちかさね―「衣」の縁語「裁ち」に「春」の縁語「立ち」を掛ける。

905　野辺に咲く白い花を何ですかと聞いても、見渡される遠くの方の人は答えてくれない。けれども、匂いが自ら梅ですよと名乗っているようだ。本歌「うちわたす遠方人にもの申すわれ　そのそこに白く咲けるは何の花ぞも　返し　春されば野辺にまづ咲く見れどあかぬ花　幣（まひ）なしにただ名告るべき花の名なれや」（古今・雑体・旋頭歌・一〇〇七―一〇〇八　読人不知）

906　梅の花の匂いを移す、涙に濡れた袖の上に、軒から洩れてさしこんでくる月の光が、競うかのように映る。↓補注。

907　梅花の香りに霞んでいる月に心ひかれてさまよい歩き、夢もはっきりとは見えない今日この頃だ。↓補注。

908 もゝちどりこゑや昔のそれならぬわが身ふりゆく春雨のそら

909 ありあけの月影のこる山の端《は》をそらになしてもたつかすみ哉

910 思《(おもひ)》たつ山のいくへも白雲《しらくも》にはねうちかはし帰《(かへる)》かりがね

911 吉野《よしの》山くもに心のかゝるより花のころとはそらにしるしも

912 いつも見し松の色かは初瀬《はつせ》山さくらにもるゝ春のひとしほ

913 新古今 白雲の春《はる》はかさねてたつた山をぐらの峯に花にほふらし

914 高砂の松とみやこにことつてよ尾上《おのへ》の桜今さかり也

915 花の色をそれかとぞ思《(おもふ)》をとめごが袖《そで》ふる山の春《はる》のあけぼの

916 春のお《を》る花のにしきのたてぬきにみだれてあそぶそらのいとゆふ

917 お《を》のづからそこともしらぬ月は見つ暮《く》れなばなげの花をたのみて

918 さくら花ちりしく春《はる》の時しもあれかへす山田をうらみてぞゆく

919 春もを《お》し花をしるべにやどからむゆかりの色の藤《ふぢ》のしたかげ

908　百千鳥（沢山の鳥）の囀る声は昔の声と同じではないか。それなのに、我が身は老いてしまった。折しも空からは春雨が降り出した。本歌「百千鳥さへづる春は物ごとにあらたまれども我ぞふりゆく」（古今・春上・二八　読人不知）↓補注。

909　有明の月の光の残る山の端を空と見分けのつかないものにして、立つ霞よ。

910　帰郷を思い立って、山を幾重越えてゆくかも知らないが、白雲に羽根を打ち交し、北国へ雁が帰ってゆく。本歌「白雲に羽うちかはし飛ぶ雁の数さへ見ゆる秋の夜の月」（古今・秋上・一九一　読人不知）○白雲―「知ら（ず）」を掛ける。

911　吉野山に懸かる雲が気懸りになってから、花の咲く頃とは、空にもはっきりと分る。○第五句―「祝ひつつしめゆふ竹の色見れば御代の気色は空にしるしも」（俊忠集）

912　初瀬山の桜の間から、松の緑が見える。それはいつも見なれている常磐の緑なものか。春らしく、ひとしお鮮やかな緑だ。参考「ときはなる松の緑も春くればいまひとしほの色まさりけり」（古今・春上・二四　宗于）

913　いつも白雲の立つ竜田山に、春はもう一重重ねて白雲が立っている。小桜（おぐら）の峯に花が咲き匂っているらしい。あれはその花の雲だ。本歌「白雲の　竜田の山の滝の上の　小桜の嶺に　咲きををる桜の花は……」（万葉・巻九・一七四七　虫麻呂歌集）

914　都人が見に来るのを、高砂の松は心待ちに待っていると、伝言してくれ。高砂の尾上の桜は、今まっさかりだ。↓補注。

915　花の色を、天女が袖をひるがえして舞っているのかと思う。袖振山の春の曙に花を見ると。本歌「をとめごが袖振る山の瑞籬の久しき世より思ひそめてき」（拾遺・雑恋・一二一〇　人麻呂。原歌、万葉・巻四・五〇一）

916　春が織る花の錦の経（たて）糸、緯（よこ）糸のように、空には陽炎がゆらいでいる。本歌「竜田川錦おりかく神無月しぐれの雨をたてぬきにして」（古今・冬・三一四　読人不知）

917　暮れてしまったら、あるに違いない花の蔭に宿ろうと思って、春の山辺を歩いているうちに、どことも知らない場所で月を見る結果となってしまった。本歌「いざけふは春の山べにまじりなむ暮れなばなげの花のかげかは」（古今・春下・九五　素性）↓補注。

918　時もあろうに、桜花が散り敷いている春に掘りかえす山田を、無風流なことをすると恨みながら行く。↓補注。

919　行く春も惜しい。花をてづるとして、ゆかりの紫色をしている藤の下蔭に宿を借りよう。参考「惆悵春帰留不レ得　紫藤花下漸黄昏」（和漢朗詠・三月尽・五二一　白楽天）○ゆかりの色―紫。↓補注。

920 しのばじよ我ふりすてててゆく春《はる》のなごりやすらふ雨の夕《ゆふ》暮

夏十五首

921 ぬぎかへてかたみとまらぬ夏《なつ》衣さてしも花のおもかげぞたつ

922 菅《すが》の根《ね》や日かげもながくなるまゝにむすぶばかりにしげる夏草

923 卯花《(うのはな)》のかきねもたわにお《を》ける露《つゆ》ちらずもあらなん玉にぬくまで

924 もろかづら草のゆかりにあらねどもかけてまたるゝほとゝぎす哉

925 あやめふく軒《のき》のたち花風ふけばむかしにならふけふのそでの香《か》

926 いか許《(ばかり)》み山さびしとうらむらんさとなれはつるほとゝぎす哉

927 郭公しばしやすらへ菅原《すがはら》や伏見《ふしみ》の里のむら雨のそら

928 ほとゝぎすなにをよすがにたのめとて花たち花のちりはてぬ覧《(らん)》

929 たが袖を花橘にゆづりけむやどはいく世とお《を》とづれもせで

930 わがしめし玉江の蘆《あし》のよをへては刈《か》らねど見えぬさみだれのころ

920　私は偲ぶまい。私を見捨てて行ってしまう春が、いかにもぐずぐずなごりを惜しむかのように、春雨が降って、三月尽の今日も暮れようとしているが……。↓補注。

921　春着を脱ぎ換えて夏衣になってしまったので、春の形見はとどまっていない。それでも、花は幻影となって目の前にちらついて見える。参考「夏衣急ぐ中にもわれはただ散りにし花ぞ面影に立つ」（実国家歌合　定長＝寂蓮）

922　夏草は結ぶほど生い茂った。参考「夏草は結ぶばかりになりにけり野飼ひし駒やあくがれぬらん」（後拾遺・夏・一六八　重之）○菅の根や―「ながく」の序のごとく用いる。「夏草」の縁語。

923　卯の花の垣根もたわむほどに置いた露よ、玉に貫くまで散らないでほしい。本歌「時わかず降れる雪かと見るまでに垣根もたわに咲ける卯の花」（後撰・夏・一五三、拾遺・夏・九四　読人不知）

924　諸葛を掛ける頃になると、葵は時鳥の親類ではないけれども、時鳥の訪れが心に懸ってひたすら待たれる。○もろかづら↓八一八。○草―葵を指す。○かけて―「かづら」の縁語。

925　菖蒲を葺いた軒近くの橘を風が吹くと、今日五月五日の菖蒲の芳香に橘の香が加わった袖の香は、昔の人の袖の香に似てくる。参考「さつき待つ花たちばなの香をかげば昔の人の袖の香ぞする」（古今・夏・一三九　読人不知、伊勢物語・六〇段）

926　深山から出てきた時鳥は、すっかり人里に馴れてしまった。深山ではどんなにか、寂しいといって恨んでいることだろう。参考「足引の山ほととぎす里なれてたそかれ時に名のりすらしも」（拾遺・雑春・一〇七六　輔親）○み山さびし―「花も散り人も都へ帰りなば山さびしくやならんとすらん」（山家集・上・春）

927　時鳥よ、暫くとどまってくれ。菅原の伏見の里は村雨がちの空となった（これはお前の好きな空ではないか）。参考「心をぞつくしはてつる時鳥ほのめく宵の村雨の空」（千載・夏・一六七　長方）

928　このあと、いったい何をよすがに、時鳥の訪れをあてにせよというので、花橘はすっかり散ってしまったのだろう。↓補注。

929　いったい誰の袖の香を花橘に譲ったのだろう。幾代も人の訪れることのない、荒れた宿に、花橘は昔の人の袖の香さながら、薫っている。参考「さつき待つ花たちばなの……」↓九一五。

930　私の縄ばりとした玉江の蘆は、幾夜も経つうちに、刈らないけれども見えなくなってしまった。水かさが増したさみだれの頃は。本歌「三島江の玉江の蘆をしめしよりおのがとぞ思ふいまだ刈らねど」（拾遺・雑恋・一二一二　人麻呂。原歌、万葉・巻七・一三四八）○よ―蘆の「節（よ）」に「夜」を掛ける。

931 夏草のつゆわけ衣ほしもあへず仮寝《かりね》ながらにあくるしのゝめ

932 続古 片糸をよる〳〵峯にともす火にあはずは鹿《しか》の身をもかへじを

933 荻《おぎ》の葉《は》もしのび〳〵にこゑたてゝまだきつゆけきせみの羽《は》衣

934 夏か秋かとへどしらたまいはねよりはなれておつるたき河の水

935 いまはとて晨明《(ありあけ)》の影のまきの戸《と》にさすがにを《お》しき水無《みな》月のそら

秋廿首

936 けふこそは秋は初瀬《はつせ》の山おろしにすゞしくひゞく鐘《かね》のお《を》と哉

937 白露に袖もくさばもしを《ほ》れつゝ月かげならす秋はきにけり

938 秋といへばゆふべのけしきひきかへてまだ弓張《ゆみはり》の月ぞさびしき

939 いくかへりなれてもかなし荻原や末こす風の秋の夕暮

940 物思《おも》はばいかにせよとて秋の夜《よ》にかゝる風しも吹《ふ》きはじめけん

941 唐衣かりいほのとこの露《つゆ》寒み萩のにしきをかさねてぞきる

931 夏草の露を分けた衣を乾しきらないうちに、夏の短夜の仮寝はそのままあけて、しののめとなった。参考「夏草の露分け衣着けなくにわが衣手の乾る時もなき」（万葉・巻一〇・一九九四）

932 毎夜、峯にともす照射の火に遭わなければ、鹿は命を失うこともないだろうに。本歌「片糸をこなたかなたによりかけて逢はずは何を玉の緒にせむ」（古今・恋一・四八三 読人不知）→補注。

933 荻の葉もひっそりと秋風を思わせる風の音を立てて、蟬の羽衣は早くも露に濡れている。本歌「うつせみの羽におく露のこがくれてしのびしのびに濡るる袖かな」（伊勢集、源氏物語・空蟬）

934 余りにも涼しいので、今は夏なのか秋なのか、問うけれども分らない。滝川の水は岩の根元から、白玉となって落ちる。→補注。

935 もう夏も終りだと思うと、六月の空にかかる、有明の月の光が鎖されている真木の戸にさしているのも、やはりなごり惜しく思われる。○さすがに―有明の月影の「さす」を掛け、「戸」の縁語「鎖す」を響かせる。

936 今日は初めての秋の日だ。初瀬山の山おろしに乗って、涼しく響く鐘の音が聞えてくる。参考「うかりける人を初瀬の山おろしよはげしかれとは祈らぬものを」（千載・恋二・七〇八 俊頼）

937 白露に袖も草葉もしおれて、月の光がなじむ秋はやってきた。→補注。

938 秋というと、夕べの様子も変って、まだ上の弓張（上弦）の状態の月も寂しく思われる。参考「弓張の月はいつともわかねどもひきかへてけり秋のけしきは」（久安百首 待賢門院堀河）→補注。

939 荻原の荻の葉末を風が越してゆく秋の夕暮は、何度馴れても悲しい。参考「うき身には秋も知らるる荻原や末越す風の音ならねども」（狭衣物語・巻三 女二宮、第一・二句異文「身にしみて秋は知りにき」）

940 物思いをしたならどうすればよいといって、秋の夜にこのように悲しい風が吹き始めたのであろうか。参考「わが心いかにせよとてほととぎす雲間の月のかげに鳴くらむ」（長秋詠藻・中・夏、新古今・夏・二一〇 俊成）

941 唐衣を身にまとっても仮廬の床は露が寒いので、萩の錦を重ね着して寝る。参考「秋の田のかりほの宿のにほふまで咲ける秋萩見れどあかぬかも」（後撰・秋中・二九五 読人不知）「秋の田のかりほの庵のとまをあらみわが衣手は露に濡れつつ」（同・同・三〇二 天智天皇）→補注。

942 秋萩《はぎ》のちりゆく小野《をの》ゝあさ露《つゆ》はこぼるゝそでも色ぞうつろふ

943 秋《あき》の野になみだは見えぬしかのねはわくる小萱《をがや》の露《つゆ》を借《か》らなん

944 思《おも》ふ人そなたの風にとはねどもまづ袖ぬるゝはつかりのこゑ

945 ゆふべより秋とはかねてながむれど月におどろく空《そら》の色哉

946 秋をへてくもる涙のますかゞみきよき月夜《よ》もうたがはれつゝ

947 思《おも》ふことまくらもしらじ秋の夜《よ》のちゞにくだくる月のさかりは

948 もよほすもなぐさむもたゞ心からながむる月をなどかこつらん

949 さびしさも秋にはしかじなげきつゝねられぬ月にあかすさむしろ

950 秋の夜のあまのとわたる月かげにお《を》きそふ霜《しも》のあけがたのそら

951 そめはつるしぐれをいまは松《まつ》虫のなく〳〵を《お》しむ野《の》べの色々

952 白妙の衣しでうつひゞきよりお《を》きまよふ霜《しも》の色に出（いづ）らむ

953 思《おも》ひあへず秋ないそぎそさをしかの妻どふ山の小田のはつ霜《しも》

942 秋萩が散ってゆく小野の朝露が袖にこぼれ落ちると、袖にも色が映るようだ。

943 秋の野で鳴いても涙は見えない鹿の鳴声は、分ける萱の露を借りてほしい。本歌「声はして涙は見えぬほととぎすわが衣手のひつをからなむ」（古今・夏・一四九 読人不知）▽本歌のほととぎすを鹿に変えた。

944 思う人が無事かどうか、北国から吹いてくる風に尋ねたわけではないが、北国から飛んで来た初雁の声を聞くと、懐しさにまず袖は涙で濡れる。参考「別路は雲居のよそになりぬともそなたの風の便りすぐすな」（新古今・離別・八九四 行宗）

945 夕方時分から秋だなあと、物思いに沈みながらじっと眺めていたが、いよいよ夜になって、月が出ると、はっとさせられる空の色だ。

946 幾回も秋を経験していよいよ増す涙に、真澄の鏡のような月も曇ってしまい、清い月夜もつい疑ってしまう。→補注。

947 私の思うことは、わが枕も知らないであろう。秋の夜の、月の盛りの頃は、寝もやらで、心は千々に砕けているから。参考「月見ればちぢに物こそかなしけれわが身ひとつの秋にはあらねど」（古今・秋上・一九三 千里）「知るといへば枕だにせで寝しものを塵ならぬ名のそらに立つらむ」（同・恋三・六七六 伊勢）→補注。

948 涙を催すのも、慰まるのも、ただ自分の心からのこと。それなのに、どうして眺めている月のせいにするのだろう。▽「なげけとて月やは物を思はするかこちがほなるわが涙かな」（千載・恋五・九二九 円位＝西行）と類想の歌である。この西行歌の影響下に詠まれたか。

949 この寂しさも秋に及ぶものはないだろう。私は月を見て嘆きながら寝られずに、筵の上でひとり夜を明かす。→補注。

950 秋の夜空を月は東から西へ渡り、本当の霜に月の光の霜が加わって置き、空はもう明方近い。○あまのと―天の門（と）。

951 今は、草木をすっかり染める時雨を待つ頃になった。松虫が鳴く鳴く、色とりどりの秋の野の草花を惜しんでいる。○松虫―「待つ」を掛ける。

952 白栲の衣を繁く擣つ砧の響きから、あたり一面に置く霜は白い色を顕わすのであろう。→補注。

953 まだ心ゆくまで秋の思いをしていないのだ。だから、秋よ、急いでいってしまわないでくれ。私はそう思っているのに、牡鹿が妻を求める山の小田に、早くも初霜が降りた。本歌「さ雄鹿の妻呼ぶ山の岡辺なる早稲田（わさだ）は刈らじ霜は降るとも」（万葉・巻一一・二二二二
○作者未詳、新古今・秋下・四五
九 人麻呂、第二句「妻どふ」）

954 秋くれてわが身しぐれとふるさとの庭はもみぢのあとだにもなし

955 あすよりは秋も嵐の音羽《をとは》山かたみとなしにちる木《こ》の葉《は》哉

冬十五首

956 たむけしてかひこそなけれ神無《な》月紅葉はぬさとちりまがへども

957 山めぐり猶しぐるなり秋にだにあらそひかねしまきの下葉を

958 うらがれしあさぢはくちぬ一年の末葉の霜《しも》の冬のよな〳〵

959 冬はまだ浅葉《あさは》の野らにお《を》く霜《しも》の雪《ゆき》よりふかきしのゝめのみち

960 よしさらばよものこがらしふきはらへ一葉《ひとは》くもらぬ月をだに見む

961 お《を》とづれしまさきのかづらちりはてゝ外《と》山もいまはあられをぞきく

962 山がつのあさけのこやにたく柴《しば》のしばしと見ればくるゝそら哉

963 冬の夜のむすばぬ夢《ゆめ》にふしわびてわたる小川《をがは》は氷ゐにけり

964 庭の松はらふあらしにお《を》く霜《しも》を上毛《うはげ》にわぶるをしのひとりね

954　秋も暮れて、私も時雨の降るとともに古くなった。その私の住む古里の庭にはもみじが散り敷いて、人の足跡すらない。本歌「今はとてわが身しぐれにふりぬれば言の葉さへに移ろひにけり」（古今・恋五・七八二　小町、伊勢物語・一三一段）

955　明日からは秋もあるまい。嵐の吹きすさぶ音が聞える音羽山には、秋の形見ということもなく、木の葉が散る。参考「唐錦枝にひとむら残れるは秋の形見をたたぬなりけり」（拾遺・冬・二二〇　遍昭）↓補注。

956　今は神無月だから、神に手向けしても甲斐がない。もみじは幣として散り乱れているけれども。本歌「このたびは幣もとりあへずたむけ山もみぢの錦神のまにまに」（古今・羇旅・四二〇　道真）

957　しぐれの雨は山から山へとめぐって、やはりしぐれている。秋でさえ抗しきれずにもみじしそうだった槙の下葉を染めようとして。本歌「しぐれの雨まなくし降れば真木の葉も争ひかねて色づきにけり」（万葉・巻一〇・二一九六、新古今・冬・五八二　人麻呂）

958　末枯れた浅茅は朽ちてしまった。一年も末近くなった冬の夜な夜な置く霜で。

959　冬はまだ浅いけれども、しののめの頃、浅羽の野らに置く霜は、雪よりも深く、道を埋めている。○しのゝめのみち―東雲の時分の道。後朝の恋の気分を漂わせる句。参考「いにしへもかくやは人のまどひけむわがまだ知らぬしののめの道」（源氏物語・夕顔　光源氏）「紅の浅葉の野らに刈る草（かや）の束の間も吾（わ）を忘らすな」（万葉・巻一一・二七六三）

960　ではいっそ、四方を吹きまくる木枯よ、一切のものを吹払ってくれ。一枚の葉によって曇ることすらない月だけでも見よう。本歌「吹き払ふよものこがらし心あらば憂き名を隠す雲もあらせよ」（狭衣物語・巻二　女二の宮）○一葉くもらぬ―これ以前、建久元年の「一字百首」で同じ句を用いている。↓二八五二。

961　音を立てて散っていた正木のかずらもすっかり散り尽くして、今は外山でも霰の音を聞くようになった。本歌「み山には霰降るらし外山なるまさきのかづら色づきにけり」（古今・神遊びの歌・一〇七七）

962　山賤が小屋で朝炊のために柴を焚く煙を、暫しと思って見ていると、いつのまにか短い冬の日はもう暮色を湛えた空となってしまった。本歌「山賤の庵に焚けるしばしばも言問ひこなむ恋ふる里人」（源氏物語・須磨　光源氏）▽上句は「しばし」を引出す有心の序。

963　冬の夜、夢も見ず臥してもいられず、小川を渡ると、小川には氷が張っていた。○むすばぬ―「夢」「氷」の縁語。

964　独り寝の鴛鴦は、庭の松を吹払う嵐の音に起き、上毛に置いた霜を侘しがっている。↓補注。

965 たれを又夜ふかき風に松島《まつしま》やをじまのちどりこゑうらむ覧《（らん）》

966 続拾 ながめやる衣手さむくふる雪にゆふやみしらぬ山のはの月

967 新古今 こまとめて袖うちはらふかげもなし佐野《さの》の《ゝ》わたりの雪の夕暮

968 白妙にたなびく雲《ゝも》をふきまぜて雪にあまぎる峯の松かぜ

969 庭のおもにきえずはあらねど花とみる雪は春までつぎてふらなん

970 いくかへり春《はる》をばよそにむかへつゝ送《をく》る年のみ身につもるらむ

恋十首

971 続後 久方のあまてる神のゆふかづらかけていくよをこひわたるらん

972 勅撰 松がねをいそべの浪のうつたへにあらはれぬべきそでのうへかな

973 あはれとも人はいはたのお《を》のれのみ秋のもみぢをなみだにぞ借《か》る

974 しのぶるは負《ま》けてあふにも身をかへつつれなき恋のなぐさめぞなき

975 わくらばにたのむるくれのいりあひはかはらぬ鐘《かね》の音《をと》ぞひさしき

965　一体、また誰を待っているのだろう。夜更に吹く風に運ばれて、松島の雄島の千鳥の恨みがましい鳴声が聞えてくる。〇松島―「待つ」を掛ける。

966　眺めやる袖にも寒く降る雪の雪明りで、夕闇も分らないほど明るく白い山の端に、月が懸っている。

967　駒を止めて、袖に積った雪を払うべき物蔭もない、佐野の渡りの、雪の夕暮れ時。本歌「苦しくもふり来る雨か三輪の崎佐野の渡りに家もあらなくに」(万葉・巻三・二六五　奥麻呂)→補注。

968　峯の松を吹く風は、雪を含んだ白妙にたなびく雲をまぜて吹く。そのために空はぼうっと霧(き)り渡っている。〇雪にあまぎる―「梅の花それとも見えず久方のあまぎる雪のなべて降れれば」(古今・冬・三三四　読人不知、拾遺・春・一二　人麻呂)

969　いずれは消えてしまわないわけではないとしても、庭の面に積って落花のように見える雪は、どうか春が来るまで、引続いて降ってほしいものだ。本歌「今よりはつぎて降らなむわが宿のすすきおしなみ降れる白雪」(古今・冬・三一八　読人不知)「今日こずは明日は雪とぞ降りなまし消えずはありとも花と見ましや」(古今・春上・六三　業平)

970　いったい何回、春を我が身とは無関係なものとして迎えては、また年を送りということを繰返し、その年ばかりがこの身に積ってゆくのだろう。→補注。

971　天照大神の木綿かずらをかけて、成就を祈り、幾代にわたって恋し続けるのだろう。〇ゆふかづら―「かけて」を起す序詞。

972　波が打寄せて、磯辺の松の根を露わにしてしまうように、全く忍ぶ恋の思いが顕われてしまいそうな、涙に濡れたわが袖よ。参考「風吹けば波うつ岸の松なれやねにあらはれてなきぬべらなり」(古今・恋三・六七一　読人不知)〇うつたへに―「全く」の意に「打つ」を掛ける。

973　可哀そうともあの人は言わない。そして、私だけが石(いわ)田の小野の秋の紅葉の色を借りたような、紅涙を流している。→補注。

974　恋心を堪え忍ぶ心は負けて、命と引替えと分っていながら我が身を顧りみずに、ついにあの人と会ってしまった。しかし、あの人は薄情で、私のつらい恋の慰めはない。本歌「思ふには忍ぶることぞまけにける逢ふにしかへばさもあらばあれ」(伊勢物語・六五段、新古今・恋三・一一五一　業平)参考「思ふには忍ぶることぞまけにける色には出でじと思ひしものを」(古今・恋一・五〇三　読人不知)

975　たまたま恋人が訪れるとあてにさせて夕暮を知らせる入相の鐘の音は、いつもと変らぬ音色で鳴りひびく。あの人が来なくなって久しい。→補注。

976 あか月はわかるゝ袖をとひがほに山した風も露《つゆ》こぼるなり

977 まつ人のこぬ夜のかげにおもなれて山のはいづる月もうらめし

978 憂《う》きは憂《う》くつらきはつらしと許《(ばかり)》も人めおぼえて人をこひばや

979 たれゆゑ《へ》ぞ月をあはれといひかねてとりのねお《を》そきさよの手枕《たまくら》

980 見せばやなまつとせしまのわがやどを猶つれなさはこととはずとも

旅五首

981 草枕ゆふ露《つゆ》はらふさゝのはのみ山もそよにいく夜《よ》しを《ほ》れぬ

982 浪のうへの月をみやこのともとして明石《あかし》の瀬戸《せと》をいづる舟《ふな》人

983 妹《いも》と我といるさの山は名のみして月をぞしたふ在明のそら

984 こまなづむいは木《(き)》の山をこえわびて人もこぬみの浜《はま》にかもねむ

985 宮こ思ふ涙のつまと鳴海《なるみ》潟《がた》月にわれとふ秋のしほ風

976　暁に恋人と別れる涙の袖を問うかのように、山を吹き下す風も、露をこぼす。▽後朝の恋の心。

977　待つ人が訪れてこない夜が続いたので、山の端を出る月も見なれて、そして恨めしく思われる。○おも―月の面。

978　憂い人はやはり憂いのだ、つらい人はやはりつらいのだという程度にも、人の見る目をはばかって、理性的に判断できる状態で、人を恋したい。→補注。▽恋に判断力を失った状態。ただし「おぼえで」とも読みうるか。

979　いったい誰のせいで月をしみじみ見たのですか、それはあなたゆえですと言いかねて、夜、手枕をして臥し、夜明を告げる鶏鳴が早く聞えないものか、遅いなあと思っている。本歌「来ぬ人を下に待ちつつ久方の月をあはれといはぬ夜ぞなき」（拾遺・雑賀・一一九五　貫之）○さよの手枕―「見し人のねくたれ髪の面影に涙かきやるさよの手枕」（六百番歌合・夜恋　良経）

980　薄情なあなたは、たとえ尋ねてくれなくても、あなたを待っている私の家の様子はお見せしたい。本歌「わが宿は道もなきまで荒れにけりつれなき人を待つとせしまに」（古今・恋五・七七〇　遍昭）▽女の心で詠む。

981　深山もさやぐほどさやさやと鳴って夕露を払い落す笹の葉のように、私は幾夜草枕を結い（旅寝をして）、旅愁の涙にしおれたことであろうか。本歌「小竹（ささ）の葉はみ山もさやに乱友（さやげども、または、みだるとも）われは妹思ふ別れ来ぬれば」（万葉・巻二・一三三　人麻呂）参考「草枕ゆふ露はらふ旅衣そでもしほほにおきあかす夜の数ぞ重なる」（新勅撰・雑五・一三四七　顕綱）○ゆふ露―「結ふ」と「夕」の掛詞。○いく夜―「さゝ」の縁語「節（よ）」を掛ける。

982　浪の上に出た月を、都を思い出させる友として、船人は明石海峡を船出する。参考「われこそは明石の瀬戸に旅寝せめおなじ水にも宿る月かな」（金葉・秋・一七九　公実）

983　愛する女と私とが入るという入佐の山は名ばかりで、有明の空の下、消え残っている月を慕わしく思う。本歌「妹とあれといるさの山のやまあららぎ手な取りふれそやかほ優るがにやとく優るがにや」（催馬楽・妹と我）→補注。

984　駒が行きわずらう磐城山を越えあぐんで、他に人も来ぬこぬみの浜に、ひとり寝るのであろうか。本歌「磐城山直（ただ）越え来ませ礒埼の許奴美（こぬみ）の浜に吾立ち待たむ」（万葉・巻一二・三一九五　羈旅発思歌）

985　鳴海潟で見た月は、都を思い出してこぼす涙のきっかけとなった。月を見る私を問うように秋の潮風が吹く。○鳴海潟―「成る」を掛ける。

山家五首

986 続古 露じもの小《を》倉《ぐら》の山にいへゐしてほさでも袖のくちぬべき哉

987 秋の日に都《みやこ》をいそぐ賤《しづ》の女《め》がかへるほどなき大原《おほはら》のさと

988 浪の音《をと》に宇治のさと人よるさへやねてもあやふ《う》き夢のうきはし

989 柴《しば》の戸《と》のあと見ゆ許《(ばかり)》しを《ほ》りせよわすれぬ人のかりにもぞとふ

990 庭のおもは鹿《しか》のふしどとあれはてて世々ふりにけり竹あめる垣《かき》

鳥五首

991 やどになく八《や》声《こゑ》の鳥《とり》はしらじかしお《を》きてかひなきあかつきのつゆ

992 手なれつゝすゑ野をたのむはし鷹《たか》の君《きみ》の御代《みよ》にぞあはむと思ひし

993 君が世に霞をわけしあしたづのさらにさはべのねをやなくべき

994 如何《(いかに)》せむつら乱《みだ》れにしかりがねのたちどもしらぬ秋の心を

995 わが君《きみ》にあぶくま河のさよちどりかきとゞめつるあとぞうれしき

986 露霜の置く小倉山に住んで、その露霜や涙で、袖は干すひまもなく朽ちてしまいそうだ。本歌「いざ背子と小倉の山に家居して短き夏の夜をも恨みむ」（曾禰好忠集）○小倉の山―「置く」から「小倉山」へと続ける。

987 つるべ落しの秋の日に、都へと急いで出た賤の女が、帰るまもなく暮れてしまう、大原の里よ。参考「ますらをが爪木にあけび挿しそへて暮るれば帰る大原の里」（山家集・下　寂然）▽大原女を歌う。

988 恐しい川波の音に、宇治の里人は、夜寝ても、浮橋から川に落込むような、危うい夢を見ることだろう。本歌「住の江の岸による浪よるさへや夢の通ひ路人目よくらむ」（古今・恋二・五五九　敏行）▽源氏物語・浮舟などの心で詠む。

989 私の住む柴の戸への道がはっきり分る程度に、しおりをしておけよ。忘れられない人が仮そめにも訪れて来るかもしれない。○見ゆ許―「見ゆるばかり」の意。

990 竹を編んだ垣をめぐらした、わが家の庭の面は、鹿の寝所となるまで荒廃して、何代も経ち、古びてしまった。参考「五架三間新草堂石階桂柱竹編牆」（白氏文集・巻一六、香爐峯下新卜山居草堂初成偶題東壁）○世々―「竹」の縁語「節々」を掛ける。

991 家に鳴く鶏は知らないであろう。暁の露は置いているが、私にとっては、起きても甲斐がないのだとは。○八声―たびたび鳴く声。▽鶏を詠み、述懐の心をこめる。→補注。

992 末野を期待するはし鷹は、かねて君の御代に遭遇したいと思っておりました。○すゑ野―「手なれつゝ、据ゑ」から「すゑ野」へと続ける。→補注。▽はしたか（ハイタカ）を詠み、後鳥羽院政への期待を歌う。

993 わが君の御代に霞を分けた蘆田鶴が、さらに沢辺で鳴いていなければならないのでしょうか。わが君の御代に昇殿を許された私が、新帝の御代で地下の嘆きをかこたねばならないのでしょうか。▽鶴を詠み、述懐の心をこめる。→補注。

994 列を乱した雁の、飛び立つ場所も分らぬまま秋を待つ心を、どうしたらよいのであろう。（友に遅れた羽林〔近衛府〕の私は昇進の時期を千秋の思いで待っております）▽雁を詠み、述懐の心をこめる。

995 わが君の聖代に遭い、阿武隈川のさよ千鳥が足跡を印するように、この百首歌会に拙い歌を書きとどめることができて、嬉しゅうございます。→補注。○わが君にあぶくま河―「わが君に逢ふ」と「阿武隈河」の掛詞。「君が代にあぶくま川の底清み千年を経つつ澄まむとぞ思ふ」（詞花・賀・一六一　道長）▽千鳥を詠み、後鳥羽院政を讃美する。

祝五首

996 よろづ世とときはかきはにたのむ哉はこやの山の君のみかげを

997 あまつそら気色《けしき》もしるし秋の月のどかなるべき雲《くも》のうへとは

998 わが君《きみ》のひかりぞそはむ春《はる》の宮てらす朝日の千世の行末

999 男《おとこ》山さしそふ松の枝ごとに神も千年をいはひそむらん

1000 秋津嶋よもの民の戸《お》をさまりていく万世《(よろづよ)》も君ぞたもたむ

996　仙洞御所のわが君のみかげが万代もとこしなえに、いよいよ繁栄されるよう祈ります。参考「山科の山の岩根に松を植ゑてときはかきはに祈りつるかな」（拾遺・賀・二七三　兼盛）「万代をまつの尾山の陰茂み君をぞ祈るときはかきはに」（寛治八年高陽院七番和歌合・祝五番左、康資王母集、後葉・賀、新古今・賀・七二六　康資王母）○ときはかきはに—常磐堅磐に。永久に。▽仙洞（後鳥羽院）を寿ぐ。

997　天の様子にもはっきりしている。雲の上（宮廷）では、秋の月（長秋宮、皇后宮）がのどかであるに違いないとは。▽後宮を寿ぐ。

998　春宮を照らす朝日に、わが君の光が添って、春宮はこれから先千代も栄え給うであろう。▽東宮（守成親王、順徳院）を寿ぐ。

999　男山に生え加わる松の枝毎に（新たに誕生される御子達に対して）、八幡御神もそれぞれの千歳をお祝いされることであろう。○松の枝—御子達を喩える。▽「男山生ひそふ松の数ごとに君や千年の末を見るべき」（正治二年石清水若宮歌合　小侍従）との先後関係は未詳。

1000　この秋津島のすべての国民の家庭も平和に治まって、わが君は幾万代もの宝算を保たれることでしょう。

夏日侍　千五百番歌合是也　建仁元年七月進

太上皇仙洞同詠百首応　製和歌

平書無《シ》二先例一、如《ク》レ此《ノ》可《キ》レ書《ク》由
内府被《ル》二披露《セ》一、仍《テ》随《フ》二時儀《ニ》一

正四位下行左近衛権少将兼安芸権介臣藤原朝臣定家上

春廿首

1001 春霞きのふをこぞのしるしとやのきばの山も遠《とを》ざかるらん

1002 春《はる》といへば花やはお《を》そき吉野《よしの》山きえあへぬ雪のかすむ曙

1003 山のはに霞許《（ばかり）》をいそげども春《はる》にはなれぬそらの色哉

1004 やまざとは谷のうぐひす打《（うち）》はぶき雪よりいづるこぞのふる声

1005 続拾 きえなくに又やみ山をうづむ覧《（らん）》わかなつむ野《の》もあは雪ぞふる

1006 谷風のふきあげにさける梅花《（うめのはな）》あまつそらなる雲《くも》にほはむ

夏日侍太上皇仙洞同詠百首応製和歌―千五百番歌合に発展した百首歌。建仁元年（一二〇一）六月、定家四十歳の時の作品。歌合として成立したのは建仁二年の末か同三年の初めか。作者は、三十名十人の分判。定家は右方作者で、秋四・冬一の判者だった。歌合は『新編国歌大観』第五巻所収。

1001 立春の今日、昨日まではもう去年だということのしるしとして、軒端から見える山を隔てて、春霞が立つのだろうか。本歌「いかに寝て起くるあしたにいふことぞきのふをこぞとけふをことしと」（後拾遺・春上・一　小大君）参考「あしびきの山の白雪消えもあへずきのふはこぞと霞む空かな」（千五百番歌合・春一・一二番右　家隆）「花かとも古里人の訪ひこかし軒端の山の峯の白雲」（同・雑一・一四〇六番左　有家）▽一〇〇一―一〇一〇は千五百番歌合では、春一・二に相当。判者は忠良。

1002 春といえば、吉野山の花が咲き出すのは遅いだろうか。いや、まだすっかり消えていない雪も、曙の空に霞んで見えて、花の咲くのもまもないと思わせている。本歌「春やとき花や遅きと聞き分かむ鶯だにも鳴かずもあるかな」（古今・春上・一〇　言直）「心ざし深くそめてし折りければ消えあへぬ雪の花と見ゆらむ」（古今・春上・七　読人不知）

1003 山の端には霞ばかりが慌しく立つけれども、その霞の浅緑をおびた空の色も、青陽の春と関係のある色だ。○春にはなれぬ―春に離れぬ。春の色は青とされる。▽「いそげども」といへる、優にも聞えざるにや」（忠良判）

1004 山里では、谷に籠っていた鶯が羽根を振わせ、雪の中から、去年のままの声を聞かせるようになった。本歌「さつき待つ山ほととぎすうちはぶき今も鳴かなむこぞの古声」（古今・夏・一三七　読人不知）

1005 雪は消えるどころか、またも深山を埋めているのだろうか。若菜を摘む野にも、淡雪が降っている。本歌「み山には松の雪だに消えなくに都は野辺の若菜摘みけり」（古今・春上・一九　読人不知）

1006 谷風が吹き上げる所に咲いている梅の花よ。その芳香で、空の雲も匂うであろうか。参考「秋風の吹上げに立てる白菊は花かあらぬか波の寄するか」（古今・秋下・二七二　道真）○ふきあげ―風が吹き上げる所。

1007 さとわかぬ月をば色にまがへつゝよものあらしににほふ梅がえ

1008 春《はる》やあらぬやどをかことにたちいづれどいづこもおなじ霞む夜《よ》の月

1009 あづまやの小屋《こや》のかりねのかやむしろしく〳〵ほさぬ春雨ぞふる

1010 まちわびぬ心づくしの春《はる》がすみ花のいざよふ山のはのそら

1011 桜花さきぬやいまだ白雲のはるかにかをる小《を》初瀬《はつせ》の山

1012 雲の浪霞のなみにまがへつゝ吉野《よしの》の花のおくを見ぬ哉

1013 しるしらぬわかぬかすみのたえまよりあるじあらはにかをる花哉

1014 あかざりし霞の衣たちこめて袖のなかなる花のおもかげ

1015 続古 桜花うつろふ春をあまた経《へ》て身さへふりぬる浅ぢふのやど

1016 新古今 さくら色の庭の春《はる》風あともなしとはばぞ人の雪とだに見む

1017 花の香《か》も風こそよもにさそふらめ心もしらぬふるさとの春《はる》

1018 とまらぬはさくら許《(ばかり)》を色にいでてちりのまよひにくるゝ春哉

1007　里を分け隔てすることなく照らす、月の光の白い色に見まがいながら、四方を吹く山風に薫っている梅の木よ。↓補注。

1008　春は昔のままの春ではないか、それなのに寂しさは私の家のせいだと愚痴を言って、家を出て眺めたけれど、どこも同じように春の夜は霞んで、月が出ている。↓補注。

1009　東屋の小屋に萱筵を敷いて仮寝すると、しきりに降る春雨が漏ってきて、萱筵はぐっしょり濡れてしまい、なかなか乾かない。参考、催馬楽「東屋」、「麻手ほす東（あづま）乙女の萱筵しきしのびてもすぐす頃かな」（千載・恋三・七八九　俊頼）、なお八の参考（藤原顕仲）を参照。

1010　花を待ちわびてしまった。山の端の空には、花かと錯覚して気をもむ春霞はかかるけれども、肝心の花はぐずぐずしていて、なかなか咲き始めない。▽「心こもりて愚意及び難く侍れど、姿よろしければ、勝とも申し侍りなむ」（忠良判）

1011　桜花は咲いたのだろうか、それともまだなのだろうか。それは知らないが、遥かかなたの初瀬の山に、白雲が薫っている。あれは花かもしれない。参考「花はみな霞の底にうつろひて雲に色づくを初瀬の山」（月清集・治承題百首、新勅撰・春下・一一四　良経）▽一〇一一―一〇二〇は歌合の春三・四に相当。判者は俊成。

1012　雲の波、霞の波に見まがえて、吉野山の花の奥をまだ見究めていない。参考「雲の波煙の浪をたちへだてあひ見むことの遥かなるかな」（栄花・浦々の別れ　定子）▽「ことに波のよせなくや侍らむ」（俊成判）

1013　知る知らぬの区別なく一様に霞んでいる霞の絶え間から、主は私ですよとはっきりさせるように、桜花が薫っている。↓補注。

1014　見飽きない霞が立ちこめて、その中から花が見える。あたかも、霞の衣をまとった女神が袖の中から顔をのぞかせているように。↓補注。▽「えんならざるにあらずや」（俊成判）

1015　桜花が咲いては移ろう春を何度も経験して、桜だけでなく、わが身もこの浅茅生の宿で老いてしまった。↓補注。▽述懐の心を籠める。

1016　春風が吹いて、庭は落花で桜色となり、人の歩いた足跡もない。もし人が訪れたなら、この有様を雪が降り積ったと見るだろう。本歌「けふこずはあすは雪とぞ降りなまし消えずはありとも花と見ましや」（古今・春上・六三　業平、伊勢物語・一七段）

1017　風が花の香りをも四方に誘って、散らすのであろう。春、古里に寂しく住んでいて、わずかに花の香で慰められている私の心も知らずに。↓補注。

1018　とどまらないのは桜だけなのに、花が散るのに迷って、けっきりとそぶりに現して暮れてゆく春よ。本歌「この里に旅寝しぬべし桜花散りのまがひに家路わすれて」（古今・春下・七二　読人不知）↓補注。

1019 吉野河《よしの》たぎついは浪せきもあへずはやくすぎゆく花のころ哉

1020 けふのみとしひ《ゐ》ても折《お》らじ藤《ふぢ》の花さきかゝる夏の色ならぬかは

夏十五首

1021 郭公まつに心のうつるよりそでにとまらぬ春《はる》の色哉

1022 まつとせし人のためとはながめねどしげる夏草みちもなきまで

1023 時しらぬさとは玉河いつとてか夏のかきねをうづむ白雪

1024 あふひぐさかりねの野べにほとゝぎす暁かけてたれをとふらん

1025 なほ《を》ざりに山郭公なきすてて我しもとまるもりのしたかげ

1026 ゆふぐれはなく音《ね》そらなるほとゝぎす心のかよふやどやしるらん

1027 またれつゝ年にまれなる郭公さ月許(ばかり)のこゑなを《お》しみそ

1028 けふはいとゞおなじみどりにうづもれて草の庵もあやめふく也

1029 天《あま》の河八十瀬《やそせ》もしらぬさみだれに思ふもふかき雲のみを《お》哉

1019　吉野川にたぎる岩波が堰きとめきれないように、早く過ぎてゆく花の頃よ。↓補注。▽「かやうの心、先にも見え侍りつるにや」（俊成判）

1020　春は今日だけだと思って、その春の形見として、藤の花を強いて折ることもするまい。藤は春から夏にかけて咲くから、夏の色ともいえるではないか。↓補注。

1021　時鳥を待つことに関心が移ってしまってからは、袖には春の形見の色はとどまっていない。▽一〇二一―一〇三〇は歌合の夏一・二に相当。判者通親の急死のため無判。

1022　訪れを待っている人のために眺めるのではないけれども、夏草は人の通う道もないまでに茂ってしまった。本歌「わが宿は道もなきまで荒れにけりつれなき人を待つとせしまに」（古今・恋五・七七〇　遍昭）

1023　季節を知らない里は玉川の里だ。今は夏なのに、一体いつだと思って、垣根を白雪（卯の花）が埋めているのだろう。本歌「時知らぬ山は富士のねいつとてか鹿の子まだらに雪の降るらむ」（伊勢物語・九段、新古今・雑中・一六一六　業平）▽卯花を雪に見立て、卯花の語を用いずにその名所の玉川を賞した点が狙い。

1024　賀茂の御社の神館に仮寝していると、誰を訪れるのであろう、暁方に先立って時鳥が鳴く。参考「忘れめや葵を草に引結び仮寝の野辺の露のあけぼの」（式子内親王集、新古今・夏・一八二　式子内親王）▽恋歌に通う艶な雰囲気の時鳥の歌。

1025　山時鳥はいいかげんに鳴き捨てて飛び去ってしまい、私の方が杜の木の下蔭に立ち止まっている。↓補注。

1026　夕暮時は時鳥の鳴く声も上の空だ。彼は心を通わせる宿を知っているのだろうか。↓補注。

1027　人々に待たれても、一年のうち稀にしか訪れない時鳥よ。せめて五月だけでも声を惜しまず聞かせてほしい。↓補注。

1028　今日は五月五日なので、この草の庵にもあやめを葺く。それによって、もともと緑に埋もれているのに、さらに同じ緑に埋もれてしまう。↓補注。

1029　さみだれの頃、天の川は、八十瀬とも知れぬほどたくさんの瀬をなして流れ、雲が想像するだに深い水脈を作っている。↓補注。

1030 袖の香《か》を花橘におどろけばそらにありあけの月ぞのこれる

1031 新古今 ひさかたのなかなる河のうかひ舟いかにちぎりてやみをまつらん

1032 夏衣たつた河原《ら》をきて見ればしのにおりはへ浪ぞほしける

1033 夏《なつ》の月はまだよひ《ゐ》のまとながめつゝ寝《ぬ》るやかはべのしのゝめのそら

1034 山のかげおぼめくさとにひぐらしのこゑたのまるゝ夕顔《ゆふがほ》の花

1035 誰《た》がみそぎおなじあさぢのゆふかけてまづ打《(うち)》なびく賀茂《かも》の河風

秋廿首

1036 けさよりは風をたよりのしるべにてあとなき浪も秋やたつらん

1037 みづく木《(き)》のをかのくずはらふきかへし衣手うすき秋のはつ風

1038 ゆふぐれはをののしのはらしのばれぬ秋きにけりとうづらなく也

1039 松の葉のいつともわかぬ影にしもいかなる色とかはる秋風《かぜ》

1040 露《つゆ》をおもみ人はまちえぬ庭のおもに風こそはらへもとあらの萩《はぎ》

1030 袖に昔親しかった人の移り香がしたような気がして、はっとしたが、それは花橘の香りだった。その花をふり仰いだ空に、有明の月が残っている。↓補注。

1031 月の中の桂に因む、桂川の鵜飼舟は、前世にどんな因縁があって、闇を待つのだろう。↓補注。▽一〇三一―一〇四〇は歌合の夏三・秋一。判者良経は七言の対句を判詞としている。

1032 立田河原へ来て見ると、波に洗いさらした夏衣をしきりに長く伸して干している。↓補注。

1033 まだ宵の口だと思いながら、夏の月を眺めて、潤八（ぬるや）川のほとりに寝たと思ったら、もうしののめの空となってしまった。本歌「夏の夜はまだ宵ながら明けぬるを雲のいづこに月宿るらむ」（古今・夏・一六六　深養父）参考「朝柏ぬるや川辺のしののめの思ひて寝れば夢に見えつつ」（新勅撰・恋二・七二四　読人不知）

1034 山陰なので暗いのか、それとも本当に長い夏の日がようやく暮れたのか、はっきりしない里に、蜩の声が聞えてきた。それを頼みに白く咲く夕顔の花。本歌「ひぐらしの鳴きつるなへに日はくれぬと思へば山のかげにぞありける」（古今・秋上・二〇四　読人不知）

1035 夕暮、賀茂の川原に浅茅が靡いている。誰が同じ浅茅で輪を作り、木綿だすきをかけてみそぎをするのだろうか。本歌「たがみそぎゆふつけ鳥か唐衣立田の山にをりはへて鳴く」（古今・雑下・九九五　読人不知、大和物語・一五四段）〇ゆふ―「木綿」と「夕」の掛詞。

1036 立秋の今朝からは、風を道しるべの頼りとして、舟の通った跡もない波の上を通って、秋が来るのであろうか。本歌「白波のあとなきかたに行く舟も風ぞたよりのしるべなりける」（古今・恋一・四七二　勝臣）

1037 水茎の岡にはう葛の野原を吹き翻し、まだ薄い夏衣のままの袖に秋の初風が訪れる。本歌「水茎の岡の葛葉を吹きかへし面知る子等が見えぬ頃かも」（万葉・巻一二・三〇六八　寄物陳思）

1038 夕暮時には、荒れるがままに放置してきた小野の篠原が偲ばれる。そこでは、秋（飽き）が来たよと、鶉（女）が鳴いているようだ。↓補注。〇秋―「飽き」を掛ける。

1039 季節に関係のない松の葉の木蔭が、どういうふうに色変りしたというので、秋の松風はそれまでと変って聞えるのであろう。↓補注。

1040 本荒の萩に露が重く置いているので、人の訪れを待つこともできない庭の面を、秋風が吹払う。本歌「宮城野の本あらの小萩露を重み風を待つごと君をこそ待て」（古今・恋四・六九四　読人不知）

1041 荻原やうゑ《へ》てくやしき秋風はふくをすさびにたれかあかさむ

1042 さをしかの鳴《な》く音《ね》のかぎりつくしてもいかゞ心に秋のゆふぐれ

1043 秋きぬとそでにしらるゝゆふ露《つゆ》にやがてこのまの月ぞやどかる

1044 松虫の声をとひゆく秋の野に露《つゆ》たづねける月の影哉

1045 思《(おもひ)》いれぬ人のすぎゆく野山にも秋は秋なる月やすむらん

1046 高砂《たかさご》の尾上《おのへ》のしかの声たてし風よりかはる月のかげ哉

1047 続古 心のみもろこしまでもうかれつゝ夢《ゆめ》ぢにとほ《を》き月のころ哉

1048 紅葉する月のかつらにさそはれてしたのなげ木も色ぞうつろふ

1049 いく秋をちゞにくだけてすぎぬらんわが身ひとつを月にうれへて

1050 秋とだにわすれむと思ふ月かげをさもあやにくにうつ衣哉

1051 新古今 ひとりぬる山鳥《どり》の尾《お》のしだり尾《お》に霜お《を》きまよふ床の月かげ

1052 如何《(いかに)》せんきほふ木のはの木枯にたえ《へ》ず物思ふ長月のそら

1041　荻を植えたのが口惜しい。秋風が荻を吹く寂しい音を、いったい誰が気慰みに聞いて、夜を明かすだろうか。▽一〇四一―一〇五〇は歌合の秋二・三に相当。判者後鳥羽院は折句歌を以て判詞としている。

1042　牡鹿が声のありたけを尽して鳴いても、どうして秋の夕暮を、心に飽き〳〵思うことがあろうか。↓補注。

1043　袖に置くことによって、ああ秋がやって来たのだなと知られる夕露に、そのまま木の間から洩れてくる月の光が宿る。本歌「木の間よりもりくる月の影見れば心づくしの秋は来にけり」（古今・秋上・一八四　読人不知）○やがて―すぐ。

1044　人が松虫の声を訪ねてゆく秋の野には、露が置いている。そして、月の光はその露を訪ねて射してくる。↓補注。

1045　深く物のあわれを思わない人が過ぎてゆく野山にも、秋はやはり秋らしい月が澄んでいるのであろう。↓補注。

1046　高砂の尾上の鹿の鳴声を送ってくる風が吹く頃から、変って（澄みわたって）きた月の光よ。本歌「秋風のうち吹くごとに高砂の尾上の鹿のなかぬ日ぞなき」（拾遺・秋・一九一　読人不知）

1047　明月の皓々と照る頃、心だけは唐土までも憧れるが、唐土は夢路でもやはり遠く思われる。↓補注。

1048　秋には紅葉するという月の中の桂の木に誘われて、下積みの私の「嘆き」という木も、紅涙に色が変っている。↓補注。▽述懐の心を籠めて詠む。

1049　幾回の秋を、心を千々に砕きながら過してきたことであろう。月を仰ぎ見ては、下積みの我身一つを憂く思って。本歌「月見ればちぢに物こそ悲しけれわが身ひとつの秋にはあらねど」（古今・秋上・一九三　千里）

1050　この月の光は物悲しい秋のものだということだけでも忘れてしまおうと思うのに、いかにもあいにくなことに、砧を擣つ音が聞えて、そのことを思い出させる。参考「夕立も晴れあへぬほどの雲間よりさもあやにくに澄める月かな」（林葉集）

1051　独り寂しく寝る山鳥の長い尾に、霜が置いたのかと見まごうほどに白く、その床に月影がさしている。本歌「あしひきの山鳥の尾のしだり尾のながながし夜をひとりかも寝む」（拾遺・恋三・七七八　人麻呂）▽一〇五一―一〇六〇は歌合の秋四・冬一に相当。判者は定家。従って一首の持を除き、他をすべて負と判している。

1052　どうしよう。九月の空の下、木枯に堪えきれず、木の葉が競って落ちる。そして、私も絶えず悲しい物思いに沈んでいる。参考「柴木たく庵にけぶり立ち満ちて絶えずもの思ふ冬の山里」（曾禰好忠集）

1053 さをしかのふすや草むらうらがれて下もあらはに秋風ぞふく

1054 いはしろの野中さえゆく松風にむすびそへつる秋のはつ霜《しも》

1055 冬はたゞ飛鳥《あすか》の里のたびまくらお《を》きてやいなん秋のしら露

冬十五首

1056 秋くれしもみぢのいろをかさねても衣かへうきけふのそら哉

1057 冬《ふゆ》きぬと時雨のお《を》とにおどろけばめにもさやかにはるゝ木《こ》の本《もと》

1058 のこる色もあらしの山の神無《な》月ゐせきの浪におろすくれなゐ

1059 かれはつる草のまがきはあらはれていはもる水をうづむもみぢ葉

1060 しほれ葉や露《つゆ》のかたみにお《を》くしもも猶あらしふく庭の蓬生

1061 花すゝき草のたもともくちはてぬなれてわかれし秋をこふとて

1062 しぐれこしきしの松かげつれもなく住《す》むにほどりの池のかよひぢ

1063 まきのやに時雨あられは夜《よ》がれせでこほるかけひのお《を》とづれぞなき

1053　牡鹿の臥す叢は末枯れてきて、臥床の下もあらわにして、秋風が吹いている。

1054　磐代の野中はいよいよ冴えてゆき、結び松を吹く松風は、松が枝の他に秋の初霜をさらに結ばせた。本歌「岩代の野中に立てる結び松心も解けずいにしへ思ほゆ」（万葉・巻二・一四四・奥麻呂、拾遺・恋四・八五四、同・雑恋・一二五六人麻呂）▽岩代の結び松は、宮廷周辺では憚るべき詞とされる。

1055　冬はもうただ明日に迫っている。秋の形見の白露を、飛鳥の里に旅寝する人の枕に置いて、そのまま秋は行ってしまおうとするのだろうか。↓補注。

1056　暮れた秋の形見の紅葉の色を重ねても（紅葉襲を着ても）、冬衣に着替えるのがつらい、立冬の今日よ。本歌「花の色に染めしたもとの惜しければ衣かへうきけふにもあるかな」（拾遺・夏・八一　重之）▽「女房の歌ならば許さるる方も侍りなむ」（定家判）

1057　ああ、冬がやって来たのだなと、時雨の音にはっと気がつくと、木の下は視界が晴れてきた（すっかり落葉してしまったので）。本歌「秋来ぬと目にはさやかに見えねども風の音にぞおどろかれぬる」（古今・秋上・一六九　敏行）

1058　嵐山には残りの紅葉の色もあるまい。それらは、嵐が大堰川の井堰の波に吹きおろし、波はすっかり紅色を呈している。↓補注。○あらしの山―「嵐山」に「有らじ」を掛ける。

1059　草がすっかり枯れてしまった籬はあらわになって、岩間を洩れる清水の流れをもみじ葉が埋めている。↓補注。

1060　庭の蓬生のしおれ葉に、露の形見として置く霜にも、（かつて露を吹き落そうとしたように）やはり嵐が吹きつける。本歌「行末の忍ぶ草にもありやとて露の形見もおかむとぞ思ふ」（拾遺・雑上・四九九　元輔）

1061　花薄の草の袂もすっかり朽ちてしまった。馴れ親しんだ末に別れてしまった秋を恋しがって流す悲しみの涙によって。本歌「秋の野の草のたもとか花すすきほに出でて招く袖と見ゆらむ」（古今・秋上・二四三　棟梁）▽一〇六一―一〇七〇は歌合の冬一・三に相当。判者は季経（法名蓮経）

1062　しぐれがやってきたが、岸に生えている松は、相も変らぬ緑。そして、鳰鳥はそしらぬふりをして池の面を通っている。↓補注。

1063　檜作りの屋根に、時雨やあられは毎夜休むことなく訪れてきて（音を立てて）、それにひきかえ、氷りついた筧は少しも音なうことがない（ひっそりとしている）。↓補注。

1064 これやさは秋のかたみのうらならむかはらぬ色を沖《、き》の月かげ

1065 浦風にやくしほけぶりふきまよひたなびく山の冬ぞさびしき

1066 続古 なく千鳥袖のみなとを訪《と》ひこかしもろこし舟もよるの寝《ね》覚に

1067 ことぞともなくてことしもすぎの戸《と》のあけておどろく初雪のそら

1068 かたしきのとこのさむしろこほる夜に降《ふ》りかしくらん峯の白雪

1069 雪ふかき真野《まの》のかやはらあとたえてまだことゝほ《を》し春の俤

1070 宿《やど》ごとに春《はる》のかすみをまつとてや年をこめてはいそぎたつらむ

祝五首

1071 あめつちとかぎりなかれとちかひお《を》きし神のみことぞわが君のため

1072 さねこじのさか木にかけしかゞみにぞ君がときはのかげは見えけん

1073 新古今 わが道をまもらば君をまもるらんよはひはゆづれ住吉の松

1074 万代の春秋《(はるあき)》きみになづさはむ花と月とのすゑぞ久しき

1064　では、これが秋の形見の浦なのだろうか。沖に照る月の光は少しも秋と変ってはいない。↓補注。▽「秋の形見」から「形見の浦」と続ける。

1065　藻塩を焼く煙が浦風に吹かれて乱れ、山にたなびく冬は寂しい。

1066 鳴く千鳥よ、袖の湊に夜泊中の唐土へ通う船で、寝覚めて旅愁に泣く私を（わが袖に出来た涙の湊を）訪れて来い。本歌「思ほえず袖にみなとの騒ぐかなもろこし舟の寄りしばかりに」（伊勢物語・二六段、新古今・恋五・一三五八　読人不知）○よる―「寄る」と「夜」の掛詞。

1067　これといった慶び事もなく、今年も過ぎて行こうとしている。今朝、杉の戸を開けてみて、驚いた。空からは初雪が舞い落ちているのだった。↓補注。

1068　袖を片敷く床の夜具も凍りつく夜、峯には白雪が頻りに降っているのだろうか。○しく―「頻く」に「敷く」と響かせるか。↓補注。

1069　雪深い真野の萱原は人跡も絶えて、春の面影が立つにはまだ程遠い。本歌「陸奥の真野の草原（かやはら）遠けども面影にして見ゆといふものを」（万葉・巻三・三九六　笠女郎）▽季経は、「「まだこと遠し春の面影」と侍る、夏秋などいはむさまに侍り」として、負とする。

1070　どの家でも春の霞が立つのを待つというので、まだ旧年中に急いで門松を立てるのだろうか。○まつとてや―「まつ」は「待つ」に「松」を響かせる。○年をこめて―季経は「年をこめん事、霞にたよりは侍れど」と、「こめて」を「霞」の縁語として認めつつも、左の女房（後鳥羽院）を勝とする。なお、↓二〇二。

1071　天地と共に限りなく栄えよと誓いおかれた神のお言葉は、我が君の御代のためのものであります。参考「宝祚（あまつひつぎ）の隆（さか）えまさむこと、当（まさ）に天壌（あめつち）と窮り無けむ」（日本書紀・巻二　神代下）▽一〇七一―一〇八〇は歌合の祝・恋一に相当。判者は源師光（法名生蓮）。この歌は、「右は心めづらしく侍れば」として、勝とされる。

1072　我が君の常磐に変らないお姿は、神代の昔、根のまま掘り取った榊に懸けた鏡に映ってお見えになったことでしょう。↓補注。

1073　住吉の明神は私の奉ずる道、即ち和歌の道をお守り下さるというのならば、取りも直さず我が君をお守り下さるのであろう。その住吉の社の松よ、そなたの千代の齢を我が君に譲り給え。↓補注。

1074　万代の春秋、我が君に馴れ申し上げる、春の花と秋の月との行末は、まことに久しいものだ。▽「右は心めづらしく、いま少し見所あり。勝侍るべきにや」（師光判）

1075 よもの海《うみ》もけぶりにぎはふはまびさし久しきちよに君ぞさかえむ

恋十五首

1076 あふことのまれなる色やあらはれん洩《も》りいでてそむる袖の涙に

1077 たれか又物思《(おもふ)》ことは教《をし》へお《を》きし枕ひとつをしる人にして

1078 こひしさのわびていざなふよひ《ゐ》〳〵にゆきてはかへる道《みち》のさゝ原

1079 片糸《かたいと》のあふとはなしにたまのをもたえぬ許《(ばかり)》ぞ思みだるゝ

1080 新古今 きえわびぬうつろふ人の秋の色に身をこがらしのもりの白露

1081 夢なれやをのゝすがはらかりそめに露《つゆ》わけし袖は今もしを《ほ》れて

1082 新古今 たづね見るつらき心のおくの海よ潮干《しほひ》のかたのいふかひもなし

1083 人心《ごゝろ》かよふ直路《たゞち》のたえしよりうらみぞわたる夢《ゆめ》のうきはし

1084 おもかげはなれしながらの身にそひてあらぬ心のたれちぎるらん

1085 思《おも》ひいでよたがきぬ〴〵の暁もわがまたしのぶ月ぞ見ゆらん

1075　浜辺に家の廂をつらねる民に至るまで、四海は豊かに、飯を炊ぐ煙も賑っている。幾千代も我が君は栄え給うことであろう。本歌「浪間より見ゆる小島の浜びさし久しくなりぬ君にあひ見で」（伊勢物語・一一六段、拾遺・恋四・八五六　読人不知、第三句「浜久木」）参考「高き屋に登りて見れば煙立つ民のかまどは賑ひにけり」（新古今・賀・七〇七　仁徳天皇）

1076　洩れ出て袖を紅に染める涙の色で、恋しい人と逢うことは稀だということが露顕してしまうだろうか。↓補注。

1077　枕ただ一つが私の恋を知っている物なのに、それ以外の誰が、物思うことを教えておいたのだろう。参考「知るといへば枕だにせで寝しものを塵ならぬ名の空に立つらむ」（古今・恋三・六七六　伊勢）▽「疑はれたるこそ風情めづらしく見所侍れ」（師光判）

1078　恋しさに堪えきれなくなり、その恋しさに誘われて、毎夜毎夜恋しい人の所へ行っては、笹原を分けて帰ってくる。本歌「いたづらに行きては来ぬるものゆゑに見まくほしさにいざなはれつつ」（古今・恋三・六二〇　読人不知、伊勢物語・六五段）↓補注。

1079　恋しい人と逢うこともなく、命も絶えてしまいそうに思い乱れている。〇片糸の―「あふ」を起こす序。「緒」「絶え」「乱る」と縁語。↓補注。

1080　愛情の移ろった人のつれない様子に、この身は木枯の森が白露を振り落すように泣いている。そして、露のように今にも消えてしまいそうに悲しんでいる。↓補注。

1081　小野の菅原をかりそめに分け、露に濡れた袖は、今もしおれているが、あの人との契りは夢だったのだろうか。↓補注。▽一〇八一―一〇九〇は歌合の恋二・三に相当。判者は顕昭。

1082　訊ねてみるあの人の心の奥はつらい。愛情の潮は干てしまい、その干潟には貝もないという、言い甲斐の無さ。↓補注。〇かひ―「貝」と「甲斐」の掛詞。

1083　あの人の心がそのまま通う、真直ぐな道が絶えてからというものは、恨み続けながら、夢の浮橋を渡っている（わたしは夢の中で、あの人の許へ通っている）。参考「世の中は夢のわたりの浮橋かうち渡りつつものをこそ思へ」（奥入所引歌）

1084　恋しい人の面影は、その人と馴れ親しんだままのわが身に添って、身体から抜け出たわが心はいったい誰と契るのであろう。↓補注。

1085　それによって、私を思い出して下さい。誰との後朝の別れの暁にも、私がそれを見てはあなたのことを偲んでいる月が、あなたにも見えるでしょう。参考「しののめのほがらほがらと明けゆけばおのがきぬぎぬなるぞ悲しき」（古今・恋三・六三七　読人不知）

1086 わすれねよこれはかぎりぞと許《(ばかり)》の人づてならぬ思《(おもひ)》出《い》でもうし

1087 はてはたゞ海人《あま》の刈藻《かるも》をやどりにてまくらさだむるよひ〳〵ぞなき

1088 かれぬるはさぞなためしとながめてもなぐさまなくに霜のした草

1089 時つ風吹飯《ふけゐ》の浦《うら》にあがひてもたがためにかは身をもを《お》しみし

1090 久方の月ぞかはらでまたれける人にはいひし山のはのそら

雑十首

1091 おほかたの月もつれなき鐘《かね》のお《を》とに猶うらめしき在明のそら

1092 たつけぶり野山のすゑのさびしさは秋ともわかず夕《ゆふ》ぐれのそら

1093 いく世へぬかざし折《お》りけんいにしへに三輪《みわ》の檜《ひ》原《はら》のこけのかよひぢ

1094 こまとめし檜隈《ひのくま》河の水きよみ夜わたる月の影のみぞ見る

1095 そらにふくおなじ風こそこゑたつれ峯の松がえあらいその浪

1096 朝夕《あさゆふ》はたのむとなしにおほぞらのむなしき雲《くも》を打《(うち)》ながめつゝ

1086 もう忘れてしまえ。これが私たちの恋の終りですという程度も、伝言でなく言えない恋の思い出もつらい。本歌「今はただ思ひ絶えなむとばかりを人づてならでいふよしもがな」（後拾遺・恋三・七五〇　道雅）

1087 おしまいには海人の刈藻を宿とするわれからのように、泣いてばかりいて、枕をきちんと固定して寝る夜とてもない。本歌「よひよひに枕定めむ方もなしいかに寝し夜か夢に見えけむ」（古今・恋一・五一六　読人不知）→補注。

1088 枯れた（離れた）のは、あの人と私との間柄だけではない、他にもそのような例があると、霜の下草を眺めても、心は少しも慰さまない。○ためし―例。

1089 吹飯の浦で、神に供物をして、旅の命の無事を祈ったのも、いったい誰のために命を惜しんだのだと思うのですか。本歌「時つ風吹飯の浜に出で居つつ贖（あか）ふ命は妹が為こそ」（万葉・巻一二・三二〇一　作者未詳）→補注。

1090 山の端に出る月を待っているのだと、人には言った。月の出は変らず待つことができる。しかし、あの人の来ることは、もはや期待できない。本歌「あしひきの山より出づる月待つと人には言ひて妹待つ吾を」（万葉・巻一二・三〇〇二　作者未詳、拾遺・恋三・七八二　人麻呂、結句「君をこそ待て」）▽顕昭は下句を「少しおろかなる心のゆかずや」と評し、負と判した。

1091 だいたい月も情知らずだが、さらに暁を告げる情知らずの撞き鐘の音が聞こえて、有明の月が照っている空は恨めしい。→補注。

1092 夕暮の空に、野山に立つ野火などの煙がなびいて消えてゆく。その寂しさは、とくに秋だからということもない。いつでも寂しいものだ。参考「夕されば野にも山にも立つけぶり歎きよりこそ燃えまさりけれ」（大鏡・時平伝　道真）

1093 古人が檜を挿頭に折ったという、三輪の檜原の苔深い通い路は、古人が見てから人跡絶えたまま幾世経っただろう。本歌「いにしへにありけむ人も吾がごとか三輪の檜原にかざし折りけむ」（万葉・巻七・一一一八、拾遺・雑上・四九　）○三輪―「見」を掛ける。

1094 旅人が駒を駐めて水を飼った檜隈川、その水が清いので、川ではなく夜空を渡る月の光が映って見える。本歌「ささの隈檜の隈川に駒とめてしばし水かへ影をだに見む」（古今・神遊歌・一〇八〇　日女の歌、原歌は万葉・巻一二・三〇九七）

1095 空に吹く同じ風が、あのように異った声を立てるのだ。峯の松が枝の立てる松風の音と、荒磯に砕ける波の音と。

1096 朝夕は、期待するともなく、大空のとりとめもない雲をじっと眺めている。参考「大空にたなびく雲の目に近くおりゐると見ば我はたのまじ」（兼盛集）▽述懐の心をこめる。

1097 そなれ松しづえやためしお《を》のれのみかはらぬ色に浪のこゆらん

1098 年ふれば霜夜《しもよ》のやみになく鶴《つる》をいつまで袖のよそにきゝけん

1099 いたづらにあたら命《いのち》をせめきけむながらへてこそけふにあひぬれ

1100 和歌《わか》の浦《うら》にかひなきもくづかきつめて身さへくちぬと思《(おもひ)》ける哉

1097　磯馴れ松の下枝が実例なのであろうか。いつまでも変らぬ緑の袖に、波が越えているのだろう。私もまた、いつまでも下積みで、四位の緑の袖には、涙の波が越している。参考「沖つ風吹きにけらしな住吉の松のしづ枝を洗ふ白波」（後拾遺・雑四・一〇六三　経信）

1098　年老いたので、霜夜の闇に、子を憶って鳴いている鶴を、いつまで私に無関係なものとして、袖を濡らすことなく聞いただろう。（今は涙なくしては聞けない）参考「第三第四絃冷冷　夜鶴憶レ子籠中鳴」（和漢朗詠・下・管絃・四六三　白楽天、五絃弾）

1099　どうしてもったいない命を痛めつけてきたのだろう。長生きしたからこそ、今日の聖代に遭遇したのだ。本歌「老いぬとてなどかわが身をせめきけむ老いずは今日にあはましものか」（古今・雑上・九〇三　敏行）

1100　和歌浦につまらない藻屑を掻き集めて（宮廷和歌界でつまらない歌草を書き集めて）、藻屑のみならず私自身朽ちてしまったと思いました。参考「かきつめて見るもかひなし藻塩草同じ雲居の煙とをなれ」（源氏物語・幻　光源氏）〇かひなき―「かひ」に「貝」を掛け、「浦」「もくづ」の縁語。

内大臣家百首　建保三年九月十三夜講

詠百首和歌　　参議

春十五首

早春

1101 うぐひすもまだいでやらぬ春《はる》の雲《くも》ことしともいはず山風ぞ吹《ふく》

春雪

1102 あは雪《ゆき》の今もふりしくときは山お《を》のれきえてや春をわくべき

野鶯

1103 春くれば野《の》べにまづさくく花のえをしるべにきゐるうぐひすのこゑ

海霞

1104 かざすてふ浪もてゆへる山やそれ霞ふきとけ須磨《すま》の浦《うら》風

関霞

1105 しるしらぬ相坂《あふさか》山のかひもなし霞にすぐる関《せき》のよそめは

朝若菜

1106 たがためとまだ朝霜《あさしも》の消《け》ぬがうへに袖《そで》ふりはへてわかなつむらん

内大臣家百首―内大臣は故良経の嫡男藤原（九条）道家。建保三年（一二一五）九月十三夜の披講。時に定家は五十四歳。この百首会には、家隆・慈円等も作品を寄せた。

1101　昨年とも今年ともつかない山風が吹いており、早春の雲からはまだ鶯も出て来ない。参考「年のうちに春はきにけりひととせをこぞとやいはむ今年とやいはむ」（古今・春上・一　元方）「鶯未レ出兮遺賢在レ谷」（和漢朗詠・春・鶯・六三　鳳為王賦）「旧巣為レ後属二春雲一」（和漢朗詠・春・鶯・七〇　道真）

1102　常磐山には淡雪が今もしきりに降る。お前が消えて初めて、春がやって来たと見分けられるだろう。本歌「もみぢせぬ常磐の山にすむ鹿はおのれ鳴きてや秋を知るらむ」（拾遺・秋・一九〇　能宣）▽本歌の季節・景物を変えた。

1103　春が来ると野辺にまず咲く花（梅）の枝（縁）を道しるべとして、来て鳴く鶯の声が聞える。本歌「春されば野辺にまづ咲く見れどあかぬ花　まひなしにただなのるべき花の名なれや」（古今・雑体・旋頭歌・一〇〇八　読人不知）参考「花の香を風のたよりにたぐへてぞ鶯さそふしるべにはやる」（古今・春上・一三　友則）

1104　海神がかざしにする波で結ったような山は、淡路島山だろうか。霞を吹き解いてはっきり見せてくれ、須磨の浦風よ。本歌「わたつ海のかざしにさせる白妙の波もてゆへる淡路島山」（古今・雑上・九一一　読人不知）参考「春風の霞吹きとく絶え間より乱れてなびく青柳の糸」（新古今・春上・七三　大輔）

1105　霞に包まれた関路をよそ目に見て過ぎてしまうので、知る人も知らぬ人も逢うという逢坂山の甲斐もない。本歌「これやこの行くも帰るも別れつつ知るも知らぬも逢坂の関」（後撰・雑一・一〇八九　蟬丸）▽かひもなし―「山」の縁語「峡（かひ）」を響かせる。→補注。

1106　まだ朝霜の消えぬ上に、一体誰のために、わざわざ袖を振って若菜を摘むのだろう。本歌「君がため春の野にいでて若菜つむわが衣手に雪は降りつつ」（古今・春上・二一　光孝天皇）「春日野の若菜つみにや白妙の袖ふりはへて人のゆくらむ」（同・同・二二　貫之）→補注。

1107 庭梅
袖ふれしやどのかたみの梅がえにのこるにほひよ春をあらすな

1108 夜梅
ひさかたの月やはにほふ梅《むめ》の花そらゆくかげを色《いろ》にまがへて

1109 夕帰鴈
くれぬなり山本とほ《を》きかねのお《を》とに峯とびこえてかへるかりがね

1110 栽花
古《ふ》りはつる身にこそまたね桜花うゑ《へ》お《を》くやどの春なわすれそ

1111 待花
霞たつ山のやまもりことつてよ幾日《いくか》すぎての花のさかりと

1112 尋花
鳥の声霞の色をしるべにておもかげにほふ春《はる》の山ぶみ

1113 翫花
かざし折《お》る花の色香《か》にうつろひてけふのこよひにあかぬもろ人

1114 惜花
きえずともあすは雪とや桜花くれゆくそらをいかにとゞめん

1115 残春
続古 春はたゞ霞許《（かすみばかり）》の山のはに暁かけて月いづるころ

1107　あの人の袖が触れた、過ぎし日の形見としての庭の梅が枝に残っている匂いよ、春を荒れたさまにしないでくれ。本歌「色よりも香こそあはれと思ほゆれたが袖ふれし宿の梅ぞも」（古今・春上・三三　読人不知）▽『伊勢物語』四段のような状況か。

1108　月は匂いはしない。その空を渡ってゆく白い月光に紛うかのように、夜目にも白い梅の花が匂っているのだ。

1109　長い春日も暮れてしまったらしい。遠く山の麓から入相の鐘の音が聞えてくる。そして、峰を越えて雁が北国へ帰ってゆく。↓補注。

1110　我が家の庭に桜を植えるが、老いはてた私は、この花が咲くまで生きてない。しかし、私が死んでも、春を忘れないで咲いてくれ。参考「こち吹かばにほひおこせよ梅の花あるじなしとて春を忘るな」（拾遺・雑春・一〇〇六　道真）「桜を植ゑおきてぬしなくなり侍りにければよめる　読人しらず　植ゑおきし人なき宿の桜花にほひばかりぞ変らざりける」（後拾遺・春上・九九）。なお、源氏物語・御法に、紫の上が匂宮に二条院の西の対の紅梅と桜を形見として托すことが見える。

1111　霞が立つ山の山守よ、言伝ててくれ。幾日過ぎて花が満開になるかを。参考「花咲かば告げよといひし山守の来る音すなり馬に鞍置け」（頼政集・春）「足引の山の山守りもる山ももみぢせさする秋は来にけり」（後撰・秋下・三八四　貫之）「春日野の飛火（とぶひ）の野守出でて見よ今幾日ありて若菜摘みてむ」（古今・春上・一九　読人不知）

1112　鳥の声と霞の色を道しるべとして、山歩きする。花の面影が匂い立つ。○山ぶみ—山踏。山歩きすること。もともと、山寺をめぐり歩くこと。源氏物語・玉鬘にも見える語。但し季節は秋。

1113　かざしとして折る花の色香がうつって酔ったようになり、今宵人々はいつまでも花を眺め飽きることがない。本歌「花に飽かぬ歎きはいつもせしかどもけふの今宵に似る時はなし」（伊勢物語・二九段、新古今・春下・一〇五　業平）

1114　桜の花は今日を限りとして、明日はたとえ消えなくても、雪のように降ることだろう。何とかして暮れてゆく三月尽の空を引止めたい。本歌「けふこずはあすは雪とぞ降りなまし消えずはありとも花と見ましや」（古今・春上・六三　業平、伊勢物語・一七段）

1115　ただ霞んでいるだけの山の端に、暁少し前に有明の月が出た。春も残すこと僅かになった。参考「あかつきかけて月出づる頃なれば、まづ入道の宮にまうで給ふ」（源氏物語・須磨）▽「残春詞、源氏物語をさながらとれり」（聞書）

夏十首

1116 首夏
あはれをもあまたにやらぬ花の香《か》の山もほのかにのこる三日《みか》月

1117 夏草
さゆり葉にまじる夏草しげりあひてしられぬ世にぞくちぬと思《(おもひ)》し

1118 初郭公
山のはのあさけの雲《くも》にほとゝぎすまださとなれぬこそのふるごゑ

1119 嶺郭公
よそにのみ聞《き》きかなやまむ郭公高間《たかま》の山の雲《くも》のをちかた

1120 杜郭公
ほとゝぎすこゑあらはるゝ衣手のもりのしづくを涙にやかる

1121 池昌蒲
五《さ》月きぬのきのあやめのかげそへてまちしいつかとにほふ池水

1122 山五月雨
峯つゞき雲《くも》のたゞちにまどとぢてとはれむものかさみだれの空《そら》

1123 故郷橘
たちばなの袖の香《か》ばかり昔にてうつりにけりなふるきみやこは

1116　残花の香りのあわれさは、それを多くの人にも分たず、ただ山に仄かに残っている。そこに三日月がかかっている。

1117　小百合の葉に茂る夏草が茂りあって、小百合は人に知られることなく枯れてしまうと思っていた。本歌「夏の野の繁みに咲ける姫百合の知らえぬ恋は苦しきものそ」（万葉・巻八・一五〇〇　坂上郎女）▽沈淪していた時のことを、感慨をこめて顧る。

1118　山の端の明方の雲の中で、時鳥が鳴く。まだ人里馴れぬ、去年の古声のままで。本歌「さつき待つ山ほととぎすうちはぶき今も鳴かなむこぞの古声」（古今・夏・一三七　読人不知）参考「み山出でてまだ里なれぬほととぎす旅の空なる音をや鳴くらむ」（金葉・夏・一〇四　顕季）

1119　よそながら聞いて、悩ましく思うのだろうか。高間山の遠い雲の彼方で鳴く時鳥を。本歌「思ふらむ心のほどややよいかにまだ見ぬ人の聞きかなやまむ」（源氏物語・明石　明石上）○雲のをちかた―これ以前六百番歌合で八三一「ゆくへなき秋のおもひぞせかれぬる村雲なびく雲の遠かた」と詠み、晩年の家歌会では二〇九六「まつほどやさすがにしるき郭公ことしわすれぬ雲の遠かた」と詠んだ、定家の好んだらしい句。男為家をはじめ以後の中世歌人にも襲用された。▽遠いほととぎすを聞きたいという焦躁感を、心高い恋人を得ようとする男の如く歌う。

1120　衣手の杜で、時鳥が声を立てて鳴く。この杜の名物の雫を、涙に借りているのだろうか。▽「衣手」から袖を、「雫」から涙を連想し、それを声高く鳴くほととぎすの涙に見立てた。参考「こきちらす滝の白玉拾ひおきて世のうき時の涙にぞかる」（古今・雑上・九二二　行平）「朝ごとにおく露袖に受けためて世のうき時の涙にぞ借る」（後撰・秋中・三二五　読人不知）「過ぎにけり信太の森のほととぎす絶えぬ雫を袖に残して」（新古今・夏・二一三「杜間郭公」保季）

1121　五月五日がやって来た。菖蒲の生えた池水は、軒に葺いた菖蒲の影も映して、待ちに待った五日だとばかり、よい香りを漂わせている。○昌蒲―菖蒲。

1122　五月雨の重苦しい空。峯続きに雲は一列に連なり、山中の庵の窓をも塞いでいる。このような時、人に訪れられることがあろうか。

1123　古人の袖の香を思わせる橘の香だけは昔のままで、古宮はすっかり荒廃してしまった。参考「さつき待つ花たちばなの香をかげば昔の人の袖の香ぞする」（古今　夏・一三九　読人不知、伊勢物語・六〇段）○うつり―「香」の縁語。

沢蛍

1124 せりつみし沢《さは》べのほたるお《を》のれ又あらはにもゆとたれに見す覧(らん)

樹陰納涼

1125 初瀬《はつせ》のや斎槻《ゆつき》がしたにかくろへて人にしられぬ秋風ぞ吹(ふく)

秋十五首

初秋

1126 あぢきなくさもあらぬ人の寝《ね》覚まで物思(おもひ)そむる秋のはつ風

行路萩

1127 秋萩《はぎ》のゆくてのにしきこれも又ぬさもとりあへぬたむけにぞ折《お》る

山家虫

1128 松虫の声もかひなしやどながらたづねば草の露《つゆ》の山かげ

夕荻

1129 人ごゝろいかにしを《ほ》れと荻《おぎ》の葉《は》の秋のゆふべにそよぎそめけん

谷鹿

1130 さを鹿《しか》の朝《あさ》ゆくたにのたまかづらおもかげさらず妻《つま》やこふらん

原鹿

1131 みかのはら久邇《くに》の京《みやこ》の山こえてむかしやとほ《を》きさをしかの声

1124　愛する人に好意を示そうと、徒らに芹を摘んだ沢辺で、蛍が身を焦がしている。お前もまたそんなにはっきりと燃えて、恋をしているということを、誰に見せるのだ。本歌「人の身も恋にはかへつ夏虫のあらはに燃ゆと見えぬばかりぞ」（後拾遺・恋四・八二〇　和泉式部）○せりつみし沢べ—老人が芹を摘んで高貴な女性の愛情を得ようとした故事を下敷とする。→補注。

1125　初瀬の斎槻の樹下に、こっそりと人に気づかれないで通ってくる男のように、早くも秋風が忍び寄って吹く。本歌「長谷の斎槻が下にわが隠せる妻あかねさし照れる月夜に人見てむかも」（万葉・巻一一・二三五三　人麻呂集）参考「楸生ふる片山蔭に忍びつつ吹きけるものを秋の夕風」（新古今・夏・二七四　俊恵）○斎槻—神聖な槻の木。

1126　無益なことに、さほど愁いのない人まで寝覚に物思いをし始めるように、秋の初風が吹く。参考「おしなべて物を思はぬ人にさへ心をつくる秋の初風」（新古今・秋上・二九九　西行）

1127　行く手に今を盛りと咲く秋萩は、さながら錦を織ったようだ。幣を用意できないままに、道の神への手向けとして、私は（紅葉だけでなく）この萩の花を折る。本歌「このたびは幣もとりあへず手向山もみぢの錦神のまにまに」（古今・羇旅・四二〇　道真）参考「秋の野の萩の錦をふるさとに鹿の音ながら移してしがな」（和漢朗詠・秋・萩・二八五　元輔）「かひもなき心地こそすれさを鹿のたつ声もせぬ萩の錦は」（後拾遺・秋上・二八三　白河天皇）

1128　私を待っているような、松虫の声も甲斐がない。宿を尋ねながら松虫をも訪ねたならば、彼は露が滋く置いた草深い山蔭で鳴いているのだろう。本歌「おぼつかないづこなるらむ虫の音をたづねば草の露や乱れむ」（拾遺・秋・一七八　為頼）参考「秋の野に道もまどひぬ松虫の声する方に宿やからまし」（古今・秋上・二〇一　読人不知）

1129　人の心をどのように痛めつけようとして、荻の葉は秋の夕にそよぎ始めたのだろうか。参考「わが心いかにせよとてほととぎす雲間の月のかげに鳴くらむ」（新古今・夏・二一〇　俊成）

1130　谷を朝行く牡鹿には、今別れてきた妻の鹿の面影がちらついて玉葛のように離れず、ために牡鹿は妻を恋うて鳴くのであろうか。参考「かけて思ふ人もなけれど夕されば面影たえぬ玉かづらかな」（新古今・恋三・一二一九　貫之）

1131　山を越えて、遠く瓶の原の牡鹿の声が聞えてくる。あの原に久邇の都があったのも遠い昔になってしまったのだろうか。本歌「三香の原久邇の京は荒れにけり大宮人のうつろひぬれば」（万葉・巻六・一〇六〇　福麻呂歌集）

1132 島月

秋は又ぬれこし袖のあひにあひて雄島《をじま》の海人《あま》ぞ月になれける

1133 江月

あかす夜は入江の月の影許《(ばかり)》こぎいでし舟のあとのうき浪

1134 浦月

ひさかたの月のひかりを白妙に敷津《しきつ》の浦《うら》の浪の秋風

1135 橋月

はるかなる峯の梯《(かけはし)》めぐりあひてほどは雲《くも》ゐの月ぞさやけき

1136 河月

ひかりさす玉島《たましま》河の月清みをとめの衣袖さへぞてる

1137 暁擣衣

ながき夜をつれなくのこる月の色《いろ》にお《を》のれもやまず衣うつなり

1138 遠村紅葉

続後 山本の紅葉のあるじうとけれど露もしぐれもほどは見えける

1139 古寺紅葉

そばだつる枕におつる鐘《かね》のお《を》ともももみぢをいづる峯の山寺《でら》

1140 暮秋

あさな〳〵あへずちりしく葛《ず》の葉《は》にお《を》きそふ霜《しも》の秋ぞすくなき

1132　雄島の海人の袖はずっと潮水に濡れてきたが、秋はまた月の季節に似合って、そのなれた袖は月の光に馴染むようになった。本歌「あひにあひて物思ふ頃のわが袖に宿る月さへぬるるがほなる」（古今・恋五・七五六、後撰・雑四・一二七〇　伊勢）○あひにあひて—似合って。○なれ—「袖」の縁語。

1133　あの人が船を漕ぎ出していったあと、私は浮波に船を浮べて、あの人の帰りを待って夜を明かす。入江には寂しく月影がさすばかり。本歌「世の中を何にたとへむあさぼらけ漕ぎゆく舟のあとの白波」（拾遺・哀傷・一三二七　満誓）、なお、琵琶行の心がある。→補注。○うき浪—「浮き」と「憂き」の掛詞。

1134　敷津の浦に秋風が吹いて、波は白く砕ける。月の光も白く、浦はさながら白栲の布を敷いたよう。参考「月の影しきつの浦の松風にむすぶ氷をよする波かな」（建仁元年八月十五夜撰歌合・八番　俊成）

1135　遥かな峯の梯をめぐってきて、空高くさやかに月が照っている。本歌「忘るなよほどは雲ゐになりぬとも空ゆく月のめぐりあふまで」（拾遺・雑上・四七〇　橘忠幹）○ほどは—「ほど」は梯と空との距離をいう。

1136　光が射す玉島川の月が清いので、仙女の衣の袖さえも照り輝いている。参考—万葉・巻五所見の松浦川の神女の話。「玉島のこの川上に家はあれど君をやさしみあらはさずありき」（万葉・巻五・八五四）「松浦なる玉島川に鮎釣ると立たせる子らが家路知らずも」（万葉・巻五・八五六）○ひかりさす—「玉島河」の「玉」からの連想でいう。

1137　秋の長夜を、いつまでもさりげなく残っている月に負けまいとするかのように、夜明けに誰かが衣を擣っている音が聞えてくる。参考「八月九月正長夜　千声万声無レ了時」（和漢朗詠・秋・擣衣・三四五　白楽天）

1138　山の麓の家の主とは疎遠だが、露も時雨も、もう紅葉の季節であることを知らせてくれる。

1139　枕をそばだてて聞くと、鐘の音は枕辺に落ちてくるようだ。あれは峯の寺から、紅葉を分けて出てきた音だ。参考「遺愛寺鐘欹レ枕聴　香鑪峯雪巻（撥）レ簾看」（和漢朗詠・下・山家・五五四　白楽天）

1140　毎朝、堪えきれないで散りしく葛の葉に置く霜はだんだん増してくる。秋も残り少くなった。参考「秋風にあへず散りぬるもみぢ葉のゆくへ定めぬ我ぞ悲しき」（古今・秋下・二八六　読人不知）

冬十首

1141 田家時雨

かりのこす田の面《も》の雲《くも》もむら〳〵にしぐれてはるゝ冬はきにけり

1142 野径霜

朝霜《あさしも》の花野《の》のすゝきおき《を》てゆくをちかた人のそでかとぞ見る

1143 水郷寒蘆

冬の日のみじかき蘆《あし》はうらがれて浪のとまやに風ぞよわ《は》らぬ

1144 寒夜千鳥

浦千鳥方もさだめずこひてなくつまふく風のよるぞひさしき

1145 湖氷

鏡山夜《(よ)》わたる月もみがかれてあくれどこほる志賀《しが》の浦《うら》波

1146 林雪

はやしあれて秋のなさけも人とはず紅葉をたきしあとの白雪

1147 深更霰

あけ方もまだ遠《とを》山のこがらしにあられふきまぜなびくむら雲《くも》

1148 浜雪

大伴の御津《(みつ)》の浜《はま》風ふきはらへ松とも見えじうづむ白雪

1141　刈残してむらになっている田の面の上に、幾塊かの雲もむらがって覆い懸り、しぐれたと思うと晴れる冬はやってきた。参考「刈り残す門田の稲葉うちなびきひとむらそよぐ秋風の声」（壬二集・二百首和歌）

1142　朝霜が置いた花野の薄は、起きて行く旅人の袖かと見える。参考「秋萩の花野のすすき穂には出でずわが恋ひわたる隠り妻はも」（万葉・巻一〇・二二八五、古今六帖・第五・三一一二　読人不知）「山里に霧のまがきの隔てずはをちかた人の袖も見てまし」（新古今・秋下・四九五　好忠）○花野―秋草の咲く野。○おきてゆく―「置き」と「起き」との掛詞。

1143　冬の日は短く、早くも暮れてしまった。蘆は葉末が枯れて短く、波の打寄せる苫屋に吹きつける風は、一向に弱まらない。

1144　海岸の千鳥は妻を恋しがって、方向も定めずしきりに鳴く。風が衣の褄を吹く冬の夜は長い。○つま―「妻」と「褄」の掛詞。参考「風吹けば方も定めず散る花をいづ方にゆく春とかは見む」（拾遺・春・七六　貫之）

1145　鏡山の山の面はもとより、夜空を渡る月も、磨かれた鏡のような冷たい光を放ち、夜は明けたが、志賀の浦波は凍りついたままだ。○みがかれて―「鏡山」の「鏡」の縁語。

1146　林は荒れて、秋の情緒の跡を訪れる人もない。紅葉を焚いて酒を暖めた跡に、白雪が積っている。参考「林間煖レ酒焼二紅葉一　石上題レ詩掃二緑苔一」（和漢朗詠・秋興・二二一　白楽天）○秋のなさけ―「野原より秋のなさけをさそひきて籬の荻に秋伝ふなり」（文治六年女御入内和歌　兼実）

1147　明方にはまだ遠い時分だ。霰をまじえて吹く遠山の木枯に、村雲が靡いている。参考「夕づくひさすがにうつる柴の戸にあられ吹きまく山おろしの風」（千五百番歌合・冬一、新勅撰・冬・三九四　家隆）

▽底本・自筆本・高松宮本・書陵部（五〇一・五一一）本、この歌は一一四九「岡雪」の歌と一一五〇「歳暮」の歌との間に入るべきことを示す記号あり。

1148　大伴の御津の浜の浜風よ、雪を吹払ってほしい。浜松は白雪にすっかり埋もれて、それと見えないだろう。唐土から帰朝する人を待っているともわからないだろう。本歌「いざ子ども早く大和へ大伴の御津の浜松待ち恋ひぬらむ」（万葉・巻一・六三、新古今・羇旅・八九八　憶良、第二句「はや日の本へ」）○松―「待つ」を掛ける。

岡雪

1149 けさは又あとかきたゆる水茎《くき》の岡《をか》のやかたの雪のふりはも

歳暮

1150 ゆく年よ今さへお《を》くりむかふてふ心ながさをいかに見るらん

恋廿五首

寄名所

1151 続後 世とともに吹上の浜のしほ風になびくまさごのくだけてぞ思ふ

1152 勅撰 くるゝ夜は衛士《(ゑじ)》のたく火をそれと見よ室《(むろ)》の八島《やしま》もみやこならねば

1153 住の江の松のねたくやよる浪のよるとはなげく夢《ゆめ》をだに見で

1154 甲斐《かひ》が嶺《ね》に木《こ》の葉ふきしく秋風も心の色をえやはつたふる

1155 竜田山ゆふつけ鳥のおりはへてわが衣手に時雨ふるころ

1156 続後 わが袖にむなしき浪はかけそめつ契もしらぬ床《とこ》の浦《うら》風

1157 しられじな霞のしたにこがれつゝ君《きみ》に伊吹《いぶき》のさしもしのぶと

1158 続後 葦の屋に蛍やまがふあまや焚《た》く思ひもこひも夜はもえつゝ

1149 今朝はまた人の通う跡がすっかり絶えてしまった。水茎の岡の館のこの雪の降りようはどうだ。本歌「水茎の岡の屋形に妹とあれと寝ての朝けの霜の降りはも」（古今・大歌所御歌・一〇七二　水茎ぶり）

1150 行く年よ。こうやって何度もお前（年）を送り迎えして、今また送ろうとしている私の気の長さ（辛抱強さ）を、お前はどう見るだろう。↓補注。

1151 時が経つにつれ吹上の浜の潮風に、真砂は吹上げられて靡き、細かく砕ける。私も、長年の苦しい恋のために、身も心も砕ける。参考「かの岡に萩刈るをのこ縄をなみねるやねりそのくだけてぞ思ふ」（拾遺・恋三・八一三　躬恒）

1152 夜になったら、衛士の焚く火を私の胸の思いと見て下さい。室の八島も都にはないから。本歌「み垣守衛士のたく火の夜は燃え昼は消えつつ物をこそ思へ」（詞花・恋上・二二五　能宣、類歌、古今六帖・第一・七八一）、参考「いかにせん室の八島に宿もがな恋の煙を空にまがへん」（千載・恋一・七〇三　俊成）

1153 住の江では、松の根元まで波が寄せる。しかし、つれないあの人は、私が待っていても寄りつかない。私は夜ともなれば、眠られぬままに夢も見ないで嘆いている。本歌「住の江の岸による波よるさへや夢の通ひ路人目よくらむ」（古今・恋二・五五九　敏行）↓補注。

1154 甲斐の山に木の葉をしきりに吹きつける秋風も、心の色合い（情愛の程度）を伝えはしない。本歌「甲斐が嶺を嶺越し山越し吹く風を人にもがもや言ってやらむ」（古今・東歌・一〇九八　甲斐歌）「秋かけていひしながらもあらなくに木の葉降りしくえにこそありけれ」（伊勢物語・九六段、新勅撰・恋二・七三四　読人不知）

1155 私の袖に涙の時雨が降る頃、竜田山の木綿付け鳥が長く声を引いて鳴く。本歌「たがみそぎゆふつけ鳥か唐衣竜田の山にをりはへて鳴く」（古今・雑下・九九五　読人不知、大和物語・一五四段）↓補注。

1156 床の浦を吹く風は、岸に空しく波を寄せる。あの人と契るのがいつの日かも分らないまま、ひとり床に臥す私の袖には、空しい涙の波がかかり始めた。↓補注。

1157 私が霞の下で恋いこがれながら、このように恋心を打明けもしないで忍んでいると、あの人には知られないのだろうな。本歌「かくとだにえやはいぶきのさしもぐささしも知らじな燃ゆる思ひを」（後拾遺・恋一・六一二　実方）↓補注。

1158 葦屋の里に飛ぶ蛍がそれと見紛うのだろうか。それとも漁師の焚く漁り火なのだろうか。夜は思いの火、恋の火が燃え続けている。↓補注。

1159 続後 白玉の緒《を》絶《だえ》の橋《はし》の名もつらしくだけておつる袖の涙に

1160 今《いま》よりのゆきゝもしらぬ逢坂にあはれなげ木の関《せき》をすゑ《へ》つる

1161 玉匣《(たまくしげ)》あくれば夢《ゆめ》の二見《ふたみ》潟《がた》ふたりやそでの浪にくちなむ

1162 続古 あらはれて袖のうへゆく名取《とり》河今はわが身にせく方もなし

1163 思《(おもひ)》いづるのちの心にくらぶ山よそなる花の色はいろかは

1164 如何《(いかに)》せん浦《うら》の初島《はつしま》はつかなるうつゝののちは夢《ゆめ》をだにみず

1165 たのめお《を》きし後瀬《のちせ》の山のひとことや恋をいのりの命なりける

1166 たづねぬは思《(おもひ)》し三輪《みわ》の山ぞかしわすれねもとのつらきおもかげ

1167 里《さと》の名を身にしる中のちぎりゆゑ《へ》枕にこゆる宇治の河波《なみ》

1168 続古 やすらひにいでけん方も白鳥《しらとり》の飛羽《とば》山松のねにのみぞなく

1169 しるべせよ虫明《むしあけ》の瀬戸《せと》の松の風ほかゆく浪のしらぬ別に

1170 かたみこそあだの大野《おほの》の萩の露うつろふ色はいふかひもなし

1159　涙は白玉のように袖に砕けて落ち、あの人との仲は玉の緒（紐）のように絶えてしまって、緒絶の橋という橋の名もつらい。↓補注。

1160　逢坂に関を据えて人の往来をせくように、邪魔が入って、今後恋人と往来して逢うことが難しくなってしまった。ああその悲しさ。参考「逢坂は東路とこそ聞きしかど心づくしの関にぞありける」（後拾遺・恋三・七四八　道雅）「立ち寄らば影ふむばかり近けれど誰か勿来（なこそ）の関を据ゑけむ」（後撰・恋二・六八二　小八条御息所）

1161　夜が明ければ、二見潟でのこの夢のような逢う瀬も絶え、ちょうど玉くしげの蓋と身のように別れ別れになって、私たち二人は袖の涙の波に朽ちてしまうのだろうか。↓補注。

1162　隠していた恋が顕われて、恋をしているという評判を取ってしまった。袖の上を名取川のように涙が流れ、塞き止めようもない。本歌「名取川瀬々の埋れ木あらはればいかにせむとかあひ見そめけむ」（古今・恋三・六五〇　読人不知）

1163　恋人と逢った後に思い出す。暗部山の花の色（恋人の美しさ）に比べれば、他の花の色（それ以外の女性の美しさ）など、問題ではない。↓補注。

1164　どうしたらよかろう。辛うじて恋人と逢えたという現実の後は、再び逢いたいと思い嘆くために眠られず、夢さえも見ない。↓補注。

1165　「後瀬の山」と、後日また逢うことをあてにさせたあの人の一言が、恋の成就を祈る私の命を繋いでいたのだろう。↓補注。

1166　この三輪山の麓まであの人が私を訪ねて来ないとは、前々から思っていた通りです。忘れてしまおう、昔の薄情な恋人の面影など。↓補注。

1167　「憂し」に通う宇治という里の名を身に知るような、憂くつらい二人の間柄だから、涙は宇治の川波のように枕を越えて流れる。本歌「里の名を我が身に知れば山城の宇治のわたりぞいとど住み憂き」（源氏物語・浮舟　浮舟の女君、新拾遺・雑中・一七六七　紫式部）

1168　さもあとに心が残るように、恋人はためらいながら出ていったが、その行先も知れたものではない。それから、彼は尋ねてこない。私は飛羽山の松の根に伏して、声を出して泣く。本歌「白鳥の飛羽山松の待ちつつそわが恋ひわたるこの月ごろを」（万葉・巻四・五八八　笠女郎）

1169　虫明の瀬戸の松風よ、私が波路遠く別れてゆくと、あの人に知らせてほしい。↓補注。

1170　阿太の大野の萩の色が霞に移ろうのは、仕方がない。恋の形見はむなしく、あの人の心が変ってしまったのを、嘆いてもしようがない。

1171 袖の浦《うら》かりにやどりし月草のぬれてのゝちを猶やたのまむ

1172 わすれ貝《がひ》それも思ひのたねたえで人を見ぬめのうらみてぞぬる

1173 いのちだにあらばあふせを松浦《まつら》河かへらぬ浪もよどめとぞ思《(おもふ)》

1174 真《ま》木の葉《は》のふかきをすての山におふるこけのしたまで猶やうらみむ

1175 続後 わすられぬ真《ま》間《ゝ》の継橋《つぎはし》おもひねにかよひし方は夢に見えつゝ

雑廿五首

旅五首

春夏秋冬暁

1176 時のまも人を心にお《を》くらさで霞にまじる春《はる》の山もと　似《タリ》㆓名所白河関《ニ》㆒忘却

1177 山ぢゆく雲のいづこの旅枕《たびまくら》ふすほどもなき月ぞあけゆく

1178 草のいほや暮《く》るゝ夜ごとの秋風にさそはれわたる旅《たび》のつゆけさ

1179 しきたへの衣手かれていく日《か》へぬ草を冬野《ふゆの》のゆふぐれのそら

1180 おもかげにあらぬ昔もたちそひて猶しのゝめぞ旅《たび》はかなしき

1171　袖の浦にかりそめに宿った人と契りを交した。その月草のように移ろいやすい心を、やはりあてにするのだろうか。本歌「月草に衣はすらむ朝露に濡れてののちはうつろひぬとも」（古今・秋上・二四七　読人不知）

1172　三犬女（みぬめ）の浦に恋忘れ貝を拾っても、思いの種は絶えないで、私は恋人を見ぬことを恨みながら寝る。↓補注。

1173　命さえあれば逢う瀬を待つこともできる。松浦川の寄せて返らぬ波も、淀んでほしいと思う。本歌「いかにしてしばし忘れむ命だにあらばあふ夜のありもこそすれ」（拾遺・恋一・六四六　読人不知）「松浦河七瀬の淀は淀むとも吾は淀まず君をし待たむ」（万葉・巻五・八六〇　松浦の仙女）

1174　私は恋人に捨てられて、槇の葉が深く生い茂った小為手山で死のうとしている。そして苔の下に埋もれたのちまで、やはりあの人の薄情さを恨むのであろうか。本歌「安太へ行く小為手の山の真木の葉も久しく見ねば蘿むしにけり」（万葉・巻七・一二一四　古集）↓補注。

1175　忘られぬまま思い寝に寝た夢に、真間の継橋を渡って恋人の許へ通った方角が幾度も見える。本歌「足（あ）の音せず行かむ駒もが葛飾の真間の継橋やまず通はむ」（万葉・巻一四・三三八七　下総国歌）

1176　ほんの少しの間も愛する人を心の中に遅らせることなく（忘れることなく）、私は霞にまじって春の山麓を旅ゆく。本歌「限りなき雲居のよそに別るとも人を心におくらさむやは」（古今・離別・三六七　読人不知）〇似名所白河関忘却―一一七六の二・三句が最勝四天王院名所御障子和歌の白河関の歌（一八五八）と重複してしまったという、反省の注記。

1177　夏の山道を旅ゆく。山に懸る雲のどこに旅枕を定めたらよいのだろう。臥すまもなく、月は白んで短夜は明けてゆく。本歌「夏の夜はまだ宵ながら明けぬるを雲のいづこに月宿るらむ」（古今・夏・一六六　深養父）

1178　日が暮れ、夜に入るたびに吹く秋風に誘われて続ける旅の悲しさよ。旅先の草の庵で私は露に濡れ、涙をこぼす。本歌「秋風の身に寒ければつれもなき人をぞ頼む暮るる夜ごとに」（古今・恋二・五五五　素性）

1179　愛する人としとねの上で交す袖を離れて、幾日経ったろう。草も枯れて蕭条たる冬野と化し、空は夕暮近いことを思わせる。〇しきたへの―「衣手」（袖）にかかる枕詞。〇かれて―「離（か）れて」に「枯れて」を掛け、「草」「冬野」の縁語。↓補注。

1180　思いもかけない昔も面影として目の前に浮んで、やはり旅路でのしののめ時分は物悲しい。

述懐五首　　山河海里関

1181 くるとあくと思《(おもひ)》し月日すぎのいほの山ぢつれなく年はへにけり

1182 きえせねばあはれいくよのおもひ河むなしくこえしせゞのうき波

1183 海渡るうらこぐ舟のいたづらにいそぢをすぎてぬれし浪哉

1184 あれまくや伏見の里《さと》のいでがてにうきをしらでぞけふにあひぬる

1185 今は又関の藤《ふぢ》河たえずとも国《くに》にむくい《ひ》むためをこそおもへ

祝五首　　天日月星雲

1186 くもりなきみどりの空《そら》をあふぎても君がやちよをまづいのる哉

1187 三笠《みかさ》山松《まつ》の木《こ》のまをいづる日のさしてちとせの色は見ゆらん

1188 秋の月ひさしきやどにかげなびくまがきの竹はよろづ代《よ》やへむ

1189 くもりなき千世のかず〳〵あらはれてひかりさしそへ星《ほし》のやどりに

1190 山人のよはひを君《きみ》のためしにてちとせのさかにかゝる白雲《しらくも》

1181 日が暮れた、夜が明けたと思っているうちに月日が過ぎて、山間の杉の庵に住もうともせず、世の憂さを感じないふりをしているうちに、年は経ってしまった。↓補注。○すぎ―「過ぎ」と「杉」の掛詞。○つれなく―杉は常緑樹ゆえ、「すぎ」の縁語。

1182 思い川に浮ぶ水の泡が、消えないままに瀬々の浮波を越してゆく。それと同じように、私は、死にもしないで、幾年物思いをしながら憂い人生を越えてここまで来たことだろう。参考「思ひ河絶えず流るる水の泡のうたかた人に逢はで消えめや」(後撰・恋一・五一五　伊勢)○あはれ―「あわ」(泡)を掛ける。

1183 海を渡ってゆこうとして浦近く漕ぐ船は、無駄なことに磯伝いの航路を通って、波に濡れた。この人生で私は五十を過ぎて、沈淪に泣かねばならなかった。○海渡る―「倦みわたる」を掛ける。○いそぢ―「磯路」と「五十路」の掛詞。本歌「あまの住む浦こぐ舟の梶をなみ世を海わたるわれぞかなしき」(後撰・雑一・一〇九〇　小町)

1184 荒れた菅原の伏見の里を出ようともせず(世間を出離しようともせず)、憂いことに遭ってもそしらぬふりをしていて、どうやら満足すべき今日の境遇に逢ったのだ。本歌「いざここにわが世は経なむ菅原や伏見の里の荒れまくも惜し」(古今・雑下・九八一　読人不知)

1185 今は関の藤川が絶えることのないように、絶えず国に報いるための生き方を思う。本歌「美濃の国関の藤川絶えずして君に仕へむ万代までに」(古今・神遊歌・一〇八四　元慶御嘗の美濃の歌)○関の藤河―藤原氏の門流の比喩か。

1186 曇りない碧の空を仰いでも、まず我が君の八千代を祈り申上げる。参考「かくしつつとにもかくにも長らへて君が八千代にあふよしもがな」(古今・賀・三四七　光孝天皇)

1187 三笠山の松の木の間を出る日の光が射して、松の緑に千歳のしるしは見えるであろう。○さして―「笠」の縁語。

1188 秋の月が長く照らす家に、その影がなびく籬の竹は万代も経るでしょう。参考「植ゑて見るまがきの竹の節ごとにこもれる千代は君ぞ数へむ」(千載・賀・六〇七　公教)○よろづ代―「代」に「竹」の縁語「節(よ)」を掛ける。

1189 聖帝の治め給う曇りない御代が千代も続き、治績の数々が現れて、星宿の光に光を添えて下さい。○星のやどり―群臣を喩えるか。

1190 仙人の千歳の長寿を我が君の御齢の例として、その名もめでたい千年の坂に白雲が懸っている。参考「ちはやぶる神や伐りけむつくからに千年の坂も越えぬべらなり」(古今・賀・三四八　遍昭)

神祇五首

伊勢　石清水　賀茂　春日　住吉

1191 身をしればいのるにはあらでたのみこし五十鈴《いすゞ》河波あはれかけけり

1192 石清水月には今もちぎりお《を》かむみたびかげ見し秋のなかばを

1193 神も見よ賀茂《かも》の河波《なみ》ゆきかへりつかふるみちにわけぬ心を

1194 いのりお《を》きしいかなるすゑに春日《かすが》山すててひさしき跡《あと》のこりけん

1195 かたばかり我はつたへしわが道《みち》のたえやはてぬる住吉《すみよし》の神

釈教五首

大日　釈迦　阿弥陀　薬師　弥勒

1196 あまつ空《そら》ひかりをわかつよつの身になにの草木ももるゝものかは

1197 きさらぎのなかばの空《そら》をかたみにて春《はる》のみやこをいでし月かげ

1198 こゝのへの花のうてなをさだめずはけぶりのしたやすみかならまし

1199 十《とお》あまりふたつの誓《ちか》ひきよくしてみがけるたまのひかりをぞ敷《し》く

1200 花にほふ四つの大空《おほぞら》とほ《を》からであか月またぬあふことも哉《(がな)》

1191　わが身の程を知っているので、とくに祈りはしなかったが、ひそかに伊勢の大神宮の神慮を頼りにしてきた。大神宮はやはり憐れみをおかけ下さったのだ。▽建久六年（一一九五）良経が公卿勅使として下向の折、大神宮参詣をしたことなどをも念頭に置くか。

1192　私は既に三度、石清水八幡宮の放生会の神事が行われる八月十五夜の明月の光を見た。これからも神のご加護があることを放生川に映る月と約束しよう。

1193　賀茂の川波が寄せては返るように、往き帰り、賀茂の上下の社にお仕えして、両社を分けることのなかった私の心を、神よ知ろしめせ。

1194　わが父祖は子孫の繁栄を春日明神にお祈りしておいたが、神は久しくお見捨てになられたと思っていた。このように、先祖の践んだ跡（参議）を私も践むことになろうとは思ったことだろうか。○跡―「道」の意で「山」の縁語。

1195　敷島の道をわが道として、私はほんの形ばかり伝えてまいりました。この道は私の代で絶えはててしまうのでしょうか。どうかそのようなことのないように、住吉の神よ、お守り下さい。

1196　大日如来の四種身のお力によって、すべて草木に至るまで洩れることなく、悉皆成仏する。○よつの身―四種法身のこと。密教で説く、自性法身・受用法身・変化法身・等流法身の四身。

1197　悉多太子として王宮を抜け出て成道された釈迦如来は、二月半ばの空を形見として、月が雲隠れるように、涅槃に入られた。○きさらぎのなかばの空―二月十五日の空。釈迦入滅の日をいう。↓補注。

1198　阿弥陀如来が九品蓮台をお定めにならなければ（極楽へ引摂して下さらなければ）、煙の下（地獄）が私の住みかでしたでしょう。○こゝのへの花のうてな―九品蓮台。上品上生から下品下生に至る、極楽の九品往生の行者が坐する蓮台。臨終の時、弥陀・聖衆もそれぞれに応じた蓮台をもって来迎するといわれる。○けぶりのした―地獄。

1199　薬師如来の十二の誓願は清く、菩提を得る時、その身は瑠璃のごとく清く、光り輝くのを知る。↓補注。参考「薬師医王の浄土をば瑠璃の浄土と名づけたり　十二の船を重ね得て我等衆生を渡いたまへ」（梁塵秘抄・巻二）「瑠璃の浄土は潔し　月の光はさやかにて　像法転ずる末の世に　遍く照らせば底もなし」（同）

1200　竜華樹の花が咲きにおい、無明長夜が明ける暁を待つことなく、早く弥勒菩薩がこの世に出現される時に逢い奉りたい。○花にほふ―「花」は弥勒菩薩がその下で説法をする竜華樹の花。○四つの大空―四空処（四空）のこと。四空処は無色界の四処。『倶舎論』で、形にとらわれない四つの心（四無色定）を修してそこに生まれると説く。↓補注。

内裏百首　名所

依《リ》レ未《ダ》レ被レ行《ハ》二中殿《ノ》宴《ヲ》一
猶為《スルニ》二密儀《ト》一

初冬同詠百首和歌　参議藤原定家

春廿首

音羽河
1201 続古 音羽河《をとは》雪げの浪もいはこえて関《せき》のこなたに春《はる》はきにけり

玉嶋河
1202 梅《むめ》が香やまづうつるらんかげきよき玉島河《たましま》の花のかゞみに

高砂
1203 それながら春《はる》はくもゐに高砂《たかさご》の霞のうへの松のひとしほ

春日野
1204 わかなつむ飛火《とぶひ》の野守《もり》春日野《かすがの》にけふ降る雨のあすやまつらん

三輪山
1205 いかさまに待《ま》つとも誰か三輪《みわ》の山人にしられぬやどの霞は

葛木山
1206 青柳《あをやぎ》の葛《かづら》木山のながき日は空《そら》も緑にあそぶいとゆふ

内裏百首〔名所〕―建保三年（一二一五）九月から十月にかけて、順徳天皇の内裏に詠進した。時に定家は五十四歳。作者は順徳天皇を始めとする十二名。端作下にいう「中殿宴」は、建保六年八月十三日清涼殿で催された中殿御会（『中殿御会絵巻』が伝わる）をさす。本百首の完本は『新編国歌大観』第四巻所収。注釈に引いた「名所百首哥之時与家隆卿内談事書札」は、本百首詠進の際、定家が家隆に送った消息より抄出したと考えられるもの。『冷泉家時雨亭叢書』第四十巻「中世歌学集書目集」に影印を、『中世の文学』「歌論集　一」に翻刻・注釈を収める。紹巴・昌叱注『建保名所三百首抄』は、本百首のうち順徳天皇・定家・家隆の三人の作品を注釈したものである（「三百首抄」の略称で、版本により引用した）。

1201　音羽川では、雪解け水の波も音を立てて岩を越え、逢坂の関のこちら側（都の側）に春はやって来た。本歌「音羽山おとに聞きつつ逢坂の関のこなたに年をふるかな」（古今・恋一・四七三　元方）○こえて―「こえ」は「関」の縁語。

1202　清く花影を映す鏡のような玉島川の水の面には、まず梅の香が移るだろうか。○うつる―「かげ」と共に「かゞみ」の縁語。本歌「年をへて花の鏡となる水はちりかかるをや曇るといふらむ」（古今・春上・四四　伊勢）→補注。

1203　特に変ったようでもないが、春は空にやってきて、高砂の尾上に霞が立ち、松の緑に一しお色が添って、春らしい気配になった。本歌「ときはなる松の緑も春くればいまひとしほの色まさりけり」（古今・春上・二四　宗于）

1204　春日野の飛火野に今日は春雨が降っている。若菜を摘む飛火野の野守は、この雨で若菜が伸びる明日を待っているだろうか。本歌「春日野の飛火の野守いでて見よいまいくかありて若菜つみてむ」（古今・春上・一八　読人不知）

1205　この三輪山の山本でどのように人を待っても、誰が訪れてこようか。私の家は霞に包まれて、人に知られはしない。○三輪の山―「見ゆ」の「見」を掛ける。本歌「三輪の山いかに待ち見む年経（ふ）とも尋ぬる人もあらじと思へば」（古今・恋五・七八〇　伊勢）参考「三輪山をしかも隠すか春霞人に知られぬ花や咲くらむ」（古今・春下・九四　貫之）

1206　かなたに、青柳に飾られた葛城山が見える。永日の空も緑に晴れ、陽炎がゆらいでいる。参考「春風ののどかに吹けば青柳の枝もひとつに遊ぶ糸遊」（六百番歌合・遊糸　寂蓮）、なお→八〇九。→補注。

1207 手向山

たつ嵐いづれの神に手向《たむけ》山花の錦の方もさだめず

1208 伊勢海

伊勢《いせ》の海《うみ》玉《たま》よる浪にさくら貝かひあるうらの春《はる》の色哉

1209 志賀浦

さゞなみや志賀《しが》の花園《ぞの》かすむ日のあかぬ匂ひに浦《うら》風ぞ吹（ふく）

1210 三嶋江

三《み》島《しま》江の波にさを《お》さすたをやめの春の衣の色ぞうつろふ

1211 塩竈浦

塩竈《しほがま》やうらみてわたるかりがねをもよほしがほにかへる浪哉

1212 宇津山

宇津《うつ》の山わがゆくさきもこととほ《を》き蔦《つた》のわかばに春《はる》雨ぞふる

1213 葦屋里

葦屋《あしのや》のわがすむ方のお《を》そざくらほのかにかすむかへるさの空《そら》

1214 吹上浜

けふぞ見るかざしの浪の花のうへにいとはぬ風の吹上《ふきあげ》の浜《はま》

1215 湯等三崎

花鳥《とり》のにほひも声《こゑ》もさもあらばあれ由良《ゆら》の御崎《みさき》の春のひぐらし

1207 手向山に、花の錦を裁つように吹き立つ嵐は、いったいどの神にそれを手向けようとするのか。花は方向も定めず吹き散らされてゆく。本歌「このたびは幣もとりあへず手向山もみぢの錦神のまにまに」（古今・羇旅・四二〇　道真）→補注。

1208 伊勢の海では、美しい玉が寄る波に桜貝がまじっている。まことに見る甲斐のある浦の春景色だ。参考「伊勢の海の　清き渚に……貝や拾はむや　玉や拾はむや」（催馬楽・伊勢の海）○玉よる浪―中国の合浦の故事を念頭に置くか。

1209 志賀の花園に浦風が吹く。そして、霞む春の日なが、いくら味わっても飽きない花の匂いを運んでゆく。参考「さざ波や志賀の花園見るたびに昔の人の心をぞ知る」（千載・春上・六七　成仲）○さゞなみや―「志賀」にかかる枕詞。

1210 三島江の波に棹さす美女たちの、春着のはなやかな色彩が、波に映っている。○波にさをさすたをやめ―遊女。三島江附近の遊女は船を利用する。「此所には遊女をよめり」（三百首抄）

1211 塩竈浦を見て、恨んで渡ってゆく帰雁の旅愁をいかにも誘うかのように、返る波よ。本歌「いとどしく過ぎゆく方の恋しきにうらやましくも帰る浪かな」（後撰・羇旅・一三五二　業平、伊勢物語・七段）→補注。

1212 宇津山を越えて、これから私が旅を続けてゆく先も遠い。山路にからむ蔦の若葉に、春雨が降っている。この蔦が紅葉するのも、まだ遠い先のことだ。参考「わが入らむとする道はいと暗う細きに、つたかへでは茂り、物心細く」（伊勢物語・九段）

1213 帰途に向うと、葦屋の私の住む方角に咲く遅桜が、空にほんのりと霞んでいる。本歌「晴るる夜の星か河辺の蛍かもわが住む方のあまのたく火か」（伊勢物語・八七段、新古今・雑中・一五九一　業平）参考、『源氏物語』須磨の巻に光源氏が寓居に桜を植えたことを語る。

1214 今日こそは見る。海神のかざしとする波の花の上に、風――本当の花ではないから、いくら吹いても厭わしくない風――が吹いて、いよいよ波の花を咲かせている、吹上の浜のすばらしい眺めを。参考「わたつみのかざしにさせる白妙の波もてゆへる淡路島山」（古今・雑上・九一一　読人不知）

1215 花の美しい色も鳥のきれいな声も、どうでもよい。由良の岬で春の日ながを一日じゅう、私は玉を拾ってすごす。本歌「花鳥の色をも音をもいたづらに物憂かる身は過ぐすのみなり」（後撰・夏・二一二　雅正）「妹が為玉を拾（ひり）ふと紀の国の由良のみ崎にこの日暮しつ」（万葉・巻七・一二二〇　作者未詳、類歌、古今六帖・第二・一九四一）

忍山

1216 いはつゝじいはでやそむる信夫《しのぶ》山心のおくの色をたづねて

水無瀬河

1217 春の色をいくよろづ世か水無瀬川《みなせがは》かすみの洞《ほら》のこけのみどりに

大淀浦

1218 つらからぬ松もこふらく大淀《おほよど》の霞ばかりにかゝるうらなみ

田籠浦

1219 田籠《たご》の浦のなみもひとつにたつ雲《くも》の色わかれゆく春《はる》のあけぼの

末松山

1220 あづさゆみ末《すゑ》の松山春《はる》はたゞけふまでかすむ浪の夕暮

夏十首

大井河

1221 大《おほ》井河かはらぬゐせきおの《を》れさへ夏きにけりと衣ほす也

篠田杜

1222 道のべの日かげのつよくなるまゝにならす信太《しのだ》の杜のしたかげ

猪名野

1223 みじか夜《よ》の猪名《ゐな》の笹原《さゝはら》かりそめにあかせばあけぬ宿《やど》はなくとも

1216 信夫山の赤い岩つつじは、忍ぶ恋の心の奥底を尋ね、それを言葉に出して言わないで、色に染め出したのだろうか。本歌「しのぶ山忍びて通ふ道もがな人の心の奥も見るべく」(伊勢物語・一五段、古今六帖・第二・八六六) 参考「思ひ出づる常磐の山の岩つつじいはねばこそあれ恋しきものを」(古今・恋二・四九五 読人不知) ○いはで―「言はで」と陸奥の歌枕「岩手」の掛詞。

1217 我が君は、水無瀬川の霞のかかる洞(仙洞、院の離宮)の苔の緑に、春の色を幾万代か御覧になることだろうか。○水無瀬川―「見る」を掛ける。○かすみの洞―仙洞。ここでは後鳥羽上皇のこと。▽水無瀬離宮が近いことから、祝言の心を籠めて詠む。

1218 大淀浦の松は薄情ではないのに、その松を恋して、霞がかかるほどに、浦波は寄せては返っている。本歌「大淀の松はつらくもあらなくにうらみてのみも返る浪かな」(伊勢物語・七二段、新古今・恋五・一四三三 読人不知) ▽松を女、波を男に見立て、全体を恋歌ふうに取りなしたか。

1219 波と雲と一緒に静かに眠っているようだったのが、しだいに波の色、雲の色と分れ、波は立ち、雲も空へ立ち昇ってゆく、田子浦の春の曙。▽全体の構図は「霞立つ末の松山ほのぼのと波に離るゝ横雲の空」(新古今・春上・三七 家隆)に酷似する。

1220 春もただ今日一日だ。末の松山も、その向うの海の波も、今日までは春らしく、夕霞に霞んで、三月尽の一日は暮れてゆく。○あづさゆみ―「末」にかかる枕詞。「春」の枕詞ともなりうるので、「春」とは縁語関係。

1221 大堰川のいつも変らぬ井堰よ。お前までも、夏が来たというので白く砕ける波の衣を乾しているのだな。本歌「春過ぎて夏きたるらし白栲の衣ほしたり天の香具山」(万葉・巻一・二八、新古今・夏・一七五 持統天皇、ただし、第二句「夏来にけらし」、第四句「衣ほすてふ」)

1222 道の辺の日差が強くなるにつれて、信太の森の下陰に立ち馴れることが多くなる。

1223 夏の短夜を、宿はなくても、猪名の笹原で笹を刈って、仮寝をして明かしたら、明けてしまった。本歌「しなが鳥猪名野を来れば有間山夕霧立ちぬ宿はなくして」(万葉・巻七・一一四〇)「有馬山猪名の笹原風吹けばいでそよ人を忘れやはする」(後拾遺・恋二・七〇九 大弐三位) ○かりそめ―「笹」の縁語「刈り」を掛ける。

1224 御裳濯河
月やどる御裳濯河《みもすそ》の郭公秋のいくよもあかずやあらまし

1225 伊香保沼
唐衣かくる伊香保《いかほ》の沼《ぬま》水にけふは玉《たま》ぬくあやめをぞひく

1226 天香具山
五月雨は天《あま》の香具《かぐ》山そらとぢて雲《くも》ぞかゝれる峯の真《ま》榊

1227 大江山
ゆふすゞみ大江《おほえ》の山の玉かづら秋をかけたる露ぞこぼるゝ

1228 難波江
おし《を》てるや難波《なには》堀《ほり》江にしく玉《たま》の夜の光はほたるなりけり

1229 美豆御牧
渡(わたり)するをちかた人の袖《そで》かとや美豆野《みづの》にしろきゆふがほの花

1230 松浦山
蟬《せみ》のはの衣に秋を松浦《まつら》潟《がた》ひれふる山のくれぞすゞしき

秋廿首

1231 泊瀬山
泊瀬女《はつせめ》のならす夕の山風も秋にはたへぬしづのをだまき

1224　月が水面に宿る御裳濯川に鳴くほととぎすは、秋の幾夜聞いても飽きることはないだろう。〇秋―「飽き」を掛ける。

1225　唐衣を懸ける伊香保の沼水で、五月五日の今日は薬玉を貫くあやめの根を曳く。参考「東路の伊香保の沼の杜若袖のつまより色ことに見ゆ」（堀河百首・杜若　源顕仲）〇唐衣かくる―衣を衣架に掛けることから、「伊香保」を起こす有意の序としていう。〇けふ―五月五日の端午の節句。〇玉―薬玉。「唐衣」の縁語。

1226　さみだれの時分は、天の香具山の上の空も閉ざされて、峯の榊に密雲が懸っている。↓補注。

1227　大江山に夕涼みしていると、美しい葛の枝からは、秋に先がけて露がこぼれる。本歌「丹波道の大江の山の真玉蔦絶えむの心わが思はなくに」（万葉・巻一二・三〇七一、古今六帖・第二・一二七三　作者未詳）〇玉かづら―「かけ」「露」と縁語。

1228　難波堀江に敷く玉が、よる光を放つのは、夜光の玉ならぬ蛍だった。本歌「堀江には玉敷かましを大君を御船漕がむとかねて知りせば」（万葉・巻一八・四〇五六　諸兄）〇おしてるや―「難波」にかかる枕詞。「てる」は「玉」「光」と縁語。〇玉の夜の光―中国故事にいう夜光の珠を暗示する。

1229　美豆御牧を渡ってゆく旅人の袖かと見えたが、それは白い夕顔の花だった。本歌「うちわたす遠方人にもの申すわれ　そのそこに白く咲けるは何の花ぞも」（古今・雑体・旋頭歌・一〇〇七　読人不知）参考「山里に霧の籬の隔てずは遠方人の袖も見てまし」（新古今・秋下・四九五　好忠）↓補注。〇美豆野―「美」に「見」を掛ける。▽『源氏物語』夕顔の巻の冒頭の心をかすめる。

1230　蟬の羽のような薄い夏衣を着て、秋の訪れを待っている。松浦潟の比礼振山の夏の暮れる日は涼しい。参考「山の名と言ひ継げとかも佐用姫がこの山の上に領巾（ひれ）を振りけむ」（万葉・巻五・八七二　後人追和歌）〇松浦潟―「待つ」を掛ける。

1231　泊瀬女が糸を繰って鳴らすしずのおだまきも、秋の夕には堪えず、山風は悲しげな音を立てる。本歌「泊瀬女のつくる木綿花み吉野の滝の水沫にさきにけらずや」（万葉・巻六・九一二　金村）「いにしへのしづのをだまきくり返し昔を今になすよしもがな」（伊勢物語・三二段）↓補注。

竜田山

1232 心あての思《おも》ひの色《いろ》ぞたつた山けさしもそめし木々の白露《しらつゆ》

阪磨浦

1233 たび衣まだひとへなる夕霧にけぶりふきやる須磨《すま》の浦《うら》風

宮城野

1234 秋にあひて身をしる雨とした露《つゆ》といづれかまさる宮木野《の》の原《はら》

水茎岡

1235 水茎《くき》の岡《をか》のまくずをあまのすむ里のしるべと秋風ぞふく

小倉山

1236 小《を》倉《ぐら》山秋のあはれやのこらましをじかの妻《つま》のつれなからずは

宇治河

1237 河波も待《ま》つよひ《ゐ》すぎばとほ《を》ざかれ八十宇治《やそうぢ》人の秋の枕に

常磐杜

1238 はつかりのきなく常磐《ときは》の杜の露そめぬしづくも秋は見えけり

三室山

1239 御《み》室《むろ》山しぐれもやらぬくもの色のお《を》のれうつろふ秋の夕暮

高円野

1240 おほぞらにかゝれる月も高円《たかまと》の野《の》べにくまなき草の上の露

1232 立田山は当て推量の思いの色(もみじの色)を帯びてきた。秋になった今朝の木々の白露が染めたのだ。○白露—底本「下露」、自筆本「しらつゆ」、書陵部(五〇一・五一一)本「しら露」、来田本「白露」。自筆本により改める。

1233 旅衣はまだ一重なのに、心ない須磨の浦風は夕霧に藻塩焼く煙を吹きやり、霧を二重に深くする。本歌「夏衣まだ一重なるうたた寝に心して吹け秋の初風」(拾遺・秋・一三七 安法)参考「旅人は袂涼しくなりにけり関吹き越ゆる須磨の浦風」(続古今・羈旅・八六八 行平)○ひとへなる—「たび衣」と「夕霧」の両方についていうか。

1234 宮城野の原では、秋の季節に遭って、わが身の不運を知らされる雨と、木の下露と、一体どっちがまさって、私を濡らすだろう。本歌「かずかずに思ひ思はず問ひがたみ身を知る雨は降りぞまされる」(古今・恋四・七〇五 業平、伊勢物語・一〇七段)「みさぶらひ御傘と申せ宮城野の木の下露は雨にまされり」(古今・東歌・一〇九一 陸奥歌)○秋—「飽き」を暗示する。○身をしる雨—涙を暗示する。▽恋歌ふうに仕立てた。

1235 水茎の岡の葛の葉を、海人の住む里のしるべだといわぬばかりに、薄情な男のように秋風が吹く。そして葛の葉は裏を見せ恨んでいる。本歌「水茎の岡の葛葉を吹きかへし面知る子らが見えぬ頃かも」(万葉・巻一二・三〇六八 寄物陳思歌)「海人のすむ里のしるべにあらなくにうらみむとのみ人の言ふらむ」(古今・恋四・七二七 小町)→補注。

1236 牡鹿の妻(牝鹿)がつれなくなかったら、小倉山には秋のあわれが残っただろうか。牝鹿が薄情だから牡鹿が鳴いて、秋のあわれが深いのだ。▽「かやうに詞をつかへば、しほ有也」(三百首抄)

1237 高い音を立てる宇治の川波も、待宵の時分を過ぎたら、遠ざかってくれ。宇治の人は、枕をしても、秋の夜を寝ねがてにしている。▽源氏物語・宇治十帖の世界の趣がある。

1238 初雁が来て鳴く常磐の杜の下露は、木々をもみじに染めないのだが、その雫にも秋の様子は見える。

1239 御室山はしぐれてもこない雲の色が、もみじを染めるのでなく、それ自身紅く染まっている、秋の夕暮。▽「み山路やいつより秋の色ならむ見ざりし雲の夕暮の空」(新古今・秋上・三六〇 慈円)を連想させる詠み方。

1240 大空に懸っている的のような月も高くなった。高円の野辺の草の上には、いっぱいに露が置いて、月の光がくまなく照らしている。○高円—「高し」を掛け、「円」は「月」の縁語。▽「くまなきとは、月南の空に有て十分なるときは、草木のかげもすくなく、すこしのくまもなきもの也」(三百首抄)

1241 伊駒山

生駒《いこま》山あらしも秋の色にふく手染《てぞ》めの糸のよるぞかなしき

1242 生田池

しぐれゆく生田の杜《もり》のこがらしに池のみくさも色かはるころ

1243 浄見関

清見《きよみ》潟《がた》ひまゆく駒《こま》もかげうすし秋なき浪の秋の夕ぐれ

1244 武蔵野

たが方《た》によるなくかりのねにたてて涙うつろふ武蔵野《むさしの》の原《はら》

1245 伊吹山

秋をやく色にぞ見ゆる伊吹《いぶき》山もえてひさしきしたの思《おも》ひも

1246 佐良之奈里

はるかなる月のみやこにちぎりありて秋の夜《よ》あかす更級《さらしな》の里《さと》

1247 白河関

白《しら》河の関《せき》のせきもりいさむとも時雨《(しぐる)》る秋の色はとまらじ

1248 野嶋崎

おもかげはひもゆふぐれにたちそひて野島《のじま》によする秋の浦《うら》波

1249 明石浦

燈《(ともしび)》の明石《あかし》のおきの友《とも》舟もゆく方たどる秋のゆふぐれ

1241　生駒山には、嵐も男の飽きを思わせる秋の色（もみじの色）に吹く。河内女が手染の糸を縒る、夜は悲しい。本歌「河内女の手染の糸をくりかへし片糸にあれど絶えむと思へや」（万葉・巻七・一三一六　作者未詳、古今六帖・第五・三五三三　作者未詳）○よる―「縒る」と「夜」の掛詞。↓補注。

1242　しぐれてゆく生田の森を吹く木枯のために、生田の池の水草も色が変る時分だ。▽水草もしぐれのために紅葉すると見たのは珍しい。

1243　清見潟を、打寄せる波の合間を縫ってゆく旅人の騎馬の姿も、夕日の中に薄く見える。海の波には秋らしい様子も見えないが、やはり秋の夕暮なのだ。参考「草も木も色変れどもわたつ海の波の花にぞ秋なかりける」（古今・秋下・二五〇　康秀）○ひまゆく駒―時の早く過ぎ行くことをいった中国の故事成句「若㆓白駒過㆑郤」（荘子・知北遊）「如㆓白駒過㆑隙」（漢書・魏豹伝）に基づく句。

1244　誰の方に頼ろうと思ってだろうか、夜声を出して鳴く雁の涙に、武蔵野の原の木草も色が変ってゆく。本歌「みよし野のたのむの雁もひたぶるに君が方にぞよると鳴くなる」（伊勢物語・一〇段）○よる―「寄る」と「夜」の掛詞。

1245　伊吹山に長いこと燃えている下の思いという火も、秋を焼くもみじの色に見える。本歌「かくとだにえやは伊吹のさしもぐささしも知らじなもゆる思ひを」（後拾遺・恋一・六一二　実方）↓補注。

1246　遥かな月の都に因縁があって、人々が月を見て秋の夜をまどろまず明かす、更級の里よ。参考「見るほどぞしばし慰さむめぐりあはむ月の都は遥かなれども」（源氏物語・須磨　光源氏）▽里にもかかわらず都に縁があるという。

1247　白河の関の関守が制止して、たとえ旅人は止まっても、時雨のために紅葉する木々の秋の色は、止まらないだろう。○秋の色―ここでは紅葉の色、すなわち紅。上の「白河」の白と対を成す。なお、五行説では秋の色は白だから、「白」と「秋」とは縁語。○とまらじ―「関」の縁語。

1248　恋しい人の面影は、旅衣の紐を結う夕暮時ともなると立添って、野島が崎には、ゆきずりの人の飽きの心を恨むかのように、秋の浦波が寄せる。本歌「淡路の野島の崎の浜風に妹が結びし紐吹き返す」（万葉・巻三・二五一　人麻呂）参考「東路の野島が崎の浜風にわが紐結ひし妹が顔のみ面影に見ゆ」（千載・雑下・旋頭歌・一一六六　顕輔）○ひもゆふぐれ―「紐結ふ」から「日も夕暮」と続ける。○秋の浦波―「飽き」「恨み」を響かせる。▽「遊女の面かげ也」（三百首抄）

1249　灯火が明るいけれど、海上が暗いので、明石の沖を行く友船がどこへ行ったのか探し求める、秋の夕暮。本歌「ともし火の明石大門（おほと）に入る日にか漕ぎ別れなむ家のあたり見ず」（万葉・巻三・二五四　人麻呂）参考「ほのぼのと

阿武隈河

1250 たちくもる阿武隈河《あぶくま》の霧《きり》のまに秋をばやらぬ関《せき》もすゑ《へ》なむ

冬十首

清滝河

1251 お《を》とまがふ木《こ》の葉《は》時雨をこきまぜていはせにそむる清滝の波《なみ》

小塩山

1252 あさしももしらゆふかけて大原《おほはら》や小塩《をしほ》の山に神まつるころ

住吉浦

1253 淡路《あはぢ》島《しま》むかひの雲《くも》のむらしぐれそめもお《を》よばぬ住吉《すみよし》の松

交野

1254 かり人の交野《かたの》のみゆき打《(うち)》はらひ豊《とよ》のあかりにあはむとやする

田蓑嶋

1255 お《を》きあかす霜《しも》ぞかさなる旅《たび》衣田蓑《たみの》の島《しま》はきてもかひなし

有乳山

1256 有乳《あらち》山みねのこがらしさきだてて雲のゆくてにおつる白雪

浮嶋原

1257 富士《ふじ》のねに目《め》なれし雪のつもりきてお《を》のれ時しる浮島《うきしま》が原《はら》

明石の浦の朝霧に島隠れゆく舟をしぞ思ふ」（古今・羇旅・四〇九　読人不知、左注、人麻呂）〇燈の―「明石」に掛かる枕詞。

1250　立って曇る阿武隈川の霧の間に、なごりおしい秋を帰さない関でも据えよう。本歌「阿武隈に霧り立ちくもり明けぬとも君をばやらじ待てばすべなし」（古今・東歌・一〇八七　陸奥歌）

1251　音は本当の時雨に紛れる木葉しぐれが降る。そして落葉を川水にこきまぜて、清滝川の岩瀬に砕ける白波をもみじに染めている。

1252　白木綿を掛けて、大原野の小塩の山に神を祭る時分（大原野の小塩社祭の頃）には、朝霜も白木綿を掛けたように置く。参考「大原や小塩の山もけふこそは神代のことも思ひ出づらめ」（古今・雑上・八七一　業平、伊勢物語・七六段）「玉柏庭も葉広になりにけりこやゆふしでて神まつる頃」（金葉・夏・九七　経信）

1253　海をはさんで相対する淡路島の雲が降らせる村しぐれも、住吉の松を染めることができない。参考「淡路島はるかに見つる浮雲も須磨の関屋にしぐれ来にけり」（玉吟集・初心百首）

1254　交野の野行幸で狩をする人々は、袖に降る雪を打払っている。豊明節会に逢おうというのか。それはまるでその時の五節の舞の廻雪（かいせつ）の袖（舞姫が白い袂をひるがえして舞うことを、廻雪と形容する）のようだ。〇みゆき―「行幸」と「み雪」の掛詞。

1255　まんじりともせず、起きたまま夜を明かした旅衣に、霜が重なる。田蓑島なんて名だけで、蓑を着ても（来ても）甲斐がない。参考「雨により田蓑の島をけふゆけど名には隠れぬものにぞありける」（古今・雑上・九一八　貫之）〇おき―「起き」に「霜」の縁語「置き」を掛ける。〇かさなる―「霜がかさなる」の意に、「かさなる旅」の意を掛けるか。〇きても―「着」と「来」の掛詞。

1256　有乳山では、峯を吹く木枯を先ぶれとして、雲の動いてゆく先に白雪が舞い落ちる。参考「矢田の野に浅茅色づく有乳山峯の泡雪寒くぞあるらし」（新古今・冬・六五七　人麻呂）

1257　富士の嶺で見馴れた雪が積ってきて、浮島が原もみずから冬という季節に気付く。本歌「時知らぬ山は富士の嶺いつとてか鹿の子まだらに雪の降るらむ」（伊勢物語・九段、新古今・雑中・一六一六　業平）参考「富士のねの雪よりおろす山おろしに五月（さつき）も知らぬ浮島が原」（最勝四天王院障子和歌　家隆）

1258 安達原
そなたより霞やしたにいそぐらん安達《あだち》のまゆみ春《はる》はとなりと

1259 因幡山
きのふかも秋の田《た》のもにつゆお《を》きし因幡《いなば》の山も松の白雪

1260 鏡山
鏡《かゞみ》山うつれる浪のかげながらそらさへこほる有明《ありあけ》の月

恋廿首

1261 伏見里
笛《ふえ》竹の伏見《ふしみ》の里《さと》は名のみしていづれのよにか音《ね》をもたつべき

1262 霞浦
はるがすみ霞《かすみ》の浦《うら》をゆく舟のよそにも見えぬ人をこひつゝ

1263 石瀬杜
かみなびの岩瀬《いはせ》の杜《もり》のいはずともしれかし下《した》につもる朽葉《くちば》を

1264 筑波山
あしほ山やまず心は筑波《つくば》嶺《ね》のそがひにだにも見らくなきころ

1265 袖浦
袖《そで》の浦《うら》たまらぬたまのくだけつゝよせてもとほ《を》くかへる浪哉

1258 安達の真弓を張る、その同じ音（おん）の春はもう隣だと、東の方安達原の方向から霞が冬の下で心ひそかに早く立とうと急いでいるのだろうか。○そなた―東の方。春の方角は東。○したに―ひそかにの意を含める。○まゆみ―弓は張るから、同音の「春」に序のごとく続けていう。

1259 秋の田面の稲葉に露が置いたのは、昨日だったのか。今日は因幡の山でも、あの松は雪で真白に覆われている。本歌「きのふこそ早苗とりしかいつのまに稲葉そよぎて秋風の吹く」（古今・秋上・一七二　読人不知）「立ち別れ因幡の山の峯に生ふるまつとし聞かばいま帰りこむ」（古今・離別・三六五　行平）○因幡―「稲葉」を掛ける。

1260 鏡山（鏡）に映っている鳰の海（琵琶湖）の波、そして波の姿のまま、空までも凍りついたようで、有明の月がつめたく懸っている。○うつれる―下の「かげ」とともに、「鏡山」の「鏡」の縁語。○月―鏡になぞらえる。

1261 笛竹の節（ふし）に因む伏見の里なんて、名ばかりで、一体いつ恋心を声に出して言うことができるだろう。参考「さざ波や近江の宮は名のみして霞たなびき宮木守なし」（拾遺・雑上・四八三　人麻呂）○伏見―「竹」の縁語「節」を掛ける。○よ―「世」と、「竹」の縁語「節（よ）」の掛語。○音―「笛」の縁語。

1262 霞浦を行く舟が春霞のため外から見えないように、よそながらも見ることができない人を恋している。

1263 岩瀬の杜の下に落ち積る朽葉で、言わなくても、下で（ひそかに）思っている私の心を察して下さい。参考「山城の石田（いはた）の杜のいはずとも心のうちを照らせ月影」（詞花・雑上・三〇四　輔尹）○かみなびの―「かみなび」は「かむなび」で、神の座す場の意だが、ここでは枕詞的に用いた。

1264 恋情はやむことなく、足も休まず通って心を尽くすけれども、葦穂（足尾）山から見る筑波山のように、恋しい人を後向きですら見ることもない。本歌「筑波嶺に背向（そがひ）に見ゆる葦穂山悪（あ）しかる咎もさね見えなくに」（万葉・巻一四・三三九一）○心は筑波嶺の―「尽くす」を掛ける。▽「名所百首哥之時家隆卿内談事書札」で、この歌につき、「そがひにだにもとはなんぞと候はゞ、いかしてたまはり候べし」という。

1265 袖に溜らない玉のように、袖の浦の波は寄せて玉と砕けては、遠くへかえってゆく。（恋しいあの人は、たまにやって来ては、すぐ遠くへ帰ってゆく。）▽俊頼の「頓来不レ留」の題詠「思ひ草葉末に結ぶ白露のたまたま来ては手にもかからず」（金葉・恋上・四一六）とほぼ同じ状況の恋。

1266 益田池

人心いとゞ益田《ますだ》の池水にうへはしげれる名をうらみつゝ

1267 高師浜

続古 あだなみの高師《たかし》の浜《はま》のそなれ松なれずはかけてわれこひめやも

1268 阿波手杜

かたいとのあだの玉《たま》の緒《を》よりかけてあはでの杜《もり》に露《つゆ》きえねとや

1269 志賀須加渡

秋風になくねをたつるしかすがのわたりし浪におとるそでかは

1270 浜名橋

あづまぢや浜名《はまな》の橋《はし》にひくこまもさぞ待《ま》ちわたる逢坂の関《せき》

1271 磯間浦

梓弓磯間《いそま》の浦《うら》にひく網《あみ》の目《め》にかけながらあはぬ恋哉

1272 守山

終夜《(よもすがら)》夢さへ人め守《もる》山はうちぬるなかをたのみやはする

1273 佐野布奈橋

ことつてよ佐野《さの》の舟橋《ふなはし》はるかなるよその思ひにこがれわたると

1274 安積沼

如何《(いかに)》せん安積《あさか》の沼《ぬま》におふときく草葉につけておつる涙を

1266　益田の池の水面に浮草の上葉が茂るように、うわついた浮名ばかりが立って、あの人の心はいよいよ憂くつらいのが恨めしい。

1267　高師の浜の磯馴れ松に、あだ波が馴れ親しんで掛けなければ、恋しく思うでしょうか（浮気なあなたがなまじっか情を掛けたので、わたしは恋しく思うのです）。本歌「沖つ波高師の浜の浜松の名にこそ君を待ちわたりつれ」（古今・雑上・九一五　貫之）、参考「音に聞く高師の浜のあだ波はかけじや袖の濡れもこそすれ」（金葉・恋下・四六九　紀伊）○あだなみ―いたずらに立ち騒ぐ波。「波の高し」と続く。○かけて―底本「かけし」、自筆本により改める。

1268　命の緒を縒りかけても、片糸では無駄で、片恋のまま、阿波手の杜の露が消えるように、逢うこともなく死んでしまえとお思いですか。本歌「片糸をこなたかなたによりかけて逢はずは何を玉の緒にせむ」（古今・恋一・四八三　読人不知）→補注。

1269　秋風に悲しげな鳴声を立てる鹿のように、私は泣いている。私の袖は、志賀須加の渡りを渡って、波にぐっしょり濡れた旅人の袖に、劣るものですか。○しかすがの―「鹿」を掛ける。

1270　東国の道筋の浜名橋で引いている駒を、駒迎えの役の誰かが、逢坂の関で待ち続けているだろう。（浜名橋あたりの女性と逢いたいと、誰かが待ち続けているだろう）○待ちわたる―「わたる」は「橋」の縁語。

1271　磯間浦に曳く網の目に、魚が掛るように、目に掛けながら、恋人として逢えない恋の悲しさ。参考「余呉の海の君を見しまに引く網の目にもかからぬあぢのむらまけ」（聞書集）○梓弓―「磯間」の「い」にかかる枕詞。○ひく網の―ここまでは「目」を起こすための有意の序。

1272　夜通し夢の中でさえ人が監視しているので、まどろんで夢に逢うことも期待できない。○人め守山は―「人め守る」から「守山」へと続ける。

1273　言づけてくれ。佐野の舟橋の船頭よ、遠く遥かな人への思いに燃えつづけていると。○こがれわたる―「こがれ」は「漕がれ」を暗示して「舟」の、「わたる」は「舟」「橋」の縁語。→補注。

1274　安積沼に生えると聞く、かつみという草のように、辛うじて見るにつけ、落ちる涙を、さてどうしよう。参考「陸奥の安積の沼の花かつみかつ見る人に恋ひやわたらむ」（古今・恋四・六七七　読人不知）「野辺はいまだ安積の沼に刈る草のかつ見るまゝに茂るころかな」（新古今・夏・　八四　雅経）○安積の沼におふときく草―「かつみ」を意味し、「且つ見」（恋人を一方では見る）の意を掛ける。

松嶋

1275 ふくる夜を心ひとつにうらみつゝ人松島《まつしま》のあまのもしほ火

緒絶橋

1276 ことのねも歎《(なげき)》くはゝるちぎりとて緒絶《をだえ》の橋《はし》になかもたえにき

三熊野浦

1277 時のまのよはの衣のはまゆふやなげきそふべきみ熊野《くまの》の浦《うら》

鳴海浦

1278 よそ人に鳴海《なるみ》の海のやへがすみわすれずとてもへだてはてき

二見浦

1279 二見《ふたみ》潟《がた》伊勢《いせ》の浜荻《はまをぎ》しきたへの衣手かれて夢《ゆめ》もむすばず

名取河

1280 名取《なとり》河心にくたす埋《むも》れ木のことわ《は》りしらぬそでのしがらみ

雑廿首

芳野河

1281 吉野《よしの》河いはとかしはをこす浪のときはかきはぞわが君《きみ》の御代《みよ》

鈴鹿河

1282 鈴鹿《すゞか》川《ゞは》八十瀬《やそせ》ふみわたるみてぐらも君が世ながく千世の長月

1275 松島の海人は藻塩火を焼いて、思う人を待っている。夜が更けても人は来ないので、心でせい一杯薄情さを恨んで、胸にも火を燃やしながら。○うらみ―「恨み」と「浦見」の掛詞。○人松島―「人待つ」の意を掛ける。

1276 弾く琴の音にも嘆きの声が加わるような間柄なので、緒絶の橋の中が絶えたように、二人の中も絶えてしまった。本歌「わび人の住むべき宿と見るなへに歎きくはは る琴の音ぞする」(古今・雑下・九八五 宗貞=遍昭)▽伯牙と鍾子期の断琴の交わりの故事(蒙求「伯牙絶絃」)を恋人同士のことに取りなして、かすめて詠むか。→補注。

1277 み熊野の浦の浜木綿の葉と葉が重なるように、ほんのちょっと、夜の衣を重ねたばかりに、嘆きが添うのであろうか。参考「み熊野の浦の浜木綿百重なす心は思(も)へどただに逢はぬかも」(万葉・巻四・四九六、拾遺・恋一・六六八 人麻呂)

1278 鳴海の浦に立つ八重霞のために眺望が隔てられるように、ほかの人に馴れ、あの人のことを忘れたわけではないのだが、すっかり隔ってしまった。参考「風吹けばよそになるみの片思ひ思はぬ波に鳴く千鳥かな」(新古今・冬・六四九 秀能)○鳴海―「成る身」を掛ける。○へだてはててき―「へだて」は「やへがすみ」の縁語。

1279 二見潟に、枯れた伊勢の浜荻を折り敷いて旅寝するが、愛する人の袖とも遠く別れていると思うと、悲しくて寝られず、夢も見ない。本歌「神風の伊勢の浜荻折り伏せて旅寝やすらむ荒き浜辺に」(万葉・巻四・五〇〇 碁檀越妻、新古今・羇旅・九一一 読人不知)→補注。

1280 浮名ばかりを取って、私の恋は結局埋れ木なのだと、わが心には言って聞かせるのに、その道理も知らぬかのように涙が流れ、袖のしがらみでそれを塞き止めなければならない。本歌「名取川瀬々の埋れ木あらはればいかにせむとかあひ見そめけむ」(古今・恋三・六五〇 読人不知)○しがらみ―「名取河」の縁語。

1281 吉野川の堅い岩盤を越す波が永久に変らないように、わが君の御代も永遠でございましょう。本歌「芳野川いはとかしはと常磐なす吾は通はむ万代までに」(万葉・巻七・一一三四)参考「万代を松の尾山の蔭茂み君をぞ祈るときはかきはに」(新古今・賀・七二六 康資王母)

1282 鈴鹿川の八十瀬を踏み渡って、九月伊勢神宮へ発遣される奉幣使も、わが君の御代が千代も永く続きますようにと、祈ってのことであります。参考「鈴鹿川八十瀬の波に濡れ濡れず伊勢までたれか思ひおこせむ」(源氏物語・賢木 六条御息所)

1283 不尽山
あまのはら富士《ふじ》の柴《しば》山しばらくもけぶりたえせず雪も消《け》なくに

1284 還山
いかばかりふかきなかとて還《かへる》山かさなる雪をとへと待《ま》つらん

1285 海橋立
むばたまの夜わたる月のすむ里はげにひさかたの天《あま》の橋立《はしだて》

1286 明日香河
さゞれいしはいはほとなりて飛鳥《あすか》河ふちせの声をきかぬ御代《みよ》哉

1287 鳥羽
すゑとほ《を》き鳥《と》羽《ば》田《た》の南しめしより幾《いく》世の花にみゆきふるらん

1288 辰市
敷島の道《みち》にわが名は辰《たつ》の市《いち》やいさまだしらぬやまとことのは

1289 吹飯浦
こす波《なみ》にわが世吹飯《ふけゐ》のうらみきてうちぬるゆめもこのごろぞ見る

1290 布引滝
布引《ぬのびき》の滝《たき》にたもとをあらそひてわが年波のいづれたかけん

1291 長柄橋
さもあらばあれ名《な》のみ長柄《ながら》の橋柱《はしぐら》くちずは今の人もしのばじ

1283 天に秀ずる富士の柴山は、ほんのしばらくも噴煙も絶えないし、また雪も消えない。本歌「天の原富士の柴山木の暗（くれ）の時移（ゆつ）りなば逢はずかもあらむ」（万葉・巻一四・三三五五　駿河国歌）

1284 一体どのように深い間柄だというので、還山に降り重なる十重の雪のように、帰る日を訪えと待つのであろう。参考「たのめてもはるけかるべきかへる山いくへの雲の下に待つらむ」（新古今・恋二・一一三〇　重政）○ふかき―「雪」の縁語。○とへ―「問へ」に「十重」を掛ける。

1285 夜空を渡ってゆく月が澄む（住む）里は、なるほど空に因んだ地名、悠久の天の橋立であるよ。○むばたまの―「夜」にかかる枕詞。○夜わたる―「わたる」は「天の橋立」の縁語。○すむ―「澄む」に「住む」を掛ける。○ひさかたの―「天」にかかる枕詞。「久し」の意を掛ける。

1286 飛鳥川のさざれ石が巌となるまで、永い時が経ったが、淵が瀬となるような激しい変化を示す、騒がしい音を聞かぬ、平安な御代だ。本歌「わが君は千代に八千代にさざれ石のいはほとなりて苔のむすまで」（古今・賀・三四三　読人不知）「世の中は何か常なるあすか川きのふの淵ぞ今日は瀬になる」（古今・雑下・九三三　読人不知）

1287 遠い将来までもと、鳥羽田の南に離宮をお作りになってから、幾代にわたって、春の花が雪と降り、行幸御幸が行われたことか。↓補注。

1288 和歌の道で私の名声は高く立ったけれども、さあどうだろうか、まだ大和言葉の真髄を私は分ってはいないのだ。↓補注。

1289 吹飯の浦に波が越すように、年老いた自分が若い人々に追い越されるのを恨んで、殆んど夜も眠れなかったが、この頃はその恨みもなくなったので、眠れるし、夢も見るようになった。↓補注。

1290 私の袂から落ちる涙の滝は、布引の滝と競争する。この滝と、私の年齢と、一体どちらが高いだろうか。本歌「わが世をばけふかあすかと待つ甲斐の涙の滝といづれ高けむ」（伊勢物語・八七段、新古今・雑中・一六五一　行平）「ぬき乱る人こそあるらし白玉のまなくも散るか袖のせばさに」（同）

1291 いっそ私も朽ちてしまえ。長柄の橋にしても朽ちはてて名だけが長く残っているけれども、もし朽ちてしまわなければ、今の人もその橋柱の切れ端を珍しがって、昔を偲びはしないだろう。○名のみ長柄の―「長し」を掛ける。本歌「難波なる長柄の橋も作るなり今はわが身を何に譬へむ」（古今・雑体・誹諧歌・一〇五一　伊勢）

1292 玉河里

手づくりやさらすかきねの朝露をつらぬきとめぬ玉河の里《さと》

1293 生浦

なにゆゑ《へ》か底《そこ》のみるめも苧生《おふ》の浦《うら》に逢《あ》ふことなしの名《な》にはたつらん

1294 佐夜中山

関の戸をさそひし人はいでやらでありあけの月の佐夜《さや》の中山

1295 嵯峨野

むすびお《を》きし秋の嵯峨野《さがの》のいほりより床《とこ》は草葉《くさば》の露《つゆ》になれつゝ

1296 角太河

水茎《くき》のあとかきながす隅田《みだ》河ことつてやらむ人もとひこず

1297 志加麻市

はれぬまにまづあさぎりをたちこめて飾磨《しかま》の市《いち》にいづる里人《さと》

1298 若浦

寄《よ》りくべき方もなぎさのもしほ草かきつくしてし和歌《わか》の浦《うら》波

1299 相坂関

きみに猶逢坂《あふさか》山もかひぞなき杉の古《ふる》葉に色し見えねば

1300 御津浜松

待《ま》ちこひし昔は今もしのばれてかたみひさしき御津《みつ》の浜松

1292 玉川の里では、垣根に手作りの布を晒して干す。その垣根からこぼれる朝露を貫きとめることもない。本歌「多摩河に晒す手作りさらさらに何そこの子のここだかなしき」（万葉・巻一四・三三七三　武蔵国歌）「白露に風の吹きしく秋の野はつらぬきとめぬ玉ぞ散りける」（後撰・秋中・三〇八　朝康）

1293 どうして海底に海松が生えている生の浦に住んで、人と逢いもしないのに、噂に立つのだろう。本歌「をふの浦に片枝さしおほひなる梨のなりもならずも寝て語らはむ」（古今・東歌・一〇九九　伊勢歌）↓補注。

1294 関の戸を一緒に出ようと誘った人は出られないままでいる。ひとり佐夜の中山を越えると、有明の月が懸っている。参考「親故適回レ駕　妻奴未レ出レ関　鳳凰池上月　送レ我過二商山一」（新撰朗詠・月・二二三
○　白楽天）↓補注。

1295 秋の嵯峨野に草庵を結んでからというものは、床は草葉の露になじむようになった。参考「かなしさは秋の嵯峨野のきりぎりすなほふるさとに音をや鳴くらむ」（新古今・哀傷・七八六　実定）○むすびおきし―「むすび」も「おき」も、下の「草葉」「露」の縁語。▽「さが野、ちかく、をぐら山の麓に、山庄とて庵りをつくりて居給ける心なり」（三百首抄）

1296 隅田川まで遥々旅をして、筆墨を用いて便りを認めても、託すべき人も訪れてこない。○隅田河―「墨」を掛ける。▽『伊勢物語』九段の心。

1297 立ちこめる朝霧の晴れやらぬうちに、里人は早々と朝立ちして飾磨の市に出てくる。○たちこめて―「たち」は、朝霧が立つ意に、里人が早朝に家を出立する意を含ませる。参考「恋をのみ飾磨の市に立つ民の絶えぬ思ひに身をや替へてむ」（千載・恋四・八五七　俊成）

1298 和歌の浦で、浦波に運ばれて、新たに藻が寄り来る潟もない、渚の藻塩草を掻き集め、集め尽したように、私は発想の必然性もない和歌をすっかり書き尽してしまった。参考「若の浦に潮満ち来れば潟を無み葦辺をさして鶴鳴き渡る」（万葉・巻六・九一九　赤人）○寄りくべき―「寄り」は「浦波」の縁語。○方―「潟」と「方」を掛ける。○なぎさ―「無き」を掛ける。○かきつくして―「掻き」と「書き」を掛ける。

1299 逢坂山で人に逢うように、君が代に逢い申上げはしたものの、わが子（為家）の衣の色は杉の古葉の色だけで、他の色が見えないから、甲斐がありません。○逢坂―「逢ふ」を掛ける。○杉の古葉―四位の緑衣を暗示するか。

1300 御津の浜松は遠い昔の記念として、やはり常盤の緑を見せている。古人が「御津の浜松待ち恋ひぬらむ」と歌った昔のことが、今も偲ばれる。本歌「いざ子ども早くやまとへ大伴の御津の浜松待ち恋ひぬらむ」（万葉・巻　・六三、新古今・羇旅・八九八　憶良）

春日同詠百首応　製和歌

参議従三位行治部卿兼侍従伊予権守臣藤原朝臣定家上

春廿首

1301 春《はる》がすみたつや外《と》山のあしたよりさきあへぬ花を雪とやは見る

1302 朝《あさ》日さす春日《かすが》の小野《をの》のおのゝ《を》づからまづあらはるゝ雪のしたくさ

1303 あしがきはまぢかき冬の雪ながらひらけぬ梅にうぐひすぞなく

1304 梅花《(むめのはな)》にほふやいづこ雲《くも》かゝるみ山の松は雪《ゆき》もけなくに

1305 むばたまの夜のまの風のあさといでに思《おも》ふにすぎて匂ふ梅が枝《え》

1306 くるとあくと目《め》かれぬ花に鶯のなきてうつろふこゑなをしへそ

1307 あらたまの苔《こけ》のみどりに春《はる》かけて山のしづくも時はしりけり

1308 浅緑霞たなびく山がつの衣はるさめ色にいでつゝ

春日同詠百首応製和歌―後鳥羽院から題を与えられたのは建保三年（一二一五）九月、詠進したのは翌建保四年正月のこと。時に定家は五十五歳。作者は十六人で、その中には家隆・慈円・雅経・通光・秀能・家長・道家らもいる。

1301 春霞が立つ、里近い山の立春の朝から、咲ききらない花のような残雪を、どうして雪と見ることができようか。本歌「心ざし深くそめてし折りければ消えあへぬ雪の花と見ゆらむ」（古今・春上・七 読人不知、左注は良房）

1302 春日野に春の暖かい朝日が射すと、真先に雪の下に埋もれていた草がおのずと顕われてくる。▽沈淪していたわが身が朝恩に浴したという寓意を有するか。

1303 本格的な春は間近だが、未だ冬を思わせる雪の中で、葦垣の近くにある開ききっていない梅に鶯が鳴いている。参考「人知れぬ思ひやなぞと蘆垣のまぢかけれども逢ふよしのなき」（古今・恋一・五〇六 読人不知）

1304 梅の花が匂うのはどこだろう。雲が懸っている深山の松に積った雪も消えていないのに。参考「春霞立てるやいづこみ吉野の吉野の山に雪は降りつつ」（古今・春上・三 読人不知）「み山には松の雪だに消えなくに都は野辺の若菜摘みけり」（同・同・一九 読人不知）

1305 夜の間に風が吹いた翌朝、戸を開けて出ると、梅の枝は思った以上に匂っている。本歌「朝まだき起きてぞみつる梅の花夜のまの風のうしろめたさに」（拾遺・春・二九 元良親王）

1306 明けても暮れても梅の花から目を離すことができない。鶯は声高く鳴いて枝移りし、この花に移ろう（色あせる）ということを教えないでくれ。↓補注。

1307 新年を迎えた苔の緑のために、山の雫も春に先立って、季節を知ってしたたり落ちる。参考「常磐なる山の岩根にむす苔の染めぬ緑に春雨ぞ降る」（新古今・春上・六六 良経）

1308 浅緑に霞がたなびく山に生活する人々の衣も、春雨に濡れて鮮かな緑色になってくる。参考「わがせこが衣はるさめ降るごとに野辺の緑ぞ色まさりける」（古今・春上・二五 貫之）○衣はるさめ―「はる」は衣の縁語。

1309 あを《お》によし奈良《なら》のみやこの玉柳色にもしるく春《はる》はきにけり

1310 峯の雪とくらむ雨のつれ〴〵と山べもよほ《お》す花のしたひも

1311 昨日けふ山のかひより白雲《しらくも》の立田《たつた》のさくら今かさくらん

1312 みよしのの《ゝ》吉野《よしの》は花のやどぞかしさてもふりせずにほふ山哉

1313 桜花さきぬるころは山ながら石間《いしま》ゆくてふ水の白《しら》浪

1314 もゝちどりさへづる春のかず〳〵にいくよの花の見てふりぬらむ

1315 続拾 花の色にひとはるまけよかへる雁ことし越路《こしぢ》のそらだのめして

1316 ながめつゝかすめる月はあけはてぬ花の匂ひも里わかぬころ

1317 山のはをわきてながむる春の夜に花のゆかりの有明《ありあけ》の月

1318 ちる花のつれなく見えしなごりとてくるゝもを《お》しくかすむ山かげ

1319 色まがふ野《の》べの藤波袖かけてみかりの人のかざし折《お》るらし

1320 とはば《ゞ》やな花なきさとにすむ人も春はけふとや猶ながむらん

1309　奈良の都の柳の青々とした色にもはっきりと、春はやって来た。本歌「青丹よし奈良の都は咲く花のにほふがごとく今盛りなり」（万葉・巻三・三二八　老）なお、都大路の柳の美しさは催馬楽・浅緑にも歌われている。○あをによし―「奈良」にかかる枕詞。○玉―美称。

1310　嶺の雪を解かす春雨が所在なく降り続いて、山辺では花の下紐を解くように促している。参考「春の夜の明けばとく見むつれづれと桜もよほす雨の降るかな」（大江嘉言集）→補注。

1311　昨日今日、山峡から白雲が立昇る。今や竜田山の桜が咲き始めたのだろうか。→補注。

1312　み吉野の芳野は花の宿なのだ。それにしても、昔から古びることなく色美しく花咲く山だ。

1313　桜花が咲いた頃は、山全体があたかも岩間を流れゆく水の白波が立っているように見える。本歌「石間ゆく水の白波立ちかへりかくこそは見めあかずもあるかな」（古今・恋四・六八二　読人不知）

1314　百千鳥が囀る春を数多く経験し、いったい幾代にわたって花を見て、私は老いたことだろう。本歌「百千鳥さへづる春は物毎にあらたまれども我ぞふりゆく」（古今・春上・二八　読人不知）○もゝちどり―古今伝授での三鳥の一とされる。いろいろな小鳥の意か。○ふりぬ―「古り」に「花」の縁語「降り」を掛ける。

1315　越路の空に帰ってゆく雁よ、今年は越路の人に空しい期待を持たせて、この春一期は花の色に免じて、帰らないでくれ。○まけよ―免じてくれよ。○越路―「来し路」を掛け、「かへる雁」の「かへる」と対をなす。○そらだのめ―「空」を掛ける。

1316　花の匂いも里を区別することなく、一面に立ちこめている時分、眺めると、霞んでいる月はすっかり明けてしまった。

1317　花が咲いているので、とりわけ山の端を眺める春の夜に、その花のゆかりともいうべき月が出ている。有明の月となって残る月が。

1318　散る花がつれなく見えたそのなごりというわけで、霞んでいる山陰で春の日が暮れてしまうのも惜しい。→補注。

1319　桜に色まごう野辺の藤の花を袖にかけて、狩する人はかざしに折るらしい。本歌「ももしきの大宮人はいとまあれや桜かざしてけふもくらしつ」（和漢朗詠・春興・二五、新古今・春下・一〇四　赤人）○袖かけて―「かけて」は「藤波」の縁語。

1320　訪ねたいものだ。花のない里に住む人も、春は今日一日で去ってしまうというので、やはりじっと物思いにふけって見つめていることであろうか。参考「春霞立つを見捨てゆく雁は花なき里に住みやならへる」（古今・春上・三一　伊勢）

夏十五首

1321 春の色にせみの羽《は》衣ぬぎかへて初こゑお《を》そきほとゝぎす哉

1322 しのばるゝときはの山のいはつゝじ春のかたみの数ならねども

1323 物ごとにしぐれのわきし松の色をひとつにそむる夏の雨《あめ》哉

1324 郭公たびなるけさのはつこゑにまづ里見えよのきの橘

1325 ほとゝぎす心づくしの山のはをまたぬにいづるいざよひの月

1326 いたづらに雲《くも》ゐる山の松《まつ》のはの時ぞともなき五月雨のそら

1327 あやめ草ふくや五《さ》月のながき日にしばしをやまぬのきの玉水

1328 秋たゝむいなばの風をいそぐとてみしぶにまじる田子《ご》の衣手

1329 あたらしや鵜《う》河《かは》のかゞりさしはへていとふ川瀬《かはせ》の有明《ありあけ》の月

1330 さゆりばのしられぬ恋《こひ》もある物を身よりあまりてゆくほたる哉

1331 よそへてのかひこそなけれまつ人はこずの床《とこ》夏花にさけども

1321 春の色をしている衣を、蝉の羽衣のような夏衣に脱ぎ替えたけれども、時鳥の初声は遅い。↓補注。

1322 逝ってしまった春が恋しく偲ばれる時は、常磐の山の岩つつじを見る。それは春の形見としては物の数ではないけれども。本歌「思ひいづるときはの山の岩つつじいはねばこそあれ恋しきものを」（古今・恋一・四九五　読人不知）○しのばるゝときはの山―「しのばるゝ時」から「常磐山」へと続ける。○春のかたみの…―春の形見は何といっても桜が第一で、それに比べたら躑躅は物の数ではないので「数ならねども」という。

1323 四季それぞれの物毎に時雨は区分して染めたが、松だけは染めなかった。その松をも緑一色に染める夏の雨よ。

1324 今朝やって来てまだ旅人である時鳥が初声を立てている。軒の橘よ、時鳥に宿はここですと教えておくれ。本歌「けさ来鳴きいまだ旅なるほととぎす花橘に宿はからなむ」（古今・夏・一四一　読人不知）

1325 山の端からほととぎすが出て来るのを、心を尽して待っているのに、ほととぎすは現れないで、待ちもしない十六夜の月が出た。▽「有明の月は待たぬに出でぬれどなほ山深きほととぎすかな」（新古今・夏・二一二　親宗）などと類想の歌。

1326 空しく雲が懸っている山の松の葉から、小止みなくさみだれが落ちる。

1327 あやめを軒に葺く、五月の永い日、その軒先のあやめの葉末から、玉のようなさみだれの雫が、しばしの間、小止みなくしたたり落ちる。参考「ほととぎす鳴くやさつきのあやめ草あやめも知らぬ恋もするかな」（古今・恋一・四六九　読人不知）

1328 稲葉に風が立つ、稔りの秋のための準備を急ぐというので、水渋にまじって早苗を植える田子（農夫）の袖が見える。参考「みしぶつき植ゑし山田にひたはへてまた袖濡らす秋は来にけり」（新古今・秋上・三〇一　俊成）

1329 もったいないな、わざわざ鵜飼のためのかがり火を焚いて、川瀬を照らす有明の月を嫌うのは。○さしはへて―わざわざ焚いて。「さしはふ」は、わざわざ何かするの意。

1330 夏草にまじってひっそり咲く小百合のような、人に知られない恋もあるのに、思いの火を身体の外に出して行く蛍よ。↓補注。

1331 とこなつの花を、愛する人にたとえても、その甲斐がない。花は咲くけれども、待つ人は小簾をくぐって床の辺にやって来ない。本歌「わが宿の垣根に植ゑしなでしこは花に咲かなむよそへつつ見む」（後撰・夏・一九九　読人不知）○こずの床夏―「来ず」に「小簾」を響かせ、「床夏」に「床」を暗示させる。

1332 夏衣香取《かとり》のうらのうたゝねに浪のよる〳〵かよふ秋風

1333 木《こ》のまもるかきねにうすき三日月《みか》の影あらはるゝ夕顔《ゆふがほ》の花

1334 ゆふだちの雲ふく風の時のまに露ほしはつる小野《をの》ゝ篠原《しのはら》

1335 続古 飛鳥川《あすかゞは》ゆくせの浪にみそぎしてはやくぞ年のなかばすぎぬる

此ノ歌忘却　似タリ二故殿ノ御歌ニ一　後年見付ク　可シレ恥ヅ

秋廿首

1336 さらぬだにあだにちるてふ桜麻《（さくらあさ）》の露もたまらぬ秋の初《はつ》風

1337 たなばたの手だまもゆらに織《を》るはたを折《おり》しもならふ虫の声哉

1338 わがやどは萩のしらつゆあともなしたれかはとはむ野べの古道《ふるみち》

1339 おほかたにつもれば人のと許《（ばかり）》にながめし月も袖やぬれけん

1340 あはれのみいや年《とし》のはに色まさる月と露《つゆ》との野《の》べの笹原《さゝはら》

1341 続後 秋の月河音《をと》すみてあかす夜にをちかた人のたれをとふらん

1332 かとりの夏衣をまとって、香取の浦にうたた寝をしていると、波の寄る夜ごとに、ひっそりと早くも秋風が通ってくる。○夏衣―かとりの布（固く織った絹の布）の連想から、同音の「香取」の有意の序として用いた。○うら―「浦」に「夏衣」の縁語「裏」を掛ける。○よる―「寄る」に「夜」を掛ける。参考「有度（うど）浜のうとくのみやは世をば経む波のよるよる逢ひ見てしがな」（新古今・恋一・一〇五一　読人不知）「蛍飛ぶ野沢に茂る葦の根の夜な夜な下に通ふ秋風」（新古今・夏・二七三　良経）

1333 木の間を洩る薄い三日月の光のうちに、垣根にぼうっと夕顔の花が立ち現れた。

1334 さっき夕立を降らせた雲を吹払う風のために、ほんの短い間に、小野の篠原に置いた雨の露も、すっかり乾いてしまった。

1335 飛鳥川の川瀬の波に六月祓のみそぎをして、つくづく思う。行く水のように早く、今年も半ばは過ぎてしまったのだ。↓補注。

1336 桜麻というのは、そうでなくても空しく散る桜にちなむ呼び名なのに、桜麻の露も止まっていられないように、秋の初風が吹く。↓補注。

1337 折しも、織女が手珠をゆらゆらと響かせながら機を織る音にならって鳴く、はたおり虫の声よ。本歌「足玉も手珠もゆらに織るはたを君が御衣（みけし）に縫ひあへむかも」（万葉・巻一〇・二〇六五　秋雑歌）○ゆらに―ゆらゆらと。「ゆら」は玉や鈴などの触れ合う音を表す擬態語。

1338 私の家の庭には萩の白露が一杯で、人の通った跡もない。一体誰が訪れようか。それはさながら野辺の古道も同じなのだ。

1339 「大方は月をもめでじ」と嘆きながら月を眺めた古人も、袖を涙で濡らし、月の光がそこに宿ったことであろうか。本歌「大方は月をもめでじこれぞこの積れば人の老となるもの」（古今・雑上・八七九　業平、伊勢物語・八八段）

1340 あわれさばかり、年毎にいよいよまさってくる。月が差し、露の置く野辺の笹原は。▽老境に近付くにつれて実感されるあわれさ。

1341 秋の月も澄み、川の水音も澄んで聞えてくる。それらを見聞きしながら明かす夜、遠くの方を行く人は、誰を訪れるのであろうか。▽遠方人の足音を聞き、恋人を訪れるのかと思いやる心。

1342 袖のうへに思《(おもひ)》いれじとしのべどもたへずやどかる月のかげかな

1343 あづまやの軒《ゝき》のほどなきいたびさしいたくも月になれにけるかな

1344 まどろまでながむる月のあけがたに寝《ね》覚やすらん衣うつ也

1345 続古 起《を》きてゆくたが通《ゝよ》ひぢの朝《あさ》露ぞ草の袂もしぼる許に

1346 さを鹿《しか》のしがらむ萩《はぎ》も時すぎてかれゆく小野《をの》をうらみてぞなく

1347 ひきむすぶかりほの庵も秋くれて嵐によわ《は》き松虫のこゑ

1348 秋の色のめにさやかなる旧里《(ふるさと)》になきてうづらの誰しのぶらん

1349 お《を》ろかなる露《つゆ》やくさばにぬくたまを今はせきあへぬ初しぐれ哉

1350 かりがねの涙の露《つゆ》のたまながらぬきもさだめず織《を》るにしき哉

1351 守《もる》山のしぐれぬ秋を見てしがな心づからやもみぢはつると

1352 ちぎりありてうつろはむとや白菊の紅葉のしたの花《はな》にさきけん

1353 長《なが》月の紅葉の山のゆふしぐれはるゝひかげも雲《くも》はそめけり

1342 秋の悲しみを深く思うまいと堪えているけれども、つい袖の上に涙をこぼしてしまい、絶えず月の光が宿っている。

1343 あずまやの軒の浅い板庇から差し込んでくる月に、ひどく馴れ親しんだ。▽三句までは「いたく」を引出す有意の序。若い時の詠、二見浦百首・一五四に類似した発想の歌。

1344 まどろまず、有明の月を眺めている明方に、里人も寝覚めしたのだろうか、衣を擣つ音が聞える。

1345 誰が起きて、恋人の許から帰ってゆく通い路だろう。そこには朝露が、草の袂もしぼるほど、いっぱい置いている。

1346 牡鹿は、からみつく萩も花季が過ぎて枯れてゆく小野を恨んで、鳴いている。離（か）れるのを恨む恋人のように。本歌「秋萩をしがらみ伏せて鳴く鹿の目には見えずて音のさやけさ」（古今・秋上・二一七 読人不知）参考「妻恋ふる涙なりけりさを鹿のしがらむ萩における白露」（久安百首 実清）

1347 秋の日も暮れて、かりそめに結んだ庵に、山風に乗って、弱々しい松虫の声が聞えてくる。

1348 男の飽き心を思わせる秋色が、目にもはっきり見える寂しい旧里で、捨てられた女の化身の鶉は、誰を偲んで鳴いているのだろう。参考「野とならば鶉と鳴きて年は経むかりにだにやは君は来ざらむ」（古今・雑下・九七二 読人不知、伊勢物語・一二三段）

1349 まばらだった露は、草葉が貫く玉のようだったが、今は初時雨の雨滴を草葉も堰き止めることはできない。本歌「おろかなる涙ぞ袖に玉はなす我はせきあへずたぎつ瀬なれば」（古今・恋二・五五七 小町）

1350 雁の涙の露の玉を貫きながら、天つ乙女らが緯（ぬき）糸もきめずに織る、紅葉の錦よ。本歌「経（たて）も無く緯も定めずをとめらが織るもみち葉に霜な零りそね」（万葉・巻八・一五一二 大津皇子）

1351 しぐれしない守山の秋を見たいものだ。守山はおのが心から全山紅葉するのか、それとも時雨のためにやむなく紅葉するのか、確かめるために。→補注。

1352 色うつろうという前々からの約束を知らずに、白菊の花は紅葉の木の下に咲いたのだろうか。参考「白菊のうつろひゆくぞあはれなるかくしつつこそ人も離（か）れしか」（後拾遺・秋下・三五五 良暹）○うつろはむとや―「春霞たなびく山の桜花うつろはむとや色変りゆく」（古今・春下・六九 読人不知）○白菊の―「知ら（ず）」を掛ける。

1353 九月の夕方、紅葉の山に降り注いでいた時雨が霽れ、さっきまで紅葉を染めていた時雨に代って、夕日がさして、雲を夕焼色に染めている。

1354 泉河日もゆふぐれの高麗錦《こまにしき》かたへ《え》おちゆく秋のもみぢ葉《ば》

1355 木《こ》の葉《は》もて風のかけたるしがらみにさてもよどまぬ秋のくれ哉

冬十五首

1356 こがらしの杜《もり》のこずゑの朝《あさ》な〳〵名《な》にあらはるゝ神無《な》月哉

1357 風さむみ三穂《ほ》の浦《うら》べをこぐ舟に山の木《こ》の葉のきほひがほなる

1358 とまらじなよもの時雨のふるさととなりにしならの霜の朽葉《くちば》は

1359 かさゝぎの羽《は》易《がひ》の山の山風《かぜ》のはらひもあへぬ霜《しも》のうへの月

1360 にほどりは玉藻《たまも》のやどもかれなくにたのみし蘆《あし》ぞ青葉《あおば》まじらぬ

1361 冬草をむすぶもあだにあかす夜の枕もしらずあられふる也

1362 色見えぬ冬の嵐の山風に松の枯葉《かれは》ぞ雨とふりける

1363 楢柴《ならしば》もかれゆくきゞす影をなみたつや狩場《かりば》のお《を》のがありかを

1364 浜松《はまゝつ》のねられぬ浪のとまやかた猶こゑそふるさよ千鳥《ちどり》哉

1354 泉川の夕暮時、高麗錦の結う紐の片方のように美しい秋のもみじ葉が一部分川面に落ちて流れてゆく。本歌「高麗錦紐の片へぞ床に落ちにける　明日の夜し来なむと云はば取り置きて待たむ」（万葉・巻一一・二三五六）

1355 風は木の葉でしがらみを掛けたのに、それでも淀もうとはせず、秋は暮れてゆく。本歌「山川に風のかけたるしがらみは流れもあへぬ紅葉なりけり」（古今・秋下・三〇三　列樹）

1356 木枯の森の梢が、木枯に吹かれ、毎朝毎朝あらわになってゆくので、その名のごとく、葉守の神もおられない神無月だと知られる。参考「時しもあれ冬は葉守の神無月まばらになりぬ森の柏木」（新古今・冬・五六八　慶算）

1357 三保の浦辺を漕ぐ船に、風が寒いので散る山の木の葉が、船と競争するように飛ぶ。本歌「風早の三穂の浦廻（うらみ）を漕ぐ舟の舟人さわく波立つらしも」（万葉・巻七・一二二八）

1358 あたり一面しぐれの降る古里となった奈良の地の、霜の置いた楢の朽葉は、いつまでも木に止まってはいないだろうな。本歌「故里となりにしならの都にも色はかはらず花は咲きけり」（古今・春下・九〇　平城上皇）

1359 羽易の山の山風は、鵲の羽交いの上に置いた霜をすっかり払うこともできず、そこに月が映っている。

1360 かいつぶりは水中の玉藻の宿を離（か）れはしないのに、あてにしていた蘆は、すっかり枯れてしまって、青葉が混っていない。本歌「にほ鳥の氷のせきにとぢられて玉藻の宿をかれやしぬらむ」（拾遺・雑秋・一一四五　好忠）、参考「冬深くなりにけらしな難波江の青葉まじらぬ蘆のむらだち」（新古今・冬・六二六　成通）○かれ―「枯れ」と「離れ」の掛詞。

1361 冬草を草枕に結んだのも役に立たず、寝られない夜、ばらばらと音を立てて霰が降る。○枕もしらず―枕をすることも知らず、の意で、寝られない状態を言う。

1362 （春の嵐は白く、夏の嵐は青く、そして秋の嵐は紅葉に赤く色付いていたが、冬の嵐山の嵐には華やかな色はない。ただ、吹くにつれて、松の枯葉が雨のように降る。

1363 狩場の楢柴も枯れてゆき、雉子は物蔭もないので、自身のありかを狩人に知られて飛び立つ。本歌「春の野にあさる雉の妻恋におのがあたりを人に知れつゝ」（万葉・巻八・一四四六、拾遺・春・二一　家持、第四句「おのがありかを」）

1364 浜べの松の根元近くの苫葺きの屋形に宿ると、波の音、松風の音で寝られない。その上さらに鳴く音を添える小夜千鳥よ。参考「磯に寄る波に心の洗はれて寝覚めがちなる苫屋形かな」（山家集・下・雑）○浜松の―「根」から同音の「寝」を起こす序。

1365 身をしを《ほ》る炭《すみ》のやすきをうれへにて氷をいそぐあさの衣手

1366 難波《なには》潟《がた》もよりまがふ乱蘆《(みだれあし)》のほずゑお《を》しなみ初《はつ》雪ぞふる

1367 続古 あけぬとていでつる人のあともなしたゞ時のまにつもる白《しら》雪

1368 とはるゝをたれ許《(ばかり)》とやながむ覧《(らん)》雪のあしたの岩《いは》のかけ道《みち》

1369 いとゞしくふりそふ雪に谷《たに》ふかみしられぬ松のうづもれぬらん

1370 むかひゆくむそぢの坂《さか》のちかければあはれも雪も身につもりつゝ

恋十五首

1371 今ぞ思《おも》ふいかなる月日富《ふ》士《じ》のねの峯にけぶりのたちはじめけん

1372 きのふけふ雲《くも》のはたてをながむとて見もせぬ人の思《(おもひ)》やはしる

1373 はつかりのとわたる風のたよりにもあらぬ思《おも》ひをたれにつたへむ

1374 まどろまぬ霜《しもを》おくよはの百羽《もゝは》掻《が》きはねかくしぎのくだけてぞなく

1375 続後 終夜《(よもすがら)》月にうれへてねをぞなくいのちにむかふ物思ふとて

1365　粗末な麻の衣を着た炭焼の翁は、苦労して焼いた炭が安いのを心配事として、氷りついた朝、炭売りへと急ぐ。参考「可レ憐身上衣正単。心憂ニ炭賤一願ニ天寒一。夜来城外一尺雪。暁駕ニ炭車一輾ニ氷轍一」（白氏文集・巻四・売炭翁）「み山木を朝な夕なに樵りつめて寒さを恋ふる小野の炭焼き」（拾遺・雑秋・一一四四　好忠）○身をしをる―身を苦しめる肉体的労働の苦しみをいう。

1366　難波潟にもともと雪かと見紛う、乱れた枯れ蘆の穂末を押付けて、初雪が降る。↓補注。

1367　夜が明けたというので出ていった人の足跡もない。ほんのちょっとの間に、白雪は降り積って、足跡を埋めてしまったのだ。

1368　山家に住む人は、雪の桟、岩の桟を伝って誰が尋ねて来るだろうかと、じっと眺めていることだろうか。↓補注。

1369　谷が深いので、そうでなくても人に知られない松は、いよいよ降り加わるこの雪で、いっそう埋もれてしまうであろう。▽『白氏文集』新楽府のうち「澗底松」の心をかすめる。

1370　五十五歳の今年も、もう暮れようとしている。これから向う六十路の坂も近いので、それを思うと、あわれさも雪も身に積る。

1371　自分が恋し始めた今にして思う。一体いつの日、富士の嶺に恋の煙が立ち始めたのだろう。本歌「富士の嶺のならぬ思ひに燃えば燃え神だに消たぬ空し煙を」（古今・雑体・誹諧歌・一〇二八　紀乳母）

1372　昨日今日と雲をじっと眺めているからといって、会いもしないのに恋し始めた私のこの思いを、その人は知ろうか。本歌「夕暮は雲のはたてに物ぞ思ふ天つ空なる人を恋ふとて」（古今・恋一・四八四　読人不知）↓補注。

1373　初雁が天の門（と）を渡ってやって来る。風の便りでもないこの思いを、私は誰に伝えたらよいのであろうか。本歌「便りにもあらぬ思ひのあやしきは心を人につくるなりけり」（古今・恋一・四八〇　元方）「思ひ出でて恋しき時は初雁のなきて渡ると人知るらめや」（同・恋四・七三五　黒主）

1374　まんじりともできない、霜の降る夜半、羽をばたばたさせながら鳴く鴫の声が聞える。そのように私の心も砕けて、泣いている。本歌「暁の鴫の羽がき百羽がき君が来ぬ夜はわれぞ数かく」（古今・恋五・七六一　読人不知）

1375　夜通し、月に対して憂いを訴えて、声を出して泣く。命にかかわるまでの、恋の物思いをして。↓補注。

1376 くるゝ夜はおもかげ見えてたまかづらならぬ恋《こひ》する我ぞかなしき

1377 袖のうへも恋《こひ》ぞつもりてふちとなる人をば見ねのよそのたぎつせ

1378 いかにして向《むか》ひの岡《をか》にかる草《くさ》のつかのまにだに露《つゆ》の影みむ

1379 如何《(いかに)》せん浪こす袖にちる玉《たま》のかずにもあらぬしづのをだまき

1380 夢といへどいやはかななる春の夜にまよふたゞちは見てもたのまず

1381 いしばしる滝《たき》ある花のちぎりにてさそはばつらし春の山風《かぜ》

1382 わくらばにかよふ心のかひもあらじたのむ吉野《よしの》のかざしばかりは

1383 ねにたつるかけのたれ尾《お》のたれゆゑ《へ》かみだれて物は思《(おもひ)》そめてし

1384 秋の野に尾《お》花《ばな》かりふくやどよりもそでほしわぶるけさの朝露《あさつゆ》

1385 したひもの結《ゆ》ふ手《て》もたゆきかひもなし忘《わす》るゝ草《くさ》を君《きみ》やつけけむ

雑十五首

1386 続古 あけぬとてゆふつけ鳥《どり》のこゑすなりたれか別《(わかれ)》のそでぬらすらん

1376　日が暮れて夜になると、恋人の面影が髣髴と浮んできて、玉鬘を鬚黒大将に許した光源氏ではないけれども、成就せぬ恋をする自分自身が悲しい。↓補注。

1377　袖の上も恋の水、涙が積って淵となっている。そして、思う人には会えない。よそでは滝つ瀬となって、落ち合っているのに。本歌「筑波嶺の峯より落つるみなの川恋ぞつもりて淵となりける」（後撰・恋三・七七六　陽成院）○見ね―「峯」を掛ける。

1378　何とかして、ほんのちょっとの間、ちらりとでもいいから、向う側の岡に草を刈る恋しい人の姿を見たい。↓補注。▽女の心の歌。

1379　どうしましょう。涙の波の越す袖に散る玉の数、そのように物の数でもない私があの人を恋しても、所詮は叶えられないのでしょうか。本歌「倭文手纏（しつたまき）数にもあらぬ命もてなぞここだくも吾が恋ひ渡る」（万葉・巻四・六七二　安倍虫麻呂）

1380　夢よりも一層はかない春の夜に、迷うようにして直接会ったという現実は、経験してもあてにできない。↓補注。

1381　岩盤を走り流れる滝のほとりにある花の宿命で（弱い女の宿命で）、春の山風が誘うと散ってしまうのではないかと思うと、つらい（あなたは強い誘惑に負けてしまうのではないかと思うと、情ない）。本歌「石走る滝なくもがな桜花手折りてもこむ見ぬ人のため」（古今・春上・五四　読人不知）

1382　頼みにしているみ吉野の桜をかざしとして手折るだけでは、たまたま通った、花を愛する心の甲斐もないでしょう。参考「みよし野のたのむの雁もひたぶるに君が方にぞよると鳴くなる」（伊勢物語・一〇段）▽なおざりに愛するのではなく、妻として愛せよの意か。

1383　声を立てて鳴く尾長鳥のように、いったい誰ゆえ、錯乱するほどの恋の物思いをし始めたというのです。あなたゆえではありませんか。本歌「庭つ鳥鶏（かけ）の垂尾の乱れ尾の長き心も思ほえぬかも」（万葉・巻七・一四一三）

1384　秋の野に尾花を刈って葺いた仮廬に宿った夜よりも、袖を干しあぐねる、今朝の朝露よ。↓補注。

1385　いくら下紐を結んでも、下紐は解けてしまい、結ぶ手もだるくて仕方がない。恋忘れ草をあなたは付けたのだろうか。↓補注。

1386　夜が明けたというので鳴く、関の鶏の声が聞えてくる。誰が別れを惜しむ涙で、袖を濡らしているだろうか。↓補注。

1387 ながめするけふもいりあひの鐘《かね》の音《をと》に過《（すぎ）》ゆくかたを身にかぞへつゝ

1388 山里《ざと》は猶さびしとぞたちかへるあくればいそぐ心やすまで

1389 よそにのみみ山のすぎのつれもなくもとの心はあらずなりつゝ

1390 それもうとし心なぐさむ海山は身のよるべとも思《（おもひ）》ならはで

1391 心からいきうしといひてかへるともいさめぬ関《せき》をいでぞわづらふ

1392 かきやればけぶりたちそふもしほ草《ぐさ》あまのすさびにみやこ恋ひつゝ

1393 浪枕はま風《かぜ》しろくやどる月そでのわかれのかたみがほなる

1394 人もわかず山路《ぢ》しぐれてゆく雲《くも》をともなふ峯の袖のしづくは

1395 たまぼこやたびゆく人はなべて見よ国《くに》さかえ《へ》たる秋津島《つしま》哉

1396 君《きみ》が世のあめのうるひはひろけれど我ぞめぐみの身にあまりぬる

1397 いかにして朽《く》ちにし谷《たに》のこのもとに道《みち》ある御代《みよ》の春をまちけむ

1398 紫の色こきまではしらざりき御代《みよ》のはじめのあまの羽《は》衣

1387　じっと風景を見つめながら物思いにふけっていた今日も入相の鐘の音が聞える。その音を数えながら、あんなこともあった、こんなこともあったと、わが身の過ぎ去った昔のことを、一つ一つ数えてみる。↓補注。

1388　山里はやはり寂しいと思って、世俗に立帰ってくる。夜が明けると、世事に急ぐ心は休むことなく。▽世俗の人の正直な述懐。

1389　深山の杉を無関係なものとばかり見て、杉がもみじせず、つれないように、つれなく過ぎて、本来の心（道心）はだんだん失せてゆく。○み山―「見る」を掛ける。○すぎ―「杉」に「過ぎ」を掛ける。○つれもなく―杉は常磐であることから「すぎ」の縁語。

1390　心の慰さまるはずの海山は、わが身を寄せる所であると、なかなか思うには至らないで、ついにはそれもうとうとしく思われる。↓補注。

1391　旅は人のせいでなく、わが心から行くものだから、行きにくいといって帰るとしても、出家は出ることを禁じている関でもないのに、どうして出家するのを億劫がるのであろうか。本歌「人やりの道ならなくに大方はいき憂しといひていざ帰りなむ」（古今・離別・三八八　源実）○いきうし―行くのがいやだ。「いき」は「行き」の意。

1392　気慰みに海人がするように、都を恋いつつ、藻塩草を掻きやると、いよいよ煙が加わる。▽須磨にわび住まいする在原行平や光源氏のような心。

1393　海辺に宿っていると、浜風は白く吹く。袖の涙に宿る月も、別れる二人の形見のようだ。参考「白妙の袖の別れを難（かた）みして荒津の浜に宿りするかも」（万葉・巻一二・三二一五）

1394　前をゆく旅人の姿もはっきり分らないほど山路はしぐれて、雲を伴って嶺を越えてゆくと、袖の雫（旅愁の涙）はおびただしい。

1395　旅路を行く人はおしなべて見よ。わが秋津島の国は栄えているということを。○たまぼこや―「たまぼこの」が「道」の枕詞だが、ここでは「たまぼこ」で道の意。

1396　わが君の天の下への恩沢は広うございますが、とりわけ私に対する恩恵は身に余るまでございます。○あめのうるひ―「天」に「雨」を掛ける。「うるひ」は「うるほひ」。天子の君恩は雨露に喩えられることが多い。

1397　どうして、朽ちはてた谷間の木のような私の子までが、道ある御代の春を待ち、その甲斐あって、それに遭遇できたのであろうか。↓補注。

1398　紫の色濃い袖を聴される（参議に任ぜられる）とまでは、存じも寄りませんでした。わが君の御代の始めに羽林（左近衛権少将）であった私が。本歌「紫の色こき時は目もはるに野なる草木ぞわかれざりける」（古今・雑上・八六八　業平、伊勢物語・四一段）○あまの羽衣―

1399 和歌《わか》の浦《うら》になきてふりにし霜《しも》の鶴《つる》このごろ見えて心やすめて

1400 いのりお《を》きしわがふるさとの三笠《みかさ》山君のしるべを猶思《おも》ふ哉

先ニ撰ビ二一百首之愚歌一、有リ二結番ノ事一。仍リテ可シレ謂フレ拾フト二其ノ遺リヲ一。又養和元年企テ二百首之初学ヲ一建保四年書ク二三巻之家集ヲ一。彼是之間、再ビ居リ二拾遺之官ニ一。故ニ為ス二此ノ草ノ名ト一。

建保四年三月十八日書クレ之ヲ

参議治部卿兼侍従藤（花押）

近衛職の唐名「羽林」を和らげて言った。

1399　和歌の浦（歌壇）に久しく鳴いていた、白髪の鶴（私）は、この頃姿を現して心を休めている。○和歌の浦―歌壇の比喩。○ふりにし―「古り」に「霜」の縁語「降り」を響かせる。○霜の鶴―老いた鶴。鶴は白楽天の「五絃弾」で子を思う心深い鳥とされる。→一〇九八。

1400　今までも、私自身祈ってまいりましたが、私の故郷である春日の里の三笠山（わが先祖が歴任した近衛職）を、わが子も迷うことなく昇ってゆけますよう、わが君がお導き下さることをお願いします。○三笠山―近衛職の比喩。

○先撰二百首之愚歌有結番事―『拾遺愚草』の第一次成立を物語る識語。「二百首之愚歌」の結番とは、『定家卿百番自歌合』を建保四年（一二一六）二月初撰したことをさす。

○拾遺之官―侍従の職。この識語の叙述、「宇治に遺れるを拾ふと付けたるにや。又、侍従を拾遺といへば、宇治拾遺物語といへるにや」（宇治拾遺物語序）に似ている。

関白左大臣家百首　貞永元年四月

詠百首和歌　権中納言定家

霞

1401 続古 しらざりき山よりたかきよはひまで春の霞の立《た》つを見んとも

1402 み吉《よし》野は春のかすみのたちどにて消《(きえ)》ぬにきゆる峯の白雪

1403 いつしかと宮この野べはかすみつゝ若菜《わかな》つむべき春はきにけり

1404 たづぬともあひ見むものか春きてはふかき霞のうらの初島《はつしま》

1405 幾春《いくはる》の霞《かすみ》のしたにうづもれてお《を》どろの道のあとをとふらむ

桜

1406 ちはやぶる神世のさくらなにゆゑ《へ》に吉野の山をやどとしめけむ

1407 さくら花まちいづる春《はる》のうちをだに恋《こ》ふる日おほくなど匂ふらん

関白左大臣家百首―関白九条教実家の百首。洞院摂政家百首と呼ばれる。事実上は、道家・教実父子の共催に近い。計画は寛喜二年（一二三〇）から始まっている。貞永元年（一二三二）は、完結した年。時に定家は七十一歳。本百首は『新編国歌大観』第四巻所収。

1401　山より高い年齢を重ねて、春霞の立つのを見ることになるだろうとも思わなかった。本歌「いにしへも登りやしけむ吉野山山より高き齢なる人」（拾遺・雑下・五六三　元輔）

1402　み吉野は春の霞の立つ場所で、峯の白雪は本当はまだ消えていないのだけれども、霞に覆われて消えたように見える。参考「み吉野は山も霞みて白雪の降りにし里に春は来にけり」（新古今・春上・一　良経）○たちど―立つ所。

1403　早くも都の野辺は霞んで、若菜を摘むべき春はやって来た。参考「み山には松の雪だに消えなくに都は野辺の若菜摘みけり」（古今・春上・一九　読人不知）「野を見れば春めきにけり青つゞらこにやくまし若菜摘むべく」（拾遺・物名・三九九　輔相）

1404　春が来て深い霞の裏側に隠れている浦の初島は、たとえ訪ねても、見ることができるだろうか。本歌「あな恋しゆきてや見まし津の国の今もありてふ浦の初島」（後撰・恋三・七四二　戒仙）

1405　思えば、幾春霞の下に埋もれたあげく、古人が通った草藪の道を私も尋ねるようになったのだろう。何年沈淪を嘆いた末、先祖が践んだ卿相の道をようやく私も踏めたのだろう。○おどろの道―棘路を大和言葉で言ったもの。公卿への道。

1406　神代に、桜はなぜ吉野山をわが宿と決めたのであろうか。参考「昔誰かかる桜の花を植ゑて吉野を春の山となしけむ」（月清集・花月百首、新勅撰・春上・五八　良経）

1407　桜花はどうして、心待ちに待ってやっと咲き出した春の内でさえ恋しく思われる日が多いほど、美しく咲き匂うのだろうか。参考「潮満てば入りぬる磯の草なれや見らく少く恋ふらくの多き」（拾遺・恋五・九六七　坂上郎女）

1408 たづね見る花のところもかはりけり身はいたづらのながめせしまに

1409 雲《くも》のうへちかきまもりにたちなれし御階《みはし》の花のかげぞ恋《こひ》しき

1410 庭のおもは柳さくらをこきまぜむ春《はる》のにしきのかずならずとも

暮春

1411 かずまさるわがあらたまの年ふればありしよりけにを《お》しき春《はる》哉

1412 雪とふる花こそぬさの門出《かどで》してしたふあとなき春のかへるさ

1413 続古 にほふより春はくれゆく山吹《ぶき》の花こそ花のなかにつらけれ

1414 ちる花《はな》の雲《くも》の林《はやし》もあれはてゝ今はいくかの春ものこらじ

1415 わすられぬやよひの空《そら》のうらみより春のわかれぞ秋にまされる

郭公

1416 たれしかもはつねきくらむ郭公またぬ山路《ち》に心つくさで

1417 ほとゝぎすお《を》のが五《さ》月をつれもなく猶こゑ《お》をしむ年もありけり

1408　わが身はいたずらに年を経、物思いにふけっている間に、春ごとに訪ねる花見の場所も昔と変ってしまった。本歌「花の色は移りにけりないたづらにわが身よにふるながめせしまに」（古今・春下・一一三　小町）

1409　九重をお護り申上げる左近衛の少将・中将として、立ち馴れた、階近くの左近の桜の花影が恋しい。参考「立ち寄れば御階の桜さかりなり幾代の春のみゆきなるらむ」（月清集・花月百首）、なお、旧作の春・二〇六八を参照。

1410　私の庭の面は、柳桜をこき交ぜて植えよう。たとえ、春の錦の数に入らなくとも。本歌「見わたせば柳桜をこきまぜて都ぞ春の錦なりける」（古今・春上・五六　素性）▽貴族が庭に柳桜を混植したことは、平家の人々の例が『建礼門院右京大夫集』に語られている。

1411　自分が年を取ると、以前よりもいっそう暮れてゆくのが惜しい春だ。参考「忘るらむと思ふ心の疑ひにありしよりけに物ぞ悲しき」（伊勢物語・二一段）○けに―格段に。

1412　雪と降る花を旅路の幣として、春は門出をして帰ってゆく。そして後を慕ってその跡をつけて行こうにも、本当の雪と違って、つけることはできない。

1413　それが咲き匂うと春は暮れて（去って）ゆくから、山吹の花はたくさんの花の中でもつらく思われる。

1414　雲かと見えた花が散る古刹、雲林院もすっかり荒廃して、春はもう幾日も残っていないだろう。○雲の林―雲林院を和らげて言った。雲林院は京都紫野にあった。もと淳和天皇の離宮。遍昭の請願により、寺とされた。▽雲林院の桜を「尋ねつる花も我身も衰へてのちの春ともえこそ契らね」と詠んだ良暹の歌（新古今・春下・一五三）などを念頭に置くか。

1415　忘れることのできない、弥生の空の恨めしい思い出以来、春の別れは秋の別れよりもまさってつらく思われる。○わすられぬ……うらみ―本百首の主催者教実の祖父良経の急死（建永元年三月七日）をさすか。

1416　いったい誰が待ちもせず、心を労することもなくて、山路で時鳥の初音を聞くのだろう。私はこのように待ちこがれても、まだ聞けないというのに。本歌「行きやらで山路くらしつ時鳥いま一声の聞かまほしさに」（拾遺・夏・一〇六　公忠）

1417　時鳥にとって五月は自分の月なのに、それでも鳴き惜しみする年もあるのだ。参考「けふここに声をばつくせ時鳥おのがさつきも残りやはある」（新勅撰・夏・一七七　祐盛）「時鳥いまいく夜をか契るらむおのがさつきの有明の頃」（正治初度百首、新勅撰・夏・一七六　良経）

1418 山かづらあけゆく雲《ゝも》にほと〻ぎすいづるはつねも峯《みね》わかるなり

1419 あぢきなきをちかた人の郭公それともわかぬ野《の》べのゆふぐれ

1420 袖の香《か》の花にやどかれほと〻ぎす今も恋《こひ》しきむかしと思《おも》はば

五月雨

1421 ぬきもあへずこぼる〻玉《たま》の緒《を》はたえぬさみだれそむる軒《のき》のあやめに

1422 五月雨の日かずも雲《くもゝ》もかさなれば見らくすくなきよもの山のは

1423 さみだれの雲《くも》のまぎれに中たえてつゞきも見えぬ山のかけはし

1424 三輪《みわ》の山五《さ》月の空《そら》のひまなきに檜原《ひはら》のこゑぞ雨をそふなる

1425 たまぼこやかよふ直路《たゞち》も河と見てわたらぬなかのさみだれのころ

早秋

1426 くれがたき春《はる》の菅《すが》の根《ね》ひきかへてあくる夜《よ》お《を》そき秋はきにけり

1427 秋きぬと荻《おぎ》の葉《は》風はなのるなりひとこそ訪《と》はねたそがれの空《そら》

1418 山に暁の雲のたなびく頃、山から里へと出てゆく時鳥の初音も、暁雲と同じく峯に別れてゆくようだ。○山かづら―山にかかる暁の雲。山頂にかかる雲を、人の頭を飾る鬘のように見立てて言った。○峯わかるなり―旧作一六三八に通う風景。

1419 夕暮の野辺、遠くの方で鳴いている時鳥の声は、確かにそれとも区別できないのでつまらなく思われる。↓補注。○をちかた人―遠方の人。ここでは時鳥を人に擬している。

1420 時鳥よ、今も昔のことが恋しいと思うならば、昔の人の袖の香がするという、橘の花に宿を借りよ。参考「さつき待つ花橘の香をかげば昔の人の袖の香ぞする」（古今・夏・一三九　読人不知）

1421 軒に葺いたあやめの葉にさみだれの降り出した状態は、あたかも貫き通すこともできず、玉の緒が切れて、珠がこぼれ落ちるようだ。↓補注。

1422 さみだれの降る日数も重なり、さみだれの雲も厚く重なると、四方の山の端を見ることも稀になる。参考「潮満てば入りぬる磯の草なれや見らく少く恋ふらくの多き」（拾遺・恋五・九六七　坂上郎女）

1423 さみだれの雲に紛れて、山の桟は中途で切れたまま続いていないように見える。参考「中絶えて来る人もなき葛城の久米路の橋は今も危ふし」（後撰・恋五・九八六　読人不知）

1424 五月の空は隙間なく雲が充ち満ち、三輪山の檜原に注ぐ雨声が、いよいよ雨を誘う。参考「いにしへにありけむ人も吾がごとか三輪の檜原にかざし折りけむ」（万葉・巻七・一一一八　人麻呂歌集）

1425 さみだれの頃は、愛する人への通い路も川と見て、それを渡ってゆかないから、二人の間柄は疎くなっている。参考「思へども人目つつみの高ければかはと見ながらえこそ渡らね」（古今・恋三・六五九　読人不知）▽五月雨の頃は結婚を忌む風習があった。なお、自筆本には歌頭に「続古」の集付がある。↓補注。

1426 暮れ難さをかこった春の日永にひきかえて、夜の明けるのが遅いのを嘆く秋がやってきた。参考「秋夜長夜長無レ寐天不レ明……春日遅日遅独坐天難レ暮」（白氏文集・巻三・上陽白髪人）○菅の根―長いことから春の永日を暗示し、また引くことができることから、「ひきかへて」の序のごとく用いた。

1427 たそがれの空の下、人は訪れないけれども、荻の葉を吹く風は秋が来たと名乗っているようだ。参考「秋来ぬと目にはさやかに見えねども風の音にぞおどろかれぬる」（古今・秋上・一六九　敏行）「八重むぐら茂れる宿のさびしきに人こそ見えね秋は来にけり」（拾遺・秋・一四〇　恵慶）

1428 風の音《をと》の猶いろまさるゆふべ哉ことしはしらぬ秋の心を

1429 きのふけふあさけばかりの秋風にさそはれわたる木々の白露《しらつゆ》

1430 手なれつるねやの扇をおきしよりとこもまくらも露《つゆ》こぼれつゝ

月

1431 ときわかずそらゆく月の秋の夜をいかにちぎりてひかりそふらん

1432 下荻《したをぎ》もおきふしまちの月の色に身をふきしを《お》るとこの秋風

1433 続拾 むかし思《おも》ふ草《くさ》にやつるゝ軒端《のきば》よりありしながらの秋の夜《よ》の月

1434 ながき夜の月をたもとにやどしつゝ忘《わす》れぬことをたれにかたらん

1435 秋の月たまきはる世《よ》のなゝそぢにあまりてものはいまぞかなしき

紅葉

1436 山姫《ひめ》のこきもうすきもなぞへなくひとつにそめぬよものもみぢ葉

1437 山《やま》人のうたひてかへる夕よりにしきをいそぐ峯《みね》のもみぢ葉《ば》

1428 今年の秋思はどのようであろうか、分らないが、風の音は今までにもまさって身にしみる夕だ。

1429 昨日今日、朝方吹くほどの秋風に誘われて、木々の白露がこぼれ落ちる。参考「秋立ちて幾日もあらねばこの寝ぬる朝明の風は手本寒しも」（万葉・巻八・一五五五、拾遺・秋・一四一　安貴王）「この寝ぬる夜のまに秋は来にけらし朝けの風の昨日にも似ぬ」（新古今・秋上・二八七　季通）

1430 夏の間閨で手馴れていた扇を措いてからというものは、床にも枕にも秋の白露がこぼれる。参考「班婕妤団雪之扇　代二岸風一兮長忘」（和漢朗詠・納涼・一六二　匡衡）「手もたゆくならす扇のおきどころ忘るばかりに秋風ぞ吹く」（新古今・秋上・三〇九　相模）→補注。

1431 月は時を分かず空を行くのに、どういうわけで、約束したように、秋の夜には光をますのだろう。▽下句は旧作一〇三一の「闇」を「光」と裏返した趣。

1432 床に臥しながら臥待の月の光の色を見ていると、下荻も起きあがり、この身を痛めつけるように強い秋風が吹くよ。→補注。○ふしまちの月―十九夜の月。寝待ちの月。○とこの秋風―「ひとり寝の床の秋風身にしむやよそに聞きこし恋にはあるらむ」（林葉集）▽底本・自筆本・高松宮本等に、一四三四と一四三五との間に移すべきことを示す記号あり。書陵部（五〇一・五一一）本は一四三四・一四三二・一四三五の順。

1433 昔を懐しく思っているあるじにふさわしく、忍ぶ草が生えて荒れている軒端から、昔のままの秋の夜の月が出た。本歌「君しのぶ草にやつるるふるさとは松虫の音ぞかなしかりける」（古今・秋上・二〇〇　読人不知）

1434 秋の長夜、月を袂の涙に宿して、忘れられない昔のことを誰に語ったらよいのであろうか。○月をたもとにやどしつゝ―懐旧の涙にくれていることを暗示する。○たれにかたらん―旧作の韻字四季歌・三四六一にも用いた句。

1435 この無常な世に七十に余る老齢で秋の月を見ると、身に余るほどもの悲しく思われる。○たまきはる―「命」「世」などに懸る枕詞。定家はしばしば「たまきはる世」と続ける。▽憂世に堪えて生きていると歌う韻字四季歌・三四五八、長寿を期待できないと嘆く四季題百首・三三七六などの旧作を思い起して詠むか。

1436 四方のもみじを見ると、山姫は、濃い色のもみじも薄い色のもみじも区別なく、同じ紅に染めてしまった。→補注。○山姫―秋を司る女神である竜田姫。○なぞへなく―比べることもなく。

1437 樵夫が木樵歌を歌って帰る夕から、峯の紅葉は急いで錦を織りなす。参考「山路日落　満レ耳者樵歌牧笛之声」（和漢朗詠・下・山家・五五九　斉名）

1438 勅撰 しぐれつゝそでだにほさぬ秋の日にさこそ御室《みむろ》の山はそむらめ

1439 立田《たつた》山神のみけしにたむくとやくれゆく秋のにしき織《を》るらん

1440 今はとて紅葉にかぎる秋の色をさぞともなしにはらふこがらし

氷

1441 こほりゐて息長《おきなが》河のたえしよりかよひしにほのあとを見ぬ哉

1442 瀬《せ》だえしてみなわ《は》わかるゝ涙河そこもあらはに氷とぢつゝ

1443 冬の夜の長《なが》きかぎりはしられにき寝《ね》なくにあくるそでのつらゝに

1444 そでのうへわたる小川《をがは》をとぢはてて空《そら》ふく風もこほる月かげ

1445 氷のみむすぶさ山の池水にみくりも春《はる》のくるをまつらし

雪

1446 おいらくは雪のうちにぞ思ひしるとふ人もなしゆく方もなし

1447 いたづらに松の雪《ゆき》こそつもるらめわがふみわけしあけぼのゝ山

1438　しぐれて袖すら干さない秋の日に、さぞ御室山の紅葉は染まるのであろう。

1439　竜田山の神の御衣服に手向けようとして、暮れゆく秋がもみじの錦を織るのであろうか。参考「このたびは幣もとりあへず手向山紅葉の錦神のまにまに」（古今・羇旅・四二〇　道真）

1440　もはや秋の色はもみじだけに限定されたのに、そうだとも思わずに木枯が吹き払う。○はらふこがらし―家隆が文治三年（一一八七）「夕暮は峯の柴屋も物さびて雲の籬を払ふ木がらし」（壬二集・閑居百首）と詠んだのが早い例か。定家は建久二年の第二度伊呂波四十七首、建仁元年の熊野御幸の歌などで詠んだ句。→三〇六九・二七二二。▽上句は文治二年十月二十二日歌合の作と殆ど同じ表現。→三九七九。

1441　氷が張って息長川の流れが絶えてからは、通っていた鳰が水面を滑るように泳いだ跡を見ない。本歌「鳰鳥の息長河は絶えぬとも君に語らむ言尽きめやも」（万葉・巻二〇・四四五八　馬史国人、新勅撰・恋四・九三八　読人不知）

1442　瀬もと絶え、水の泡も別れ別れに散ってしまい、涙の川の底もあらわになって、氷が張りつめている。本歌「世とともに流れてぞゆく涙河冬もこほらぬみなわなりけり」（古今・恋二・五七三　貫之）、参考「すみなれし佐野の中川瀬絶えして流れ変るは涙なりけり」（千載・恋四・八九〇　仲綱）→補注。○瀬だえ―「わかるゝ」「涙」とともに、悲恋を暗示する語。

1443　冬の夜がどんなにか長いかはよく分った。寝ないで泣き明して袖にできた涙のつららで。本歌「思ひつつ寝なくに明くる冬の夜の袖の氷はとけずもあるかな」（後撰・冬・四八一　読人不知）→補注。

1444　袖の上を流れ渡る涙の小川を氷結させて、風が空を吹く。それと共に、月光も氷ってしまう。▽以上三首いずれも涙の氷を歌う類似の発想。

1445　氷結している狭山の池で、みくりも春の来るのを待っているらしい。参考「恋すてふ狭山の池のみくりこそ曳けば絶えすれわれやねたゆる」（古今六帖・第六・二九五五　作者未詳）「狭山の池は、みくりという歌のをかしきが覚ゆるならむ」（枕草子・三八段）○みくり―三稜草。沼沢地に生える多年草。○くる―「来る」に「みくり」の縁語「繰る」を掛ける。

1446　わが身の老いたことは、雪が降ると思い知る。こちらから訪ねてゆくべき人もいないし、訪ねて行く所もないのだ。▽『蒙求』に見える子猷尋戴の故事を思うか。なお、旧作の韻歌百廿八首・一六〇九参照。

1447　あけぼのの頃私が踏分けた山には、ただ松の雪が積っているのであろう。○あけぼのの山―「憂き身にて聞くもをしきは鶯の霞にむせぶあけぼのの山」（山家集・上・春）

1448 いその神布留野《ふるの》は雪《ゆき》の名なりけりつもる日かずを空《そら》にまかせて

1449 夢かともさとの名のみやのこるらん雪もあとなき小野《をの》の浅茅生

1450 たればかり山路《ぢ》をわけてとひくらむまだ夜はふかき雪のけしきに

忍恋

1451 くちなしの色の八千《やち》入《しほ》恋ひそめししたの思《おも》ひやいはではてなん

1452 水茎《くき》の人づてならぬあとにだに思《おも》ふ心《こゝろ》はかきもながさず

1453 うへしげるかきねがくれのをざさ原《はら》しられぬ恋はうきふしもなし

1454 白露のお《を》くとはなげくとばかりもゆめのたゞちやことかよふらん

1455 こと浦《うら》にこるや塩《しほ》木の名に立《た》てよもえてかくれぬけぶりなりとも

不遇恋

1456 よりかけてまだ手《て》になれぬ玉《たま》の緒《を》の片糸《かたいと》ながらたえやはてなん

1457 夜な〳〵の月もなみだにくもりにきかげだに見せぬ人を恋《こ》ふとて

1448　石上布留野は、雪の降るところから由来した名なのだ。降り積る日数は空次第で。

1449　浅茅生の小野の篠原は雪が降り積って、人の足跡もない。ただ、業平がこの地に惟喬親王をお尋ねし「夢かとぞ思ふ」と詠んだ里の名だけは残るであろうか。本歌「忘れては夢かとぞ思ふ思ひきや雪踏みわけて君を見むとは」（古今・雑下・九七〇　業平、伊勢物語・八三段）↓補注。

1450　まだ夜が明けるにはまのある雪景色に、いったい誰が山路を分けて訪ねてこようか。↓補注。

1451　いくたびも染料につけて濃いくちなし色に染めた恋の思いは、結局あの人に打明けることなくて終ってしまうのであろうか。本歌「口なしにちしほやちしほ染めてけり　道信　こはえもいはぬ花の色かな　伊勢大輔」（俊頼髄脳）○くちなしの色―濃い山吹色。○恋ひそめし―「そめし」は「初めし」に色の縁語「染めし」を響かせる。○いはで―梔子が「口無し」を連想させることから、「くちなし」の縁語。

1452　人伝てでなく直接に書く手紙でも、思う心を十分書き流すことはできない。↓補注。

1453　上が茂っている垣根に隠れている小笹原のように、人に知られない恋は一見つらいこともないみたいだ。○うきふし―「ふし」は「をざさ原」の「ささ」の縁語。

1454　あの人と言葉も交せないことを、起きては嘆く。夢の中での通い路では、言葉も通い合うのだろうか。本歌「つれもなき人をやねたく白露のおくとは嘆き寝（ぬ）とはしのばむ」（古今・恋一・四八六　読人不知）「恋ひわびてうち寝るなかに行き通ふ夢のただちはうつつならなむ」（古今・恋二・五五八　敏行）

1455　いっそ、他の浦で樵る塩木が燃えて誰にも分る煙を立てるように、他の人が懲りてつらい恋をしないように、噂が立ってくれ。○こと浦―他の浦。○こるや―「塩木」の縁語。「樵る」に「懲る」を掛ける。○塩木―藻塩を焼くために塩竈で焚く木。

1456　私の命の玉の緒は、よりかけてまだ手馴れていない片糸のまま、切れてしまうのであろうか。本歌「片糸をこなたかなたによりかけてあはずは何を玉の緒にせむ」（古今・恋一・四八三　読人不知）○よりかけて―「緒」「片糸」「たえ」と縁語。

1457　毎夜毎夜出る月も涙で曇ってしまった。影も見せない人を恋うるというので。参考「さやかにも見るべき月をわれはただ涙に曇る折ぞおほかる」（拾遺・恋三・七八八　中務）↓補注。○かげ―「月」の縁語。

1458 名取《とり》河心の問《と》はむことのはもしらぬあふせはわたりかねつゝ

1459 海人《あま》のかるよそのみるめをうらみにて夜《よる》はたもとにかゝる波《なみ》かは

1460 わが恋《こひ》よなにゝかゝれる命とてあはぬ月日の空《そら》にすぐらむ

後朝恋

1461 今のまのわが身にかぎる鶏《とり》のねをたれうき物とかへりそめけむ

1462 おきわびぬながき夜あかぬ黒髪《くろかみ》の袖にこぼるゝ露《つゆ》みだれつゝ

1463 関守《せきもり》の心もしらぬ別《わか》れにはかならずたのむこの暮《くれ》もなし

1464 あさつゆのおくを《を》待《ま》つまのほどをだに見はてぬ夢《ゆめ》を何にたとへむ

1465 はじめよりあふは別《わか》れときゝながら暁しらで人を恋《こ》ひける

遇不逢恋

1466 いのちとてあひ見むこともたのまれずうつる心の花のさかりは

1467 はるかなる人の心のもろこしはさわ《は》ぐみなとにことつてもなし

1458 逢ったと噂を立てられたけれども実際にはまだ逢う瀬を経験していないのだから、わが心が問うても答える言葉も知らない。本歌「なき名ぞと人にはいひてありぬべし心の問はばいかが答へん」（後撰・恋三・七二五　読人不知）〇あふせ―「せ」は「わたり」とともに「名取河」の縁語。▽本歌と異り、まだ逢っていない状態。

1459 海人はよそで海松を刈るのをうらやんでも、袂に波がかかるということがあろうか。それなのに私は、よその恋人が逢うのを恨めしく思って、夜は袂に涙の波がかかっている。↓補注。

1460 はかないわが恋よ。命は何に懸って長らえているのであろうか。恋人と逢わない月日が空しく過ぎてゆく。参考「頼めおく言の葉だにもなきものを何にかかれる露の命ぞ」（金葉・恋上・四二〇　皇后宮女別当）

1461 たった今の私に限って憂くつらいものと聞える、暁を告げる鶏の音を、他の誰が憂きものと聞いて、恋人の許から帰り初めたのだろう。↓補注。

1462 起きてゆくのがつらく思われる。長い夜どおし愛撫しても飽くことのない、愛する女の黒髪が袖にこぼれ、その上に涙の露がこぼれ乱れて。↓補注。

1463 関守（忍び男を見張る番人）の心も分らないから、後朝の別れには、この夕暮には必ず又訪れると頼みに思うこともできない。本歌「人知れぬわが通ひ路の関守はよひよひごとにうちも寝ななむ」（古今・恋三・六三二　業平、伊勢物語・五段）

1464 朝露の置くのを待つ間ほど短い時間内に、見果てぬ夢のような、この逢う瀬を、何に譬えたらよいのだろう。↓補注。

1465 最初から会うは別れの始めと聞きながら、別れねばならない暁の悲しさを考えもせず、人を恋してしまった。

1466 生きていてもまた逢い見ることもあてにならない。浮気心が移ろいやすい花のように盛んであっては。本歌「春ごとに花の盛りはありなめどあひみむことは命なりけり」（古今・春下・九七　読人不知）↓補注。

1467 あの人の心は唐のように遥かに遠ざかってしまった。そして私の袖は袖の港のように涙で騒いでいるのだけれども、あの人からの便りはない。本歌「思ほえず袖にみなとのさわぐかなもろこし船の寄りしばかりに」（伊勢物語・二六段、新古今・恋五・一三五八　読人不知）

1468 はかなしな夢《ゆめ》に夢《ゆめ》見しかげろふのそれも絶《(たえ)》ぬる中の契りは

1469 海とのみあれぬる床《とこ》のあはれわが身さへうきてとたれにつたへむ

1470 続古 色かはる美濃《みの》の中《なか》山秋こえて又とほ《を》ざかる逢坂《あふさか》の関《せき》

怨恋

1471 お《を》のれのみあまの逆手《さかて》をうつたへにふりしく木《こ》の葉《は》あとだにもなし

1472 あけぬなりお《を》のが心のあたら夜は昔むすばぬちぎりしられて

1473 思《おも》ふとも恋《こ》ふともなにの甲斐《かひ》がねよ横《よこ》ほりふせる山をへだてゝ

1474 なれし夜の月許《(ばかり)》こそ身にはそへぬれてもぬるゝそでにやどりて

1475 道のべのひとごとしげき思草霜《しも》のふり葉《は》と朽《(くち)》ぞはてぬる

旅

1476 みやこいでゝあさたつ山のたむけより露お《を》きとめぬ秋風ぞふく

1477 夕《ゆふ》日かげさすや岡《をか》べの玉篠《(ざさ)》を一夜のやどゝたのみてぞ刈《か》る

1468　はかないものだ。夢の中でまた夢を見たかげろうのようなはかないあの人との契りも、ついには絶えてしまった。参考「寝ぬる夜の夢をはかなみまどろめばいやはかなにもなりまさるかな」（古今・恋三・六四四　業平、伊勢物語・一〇三段）

1469　涙の海と荒れてしまった床に浮く泡のように、ああ私は憂くつらく思っていますと、誰に伝えよう。↓補注。

1470　もみじする美濃の中山を秋越えて、また逢坂の関から遠ざかってしまった。（あの人は私に飽きがきて、そのために私は紅涙を流し、あの人に逢う機会は遠ざかってしまった。）参考「思ひ出づや美濃のを山の一つ松契りしことはいつも忘れず」（新古今・恋五・一四〇八　伊勢）

1471　自分ばかりが天の逆手を打って、心変りした恋人を呪っているが、ひどく降りしく木の葉に埋れて、庭には全く人の通う足跡もない。本歌「秋かけていひしながらもあらなくに木の葉ふりしくえにこそありけれ……かの男は、天の逆手を打ちてなむのろひをるなる」（伊勢物語・九六段。歌は、新勅撰・恋二・七三四　読人不知）↓補注。

1472　昔結ばなかった契りも思い知られて、おしいことに夜は空しく明けてしまったようだ。

1473　いくら思っても恋しても何の甲斐があろうか。横たわっている山を隔てて住んでいるのだから、とてもあの人には逢えないのだ。本歌「思ふとも恋ふとも逢はむものなれや結ふ手もたゆく解くる下紐」（古今・恋一・五〇七　読人不知）「甲斐が嶺をさやにも見しがけけれなく横ほりふせるさやの中山」（古今・東歌・一〇九七　甲斐歌）

1474　涙で濡れに濡れる袖に、恋人と馴れ親しんだ夜に出ていたのと同じ月が宿って、私に寄り添っている。恋人はもはやより添ってはいないけれど。参考「あひにあひて物思ふころのわが袖に宿る月さへ濡るる顔なる」（古今・恋五・七五六、後撰・雑四・一二七〇　伊勢）〇身にはそへ―この身に添う。「そへ」は、上の「こそ」の結びで、已然形。

1475　人の噂がやかましいので、道の辺に咲く思い草が霜枯れ朽ちるように、私の思いも枯れ朽ちてしまった。本歌「道の辺の尾花が下の思ひ草今更々に何をか思はむ」（万葉・巻一〇・二二七〇　秋相聞）↓補注。

1476　都を出て朝旅立つと、山の神へ手向ける幣に置く露をもいつまでも留めておかないかのように、秋風が吹く。↓補注。

1477　夕日のさす岡辺の玉笹を、一夜の宿にと庵を結ぶために刈る。参考「夕月夜さすや岡辺の松の葉のいつともわかぬ恋もするかな」（古今・恋一・四九〇　読人不知）「吾が背子は仮廬作らす草無くは小松が下の草を刈らさね」（万葉・巻一・一一　中皇命）〇一夜―「玉篠」の縁語「一節」を響かせる。▽旧作一六二三と類想の詠。

1478 ふるさとにとまるおもかげたちそひて旅には恋の道ぞはなれぬ

1479 なぐさまずいづれの山も住なれしやどをばすての月の旅寝《たびね》は

1480 ふしなれぬ浜松《はまゝつ》が根《ね》のいは枕そで打ぬらしかへるうき波

山家

1481 猶しばし雲ゐる谷《たに》をたちかへりみやこの月にいづる山道《みち》

1482 松風の音《をと》にすみけむ山人のもとの心は猶やしたはん

1483 月にふくあらし許《(ばかり)》やむかへけんみなみの山のしものふるみち

1484 谷《たに》ごしのましばの軒《ゝき》のゆふけぶりよそめばかりは住《(すみ)》うからじや

1485 とこなるゝ山した露《つゆ》の起《お》き臥に袖のしづくは宮こにも似《に》ず

眺望

1486 勅撰 もゝしきのとのへをいづる夜ひ《ゐ》〳〵は待《ま》たぬにむかふ山のはの月

1487 ふきはらふもみぢのうへの霧《きり》はれて峯たしかなる嵐《あらし》山哉

1478 故郷にとどまっている恋しい者の面影が立ち添って、旅にあっても恋心は離れない。▽「世の中はうきふししげし篠原や旅にしあれば妹夢に見ゆ」（新古今・羇旅・九七六　俊成）などに通う作。

1479 住み馴れた宿をば捨てて、姨捨山に旅寝して月を見ても、私の心は慰まらない。本歌「わが心慰めかねつ更級や姨捨山に照る月を見て」（古今・雑上・八七八　読人不知、大和物語・一五六段）

1480 浜松の根本で岩を枕に寝ても、臥し馴れない。海には波が寄せては返り、袖を濡らして涙の波がかえる。

1481 まだしばらく雲のかかっている谷を振返って見ながら、東の空、都の方に出た月に誘われて、山道を出てゆく。▽洛西の西山に住む山家の人の心を歌う。

1482 松風の音を聞いて心を澄ませて住んでいた山人の、その心をなお慕おうか。○すみ―「澄み」と「住み」の掛詞。

1483 南の山の霜の降る道では、月に吹きつける山風だけが比叡山の無動寺に入る人を迎えたことであろうか。参考「月に吹く峯の松風さそひきてわがながめをば君に告ぐらむ」（拾玉集・第五、建久七年の詠）○みなみの山―比叡山東塔の無動寺。「無動寺　その中に頼む心の深きかな南の山の中の明王」（拾玉集・第二・当座百首）

1484 谷越しに見える真柴の庵の軒先から、夕餉の煙が立昇っている。それを見ると、山家もよそめにだけは住みにくくないのだろうかと思われる。

1485 起臥のたびに山の木々の下露に馴れ、袖の雫の滋さは、都とは似ても似つかない。参考「ぬば玉の黒髪山を朝越えて山下露にぬれにけるかも」（万葉・春七・一二四一　作者未詳）

1486 毎夕、大宮の垣を出ると、とくに待っていたのではないが、山の端の月に対する。○とのへ―外の重。宮城の外郭。「内の重」「中の重」に対する語。▽廷臣としての定家の日々の宮仕え生活、その退出の有様を窺わせる詠。

1487 嵐が吹払ったので、もみじの上にかかっていた霧が晴れて、嶺の稜線がはっきりと見える嵐山よ。○ふきはらふ―下の「はれて」と共に「嵐山」の「嵐」の縁語。▽「嵐の山のもとをまかりけるに、もみぢのいたく散り侍りければ　右衛門督公任　朝まだき嵐の山の寒ければもみぢの錦着ぬ人ぞなき」（拾遺・秋・二一〇）の名歌で著名な紅葉の嵐山を、その附近の嵯峨の山荘に住む人の生活感覚で捉え直して歌う。

1488 泉河ゆきゝの舟《ふね》はこぎすぎてはゝその杜《もり》に秋ややすらふ

1489 津《つ》の国《くに》のこやさく花といまも見る生駒《いこま》の山の雪のむら消

1490 雲のゆく堅田《かた》の沖《おき》やしぐるらんやゝかげしめる海人《あま》のいさり火

述懐

1491 神風《かぜ》や御《み》裳《も》濯《すそ》河にいのりおきし心のそこやにごらざりけむ

1492 そのかみのわがかねことにかけざりし身のほどすぐる老の波哉

1493 待《ま》ちえつるふるえの藤の春《はる》の日に梢の花をならべてぞみる

1494 続拾 はからずよ世に有明《ありあけ》の月にいでてふたゝびいそぐ鳥のはつこゑ

1495 たらちねのお《を》よばずとほ《を》きあとすぎて道をきはむる和歌《わか》の浦《うら》人

祝

1496 続古 きみを祈《いの》るけふのたふとさかくしこそ治《おさ》まれる世はたのしきを積《つ》め

1497 続古 霜雪の白髪《しろかみ》まではつかへきぬ君が八千代《やちよ》をいはひお《を》くとて

1488 泉川を往来する舟は漕ぎ過ぎてしまったが、秋は柞の杜にためらっているのであろうか。参考「舟とめぬ人はあらじな泉川柞の森に紅葉しつれば」(六百番歌合・柞 兼宗)▽旧作の六百番歌合百首・八三七を想起して詠むか。

1489 生駒の山の雪がむら消えしている。それを王仁（わに）の昔ではなく、今の私も、これが津の国の昆陽野に咲く白い梅の花かと思って見る。○こやさく花と―「こや」は感動詞「こや」に、摂津国の地名「昆陽」を響かせる。「さく花」は、「難波津に咲くやこの花冬ごもり今は春べと咲くやこの花」(古今仮名序 王仁)の古歌から、梅を暗示するか。

1490 雲が堅田の沖の方へ動いてゆく。あのあたりはしぐれているのだろうか。海士の漁火の火影がやや暗くなった。

1491 その昔、伊勢の内宮にお参りしてお祈りしておいた私の真心の底が濁らなかったので、今日の私があるのであろうか。○神風や―本来「神風の」で「伊勢」に掛かる枕詞。ここでは「御裳濯河」の枕詞として冠する。○そこ―「にごる」と共に「御裳濯河」の縁語。↓補注。

1492 その昔、私の予想しなかった、身の程を過ぎた幸運に、年老いてから遇ったのだ。↓補注。

1493 待つかいあって、古枝の藤の梢に春日がめぐってきて、花が並んで咲いたように、わが子達も出世した。○ふるえの藤―藤原氏の古い支族である御子左家。○梢―「子」を掛ける。▽為家の昇進、女子民部卿典侍の出仕などを暗示するか。

1494 この世に生き永らえ、有明の月の残る頃家を出て、活気ある暁の鶏の初声を聞きながら宮仕えに急ぐ身にふたたびなろうとは思わなかった。○世に有明の―「世にあり」から「有明の月」へと続ける。○鳥のはつこゑ―鶏の、その朝最初に鳴く声。↓補注。

1495 父はついにそこまで及ばなかった。遠い先祖の芳ばしい先例(任権中納言の例)を襲って、私は和歌の世界でも道を究めることができた。○たらちね―父俊成をさす。↓補注。

1496 わが君の八千代を祈る今日の尊さよ。このようにして、治まっている世は楽しいことが積み重なるのだ。本歌「あな尊と 今日の尊と さ や 昔も はれ 昔も かくや ありけむ……」(催馬楽・あな尊と)、「新しき年の始めにかくしこそ千年をかねてたのしきを積め」(古今・大歌所御歌・一〇六九 大直毘の歌)

1497 私は霜や雪のような白髪になるまでお仕えしてきた。わが君の八千代をお祝いしておくために。

1498 世々経《ふ》ともかはらぬ竹の臥《ふ》して思《おも》ひ起《を》きてぞ祈《いの》る君のよはひを

1499 君《きみ》が世をいくよろづ世とかぞへても何にたとへむあかぬ心は

1500 久《ひさ》に経《ふ》る三室の山《やま》のさか木葉《ば》ぞ月日はゆけどいろもかはらぬ

1498　幾代経っても変らぬ緑色をしている竹が伏したり起きたりするように、臥しても起きてもわが君の御齢久しきことをお祈りしております。本歌「ふして思ひ起きて数ふる万代は神ぞ知るらむわが君のため」（古今・賀・三五四　素性）○世々—「竹」の縁語「節（よ）」を響かせる。○かはらぬ竹の—初句からここまでは、第三句以下を起こす有意の序。

1499　君が代を幾万年と数えてもあきたりない私の心は、何に譬えたらいいのか分らない。

1500　昔から生えている三室の山の榊葉は、月日が経っても色も変らない。本歌「月日は行きかはれども久に経る三諸の山の離宮地」（万葉・巻一三・三二三一　作者未詳、新勅撰・賀・四八九　読人不知、第一・二句「月も日もかはりゆけども」、第五句「とこ宮どころ」）

拾遺愚草　中

韻歌百廿八首　建久七年秋　　仁和寺宮五十首　建久九年夏

院五十首　建仁元年春　　同句題五十首　同年十一月

女御入内御屛風歌　建久元年正月卅八首

入道皇太后宮大夫九十賀算屛風歌　建仁三 八月十二日

最勝四天王院名所御障子歌　建永二年四十六首

院廿首　建暦二年十二月　　後仁和寺宮花鳥十二首

当時仁和寺宮五十首　承久元年　　権大納言家卅首

女御入内御屛風歌　寛喜元年十一月

韻歌

百廿八首和歌 建久七年九月十八日 内大臣家 他人不レ詠

春

1501 いつしかといづるあさ日を三笠《みかさ》山けふよりはるの峯の松風

1502 かすみぬな昨日《きのふ》ぞ年はくれ竹の一夜ばかりのあけぼのの空

1503 むさしのの霞もしらずふる雪にまだわかくさのつまや籠れる

1504 こぞもさぞたゞうたゝねの手枕にはかなくかへる春《はる》のよの夢

1505 谷ふかくまだ春しらぬ雪の内にひとすぢふめる山人の蹤(あと)

1506 子日する野《の》べのかたみに世にのこれうゑ《へ》お《を》く庭のけふのひめ松

1507 日は遅《をそ》し心はいさやときわかで春《はる》か秋かのいりあひの鐘

1508 白雲かきえあへぬ雪か春のきてかすみしまゝのみよしのの峯

韻歌百廿八首和歌―建久七年（一一九六）九月、建久の政変の二カ月前、内大臣兼左大将良経家において詠んだもの。すべて第五句に韻字を詠み入れている。用いられた韻字は天仁二年（一一〇九）三善為康編の『童蒙頌韻』またはその類書に基づくか。時に定家は三十五歳。

1501　早くも三笠山から出る朝日を見た。今日から春だ。峯の松風も春風なのだ。○三笠山―三笠山は近衛職の異名なので、当時左近衛大将でもあった良経に対する祝言の心を籠め、「見」を掛ける。

1502　昨日までの古い年は暮れてしまい、一夜明けただけで、あけぼのの空は春霞に霞んでいる。○くれ竹―「暮れ」から「呉竹」と続ける。○一夜―「竹」の縁語「一節」を掛ける。○あけぼの―「明け」を掛ける。▽「石上布留野の小笹霜をへてひとよばかりに残る年かな」（新古今・冬・六九八　良経）は本作と前後して詠まれたか。

1503　武蔵野に立つ霞も知らず、なお降る雪に、若草は冬ごもりしているのだろうか。本歌「武蔵野は今日はな焼きそ若草のつまもこもれりわれもこもれり」（伊勢物語・一二段）→補注。

1504　去年もそうだった。手枕でうたたねしているうちに、あっけなく年は立返り、見た夢もはかない春の夜の夢となって目覚めた。参考「春の夜の夢ばかりなる手枕にかひなく立たむ名こそ惜しけれ」（千載・雑上・九六四　周防内侍）「こぞもさて暮れにきと思へば春立つと聞くよりかねて物ぞ悲しき」（長秋詠藻・上・述懐百首）○はかなく―年が改まったことと夢と両方に関していう。「はかなく年もかへりぬ」という表現は王朝文学の常套句。

1505　谷には深く雪が降り積って、まだ春を知らない中に、一筋山人が踏んで通った跡がある。

1506　子日（ねのひ）の今日庭に植えておく姫松よ、後世子日する野辺の形見として幾世にも残っておくれ。→補注。

1507　永日の暮れるのは遅い。しかし、嘆きに沈む私の心は、さあ、今がいつだったか季節も区別できなくて、入相の鐘を聞いても、今は春か秋かと疑う。○いさや―さあ。下に否定的表現を伴う。ここでは「わかで」○とき―時節。上の「遅し」の対語「疾（と）き」を掛けるか。▽「時節は春なれど、わが悲しき事は秋の様なる程に、春とも分別せぬ由也。述懐の歌也」（抄出）

1508　み吉野の峯は以前から霞んだままで、春が来ても特に変化はない。するとあれは白雲が懸っているのだろうか。それとも消えやらない残雪なのだろうか。参考「心ざし深くそめてし折りければ消えあへぬ雪の花と見ゆらむ」（古今・春上・七読人不知）

1509 難波《なには》潟《がた》あけゆく月のほの〴〵と霞ぞうかぶ浪のいり江に

1510 ふかき夜を花と月とにあかしつゝよそにぞ消《(きゆ)》るはるの釭《(ともしび)》

1511 あれはてて春《はる》の色なきふる里にうらやむ鳥ぞつばさ雙《(ならぶ)》る

1512 風かよふ花のかゞみはくもりつゝ春《はる》をぞわたるにはの矼《(いしばし)》

1513 ちる花にみぎはのほかのかげそひて春しも月は広沢の池

1514 春《はる》よたゞつゆのたまゆらながめしてなぐさむ花の色は移《(うつり)》ぬ

1515 あさつゆのしらぬ玉《たま》の緒《を》ありがほに萩うゑ《へ》お《を》かん春の籬に

1516 あはれいかに霞も花もなれ〳〵て雲《くも》しく谷《たに》にかへる鸝《(うぐひす)》

夏

1517 はるの草の又夏草にかはるまで今とちぎりし日こそ遅けれ

1518 見るごとに猶めづらしきかざし哉神世かけたるけふの葵よ

1519 夏山の河かみきよき水の色のひとつに青《あお》き野《の》べの道《みち》芝

1509 難波潟が明け行く頃、有明の月がぼんやりと、ぼうっと霞の懸っている波頭の連なる入江に浮んでいるように見える。

1510 夜更けまで花と月とを賞して、灯を壁に向けて春の夜を明かした。よそでは灯を消して休んでいるけれども。→補注。

1511 すっかり荒廃して春色とてもない旧里に、燕の番いが翼を並べているのは羨ましい。→補注。

1512 風の吹き通う池の面は、花を映す鏡のようにいつもは澄んでいるのだが、今は落花が散り敷いて曇っている。その上に架せられた石橋を渡ると、あたかも春そのものを渡るような気がする。本歌「年をへて花の鏡となる水はちりかかるをや曇るといふらむ」（古今・春上・四四 伊勢）○花のかゞみ—本歌に基づき、池の面の意。

1513 みぎわに散る花に月影が加わって、広沢の池の月は春とくに美しい。▽広沢の池は本来秋月を観賞する名所とされる。→八三五。

1514 ほんの短い間、物思いにふけりながら見つめて心を慰めていた、露を宿した花の色は、もはや移ろってしまった。本歌「花の色は移りにけりないたづらにわが身よにふるながめせしまに」（古今・春下・一一三 小町）→補注。

1515 命は朝露のように明日をも知れぬもろいものなのに、いかにもいつまでも生きていそうな顔をして、春垣根に萩を植えておこう。秋の開花をあてにして。本歌「秋までの命もしらず春の野に萩の古枝を焼くと焼くかな」（後拾遺・春上・四八 和泉式部）○玉の緒—一般的には「玉の緒の」で命に懸る枕詞だが、ここではこれで命の意。上の「あさつゆ」の縁語。

1516 ああ、どうして霞も花も馴れ親しんだのに、鶯は雲の敷きつめている谷の古巣に帰ってゆくのだろう。→補注。

1517 春の草が又も夏草に変るまで日は経ったが、「すぐ帰って来るよ」とあの人が約束した日はなかなかやってこない。

1518 神代にすでに掛けた、賀茂祭の日の葵は、しかし見るたびに依然として新鮮な情感を起させる挿頭だ。

1519 夏山の河上の水は青く清く澄んでいる。そして野辺の道芝も同じように青々としている。参考「影浸二南山一青滉瀁」（白氏文集・巻三・昆明春水満）○野べの道芝—「頼めこし野辺の道芝夏深しいづくなるらむ鵙（もず）の草ぐき」（千載・恋三・七九五 俊成）

1520 春もいぬ花もふりにし人に似て又見ぬやどに松ぞ遺れる

1521 ゆふまぐれねにゆくからす打むれていづれの山の峯に飛《(とぶ)》らむ

1522 夏の夜はげにこそあかね山の井のしづくにむすぶ月の暉《(ひかり)》も

1523 しのゝめのゆふつけ鳥《どり》のなく声にはじめてうすき蟬《せみ》の羽《は》衣

1524 いは井くむ松にまたるゝ秋風にまくずうらみばわれも帰らん

1525 ゆきなやむ牛のあゆみにたつ塵の風さへあつき夏の小《を》車

1526 たちのぼり南《みなみ》のはてに雲《くも》はあれど照《て》る日くまなきころの虚《オホソラ》

1527 夏の夜は月ぞけぢかき風すゞむふせやの軒《き》のまやの余に

1528 池水にすゑうちさわぐうき草はまつ夕風の吹《ふ》きや初《(はじ)》むる

1529 大井河夏ごとにさすかり屋形《やかた》いくとせか見るくだす桴《(いかだ)》を

1530 山かげはむすばぬ袖も風ぞ吹《ふ》く岩《いは》せく水におつる白《しら》珠

1531 あとふかきわがたつ杣《そま》に杉ふりてながめすゞしきにほの湖

1520　春もいってしまった。花も散ってしまい、昔の人に似て再び見えない庭に、松だけが昔のまま遺っている。○ふりにし―「降り」と「古り」の掛詞。→補注。

1521　夕まぐれ、寝ぐらへ急ぐ烏は群をなしてどの山の峯に飛ぶのであろう。参考「烏の寝どころへ行くとて、みつよつふたつみつなど、飛び急ぐさへあはれなり」（枕草子・一段）

1522　夏の夜は本当に飽きない。山の井で掬った水の雫に宿る月の光を見るにつけ。本歌「むすぶ手の雫ににごる山の井のあかでも人に別れぬるかな」（古今・離別・四〇四　貫之）

1523　東雲の頃の鶏鳴を聞くと、目覚めて、はじめて蟬の羽衣のような夏衣は本当に薄く涼しいと思う。→補注。

1524　水を汲む岩井の近くの松に、秋風の吹くのが待たれる。その秋風に吹かれて真葛の葉裏が見えたら、私も帰ろう。参考「秋風に鱸の膾思ひ出でて行きけむ人の心地こそすれ」（散木奇歌集）○うらみば―「裏見」に「恨み」を掛ける。○帰らん―葛の葉が翻ることから、「まくず」「うらみ」と縁語。→補注。

1525　行き悩む牛の歩みにつれて塵埃が立つ。その埃っぽい風までも暑い、夏の日の車の動きよ。○小車―牛車。「小」は接頭語。→補注。

1526　南の空の果には立昇る雲はあるけれども、夏の太陽は大空をくまなく照らしている。参考「夏雲多㆓奇峯㆒」（伝陶潜、四時詩）○照る日くまなきころ―「六月（みなづき）の地（つち）さへ裂けて照る日にも吾が袖干めや君にあはずして」（万葉・巻一〇・一九九五　夏相聞）より、六月と見られる。

1527　夏の夜、伏屋の軒のひさしのさし出た所で風に吹かれて涼むと、月がとても身近なもののように思われる。

1528　池水に浮草の葉末が揺れ騒いでいる。待っていた夕風が吹き始めたのであろうか。

1529　大堰川のほとりに夏ごとに仮屋形を設けて、河上からトしてくる筏を幾年見ることだろうか。○さす―棹さす。○桴―『童蒙頌韻』では「フト。ノネ」と訓む。ここでは「いかだ」と訓ませる。筏は大堰川の景物。「大井川岩波高し筏士よ岸のもみぢにあからめなせそ」（金葉・秋・二四五　経信）

1530　山陰では水を掬わない袖も、風が吹いて涼しい。岩に塞かれた水は白珠となって乱れ落ちている。参考「流れくる滝の糸こそ弱からしぬけど乱れて落つる白玉」（拾遺・雑上・四四八　貫之）

1531　人跡も深く埋もれている比叡山の杉は年老いて、その間から涼しげな琵琶湖が眺められる。○わがたつ杣―比叡山。「阿耨多羅三藐三菩提の仏達わがたつ杣に冥加あらせたまへ」（和漢朗詠・下・仏事・六〇二、新古今・釈教・一九二〇　最澄）

1532 折しもあれ雲《くも》のいづらにいる月の空《そら》さへを《お》しきしのゝめの途《みち》

秋

1533 やへむぐら秋のわけいる風の色をわれさきにとぞ鹿《しか》は啼《なく》なる

1534 今よりとちぎりし月を友としていく秋なれぬ山の棲《すみか》に

1535 新古今 旅人のそでふきかへす秋風に夕《ゆふ》日さびしき山の梯《かけはし》

1536 つま木《き》こりみちふみならす山人もこの夕霧《ぎり》や猶迷《まよふ》らん

1537 色わかぬ秋のけぶりのさびしきは宿《やど》よりをちのやどにたく柴

1538 秋の夜はつむといふ草のかひもなし松《まつ》さへつらき住吉の涯《きし》

1539 山水のたえゆく音《をと》をきてとへばつもるあらしのいろぞ埋める

1540 よしさらばともなひはてよ秋の月こけのいはやに世は乖《そむく》とも

1541 影を又あかずも月のそふる哉おほかた秋のころの哀に

1542 色にいでてあきの梢ぞうつりゆくむかひのみねのうかぶ坏《さかづき》

1532　折も折、東雲の時分、雲のどこかに月の入ってしまった空さえ名残惜しく思われる帰途よ。参考「夏の夜はまだ宵ながら明けぬるを雲のいづこに月宿るらむ」（古今・夏・一六六　深養父）〇いづら―どこか。

1533　八重葎を分けて秋が入ってくる気配は風の色にはっきりと分る。すると、秋の訪れを告げるのは私が先ですよとばかりに鹿が啼く。本歌「八重むぐら茂れる宿のさびしきに人こそ見えね秋は来にけり」（拾遺・秋・一四〇　恵慶）

1534　これから友達としてよろしく頼むよと約束した月と親しんで、この山の棲処で何回の秋を過したことか。参考「老住二香山一初到夜　秋逢白月正円時　従レ今便是家山月　試問清光知不レ知」（白氏文集・巻三三・初入二香山院一対レ月）

1535　山の桟を行く旅人の袖を秋風が吹き翻し、夕日が寂しく照している。参考「黄埃散漫風蕭索　雲桟縈紆登二剣閣一　峨嵋山下少二人行一旌旗無レ光日色薄」（白氏文集・巻一二・長恨歌）

1536　薪を樵るので道を踏みなれている山人も、この濃い夕霧にはやはり迷うだろうか。参考「山路日落満レ耳者樵歌牧笛之声　澗戸鳥帰遮眼者竹煙松霧之色」（和漢朗詠・下・山家・五五九　斉名）

1537　秋、その色ともはっきり見わけられないほどかすかに立昇る煙の寂しさは、わが宿よりも遠くの家で折り焚く柴の煙だ。参考「煙のいと近く時々立ち来るを……おはしますうしろの山に、柴といふものふすぶるなりけり」（源氏物語・須磨）

1538　秋の夜住吉の岸に宿ると人が恋しくて、この岸で摘むというあの恋忘れ草も役に立たない。岸辺の松さえ寂しい松風の音を立てるので、つらく思われる。本歌「道知らば摘みにもゆかむ住の江の岸に生ふてふ恋忘れ草」（古今・墨滅歌・一一一一　貫之）〇つむといふ草―本歌に基づき、恋忘れ草の意。萱草のこと。〇かひもなし―「住吉」の縁語「貝」を響かせる。

1539　山川の水音が絶えてしまったので訪れてみると、嵐の色ともいうべき、嵐に吹き散らされたもみじが積って、山川を埋めているのだった。

1540　ではどこまでも一緒につれていってくれ、秋の月よ。私はこうして苔の岩屋に世から乖離しているけれども（あなたとは行動を共にしたいから）。

1541　大方の秋のあわれさに、またあきたらず月の光があわれさを添える。参考「大方の秋のあはれを思ひやれ月に心はあくがれぬとも」（千載・秋上・二九九　紫式部）

1542　秋の木々の梢ははっきりと色に出て移り変ってゆき、向い側の峯に坏のような月が浮んでいる。参考「春日なる三笠の山に月の船出づみやびをの飲む盃にかげに見えつつ」（万葉・巻七・一二九五　作者未詳）〇色にいでて―「坏」の縁でいう。「こなたのゑひて色に出ぬ前に、山の色の先盃にうかぶよし也」

1543 続後 昔だに猶ふるさとの秋の月しらずひかりのいく廻(めぐり)とも

1544 おもふとも今はのこらじ秋の色よ峯ふく風にこの葉摧けぬ

1545 かり人の袖こそうたてしを《ほ》れぬれつゆ深《ふか》草の里の鶉に

1546 衣うつひゞきぞ風をしたひくる梢はとほ《を》き月の隣に

1547 お《を》く霜にむすびはてつる野《の》はら哉露《つゆ》のひかりも花の匂ひも

1548 よろづ世とちぎれる月の影なればを《お》しまでくらす秋の宮人

冬

1549 をちの山こなたの空《そら》のむらしぐれくもればかゝるころのうき雲

1550 家ゐする外《と》山がすその神無《な》月あけぬくれぬと時雨をぞ聞(きく)

1551 この葉《は》ちるいたまの月のくもらずはかはるしぐれをいかに分(わけ)まし

1552 月やそれすこし秋あるまがき哉ふかき霜夜の菊の薫《カヲリ》に

1553 さびしとよお《を》きまよふ霜《しも》の夕まぐれ小《を》萱《がや》のこやの野べのひと村

（抄出）

1543 昔でさえこの旧里で秋の月が幾回めぐりめぐったか分らない。参考「春往秋来不レ記レ年　唯向二深宮一望二明月一　東西四五百廻円」（白氏文集・巻三・上陽白髪人）

1544 いくら愛惜しても今はもう秋の色は残るまい。峯を吹く風に木の葉は摧けてしまった。

1545 露深い深草の鶉を尋ねて、狩人の袖はひどくしおれてしまった。本歌「野とならば鶉と鳴きて年は経むかりにだにやは君は来ざらむ」（古今・雑下・九七二、伊勢物語・一二三段　読人不知）参考「夕されば野辺の秋風身にしみて鶉鳴くなり深草の里」（千載・秋上・二五九　俊成）○鶉―男に捨てられた女を暗示する。

1546 衣を打つ響きは、遥かに遠い月の桂の梢のすぐ隣まで、旅路の夫の消息を伝える風を慕うかのように、風につれて聞えてくる。

1547 置く霜に覆われて、すっかり消えてしまった野原だ。草葉に宿る露の光も、美しい秋の草花の色も。参考「万物秋霜能壊レ色　四時冬日最凋レ年」（和漢朗詠・霜・三六七　白楽天）

1548 月影はこの宮が万世までも栄えることを約束したので、長秋宮にお仕え申し上げる宮人達は、光陰をも惜しまずに暮しておられる。○秋の宮人―後宮に仕える官人官女。ここでは中宮任子に仕える人々。

1549 こちらの空がむらしぐれして曇る頃、遠山にも浮雲が懸る。

1550 里近い山裾の家に住んで、神無月には明けても暮れてもしぐれの音を聞く。参考「神無月降りみ降らずみ定めなきしぐれぞ冬の始めなりける」（後撰・冬・四四五　読人不知）

1551 木の葉が散る板葺の屋根の隙間から洩れ入る月が曇らなかったら、木の葉しぐれが本当の時雨に変ったのをどう区別しただろう。参考「降る音も袖の濡るるも変らぬを木の葉時雨と誰か分きけむ」（長秋詠藻・中）「板間より月のもるをも見つるかな宿は荒して住むべかりけり」（詞花・雑上・二九四　良暹）

1552 深く霜が置いている夜、残菊が薫っている。それらは月の光かと錯覚させ、籬のあたりにはまだ少しばかり秋が残っているなと思わせる。参考「少し春あるここちこそすれ　公任　空寒み花にまがへて散る雪に　清少納言」（枕草子・一〇六段）

1553 霜がひどく置く夕まぐれ、萱葺の小屋の点在する昆陽野の野辺の村は寂しい。→補注。

1554 物思《おも》はぬ人のきけかし山里《ざと》のこほれる池にひとりなく鴛《をし》

1555 はしたかのかへるしらふに霜おきておのれさびしき小野《をの》の篠《しの》原

1556 かつ見つゝわが世はしらぬはかなさよことしもくれぬけふも昏《くるる》を

1557 ゆく年《とし》のさのみ過《す》ぎゆく果《はて》よさはいづれかひとつかへる河瀾《かはなみ》

1558 雲《くも》さえて峯のはつ雪ふりぬればありあけのほかに月ぞ残れる

1559 山ふかき雪やいかにと思《おもひ》いづるなさけ許《ばかり》の世こそ難けれ

1560 いとゞしくやまゐの袖《そで》やこほるらんかへる河風身に寒くして

1561 雪うづみ氷ぞむすぶをしかものかげとたのめる池のま菅《すげ》を

1562 すみがまや小野《をの》の里《さと》人あさゆふは山路《ぢ》をやくとゆき還《かへり》つゝ

1563 かきくらす都《みやこ》の雪も日かずへぬけさいかならん越《こし》の白《しら》山

1564 おもふとていふかひもなき大空《おほぞら》に据《すへ》ゑばや年のこえぬ関とて

1554　物を思わぬ人は聞いてみよ。山里の氷りついた池で番いを離れて一羽で鳴いているおしどりの悲しげな声を。○物思はぬ人―もののあわれを解しない人。「おしなべて物を思はぬ人にさへ心をつくる秋の初風」（新古今・秋上・二九九　西行）○人のきけかし―「君恋ふと人の聞けかし霰ふる籬の竹の音ばかりだに」（拾玉集・当座百首）○ひとりなく鴛―伴侶に死なれたかはぐれたかして、番いを離れて一羽で悲しげに鳴いている鴛鴦。「番はねど映れば影を友としてをし住みけりな山川の水」（山家集・中）

1555　はしたかが成長して生じた白斑に霜が置いて、小野の篠原は寂しい冬枯となった。↓補注。

1556　人の死を見るにつけ無常な世と一方では思いつつ、自分自身の命は知らないはかなさよ。今日も昏れてしまった。今年もこうして暮れてしまうのだ。

1557　逝く年がこのように過ぎてゆくその終りは、ではどこなのだろう。寄せては返る河波と一緒の処なのだろうか。

1558　雲が冷たく冴えて峯に初雪が降ると、有明の月の他にも月が残っているかのように明るい。

1559　深山の雪はどうですか、大変でしょうと思い出してくれる人情もめったにない世の中だ。▽山居の遁世者の心。

1560　賀茂の川風は身に寒いので、神楽を終えて朝帰ってくる舞人の山藍の衣の袖もいよいよ氷るであろう。○やまゐの袖―神楽の舞人の山藍摺りの衣服の袖。○かへる―「袖」を翻すから、その縁語。▽十一月下の酉に行われる賀茂臨時祭を歌う。

1561　鴛鴦が身を寄せる蔭と頼みにしていた池の真菅を雪が埋め、氷が池水に封じこめてしまった。

1562　炭がまのある小野の里人は、朝夕炭を焼くために山路を往き還りしている。参考「深山木を朝な夕なに樵りつめて寒さを恋ふる小野の炭焼き」（拾遺・雑秋・一一四四　好忠）

1563　都にもかきくらし雪の降る日が続いた。今朝越の白山はどうだろう。きっと真白に違いない。参考「白山に年ふる雪や積るらむよはに片敷く袂冴ゆなり」（公任集、新古今・冬・六八六　公任）「消えはつる時しなければ越路なる白山の名は雪にぞありける」（古今・羇旅・四一四　躬恒）○かきくらす―空を暗くする。

1564　いくら思ってもかいのない大空に、年の越えないように関を据えたい。参考「大空におほふばかりの袖もがな春咲く花を風に任せじ」（後撰・春中・六四　読人不知）

恋

1565 むねの内よ知《し》れかしいまもくらべ見ばあさまの山はたゝぬ煙を

1566 しるべしてなるゝ心のかひぞなき君をおもひのつもる年々

1567 かはりゆく袖の色こそ悲《(かなし)》けれねをなくはてよ秋のうつ蟬

1568 今はみな思《おも》ひつくばの山おろしよしげきなげ木と吹《ふ》きも伝へよ

1569 かたみかはしるべにもあらず君こひてたゞつく〴〵とむかふ霄《オホゾラ》

1570 たれゆゑ《へ》に絶《た》えぬとだにも白雲のよそにややがて思消《(きえ)》なん

1571 おもかげはたつたの山のはつもみぢ色にそめてしむねぞ焦るゝ

1572 起《お》くるよりなげきぞいとゞ数まさるむなしき日のみつもる朝《(あした)》は

1573 露時雨さてだに人に色見せよながめしまゝのすゑの浅《あさ》茅に

1574 なり見ばやしばしもかげをやどすやと手にむすばるゝ水の泡とも

1575 お《を》のづから春《はる》すぎばともたのむらん雲につけたる鳥のふる巣は

1565 私の胸の内を知ってくれ。今でも比べてみれば、浅間山の煙など立つうちには入りはしない。本歌「信濃なる浅間の嶽にたつ煙をちこち人の見やはとがめぬ」(伊勢物語・八段、新古今・羇旅・九〇三業平)

1566 手引きを頼んで心ではあなたと馴れ親しんだその甲斐もない。あなたへの思いが積り、何年も経ったけれども、まだ実際には逢えないのだから。

1567 紅涙の色に変ってゆく袖は悲しい。秋の蟬の抜殻は声をあげて泣いたあげくのわたしの姿だ。

1568 今はもうすっかり思いも尽きてしまった、そして嘆きばかりが多いと、筑波山の山颪よ、あの人に吹き伝えてくれ。↓補注。

1569 大空は恋の形見だろうか、それとも恋の仲立ちだろうか。そうではないのに、あの人を恋しく思って、ただつくづくと大空を眺めてしまう。参考「夕暮は雲のはたてに物ぞ思ふ天つ空なる人を恋ふとて」(古今・恋一・四八四　読人不知)「大空は恋しき人の何ならむながめてのみもすぐすころかな」(六条修理大夫集)

1570 あの人は私が誰ゆえに死んでしまったということさえも知らず、白雲が消えるように、あの人とはついに他人のままにこのまま思い死するのであろうか。↓補注。

1571 立田山を越えているであろう恋しい人の面影が目の前に立ち、もみじの色(血の涙の色)に染めた胸は焦れるばかり。参考「風吹けば沖つ白波たつた山よはにや君がひとり越ゆらむ」(古今・雑下・九九四読人不知、伊勢物語・二三段)「風吹けば沖つ白波……、金椀に水を入れて胸になむすゑたりける。……この水熱湯にたぎりぬれば、湯ふてつ。又水を入る」(大和物語・一四九段)

1572 空しく恋人と逢えない日のみ積り重なる朝は、起きた時からいよいよ嘆きがまさる。

1573 露しぐれよ、私がじっと眺めていたままの浅茅の葉末を紅に染めて、せめてそれであの人に私の思いの色を見せておくれ。○すゑの浅茅に—「すゑ」は、眺めた行為が持続した末の意と葉末の意とを含むか。「浅茅」はこの家の荒廃ぶりを暗示する。

1574 恋人の手に掬われる水の泡ともなりたい。そうしたらほんの少しの間でも恋人の影を宿す(映す)ことができるかと思って。↓補注。

1575 ひょっとして春が過ぎたなら帰って来るだろうかとあてにしているのだろう、鶯が雲に托して伝言した鶯の古巣は。参考「旧宿(旧巣)為㆑後属㆓春雲㆒」(和漢朗詠・鶯・七〇　道真)○鳥—鶯。男の喩え。○ふる巣—女を喩える。

1576 たまぼこのゆくての道《みち》もすぎわびぬ思《おも》ふあたりの宿《やど》の梢は

1577 みだれ蘆《あし》のしたのこひぢよいくよへぬ年ふる鶴《たづ》のひとりなく皐《(さは)》

1578 人ごゝろ霜《しも》のかれ葉の里《さと》ふりてやがてあとなしもとの蒿《(よもぎ)》に

1579 いとゞしくたえぬなげ木は末《すゑ》の松我よりこゆる浪の高さに

1580 いかさまに堰《せ》きかとゞめむ色《いろ》かはる人のこのはのすゑのしら濤《(なみ)》

述懐

1581 年月は昨日ばかりの心地して見なれし友のなきぞ多かる

1582 いかにせんはてなき人は世にもなしとまらぬ駒のかげは過《(すぐ)》めり

1583 苔のしたにうづまぬ名をばのこすともはかなの道やしき嶋の哥

1584 彼《か》の岸《きし》にこのたびわたせ法《のり》の舟うまれてしぬるふるさとの河

1585 三笠山《みかさ》ふもと許《(ばかり)》をたづねてもあらまし思《おも》ふ道《みち》の遐《(はるけ)》さ

1586 難波潟《なにはがた》いかなる蘆《あし》か積《つ》みお《を》きし世々にその身のあとならぬ家

1576　思う人の家の梢が見えるので、道も行き過ぎにくい。↓補注。

1577　乱れた蘆の下の泥土で、年老いた鶴はひとり寂しく鳴いて、幾世を経たことか。心も乱れる恋路にあって、私は長いことひとり寂しく泣いている。参考「鶴鳴二于九皐一声聞二于野一」（詩経・小雅）○こひぢ―泥。「恋路」を掛ける。○いくよ―「世」に「蘆」の縁語「節」を掛ける。

1578　あの人の心は霜のように冷たく、霜枯の蓬の葉の覆う私の住みかは古びてしまい、そのまま人の通う足跡もなく、以前の蓬生となってしまった。↓補注。

1579　自分の心がらで、高波が末の松山の松を越えるような結果となり（心変りをしてしまい）、そのためいよいよ絶えぬ嘆きをする。本歌「君をおきてあだし心をわが持たば末の松山波も越えなむ」（古今・東歌・一〇九三　陸奥歌）○なげ木―「歎き」。「木」は「松」の縁語。「杣山や梢に重る雪折にたえぬなげきの身を砕くらむ」（長秋詠藻・述懐百首、新古今・雑上・一五八二）

1580　紅葉した木の葉のように心変りした人の言葉は、その末に待ち受けている涙の白濤を一体どのようにして堰き止めようか。

1581　年月はつい昨日のような気がして、しかも見馴れた友で故人となってしまった人が多くいるよ。参考「往事渺茫都似レ夢　旧遊零落半帰レ泉」（和漢朗詠・下・懐旧・七四三　白楽天）

1582　どうしたらよいのか。死なない人はこの世にいない。光陰は止まることなく、どんどん過ぎてゆく。参考「人生一世間、如二白駒過レ隙一耳」（史記・巻九〇・魏豹伝）○過めり―底本「過める」か。自筆本による。

1583　敷島の歌の道でたとえ苔の下に埋もれてしまわない名を残すとしても、はかないことだ。本歌「もろともに苔の下にも朽ちもせで埋まれぬ名を見るぞ悲しき」（和泉式部集、金葉・雑下・六二〇）参考「遺文三十軸　軸軸金玉声竜門原上土埋レ骨不レ埋レ名」（和漢朗詠・下・文詞付遺文・四七一　白楽天）「苔の下に朽ちせぬ名こそ悲しけれとまればそれも惜しむ習ひに」（新勅撰・釈教・六一八　宗円）

1584　人は生れては死ぬ。故郷の河（三途の川）を渡す船（仏法）よ、今度の旅人を極楽浄土の彼岸に渡してくれ。

1585　三笠山の麓ばかりを尋ねて、これから行末のことを思うと、道は遠く遥かだなあと思われる。（今はやっと近衛の少将だ。将来を思うと大変だなあと思われる。）参考「白雲の峯にしもなど通ふらむおなじ三笠の山のふもとを」（新古今・恋一・一〇一一　義孝）○三笠山―近衛の職。○ふもと―同職の卑官。

1586　難波潟でどんな蘆を刈っては積んでおいたせいなのだろう。（一体どのような悪い運命が定まっているのであろう。）代々わが家門は先祖の踏んだ跡より衰えてゆく。↓補注。

1587 なぐさめは秋にかぎらぬそらの月春《はる》よりのちもおもかげの花

1588 さてもうしことしも春をむかへつゝながめ〳〵むはての霞よ

1589 いつかさはうき世の夢をさますべきわが思ふ山の峯の嵐に

1590 いそがばや思ふによらぬ契りあらばすまでもやまむ草《くさ》の庵を

1591 たれも聞《き》けなくねにたつるかりの世々ゆきてはかへる北《きた》と南と

1592 続後 つひ《ゐ》に又いかにうき名のとゞまらん心ひとつの世をば慙《(はづ)》れど

1593 三代をへて星《ほし》をいたゞく年ふりてまくらにおつる秋のはつ霜

1594 如何《(いかに)》せんみ山の月はしたへども猶思お《を》くつゆのふる郷

1595 さま〴〵に春《はる》のなかばぞあはれなる西《にし》の山のはかすむ夕《ゆふ》陽に

1596 いかで猶まどひしやみをあきらめんこのとふ方をてらす光に

山家

1597 ふもとにや峯たつ雲《くも》とながむらんわがあけぼのにおはぬ桜を

1587 心を慰めるものは秋に限らず空に照る月、春の過ぎたのちにも面影に残っている美しい花だ。↓補注。

1588 それにしてもつらい。今年も春を迎え、じっと物思いに沈みながら、霞む景色を眺め続けたあげくには私もその霞となるのであろう。○はての霞―荼毘に付され、その煙が立昇ってできる霞。

1589 では一体いつ、私は慕わしく思う山の嶺を吹く嵐の音によって、憂き世の迷妄の夢を覚ますのだろうか。↓補注。

1590 急いで遁世したい。思いもかけない運命が訪れたならば、一生草庵に住むことなしに終ってしまうかもしれない。

1591 誰も聞くがいい。雁は、この世は仮の世だと声を出して鳴きながら、北と南とを往復している。本歌「行き帰りここもかしこも旅なれやくる秋ごとにかりかりと鳴く」(後撰・秋下・三六二　読人不知)参考「万里人南去　三秋雁北飛　不レ知何歳月　得ニ与レ汝同帰一」(和漢朗詠・秋・雁・三二七　韋承慶)

1592 ついに死んだあとにはまたどのようにこの憂い名がとどまることであろうか。私も心の中ではこの世での拙い運を慚じているのだけれど(出家などしてそれを表わさないから)。

1593 三代の帝にお仕えして星霜降り、年を取って、枕には秋の初霜のような白髪が落ちる。本歌「年を経て星を戴く黒髪の人よりしもになりにけるかな」(詞花・雑下・三七四　能宣、能宣集、第五句「なるぞかなしき」)○三代―高倉・安徳・後鳥羽の三代。

1594 どうしよう。深山に照る月を慕わしく思うけれども、やはり露深い故郷にも執心は残っている。○つゆのふる郷―「ふる」に「降る」を掛け、上の「おく」とともに「露」の縁語。「きのふけふ野にも山にも結びおく草の枕や露のふるさと」(月清集・旅)との先後関係は未詳。▽出離に踏みきれない心。

1595 いろいろな点で、春の半ばの二月十五日ごろはしみじみとあわれ深く思われる。夕陽が、霞んだ西の山の端に沈んでゆくのを見るにつけ。↓補注。

1596 私の問う方角(西方)を照らす仏の光によって、何とかして迷っている無明の闇を明るくしたい。わが子の将来を案ずる親心の闇を、主家の御威光によって晴らしとうございます。参考「人の親の心は闇にあらねども子を思ふ道にまどひぬるかな」(後撰・雑一・一一〇二　兼輔)

1597 麓では峯に立つ雲と眺めているだろうか、私の目覚める曙にはふさわしくない桜を。↓補注。

1598 山ふかみ人は昔のやどふりて月よりさきにのきぞ傾《かたぶく》

1599 心から聞《き》く心ちせぬすまひ哉ねやよりおろす松《まつ》風の声

1600 滝の音《をと》にあらし吹《ふ》きそふあけがたはならはずがほに夢《ゆめ》ぞ驚《おどろく》

1601 うきよりはすみよかりけりと許《ばかり》よあとなき霜に杉《すぎ》たてる庭

1602 年へぬなやどたちいづる椎《しゐ》が本《もと》よりゐし石《いし》もこけ青くして

1603 わけのぼる庵《いほ》のさゝはらかりそめにことゝふそでもつゆは零《おち》つゝ

1604 いくとせぞ見し柴《ば》の戸《と》は人すまで石井の水にしげる萍《うきくさ》

1605 わがやどのひかりとしめてわけいれば月かげしろしみ山《やま》べの秋

1606 影たえて山もやぬしはしのぶらんむかしせきれし水の流に

1607 山ざとの門田ふきこす夕風にかりいほのうへもにほふ秋萩

1608 たちかへり山路《ぢ》かなしきゆふべ哉今はかぎりのやどを求《もとめ》て

1609 我ぞあらぬ雪はむかしに似たれどもたれかはとはん冬の山陰

1598　山が深いので、私のような昔の人間の住む家は古びてしまって、月が西に傾く先に軒が傾いている。

1599　閨を吹き過ぎておろす松風の声がする。これは進んで聞く心地はしない、寂しい住まいだ。

1600　滝の音に嵐が吹いてその音が加わる明方は、馴れてしまっている筈なのに、いかにも馴れない様子で夢から覚めがちだ。参考「雨少しうちそそき、山風冷やかに吹きたるに、滝のよどみもまさりて音高う聞ゆ。……おぼしめぐらすこと多くて、まどろまれ給はず。……吹きまよふ深山おろしに夢さめて涙もよほす滝の音かな」（源氏物語・若紫）○ならはずがほ―「ゆく秋に別れぬ年はなきものをならはずがほに何惜しむらむ」（拾玉集・堀川院題百首）

1601　憂き世よりは住みよいと言わんばかりに、人の通った跡もない霜の庭の中に杉が立っている。本歌「山里はもののわびしきことこそあれ世の憂きよりは住みよかりけり」（古今・雑下・九四四　読人不知）

1602　椎の木の下の宿を立出てから、年が経ってしまったのだ。以前倚りかかっていた石にも苔が青くむして。本歌「立ち寄らむ蔭と頼みし椎が本むなしき床になりにけるかな」（源氏物語・椎本　薫）

1603　山地の笹原を分けながら登って草庵を訪れた。ほんのかりそめの訪問者である私の袖にも笹の露、そして涙の露は落ちる。↓補注。

1604　あれから幾年経ったのだろう。昔見た柴の戸は無人で、石井の水には浮草が生い茂っている。参考「里人の汲むだに今はなかるべし岩井の清水み草ゐにけり」（後拾遺・雑四・一〇四三　嘉言）

1605　月影をわたしの庵の庭の光と勝手に心の中で決めて、山に分入ると、月影はいよいよ秋の深山辺に白く照っている。↓補注。

1606　昔、この家の主人が堰き入れた水の流れに、その主の影が映ることは絶えてしまったが、山は影を映して主を偲んでいるようだ。↓補注。

1607　山里の門田を越して吹き来る夕風のために、仮庵の上までも秋萩が匂っている。参考「夕されば門田の稲葉おとづれて蘆のまろ屋に秋風ぞ吹く」（金葉・秋・一七三　経信）

1608　もう憂き世はこれまでと思いあきらめて、山里に宿を求めはしたものの、いざ山住みしようと思うと、昔に立返って分け入ってゆく山路が悲しく思われる夕だ。本歌「住みわびぬ今は限りと山里につま木こるべき宿求めてむ」（後撰・雑一・一〇八三　業平）

1609　私の境遇はすっかり変ってしまった。雪は昔に似ていたけれども、誰がこの冬の山陰を訪れるであろうか。↓補注。

1610 いざ、さらばたづねのぼりて関《せき》すゐ《へ》むたゞこのうへぞ月のいる岑《(みね)》

1611 お《を》のづからしらぬあるじものこしけりやどもる杉《すぎ》のもとの心は

1612 あらしふく月のあるじはわれひとり花こそやど、と人も尋《(たづぬ)》れ

旅

1613 おもかげのひかふる方にかへり見るみやこの山は月纖《(ほそ)》くして

1614 いとゞしくいへぢへだつる夕霧にあまのもしほ火けぶりたち添《(そふ)》

1615 ふるさとのそらさへあらぬ心地哉ほどなき床のをがやふく簷《(のき)》

1616 旅衣そでふく風やかよふらんわかれていでしやどの簾に

1617 たちぬるゝ日かずにつけておもなれぬ峯なる、くもも谷の氷も

1618 いで、こしはるは冬野《ふゆの》にかはるまでもとの契りを猶や憑《(たの)》まん

1619 荻《おぎ》をあめるこやのかりねのたゞひとよ風にまたゝくよひの燈

1620 すぎゆけど人のこゑするやどもなし入江の浪に月のみぞ澄《(すむ)》

1610 さあ、それでは道を尋ね、よじ登って、月が入らないように関を据えよう。月の入る嶺はただこの上にあるのだ。

1611 下陰になっているこの山家を守るかのように、杉が立っている。これは私の知らない昔の山家の主が植えて残して置いた木がおのずから作る木陰だ。その心が偲ばれる。

1612 嵐が吹く月夜の山家の主は私一人だ。花の季節にこそ、花が宿の主人だとばかり人は尋ねてくるけれども……。本歌「春来てぞ人も訪ひける山里は花こそ宿のあるじなりけれ」（拾遺・雑春・一〇一五　公任）

1613 その面影が馬の手綱を引留めるかのように、故郷に残してきた恋しい人に後髪を引かれて顧ると、都の方角の山にはその人の眉を思わせて月が繊く掛っている。▽源氏物語・須磨の巻によるか。参考「三月二十日あまりのほどになむ、都離れたまひける。……道すがら面影につとそひて、胸も塞（ふた）がりながら、御舟に乗りたまひぬ」（源氏物語・須磨）「振りさけて三日月見れば一目見し人の眉引思ほゆるかも」（万葉・巻六・九九四　家持）

1614 いよいよ家路を遠く隔てる夕霧に、さらに海人の焚く藻塩火の煙が立ち加わる。参考「旅の空よはのけぶりと昇りなば海人の藻塩火たくかとや見む」（後拾遺・羇旅・五〇三　花山院）▽これも源氏物語・須磨の巻の俤がある。

1615 萱葺の軒で窮屈な床の庵に旅寝すると、空さえろくに見えないので、故郷を偲ぶこともできない。〇ほどなき―十分な空間のない。

1616 私の旅衣の袖を吹く風は、愛する者と別れて出てきた故郷の家の簾に吹き通うだろうか。参考「吹く風にわが身をなさば玉簾ひま求めつつ入べるきものを」（伊勢物語・六四段）▽風を使者に見立てる。

1617 嶺の雲も谷の氷も、それに濡れる日数が重なるとともに顔なじみとなってしまった。

1618 故里を出る時、再会を約してきたが、その時は春野だった。それが冬野に変ってしまった今でもやはり約束をあてにしてよいのだろうか。▽故里に残して来た人が心変りしないか案じる心。

1619 荻を編んだ仮小屋にただ一夜仮寝をする。宵の灯火は吹き込む風にまたたいて、今にも消えてしまいそう。

1620 過ぎて行くけれども、人の声のする家もない。入江の波には月だけが澄んでいる。参考「東船西舫悄無言　唯見江心秋月白」（白氏文集・巻一二・琵琶行）

1621 たのむ哉その名もしらぬみ山木にしる人えたる松と杉とを

1622 あくるよりふるさととほ《を》き旅まくら心ぞやがて浦島《うらしま》の函

1623 有《(あり)》つゝとまたれしもせぬ岡《をか》のかげひとよのやどにをがやをぞ苅《(かる)》

1624 くろかりしわが駒《こま》の毛《け》のかはるまでのぼりぞなづむ峯の巌に

1625 山をこえ海をながむるたびのみちもののの哀はをしぞ凡《(こめ)》たる

1626 もろともにめぐりあひける旅まくらなみだぞそゝく春《はる》の盌《(さかづき)》

1627 人の国《くに》夜は長月のつゆじもよ身さへくちにしとこの襖《(ふすま)》に

1628 こし方もゆくさきも見ぬ浪の上の風をたのみにとばす舟の帆

1621　あたかも知らない人々の中に知人を見つけたように、その名も知らない深山木の中に馴染みの松と杉とを見つけた。そして知人を頼るように、私はこれらの木々に身を寄せる。参考「もろともにあはれと思へ山桜花よりほかに知る人もなし」（金葉・雑上・五二一　行尊）

1622　夜が明け旅寝から目が覚めて思うと、故郷は遠い。私の心はそのまま浦島の子の玉手函のように空しくなってしまう。参考「夏の夜は浦島の子が箱なれやはかなく明けてくやしかるらむ」（拾遺・夏・一二二　中務）

1623　そのままいても人に待たれているわけでもない岡の陰で、一夜を過す宿を作るために小萱を刈る。参考「吾が背子は仮廬作らす草無くは小松が下の草を刈らさね」（万葉・巻一・一一　中皇命）→補注。

1624　黒かった私の乗馬の毛色が疲労のため黄変するほど、峯の岩山を登り悩んでいる。参考「陟ニ彼高岡一　我馬玄黄」（詩経・国風　周南）「岩がねのこりしく山を越えくればわが黒駒は黄になりにけり」（久安百首　崇徳院）

1625　山を越え、海をじっと見つめる旅路で、物のあわれは、水の面に浮寝している鴛鴦が独り占めしている。→補注。

1626　春の旅先で偶然友人とめぐりあった。しかしやがてまた別れねばならない。お互にくみ交す盃に、無量の思いであふれ出る涙を注ぎこむ。参考「酔悲灑レ涙春盃裏　吟苦支レ頤暁燭前」（白氏文集・巻一七　十年三月三十日別微之……の詩）▽右の詩句を引く『源氏物語』須磨の巻の俤もある。→補注。

1627　他国に旅して折しも夜の長い長月だ。床の衾も、そしてこの身さえ、露霜のために朽ちてしまいそうだ。参考「扶病従行日一駅　朝湌飢渇費ニ杯盤一　夜臥腥臊汚ニ牀席一」（白氏文集・巻三・縛戎人）○人の国―地方。田舎。

1628　今まで過ぎてきた方もこれから行く先も見えない、漫々たる海の浪の上を、風だけを頼みとして帆船は航路を飛ばしてゆく。参考「白波の跡なき方にゆく舟も風ぞたよりのしるべなりける」（古今　恋一・四七二　勝臣）「来し方もゆくへも知らぬ沖に出でてあはれいづくに君を恋ふらむ」（源氏物語・玉鬘　乳母の娘）「煙水茫茫無ニ覓処一　海漫漫　風浩浩」（白氏文集・巻三・海漫漫）

仁和寺宮五十首　建久九年夏

詠五十首和歌　　左近衛権少将藤原定家

春十二首

1629 いつしかと外山のかすみたちかへりけふあらたまる春《はる》のあけぼの

1630 わかなつむ宮この野べにうちむれて花かとぞ見る峯のしら雪

1631 うぐひすはなけどもいまだふるさとの雪のした草春をやはしる

1632 新古 おほぞらは梅のにほひにかすみつゝくもりもはてぬ春のよの月

1633 道のべに誰うゑ《へ》お《を》きてふりにけむのこれる柳はるはわすれず

1634 新古 しもまよふそらにしを《ほ》れしかりがねのかへる翅《(つばさ)》にはるさめぞふる

1635 おもかげにこひつゝまちし桜花さけばたちそふ峯のしら雲

1636 春をへて雪とふりにし花なれど猶みよしののあけぼののそら

仁和寺宮五十首—建久九年（一一九八）ごろ、守覚法親王主宰の五十首歌。作者は俊成・定家の他、寂蓮・家隆・有家・顕昭ら十七名。後年、本五十首を母胎として『御室撰歌合』が生まれた。定家三十七歳の時の詠。自筆本には端作右傍に「守覚法親王家」の小紙片が付されている。本五十首の完本は『新編国歌大観』第四巻所収。評語入りの草稿の写本として東京大学図書館蔵『軸物之和歌写』（以下略称『軸物』）と宮内庁書陵部蔵『京極黄門詠五十首和歌』（以下略称『京極』、兼築信行翻刻『国文学研究』第七十七集、昭和五十七年六月）がある。

1629 曙がた、早くも里近い山には霞が立ち、年が立ち返って、今日で新春と改まった。▽『軸物』『京極』はこの歌を「立春 一」とし、「同題不レ可レ過二三首一云々。他部准レ之」と注し、「一切ニ悪キ所モ候ハず、吉候。然而関白御導師ハ猶モ〱ヨカリタク候」と評する。

1630 都の野辺に群れて若菜を摘みながら、峯の白雪を花かと見る。↓補注。

1631 鶯は春だといって鳴くけれども、旧里の雪に埋もれている下草は春を知りはしない。本歌「梅が枝に来ゐる鶯春かけて鳴けどもいまだ雪は降りつつ」（古今・春上・五 読人不知）参考「み吉野は春のけしきに霞めどもむすぼほれたる雪の下草」（後拾遺・春上・一〇 紫式部）○ふるさとの—「雪」の縁語「降る」を掛ける。

1632 大空は梅の芳香で霞んで、かといってそのために曇りきってもしまわない春の夜の月よ。本歌「照りもせず曇りもはてぬ春の夜のおぼろ月夜ぞめでたかりける」（千里集、第四・五句「おぼろ月夜にしくものぞなき」新古今・春上・五五 千里）参考「不レ明不レ闇朧朧月、不レ暖不レ寒慢慢風」（白氏文集・巻一四・嘉陵夜有レ懐二首、新撰朗詠・春夜・二三）▽同じく白楽天の詩句に触発されながら、千里の直訳的な歌いぶりとははっきり異なり、王朝的な美の世界として自立している。

1633 道のほとりに誰が植えておいて、それから年月が経ったのであろうか。（植えた人はとうに亡くなってしまったが）残っている柳は季節を忘れず、春になると芽をふく。↓補注。

1634 冬の間霜がひどく置いて空でぐったりしていた雁が北の国へ帰ってゆく。そのしおれていた翅にやさしく春雨が降る。↓補注。

1635 面影にまで見て恋いこがれながら待っていた桜花が咲いたので、嶺には白雲に花の雲が立ち加わっている。

1636 幾年の春が過ぎて花は雪のように降り、そして旧い名所となったけれども、やはりみ吉野の曙の空は美しい。

1637 さくら花うつりにけりなと許《(ばかり)》をなげきもあへずつもる春哉

1638 新古 春の夜の夢のうきはしとだえして峯にわかるゝよこぐものそら

1639 年経《ふ》ともわすれむ物か神《かみ》風やみもすそ河のはるの夕暮

1640 ゆく春《はる》よわかるゝ方もしらくものいづれの空《そら》をそれとだに見む

夏七首

1641 へだてつなけふたちかふる夏衣ころもまだへぬ花のなごりを

1642 たがためのなくや五《さ》月の夕とて山郭公猶またるらむ

1643 山のはに月もまち出ぬ夜をかさね猶くものぼる五月雨のそら

1644 新古 ゆふぐれはいづれのくものなごりとて花たち花に風のふくらん

1645 夕だちのすぎのしたかげ風そよぎ夏をばよそに三輪《みわ》の山もと

1646 続古 打なびくしげみがしたのさゆりばのしられぬほどにかよふ秋風

1647 松かげやきしによる浪よる許《(ばかり)》しばしぞすゞむ住吉《すみよし》のはま

1637 桜花は色あせ、散り、庭に積ったなあということだけを嘆くまもなく、春の日数は積った。本歌「花の色はうつりにけりないたづらにわが身よにふるながめせしまに」（古今・春下・一一三　小町）→補注。

1638 空に浮橋を架けるような、甘美で悩ましい春の夜の夢がとぎれ、目覚めた。暁方の空にたなびく横雲が嶺から離れてゆく。→補注。▽『文選』高唐賦の俤がある。

1639 いくら年が経っても忘れようか。かつて見た御裳濯川の春の夕暮の景色を。▽建久六年（一一九五）二月、公卿勅使良経に随行した時のことを思い起しての詠。「大将被勅使に立給し時御供ありし時分の歌也」（抄出聞書）→補注。

1640 行く春よ。別れて行く方角も私は知らない。白雲の立つどの空をその方角とでも思って見たらよいのであろうか。

1641 今日夏衣に更えて、まだ春の花のなごりが残っていてさほど時も経っていないのに、それを隔ててしまった。参考「敷島の大和にはあらぬ唐衣ころも経ずして逢ふよしもがな」（古今・恋四・六九七　貫之）→補注。

1642 一体誰のために鳴く五月の夕方だというので、やはり山ほととぎすが待たれるのであろうか。参考「ほととぎす鳴くやさつきのあやめ草あやめも知らぬ恋もするかな」（古今・恋一・四六九　読人不知）『軸物』『京極』は一六四二の前に「雑夏六首」と記す。

1643 いくら待っても山の端には月も出ない。そして夜毎あいも変らず月ならぬ雲が立昇るさみだれの空。→補注。

1644 夕暮は、どこの雲を吹いたなごりとして、花橘に風が吹いて、昔馴染んだ人を思い起させる香りを運んでくるのであろう。その雲はあの人のなきがらを荼毘に付した煙が立ち昇ったものではないか。参考「さつき待つ花橘の香をかげば昔の人の袖の香ぞする」（古今・夏・一三九　読人不知、伊勢物語・六〇段）「見し人の煙を雲とながむれば夕の空もむつましきかな」（源氏物語・夕顔　光源氏）

1645 夕立の過ぎた杉の下蔭にはひんやりした風がそよぎ、あたかも夏をよそに見るような三輪山の麓よ。→補注。

1646 夏草の茂みの下のさ百合は人に知られないが、そのさ百合の葉をなびかして、人に知られない程度に早くも秋風が通ってくる。本歌「夏の野の繁みに咲ける姫百合の知らえぬ恋は苦しきものぞ」（万葉・巻八・一五〇〇　大伴坂上郎女）

1647 岸に波の寄る住吉の浜の松陰で、夜の間しばらく涼を取る。本歌「住の江の岸に寄る波よるさへや夢の通ひ路人目よくらむ」（古今・恋二・五五九　敏行）○よる浪―同音反復で「よる許」を引出す。▽『軸物』『京極』に「已上六首取〳〵に皆殊勝候」と評する。

秋十二首

1648 しきたへの枕にのみぞしられけるまだしのゝめの秋の初風

1649 秋きぬとたがことのはか告《つ》げそめしおもひたつたの山の下つゆ

1650 あはれ又けふも暮ぬとながめする雲のはたてに秋風ぞふく

1651 さとはあれて時ぞともなき庭のおもももとあらの小萩秋は見えけり

1652 秋風にわびてたまちる袖の上をわれとひがほにやどる月哉

1653 年ふれば涙のいたくくもりつゝ月さへすつる心地こそすれ

1654 今よりはわが月かげと契りお《を》かん野《の》はらの庵のゆく末の秋

1655 たれもきくさぞならひの秋の夜《よ》といひてもかなしさをしかの声

1656 秋風にそよぐ田の面《も》のいねがてにまつあけがたのはつかりのこゑ

1657 露さえてねぬ夜の月やつもるらんあらぬ浅茅《ぢ》のけさの色哉

1658 ひとりきく空《むな》しき階《はし》に雨おちてわがこしみちをうづむこがらし

1648 まだしののめの時分に吹く秋の初風は、枕にだけ気付かれた。本歌「わが恋を人知るらめや敷妙の枕のみこそ知らば知るらめ」（古今・恋一・五〇四　読人不知）〇しきたへの―「枕」に掛る枕詞。▽秋の初風を、こっそり通ってくる恋人に見立てた。『軸物』『京極』はこの歌を「立秋一」とする。

1649 秋が来たと誰の言葉で告げたのであろう。立田山の下露は、早くも木々の葉を染めようと思い立っている。▽「秋」に「飽き」を響かせ、露を涙に見立てて恋愛情緒を漂わせる。『軸物』『京極』は一六四九の前に「雑秋十」と記す。

1650 ああ今日もこうして暮れたとじっと物思いに沈んで見つめる雲のかなたに秋風が吹く。本歌「夕暮は雲のはたてに物ぞ思ふ天つ空なる人を恋ふとて」（古今・恋一・四八四　読人不知）

1651 里は荒れていつということもない庭の面も、本あらの小萩が咲いて秋だと分る。参考「里はあれて人はふりにし宿なれや庭もまがきも秋の野らなる」（古今・秋上・二四八　遍昭）

1652 秋風に堪えられずに涙の玉が散る袖の上に、さも私を訪れるかのように宿る月よ。▽『軸物』『京極』は下句を「あひにあひてもてらす月哉」とし、「あひにあひても」を線で囲み、「われとひがほに」の改案を示し、「此七字、寂蓮詠テ候シヨリ後にく、成テ、飽タク候。但他人ハ定無此儀歟」という。

1653 年を取ると涙のために曇るので、月までも私を見捨てるような心地がする。↓補注。

1654 これからは野原の庵に照る月を、将来の秋私が自らのものとして見る月の光だと約束しておこう。

1655 秋の夜には誰も聞く習わしだといっても、やはり妻を求めて鳴く牡鹿の声は悲しい。▽『軸物』『京極』に「殊甘心」と評する。

1656 寝られぬままに明け方を待っていると、秋風に田の面の稲はそよぎ、暁天の空に初雁の声がする。〇いねがてに―「田の面の稲」から「寝ねがて」と続ける。▽『軸物』『京極』に「殊甘心」と評する。

1657 露が冷たく置き、寝られない夜が積る。そして澄んだ月の光が積るのであろうか、今朝見ると、今までのものとは思われず浅茅は色変っている。〇あらぬ―違った。ここでは、今まで見ていたのとは似ていないの意▽『軸物』『京極』に「神妙候。ねぬよ何料にか候らん」と評するが、「ねぬ夜」は愁思のせいで寝られないのであろう。

1658 たった一人で聞いていると、ひとけのない階に雨だれの落ちる音がして、私のやって来た道を埋めるように凩の吹く音が聞える。参考「三秋而宮漏正長、空階雨滴、万里而郷園何在、落葉窓深」（和漢朗詠・秋・落葉・三〇七　愁賦）▽『軸物』『京極』に「此新賦ハ吉候」と評する。

1659 年ごとのつらさとおもへどうとまれずたゞけふあすの秋の夕ぐれ

冬七首

1660 けふそへに冬の風とはおもへどもたえ《へ》ずこきおろすよもの木の葉《は》か

1661 霜うづむをののしのはらしのぶとてしばしもおか《を》ぬ秋のかたみを

1662 神な月うちぬるゆめもうつゝにもこのはしぐれとみちはたえつゝ

1663 あしがものよるべのみぎはつらゝゐてうきねをうつす沖《おき》の月かげ

1664 たまぼこの道《みち》しろたへに降《(ふる)》雪をみがきて出《(いづ)》るあさ日かげ哉

1665 そなれ松こずゑくだくる雪折にいは打やまぬ浪のさびしさ

1666 あらたまの年のいくとせくれぬ覧《(らん)》おもふ思ひの面《おも》がはりせで

雑十二首

祝二首

1667 君が代《よ》は高野《たかの》の山にすむ月のまつらんそらに光そふまで

1659　毎年のつらさと思うけれども、秋もただ今日明日となってしまった晩秋の夕暮は疎むことができない。▽『軸物』『京極』はこの歌を「暮秋二」とし、「若常事にや候らん。但無難候歟」と評する。

1660　今日は立冬の風だからとは思うものの、それにしても絶えずあたりの木の葉をしごいて吹きおろすものだ。本歌「今日そへに暮れざらめやはと思へども堪へぬは人の心なりけり」(後撰・恋四・八八二、大和物語・九二段　敦忠)○けふそへに―「そへに」は「もまた」の意かというが、未詳。▽『軸物』『京極』はこの歌を「初冬二」として、第二・三句に「神な月とはいひながら」と傍書、第五句「このはか」の「か」を丸で囲み、「こがらし」と傍書し、「惣ハ尤甘心。最末か字ハ敵候。こがらしにても候へかし。例上声在二最末一殊結二意趣一了」と評する。

1661　小野の篠原を偲ぼうと思っても、霜が埋めてしまって少しも秋の形見を残して置かない。本歌「浅茅生の小野の篠原しのぶれどあまりてなどか人の恋しき」(後撰・恋一・五七七　等)▽『軸物』『京極』は一六六一の前に「雑冬五」と記し、この歌を「殊甘心」と評する。

1662　十月にはまどろんで見る夢にも現にも木の葉が落ちしぐれが降って、人の訪れる道はとぎれがちだ。本歌「恋ひわびてうち寝る中に行き通ふ夢のただちはうつつならなむ」(古今・恋二・五五八　敏行)▽『軸物』『京極』に「殊甘心」と評する。

1663　鴨の寄るべとなる渚には氷が張っているので、鴨は沖へ移動して浮寝をしている。そこに月光がさしている。参考「冬の池の水に流るる蘆鴨の浮寝ながらに幾夜へぬらむ」(後撰・冬・四九〇　読人不知)

1664　道を真白にして降る雪を、磨いたように光らせて朝日が出る。▽源氏物語・浮舟の巻で、二月雪の日宇治に匂宮が浮舟の女君を訪れた場面の自然描写などが連想される。

1665　磯馴れ松の梢は雪折れに摧けた。休みなく岩を打ち続ける波音の寂しさ。参考「風をいたみ岩打つ波のおのれのみ砕けて物を思ふ頃かな」(詞花・恋上・二一一　重之)

1666　年は幾回暮れたであろう。熱望している私の思いは変ることもなしに。参考「昔にもあらぬ姿になりゆけど嘆きのみこそ面変りせね」(金葉・雑上・五八五　雅光)▽『軸物』『京極』はこの歌を「歳暮二」とし、に「無二指難一無二指事一候」と評する。

1667　わが君の御命は、無明の闇が明け、弥勒菩薩が世に現れ給うことが期待される空に、高野山に澄んでいる月が光明を添えるまでもお続きになるように。○君―本五十首の主催者守覚法親王。○高野の山にすむ月―高野山奥院で入定している真言宗の開祖空海(弘法大師)を暗示する。○まつ―弥勒の出現を待つ。

1668 うごきなき君が御室《みむろ》の山水にいくちよ法の末をむすばん

述懐三首

1669 あすしらぬけふの命のくるゝまに此世をのみもまづなげく哉

1670 かばかりとうらみすてつるうき身ほどうまれんのちの猶かたき哉

1671 たちかへり思ふこそ猶かなしけれ名はのこるなる苔のゆくへ《ゑ》よ

閑居二首

1672 新古 わくらばにとはれし人も昔にてそれより庭のあとはたえにき

1673 のこる松かはる木ぐさの色ならですぐる月日もしらぬやど哉

旅三首

1674 たび衣きなれの山の峯のくもかさなるよはをしたふ夢哉

1675 新古 こととへよおもひおきつのはまちどりなく〳〵いでしあとの月かげ

1676 おもかげの身にそふやどに我まつとをしまぬ草《くさ》やしもがれぬ覧

1668　平和に治まっている御代、わが君がお住まいの御室山の山水の流れを掬うように、幾千年にわたって仁和寺の真言仏法の末に結縁することであろうか。

1669　明日をも知らぬ今日の命が暮れるほんの短い間に、この世の運の拙さをまず嘆く。本歌「紀友則が身まかりにける時よめる　貫之　明日知らぬわが身と思へど暮れぬまのけふは人こそかなしかりけれ」（古今・哀傷・八三八）

1670　この程度かと運命の拙さを恨んで捨ててしまった憂き身ほど、生れ変った後に幸せであることはやはり難しい。▽『軸物』『京極』で「うき身ほど」の句につき、「此五字ヤヤ若顕宗ノ御耳ニ立候はんずらん」と評する。

1671　振返って考えてみるとやはり悲しい。名は残るというが、死者はどこへ行ってしまうのであろうか。参考「遺文三十軸　軸軸金玉声竜門原上土　埋レ骨不レ埋レ名」（和漢朗詠・下・文詞付遺文・四七一　白楽天）

1672　たまに人に訪問されたのも昔のことで、それ以来庭の通い路は絶えてしまった。本歌「わくらばに問ふ人あらば須磨の浦に藻塩たれつつわぶと答へよ」（古今・雑下・九六二　行平）参考「菅原や伏見の里の荒れしより通ひし人の跡も絶えにき」（後撰・恋六・一〇二四　読人不知）▽『軸物』『京極』に「殊甘心」と評する。

1673　季節と共に色変る木草とは違って、松はいつまでも変らぬ緑色に取残されている。そのために月日の経過も分らない私の家の庭よ。

1674　旅衣も着てなれた。きなれの山の峯の雲が重なる夜半、故郷で馴れ親しんだ人が私を慕って追いかけてきたかのごとく、毎晩その人の夢を見る。参考「恋衣着ならの山に鳴く鳥の間なく時なしわが恋ふらくは」（万葉・巻一二・三〇八八）↓補注。

1675　思いを残しておいた興津の浜の千鳥よ、私が泣く泣く出たあとの故郷の月影を問うてくれ。本歌「君を思ひおきつの浜に鳴く鶴（たづ）の尋ね来ればぞありとだに聞く」（古今　雑上・九一四　忠房）▽『軸物』『京極』に「此二首ハ結番一所ニテハ吉候。顕宗申一八、イタク達摩ニ覆ミテヤ候らん」と評する。「此二首」とは、一六七四・一六七五の二首の意。

1676　私の身に、故郷に残したいとしい人の面影が添って離れない。宿では私の帰郷を待って踏まれても惜しいと思わない草がもう霜枯れているだろうか。本歌「道の辺の草を冬野に履み枯らしわれ立ち待つと妹に告げこそ」（万葉・巻一一・二七七六）

眺望二首

1677 かへり見るくもよりしたのふるさとにかすむ梢は春のわかくさ

1678 わたのはら浪とそらとはひとつにている日をうくる山のはもなし

1677　懐しさに振返って見ると、雲より下の故郷に霞んでいる遠樹の梢は、まるで春の若草のように青く低く見える。参考「望二長安城之遠樹一百千万茎薺青」（和漢朗詠・下・眺望・六二六　順）

1678　大海原の果は浪と空とが一つになっていて、入日を受止める山の端もない。▽壮大な大海の落日を歌う。▽『軸物』『京極』では、初句を「うなばらや」とし、「わたのはら」と傍書する。「尼一生ならばわたのはらにて候はん。兵部少輔有雅之母歌必うなばらを詠ズ。不レ然候時ハ事闕如、定事也。其後ナトヤテ候。他人ハヨモ」と評する。この有雅は村上源氏、式部丞雅仲の男。兵部少輔正五位下有雅か。その子兵部少輔正四位下信定は『新勅撰集』作者で能書であった。

院五十首　建仁元年春

春日応　太上皇　製和歌五十首

正四位下行左近衛権少将兼安芸権介臣藤原朝臣定家上

春

1679 にほのうみやけふよりはるに逢坂の山もかすみてうら風ぞ吹《(ふく)》

1680 白妙のそでかとぞ思《(おもふ)》わかなつむみかきが原《はら》の梅のはつ花

1681 かすむよりうぐひすさそひふく風に外《と》山も匂ふ春の曙

1682 続後 心あてにわくともわかじ梅の花ちりかふさとの春のあわ《は》雪

1683 あづさ弓いそべのこまつ春といへばかはらぬ色も色まさりけり

1684 もゝちどりこゑものどかにかすむ日に花とはしるしよもの白雲

1685 千世までの大宮人のかざしとやくもゐのさくら匂ひそめけん

院五十首―建仁元年（一二〇一）二月の老若五十首歌合のための五十首歌。この歌合は老人側が忠良・慈円・定家・家隆・寂蓮、若人側が後鳥羽院・良経・宮内卿・越前・雅経だった。定家四十歳の詠。歌合は『新編国歌大観』第五巻所収。

1679　今日から春に逢うというので、逢坂の山も霞んで、鳰の海（琵琶湖）には春の浦風が吹いている。参考「春立つといふばかりにやみ吉野の山も霞みてけさは見ゆらむ」（拾遺・春・一　忠岑）

1680　原で若菜を摘む人の袖かと思うよ、御垣の原の白梅の初花は。

↓補注。

1681　霞みそめるとともに、鶯を誘うように吹く春風のために、里近い山のあたりも梅の香りにつつまれる春の曙よ。本歌「花の香を風のたよりにたぐへてぞ鶯さそふしるべにはやる」（古今・春上・一三　友則）

1682　梅の花が散る里に春の沫雪が降る。どれが梅でどれが雪か、あてずっぽうに区別しようとしてもできまい。本歌「心あてに折らばや折らむ初霜の置きまどはせる白菊の花」（古今・秋下・二七七　躬恒）

1683　磯辺の小松はいつも変らぬ緑だけれど、春だというのでそれでもその緑色がいっそう鮮かになった。本歌「梓弓磯辺の小松たが世にか万代かねて種をまきけむ」（古今・雑上・九〇七　読人不知、左注、人麻呂）〇あづさ弓―弓は射るところから「いそべ」の「い」に懸る枕詞。

1684　ももちどりの声ものどかに霞んで聞える春の日に、四方に立つ白雲は桜の花だとはっきり分る。参考「百千鳥さへづる春は物ごとにあらたまれどもわれぞふりゆく」（古今・春上・二八　読人不知）〇しるし―「いちじるし」の意。

1685　千代までの宮廷人のかざしとして、内裏の桜は色美しく咲き初めたのであろうか。参考「百敷の大宮人はいとまあれや桜かざしてけふもくらしつ」（和漢朗詠・春興・二五、新古今・春下・一〇四　赤人）

1686 はるがすみかさなる山をたづぬともみやこにしかじ花のにしきは

1687 春やいかに月もありあけにかすみつゝ梢の花は庭のしら雪

1688 年の内のきさらぎやよひほどもなくなれてもなれぬ花の俤

夏

1689 さくら色の袖もひとへにかはるまでうつりにけりなすぐる月日は

1690 春くれていくかもあらぬを山風に葉《は》ずゑかたよりなびくした草

1691 神まつる卯《う》月まちいでゝさく花のえだもとをゝにかくる白ゆふ

1692 はるかなるはつねはゆめか郭公くもの直路《たゞち》はうつゝなれども

1693 新古 さみだれの月はつれなきみ山よりひとりもいづる郭公哉

1694 ことわりやうちふすほども夏の夜はゆふつけ鳥の暁の声

1695 夏の日をみちゆきつかれいなむしろなびく柳にすゞむ川風《かは》

1696 かげやどす水のしら浪たちかへりむすべどあかぬ夏のよの月

1686　春霞の立重なる山を尋ねても、錦のような花の美しさは都には及ぶまい。本歌「見わたせば柳桜をこきまぜて都ぞ春の錦なりける」（古今・春上・五六　素性）

1687　春はどこにいってしまったのだろう。月も有明の月となって霞んでおり、この間まで梢に咲いていた花は庭に白雪のように散り敷いている。

1688　一年間の二月三月というのはあっというまに過ぎてしまう。馴れたようで馴れないうちに花は散ってしまい、ただその面影だけがいつまでも目の前にちらついている。◯花の俤―早く「山桜梢みどりになりぬれど変らぬものは花の面影」（待賢門院堀河集）、近くは「初瀬山ひとむら霞むながめより雲居にあまる花の面影」（正治二年初度百首　家隆）などの例がある。

1689　桜色の春着も一重の夏衣に更わるまで、過ぎゆく月日は移ってしまった。本歌「花の色はうつりにけりないたづらにわが身世にふるながめせしまに」（古今・春下・一一三　小町）

1690　春が暮れて何日も経っていないのに、山風に葉末も片寄って下草がなびいている。参考「秋立ちていくかもあらねどこの寝ぬる朝けの風は袂涼しも」（拾遺・秋・一四一　安貴王）

1691　神を祭る卯月を待っていて咲き出す花、卯の花には、枝もしなうほど神に捧げる白木綿を掛けている。本歌「神祭る卯月に咲ける卯の花は白くもきねがしらげたるかな」（拾遺・夏・九一　躬恒）参考「神祭る宿の卯の花白妙のみてぐらかとぞあやまたれける」（拾遺・夏・九二　貫之）「春の日も光ことにや照らすらむ玉串の葉にかくる白木綿」（長秋詠藻・文治六年女御入内和歌）

1692　遥か遠くで鳴くほととぎすの初音を聞いたと思ったが、あれは夢だったのだろうか。ほととぎすがやってきそうな雲が立ちこめているのは、確かに実際その通りなのだが。本歌「恋ひわびてうち寝るなかにゆき通ふ夢の直路はうつつならなむ」（古今・恋二・五五八　敏行）◯直路―真直な道。

1693　さみだれが降り続いていて、薄情に月は出ようともしない山の中から、ひとりほととぎすは出てきた。↓補注。

1694　夏の夜は臥す間もないというのはもっともなことだ。夕方だと思っていたのに、もう暁を告げる鶏の声が聞える。↓補注。

1695　夏の烈日、道を行くのに疲れ、柳の木陰で涼むと、柳の枝を靡かせて涼しい河風が吹く。本歌「玉鉾の道行き疲れ稲莚しきても君を見むよしもがも」（万葉・巻一一・二六四三　作者未詳、柿本集）「稲莚川副柳水ゆけば靡き起き立ちその根は失せず」（日本書紀・顕宗紀　顕宗天皇）↓補注。

1696　泉の水の白波に夏の夜の月が光を宿している。いくら立戻ってその水を手に掬って飲んでも、飽きることはない。↓補注。

1697 山めぐりそれかとぞ思《（おもふ）》したもみぢうち散る暮の夕立の雲

1698 夏はつる扇につゆもお《を》きそめてみそぎすゞしき賀茂《かも》の河かぜ

秋

1699 あきかぜよそゝや荻《おぎ》の葉《は》こたふともわすれね心わが身やすめて

1700 ゆふづくよいるのの尾花《おばな》ほの〴〵と風にぞつたふさをしかのこゑ

1701 玉匣《（たまくしげ）》ふたみのうらの秋の月あけまくつらきあたら夜のそら

1702 秋のよは月の桂も山のはもあらしにはれてくももまがはず

1703 秋をへて昔はとほきお《を》ほぞらにわが身ひとつのもとの月かげ

1704 つゆおつるならの葉あらく吹《（ふく）》風になみだあらそふ秋の夕ぐれ

1705 はつかりのたよりもすぐる秋風《かぜ》にこととひかねて衣うつ声

1706 たをやめの袖かもみぢかあすか風いたづらにふく霧《きり》のをちかた

1707 山ひめのぬさのおひ風ふきかさねちひろの海に秋のもみぢ葉《ば》

1697 下紅葉が散り、暮天を夕立の雲が覆っている。早くもしぐれするのかと錯覚させる。↓補注。

1698 夏も終るのでやがて捨てられる扇に、早くも秋の露が置き初めて、みそぎ（六月祓）をする今日は、賀茂の河風が涼しく感じられる。○おきそめて―「露を置く」に「扇を措く」を掛ける。

1699 秋風だ。荻の葉は答えるかのようにそそと音を立てるが、わが心よ、悲しい秋が来たことを忘れてしまえ。普段でも物思いに身を労しているのだから、せめてその身を休めて。参考「荻の葉にそそや秋風吹きぬなりこぼれやしぬる露の白玉」（詞花・秋・一〇五　嘉言）

1700 夕月の入る、入野の薄の穂がぼうっと見え、風を伝って牡鹿の悲しげな声が聞えてくる。本歌「さを鹿の入野のすすき初尾花いつしか妹が手を枕かむ」（万葉・巻一〇・二二七七　作者未詳、新古今・秋上・三四六　人麻呂）○ほの〴〵と―尾花の「穂」から言い続ける。このため、一・二句は有意の序のごとき働きとなる。

1701 二見の浦に秋の月が照っている。この夜の空が明けるのはもったいない、残念に思われる。本歌「夕づく夜おぼつかなきを玉くしげふたみの浦はあけてこそ見め」（古今・羇旅・四一七　兼輔）○玉匣―「ふたみのうら」の枕詞。○あけまくつらき―「あけ」は「玉匣」「ふた」（蓋）「み」（身）の縁語。○あたら夜―もったいない良夜。

1702 秋の夜は、月の光も山の端も嵐に吹払われて、晴れて見え、雲に紛れることもない。

1703 幾回もの秋を経て昔はすっかり遠くなってしまった。大空に照る月を見ると、その昔のことがしきりと思い出される。しかし、その月に照らされている私は依然として昔のままだ。本歌「月やあらぬ春や昔の春ならぬわが身ひとつはもとの身にして」（古今・恋五・七四七　業平、伊勢物語・四段）

1704 秋の夕暮、楢の葉に荒く吹く風に、露がばらばら落ちる。そして、それと競うかのように私の涙もこぼれ落ちる。

1705 遠郷へ旅している人の便りを運んで来る筈の初雁もそのまま鳴き過ぎていってしまった。秋風に尋ねることもしかねて、留守を守る人妻が寂しく衣を擣っている音が聞えてくる。↓補注。

1706 たおやめの袖であろうか、それとも紅葉であろうか。霧の立ちこめている遠くの方で飛鳥風が空しく吹き翻している。本歌「采女の袖吹きかへす明日香風都を遠みいたづらに吹く」（万葉・巻一・五一　志貴皇子）

1707 山姫（秋を司る竜田姫）へのぬさとして手向けたもみじを吹いた追風が、重ねて吹下してき、千尋の海にもみじ葉が浮んでいる。↓補注。

1708 ものごとに忘《わす》れがたみのわかれにてそをだにのちとくるゝ秋哉

冬

1709 月日のみすぎの葉しぐれふく嵐冬にもなりぬ色はかはらで

1710 神な月しぐれてきたるかさゝぎの羽に霜おき《を》さゆる夜《よ》のそで

1711 ふゆがれて青葉《あおば》も見えぬむらすゝき風のならひは打なびきつゝ

1712 外《と》山よりむらくもなびき吹《(ふく)》風にあられよこぎる冬の夕ぐれ

1713 さえとほ《お》る風のうへなるゆふ月夜《づく》あたる光に霜《しも》ぞちりくる

1714 大淀《おほよど》の松に夜ふくる浪風をうらみてかへる友ちどり哉

1715 ながめつゝ夜わたる月におく《を》霜《しも》のすぎてあとなき一とせのそら

1716 神さびていはふ御室《みむろ》の年ふりて猶ゆふかくる松の白雪

1717 春しらぬたぐひをとへば三笠《みかさ》山このごろふかき雪の埋木

1718 日もくれぬことしもけふになりにけり霞《かすみ》を雪にながめなしつゝ

1708 何につけ別れというのは忘れ難いもの。その忘れ難いという気持を後の形見として暮れてゆく秋よ。本歌「飽かでこそ思はむなかは離れなめそをだにのちの忘れがたみに」（古今・恋四・七一七　読人不知）〇忘れがたみ―「難み」に「形見」を掛ける。

1709 月日ばかりがどんどん過ぎてゆき、杉の葉にしぐれして、嵐が吹き、冬にもなってしまった。杉の緑の葉は変らぬままに、そして私の袖の色も変ることなく。↓補注。

1710 十月になってしぐれるようになってきた。人々は時雨を凌ぐために笠を着、鵲の羽根に霜が置き、夜着の袖も冷え冷えとする。↓補注。〇しぐれてきたるかさゝぎの―「来たる」に「着たる」を、「鵲」に「笠」を掛ける。

1711 冬枯れてむらすすきには青葉も見えない。そして、風が吹くと秋と同じようになびいている。

1712 里近い山から村雲をなびかせ吹く風に、霰が横切るように降る、冬の夕暮。参考「外山なる柴の編戸は風過ぎて霰横ぎる松の音かな」（六百番歌合・寂蓮）▽旧作の十題百首・七〇九と類似した発想の作。

1713 冴え透った風の上に夕月が出ている。その光が霜に当って、霜は砕けて散り来るように見える。

1714 夜更け、大淀の浦の松に吹く波風の音を友達の声かと錯覚し、千鳥が恨んで鳴きながら帰ってゆく。本歌「大淀の松はつらくもあらなくにうらみてのみも返る波かな」（伊勢物語・七二段、新古今・恋五・一四三三　読人不知）〇うらみて―「恨み」と「浦見」の掛詞。

1715 夜空を渡ってゆく月をじっと眺めていると、夜が更けて霜が置く。月が夜空に跡を残さないように、この一年も空しく過ぎて、あとには何も残らない。〇夜わたる月―「あかねさす日は照らせれどぬばたまの夜渡る月の隠らく惜しも」（万葉・巻二・一六九　人麻呂、柿本集）

1716 斎（いわ）い奉る御室の社は神々しく、幾年も経っている。その御社にさらに木綿を掛けるように、松に白雪が積っている。参考「祝部（はふり）らがいはふ三諸のまそ鏡かけて偲ひつ逢ふ人ごとに」（万葉・巻一二・二九八一）

1717 （私と同じように）春を知らない仲間を訪ねると、それは三笠山にこの頃の深雪で下積みの埋れ木だ（私は近衛職の下級官として埋もれております）。〇三笠山―近衛職を暗示。

1718 大晦日の今日も暮れた。今年も今日限りとなってしまった。春の霞を冬の雪と眺めて月日を送るうちに。参考「物思ふとすぐる月日も知らぬ間に今年は今日にはてぬかと聞く」（後撰・冬・五〇六、大和物語・九二段　敦忠、第二句「月日のゆくも」）「何事を待つとはなしに明け暮れて今年も今日になりにけるかな」（金葉・冬・三〇四　国信）

雑

1719 久方のあまてる月日のどかなる君のみかげをたのむばかりぞ

1720 秋つ島《しま》ほかまで浪はしづかにて昔にかへるやまとことのは

1721 あふげどもこたへぬ空《そら》のあを《お》みどりむなしくはてぬゆく末も哉（がな）

1722 わが友とみかきの竹も哀しれよゝまでなれぬ色もかはらで

1723 歎《なげ》かずもあらざりし身のそのかみをうらやむばかりしづみぬる哉

1724 身をしれば人をも世《よ》をもうらみねどくちにし袖のかわ《は》く日ぞなき

1725 とゝせあまりみとせはふりぬ夜《よる》の霜お《を》きまよふ袖に春《はる》をへだてゝ

1726 わがたのむ心のそこをてらし見よ御《み》裳《も》濯川《すそがは》にやどる月かげ

1727 春日野《かすがの》やしたもえわぶるおもひ草《ぐさ》きみのめぐみをそらにまつ哉

1728 くもりなき日吉《よし》の宮のゆふだすきかくる思《おも》ひのいつか晴《は》るべき

1719 月日が明るく空に照るのどかな我が君の御代に生れ、私は、その月日の光のような君の御恩恵をお頼み申上げるだけでございます。

1720 この秋津島の外まで波は静かで（海外まで平和で）、大和言葉の道も昔に立ち帰って盛んである。▽宮廷和歌の隆盛を慶賀する。

1721 空しく終ることのない私の将来であってほしい。そう思って空を仰いでも、虚空はどこまでも青緑色をして広がっているだけで、何も答えてくれない。◯むなしく―「空」の縁語。

1722 禁中の竹も自分の友だと思って、同情してくれよ。私は袖の色も変ることなく、そなたと四代にわたって馴れてきた。◯わが友―竹のこと。「唐太子賓客白楽天　愛為二吾友一」（和漢朗詠・下・竹・四三二　篤茂）。◯みかき―御垣。禁中。◯よゝ―高倉・安徳・後鳥羽・土御門の四代に、竹の縁語の「節々（よよ）」を掛ける。

1723 嘆かないでもなかったわが身のその昔を自ら羨やむほど、沈淪してしまった。参考「雲居にて契りし中は七夕を羨むばかりなりにけるかな」（後拾遺・恋一・六二八　公任）「佐保川の流れ久しき身なれどもうき瀬にあひて沈みぬるかな」（続詞花集・雑中、新古今・雑中・一六四七　忠実）

1724 わが身のほどを知っているから、他人をも世間をも恨まないけれども、涙で朽ちてしまった袖はやはり涙で乾く日もない。本歌「あふことのたえてしなくはなかなかに人をも身をも恨みざらまし」（拾遺・恋一・六七八　朝忠）参考「身を知れば人の咎には思はぬに恨みがほにも濡るる袖かな」（山家集・中・恋）

1725 十三年もの昔になってしまった。夜、涙の霜がひどく置く袖で、春から遠ざかったままに。◯とゝせあまりみとせ―文治五年（一一八九）左近衛権少将に任ぜられてから、建仁元年（一二〇一）は十三年めに当る。◯ふりぬ―「古り」に「霜」の縁語「降り」を掛ける。◯夜の霜―夜、沈淪をかこって泣く涙が氷りついた霜。

1726 御裳濯川に宿る月影よ、伊勢の内宮の神慮を頼みにしているわが心の底を照覧あれ。◯心のそこ―「そこ」は「御裳濯川」の縁語。◯月かげ―伊勢大神宮の神意の象徴。

1727 春日野の下で萌え出ようとして萌えわずらっている思い草（物思いの多いわたし）は、降る雨のようなわが君のお恵みをお待ちしております。参考「春日野の下萌えわたる草の上につれなく見ゆる春のあわ雪」（堀河百首・残雪、新古今・春上・一〇　国信）

1728 曇りなくあまねく照らす日吉の宮に、木綿襷を掛け、懸けたわたしの願い事は、日が晴れるように、いつ叶えられることだろうか。参考「ちはやぶる賀茂の社の木綿襷ひと日も君をかけぬ日はなし」（古今・恋一・四八七　読人不知）◯かくる―「ゆふだすき」の縁語。◯晴る―「日吉」の「日」の縁語。

院句題五十首　建仁元年十一月

冬日同詠五十首応　製和歌

正四位下行　　　　　上

初春待花

1729 春霞かすみそめぬる外山《と》よりやがてたちそふ花の俤

山路尋花

1730 み吉野《よしの》の春《はる》も言《い》ひなしのそらめかとわけいる峯ににほへしらくも

山花未遍

1731 山影は猶まちわびぬ桜花いたりいたらぬはるをうらみて

朝見花

1732 かず〳〵にさきそふ花の色なれや峯のあさけのやへのしらくも

遠村花

1733 たれかすむ野《の》はらのすゑの夕がすみたちまよはせる花の木《こ》のもと

故郷花

1734 飛鳥《あすか》河かはらぬはるの色ながらみやこの花といつにほひけん

院句題五十首—建仁元年（一二〇一）冬、後鳥羽院・良経・慈円・俊成卿女・宮内卿・定家の六人が詠み、後鳥羽院・良経・慈円・俊成・定家・寂蓮の六人が点者となって、批点を加えた五十首歌。時に定家は四十歳。本五十首の完本は『新編国歌大観』第四巻所収。
〇正四位下行　上—多くの本も同じ。書陵部五〇一・五一一本に「正四位行」と行間に書入れる。『仙洞句題五十首』での位置は「正四位下行左近衛少将兼安芸権介藤原朝臣定家上」。

1729 春霞が立ち初めた外山からは、直ちに花の面影も立ち添う。

1730 吉野山に分入って花を尋ねるけれども、花を見ない。吉野の花の春のすばらしさもそう言ってきただけで、花に見まちがえるのかと思う。せめて白雲よ、嶺に匂え。〇そらめ—空目。見間違え。▽『仙洞句題五十首』に、「御」（御点、後鳥羽院の点）とある。

1731 山陰ではやはり桜花を待ちわびている。場所によって来たり来なかったりする春を恨んで。本歌「春の色のいたりいたらぬ里はあらじ咲ける咲かざる花の見ゆらむ」（古今・春下・九三　読人不知）〇山影—「山陰」の宛字。▽「大」（前大僧正、すなわち慈円）の点がある。

1732 早朝の峯に立つ八重の白雲、それはたくさん咲き添う花の色であろうか。

1733 誰が住んでいるのだろうか。野原の末の、夕霞が立って模糊とさせている花の木の下に。

1734 飛鳥川は昔と変らぬ春景色だが、この飛鳥の桜が都の花と咲き匂ったのはいつのことだっただろう。（このあたりに都があったのは、いつの時代だろう。）▽「御・摂（良経）・大・入（俊）・寂」の点がある。

田家花

1735 春《はる》をへてかどたにしむる苗代に花のかゞみのかげぞかはらぬ

古寺花

1736 ちらすなよ笠置《かさぎ》の山の桜花おほふ許《(ばかり)》のそでならずとも

花似雪

1737 み吉野《よしの》に春の日かずやつもるらむ枝もとをゝの花のしら雪

河辺花

1738 鈴鹿《すゞか》河やそせの波の春《はる》の色はふりしく花のふちとこそなれ

深山花

1739 山ぶしの人もきて見ぬ苔《こけ》の袖あたら桜を打《(うち)》はらひつゝ

暮山花

1740 たれと又雲《くも》のはたてにふきかよふあらしの峯の花をうらみん

古渓花

1741 山人のあとなきたにの夕《ゆふ》霞こたへぬ花にゝほふはるかぜ

関路花

1742 さくら色によもの山風そめてけり衣の関《せき》のはるのあけぼの

羇中花

1743 おもふ人心へだてぬかひもあらじさくらの雲《くも》のやへのをちかた

1735　春も何日か経って、門田の一角を占めて作った苗代の鏡のような水面に、花が映っている。その花影は昔と変らない。本歌「年をへて花の鏡となる水は散りかかるをや曇るといふらむ」（古今・春上・四四　伊勢）

1736　風よ、笠置山の桜花を散らすな、たとえ大空を覆うほどの袖でなくても、この山は笠にちなむ名を持っているのだから。本歌「大空におほふばかりの袖もがな春咲く花を風に任せじ」（後撰・春中・六四　読人不知）○笠置の山―大友皇子が創建したと伝える笠置寺がある。同寺は建久年間解脱上人貞慶が中興した。○おほふ―「笠置」の「笠」の縁語。

1737　枝もたわむほど花の白雪が積っている。このように、み吉野の春の日数も積っているのだろうか。本歌「紅ににほふはいづら白雪の枝もとををに降るかとも見ゆ」（伊勢物語・一八段）○つもる―「雪」の縁語。

1738　鈴鹿川の八十瀬の波、その春の美しい眺めは、しきりに降る花が溜って淵となっている。本歌「振り捨ててけふはゆくとも鈴鹿川八十瀬の波に袖は濡れじや」（源氏物語・賢木　光源氏）○ふち―「河」「瀬」「波」の縁語。

1739　深山の桜は勿体ない。山に起き臥しして修行する世捨て人も来て見ないままに、山伏の衣のような苔の上に散り、山風が吹き払っている。○きて―「来」と「着」の掛詞。▽「もろともにあはれと思へ山桜花よりほかに知る人もなし」（金葉・雑上・五二一）と詠んだ行尊のような修行者もいないまま咲いている桜を歌う。「人」の点がある。

1740　雲の涯に吹き通う嵐に散らされる嵐山の峯の花を、一体また誰と恨もうか。参考「夕暮は雲のはたてに物ぞ思ふ天つ空なる人を恋ふとて」（古今・恋一・四八四　読人不知）

1741　仙人の住んでいた跡もない谷には夕霞がかかり、誰が住んでいたか尋ねても答えない花を吹く風がかぐわしい。参考「石床留レ洞嵐空払」（和漢朗詠・仙家・五四七　文時）「葦田鶴に乗りて通へる宿なれば跡だに人は見えぬなりけり」（千載・雑上・一〇三八　能因）

1742　あたりを吹く山風を桜色に染めてしまったよ。春の曙の衣の関では。本歌「さくら色に衣は深く染めて着む花の散りなむのちの形見に」（古今・春上・六六　有朋）○「そめ」「はる」（張る）は「衣」の縁語。

1743　故郷に残してきた愛する人が、心に隔てを置かず、旅ゆくこの私を思い続けている甲斐もないだろう。桜の雲が八重に立重なって、遠くの方、故郷の方を隔てている。参考「むつましき妹背の山の中にさへ隔つる雲の晴れずもあるかな」（後撰・雑三・一二一四　読人不知）「別れ路を隔つる雲のためにこそ扇の風をやらまほしけれ」（拾遺・別・三二一　能宣）

湖上花

1744 さゞなみやさくらふきかへす浦風をつりするあまの袖かとぞ見る

橋下花

1745 あともなき山路《ぢ》のさくらふりはへてとはれぬしるきたにの柴橋《しばこし》

花下送日

1746 木《こ》のもとにまちしさくらををしむまでおもへばとほき《を》故郷《ふる》のそら

庭上落花

1747 はるの色と消《き》えずはけさも見る許《(ばかり)》すこし梢に花のゝこらで

暮春惜花

1748 いかにせむ春《はる》もいくかのさくら花方もさだめぬ風のにほひを

初秋月

1749 つゆやおくやどかりそむる秋の月まだひとへなるうたゝねの袖
此詞又詠

月前草花

1750 宮木野《の》に風まちわぶる萩のえの露をかぞへてやどる月かげ

雨後月

1751 かきくもりわびつゝ寝《ね》にし夜《よ》ごろだにながめし空《そら》に月ぞはれゆく

松間月

1752 秋のつゆもたゞわがためや岡《をか》べなる松の葉《は》わけの月の衣手

1744 志賀の浦風が桜を吹返すのを、釣をする人の袖がひるがえるのかと見る。本歌「楽浪の比良山風の海吹けば釣する海人の袖かへる見ゆ」(万葉・巻九・一七一五　槐本)○さゞなみや—本来は「ささなみの」で「志賀」に懸る枕詞。ここではこの句で志賀の水海、琵琶湖を意味する。

1745 山路には人の通った跡もなく桜が降り、わざわざ問う人もないことがはっきり分る谷の柴橋。○ふりはへて—わざわざ。「降り」を掛ける。○たにの柴橋—柴橋は、柴などを編んで作った橋。この句、この年三月十六日通親家歌合で詠む。↓二〇九三。▽「御・摂」の点がある。

1746 木の下で咲き出すのを待っていた桜を惜しむ季節になるまで、長らく他郷に滞在している。思えば故郷の空は遠い。参考「たれこめて春のゆくへも知らぬまに待ちし桜もうつろひにけり」(古今・春下・八〇　因香)

1747 今朝も春の色と見る程度にでも、梢には少しも花が残っていない。本歌「今日こずはあすは雪とぞ降りなまし消えずはありとも花と見ましや」(古今・春上・六三　業平)

1748 春もあと幾日か、桜花が方向も定めず散る。その花を散らす風の匂いをどうしよう。本歌「風吹けば方も定めず散る花をいづかたへゆく春とかは見む」(拾遺・春・七六　貫之)○此詞又詠—旧作の二見浦百首・一五一で既に用いた「方もさだめず」の句を「方もさだめぬ」とほとんど同じ形で用いたことに対する自己反省か。

1749 うたたねをしているまだ一重の夏衣の袖に、露が置くのだろうか。秋の月の光が宿を借り始めている。参考「夏衣まだ一重なるうたた寝に心して吹け秋の初風」(拾遺・秋・一三七　安法)

1750 宮城野で風を待ちわびている萩の枝の露を数えて、露の玉ごとに月の光が宿っている。参考「宮城野の露吹き結ぶ風の音に小萩がもとを思ひこそやれ」(源氏物語・桐壺　桐壺帝)

1751 一面に曇っていて月も見えないと侘しがって眺めた幾夜もの雨空が晴れて、月がさやかに出た。本歌「月夜には来ぬ人待たるかき曇り雨も降らなむわびつつも寝む」(古今・恋五・七七五　読人不知)

1752 秋の露もただ私のために置くのだろうか。袖の涙の露に、松の葉を分けてさしてくる月の光が映っている。○たゞわがためや—「誰が秋の寝覚めとはむとわかずともただわがためのさを鹿の声」(老若五十首歌合　良経)が同年で先行する。○岡べ—「置か」を掛ける。○松の葉わけの月—「深山より松の葉分けて出づる月千代に変らぬ光なりけり」(月清集・祝)との先後関係は未詳。▽「寂」の点がある。

1753 山家月

お《を》のづから身を宇治山にやどかればさもあらぬ空《そら》の月もすみけり

1754 月前竹風

ふしわびて月にうかるゝ道のべのかきねの竹をはらふ秋かぜ

1755 野径月

めぐりあはむそらゆく月の行末もまだはるかなる武蔵野《の》の原《はら》

1756 沢辺月

人しれぬあしまに月のかげとめて入《いり》江の沢に秋風ぞふく

1757 月前聞鴈

白妙の月もよさむに風さえてたれに衣をかりのひとこゑ

1758 浦辺月

浪風の月よせかへる秋の夜をひとりあかしのうらみてぞぬる

1759 月照滝水

秋の月そでになれにし影ながらぬるゝがほなる布引《ぬのびき》の滝《たき》

1760 杜間月

つゆにうつる月より秋の色にいでて常磐《ときは》の杜のかげぞかひなき

1761 月前秋風

吹はらふとこの山風さむしろに衣手うすし秋の月かげ

1753　おのずとこの身を憂く思って宇治山に宿を借りると、憂えるはずはない空の月も住んで（澄んで）いる。本歌「跡絶えて心すむとはなけれども世を宇治山に宿をこそ借れ」（源氏物語・橋姫　八宮）○身を宇治山に―「憂し」を掛ける。○すみ―「住み」と「澄み」の掛詞。▽「入」の点がある。

1754　じっと寝ていられなくて、月に誘われて逍遥すると、道のほとりの垣根の竹を秋風が吹払う。○ふしわびて―月を見たくなってじっとしていられなくなった状態。竹の縁語「節」を響かせる。○はらふ秋かぜ―『六百番歌合』で定家自身「うづらの床をはらふ秋風」（八二九）と詠み、良経も詠んだ句。以後、讃岐・後鳥羽院・俊成卿女が試み、宮内卿は本五十首で二首詠んだ。

1755　いつかは再びめぐりあうであろう、空を行く月の行く末もまだ遥かに遠い武蔵野の原よ。本歌「忘るなよほどは雲ゐになりぬとも空行く月のめぐりあふまで」（拾遺・雑上・四七〇　橘忠幹、伊勢物語・一一段）▽「御・摂・大・入・寂」の点がある。

1756　人に知られない蘆の間に月の光を宿して、入江の沢に秋風が吹いている。参考「難波江の蘆間にやどる月見ればわが身ひとつは沈まざりけり」（詞花・雑上・三四七　顕輔）「潯陽江頭夜送レ客。楓葉荻花秋瑟瑟。主人下レ馬客在レ船。挙レ酒欲レ飲無二管絃一。酔不レ成レ歓惨将レ別。別時茫茫江浸レ月」（白氏文集・巻一二　琵琶引）

1757　白い月の光も冷たく、夜寒になるにつれて風も冴え、誰に衣を借りようというのか、鳴く雁の一声が聞える。参考「妹背山嶺の嵐や寒からむ衣かりがね空に鳴くなり」（金葉・秋・二二一　公実）○衣をかり―「借り」と「雁」の掛詞。

1758　波風の音が聞え、さながら月の光が寄せては返るかと思わせる秋の夜を、ただ一人明かすことを恨んで、寂しく寝る、明石の浦の侘しさ。○ひとりあかしのうらみて―「明かし」に「明石」を、「恨み」に「浦」を掛ける。

1759　秋の月が布引の滝に照っている。わが袖になれた月の光と一緒に、滝の面も涙に濡れたように見える。本歌「あひにあひて物思ふ頃のわが袖に宿る月さへ濡るるがほなる」（古今・恋五・七五六　伊勢）○そで―下の「なれ」と共に「布引」の「布」の縁語。

1760　露に映ずる月の光から秋の様子ははっきり見えて、紅葉しない常磐の杜の蔭も、その名の甲斐がない。

1761　床を吹払う鳥籠（とこ）の山風は寒く、狭莚（夜具）に片敷く袖も薄い。そこに冷たく秋の月の光がさしている。参考「妻恋ふる鹿ぞ鳴くなるひとり寝のとこの山風身にやしむらむ」（金葉・秋・二二二　三宮大進）▽「摂・入」の点がある。

江上月

1762 忘却又詠
雖二見苦一
力不レ及
住《すみ》の江の松がねあらふ白《しら》浪のかけてよるとも見えぬ月かげ

月前虫

1763 よるの風さえゆく月にたが秋の衣お《を》りはへ虫のわぶらむ

月前聞鹿

1764 秋の野にさゝわくる庵《いほ》のしかのねにいくよつゆけき月を見つらん

旅泊月

1765 虫明《むしあけ》の松としらせよ袖の上にしぼりしまゝの浪の月かげ

月前草露

1766 草の原月のゆくへ《ゑ》にお《を》くつゆをやがてきえねと吹《(ふく)》嵐哉

菊籬月

1767 白菊《しらぎく》のまがきの月の色許《(ばかり)》うつろひのこる秋のはつしも

暮秋暁月

1768 いまいくか秋もあらしの横雲《よこぐも》にいづればしらむ山のはの月

寄雲恋

1769 続拾 しられじなちしほの木《こ》の葉こがるともしぐるゝ雲《くも》に色《いろ》し見えねば

寄風恋

1770 いかにせんひともたのめぬ呉《くれ》竹の末葉ふきこす秋風のこゑ

1762 住の江の岸の松の根を、岸に寄る白波が洗う。全く夜とも見えないほど明るく月が照っている。参考「住の江の岸による浪よるさへや夢の通ひ路人目よくらむ」（古今・恋二・五五九　敏行）○忘却又詠…—一カ月前の熊野御幸随行時の詠二七二一との下句の類似を自ら恥じた注か（谷山茂氏示教）。○かけて—下の「よる」と共に「浪」の縁語。

1763 夜風が冷たくなってゆき、月も冴えてゆく秋の時候、ずっと誰の衣を織り続けながら、虫が侘しがって鳴くのだろうか。▽秋の虫として、はたおりを詠む。

1764 秋の野で笹を分けて庵に近寄ってくる鹿の鳴声に、庵のうちで目覚めて幾夜露深い月を見ただろう。本歌「秋の野に笹分けし朝の袖よりも逢はで来し夜ぞひちまさりける」（古今・恋三・六二二　業平、伊勢物語・二五段）▽「御・摂・大・入・寂」の点がある。

1765 虫明の泊りで待っているとあの人に知らせておくれ。別れの涙に濡れた袖をしぼった時うつっていたのと同じ波の上の月よ。参考「流れても逢瀬ありやと身を投げて虫明の瀬戸に待ちこころみむ」（狭衣物語・巻一　飛鳥井姫）▽飛鳥井姫のような心で歌う。

1766 草原に月の宿る行先として置く露を、すぐ消えてしまえというかのように吹く嵐よ。本歌「憂き身よにやがて消えなば尋ねても草の原をば問はじとや思ふ　朧月夜、世に知らぬここちこそすれ有明の月の行方を空にまがへて　光源氏」（源氏物語・花宴）○吹嵐哉—当時流行し、後に制詞のように扱われた句。↓二三一一。

1767 移ろいかけた籬の白菊には月の色だけが残って映っていて、早くも秋の初霜が置いている。参考「心あてに折らばや折らむ初霜のおきまどはせる白菊の花」（古今・秋下・二七七　躬恒）▽「御」の点がある。

1768 秋ももはや幾日もあるまい。嵐に吹かれて横雲がなびき、山の端に月が出て、夜はもう白んできた。○あらし—「あらじ」を掛ける。▽「摂・大」の点がある。

1769 幾度も染めた紅葉の色に恋いこがれても、時雨を降らす雲に覆われて色は見えないから、知られないであろう。▽「摂」の点がある。

1770 どうしよう。呉竹の末葉を吹いてやってくる秋風の声がするばかりで、あの人がやってくることはあてにできない夕暮。○呉竹—「暮」を掛ける。○秋風のこゑ—「秋風」に「飽き」を響かせる。これ以前、「いつも聞くものとや人の思ふらむ来ぬ夕暮の秋風の声」（六百番歌合・寄風恋　女房＝良経）で、判者俊成は「秋風の声も事新しくや」と批判したが、家隆も何度か詠み、建仁年間には後鳥羽院や雅経も詠んだ、一種の流行句。

寄雨恋

1771 あまそゝきほどふる軒《のき》のいたびさし久《ひさ》しや人めもるとせしまに

寄草恋

1772 今はとてわするゝたねやしげりにしわがすむ里は軒《のき》のした草

寄木恋

1773 せく袖《そで》よせゞの埋《むも》れ木あらはれて又こす浪にくちやはてなん

寄鳥恋

1774 かりにだにとはれぬ里の秋風にわが身うづらの床はあれにき

寄嵐恋

1775 わびはつるわが思ひねのゆめぢさへ契りしられてふく嵐哉

寄船恋

1776 こぬ人をつきせぬ浪に松浦《まつら》舟よるとは月のかげをのみ見て

寄琴恋

1777 かたみぞとたのみしことのかひもなくうき中《なか》の緒《を》のたえやはてなん

寄衣恋

1778 見しかげよさてや山藍《ゝまあゐ》のすり衣みそぎかひなききみたらしの浪

1771　雨だれの落ちる軒の板びさしの下で、久しいこと雨宿りをしながら恋人を待っている。人が見守っているので、じっと恋人を待っているのも、実に長く感じられる。本歌「さしとむるむぐらや茂き東屋のあまり程ふる雨そそきかな」（源氏物語・東屋　薫）○いたびさし―ここまでは「久しく」を引出す有意の序。○もる―「守る」に「あまそゝき」の縁語「漏る」を掛ける。▽「御・摂・大・入・寂」の点がある。

1772　今はあの人の里には忘れ草（萱草）の種が茂った（あの人は私のことを忘れてしまった）だろうか。あの人がわたしの住む里から遠のいたあとも、宿の軒の下には忍ぶ草が繁っている（私はあの人のことを偲んでいる）。→補注。○軒―「退き」を掛ける。

1773　涙を堰き止める袖のしがらみよ。そのために涙川の瀬々の埋れ木が露われて、新たにまた越す涙の波に朽ち果ててしまうだろうか。本歌「名取川瀬々の埋れ木あらはればいかにせむとかあひ見そめけむ」（古今・恋三・六五〇　読人不知）▽「摂」の点がある。

1774　狩をしにかりそめにもあの人は訪れてこない。この寂しい里に吹く秋風のため、鶉となった憂くつらい私の閨はすっかり荒れてしまった。本歌「野とならば鶉と鳴きて年は経むかりにだにやは君は来ざらむ」（古今・雑下・九七二　読人不知、伊勢物語・一二三段）○秋風―「飽き」を響かせる。○うづら―「憂し」を響かせる。▽「入」の点がある。

1775　すっかりわびて思い寝に見た夢路さえ、あの人との憂い契りが知られて、嵐が吹いている。

1776　尽きぬ涙の波の上、松浦船の中で、帰って来ない人を待っている。夜ともなれば、月の光だけを見て。参考「松浦舟さわく堀江の水脈早み楫取る間なく思ほゆるかも」（万葉・巻一二・三一七三）「思ほえず袖に湊の騒ぐかなもろこし舟の寄りしばかりに」（伊勢物語・二六段）○よる―「寄る」と「夜」の掛詞。

1777　形見だと頼みにした琴の頼み甲斐もなく、中緒が切れ、それと共に二人の中は憂くつらいことにすっかり絶えてしまったのだろうか。参考「逢ふまでの形見に契る中の緒の調べはことに変らざらなむ」（源氏物語・明石　光源氏）○たのみしこと―「事」に「琴」を掛ける。○中の緒―十三絃のうち六から十までの絃をいう。男女の「仲」を掛ける。▽光源氏の愛情の誓いを疑う明石上のような心で詠む。

1778　御手洗川でみそぎをして神に祈ってもその甲斐もなく、山藍の摺衣を着た面影を見てからは、その人を恋しく思う心はやまない。本歌「逢ふことは遠山鳥（遠山摺り）の狩（摺り）衣着てはかひなきねをのみぞ泣く」（後撰・恋一・六七九　元良親王）参考「恋せじと御手洗川にせしみそぎ神はうけずぞなりにけらしも」（古今・恋一・五〇一　読人不知、伊勢物語・六五段）

女御入内御屛風歌　文治五年十二月

月次御屛風十二帖和歌

左近衛権少将定家

正月

小朝拝列立の所

1779 霞しくはるのはじめの庭の面にまづたちわたるくもの上《うへ》人

野辺小松原に子日《ねのひ》する所

1780 こまつばら春の日かげにひきつれて千世のけしきをそらに見る哉

山野に霞立《たち》わたりたる所　住吉、松もあり

1781 春がすみいまゆくすゑ《お》をおしこめて思ふもとほき《を》住吉の松

二月

春日祭社頭儀

1782 三笠《みかさ》山さしけるつかひけふくればすぎまに見ゆる袖の色々

女御入内御屏風歌—文治六年（建久元、一一九〇）正月十一日、摂政九条兼実の息女任子（後に宜秋門院の院号を蒙る）が後鳥羽天皇の女御として入内する際詠まれた屏風歌。長保元年（九九九）十一月藤原道長女彰子（上東門院）入内の際屏風歌が詠まれた先例にならっている。作者は兼実・実定・実房・良経・季経・隆信・定家・俊成の八名。時に定家は二十九歳。全作者の作品を題毎にまとめたものは『文治六年女御入内和歌』として『新編国歌大観』第五巻所収。

1779　一面に霞む、春の初めの行事を行なう禁庭の面に、あたかも雲のように雲の上人が連なって立つ。○小朝拝—元日、清涼殿の東庭に関白以下殿上人が集まり、天皇に拝賀する儀式。「朝拝朝賀也。仍号二小朝拝」（年中行事秘抄）○霞しく—霞みわたる。一面に霞む。「しく」は「庭」「雲」の縁語。「霞しく春の潮路を見わたせば緑を分くる沖つ白波」（千載・春上・八　兼実）○たちわたる—「霞」「くも」の縁語。▽屏風絵のこの画面に書かれるべき歌として、八名の作八首の中から選ばれた作。「少将まだいと年若き者の数に入れられたるはことのほかの事なれども、若き者なるよしにや、三首ぞ入りける。されど初めの小朝拝の歌入りけるなむいと面目なりと承りし」（為秀本長秋詠藻）

1780　小松原に出て、春の日差の中で大勢で小松を引いていると、御代が千代も続くであろうという気配は空にもはっきりと見える。○ひきつれて—「ひき」は「小松原」の縁語。参考「引き連れてけふは子日の松にまたいま千年をぞ野べに出でつる」（後拾遺・春上・二五　和泉式部）「若葉さす野べの小松をひきつれてもとの岩根を祈るけふかな」（源氏物語・若菜上　玉鬘）

1781　春霞は未来をそのうちに籠めてたなびきわたり、その間から見える住吉社の松の古さを思うにつけ、遥か昔からこの先ずっとこの景色が続くと思われる。○いまゆくすゑ—これから先。将来。「万世の初めとけふを祈りおきて今行末は神ぞ知るらむ」（拾遺・賀・二六三　朝忠）○おしこめて—「久方の天の神山おしこめて包むは春の霞なりけり」（林葉集）

1782　三笠山を指してやってきた使、春日神社への公卿勅使が春日祭の今日来たので、杉の間に色とりどりの行列の人々の袖が見える。○春日祭—二月の上の申の日に行われる。未の日に勅使が出立する。○さしける—「三笠山」の縁語。

花中に鶯ある所、人家あり

1783 里《さと》わかぬはるの光をしりがほに宿《やど》をたづねてきゐる鶯

人家幷《ならびに》野辺に梅花さきたる所

1784 をちこちのにほひは色にしられけり槙の戸すぐる梅のした風

三月

沢辺春駒

1785 春《はる》ふかく沢《さは》べのまこも萌えぬればたちもはなれずあさる駒哉

山野幷人家に桜花盛《さかりに》さきたる所

1786 もろ人の心にかをる花《ほ》ざかりのどけきみよも色に見えけり

人家の庭に藤盛《さかり》にひらけたる所

1787 春《はる》の日のひかりてります庭のおもに昔にかへる宿《やど》の藤波

四月

人家に更衣したる所　卯花がきねあり

1788 けふごとにひとへにかふる夏衣猶いくとせをかさねてか着《き》ん

賀茂下御社神館辺、葵付《つけ》たる人参《まゐる》所

1789 千早振《ちはやぶる》賀茂《かも》のみづかき年をへていくよのけふにあふひなるらん

1783　里を分け隔てることなくあまねく照らす春の光をいかにも知っている様子で、花の宿を尋ねて来てとまっている鶯よ。本歌「梅が枝に来ゐる鶯春かけて鳴けどもいまだ雪は降りつつ」（古今・春上・五　読人不知）「日の光やぶしわかねば石上ふりにし里に花も咲きけり」（古今・雑上・八七〇　布留今道）

1784　遠近に梅の花が美しく咲き匂っていることははっきりと知られる。真木の戸をすぎる、梅の下を吹いてきたかぐわしい風によって。○にほひ―色美しいこととよい香りとを含めていうか。○色―様子。ここでは梅の下風が薫る有様。▽常識的には「をちこちの色はにほひに」と言うべき所を、逆に表現した点が一つの狙い。

1785　春も深まり、沢辺のまこもも芽ぐむと、沢辺から立ち離れずまこもの芽をあさる春駒よ。参考「まこも草角ぐみわたる沢辺にはつながぬ駒も離れざりけり」（詞花・春・一二　俊恵）

1786　諸人の心に満開の花が香って、わが君の御代ののどかなことは花の色にはっきりと見えている。

1787　春の日の光がいよいよ照り映える庭の面に、昔に立返って藤波が美しく咲き連なっている。（天皇の恩光により、昔に立返って藤原氏が栄華をきわめている）○かへる―「藤波」の「波」の縁語。

1788　四月一日の今日ごとに単衣の夏衣に着替える習わしだ。なお幾年もこういう経験を重ねることだろう。○かさねて―「ひとへ」「夏衣」の縁語。▽下句に祝言の心を籠める。

1789　賀茂の社の瑞垣は、久しく年が経っている。一体、今日で幾世代の葵祭に会って、人々は葵をつけているのであろうか。参考「さりともと頼む心は神さびて久しくなりぬ賀茂の瑞垣」（千載・神祇・一二七二　式子内親王）○賀茂下御社―鴨御祖神社。いわゆる下賀茂社。○神館―神事の時、斎院神官などが籠もる建物。本社の近くに設けられる。○千早振―「神」に懸る枕詞、ここでは「賀茂」に懸る。○みづかき―「垣」の美称。○あふひ―「逢ふ日」に「葵」を掛ける。「いにしへのあふひと人は咎むともなほそのかみのけふぞ忘れぬ」（実方集、新古今・恋四・一二五四）

早苗うゑ《へ》たる所

1790 天《あめ》の下《した》けしきもしるくとる苗《なへ》は水を心にまづぞまかする

五月

人家の雲間に郭公ある所

1791 いくさとの人にまたれてほとゝぎす宿《やど》の梢に声ならす覧《(らん)》

昌蒲かりたる所　又人家に葺《(ふき)》たる所もあり

1792 あやめ草ながきちぎりをねにそへて千世の五《さ》月といはふけふ哉

人家庭になでしこさきたる所

1793 たねまきてちりだにすゑ《へ》ぬ床夏の花のさかりは君のみぞみむ

六月

山井辺に人々《ぐ》納涼したる所　人家あり

1794 ながき日に春秋とめる宿《やど》やこれむすべば夏もしらぬま清《し》水

野辺杜間に夏草しげる所

1795 わけゆけば夏のふかさぞしられける杜の下草すゑもはるかに

河辺に六月祓《(みなづきばらへ)》したる所

1796 みそぎしてむすぶ河なみ年経《ふ》ともいく世すむべき水のながれぞ

1790 天下にその賑わう様子もはっきりと知られて田植えをする時には、まず心のままに水を引入れてから、早苗を取っている。参考「小山田に種蒔きすてて苗代の水の心にまかせつるかな」（堀河百首・苗代　顕季）○天の下―田植に必要な「雨」を暗示するか。○まかする―「灌漑する」の意の「まかす」と「任す」とを掛ける。

1791 ほととぎすはいったい幾つの里の人々に待たれてきた末に私の家の梢で声を立てているのだろう。

1792 あやめの長い根に長い契りの気持を添えて、千世も続く五月の節句と祝う今日よ。○昌蒲―菖蒲。▽屏風絵に書かれるべき歌として選ばれた作。

1793 種子を蒔いて塵すら据えない床夏（なでしこ、御愛嬢）の花の盛りは、あなた（兼実公）だけが御覧になるでありましょう。本歌「塵をだにすゑじとぞ思ふ咲きしより妹とわが寝る床夏の花」（古今・夏・一六七　躬恒）○なでしこ―愛児に喩えることが多いので、この場合も女御任子の比喩と見られる。

1794 世間は長い夏日なのに、これは春秋に富んでいる家なのであろうか。この山の井の真清水を手に掬って飲むと、夏であると少しも分らないから。参考「八重むぐら茂みが下に結ぶてふおぼろの清水夏も知られず」（堀河百首・泉　匡房）「長生殿裏春秋富　不老門前日月遅」（和漢朗詠・下・祝・七七五　保胤）

1795 杜の下草を分けてゆくと、径はどこまでも遥かに続いていて夏の深まったことも知られる。▽「末もはるかに」の句が祝言の心を表わす。

1796 みそぎして河波を手に掬う。たとえ何年経っても幾代にわたって澄む流れなのであろう。参考「年経たる宇治の橋守言問はむ幾世になりぬ水の水上」（嘉応元年宇治別業和歌、清輔朝臣集、新古今・賀・七四三　清輔）「ちはやぶる宇治の橋守言問はむ幾代澄むべき水の流れぞ」（長秋詠藻・中・賀）▽第三・四句に祝言の心が籠められている。

七月

山野幷人家に秋風吹たる所　荻あり

1797 てる月のひかりそふべき秋きぬときくもすゞしき荻のうは風

野花盛開《さかりにさき》て人々集《あつまり》たる所

1798 お《を》しなべて花に心はいりにけり野べのちぐさをわくるもろ人

春日野に鹿ある所

1799 春日《かすが》山あさひまつまのあけぼのに鹿もかひある秋とつぐなり

八月

人家池辺に人々翫ブレ月ヲ所

1800 あまつ風みがく雲《、も》ゐにてる月の光をうつすやどの池水

会坂関《あふさかのせき》、駒迎に行向《ゆきむかふ》所

1801 関水の影もさやかに見ゆる哉にごりなき代《よ》のもち月の駒

田中に人家ある所

1802 秋ふかき山田の鳴子《なるこ》お《を》しなべてを《お》さまれる代《よ》のためしにぞひく

1797 照る月の光が添う秋が来たと聞くにつけ、涼しく感じられる荻の上風よ。▽第一・二・四句にとくに祝言の心が托されている。「照る月の光添ふ」は女御が入内して帝寵に輝くことの比喩とも解される。

1798 野辺の千草を分ける人々の心は、皆花野に分入ったために花のことでいっぱいになってしまった。

1799 春日山で朝日の出るのを（皇子の御誕生を）待つ曙に、鹿も「かいよ」と鳴いて、そのように生き甲斐がある秋だ（中宮様の将来はおめでたい）と告げているらしい。本歌「秋の野に妻なき鹿の年を経てなぞわが恋のかひよとぞ鳴く」（古今・雑体・誹諧歌・一〇三四 淑人）参考「峯高き春日の山に出る日は曇る時なく照すべらなり」（古今・賀・三六四 因香）▽「朝日待間とは女御の御腹に春宮の生れたまはん祝言也。……秋を告るは中宮の御事也」（抄出聞書）○鹿も―「然（しか）」を掛ける。○かひある―鹿の鳴き声を「かひ」「かひよ」と聞いて、これを「甲斐」に掛ける。

1800 天を吹く風が磨く、空に照る月の鏡、その光を映すこの家の鏡のような池水よ。▽月を空の鏡に見立て、風がそれを磨くと見た。池をも地上の鏡と見ている。題の「人家」を慶事のある九条家と見て、祝言の心を籠める。

1801 澄んだ関の清水に映る望月の駒の影もはっきりと見える、濁りない世に行われる駒迎の行事なので。本歌「逢坂の関の清水に影見えて今やひくらむ望月の駒」（拾遺・秋・一七〇 貫之）○駒迎―八月十五夜、のちには十六日、東国の牧から献上する馬を役人が逢坂山まで出迎える行事。○影―「駒」の縁語「鹿毛」を響かせる。○にごり―「関水」の縁語。○関水―逢坂の関近くにあった関の清水。俊成も本屏風歌で「君が代に逢坂山の関水もかげ静かなる望月の駒」と詠む。「にごりなき代」に祝言の心を籠める。

1802 秋も深まった山田の鳴子は、おしなべて治まった世の例として引く。参考「板倉の山田に積める稲を見てをさすれる世のほどを知るかな」（詞花・雑下・三八四 顕輔）

九月

1803 山中に菊盛に開《さき》たる辺に仙人ある所

かぎりなき山路《ぢ》の菊のかげなればつゆもやちよを契りお《を》くらん

1804 山野幷人家紅葉盛なるを人々翫《もてあそぶ》所

うつし植《う》う《ふ》る花も紅葉もを《お》りごとにたづぬる人の心をぞ見る

1805 海辺に霧たちたる所

たちまさるうらわの霧《きり》に長《なが》月の日《ひ》数《かず》ばかりをあらはにぞみる

十月

1806 海辺に千鳥ある所　海人しほやあり

君《きみ》が代《よ》をやちよとつぐるさよ千鳥《ちどり》のほかまでこゑきこゆ也

1807 網代《あじろ》に人あつまりたる所

このごろはせゞの網代《あじろ》に日をへつゝ事とふ人のたゆるまぞなき

1808 江沢辺に寒蘆しげれる所　つるあり

ゆくすゑもいくよのしもかお《を》きそへむ蘆間《あしま》にみゆる鶴《つる》の毛《け》衣

1803　どこまでも続く山路の菊の陰だから、露もわが君の八千代を約束して置くのだろうか。本歌「濡れてほす山路の菊のつゆのまにいつか千年を我は経にけむ」（古今・秋下・二七三　素性）

1804　移し植えた花も紅葉も、その季節ごとに訪ねてくる人の心を見るよすがとなる。○をりごとに―「をり」は「花」「紅葉」の縁語。

1805　いよいよ立ちこめる浦の霧に何も見えないが、長月の長い秋の日数だけがはっきり分る。○うらわ―浦曲。海が陸地に入り込んだところ。▽「たちまさる」「長月の日数」が祝言となっている。

1806　わが君の代を八千代と告げる小夜千鳥の声は、島の外にまで聞えるようだ。本歌「しほの山さしでの磯にすむ千鳥君が御代をば八千代とぞ鳴く」（古今・賀・三四五　読人不知）

1807　この頃は瀬々の網代に何日も日を送って、氷魚が寄っていないかどうか調べる人の絶える時がない。本歌「蔵人所に侍ひける人の、氷魚の使にまかりにけるとて、京に侍りながら音もし侍らざりければ　修理　いかでなほ網代の氷魚に言問はむ何によりてか我を訪はぬと」（拾遺・雑秋・一一三四、大和物語・八九段）▽「氷魚（ひを）」を隠題ふうに詠み入れている。「たゆるまぞなき」が祝言となっている。山城の宇治や近江の田上からは、九月から十二月まで氷魚を捕って朝廷に献ずる「氷魚の使」が上京した。

1808　蘆間に真白な毛衣に包まれた鶴が立っている。この鶴はきっと長寿を保って、将来も幾代の霜がさらにその上に置くであろうか。

十一月

五節参入の所

1809 白妙の天の羽《は》衣つらねきてをとめまちとる雲の通路《ぢ》

賀茂臨時祭社頭儀式　上御社

1810 ふる袖《そで》はみたらし河にかげさえてそらにぞすめる有度《うど》浜《はま》の声

野辺に鷹狩したる所

1811 いそぎたつ日なみのみかり雪ふかし交野《かたの》のをのの冬のあけぼの

十二月

内侍所御神楽儀式

1812 そらさえてまだ霜ふかきあけがたにあかほしうたふ雲《くも》の上人

山野樹竹、雪ふりつみたる所　人家あり

1813 呉《くれ》竹も松のすゑばも折《お》れふして千世をこめたる雪の内哉

歳暮に下人等、自リレ山松切て出たる所

1814 民もみな君がやちよを松《まつ》が枝にかずとりそむる年のくれ哉

1809 白妙の天の羽衣を着て列なって来た乙女（五節の舞姫）を待迎える雲の通い路（宮中の清涼殿）よ。本歌「天つ風雲の通ひ路吹きとぢよをとめの姿しばしとどめむ」（古今・雑上・八七二　宗貞＝遍昭）○五節参入―豊明節会で五節の舞を舞う舞姫が参内すること。十一月の中の丑の日。「丑日、五節を舞妓まいる。四人の内一両人まいりの儀式あり。其外はうち〳〵まいる。みな参と、のほりて、帳台に出御あり」（建武年中行事）○つらねきて―「きて」は「着て」と「来て」の掛詞。

1810 舞人の振る袖は御手洗川に映ずる影も冴えて、空に有度浜を歌う声が澄み上ってゆく。参考「有度浜に天の羽衣昔きて振りけむ袖やけふのはふりこ」（後拾遺・雑六・一一七二　能因）○賀茂臨時祭―十一月の下の酉の日。当日は勅使が立つ。神楽が奏せられる。○有度浜の声―「や　有度浜に　駿河なる有度浜に　打ち寄する浪は　七草の妹　ことこそ良し　ことこそ良し　七草の妹は　ことこそ良し　逢へる時　いざさは　寝なむ　や　七草の妹　ことこそ良し」という歌詞を有する東遊歌（駿河舞）の歌声。

1811 日並みのみ狩のために急いで出で立ち、狩をしていると、冬の曙を迎えた。交野の小野には雪が深く降り積っている。○日なみのみかり―日並の御贄（天皇の毎日の食膳に供える鳥）のための鷹狩。

1812 空が冴えてまだ霜の深い明方に、折も折神楽歌の「明星」を歌う雲の上人よ。参考「闇のうちにぎてを掛けし神遊び明星よりや明けそめにけむ」（久安百首　崇徳院）○内侍所御神楽―十二月。「十二月選ㇾ日所ㇾ行也」（年中行事秘抄）○あかほし―神楽歌の「明星」。「や　明星は　明星は　くはや　ここなりや」という歌句がある。採物に始まる神楽の終り近く、暁の明星の輝く頃歌われる。

1813 呉竹も松の末葉も雪折れして伏して、さながら千代を封じこめたような雪の中だ。参考「節に千世をこめたる杖なればつくともつきじ君がよはひは」（拾遺・賀・二七六　頼基）○千世―「竹」の縁語「節」を掛ける。▽「呉竹」「松」「千世をこめたる」などが祝言となっている。しかし「折れふして」の表現は、賀歌にふさわしくないか。

1814 民も皆君の八千代を待つというので、松の枝を門松として数を数え始める年の暮よ。○松が枝―「待つ」を掛ける。▽屏風に書くべき歌として選ばれた作。

泥絵御屛風和歌

夏

樹陰納涼

1815 すゞみにと道《みち》はこのまにふみなれて夏をぞたどる森《もり》の下かげ

冬

池辺氷

1816 宿《やど》からは夜をへてこほる池水もかさねむ千代《ちよ》のかげぞ見えける

○泥絵—金銀の泥を刷毛で引いた上に金泥や銀泥で描いた絵。

1815　涼みに行くというので木の間の道は踏み馴れて、夏の森の下陰を辿ってゆく。▽「道は木の間にふみなれて」の句が、道ある世への讃美を意味している。

1816　このおめでたい家のために、幾夜も凍る池水にも、重ねるであろう千代の光の宿っているのが見えた。○宿から—宿のゆえ。「から」は、原因、理由を表す語。「宿からぞ月の光もまさりける世の曇りなくすめばなりけり」（金葉・秋・二〇一　読人不知、栄花物語・歌合　赤染衛門）などと同じ用法。

入道皇太后宮大夫九十賀算屛風歌

屛風歌十二首　建仁三年八月被ル二撰定セ一

左近権中将藤原定家

春　霞　若菜　花

夏　郭公　五月雨　納涼

秋　秋野　月　紅葉

冬　千鳥　氷

雪

1817 花山のあとをたづぬる雪の色に年ふる道の光をぞ見る

入道皇太后宮大夫九十賀算屏風歌―建仁三年（一二〇三）十月二十三日、後鳥羽院の主催により和歌所で行われた。俊成の九十の賀のための屏風歌。同年八月に詠進された。時に定家は四十二歳。屏風に書くべき作品として選ばれた歌の作者は左のごとくである。霞、良経・若草（定家は「若菜」と記す）、後鳥羽院・花、有家・郭公、忠良・五月雨、雅経・納涼、讃岐・秋野、宮内卿・月、後鳥羽院・紅葉、慈円・千鳥、丹後・氷、俊成卿女・雪、定家。『源家長日記』にこれら十二首が掲げられている。『後鳥羽院御集』『月清集』『明日香井集』（雅経）にはそれぞれの十二首を、また『拾玉集』（慈円）には草稿と見られる二十首を収める。これらと異なり、『拾遺愚草』は選ばれた歌のみを収めている。なお、掲げられている題のうち、「春」の「若菜」は他の資料では「若草」とする。

1817　花山の僧正遍昭の先例を尋ねて上皇が賜わったこの算賀の屏風の雪の色に、わが父が幾年も経てきた和歌の道における栄光をまのあたりに見る思いが致します。○花山のあと―仁和元年（八八五）十二月十八日、僧正遍昭が仁寿殿において光孝天皇から七十の賀宴を賜った先例。○雪―「花山」の「花」、「あと」（積雪の上の足跡への連想から）、「ふる」と縁語。○ふる―「経る」と「雪」の縁語「降る」を掛ける。

最勝四天王院名所御障子歌

名所御障子和歌

正四位下行左近衛権中将藤原朝臣定家

春日野

1818 春日野《かすが》にさくや梅がえ雪まよりけふは春《ゝる》べとわかなつみつゝ

吉野山

1819 続後 みよしのは花にうつろふ山なれば春さへみゆき故郷のそら

三輪山

1820 けふこずは三輪《みわ》の檜原《ひばら》の郭公ゆくての声をたれかきかまし

竜田山

1821 竜田山よもの梢の色ながらしかのねさそふ秋の河風

泊瀬山

1822 続古 を泊瀬《はつせ》や峯のときは木ふきしを《ほ》り嵐にくもる雪の山もと

難波浦

1823 春の色はけふこそ御津《みつ》の浦《うら》わかみ蘆《あし》のわか葉をあらふしら浪

最勝四天王院名所御障子歌―建永二年（承元元、一二〇七）六月、後鳥羽院の御願寺最勝四天王院の障子歌として詠まれた作品。作者は、後鳥羽院・慈円・通光・俊成卿女・有家・定家・家隆・雅経・具親・秀能。定家は時に四十六歳。なお、全作者の詠を歌題ごとに部類した『最勝四天王院和歌』として『新編国歌大観』第五巻所収。

1818　春日野には梅が枝にも花が咲く。そして立春の今日は、春だというので、人々は雪の間からもえ出た若菜を摘む。本歌「難波津に咲くやこの花冬ごもり今は春べと咲くやこの花」（古今・仮名序）参考「春日野の若菜摘みにや白妙の袖ふりはへて人のゆくらむ」（古今・春上・二二　貫之）▽梅花と残雪の白、若菜の緑を取り合せる。

1819　み吉野は花が咲いて移ろう山だから、この旧都の空には春さえ深雪が降っている。○故郷―「みゆき降る」から「故郷」へと続ける。

1820　もし今日三輪山を訪ねなかったら、檜原を出て自分の行く手をさして去ってしまうほととぎすの声を、誰が聞いただろうか。

1821　竜田山では、秋の竜田川の川風が、四方の梢の色づいた木の葉と一緒に、鹿の鳴く声を誘って、吹き送ってくる。参考「さまざまの花をば宿に移し植ゑつ鹿の音さそへ野べの秋風」（千載・秋上・二六一　兼実）

1822　初瀬では、峯の常磐木を嵐が吹きたわめ、雪を吹きまいて、山の麓は曇っている。○嵐にくもる―『六百番歌合』で寂蓮が「落葉」を「しぐれゆく松の緑は空晴れて嵐にくもる峯のもみぢ葉」と詠み、俊成はこの句を「心をかしく聞ゆ」と賞した。

1823　難波の御津の浦ではうら若い蘆の葉を白波が洗っている。今日こそ春色を見ることができたのだ。参考「夕月夜しほみちくらし難波江の蘆の若葉にこゆる白波」（新古今・春上・二六　秀能）○御津の浦―「けふこそ見つ」から「御津」へと続け、「浦」から「うらわかみ」と続ける。▽『最勝四天王院障子和歌』では合点があり、この題で選ばれた作であると知られる。

1824 住吉浜
白菊《しらぎく》のにほひし秋もわすれ草おふてふ岸の春のうら風

1825 葦屋里
蘆《あし》の屋《や》のかりねの床のふしのまにみじかくあくる夏のよな〳〵

1826 布引滝
布引《ぬのびき》の滝《たき》のしらいと夏くればたえずぞ人の山路《ぢ》たづぬる

1827 生田杜
続後
秋とだにふきあへぬ風に色かはる生田《いくた》の杜《もり》の露のした草

1828 若浦
よるの鶴《つる》なくねふりにし秋の霜《しも》ひとりぞほさぬ和歌《わか》の浦《うら》人

1829 吹上浜
しほ風の吹上《ふきあげ》の雪にさそはれて浪の花にぞ春《はる》はさきだつ

1830 交野
風をいたみ交野《かたの》の鳥立《とだ》ちしたはれてしのぶ枯葉《かれは》にあられふる也

1831 水成瀬河
此里においせぬ千世は水無瀬《みなせ》河せきいるゝ庭の菊《きく》のした水

1832 阪磨浦
須磨《すま》のあまのなれにし袖もしほたれぬ関ふきこゆる秋のうら風

1824　白菊の匂った秋も忘れてしまった。忘れ草が生えるという住吉の岸には春の浦風が吹いている。本歌「道知らば摘みにも行かむ住の江の岸に生ふてふ恋忘れ草」（古今・墨滅歌・一一一一　貫之）

1825　蘆屋の里で蘆を刈って寝床を作り仮寝をすると、夏の夜はいつも短く、ちょっと臥したと思うままに明けてしまう。参考「難波潟みじかき蘆のふしのまもあはでこの世をすぐしてよとや」（新古今・恋一・一〇四九　伊勢）○かりね―「蘆」の縁語「刈り」と「仮」の掛詞。「ね」は「寝」だが、「根」を響かすか。○ふし―「臥し」と「蘆」の縁語「節」の掛詞。○みじかく―「ふし」（節）の縁語。

1826　夏が来ると、絶えず人が山路を尋ねて、白糸を繰ったような布引の滝を見にやって来る。○くれば―「来れ」に「いと」の縁語「繰れ」を掛ける。○たえず―「いと」の縁語。

1827　秋だといって吹くわけでもない風に、早くも色は変ってしまった。生田の森の露の下草は。参考「君住まばとはましものを津の国の生田の森の秋の初風」（詞花・秋・八三　清胤）▽後鳥羽院と疎隔する一因となった本障子歌のこの題での選外歌である。→補注。

1828　子を思って鳴く夜の鶴の声も久しくなった。和歌の浦の海士人はそれを聞いて置く秋の霜をひとり干しあぐんでいる。参考「第三第四絃冷々　夜鶴憶レ子籠中鳴」（和漢朗詠・下・管絃・四六三　白楽天）▽「夜の鶴」も「和歌の浦人」も定家自身を寓するか。

1829　潮風が吹き上げる吹上浜の雪に誘われて咲く波の花に、春は先だってやってきたような錯覚を起させる。参考「浪の花沖から咲きて散りくめり水の春とは風やなるらむ」（古今・物名・四五九　伊勢）「打寄する浪の花こそ咲きにけれ千代松風や春になるらん」（後撰・慶賀・一三七四　読人不知）

1830　風が強いので交野の草むらの下のあたりは晴れて、鳥が姿を隠す枯葉の上に、霰がばらばら音を立てて降る。参考「あられ降る交野の御野の狩衣濡れぬ宿かす人しなければ」（詞花・冬・一五二　長能）○鳥立ち―鳥が集まるように作られた草むらや沢地。

1831　水無瀬川を堰き入れた離宮の庭の菊の下を流れる水は、仙境さながらだ。この里に老いることなくわが君が千代もお栄えになるのを見るのである。本歌「山川の菊の下水いかなれば流れて人の老いを堰くらむ」（興風集、新古今・賀・七一七）参考「音羽川堰き入れて落す滝つ瀬に人の心の見えもするかな」（拾遺・雑上・四四五　伊勢）○水無瀬河―「見る」を掛ける。▽水無瀬殿があるので、祝言の心を籠めて歌う。

1832　関を吹き越える秋の浦風は寂しく悲しいので、須磨の海人の塩水になれた袖も、更に涙でしおたれてしまった。→補注。

明石浦

1833 明石潟《あかしがた》いさをちこちもしらつゆの岡《をか》べの里の浪の月かげ

志加麻市

1834 きみが世は誰も餝磨《しかま》のいちじるく年ある民のあまつそら哉

松浦山

1835 たらちめやまだもろこしに松浦《まつら》舟こともしくれぬ心づくしに

因幡山

1836 これも又わすれじ物をたちかへり因幡《いなば》の山の秋の夕ぐれ

高砂

1837 高砂《たかさご》の松はつれなき尾上《おのへ》よりおのれ秋しるさをしかのこゑ

野中清水

1838 たまぼこの道《みち》の夏草するとほみ野《をの》中《なか》の清水しばしかげみむ

海橋立

1839 ふみも見ぬ幾野《いくの》、のよそにかへる雁《かり》かすむ波間《なみま》のまつとつたへよ

宇治河

1840 網代木《あじろ》や波のきりまに袖見えて八十宇治《やそうぢ》人は今かとふらむ

大井河

1841 続後 おほゐがはまれのみゆきに年へぬる紅葉の舟《ふね》ぢあとはありけり

1833　白露の置く岡辺の里から、明石潟を眺めると、波に月影がうつって明るいので、さあ遠近もよく分らない。参考「岡辺に御文遣はす。……をちこちも知らぬ雲居にながめわびかすめし宿の梢をぞとふ」（源氏物語・明石）○しらつゆ—「知らず」を掛ける。○岡べ—「つゆ」の縁語「置か」を響かせる。

1834　わが君の治め給う世は、誰もそうであるように飾磨の市に出るほどたいそう収穫があって、民が天に感謝する平和な世である。○飾磨—「然（しか）」を掛ける。○いちじるく—「市」を掛ける。○年ある—「年」はここでは、この言葉の原義である、稲の稔りの意。本例の他、夏・二〇九九、員外之外・三六八九でも詠み、菅原為長も嘉禎元年（一二三五）に「稲山の秋のよそめの雲の色に年ある年を（登志阿留登志遠）空に知るかな」（大嘗会悠紀主基和歌・一一三六）と詠む。▽祝言の心を籠める。

1835　わが父はまだ唐土に抑留されて、松浦船が着くのを待っているのであろうか。しかし、船は出ないままに筑紫で心をくだきながら、今年も暮れてしまった。○松浦舟—松浦潟から出帆する、日本と中国を往来する船。「待つ」を掛ける。○心づくしに—「尽し」と「筑紫」の掛詞。▽合点あり、撰入歌。『吉備大臣物語』や『宝物集』、読み本系『平家物語』その他に片鱗が窺える灯台鬼の物語乃至は『浜松中納言物語』のような心を詠むか。

1836　因幡の山の秋の夕暮よ。立帰っていってしまっても、この風情もまた忘れまいだろうに。本歌「立ち別れいなばの山の峰におふるまつとし聞かばいま帰り来む」（古今・離別・三六五　行平）○因幡—「去なば」を掛ける。▽自身の旧作雑・二五四七に通ずる作。

1837　高砂の松は平然と常磐の緑色をしている。その峯から、自分は秋を知っているというかのように、牡鹿の声が聞えてくる。↓補注。

1838　道には夏草が生い茂って行く先はなおも遠いので、しばし野中の清水で涼んで、水面に映る影を見よう。参考「玉ぼこの道だに見えぬ夏草に野中の清水いづくなるらむ」（教長集）

1839　行って踏んでもみない、またそこからの便りも見ない生野の遠く先に帰る雁よ、波間に霞んでいる天の橋立の松のように便りを待っていると、生野の人に伝えてくれ。参考「大江山生野の道の遠ければふみもまだ見ず天の橋立」（金葉・雑上・五五〇　小式部内侍）○ふみ—「踏み」と「文」の掛詞。○まつ—「松」と「待つ」の掛詞。

1840　網代木に寄せる波から立昇る霧の間に袖がちらちら見えて、宇治に住む多くの人々は今訪れるのであろうか。↓補注。

1841　大堰川への御幸も稀になって何年も経ってしまったが、紅葉が散り敷いた川面には、往年の竜頭鷁首の御船の通った跡が残っている。↓補注。

1842 鳥羽
もろ人もちよのみかげに宿《やど》しめてとはに逢《（あひ）》みん松の秋風

1843 伏見里
伏見《ふしみ》山つまどふしかの涙をやかりほの庵の萩の上の露

1844 泉河
泉《いづみ》河かはなみきよくさすさを《ほ》のうたかた夏をおのれ消《け》ちつゝ

1845 小塩山
春《はる》にあふ小《を》塩《しほ》のこ松かず〱にまさるみどりの末ぞ久しき

1846 会坂関
今はとてうぐひすさそふ花の香《か》に逢坂山のまづかすむらん

1847 志賀浦
志賀《しが》の浦《うら》や氷もいくへゐるたづの霜《しも》のうはげに雪はふりつゝ

1848 鈴鹿山
秋はきて露《つゆ》はまがふと鈴鹿《すゞか》山ふるもみぢばに袖ぞうつろふ

1849 二見浦
ますかゞみ二見《ふたみ》の浦《うら》にみがかれて神風きよき夏の夜《よ》の月

1850 大淀浦
新古 おほよどの浦《うら》にかりほすみるめだに霞にたえてかへるかりがね

1842 諸人も千代までも続き給うわが君の鳥羽離宮のおかげをこうむり、その陰に家を作って、永久にわが君のお栄えを拝見し、松吹く秋風を聞こう。本歌「津の国のなには思はず山城のとはに逢ひ見むことをのみこそ」（古今・恋四・六九六　読人不知）○ちよ―「みかげ」と共に「松」の縁語。○とはに―「永久に」の意に「鳥羽」を掛ける。▽鳥羽殿があるので、祝言の心を籠めて歌う。

1843 妻問う牡鹿の涙を露に借りるのだろうか。伏見山の仮庵の萩の上に重く露が置いている。参考「秋の田のかりほの庵のとまをあらみわが衣手は露にぬれつつ」（後撰・秋中・三〇二　天智天皇）「夜もすがら妻どふ鹿の鳴くなへに小萩が原の露ぞこぼるる」（新古今・秋下・四四六　俊忠）○かりほ―「借り」と「仮庵」の掛詞。▽合点あり、撰入歌。

1844 泉川は川波が清く、舟で棹さすと生まれる水の泡は直ちに消え、おまえが夏を消しているように、涼しい感じを与える。参考「思ひ川たえず流るる水の泡のうたかた人にあはで消えめや」（後撰・恋一・五一五　伊勢）▽合点あり、撰入歌。

1845 春の季節に逢った小塩山のたくさんの小松は緑もまさり、これから伸び行く将来は久しく思われる。▽小塩山には大原野神社があるので、祝言の心を籠める。

1846 今は春だといって鶯を誘い出そうとする梅の花の香に、逢坂山がまず霞むのであろう。本歌「花の香を風のたよりにたぐへてぞ鶯さそふしるべにはやる」（古今・春上・一三　友則）○逢坂山―「逢ふ」から「逢坂山」へと続ける。▽合点あり、撰入歌。

1847 志賀の浦には、氷も幾重張っているだろうか。その氷の上に降りている、霜が置いた鶴の白い上毛に、雪が降っている。▽白鶴・氷・霜・雪と、白の世界で統一した。かすかに述懐の心を籠めるか。

1848 秋が来て鈴鹿山では鈴にまごう露が降り、その露が染めたもみじ葉も降って、袖に色が移ろう。○秋―「飽き」を響かせる。○露―涙を暗示する。○ふる―「降る」に鈴の縁語の「振る」を掛ける。○袖ぞうつろふ―『うつろふ』で恋人が心変りしたこと、この句で、紅涙に染まる心を暗示する。▽恋歌のような歌い方をする。

1849 神風が清く吹く夏の夜の二見浦に、磨かれてよく澄んだ鏡のような月が出た。○ますかゞみ―鏡の蓋の意から、「二見の浦」の序となり、下の「夏の夜の月」の縁語となる。有心の序。○みがかれて、きよき―「鏡」の縁語。

1850 大淀の浦に海松を刈り干している。見る目にさえ霞のために列がとぎれてよく見えぬまま、北国へ雁が帰ってゆく。本歌「大淀の浜におふてふみるからに心はなぎぬ語らはねども　袖ぬれて海人の刈りほすわたつうみのみるをあふにてやまむとやする」（伊勢物語・七五段）○みるめ―「海松布」に「見る目」を掛ける。▽合点あり。

1851　鳴海浦
鳴海潟《なるみがた》雪の衣手ふきかへすうら風お《を》もくのこる月かげ

1852　浜名橋
霧《きり》はるゝ浜名《はまな》の橋《はし》のたえ〴〵にあらはれわたる松のしき浪

1853　宇津山
宇津《うつ》の山うつる許《(ばかり)》の峯の色はわきて時雨や思そめけん

1854　佐良之奈里
嵐ふく山の月かげ秋ながらよもさらしなのさとの白雪

1855　冨士山
ほとゝぎすなくや五《さ》月もまだしらぬ雪は富士《ふじ》のねいつと分《わ》くらん

1856　浄見関
清見潟《きよみがた》そでにも浪の月を見てかたへもまたぬ風ぞすゞしき

1857　武蔵野
武蔵野《みさしの》のゆかりの色もとひわびぬみながらかすむ春《はる》のわかくさ

1858　白河関
くるとあくと人を心にお《を》くらさで雪にもなりぬ白河の関

1859　阿武隈河　老耄忘却両度詠《ム》レ之《ヲ》、左道
思ひかねつまどふ千鳥《ちどり》風さむみ阿武隈《あぶくま》河の名をやたづぬる

1851 鳴海潟を旅する人の、雪の降り積った袖を吹きかえす浦風も重く、袖には月影が残っている。○うら風―「浦」に、「衣手」の縁語「裏」を掛ける。▽旧作「旅人の袖吹き返す秋風に…」（一五三五）のヴァリアントと見られる。

1852 霧が晴れてゆくと、浜名の橋、浜松、しきりに寄せる波などが霧の中からとぎれとぎれに現れてくる。参考「朝ぼらけ宇治の川霧絶えだえにあらはれわたる瀬々の網代木」（千載・冬・四二〇　定頼）

1853 顔に映るほど濃い宇津山の峯のもみじの色は、とりわけ時雨が深く思って染めたのだろうか。

1854 嵐が吹く山に照る月影は、秋のまま白雪が降り積ったようで、とても更級の里とは思われない。

1855 ほととぎすが鳴く五月もまだ知らない雪は一体今をいつだと思って富士の嶺に積っているのだろう。本歌「ほととぎす鳴くやさつきのあやめ草あやめも知らぬ恋もするかな」（古今・恋一・四六九　読人不知）「時知らぬ山は富士のねいつとてか鹿の子まだらに雪の降るらむ」（伊勢物語・九段、新古今・雑中・一六一六　業平）

1856 清見潟では袖にも波が寄せ、そこに映る月を見て、袖の片方の秋を待つまでもなく、風が涼しく吹く。本歌「夏と秋とゆきかふ空のかよひぢはかたへ涼しき風や吹くらむ」（古今・夏・一六八　躬恒）

1857 武蔵野にゆかりのある色、すなわちムラサキという名の草もたずねあぐんでしまった。春の若草は皆一様に霞んでいるので。本歌「紫のひともとゆゑに武蔵野の草はみながらあはれとぞ見る」（古今・雑上・八六七　読人不知）

1858 暮れるにつけ明けるにつけ、故郷に残してきた人と心の中では一緒に旅を続けてきて、白河関に辿り着いた時には雪の降る季節にもなった。本歌「限りなき雲居のよそに別るとも人を心におくらさむやは」（古今・離別・三六七　読人不知）参考「暮ると明くと目かれぬものを梅の花いつの人まにうつろひぬらむ」（古今・春上・四五　貫之）

1859 恋しさに堪えかねて妻を訪ねる千鳥は、風が寒いので「逢う」という名の阿武隈川で妻に逢おうとしているのだろうか。本歌「思ひかね妹がりゆけば冬の夜の川風寒み千鳥なくなり」（拾遺・冬・二二四　貫之）○老耄忘却…―正治二年院百首・九九五で既に阿武隈川と千鳥の取り合せを試みたのに、その二番煎じとなったことを反省したか。「左道」は、正しくない、間違っているの意。○阿武隈河―「逢ふ」を掛ける。

1860 安達原
しぐれゆく安達《あだち》の原《はら》のうす霧にまだそめはてぬ秋ぞこもれる

1861 宮城野
続後 うつりあへぬ花のちぐさにみだれつゝ風のうへなる宮木野《みやの》の露《つゆ》

1862 安積沼
ふみしだく安積《あさか》の沼《ぬま》の夏草にかつみだれそふしのぶもぢずり

1863 塩竈浦
霞とも花ともいはじ春《はる》のかげいづこはあれどしほがまの浦

1860　しぐれてゆく安達の原の薄霧の中には、まだ時雨がすっかり染めつくしていない木々が残っている。それは冬になろうとするのにまだ秋が残っているのだ。参考「みちのくの安達の原の黒塚に鬼こもれりと聞くはまことか」（拾遺・雑下・五五九　兼盛）

1861　その美しい色が映りきれない秋の千草の花とともに乱れながら、風に吹かれて今にも散りそうな宮城野の露よ。○風のうへなる―「風の上にありか定めぬ塵の身は行方も知らずなりぬべらなり」（古今・雑下・九八九　読人不知）の古歌などから、塵と同じく飛散しやすい露についてこう言ったか。

1862　踏みしだく安積の沼の夏草に花かつみが混っていて、信夫もじ摺りの乱れ模様に花かつみの色が摺り模様となって加わる。本歌「陸奥の安積の沼の花かつみかつ見る人に恋ひやわたらむ」（古今・恋四・六七七　読人不知）参考「陸奥の信夫もぢずり誰ゆゑに乱れむと思ふ我ならなくに」（古今・恋四・七二四　融）○かつみだれそふ―「且つ乱れ添ふ」に「かつみ」を物名ふうに詠み入れる。「かつみ」は真菰とされる。「花かつみ」は真菰の花ともアヤメ科の草の花ともいうが、木下武司『和漢古典植物名精解』は共に真菰を意味するという。

1863　霞とも花ともいうまい。それは他のどこにもあるけれども、春の日ざしがあまねくさしている塩竈の浦の春は趣深い。本歌「陸奥はいづくはあれど塩竈の浦漕ぐ舟の綱手かなしも」（古今・東歌・一〇八八　陸奥歌）参考「霞とも花ともいはじ春の色むなしき空にまづしるきかな」（式子内親王集・建久五年百首）○春のかげ―建久二年伊呂波歌・三〇二五で「江の南わか葉の草もみどりにて春のかげなる神無月哉」と詠んでいる。なお、早く「風吹けば岸に波よる藤の花深くも見ゆる春のかげかな」（大弐高遠集）という例がある。▽旧作「見わたせば花も紅葉もなかりけり浦の苫屋の秋の夕暮」（一三五）を連想させる。

建暦二年十二月院より召《め》されし廿首

冬日同詠廿首応　製和歌

従三位行侍従臣藤原朝臣定家上

春十首

1864 春日《かすが》山みねのあさ日の春の色にたにの鶯いまやいづらし

1865 さくらあさの苧生《をふ》のうら風春ふけば霞をわくる浪のはつ花

1866 我ぞあらぬうぐひすさそふ花の香《か》は今も昔の春のあけぼの

1867 雲路《ぢ》ゆくかりの羽《は》風もにほふらん梅さく山のありあけの空《そら》

1868 あさみどり玉ぬきみだる青柳の枝もとをゝに春雨ぞふる

1869 あらたまの年にまれなる人までどさくらにかこつ春もすくなし

1870 たのむべき花のあるじも道たえぬさらにやとはん春の山里

建暦二年十二月院より召されし廿首―建暦二年（一二一二）十一月から十二月にかけ、後鳥羽院が定家・家隆・秀能・（他に雅経？）に各二十首を詠進せしめ、自らも二十首を詠んで計百首とした試み。「五人百首」という。時に定家は五十一歳。

1864　春日山の嶺に出る朝日の春らしい様子に、谷に籠っていた鶯は今や出るらしい。参考「春立てば雪のした水うちとけて谷の鶯今ぞ鳴くなる」（千載・春上・五　顕綱）「鶯未レ出兮遺賢在レ谷」（和漢朗詠・春・鶯・六三　鳳為レ王賦）

1865　桜麻の苧生の浦風が春吹くと、霞を分けて波の花が初花のように咲く。参考「桜麻の苧生の下草露しあれば明してい行け母は知るとも」（万葉・巻一一・二六八七　寄物陳思）→補注。

1866　私はもはや昔の私ではない。しかし、鶯を誘う梅の花の香は今も昔と同じ春の曙だ。本歌「花の香を風のたよりにたぐへてぞ鶯さそふしるべにはやる」（古今・春上・一三　友則）○我ぞあらぬ→一六〇九。

1867　梅が咲く山の有明方の空では、雲を分けて帰って行く雁の羽風も匂うであろう。

1868　浅緑に露の玉を貫き乱している青柳の枝もたわむほどに春雨が降る。本歌「あさみどり糸よりかけて白露を玉にもぬける春の柳か」（古今・春上・二七　遍昭）

1869　一年中を通して稀にやってくる人を待っているけれど、世間から取残されたわが宿には人の訪れもなく、桜に事寄せて愚痴をこぼす春の日も残り少い。本歌「あだなりと名にこそたてれ桜花年にまれなる人も待ちけり」（古今・春上・六二　読人不知、伊勢物語・一七段）

1870　春になったら眺めようとあてにした花がある家の主とも音信が途絶してしまった。花を求めてさらに春の山里を訪れようか。参考「遥見二人家一花便入　不レ論二貴賤与一親疎一」（和漢朗詠・春・花・一一五　白楽天）

1871 み吉野《よしの》やたぎつ河内《かはうち》の春の風神世もきかぬ花ぞみなぎる

1872 いくかへりやよひの空《そら》をうらむ覧《(らん)》谷には春の身をわすれつゝ

1873 色にいでてうつろふ春《はる》をとまれともえやは伊吹《いぶき》の山ぶきの花

恋五首

1874 お《を》のづからみるめのうらにたつけぶり風をしるべの道《みち》もはかなし

1875 草のはらつゆをぞ袖《そで》にやどしつるあけてかげみぬ月のゆくへ《ゑ》に

1876 なく涙やしほの衣それながらなれずは何の色かしのばむ

1877 秋の色にさてもかれなで蘆べこぐたななし小《を》舟我ぞつれなき

1878 続後 契りお《を》きしすゑのはらののもと柏《がしは》それともしらじよその霜枯《しもがれ》

雑五首

1879 あとたれてちかひをあふぐ神もみな身のことわり《は》にたのみかねつゝ

1880 ひさかたの雲《くも》のかけはしいつよまでひとりなげきの朽《く》ちてやみぬる

1871 み吉野のたぎつ河内に春風が吹くと、神代にも聞かなかったような花、水の花がみなぎりわたる。本歌「芳野川　たぎつ河内に……春べは　花かざし持ち……」（万葉・巻一・三八　人麻呂）「山川もよりて仕ふる神ながらたぎつ河内に船出せすかも」（同・三九　人麻呂）

1872 いったい何回春の暮れてゆく弥生の空を恨むのだろう。谷間に住む身は今が春だということも忘れてしまって。▽述懐の心を籠める。

1873 はっきりと様子に現れて移ろってゆく春を、山吹の花は「止まれ」ともどうして言うことができようか。なぜといって、山吹はくちなし色だから。〇えやは伊吹の—「えやは言ふ」から「伊吹」と続ける。〇山ぶきの花—くちなし色と歌われることが多いので、「口無し」だから「えやは言ふ」（どうして言おうか、言わない）との心を籠める。↓補注。

1874 自然とみるめの浦に塩焼く煙が立った。風を道しるべとして、恋人を見るために尋ねてゆこうとするのも僥いことだ。本歌「白波のあとなき方に行く舟も風ぞたよりのしるべなりける」（古今・恋一・四七二　勝臣）↓補注。

1875 草の原で露（涙）を袖に宿した。夜が明けて影を見ない月（恋人）の行方を偲ぼうとして。▽源氏物語・花宴での源氏と朧月夜との危険な恋を連想させる。↓補注。

1876 泣いて流す紅涙で衣は八入染めに色濃く染まってしまったが、あの人となじまなければどの色であの人を偲んでよいか分らない。参考「紅のやしほの衣かくしあらば思ひそめずぞあるべかりける」（拾遺・恋五・九七五　読人不知）

1877 秋（飽き）の色を見せながらそれでも枯れ（離れ）てしまわない蘆辺（あの人）を漂いながら漕ぐ棚無し小舟のような私は、われながら強情に思われる。参考「堀江漕ぐ棚無し小舟漕ぎかへり同じ人にや恋ひわたりなむ」（古今・恋四・七三二　読人不知）〇かれなで—「な」は完了の助動詞「ぬ」の未然形、「で」は打消の助動詞「ず」と接続助詞「て」の結合した接続助詞。

1878 行く末まで絶えることはないと約束しておいた末の原野の本柏（幹についたまま残っている柏の枯葉）は、たとえよそで霜枯れていても、それとは分らないだろう。↓補注。

1879 我が国に跡を垂れて衆生を救おうとの本誓を立てられた神々を信仰するけれども、私がうだつのあがらないのも道理だと思うと、その神々の御加護も期待しかねる。▽述懐の心を籠める。以下同じ。

1880 雲の梯に昇りたい（昇殿を許されたい）と五代までにわたって一人嘆いて、私は朽木のように朽ちはてて終ってしまった。〇いつよ—高倉・安徳・後鳥羽・土御門・今上（順徳）の五代をさすか。〇なげき—「木」を掛ける。「かけはし」「木」「朽ち」は縁語関係。

1881 思ふことむなしき夢のなかぞらにたゆともたゆなつらき玉《たま》の緒《を》

1882 日かげさすをとめのすがた我も見きおいずはけふの千世のはじめに

1883 ふして思《おも》ひおきてぞ祈《いの》るのどかなれよろづよてらせ雲《くも》のうへの月

1881 私の希望することは空しい夢となって、たとえ中空で絶えてしまうとも、つらいわが命の緒はそのために絶えてしまうな。○たゆ—「緒」の縁語。○玉の緒—普通は「玉の緒の」で命の枕詞だが、ここではこれだけで命の意。↓補注。

1882 ひかげのかずらをかざしにさして舞う、光もさし添うて美しい五節の少女の姿を私も見ることができた。老いなければ、千世の初めである今日の日に遇うことができたであろうか。本歌「老いぬとてなどかわが身をせめきけむ老いずは今日にあはましものか」(古今・雑上・九〇三 敏行) 参考「天つ風雲の通ひ路吹きとぢよをとめの姿しばしとどめむ」(古今・雑上・八七二 宗貞=遍昭) ○日かげさす—ヒカゲノカズラを挿頭に刺すの意に、日の光が射すの意を籠める。

1883 寝ても思い、起きても祈る。のどかであってくれ、雲の上の月よ、万世を照らしてくれよと。本歌「臥して思ひ起きてかぞふる万代は神ぞしるらむわが君のため」(古今・賀・三五四 素性)

後仁和寺宮、月なみの花鳥の歌の絵《ゑ》にかゝるべき事あるを、古《ふる》き歌《うた》かずのまゝにありがたくは、今よみてもたてまつるべきよし、おほせられしかば

詠花鳥和歌　各十二首

参議藤原

正月　柳

1884 うちなびき春《はる》くる風の色なれや日をへてそむる青柳《あをやぎ》のいと

二月　桜

1885 かざし折《お》るみちゆき人のたもとまで桜《さくら》ににほふきさらぎのそら

三月　藤

1886 ゆくはるのかたみとやさく藤の花《はな》をだにのちの色のゆかりに

四月　卯花

1887 白妙の衣ほすてふ夏のきてかきねもたわにさける卯花

五月　盧橘《(ろきつ)》

1888 ほとゝぎすなくや五月《さ》のやどがほにかならずにほふのきのたち花

詠花鳥和歌―建保二年（一二一四）二月三十日、道法法親王に詠進。時に定家は五十三歳。

○後仁和寺宮―道法法親王。後白河院の第八皇子。第七代御室。後高野御室と号す。建保二年十一月二十一日没、四十九歳。○月なみの花鳥の歌―十二カ月の花鳥を詠んだ和歌。

○古き歌かずのまゝにありがたくは―古歌でそれぞれ十二首ずつという数を揃えることが困難ならば。

1884　春が来ることを知らせる風の色なのだろうか。風になびきながら、日が経つにつれて濃く染まってくる青柳の糸は。○うちなびき―「春」にかかる枕詞ふうに用いる。○くる―「来る」に糸の縁語「繰る」を掛ける。

1885　かざしとして桜を折る通行人の袂まで桜の花に色美しく映えている二月の空よ。参考「ももしきの大宮人はいとまあれや桜かざして今日もくらしつ」（新古今・春下・一〇四　赤人）

1886　藤の花は行く春の形見として咲くのだろうか。せめてそれだけでも行ってしまったのちのゆかりの色（紫色）にと思って。本歌「飽かでこそ思はむなかは離れなめそをだにのちの忘れ形見に」（古今・恋四・七一七　読人不知）○色のゆかり―縁者に衣を送った時詠んだという「紫の色こき時は目もはるに野なる草木ぞわかれざりける」（古今・雑上・八六八　業平）の歌などにより、紫色を「ゆかりの色」という。

1887　白妙の衣を乾すという夏が来て、その衣のように垣根もたわむほど真白に卯の花が咲いている。本歌「春過ぎて夏きにけらし白栲の衣ほすてふ天の香具山」（新古今・夏・一七五、原歌は万葉・巻一・二八　持統天皇）○きて―「衣」の縁語「着て」を掛ける。

1888　ほととぎすの鳴く五月、いかにもそのほととぎすの定宿であるといった様子で必ずかぐわしく咲く軒の橘よ。本歌「ほととぎす鳴くやさつきのあやめ草あやめも知らぬ恋もするかな」（古今・恋一・四六九　読人不知）

六月　常夏

1889 大かたの日かげにいとふ水《み》無《な》月のそらさへを《お》しき常《とこ》夏の花

七月　女郎花

1890 秋ならでたれもあひみぬ女郎花契りやお《を》きし星合のそら

八月　鹿鳴草《（はぎ）》

1891 秋たけぬいかなる色とふく風にやがてうつろふもとあらの萩《はぎ》

九月　薄

1892 花すゝき草のたもとのつゆけさをすてゝ暮《く》れゆく秋のつれなさ

十月　残菊

1893 十月《（かみなづき）》しもよの菊《きく》のにほはずは秋のかたみになにをおかまし

十一月　枇杷

1894 冬の日は木草のこさぬ霜の色を葉がへぬ枝の花ぞまがふる

十二月　早梅

1895 色《いろ》うづむかきねの雪のころながら年のこなたに匂ふ梅が枝《え》

鳥

正月　鶯

1896 春きてはいく世もすぎぬ朝戸《あさと》いでにうぐひすきゐるまどの群《むら》竹

1889 一般には烈日のゆえにいとう六月の空さえ、とこなつの花の咲く季節と思うと、惜しく思われる。参考「六月の地（つち）さへ裂けて照る日にも吾が袖干めや君にあはずして」（万葉・巻一〇・一九九五 夏相聞）

1890 秋でなくては誰も会うことはできないおみなえしの花よ、そなたは七夕の空にこの時節に咲きますと約束しておいたのか。本歌「秋ならで逢ふことかたきをみなへし天の河原に生ひぬものゆゑ」（古今・秋上・二三一 定方）

1891 秋は闌けた。一体どんな色をしているというので、吹く風に本あらの萩はすぐ散ってしまうのか。本歌「秋吹くはいかなる色の風なれば身にしむばかりあはれなるらむ」（詞花・秋・一〇九 和泉式部）▽「秋」に「飽き」を暗示し、風を浮気な男に、萩を女に見立てる。

1892 涙を含んだ袂のような花薄の露けさを見捨てて暮れていってしまう秋のそっけなさよ。本歌「秋の野の草の袂か花薄ほに出でて招く袖と見ゆらむ」（古今・秋上・二四三 棟梁）参考「つらきをもいはでの山の谷に生ふる草の袂ぞ露けかりける」（新勅撰・雑四・一三一四 読人不知）〇草—「花すゝき」を言いかえた。▽花薄を女に、秋を男に見立てる。

1893 十月の霜夜、残菊がもし匂わなかったなら秋の形見として何を残しておこうか。参考「暮れてゆく秋の形見におくものはわが元結の霜にぞありける」（拾遺・秋・二一四 兼盛）〇しもよ—底本「しも世」、自筆本その他により改める。「しも」と「おかまし」の「置く」は縁語。

1894 冬の日は霜が降りて、草木の葉も残さず凋ませ枯らすのに、その中で葉更えすることのない枇杷の枝の白い花がその霜の色に似ている。参考「万物秋霜能壊レ色 四時冬日最凋レ年」（和漢朗詠・霜・三六七 白楽天）▽枇杷を隠題（物名）として初句に詠みこんでいる。

1895 垣根の雪はその花の白い色を埋める時候ではあるが、新年とならないうちに早くも梅が枝は咲き始めている。参考「いつしかと山の桜もわがごとく年のこなたに春を待つらむ」（後撰・冬・四九八 読人不知）「十二月ばかりにかうぶりする所にて いはふこと有りとなるべしけふなれど年のこなたに春も来にけり」（同・慶賀・一三八五 貫之）

1896 新春がやって来てまだ幾夜も過ぎないのに、朝戸を開けて出ると、窓辺の群竹に鶯が来てとまっている。〇いく世—宛字で、「幾夜」の意。▽「竹近く夜床寝はせじ鶯の鳴く声聞けば朝寝（あさい）せられず」（後撰・春中・四八 伊衡）など、竹に鶯はしばしば取合される。

1897 二月　雉

かり人の霞にたどる春《はる》の日をつまどふ雉のこゑにたつらん

1898 三月　雲雀

すみれさくひばりのとこにやどかりて野をなつかしみくらす春哉

1899 四月　郭公

郭公しのぶの里にさとなれよまだ卯《う》の花の五《さ》月まつころ

1900 五月　水鶏

まきのとをたゝくくひなのあけぼのに人やあやめの軒《き》のうつり香《が》

1901 六月　鵜

みじか夜の鵜川《うがは》にのぼるかゞり火のはやくすぎゆく水無《みな》月のそら

1902 七月　鵲

ながき夜にはねをならぶる契りとて秋まちわたる鵲のはし

1903 八月　初鴈

ながめつゝ秋の半も杉の戸《と》にまつほどしるき初鴈のこゑ

1904 九月　鶉

人目《め》さへいとゞ深草《ふかくさ》かれぬとや冬待《(まつ)》しもに鶉なくらん

1905 十月　鶴

夕《ゆふ》日かげむれたるたづは射《さ》しながらしぐれの雲《くも》ぞ山めぐりする

1897 春の日、霞の中を狩り人は雉子のありかを尋ねて辿るのだが、その雉子は妻問うために声を出してありかを知られてしまう。参考「春の野にあさるきぎすの妻恋ひにおのがありかを人に知れつつ」（拾遺・春・二一　家持）

1898 すみれ咲く春の野が懐しいので、ひばりの床を借りて野宿し、くらす春よ。本歌「春の野に菫摘みにと来し吾そ野をなつかしみひと夜宿（ね）にける」（万葉・巻八・一四二四　赤人）○ひばりのとこ―雲雀の巣。「ひさぎ生ふる沢辺の茅原冬来ればひばりのとこぞあらはれにける」（詞花・冬・一四一　好忠）

1899 今はまだ卯の花の咲く四月。五月を待つ頃だから、ほととぎすよ、信夫の里に里なれて忍び音で鳴いておくれ。参考「足引の山ほととぎす里なれてたそかれ時に名のりすらしも」（拾遺・雑春・一〇七六　輔親）

1900 曙の頃、真木の戸を叩く水鶏に一杯喰わされて戸を明けると、軒の菖蒲がかおって、人の移り香を思わせ、本当に人が訪れたのかとあやしむほどだ。→補注。○あけぼの―「戸」の縁語「開け」を掛ける。○あやめ―「あやしむ」の意の動詞「あやむ」の未然形「あやめ」に、菖蒲の意を掛ける。

1901 夏の短夜、鵜川をさかのぼってゆく篝火が早く過ぎてゆく。そして早くも水無月の空は過ぎてゆこうとしている。○鵜川―鵜飼をする川。▽鵜飼船の篝火の速さから、今年も半ばは過ぎたと感じ、光陰の速さを思う。

1902 七月七日の夜、牽牛織女は比翼連理の契りを誓ったので、秋をずっと待ち続けてかささぎが羽を並べて作った鵲の橋を渡る。参考「七月七日長生殿　夜半無㆑人私語時　在㆑天願為㆓比翼鳥㆒　在㆑地願為㆓連理枝㆒」（白氏文集・巻一二・長恨歌）○まちわたる―「わたる」は「はし」の縁語。

1903 眺めながら秋の半ばも過ぎてしまった杉戸を開けて待っていると、はっきりと初雁の声が聞えてくる。○杉の戸に―「過ぎ」を掛ける。

1904 深草の里はふだんでも寂しいのに、その生い茂った草も枯れ、人の訪れもいっそうとだえて、冬を待つかのような早霜の中で、鶉が悲しげに鳴いているのだろう。本歌「山里は冬ぞさびしさまさりける人めも草もかれぬと思へば」（古今・冬・三一五　宗于）、参考「年を経て住みこし里をいでていなばいとど深草野とやなりなむ　返し　野とならば鶉と鳴きて年は経むかりにだにやは君は来ざらむ」（古今・雑下・九七一・九七二、伊勢物語・一二三段）○かれぬ―「枯れ」と「離れ」の掛詞。

1905 群鶴には夕日が射しているけれど、時雨を降らせる雲が山をめぐっている。○山めぐりする―もと、山々・山寺などをめぐり歩くこと。転じて、しぐれが山から山へと降ってゆくことにいう。ここは後の意。

1906
十一月　千鳥
千鳥なく賀茂《かも》の河せのよはの月ひとつにみがく山あゐの袖《そで》

1907
十二月　水鳥
ながめする池の氷にふる雪のかさなるとしををしの毛《け》衣

1906　千鳥が鳴く夜半の賀茂の川瀬に映る月の光を、賀茂臨時祭の舞人の山藍の袖は一つに磨いている。参考「明けぬなり賀茂の河瀬に千鳥鳴く今日もはかなく暮れむとすらむ」（後拾遺・雑三・一〇一四　円昭）○ひとつにみがく――染料としての山藍と月光とを一緒に磨くの意。▽「月さゆるみたらし川に影見えて氷に摺れる山藍の袖」（新古今・神祇・一八八九　俊成）に通う趣の歌。

1907　じっと眺めると、池に張った氷の上に雪が降り重なっている。今年も暮れて旧年に重なろうとしている。それを惜しむかのように、羽毛も美しい鴛鴦鳥が浮いている。○をしー「惜し」と「鴛鴦」の掛詞。

仁和寺宮五十首

詠五十首和歌　民部卿藤原定家

春十二首

初春

1908 春の色とたのむまでやはながめつるいふ許《(ばかり)》なる山の霞を

雪中鶯

1909 松の葉はいまもみゆきのふるさとに春あらはるゝうぐひすのこゑ

橋辺霞

1910 影たえてしたゆく水もかすみけり浜名《はまな》の橋《はし》の春の夕ぐれ

行路梅

1911 玉桙のゆくて許を梅花《(うめのはな)》うたて匂ひの人したふらん

春月

1912 山のはも霞のほかの花の香《か》にこのごろふかきいざよひの月

岸柳

1913 お《を》そくときいづれの色に契るらん花まつ比《(ころ)》の岸の青柳

仁和寺宮五十首―道助法親王が召した五十首。作者は定家・家隆・雅経・知家・範宗・信実・行能・家長・秀能ら二十二名。建保六年（一二一八）計画され、定家が詠んだのは承久元年（一二一九）、五十八歳の時、五十首和歌として全員の作品がまとめられたのはその翌年か。なお、全作者の詠を歌題ごとに部類した『道助法親王家五十首』（光台院五十首）は、『新編国歌大観』第十巻所収。

1908 春の色とあてにするまで眺められただろうか、ほんの言い訳程度にかかった山の霞を。本歌「春立つといふばかりにやみ吉野の山も霞みて今朝は見ゆらむ」（拾遺・春・一　忠岑）○たのむまでやは―「やは」は反語の係助詞。▽本歌に異を唱えた詠み方。

1909 松の葉は今も深雪に埋もれている旧里に、鶯の声が聞えて、こっそりやってきた春が顕れる。○ふるさと―雪が降る、を掛ける。▽『光台院五十首』（道助法親王家五十首和歌）では、「御点」（後鳥羽院の合点）が付されている。

1910 霞のかかった浜名の橋の春の夕暮は、橋の上を行く人影も絶えて、下を流れゆく水も霞んでいる。▽御点がある。

1911 道行く人の行手ばかりを慕うかのように、困ったことに梅の花の匂いがまつわっている。本歌「散ると見てあるべきものを梅の花うたてにほひの袖にとまれる」（古今・春上・四七　素性）○玉桙の―「道」の枕詞だが、ここでは道そのものの意に用いる。▽「このほどは知るも知らぬも玉ぼこの行きかふ袖は花の香ぞする」（新古今・春下・一一三　家隆）の詠の趣がある。

1912 山の端もこの頃は霞以外の花の香に深く霞んでいる。その山の端に、おぼろにいざよいの月が出た。▽御点がある。

1913 花を待つ時分の岸辺の青柳は、遅いのと早いのと、つまり淡いのと濃いのと、どっちの色に芽ぐもうと、花と約束したのだろうか。参考「東岸西岸之柳　遅速不レ同　南枝北枝之梅　開落已異」（和漢朗詠・早春・一一　保胤）

旅春雨

1914 たびまくらこやもかくれぬ蘆の葉のほどなきとこに春《はる》雨ぞふる

遠帰鴈

1915 いくかすみゆく野《のゝ》のすゑはしら雲のたなびく空《そら》にかへる鴈がね

山花

1916 あしびきの山さくら戸をまれにあけて花こそあるじ誰をまつ覧《（らん）》

関花

1917 さくら花たが世の若《わか》木ふりはてゝ須磨《すま》の関屋《せきや》のあとうづむらん

庭花

1918 続後 跡たえてとはれぬ庭のこけの色もわする許に花ぞちりしく

河款冬

1919 続後 山吹の花にせかるゝおもひ河浪のちしほはしたに染《そ》めつゝ

夏七首

社卯花

1920 みぬさとる三輪《みわ》の祝《はうり》やうゑ《へ》お《を》きしゆふしで白くかくる卯花

早苗多

1921 植《う》ゑ《へ》くらす緑のさなへさとごとに民の草葉のかずも見えけり

1914　蘆の葉はまだ短いので仮小屋も隠れないが、その手狭な仮小屋に旅衣を解いて寝ると、春雨が降る。本歌「蘆の葉に隠れて住みし津の国のこやもあらはに冬は来にけり」(拾遺・冬・二二三　重之)　○こや—小屋に、摂津国の地名昆陽野を響かせるか。

1915　飛んでゆく野の末はどのくらい霞んでいるかしらないが、白雲のたなびく空に雁が帰ってゆく。▽御点がある。

1916　山桜戸を稀に開けて、山家のあるじである花は誰を待つのであろう。本歌「あしひきの山桜戸を開け置きて吾が待つ君を誰か留むる」(万葉・巻一一・二六一七　作者未詳)　参考「奥山の松のとぼそをまれに開けてまだ見ぬ花の顔を見るかな」(源氏物語・若紫　北山聖)　○山さくら戸—山桜で作った戸。▽御点がある。

1917　誰の時代に植えた若木の桜がすっかり老木となって、その花びらが須磨の関屋の跡を埋めているのだろう。参考「須磨には年かへりて、日長くつれづれなるに、植ゑし若木の桜ほのかに咲きそめて、空のけしきうらゝかなるに、よろづのこと思し出でられて、うち泣き給ふ折々多かり」(源氏物語・須磨)　○ふり—「古り」と「さくら花」の縁語「降り」の掛詞。▽御点がある。

1918　すっかり人の通った跡も絶えて、誰にも訪れられない私の庭に生えた苔の緑の色も忘れてしまうほど、花が散り敷いている。▽旧作「わくらばにとはれし人も昔にてそれより庭のあとはたえにき」(一六七二)に通う趣がある。

1919　山吹の花に流れが堰かれる思川では、水面の下で波は千入に染まっている。参考「耳なしの山のくちなしえてしがな思ひの色の下染めにせむ」(古今・雑体・誹諧歌・一〇二六　読人不知)　○河款冬—河べの山吹。▽「思河」という恋愛的世界を連想させる地名を叙景歌として詠む。恋愛気分は「せかるゝ」「ちしほはしたに染めつゝ」などの句に残っている。山吹の名所井手の玉川には恋のイメージが漂っているので、このように詠んだか。▽御点がある。

1920　幣を取る三輪の社の禰宜が植えておいたのであろうか。卯の花は木綿幣(ゆうしで)を白く掛けたようだ。本歌「み幣(ぬさ)取り神の祝(はふり)がいはふ杉原　薪伐りほとほとしくに手斧取らえぬ」(万葉・巻七・一四〇三　作者未詳)

1921　どの里も一日中緑の早苗を植えている。早苗も、また民草の数も多いなあと知られる。○民の草葉—民草。特に農民をさすか。「日を経つつ民の草葉の枯れゆくに恵みの雨をいかでそそかむ」(南海漁父北山樵客百番歌合　南海漁父=良経)「百姓……あをひとくさ」(八雲御抄・巻三)　▽政教的発想の歌。

里郭公

1922 ほとゝぎすたれしのぶとか大荒木のふりにし里を今もとふらん

岡郭公

1923 まだしらぬ岡《をか》べのやどの郭公よそのはつねに聞《き》きかなやまむ

夜盧橘

1924 たちばなの花ちる里の夕づくよそらにしられぬ影やのこらむ

籬瞿麦

1925 なでしこのたのむまがきもたわむまで夜のまの露のぬけるしら玉

江蛍

1926 こぎかへるたななし小《を》舟おなじ江にもえて蛍のしるべがほなる

秋十二首

早秋

1927 あまの河わたせの浪に風たちてやゝほどちかき鵲のはし

萩露

1928 わきてよもあまとぶ雁のお《を》きもせじ宿《やど》からふかき萩のあさ露

荻風

1929 今よりのゆふぐれかこつ下荻を打《(うち)》つけにふく秋のはつかぜ

1922　ほととぎすは誰を偲ぶというので、大荒木の古くなった里を今も訪れるのであろう。○大荒木のふりにし里―「大荒木の森の下草老いぬれば駒もすさめず刈る人もなし」(古今・雑上・八九二　読人不知)などによって、このようにいう。

1923　まだ知らない岡辺の宿のほととぎすがよそで初音を鳴いているのを聞いて、私は悩ましく思うことであろうか。本歌「思ふらむ心のほどややよいかにまだ見ぬ人の聞きかなやまむ」(源氏物語・明石　明石上)▽ほととぎすは本歌の作者明石の上の暗喩とも解しうる。

1924　橘の花が散る里に夕月が出ている夜。空には月以外の影、橘の花の影が残るであろうか。参考「橘の香をなつかしみほととぎす花散る里を尋ねてぞとふ」(源氏物語・花散里)

1925　なでしこが頼りにしていた垣根もたわむまでに、夜の間に露が置き、白玉となって貫かれている。参考「思ほえぬ垣ほに折ればなでしこの花にも露はたまらざりけり」(蜻蛉日記・上)▽御点がある。

1926　棚なし小舟が漕ぎ帰る同じ入江に蛍が燃えて、あたかも舟の道しるべをするようだ。本歌「堀江漕ぐ棚なし小舟漕ぎかへりおなじ人にや恋ひわたりなむ」(古今・恋四・七三二　読人不知)▽御点がある。

1927　天の川の徒歩渡りできる川瀬に秋風が立って、鵲が橋を渡す七夕の夜もやや近くなった。○わたせ―徒歩渡りできる浅瀬。渡り瀬。

1928　私の庭の萩に朝露が深く置いている。まさかとりわけ天を飛ぶ雁がこぼした涙が置いているのではあるまい。私の庭ゆえに露深いのであろう。参考「出でていなば天飛ぶ雁の泣きぬべみけふけふといふに年ぞ経にける」(万葉・巻一〇・二二六六　作者未詳)「鳴きわたる雁の涙や落ちつらむ物思ふ宿の萩の上の露」(古今・秋上・二二一　読人不知)▽御点がある。

1929　これからの夕暮をかこつ下荻を突如吹いて、秋の初風がやってきた。参考『さらでだにあやしきほどの夕暮に荻吹く風の音ぞ聞ゆる」(後拾遺・秋上・三一九　斎宮女御)「秋は来ぬ年も半ばにすぎぬとや荻吹く風の驚かすらむ」(千載・秋上・二三〇　寂然)▽御点がある。

1930 尋虫声

松虫《まつむし》のなく方遠くさく花のいろ〳〵を《お》しき露やこぼれむ

1931 山家月

月ならでたれそま山のかげばかりふかき柴屋《しばや》の秋をとはまし

1932 野径月

武蔵野はつゆお《を》くほどの遠ければ月を衣にきぬ人ぞなき

1933 船中月

しらざりき秋のしほぢをこぐ舟はいか許《(ばかり)》なる月をみるとも

1934 暁鹿

ながき夜にあかずや月をしたふらんみねゆくしかの有明《あり》の声

1935 河霧

あすか川《がは》ふちせもしらぬ秋の霧《きり》なにゝふかめて人へだつらん

1936 擣衣幽

秋風にさそはれきえてうつ衣お《を》よばぬ里のほどぞ聞ゆる

1937 夕紅葉

竜田姫雲《くも》のはたてにかけてお《を》る秋の衣はぬきもさだめず

1938 残菊匂

お《を》きそめていくよつもれる匂ひともいさしら菊の花のした露

1930 松虫の鳴く方角は遠い。しかし、それを尋ねてゆくと、咲き乱れている秋の千草に置いた色とりどりの露がこぼれてしまうだろう。それが惜しく思われる。参考「秋の野に人まつ虫の声すなりわれかと行きていざとぶらはむ」（古今・秋上・二〇二　読人不知）

1931 月を賞でるためでなくていったい誰が杣山かげの深い柴小屋の秋を訪れるだろう。○そま山—杣（材木）を伐り出す山。▽御点がある。

1932 武蔵野は露が置いている道のりが遠いので、秋にこの野を行く人で月の光を衣として着ない人はない。参考「朝まだき嵐の山の寒ければ紅葉の錦きぬ人ぞなき」（拾遺・秋・二一〇　公任）▽御点がある。

1933 秋の海路を漕ぎゆく船の中では、どれほど悲しい月を見ることだろうとは知らなかった。実際に海の月を見ながら船旅を続けるのは悲しい。▽御点がある。

1934 秋の長夜に飽くことなく月を慕うのであろうか。有明方に峯を行く鹿の声が聞える。

1935 飛鳥川の淵瀬も分らないほど秋の霧が立ちこめている。この霧はなぜこのように深く立って、人を隔てるのであろうか。参考「世の中は何か常なる飛鳥川昨日の淵ぞ今日は瀬になる」（古今・雑下・九三三　読人不知）▽御点がある。

1936 擣衣の音は吹く秋風に誘われて、ともすれば消えてしまいがちに聞えてくる。それで遠くの里で擣っているのだと知られる。▽御点がある。

1937 立田姫が雲の機（はた）に懸けて織る秋の衣、紅葉は緯糸も決っていない。参考「これやさは雲のはたてに織ると聞くたつこと知らぬ天の羽衣」（新古今・離別・八六四　寂昭）▽「夕紅葉」の題で「もみぢ」の語を用いない所が作意。

1938 白菊の花の下露は、置き初めてから幾代経ったかもしれないが、馥郁と薫っている。○いさしら菊の—「いさ知らず」を掛ける。▽御点がある。

冬七首

1939 朝時雨
秋すぎて猶うらめしきあさぼらけそらゆく雲《(も)》も打しぐれつゝ

1940 竹霜
いつ世までなれてふりぬる河竹のまだしたかげに霜ぞお《を》きそふ

1941 池水鳥
鳰鳥《にほどり》のしたの通《かよ》ひもたえぬらむのこる浪なき池の氷に

1942 嶋千鳥
はまびさしなげのかたみか友千鳥とわたりすつる沖の小島《こじま》に

1943 松雪
した堪へずこずゑ折《お》れふすよな〳〵に松こそうづめ峯の白雪

1944 湖雪
にほのうみや水際《みぎは》のほかの草木までみるめなぎさの雪の月かげ

1945 惜歳暮
思《(おもひ)》やれさすがにもののと許《(ばかり)》もうらみぬふしにつもる年々〈

1939　秋が過ぎてしまってやはり恨めしく思われる朝ぼらけ、空を行く雲もはやしぐれてきている。参考「明けぬれば暮るるものとは知りながらなほ恨めしき朝ぼらけかな」（後拾遺・恋二・六七二　道信）▽御点がある。

1940　五代までお仕えして馴れて、まだ下積みのまま老いて白髪がまじった私と同様、古くなってしまった川竹の下蔭に、霜が置き添っている。○いつ世―高倉・安徳・後鳥羽・土御門・順徳の五代→一八八〇。○河竹―清涼殿の東庭の御溝水（みかわみず）の傍にある、漢竹台の竹。「中殿東庭竹台二」（禁秘抄・上）「呉竹は葉細く、河竹は葉広し。御溝に近きは河竹、仁寿殿の方に寄りて植ゑられたるは呉竹なり」（徒然草・二〇〇段）○霜―白髪を暗示する。▽述懐の心を籠める。

1941　池は残る波もなく氷りついてしまった。鳰鳥の水面の下の通い路もとだえてしまったであろう。○したの通ひ―人に知られないひそかな通い路。「深からず上は見ゆれど関川の下の通ひは絶ゆるものかは」（源氏物語・宿木　薫）▽忍ぶ恋路も絶たれた恋人のように歌う。

1942　沖の小島の浜びさしは何ということもない形見なのだろうか。千鳥の群はそれを見捨てて瀬戸を渡ってゆく。参考「波間より見ゆる小島の浜びさし久しくなりぬ君に逢ひ見で」（伊勢物語・一一六段）○はまびさし―浜辺の家のひさし。一説に、浜に打ち寄せた波のためにひさしのようにえぐられた砂。○なげの―取り立てて言うほどのことはない。○とわたり―門渡り。「と」は「門」（戸）で瀬戸、海峡の意。▽御点がある。

1943　雪の重みに堪えず、峯の松の梢は毎夜折れ伏している。そのため、かえって松が白雪を埋めているのだ。▽顚倒している自然に機知的面白さを感じた。▽御点がある。

1944　鳰の海（琵琶湖）はみぎわの他の草木まで冬枯れて何の眺めもない。そして淡海だから海松の生えない渚に雪が積り、そこに月の光が映っている。○みるめなぎさ―「見る目無き」に「海松布無き」を掛け、「渚」と続ける。

1945　思いやってください。さすがに物悲しいという程度にも口に出して恨みませんが、心の中では恨がましく思っている事どもとともに積もった年々の長さ（私の年齢）を。参考「憂きながらさすがにものの悲しきは今は限りと思ふなりけり」（詞花・恋下・二五六　元輔）○ふし―節。事柄の意。

恋六首

寄雲恋

1946 生駒《いこま》山いさむる峯にゐる雲《くも》のうきて思ひは消《(きゆ)》る日もなし

寄露恋

1947 道のべのあだなる露《つゆ》をおきとめてゆくてに消《け》たぬ恋ぞかなしき

寄煙恋

1948 如何《続後》せんあまの藻《も》塩火《しほび》たえずたつけぶりによわる浦《は》風もなし

寄草恋

1949 すゑまでとたれか契りし秋の霜昔がたりの庭のした草

寄鳥恋

1950 会坂のゆきゝにたつる鳥のねのなく〳〵を《お》しきあか月ぞうき

寄枕恋

1951 思《(おもひ)》いづるちぎりのほどもみじか夜《よ》の春《はる》のまくらに夢はさめにき

雑六首

暁述懐

1952 おのづからを《を》まだありあけの月をみてすむともなしの憂《う》きにたへける

1946　「隠すな」と諌めたのに生駒山の嶺にかかる雲が浮いては消えるが、心は憂き思いが消えることはない。○うきて—「浮き」と「憂き」の掛詞。参考「君があたり見つつををらむ生駒山雲な隠しそ雨は降るとも」（伊勢物語・二三段、新古今・恋五・一三六九　読人不知）▽御点がある。

1947　道のほとりのかりそめの露を形見にとどめておいて（道すがらゆきずりの恋をして）旅をするが、その前途でも恋心が消えないのは悲しい。○露をおきとめて—「……葉末にかかる　露の身の　おきとめがたく　見えしかば……」（為秀本長秋詠藻　崇徳院遺詠）という例がある。

1948　どうしよう、海人の藻塩火の煙は絶えず立昇るけれども、その煙に対して浦風は吹き弱ろうとしない。▽御点がある。

1949　末まで変るまいと誰が約束したのであろうか。私は飽きられ、恋は昔語りとなって、庭の下草に秋の霜が置いている。参考「末までと契りてとはぬ古里に昔がたりの松風ぞ吹く」（水無瀬殿恋十五首歌合・故郷恋　良経）▽御点がある。

1950　逢坂の関を往来する度毎に声を立てる鳥、鶏の音に、泣く泣く別れを惜しむ暁はつらい。参考「夜をこめて鳥のそら音にはかるともよに逢坂の関は許さじ」（後拾遺・雑二・九三九　清少納言）

1951　思い出す。長くと契った契りも短く、春の短夜、仮寝の枕に結んだ夢は覚めてしまった。（恋ははかなく終ってしまった。）参考「枕だに知らねばいはじ見しままに君語るなよ春の夜の夢」（新古今・恋三・一一六〇　和泉式部）「春の夜の夢ばかりなる手枕にかひなく立たむ名こそをしけれ」（千載・雑上・九六四　周防内侍）▽「くらぶの山に宿も取らまほしげなれど、あやにくなる短夜にて、あさましうなかなかなり」（源氏物語・若紫）という、光源氏と藤壺中宮との密会の描写も連想される。但し、物語での季節は四月で、夏である。▽御点がある。

1952　自ずとまだ生きながらえていて、この暁も有明の澄んだ月を見、この世に悟り澄まして住むというわけでもなく、人生の憂苦に堪えている。○まだありあけの—「まだあり」から「有明の」と続ける。○すむ—「澄む」と「住む」の掛詞。

1953 閑中灯
つく〴〵とあけゆく窓《まど》のともし火のありやと許《ばかり》とふ人もなし

1954 山旅
わきてなど我しもたへぬ露けさぞ山路《ぢ》は誰もたび人ぞゆく

1955 海旅
あくる夜のゆふつけ鳥《どり》にたちわかれ浦浪《を》とほくいづる舟人《ふな》

1956 野旅
野《の》べの露《つゆ》うつりにけりなかり衣萩のしたばをわくとせしまに

1957 寄松祝
おほかたの松の千歳《ちとせ》はふりぬとも人のまことは君ぞかぞへん

1953　つくねんと思いにふけりながら夜を明かす、私の家の窓の灯がついているかどうか、私のことをまだ生きているかどうかとだけでも、問う人もいない。○あけゆく―夜が明ける。「窓」の縁語。○窓のともし火―中世和歌に作例の多い句。本五十首のこの題では、家隆が「消えやらで残る影こそあはれなれわが世ふけそふ窓のともし火」と詠んだ他、道助法親王・雅経・覚寛・光経がこの句を結句として詠んだ。本五十首以前では、「あはれなるひとり寝覚めのながめかな消えては燃ゆる窓のともし火」（正治二年後度百首・暁範光）が早い例か。○ありや―健在か。▽夜通し起きていて一人灯火を凝視していたことを暗示し、中世的雰囲気を湛えている。

1954　とりわけどうして私が堪えられない露けさなのであろう。山路はどの旅人も行くのに。▽自身の旅愁が特に深いことを歌う。

1955　夜が明けたことを告げる木綿付鳥に別れて、船人は浦波遠く漕ぎ出してゆく。○ゆふつけ鳥―鶏。▽御点がある。「たれとしも知らぬ別れの悲しきは松浦の沖を出づる舟人」（新古今・離別・八八三　隆信）に通うものがある。

1956　狩衣で萩の下葉を分けようとするうちに、野辺の露で萩の色が移ってしまった。参考「狩衣我とは摺らじ露ふかき野原の萩の花に任せて」（新古今・秋上・三三九　頼政）「秋の野を分け行く露にうつりつつわが衣手は花の香ぞする」（新古今・秋上・三三五　躬恒）▽御点がある。

1957　わが君の御齢を老いた松の千歳になぞらえるのはありふれて陳腐になってしまいましたが、人々がまごころをもってお祈りしていることは、わが君御自身が御齢をお数えになってお分りになるでしょう。

権大納言家卅首

詠三十首和歌　　民部卿

早春霞

1958 たちそめてけふやいくかのあさまだき霞もなれぬ春《はる》のさ衣

沢春草

1959 いつの日か色にはいでむ夜の鶴《つる》なくや沢べの雪のした草

暁梅

1960 まきの戸《と》の夜わたる梅のうつりがもあかぬ別のありあけの影《かげ》

花満山

1961 花ざかり空《そら》にしられぬ白雲はたなびきのこす山のはもなし

江上暮春

1962 堀《ほり》江こぐ霞のを舟行《(ゆき)》なやみおなじ春をもしたふ比《(ころ)》哉

渓卯花

1963 かへるさの夕は北にふく風の波たてそふる岸の卯花

権大納言家卅首―元仁二年（嘉禄元、一二二五）三月二十九日、時に権大納言であった九条基家（良経男）邸で催された三十首歌会での作。時に定家は六十四歳。作者としては他に、家隆・慈円・為家・隆祐・成茂・家長・下野・信実・具親らがいた。

1958 立ち初めて今日は幾日になるだろう、朝まだきの春霞はまだ霞みなれてもいない。あたかも着なれていない春が着る狭衣のようだ。参考「わぎも子が袖振る山も春来てぞ霞の衣たちわたりける」（千載・春上・九 匡房）「木の芽はる春の山辺を来て見れば霞の衣たたぬ日ぞなき」（新勅撰・春上・一九 好忠）○たちそめて―「立ち初め」と「さ衣」の縁語「裁ち」「染め」の掛詞。○なれぬ―「さ衣」の縁語。○春―「さ衣」の縁語「張る」を響かせる。

1959 夜の鶴が子を思って啼く沢のほとりの、残雪に埋もれている草は、いつ緑も鮮やかに萌え出るのだろうか。参考「第三第四絃冷々 夜鶴憶㆑子籠中鳴」（和漢朗詠・管絃・四六三 白楽天）○夜の鶴―息為家を思う定家自身の暗喩。○雪のした草―沈淪している自身の境涯の暗喩。↓一六三一・三三六六。

1960 真木の戸のあたりに夜通し薫っている梅の移り香も飽きないのに、光が差し初める暁方には別れなければならない。

1961 花盛りの頃は、珍しいので空に知られたことのない白雲（花の雲）がたなびかない山の端もない。参考「桜散る木の下風は寒からで空に知られぬ雪ぞ降りける」（拾遺・春・六四 貫之）

1962 堀江を漕ぐ小舟は行き悩み、同じようにためらいながら去って行く春を慕っている暮春の頃よ。

1963 谷の岸辺の卯の花が白波のように咲いている。山に薪を採りに行って帰途に就く夕方は北に吹く風が、その花の波にさらに谷川の波を立て添える。参考「朝南暮北 鄭太尉之渓風被㆓人知㆒」（和漢朗詠・下・丞相・六八〇 文時）「柴舟の帰るみ谷の追風に波寄せまさる岸の卯の花」（長秋詠藻・夏）

1964 野郭公
宮木野《の》のこのしたつゆに郭公ぬれてやきつる涙かるとて

1965 雨後鵜河
うかひ舟むらさめすぐるかゞり火にくもまの星《ほし》のかげぞあらそふ

1966 月前荻
荻の葉も心づくしの声たてつ秋はきにける月のしるべに

1967 夕虫
つれ〴〵と秋の日お《を》くるたそがれにとふ人わかぬ松虫《まつむし》のこゑ

1968 海辺鹿
秋の鹿《しか》のわが身こす浪ふく風につまをみぬめのうらみてぞなく

1969 閑庭薄
まねくとて草のたもとのかひもあらじとはれぬ里のふるきまがきは

1970 名所擣衣
続古
久方の桂の里《さと》のさよ衣おりはへ月の色にうつなり

1971 朝寒蘆
朝霜《あさしも》のいかにお《を》きける蘆《あし》のはの一夜のふしに色かはる覧《(らん)》

1972 深夜千鳥
お《を》のれなけいそぐ関路《せきぢ》のさよ千鳥とりのそらねも声たてぬまに

1964　ほととぎすは、涙を借りるというので、宮城野の木の下露に濡れてきたのであろうか。本歌「みさぶらひみかさと申せ宮城野の木の下露は雨にまされり」（古今・東歌・一〇九一　陸奥歌）参考「声はして涙は見えぬほととぎすわが衣手のひつをからなむ」（古今・夏・一四九　読人不知）

1965　村雨が降り過ぎた鵜川に、鵜飼舟の篝火が雲間の星の光と競うかのように数多く見える。

1966　荻の葉も気をもむような声を立てた。秋はやってきたのだ、月の道案内で。本歌「木の間よりもりくる月の影見れば心づくしの秋は来にけり」（古今・秋上・一八四　読人不知）

1967　所在なく秋の日をすごしたたそがれ時に野辺を訪れると、誰であろうと人を待っているかのような松虫の人待ち顔の声がする。参考「秋の野に人まつ虫の声すなりわれかと行きていざとぶらはむ」（古今・秋上・二〇二　読人不知）

1968　みぬめの浦で、秋の鹿はわが身を越す波、吹く風の中で、妻を見ぬ（妻に逢わない）ことを恨んで鳴いている。本歌「わたつみのわが身越す波立ちかへりあまの住むてふうらみつるかな」（古今・恋五・八一六　読人不知）○みぬめのうらみてぞなく―「見ぬ目」に地名「三犬目（敏馬）」を、「浦見」に「恨み」を掛ける。

1969　人に訪れられない里の古い垣根では、草の袂のような薄がおいでおいでと招いても甲斐はあるまい。本歌「秋の野の草の袂か花薄ほに出でて招く袖と見ゆらむ」（古今・秋上・二四三　棟梁）▽本歌に贈答した詠み方。

1970　桂の里では、小夜衣を織って長く延ばし、白く冴えた月の色に擣っているらしい。○久方の―本来「月」に掛る枕詞。ここでは「月の桂」の連想から「桂の里」（山城国の歌枕）の枕詞となる。○おりはへ―織って長く延ばし。「折」の意を掛けるか。○月―「桂の里」の縁語。

1971　朝霜は一体どのように置いて（どのように寝て起きて）、蘆の葉はたった一晩のうちに色変ってしまうのであろう。○おきける―「置き」に「起き」を響かせる。○一夜のふし―「一夜」に「一節」（下の「ふし」とともに「蘆」の縁語）を掛ける。▽「水茎の岡のやかたに妹とあれと寝ての朝けの霜のふりはも」（古今・大歌所御歌・一〇七二　水茎ぶり）などの艶な歌を念頭に置き、霜と蘆の葉とを男女の間柄のように取りなす。

1972　関路を急いで越えたい。小夜千鳥よ、お前が鳴いてくれ。鳥の鳴き真似をするあの孟嘗君の食客が声を立てぬまに。本歌「夜をこめて鳥のそら音にはかるともよに逢坂の関は許さじ」（後拾遺・雑二・九三九　清少納言）▽本歌同様、孟嘗君が函谷関を越えた時の故事を踏まえて詠む。本歌の鳥は鶏だが、定家の作では千鳥なので関路としては須磨の関か清見関が思い描かれている。

故郷雪

1973 み吉野《よしの》はまれのとだえの雲間《くもま》とて昨日の雪のきゆる日もなし

聞声《を》恋

1974 いへばえにおさふる袖も朽はてぬ玉《たま》の小《を》琴《ごと》の秋のしらべに

稀恋

1975 まちわたるあふせうらやむ天河《(あまのがは)》そのほどしらぬ年の契に

増恋

1976 色わかぬやみのうつゝのひとことに袖のちしほはいとゞそめつゝ

怨恋

1977 かけてだに又いかさまに石見《いはみ》潟《がた》猶浪たかき秋のしほ風

被忘恋

1978 身をすてて人のいのちををしむともありし誓のおぼえやはせん

旅行

1979 かへり見るその俤はたちそひてゆけばへだたる峯のしらくも

旅宿

1980 山かげやあらしのいほのさゝ枕ふしまちすぎて月もとひこず

旅泊

1981 こぎよせてとまる泊《とま》りの松風をしる人がほにいそぐ暮《れ》哉

1973　み吉野はまれに雪がやんで雲間が見えることはあるが、昨日降った雪が消える日とてもない。

1974　あの人が玉の小琴で秋の調べを奏でるのを聞いて恋したが、それを打明けて言おうとするとよう言えず、あふれる涙を抑える袖もすっかり朽ちてしまった。参考「いへばえにいはねば胸に騒がれて心一つに歎く頃かな」（伊勢物語・三四段）「膝に伏す玉の小琴の事無くは甚（はなは）だここだ吾恋ひめやも」（万葉・巻七・一三二八　作者未詳）○いへばえに―言おうとすると言えず。

1975　七夕が天の河を渡って、年に一度でも逢う瀬があるのを羨しく思う。私とあの人の契りは、いつになったら逢えると分らないので。

1976　色もはっきりしない闇の中の現実で聞いたあの人の一言のために、紅涙で千入に染まった袖はいっそう染まる。参考「むばたまの闇のうつつは定かなる夢にいくらもまさらざりけり」（古今・恋三・六四七　読人不知）

1977　またどのように怨み言を言おうか。決して言葉に出しはしないが、石見潟には秋の塩風が吹いて、やはり浪は高い。（あの人は私に飽きがきてつらく当り、薄情だ。）参考「つらけれど人にはいはず石見潟怨みぞ深き心ひとつに」（拾遺・恋五・九八〇　読人不知）「石見潟何かはつらきつらからば怨みがてらに来ても見よかし」（同・雑恋・一二六二　読人不知）○かけて―決して。仮そめにも。「浪」の縁語。○石見潟―「言はむ」を掛ける。

1978　わが身を捨ててあの人の命を惜しむとしても、あの人は以前の約束を覚えているだろうか。本歌「忘らるる身をば思はず誓ひてし人の命の惜しくもあるかな」（拾遺・恋四・八七〇　右近）

1979　振返って見ると、故郷に残した人の恋しい面影は立添って、なおも旅を続けてゆくと故郷との間は距って峯の白雲がその方向を立ち隠している。

1980　山陰の嵐の吹きすさぶ庵に篠を枕に旅寝している。臥待ちの頃も過ぎて、月も訪れてはこない。○ふしまち―十九夜の月。寝待ちの月。「さゝ」の縁語「節」を響かせる。

1981　そこに吹く松風をいかにも馴染みであるかのように、急いで船を漕ぎ寄せて、泊り（港）に泊る日暮よ。

山家松

1982 しのばれむ物ともなしに小倉《をぐら》山のきばの松ぞなれてひさしき

山家橋

1983 竹の戸の谷の柴橋《しばゝし》あらためて猶よをわたるみちしたふらし

山家苔

1984 しられじないはのしたかげ宿《やど》ふかき苔のみだれて物思ふとも

寄神祇祝

1985 春日《かすが》山峯のこのまの月なればひだりみぎにぞ神もまもらん

寄水懐旧

1986 せく人もかへらぬ浪の花のかげうきをかたみの春ぞかなしき

寄雲述懐

1987 なべて世のなさけゆるさぬ春の雲《くも》たのみし道はへだてはててき

1982　後の人がそれを見て私のことを偲んでくれるものでもないのに、私は小倉山に住んで、軒端の松に馴れて久しくなった。▽小倉山荘の主定家の感懐。

1983　庵の竹の戸、谷に掛けた柴橋を作りかえて、このような山里住まいをしてもなお世を渡る道を慕っているらしい。○「竹」と「よ」（節）、「橋」と「わたる」は縁語。「よ」は「世」に「節」を響かせる。▽世を背きながらも浮世との縁を断ち切れぬ庵の主の心を思いやる。

1984　岩の下陰の宿で、深く生い茂っている苔が乱れるように乱れて物思いをしているとも、知られないだろう。参考「君に逢はむその日をいつと松の木の苔の乱れて物をこそ思へ」（新勅撰・恋二・七三二　読人不知）○苔―サルオガセのような長く垂れ下る苔か。

1985　春日山の峯の木の間に出た月だから、春日明神も左にも右にもお守り下さるでしょう。（当家の御主人は藤原氏最高の摂関家にお生れになったから、氏神の春日明神も左大臣右大臣にもなられるようお守り下さるでしょう。）

1986　水の波も、そして曲水の宴を計画して水の流れを堰こうとした人（良経）も再び帰ってはこない。花陰に浮ぶ盃があの方の憂い形見となった春は悲しい。○うき―「浮き」と「憂き」の掛詞。○かたみの春―主催者基家の父良経が曲水の宴を計画しつつ、それを実行に移す直前に急死したのは、建永元年（一二〇六）三月七日のこと。このことは『愚管抄』が「元久三年三月十三日トカヤニ、絶タル曲水ノ宴ヲコナハントテ、鸚鵡杯ツクラセナドシテ、（中略）コノ宴ヲオコサル、シカルベシト人モ思ヒツ、、心ヲトギ目耳ヲタテツ、アリケル程ニ、三月七日ヤウモナクネ死ニセラレニケリ」（巻六）と述べている。

1987　おしなべて世の情に甘えることは許されないのだ。春の雲に、留守中の巣をよろしくと頼んで谷を出た鶯のように、私は今後のことを政治の枢要にある人々に頼んでおいたものの、期待した道はすっかり隔ってしまった。参考「新路如今穿二宿雪一　旧宿（巣）為レ後属二春雲一」（和漢朗詠・春・鶯・七〇　道真）

寛喜元年十一月女御入内御屏風和歌

月次御屏風十二帖和歌　　定家

正月

元日

1988 宿《やど》ごとにみやこは春《ゝる》のはじめとて松にぞきみの千世いはふなる

若菜

1989 飛火《とぶひ》野《の》はまだふる年の雪まよりめぐむわかなぞ春いそぎける

霞

1990 春のきるたもとゆたかにたつ霞めぐみあまねきよもの山のは

二月

梅

1991 野も山もおなじ雪とはまがへども春は木毎に匂ふ梅が枝《え》

柳

1992 浪のよる柳のいとの打《(うち)》はへていくちよふべき宿《やど、》とかはしる

寛喜元年十一月女御入内御屛風和歌―寛喜元年（一二二九）十一月十六日、関白九条道家の女竴子（後に藻璧門院）が後堀河天皇の女御として入内する時詠まれた屛風歌。定家は六十八歳。完本は現存せず、残欠本は『新編国歌大観』第五巻所収。

1988　都は新春だというので、どの家も松を立ててわが君の千代を祝うようだ。

1989　飛火野にはまだ旧年の雪が残っているが、その雪の間から芽ぐんできた若菜は、春を急いでいる。本歌「春日野の飛火の野守出でて見よ今いくかありて若菜摘みてむ」（古今・春上・一八　読人不知）〇ふる―「古」に「雪」の縁語「降る」を掛ける。

1990　わが君の恵みあまねくゆきわたる四方の山の端に、春の着る衣として袂もゆったりと裁ったように、霞が立つ。本歌「春の着る霞の衣ぬきを薄み山風にこそ乱るべらなれ」（古今・春上・二三　行平）「うれしきを何に包まむ唐衣たもと豊かにたてといはましを」（古今・雑上・八六五　読人不知）〇たつ―「裁つ」と「立つ」の掛詞。

1991　野も山も同じように雪と見紛うけれども、春は木毎に匂う花、つまり白梅の花が咲いているのだ。本歌「雪降れば木毎に花ぞ咲きにけるいづれを梅とわきて折らまし」（古今・冬・三三七　友則）〇木毎―「梅」の字を分解した言い方。

1992　池の波が寄る岸辺に柳の糸が長く延びている。そのように引き続いて幾千代も経る筈の御殿だと分るだろうか。あまりにも長く経るであろうから、とても知られまい。〇よる―「寄る」と、「いと」の縁語「縒る」の掛詞。〇打はへて―引き続いて。「はへ」は「いと」の縁語。▽室寿ぎ、家讃めの伝統に立つ歌。

1993 網

おくあみの霞をむすぶ春風に浪のかざしの花ぞ咲《さ》きそふ

三月

1994 桜

山ざくら花のしたひも時しあればさながら匂ふ春《はる》の衣手

1995 款冬

谷河の春もちしほの色そめてふかきやよひの山吹の花

1996 藤

紫の雲《くも》のしるしの花なればたつ日もおなじ宿《やど》の藤浪

四月

1997 更衣

もろ人の袖もひとへにおしな《を》べて夏こそ見ゆれけふきたりとは

1998 葵

勅撰

久方の桂にかくるあふひ草そらの光にいく世なるらん

1999 早苗

小《を》山田《だ》のむろのはやわせとりあへずそよぐ稲葉《いなば》のころやまつらん

1993　浜辺に置いた干し網を霞ませる春風に、波がかざしの花として咲き添っている。参考「わたつ海のかざしにさせる白妙の波もてゆへる淡路島山」（古今・雑上・九一一　読人不知）

1994　山桜が花の下紐を解く時なので、春の袖はそのまま咲き匂う。本歌「臥して思ひ起きてながむる春雨に花の下紐いかに解くらむ」（古今六帖・第一、新古今・春上・八四　読人不知）○時しあれば—「（下紐ヲ）解き」と「時」の掛詞。

1995　春の谷川も落花で千入の紅色に染まって深く、春も深まった三月、くちなし色も深い山吹の花が咲いている。参考「紅に千入八千入（ちしほやちしほ）染めてけりこはえもいはぬ花の色かな」（俊頼髄脳）「染レ枝染レ浪　表裏一入再入之紅」（和漢朗詠・花付落花・一一六　文時）

1996　藤は紫の瑞雲を思わせる花であるから、その花が咲く藤氏の摂関家たる御当家から立后がある日にも、同じように藤にまがう紫の雲が立つ。本歌「左大臣女の中宮の料に調じ侍りける屏風に　右衛門督公任　紫の雲とぞ見ゆる藤の花いかなる宿のしるしなるらむ」（拾遺・雑春・一〇六九）

1997　諸人の袖も一様に単衣になって、今日夏が来たとはっきり見える。参考「諸人の立ちゐる庭の盃に光もしるし千代の初春」（六百番歌合・元日宴　家隆）○ひとへに—一様に。「単（ひとへ）」を掛ける。○きたり—「来たり」と「袖」の縁語「着たり」の掛詞。

1998　月にゆかりのある桂の枝に懸ける葵は、空の光に照らされて、幾世経ることだろう。○久方の—「月」の枕詞だが、ここでは、「月の桂」ということが多いことから「桂」の枕詞として用いられている。○桂にかくるあふひ草—桂の枝に賀茂葵（二葉葵）を付けた、いわゆる諸鬘のこと。賀茂神社の祭（賀茂祭・葵草）に用いる。

1999　小山田の室の早稲を取るやいなや田植をして、農夫は稲葉が秋風にそよぐ収穫の季節を待つのであろうか。参考「さ乙女の山田の代に下り立ちて急げや早苗室のはや早稲（わせ）」（栄花物語・根合　信房）

五月

昌蒲

2000 いつかとぞまちし沼《ぬま》江のあやめぐさけふこそ長《なが》きためしにはひけ

郭公

2001 ほとゝぎすお《を》のがときはのもりのかげおなじ五《さ》月のこゑも変《かは》らず

瞿麦

2002 さきまさるいや初《はつ》花の日をへつゝまがきにあまるやまとなでしこ

六月

山井

2003 たづねても夏にしられぬすみか哉杜のした風山の井の水

納涼

2004 風渡《(わたる)》はま松《ゝつ》が枝《え》のたむけぐさなびくにつけて夏やすぎぬる

六月祓

2005 夏衣おりはへてほす河波をみそぎにそふるせゞのゆふしで

2000　いつだろうか、早く来ないかなあと待った五月五日の菖蒲の節句になって、今日こそ沼江の菖蒲を長く栄えるものの例として引くのだ。○昌蒲―菖蒲。○いつか―「何日（いつか）」に「五日」を響かせる。

2001　五月になって、ほととぎすは自分の季節が来たとばかり常磐の杜の陰で、去年と変らない声色で鳴く。本歌「思ひ出づるときはの山のほととぎすから紅のふり出でてぞ鳴く」（古今・夏・一四八　読人不知）参考「ほととぎすいま幾夜をか契るらむおのがさつきの有明の頃」（正治初度百首、新勅撰・夏・一七六　良経）○おのがときはの―「おのが時」から「常磐」へと続ける。○変らず―「ときはのもり」の縁語。

2002　二度目の初花が以前にもまして盛んに咲いて、日がたつにつれて籬に咲き余るほどの大和撫子よ。○いや初花―一度花季が過ぎてしまった草花が再び咲き出した時の最初の花。「いや」は「弥」で、二度目の意。

2003　杜の下風が吹く山の泉の水辺――ここは尋ねてきても夏に気付かれない涼しい住み処だ。参考「岩叩く谷の水のみおとづれて夏に知られぬみ山べの里」（千載・夏・二一一　教長）

2004　風が吹きわたる海岸の松が、神への手向け草のように靡くにつけ、夏は過ぎてしまったのかと思う涼しさだ。本歌「白浪の浜松が枝の手向草幾代までにか年の経ぬらむ」（万葉・巻一・三四、新古今・雑中・一五八八　川島皇子）

2005　瀬々に木綿四手を手向け、織って長く伸ばした夏衣を乾し、川波をみそぎに添えて六月祓をする。本歌「河社しのにおりはへほす衣いかにほせばか七日ひざらむ」（新古今・神祇・一九一五　貫之）○おりはへて―織って長く伸ばして。○ゆふしで―木綿（ゆふ）で作った四手（神に捧げる幣帛）。玉串などに付けて垂らす。

七月

2006 秋風
沖《おき》つ浪あさけすゞしき秋風もまつのちとせぞ空《ら》にきこゆる

2007 野花
もろ人の心いるらしあづさ弓ひくまの野べの秋萩の花

2008 虫
山里《ざと》のこやまつむしの声までもくさむらごとにちよいのる也

八月

2009 鹿
草も木も色のちぐさにおり《を》かくる野山のにしき鹿《しか》ぞたちける

2010 月
ことわり《は》のひかりさしそへ夜はの月あきらけき世の秋の半に

2011 初鴈
秋霧《ぎり》のたつやとまちしこしぢよりけふはみやこのはつかりの声

2006　沖つ波が立ち、朝明の涼しく感じられる秋風も松に吹いて、空にはわが君の千歳を祝う声が聞えている。参考「秋立ちていくかもあらねどこのねぬる朝けの風は袂涼しも」（拾遺・秋・一四一　安貴王）○まつ―「待つ」と「松」の掛詞。

2007　引馬野の野辺の秋萩の花は、諸人の心を射て（心に入り込んで）しまったらしい。本歌「引馬野ににほふ榛原入り乱れ衣にほはせ旅のしるしに」（万葉・巻一・五七　長奥麻呂）○いる―「入る」と「弓」の縁語「射る」の掛詞。○あづさ弓―一般に「引く」の枕詞。ここでは「ひくま野」に懸かる。

2008　山里に来てみると、これはまあ松虫の声までも、それぞれ潜んでいる叢で、わが君の千代を祈っているようだ。参考「秋の夜は露こそことに寒からし草むらごとに虫のわぶれば」（古今・秋上・一九九　読人不知）○こや―「これはまあ」という感動の言い方。「小屋」を響かせるか。

2009　草も木も千種もの色で織りかけている野山の錦を、鹿が立って裁ち切っている。参考「吹く風の色のちぐさに見えつるは秋の木の葉の散ればなりけり」（古今・秋下・二九〇　読人不知）○おり―「にしき」の縁語。○たち―「立ち」に「にしき」の縁語「裁つ」を掛ける。

2010　夜半の月よ、明るい御代の中秋に当然のことだがさらに光をさし添えてくれ。本歌「めづらしき光さしそふ盃はもちながらこそ千代もめぐらめ」（後拾遺・賀・四三三　紫式部）

2011　都では秋霧が立つか、では初雁がやって来そうなものと待っていたが、今日は越路からやってきた初雁の声がする。

九月

菊

2012 老をせく菊のした水手にむすぶこの里人の千世もすむべき

田家

2013 民の戸のあまつ空《そら》ある秋の日にほすやおしね《を》の数もかぎらず

紅葉

2014 たつたひめてぞめのつゆの紅に神世もきかぬ峯の色哉

十月

水鳥

2015 池にすむをしの毛《け》衣よをかさねあかずみなるゝ水のしら波

千鳥

2016 淡路島《しま》ゆきゝの舟の友がほにかよひなれたるうら千鳥《ちどり》哉

網代

2017 網代《あじろ》木や浪のよる〳〵てる月につもるこのはのかずもかくれず

2012 老いを堰き止める菊のしたを流れる水を手に掬って飲むこの里の人々は、千代も住むことができるであろう。本歌「山川の菊の下水いかなれば流れて人の老いを堰くらむ」（新古今・賀・七一七 興風）参考「谷水洗ㇾ花 汲㆓下流㆒而得㆓上寿㆒者三十余家」（和漢朗詠・秋・九日・二六四 長谷雄）○すむ―「住む」に「した水」の縁語「澄む」を掛ける。▽『和歌童蒙抄』第七草部の「菊」の項に、『風俗通』・『荊州記』の記事を引き、中国酈県の菊谿、甘谷などで菊水を飲んで長寿を保つ話を録している。それらの故事によって歌う。

2013 民家ではよく晴れた秋の好日に晩稲を干す。その数は（わが君の代の数のように）たいそう多い。○おしね―晩稲。おくての稲。

2014 立田姫が露で手染めしたもみじの紅で、峯の色は神代も聞いたことがないほどの見事な色だ。本歌「ちはやぶる神代もきかず竜田川からくれなゐに水くくるとは」（古今・秋下・二九四 業平、伊勢物語・一〇六段）

2015 池に住む鴛鴦鳥は毛衣を重ねて着し、夜を重ねて水に馴れ、池水の白波を見なれても飽きることがない。本歌「石間ゆく水の白波立ちかへりかくこそは見めあかずもあるかな」（古今・恋四・六八二 読人不知）参考「池にすむ名ををし鳥の水を浅み隠るとすれど顕れにけり」（古今・恋三・六七二 読人不知）○みなるゝ―「水馴るゝ」と「見馴るゝ」の掛詞。▽一九九二と同じく、これも御殿の池苑を歌った家讃めの歌。

2016 淡路島を往来する船の友達顔をして、島に通い馴れている浦千鳥よ。参考「淡路島かよふ千鳥の鳴く声に幾夜寝ざめぬ須磨の関守」（金葉・冬・二七〇 兼昌）

2017 毎夜々々照る月の光で、波がしきりに寄る網代木にたくさん積った木の葉も、はっきり見える。○よる〳〵―「寄る」に「夜」を掛ける。「有度浜のうとくのみやは世をば経む波のよるよる逢ひ見てしがな」（新古今・恋一・一〇五一 読人不知）

十一月

鶴

2018 浦にすむたづのうへにとお《を》く霜《しも》は千代《ちよ》ふる色ぞかねて見えける

鷹狩

2019 岩瀬野《いはせの》やとりふみたててはしたかの小鈴《こすゞ》もゆらに雪はふりつゝ

炭竈

2020 国《くに》とめる民のけぶりのほど見えて雲間《ま》の山にかすむすみがま

十二月

氷

2021 にほの海や氷をてらす冬の月浪にますみのかゞみをぞしく

雪

2022 み吉野《よしの》のみゆきふりしく里《さと》からは時しもわかぬありあけの空《そら》

歳暮

2023 あしびきの山路《ぢ》にふかき柴の戸も春の隣は猶やわすれぬ

2018　浦に住む鶴の羽根の上に置く霜は、あらかじめ千代を経る真白な色を見せている。本歌「鏡鋳させ侍りける裏に鶴のかたを鋳つけさせ侍りて　伊勢　千歳とも何か祈らむ浦に住むたづの上をぞ見るべかりける」（拾遺・賀・二九八）〇ふる―「経る」に「霜」の縁語「降る」を掛ける。

2019　岩瀬野を踏んで、鳥を駆り出して飛び立たせ、はし鷹（はいたか）を放つと、その胸につけた小鈴もゆらゆらと音を立てて、雪はしきりに降る。本歌「……石瀬野に　馬だき行きて　をちこちに　鳥踏み立て　白塗の　小鈴もゆらに　合せ遣り　ふり放け見つつ……」（万葉・巻一九・四一五四　家持）

2020　国が富んでいる有様を物語るかのように、民が炭を焼く竈の煙が勢よく立昇って、雲間に見える山も霞んでいる。参考「高き屋に登りてみれば煙立つ民のかまどはにぎはひにけり」（和漢朗詠・下・刺史・六九三、新古今・賀・七〇七　仁徳天皇）

2021　琵琶湖の氷を照らす冬の月は、波の上に真澄の鏡を敷いたようだ。参考「秦甸之一千余里　凜々氷鋪　漢家之三十六宮　澄々粉餝」（和漢朗詠・十五夜・二四〇）

2022　み吉野の深雪がしきりに降る里にふさわしく、季節の区別もなく空には有明の月が照っている。本歌「朝ぼらけ有明の月と見るまでに吉野の里に降れる白雪」（古今・冬・三三二　是則）参考「限りなき君がためにと折る花は時しもわかぬものにぞありける」（古今・雑上・八六六　読人不知）、伊勢物語・九八段、初句「わが頼む」〇里からは―「から」は性質、素性の意。「からは」で「…のせいで」「…のゆえに」などの意となる。

2023　山路深くに住む人の柴の戸も、やはり春はもう隣であることを忘れはしないだろう。参考「冬ながら春の隣の近ければ中垣よりぞ花は散りける」（古今・雑体・誹諧歌・一〇二一　深養父）

泥絵御屏風

石清水臨時祭

2024 勅撰 ちりもせじ衣にすれるさゝ竹の大宮人のかざす桜は

重陽宴

2025 九重《こゝのへ》のとのへもにほふ菊のえに詞のつゆも光《ひかり》そへつゝ

○泥絵―金銀の泥を刷毛で引いた上に金泥や銀泥で描いた絵。

2024　山藍を摺った衣を着て舞う大宮人がかざす桜は、散り失せることはないだろう。本歌「ももしきの大宮人はいとまあれや桜かざしてけふも暮らしつ」（和漢朗詠・春興・二五、新古今・春下・一〇四　赤人）○石清水臨時祭―賀茂祭を北祭というのに対し、南祭とも言われ、朱雀天皇の代に始まる石清水八幡宮の神事。毎年三月の中午の日又は下午の日。調楽・試楽などが行われる。○さゝ竹の―万葉時代には「さす竹の」といい、「大宮人」に懸かる枕詞。

2025　宮廷の外郭までも匂う重陽の節の菊の宴に、菊に置く露も、露のように美しい詩歌も光を添えている。○重陽宴―重陽は陽数の九を重ねる意で、旧暦の九月九日、菊花の宴が行われた。○九重のとのへ―「とのへ」は外の重。「内の重」に対する言い方で、宮城の外郭。○菊のえ―「え」は「宴」の撥音表記を省いたもの。○詞のつゆ―詩歌の表現を露に喩えていう。自詠についていえば、はかない言葉という謙辞、他人の作品についていえば、美しい言葉という美称と解される。「さりともなその夜の月の曇らずはことばの露をみがかざらめや」（月清集・秋）「深してふこの言の葉や光なきことばの露の色となるらむ」（隆信朝臣集　定家の隆信への返歌）

拾遺愚草　下

部類歌

春

建久五年夏、左大将家歌合　題名所
春二首之中、志賀浦
2026 こほりとく春《はる》のはつかぜたちぬらし霞にかへる志賀《が》のうら波

建仁元年正月七日、院に年始歌講ぜられ侍し日、初春祝
2027 春ごとのかもの羽色《はいろ》の駒《こま》なれどけふをぞ曳《ひ》かむちよのためしに

松間鶯
2028 松《まつ》の葉も春《はる》はわけとやゆふづく日さすや岡《をか》べにきゐるうぐひす

朝若菜2029 霞たちこのめ春雨《はるさめ》きのふまで布留野《ふるの》ゝ若菜《わかな》けさはつみてむ
承久元年七月、内裏歌合十首之内
野径霞
2030 春日野《かすが》ゝかすみの衣山かぜにしのぶもぢずりみだれてぞゆく

正治二年九月、院初度歌合、若草　十首之内
2031 うちなびき春《はる》のみそらもみどりにて風にしらるゝ野辺のわかくさ

春―定家の歌六十九首、他人の歌二首を収める。

2026　氷を解かす春の初風が立ったらしい。たなびく霞とともに、志賀の浦では沖の方に遠ざかっていた浦波が岸近く帰ってくる。本歌「さよふくるままに汀や氷るらむ遠ざかりゆく志賀の浦波」（後拾遺・冬・四一九　快覚）〇上句―「東風解ㇾ凍」（礼記・月礼）の心。▽快覚の歌とは反対の状況を歌った所が狙い。良経家名所題歌合（散逸）での詠。定家三十三歳。

2027　毎春同じ鴨の羽色、すなわち青い馬だけれど、千代の例として年の初めの今日曳こう。参考「水鳥の鴨の羽色の青馬を今日見る人は限りなしといふ」（万葉・巻二〇・四四九四　家持）▽以下二〇二九まで三首は、後鳥羽院御所年始歌会の詠。定家四十歳。正月七日、天皇が左右馬寮の引く白馬（あおうま）を見る白馬節会を歌う。白馬（青馬）は実際は灰色の馬かという。青は春の色、馬は陽の獣なので、青陽の春にちなむ白馬を見て年中の邪気を避けようとした。

2028　春は松の葉も分けよというのであろうか、夕日がさす岡辺に鶯が来てとまっている。本歌「夕月夜さすや岡辺の松の葉のいつともわかぬ恋もするかな」（古今・恋一・四九〇　読人不知）

2029　霞が立ち、木の芽が張る（ふくらむ）春雨がきのうまで降っていた布留野で、人日（七草）の今朝は若菜を摘もう。本歌「霞立ち木の芽も春の雪降れば花なき里も花ぞ散りける」（古今・春上・九　貫之）参考「春立ちてけふは七日に春日野の若菜はまだぞ二葉なりける」（堀河百首・若菜　肥後）〇春雨―「張る」を掛ける。〇布留野―「春雨」の縁語「降る」を掛ける。

2030　春日野の霞の衣は山風に吹かれて、ちょうど信夫もじずりのように乱れてゆく。本歌「春の着る霞の衣ぬきをうすみ山風にこそ乱るべらなれ」（古今・春上・二三　行平）「陸奥の信夫もぢずりたれゆゑに乱れむと思ふわれならなくに」（古今・恋四・七二四　融）→補注。

2031　春の空も緑で、野辺の若草は風が吹くと生えているなと知られる程度だ。〇うちなびき―「春」の枕詞。▽仙洞十人歌合・九番では女房（後鳥羽院）と合されて負けた。定家三十九歳。

2032 雪間若菜といふことを
いつしかと飛火《ゝぶひ》のわかな打《(うち)》むれてつめどもいまだ雪もけなくに
老後閑居つれ〴〵のあまり、とぶらひまうできたる人々の歌よみ侍しに、初聞鶯
2033 あらたまのとしのはつこゑ打《(うち)》はぶきあさけのそらに来《き》ゐる鶯
霞中梅
2034 とひ来《こ》かし立枝《たちえ》は梅の見えずとも匂ひをこめてたつ霞かは
湖辺梅花
2035 けふぞとふ志賀《が》津《つ》のあまのすむ里を鶯さそふ花のしるべに
旅宿早春
2036 枕とて草のはつかにむすべども夢もみじかき春のうたゝね
三宮より十五首歌召《め》されし、春歌中
2037 飛鳥川《あすかゞは》とほ《を》き梅がえにほふ夜はいたづらにやは春風の吹《(ふく)》
建保四年潤《(うるふ)》六月、内裏歌合、春歌 十首之中
2038 しるしらずわきてはまたず梅花《(むめのはな)》にほふはるべのあたら夜の月
土御門内大臣家歌合 密有《ニリ》㆓臨幸㆒ 春題
六首之中、梅香留袖
2039 梅花ありとや袖のにほひゆゑ《へ》やどにとまるは鶯のこゑ

2032　早くも飛火野を訪れる人々は、群れて若菜を摘むけれども、まだ雪も消えない。本歌「春日野の飛火の野守出でて見よ今いくかありて若菜摘みてむ」（古今・春上・一八　読人不知）○いつしかと—早くも。○飛火の—「問ふ」を掛けるか。○けなくに—消えないことだ。「なく」は打消の助動詞のク語法。

2033　新年初めての声を聞かせ、羽ばたきして、朝明けの空に鶯がやって来る。○老後閑居—あるいは、承久の乱後、安貞元年（一二二七）十月二十二日、民部卿を辞した後にしばしば行った月次歌会での詠か。○あらたまの—「とし」の枕詞。↓補注。

2034　尋ねていらっしゃい。たとえ梅の立ち枝は霞に隠れて見えなくても、霞は梅の芳香までも籠めて立つでしょうか。本歌「わが宿の梅の立枝や見えつらん思ひのほかに君が来ませる」（拾遺・春・一五　兼盛）○とひ来かし—初句切。「来（こ）」は命令形。これ以前、一句百首・二八九五、承元二年和歌所歌会・二四三五で同じ初句切を試みた。

2035　鶯を誘う梅の花の道しるべで、今日志賀津の海人の住む里を訪ねる。本歌「花の香を風のたよりにたぐへてぞ鶯さそふしるべにはやる」（古今・春上・一三　友則）参考「ささ浪の志賀津の海人は吾無しに潜きはなせそ浪立たずとも」（万葉・巻七・一二五三　古歌集）

2036　わずかに生えた草を結んで枕とし、旅寝をするけれども、草が短いだけでなく、春のうたたねの夢も短く、夜は明けてしまった。本歌「枕とて草引き結ぶこともせじ秋の夜とだに頼まれなくに」（伊勢物語・八三段）↓補注。

2037　飛鳥川の流れる遠くの里で梅の枝が匂う夜は、春風は空しく吹きはしない。それは梅香を吹き送ってくる。本歌「采女の袖吹きかへす明日香風都を遠みいたづらに吹く」（万葉・巻一・五一　志貴皇子）▽三宮は高倉天皇の三宮惟明親王。この十五首は建暦二年（一二一二）五月—建保二年（一二一四）一月一一日の間の詠か。親王・家隆の作が知られる。↓補注。

2038　梅の花が匂う、もったいないほどの春の良夜の月を見ると、知人であると否とを問わず、だれか訪れないかなあと思う。↓補注。▽百番歌合・一番右持。順徳院と合された。判詞を執筆した定家は「右歌あらぬさまの詞をだによまずは、またずはともいへる、よりどころなき」という。定家五十五歳。

2039　袖に留まっている梅花の香りのために、梅の花があるかと鶯が私の家にとまって鳴く。本歌「折りつれば袖こそにほへ梅の花ありとやここに鶯の鳴く」（古今・春上・三二　読人不知）▽以下二〇四〇まで建仁元年（一二〇一）三月十六日通親家影供歌合の詠。定家四十歳。この歌は同題五番左負。

2040　翠柳誰家

うちなびき春《はる》のやどりやこれならむ外面《そとも》の柳ぬしはしらねど

2041　内裏歌合に、水辺柳

春《はる》の日に岸の青柳《あをやぎ》うちなびきながき世契る滝《たき》のしらいと

2042　同題　家会

そめかくる花だのいとの玉《たま》柳したゆく水もひかりそへつゝ

2043　江上霞　内裏歌合

春《はる》がすみかすめるそらの難波江《なにはえ》に心ある人や心見ゆらむ

2044　建保二年二月、内裏詩歌合、野外霞

続拾 たちなるゝ飛火《とぶひ》の野守《もりを》おのれさへ霞にたどる春《はる》のあけぼの

2045　松の雪きえぬやいづこ春《はる》の色にみやこの野べはかすみゆくころ

2046　建仁元年三月尽日歌合、霞隔遠樹

続古 みつ潮《しほ》にかくれぬいその松《まつ》の葉《は》も見らくすくなくかすむ春哉

2047　羇中見花

かり衣たちうき花のかげにきてゆく末くらすはるのたびびと

2048　内裏詩歌合、山居春曙二首之中

外《と》山とてよそにも見えじ春のきる衣かたしき寝《ね》てのあさけは

2040　とある家の外側に植えた柳がなびいている。家の主が誰かは知らないけれども、春が泊る宿はこの柳の木なのだろう。○うちなびき―「春」の枕詞的に用いつつ、柳の姿を写す。▽同歌合・同題七番右持。

2041　春の日に岸の青柳は長くなびき、白糸のような滝の水も長く落ちて、わが君の御代が長く続くことを約束している。○ながき―「青柳」「しらいと」の縁語。▽内裏歌合なので祝言の心を籠める。建保三年（一二一五）六月十八日、順徳天皇の内裏での詠。この年、定家五十四歳。

2042　玉のように美しい柳の枝は縹（はなだ）色に染めた糸を掛けたよう。そして柳の下を流れる水も光を添えている。→補注。▽詠出年次未詳の歌。

2043　春霞に霞んでいる難波江の空によって、そこに住む物の情趣を解する人の心がわかるであろう。本歌「心あらむ人に見せばや津の国の難波わたりの春のけしきを」（後拾遺・春上・四三　能因）▽二〇四〇と同じ時の詠。本歌の「心ある人」が難波江に住んでいるという設定。

2044　霞が立つのに馴れている筈の飛火野の野守よ、そなたまで霞の中をたどり歩く春の曙とは。参考「春日野の飛火の野守出でて見よいま幾日（いくか）ありて若菜摘みてむ」（古今・春上・一八　読人不知）▽建保二年（一二一四）二月三日内裏詩歌合（散逸）での詠。定家五十三歳。

2045　春色が溢れて都の野辺は霞んでゆく頃、松の雪の消えないのはどこだろう。本歌「み山には松の雪だに消えなくに都は野辺の若菜摘みけり」（古今・春上・一九　読人不知）参考「春霞立てるやいづこみ吉野の吉野の山に雪は降りつつ」（古今・春上・三　読人不知）

2046　満ちてくる潮には隠れない磯の松の葉も殆んど見えないほど霞んでいる春よ。本歌「潮満てば入りぬる磯の草なれや見らく少く恋ふらくの多き」（拾遺・恋五・九六七　坂上郎女）▽新宮撰歌合・三番右勝。左方に「松の葉こそ余りに詳しく聞ゆれ」と評され、俊成も「見らく」をよくない詞と難じつつも勝を与えた。

2047　狩衣を着たまま、花の蔭に来て、旅程があるのにその美しさをいつまでも見ていたいために出発できず、日を暮す春の旅人。参考「行末はまだ遠けれど夏山の木の下蔭ぞ立ちうかりける」（拾遺・夏・一二九　躬恒）○たちうき―「たち」は「立ち」に「かり衣」の縁語「裁ち」を掛ける。○はる―「春」に「衣」の縁語「張る」を響かせる。▽新宮撰歌合の撰外歌。

2048　春の着る衣、つまり霞を片敷いて寝て起きた早朝の有様は、里近い山だからといってよそからは見えないだろう。本歌「水茎の岡の屋形に妹とあれと寝ての朝けの霜の降りはも」（古今・大歌所御歌・一〇七二　水茎ぶり）▽建暦二年（一二一二）五月十一日内裏詩歌合（散逸）での詠。定家五十一歳。

内裏歌合、夜帰鴈

2049 つれもなくかすめる月のふかき夜《よ》に数さへ見えずかへるかりがね

海辺帰鴈

2050 里《さと》のあまのしほやき衣たちわかれなれしもしらぬ春《はる》のかりがね

賀茂社歌合　御幸日、暁帰鴈

2051 花の香《か》もかすみてしたふありあけをつれなく見えてかへるかりがね

暮山花

2052 たが春のくものながめにくれぬらむやどかる花の峯の木《こ》のもと

摂政殿にて歌を詩にあはせらるべしとて、おなじ題を二首よませられし　詩歌合とかやの初也。此後連々有《り》二此事一

花添山気色

2053 春の花の雲のにほひに初瀬《はつせ》山かはらぬ色ぞそらにうつろふ

2054 たますだれおなじみどりもたをやめのそむる衣にかをる《ほ》春風

正治二年三月、左大臣家歌合、暁霞

2055 初瀬《はつせ》山かたぶく月もほのぐとかすみにもるゝ鐘《かね》の音《をと》哉

朝花

2056 世のつねの雲とは見えず山桜けさや昔のゆめのおもかげ

2049　薄情にも月が霞んでいる深夜、数さえはっきりわからずに北の国へ帰ってゆく雁。本歌「白雲に羽打ち交し飛ぶ雁の数さへ見ゆる秋の夜の月」（古今・秋上・一九一　読人不知）▽建保三年（一二一五）三月二十一日の影供三首歌会での詠か。

2050　里の海人の塩焼き衣は着馴れているのに、馴れもせず別れて帰ってゆく春の雁。参考「志賀の海人の塩焼衣なれぬれど恋とふものは忘れかねつも」（万葉・巻一一・二六二二　作者未詳）○たちわかれ―「たち」は「立ち」に「しほやき衣」の縁語「裁ち」を掛ける。○なれ―「しほやき衣」の縁語。▽詠出年次未詳。

2051　花の香も霞んで慕う有明方を、そしらぬふりで帰ってゆく雁よ。本歌「有明のつれなく見えし別れより暁ばかり憂きものはなし」（古今・恋三・六二五　忠岑）▽この賀茂社歌合はいつの催しか、未詳。「御幸」は後鳥羽院御幸か。

2052　遠くでは誰がこの花を雲と眺めているうちに春の長い日は暮れたのだろう。私は峯の花の木の下に宿を借りる。

2053　春の花、桜が雲を美しく色づかせて、それと変らぬ色をした初瀬山が空に映えている。○にほひ―美しい色つや。▽建仁三年（一二〇三）八月一日良経家詩歌合（散逸）での詠。定家四十二歳。

2054　緑の玉簾の中から現れるたおやめの美しく染めた衣のように、同じ緑色の山を彩って花が咲き、春風が薫っている。参考「和風先導薫煙出　珍重紅房透二翠簾一」（和漢朗詠・下・妓女・七一五　道真）▽右に同じ。

2055　初瀬山では傾く月もほのぼのと見え、霞の中から鐘の音がほのかに洩れてくる。参考「時くればこれもあはれは知られけり霞にもるる春駒の声」（壬二集・閑居百首）▽良経家十題二十番撰歌合（散逸）での詠。定家三十九歳。

2056　山桜は雲のように満開だが、世間一般の雲とは見えない。今朝美しく咲き匂っているさまは、昔楚の襄王が夢に見た巫山の神女の面影をとどめた雲ではないかと思われる。▽高唐賦の心がある。→二七〇補注。二〇五五と同じ時の詠。

建保三年五月歌合、和歌所　春山朝

2057 このねぬるあさけの山の松風は霞をわけて花の香《か》ぞする

建仁二年三月、三体とかやおほせられてめされし、春歌

2058 花ざかり霞の衣ほころびてみね白たへのあまの香具《かぐ》山

秀能が人々によませ侍し五首之中、花歌

2059 おほかたのまがはぬ雲《くもゝ》もかを《ほ》るらむさくらの山の春の曙

三宮十五首之中

2060 もゝち鳥《どり》なくやきさらぎつく〴〵とこのめ春《はる》雨ふりくらしつゝ

2061 み吉野《よしの》は春《ゝる》のにほひにうづもれて霞《かすみ》のひまも花ぞふりしく

建久五年夏、左大将家歌合　泊瀬山

2062 かねの音《をと》も花のかを《ほ》りになりはてぬ小《を》初瀬《はつせ》山のはるのあけぼの

同六年二月、同家五首　春歌

2063 山の端《はゝ》はかすみはてたるしのゝめのうつろふ花にのこる月かげ

花のさかりに、大宮大納言のもとより

(2064) かずならぬやどに桜《さくら》のを《お》り〳〵はとへかし人の春《はる》のかたみに

返し

2064 おほかたの春にしられぬならひゆゑ《へ》たのむ桜もを《お》りやすぐ覧《(らん)》

2057 この寝て起きた朝、山に吹く松風は、霞を分けて花の香を吹送ってくる。本歌「秋立ちていくかもあらねどこのねぬる朝けの風は袂涼しも」（拾遺・秋・一四一　安貴王）▽四十五番歌合・二番右持。判詞「朝明けの山の松風、花の香をささひて霞を分けんに、殊に捨てがたくなん侍る。左は遠き山べの霞、右はこのねぬる朝けのなどいひて、ともに古歌を思へり。なぞらへて為レ持」

2058 花ざかりには今まで一面に覆い隠していた霞の衣もほころんで、その絶え間からまっ白な峯が見える天の香具山。参考「春過ぎて夏来るらし白たへの衣ほしたり天の香具山」（万葉・巻一・二八、新古今・夏・一七五　持統天皇）▽三体和歌での詠。春夏は「大ニフトキ歌」として詠めと指示されていた（明月記）。

2059 全山桜の春の曙には、花にまぎれないふつうの雲も薫るであろう。参考「初瀬山うつろふ花に春暮れてまがひし雲ぞ峯に残れる」（新古今・春下・一五七　良経）○秀能―藤原秀能。和歌所寄人の一人。法名如願。▽秀能勧進五首の詠出年次は未詳。おそらく承久の乱以後か。

2060 ももちどりが鳴く二月には、木の芽の張る（芽をふくらませる）春雨がしとしと降り、人はつくねんと日を送っている。参考「百千鳥さへづる春は物ごとにあらたまれども我ぞふりゆく」（古今・春上・二八　読人不知）→補注。○もゝち鳥―百千鳥。諸鳥。「非レ鶯とも難二一決一。又不レ可レ限レ鶯」（顕注密勘）。○このめ春雨―「このめ張る」から「春雨」へと続ける。▽三宮十五首→二〇三七。

2061 み吉野は春の色に埋まって、霞のすきまから花がしきりに降る。▽花の吉野山を雪景色になぞらえて歌う。

2062 初瀬山の春の曙には、鐘の音もすっかり花のかおりになってしまって、和らいだ響きで鳴り終った。○なり―「成り」と「鳴り」の掛詞。▽良経家名所題歌合→二〇二六。

2063 山の端はすっかり霞んで、うつろう花に有明の月の光が残っている、春のしののめ時。▽良経家女房百首披講後の五首歌会での詠。

(2064) たとえ物の数でもない私の家でも、せめて桜の咲く折は、春の形見として桜を折りがてら、訪ねて下さい。参考「けふ来ずは庭にやあとのいとはれむとへかし人の花の盛りを」（月清集・花月百首）○をり〳〵は―動詞「折り」を掛ける。○とへかし人の―早く『久安百首』で待賢門院堀河が恋歌で詠む。後鳥羽院・家隆・慈円らの作例があり、新古今歌人の愛用した句か。○大宮大納言―藤原（西園寺）公経。承元元年（一二〇七）十月―承久二年（一二二一）閏十月がその大納言時代。

2064 世間一般の春にも知られない私のことですから、あてにしている桜も花の季節を過ぎてしまうでしようか。

殷富門院、皇后宮と申し時、まゐ《い》りて侍しに、権亮・大輔などさぶらひて、夕花といふことをよみしに

2065 つま木《(き)》こりかへる山路《ぢ》のさくら花あたらにほひをゆくてにや見る

建久七年三月、関白殿、宇治にて、山花留客といふことを　当座

2066 春きての花のあるじにとひなれてふるさとうとき袖のうつり香《が》

中宮女房船にて、人々《く》うたよみ侍しに

2067 たづぬとてならぶる舟の衣手に花もさらにや春をしるらん

大内の花ざかりに、宮内卿・藤少将などにさそはれて

2068 新古 春をへてみゆきになるゝ花のかげふりゆく身をもあはれとや思ふ

建保五年四月十四日、院にて庚申五首、春夜

2069 山のはの月まつそらのにほふより花にそむくる春のともし火

建保元年内裏詩歌合、山中花夕

2070 しぐれせし色はにほはずからにしき立田の峯のはるの夕かぜ

2071 続古 さくらがり霞のしたにけふくれぬ一夜やどかせ春の山びと

建保二年内裏詩歌合、河上花

2072 続古 花の色のを《お》られぬ水にこすさを《ほ》のしづくもにほふ宇治の川長《かはをさ》

2065　きこりが薪を樵（こ）って帰る山路に桜花が咲いている。もったいないことにその美しい色を行手に見るのだろうか。○殷富門院―亮子内親王。後白河院皇女。寿永元年（一一八二）八月十四日、准母であるため皇后宮となり、文治三年（一一八七）六月二十八日院号を蒙った。○権亮―藤原公衡。大炊御門右大臣公能の男。建久四年（一一九三）没。三十六歳。○大輔―殷富門院大輔。○つま木―薪（たきぎ）。▽古今集仮名序の六歌仙評で「大伴の黒主はその様いやし。いはば薪負へる山人の、花の陰に休めるがごとし」というのに通じる、貴族的な感覚で詠む。

2066　春がやって来て咲く、この古里の主である花を訪れなれて、私の袖にはこの里とは疎遠となった筈の移り香がする。○関白殿―藤原（九条）兼実。○宇治にて―兼実・良経父子はこの時平等院で一切経供養法会を行っている。○当座―その座で出題されて詠じたこと。▽建久七年（一一九六）三月五日関白兼実宇治歌会。

2067　花を訪ねるというので女房達が舟に並べる美しい袖口に、花も改めて今が春であることを知るだろうか。○中宮―後鳥羽天皇の中宮藤原任子（兼実女、宜秋門院）。▽二〇六六と同じ時の船遊びの際に詠まれた作。『秋篠月清集』春により、歌題は「舟中見花」と知られる。

2068　何度も春を経験して、行幸になれている大内山の花よ、その花蔭で老いてゆく私のことをもあわれと思ってくれるか。↓補注。

2069　山の端に月が出るのを待っていたが、空が美しく色づき、ようやく月が出た。そこで灯をおしやって、花を賞美する春の夜。参考「背レ燭共憐深夜月　踏レ花同惜少年春」（和漢朗詠・春夜・二七　白楽天）▽後鳥羽院庚申五首歌会。定家五十六歳。

2070　立田の峯に桜の花の唐錦を裁つように、春の夕風が吹く。しかし、冬しぐれが降った時もみじしたように色は鮮かにならない。○立田―「にしき」の縁語「裁つ」を掛ける。↓補注。▽建暦三年（一二一三）二月二十五日内裏詩歌合・七番右持。定家五十二歳。

2071　桜狩をして霞の下で今日は暮れてしまった。一夜宿を貸してくれ、春の山人よ。参考「思ふどちそこともいはずゆき暮れぬ花の宿かせ野辺の鶯」（六百番歌合・野遊、新古今・春上・八二　家隆）▽同詩歌合・同題・八番右持。

2072　宇治川で、水に映えているので折られない花の色の上をさしこす、河長（船頭）の棹のしずくも匂うようだ。本歌「水のほとりに梅の花咲けりけるをよめる　伊勢　春ごとに流るゝ川を花と見て折られぬ水に袖やぬれなむ」（古今・春上・四三）参考「さしかえる宇治の川長朝夕の雫や袖をくたしはつらむ」（源氏物語・橋姫　大君）「影宿す井手の玉水手に汲めば雫もにほふ山吹の花」（壬二集・詠二百首和歌）▽建保二年二月三日内裏詩歌合（散逸）での詠。

2073 続後 名《な》取《とり》河はるのひかずはあらはれて花にぞしづむせゞの埋木

内裏歌合、朝落花

2074 庭も狭《せ》にうつろふころのさくら花あしたわびしきかずまさりつゝ

同詩歌合、山居春曙　二首之内

2075 新勅 名もしるし峯のあらしも雪と降《ふ》る山さくら戸のあけぼのの空《そら》

建保四年潤六月、内裏歌合、春　十首之中

2076 ちる花は雪とのみこそふるさとを心のまゝに風ぞふきしく

正治二年九月十首歌合、落花

2077 わがきつるあとだに見えず桜花ちりのまがひの春の山風

院に詩歌合とて召《め》されし　元久二年六月、水郷春望

2078 宮木もりなぎさの霞たなびきて昔もとほ《を》き志賀《が》の花ぞの

2079 網《あ》代《じろ》木にさくらこきまぜゆく春《はる》のいざよふ波をえやはとゞむる

承久元年七月、内裏歌合、深山花

2080 山人もすまでいく世のいしのゆか霞に花は猶にほひつゝ

暮春雨

2081 うぐひすのかへる古巣《ふるす》やたどるらんくもにあまねき春雨のそら

2073　名取川では、瀬々の埋れ木は落花のために沈んで見える。それで春の日数が経ったことははっきりあらわれている。本歌「名取川瀬々の埋れ木あらはればいかにせむとかあひ見そめけむ」（古今・恋三・六五〇　読人不知）

2074　庭も一杯になるほど桜の花が散る時分には、朝ごとに侘しさが多くなる。本歌「ももはがき羽搔く鴫もわがごとくあしたわびしき数はまさらじ」（拾遺・恋二・七二四　貫之）▽建保三年六月十八日順徳天皇の内裏での詠。↓二〇四一。

2075　嵐山という名もしるく、山桜戸を開けて曙の空を見ると、峯の嵐も山桜を雪のように降らせている。参考「あしひきの山桜戸を開け置きて吾が待つ君を誰か留むる」（万葉・巻一一・二六一七、古今六帖・第二・一三七五　作者未詳）▽建保二年五月十一日内裏詩歌合↓二〇四八。

2076　散る花は雪のようにばかり降る古里を、思うままに風がしきりに吹く。本歌「駒並めていざ見にゆかむふるさとは雪とのみこそ花は散るらめ」（古今・春下・一一一　読人不知）〇ふるさと―「降る」を掛ける。▽百番歌合・十一番右負。

2077　私がやって来た足跡すらも見えない。春の山風に桜花は散り乱れて、そのために迷ってしまって。本歌「この里に旅寝しぬべし桜花散りのまがひに家路忘れて」（古今・春下・七二　読人不知）参考「桜花散りかひ曇れ老いらくの来むといふなる道まがふがに」（古今・賀・三四九　業平）▽仙洞十人歌合・十三番左持。

2078　宮殿の庭木の番人もいない。渚の霞はたなびいて、志賀の花園の昔も遠く思われる。↓補注。〇なぎさ―「無き」を掛ける。▽元久詩歌合・十二番右負。時に定家四十四歳。

2079　網代木に桜をまぜてたゆたう波をとどめられないように、行く春も止めることはできない。本歌「もののふのやそ宇治川の網代木にいさよふ浪のゆくへ知らずも」（万葉・巻三・二六四、新古今・雑中・一六五〇　人麻呂）▽元久詩歌合・十一番右持。

2080　仙人も住まなくなってこの石の床は幾代経ったのであろう。あたりは霞みわたって花はやはり咲き匂っている。参考「石床留レ洞嵐空払　玉案抛レ林鳥独啼」（和漢朗詠・下・仙家・五四七　文時）▽内裏百番歌合・十一番左勝。判詞「山人も住まで幾代のといひ、霞に花はなほ匂ひつつと侍る、昔今の景気思ひやられて優なりとて、左勝と」

2081　鶯は古巣に帰る道を辿っているだろうか。空には雲が一杯ひろがって春雨が降っている。参考「旧巣為レ後属二春雲一」（和漢朗詠・鶯・七〇　道真）▽内裏百番歌合・二十二番左負。家隆執筆の判詞「雲にあまねきなどいへる、さらに負くべきさまにあらず、優なるよし頻りに申し侍るを、おして右を為レ勝」。本歌合で右は一貫して家隆。

(2082) 左大臣殿より、八重桜《やへざくら》をたまふとて　承久三年三月
いたづらに見る人もなきやへざくら宿《やど》から春《はる》やよそにすぎなん

御返し

2082 やへざくら宿《やど》のさかりのちかければこの春《はる》の日ぞひかりそふらん

おなじ三月八日、内よりしのびて召《め》されし三首のうち、野花

2083 かくしつゝちらずは千世もさくらさく野《の》べのいくかに春のすぐ覧

海霞

2084 浦にたつもしほのけぶりしたふらし霞すてたる春のゆくてを

老後、仁和寺宮しのびておほせられし五首
河上花

2085 みなの河峯よりおつる桜花にほひのふちのえやはせかるゝ

野外花

2086 降《ふ》りまがふさくらいろこき春風に野なる草木のわかれやはする

庭上花

2087 月草の色ならなくにうつしうゑ《へ》てあだにうつろふ花ざくら哉

閑中花

2088 わが身よにふるともなしのながめしていく春《はる》風に花のちるらん

(2082)　わたしの家の八重桜は空しく見る人もなく、世にあわぬ私の家のせいで春は関係なく過ぎるのでしょうか。本歌「見る人もなき山里の桜花ほかの散りなむのちぞ咲かまし」（古今・春上・六八　伊勢）○左大臣殿―藤原（九条）道家。この直後の承久三年四月二十日摂政太政大臣になるが、承久の乱後の同年七月八日これを止められる。

2082　お家の繁栄は間近ですから八重桜も咲き、この春の日が光を添えることでしょう。

2083　このようにしてもし桜の花が散らなかったら、桜の咲く野辺で幾日も春の日を過ごすことであろう。本歌「いつまでか野辺に心のあくがれむ花し散らずは千代も経ぬべし」（古今・春下・九六　素性）▽二〇八三・二〇八四及び雑・述懐二五八七は、詞書・題から『明日香井集』に承久三年三月七日の「春日社歌合」として収める三首と同時の詠と考えられる。→補注。

2084　浦に立つ藻塩焼く煙は、霞み捨てていってしまった春の行く手を慕っているらしい。▽春を男、煙を女に見立てて歌う。

2085　筑波の峯から落ちるみなの川に散った桜花の匂いは、淵のよう。その淵は堰き止められるだろうか。本歌「筑波ねの峯より落つるみなの川恋ぞ積りて淵となりける」（後撰・恋三・七七六　陽成院）○仁和寺宮―道助法親王。後鳥羽院の皇子。▽以下二〇八八まで、嘉禄元年（一二二五）三月の詠。覚寛法眼五首、仁和寺宮五首と呼ばれるもの。定家六十四歳。

2086　降り乱れる落花で桜色も濃い春風に、野の草木は区別できるだろうか。本歌「紫の色濃き時はめもはるに野なる草木ぞわかれざりける」（古今・雑上・八六八　業平、伊勢物語・四一段）

2087　つゆ草の色ではないのに、移植しても実意なく移ろってしまう花桜よ。本歌「月草に衣は摺らむ朝露に濡れてののちはうつろひぬとも」（古今・秋上・二四七　読人不知）

2088　私は世を送るともなく物思いにふけっている間に、幾年春風に花が散るのを眺めたことであろうか。本歌「花の色はうつりにけりないたづらにわが身よにふるながめせしまに」（古今・春下・一一三　小町）→補注。

権大納言家五首之中、関路花　貞応三年

2089 山ざくら花のせきもる逢坂《あふさか》はゆくもかへるもわかれかねつゝ

土御門内大臣家歌合、水辺躑躅　春六首

2090 立田《たつた》河いはねのつゝじかげ見えて猶水くゞる春のくれなゐ

故郷款冬

2091 山吹のこたへぬ色につゆおちて里《さと》のむかしは問《と》ふかひもなし

雨中藤花

2092 続拾 しひ《ゐ》て猶そでぬらせとや藤《ふぢ》の花春はいくかの雨にさく覧

山家暮春

2093 ちる花に谷の柴橋《しばゝし》あとたえていまより春を恋やわたらん

三位中将公衡家にて、旅宿三月尽

2094 いほりさす端《は》山がみねのゆふ霞たえてつれなくすぐる春哉

2089　山桜の花が関守を勤めている逢坂の関は、旅行く人も旅から帰る人も花と別れかねている。本歌「これやこの行くも帰るも別れつつ知るも知らぬも逢坂の関」（後撰・雑一・一〇八九　蟬丸）▽九条基家家五首歌合の詠。定家六十三歳。

2090　竜田川では岩の根元に咲くつつじが水面に紅の影を映して、秋ならぬ春にもやはりその下を川水が潜り流れている。本歌「ちはやぶる神代もきかず竜田川から紅に水くくるとは」（古今・秋下・二九四　業平、伊勢物語・一〇六段）参考「奥山の岩根のつつじ咲きぬれば苔の緑も色映えにけり」（久安百首　実清）「染レ枝染レ浪　表裏一入再入之紅」（和漢朗詠・花付落花・一一六　文時）〇水くゞる―業平の歌では「水くくる」と清音に読み、現在は「くくる」は括り染めにする意と解されているが、定家は『顕注密勘』で「水くぐるとは、紅の木の葉の下を水のくぐりて流ると云ふ歟。潜字をくぐるとよめり」という顕昭の説を引き、これに異を唱えていないので、同様に解していたと考えられる。▽以下二〇九三まで建仁元年三月十六日通親家影供歌合の詠。この歌は同題二番右持。

2091　口が無いから答えない色、つまりくちなし色の山吹に古を偲ぶ涙にも似た露が落ちて、この古里の昔のことはたずねてもその甲斐がない。本歌「山吹の花色衣主（ぬし）や誰問へど答へずくちなしにて」（古今・雑体・誹諧歌・一〇一二　素性）▽同歌合・同題・六番右勝。↓補注。

2092　無理になお袖を濡らして折れというので、春はあと幾日で終りという頃、雨の中に藤の花は咲くのであろうか。本歌「弥生のつごもりの日雨の降りけるに、藤の花を折りて人につかはしける　業平朝臣　濡れつつぞしひて折りつる年のうちに春はいくかもあらじと思へば」（古今・春下・一三三、伊勢物語・八〇段）▽同歌合・同題・一番右持。

2093　散る花に埋まって、谷に懸けた柴橋は通う人の足跡もとだえて、これからは行ってしまう春を恋しく思い続けるのであろうか。〇谷の柴橋―柴橋は、柴などを編んで作った橋。↓一七四五。〇恋やわたらん―「わたる」は「橋」の縁語。▽同歌合・同題・一番左負。

2094　旅宿のために仮庵を結ぶ端山の峯の夕霞もとぎれて、そしらぬふりをして過ぎてゆく春よ。〇三位中将公衡―藤原公衡。↓二〇六五。参考「風吹けば峯に別るゝ白雲のたえてつれなき君が心か」（古今・恋二・六〇一　忠岑）

夏

春後思花

2095 わすられぬやよひの空《そら》をしたふとて青葉に匂ふ花の香《か》もなし

郭公初声

2096 まつほどやさすがにしるき郭公(ほととぎす)ことしわすれぬ雲《くも》の遠《をち》かた

土御門内大臣、宰相中将に侍し時、五首歌よませられ侍し中に、卯花

2097 ゆふづく夜いりぬるかげもとまりけり卯花(うのはな)さける白河のせき

承元二年、祭使神館《かむだち》にとまりたるあしたにお《を》くり侍し

2098 続古 思やるかりねの野べのあふひぐさ君を心にかくるけふ哉

返し　使少将忠明朝臣

(2098) 葵草かりねの野べのあはれをも誰ことのはにかけてとはまし

建保三年五月、和歌所歌合、夕早苗

2099 あらたまの年あるみよの秋かけてとるやさなへにけふもくれつゝ

建久六年二月、左大将家五首、夏

2100 あれまくも人はを《お》しまぬ故郷のゆふ風したふのきの橘

夏―定家の歌三十五首、他人の歌一首を収める。

2095　忘られない三月の空を慕おうとして、青葉の中で咲きにおう花の香もない。↓補注。

2096　待っていた効果がはっきりあったのか、今年も忘れないでやって来たほととぎすの声が雲の遠くの方で聞える。○雲の遠かた―一一一九。▽二〇九五と同じ時の詠。

2097　夕月は早くも隠れてしまったが、その光はとまっているようだ、卯の花の咲いている白河の関では。参考「見て過ぐる人しなければ卯の花の咲ける垣根や白河の関」(千載・夏・一四二　季通)○とまりけり―「とまり」は「関」の縁語。↓補注。

2098　葵草を草枕として結んで、神館で仮寝なさった情趣がどんなにすばらしかったか、あなたのことを思いやります。参考「斎院に侍りける時、神館にて　式子内親王　忘れめやあふひを草にひき結びかりねの野辺の露のあけぼの」(新古今・夏・一八二)○祭使―賀茂祭の際、奉幣に遣される勅使。○神館―神事の際、神官や斎宮が籠る建物。○かくる―「あふひぐさ」の縁語。

(2098)　葵草を引結んで野辺に仮寝した情趣も、あなた以外のだれが言葉を掛けて尋ねてくださるでしょう。○使少将忠明朝臣―藤原氏北家。師実流。中山忠親の息。兼宗の弟。寿永二年(一一八三)誕生。少納言・左少将・左中将などを経、従三位に至り、建長三年(一二五一)六十九歳で出家。勅撰歌人ではない。○ことのは―「葉」は「葵草」の縁語。

2099　豊年の御世の秋を期待して早苗を取るいとなみに今日も暮れる。○あらたまの―「年」にかかる枕詞。○年―稲のみのり。↓最勝四天王院名所御障子歌・一八三四。▽四十五番歌合・十一番右持。判詞「年ある御代、為二祝言一。仍以為レ持」。「遠山田降り立つ田子のいとまなみ取るや早苗にけふも暮れつつ」(宝治百首・早苗　基良」は影響作か。

2100　荒れてしまうことを人も惜しまない旧里に、夕風を慕うように軒の橘がかおっている。参考「いざここにわが世は経なむ菅原や伏見の里の荒れまくもをし」(古今・雑下・九八一　読人不知)○あれまく―「あれむ」のク語法。▽自経家五首歌会。定家三十四歳。

建久六年、民部卿経房卿家歌合に、初郭公

2101 かはらずもまちいでつる哉郭公月にほのめくこぞのふるごゑ

三宮より十五首歌めされし、夏歌

2102 とへかしな霞もきりもたなびかぬのきのあやめのあけぼのの空《そら》

2103 時すぎずかたらひつくせ郭公たがさみだれのそらおぼれせで

院北面にて講ぜられし二首、昌蒲

2104 てなれつゝすゞむ岩《いは》井のあやめぐさけふは枕に又やむすばん

郭公

2105 まちあかす佐夜《さよ》の中《なか》山なか〳〵にひとこゑつらきほとゝぎす哉

建仁元年三月尽日歌合、雨後郭公

2106 さみだれのなごりの月もほの〴〵と里なれやらぬほとゝぎす哉

正治二年二月、左大臣家歌合、夕郭公

2107 郭公たそかれ時のくもまよりわれなのりてぞやどはとふなる

五月雨朝

2108 たまみづの軒《き》もしどろのあやめぐさ五月雨ながらあくるいくかぞ

庭夏草

2109 あげまきのあとだにたゆる庭もせにお《を》のれむすべとしげる夏草

2101　今年も変らず待つ甲斐あって出た月の下で、去年と同じく仄かに鳴くほととぎすの声を聞くことができた。↓補注。〇まちいで―出てくるまで待つ。▽民部卿家歌合・同題・十一番右負。俊成判「姿よろしくは侍れど、こぞもことしも月にしもほのめきけむこと、おぼつかなくや」

2102　春の霞も秋の霧もたなびかない、軒にあやめを挿した夏の曙、私を訪ねて下さい。▽三宮十五首↓二〇三七。

2103　さみだれの空で誰が鳴くのだろうなどと空とぼけることなく、この五月の時をすごさずすっかり語らい尽してくれ、ほととぎすよ。参考「さみだれは空おぼれするほととぎす時に鳴く音は人もとがめず」(新古今・恋一・一〇四四　馬内侍)

2104　岩で囲んだ泉であやめを手馴らしつつ涼んだが、今日は泉の水を手に掬い、そのあやめを草枕として結ぼうか。参考「都人引きなつくしそ菖蒲草かりねの床の枕ばかりは」(千載・夏・一六八　雅頼)〇院北面―後鳥羽院北面。〇菖蒲―菖蒲。〇むすばん―あやめを結ぶ意に、岩井の水をむすぶ意をも籠めるか。▽正治二年仙洞十人歌合・十六番左勝。判詞「心あるさまに聞え侍り」

2105　佐夜の中山で、さ夜中ほととぎすが鳴くのを待ち明かしてやっと一声聞くことはできたが、そうするとかえってつらく思われる。〇なか〳〵に―かえって。▽仙洞十人歌合・二一番右勝、判詞「姿詞いひしりたるさまに聞ゆ」

2106　さみだれの降り続いたなごりがなお残っている空に、ぼうっと月が出た。そして鳴くほととぎすの声もかすかで、まだ里に馴れきってはいない。〇ほの〴〵と―月の状態と、ほととぎすのかすかな声の形容と、両方の意を兼ねていう。▽新宮撰歌合の撰外歌。

2107　ほととぎすはたそがれ時の雲間から、自分で名乗って宿を訪ねるようだ。本歌「足引の山ほととぎす里なれてたそかれ時に名のりすらしも」(拾遺・雑春・一〇七六　輔親)▽良経家十題二十番撰歌合(散逸)の詠。

2108　玉水(雨だれ)がしきりに乱れ落ちる軒に差したあやめも乱れさみだれが降り続きながらこれで幾日明けたのであろう。〇しどろ―乱れたさま。↓補注。

2109　あげまきの童達の姿さえも見えなくなった庭一面に、自分自身で結べといわんばかりに夏草が生い茂っている。参考「かりに来と恨みし人の絶えにしを草葉につけてしのぶ頃かな」(新古今・夏・一八七　好忠)「浅茅は庭の面も見えず、繁き蓬は軒を争ひて生ひのぼる。……春夏になれば、放ち飼ふ総角(あげまき)の心さへぞめざましき」(源氏物語・蓬生)〇庭もせに―庭も狭いほど。▽二一〇八と同じ時の詠。

建仁二年三月、六首召《め》されし、夏歌

2110 さみだれの布留《ふる》の神杉《すぎ〳〵》すぎがてに木《（こ）》だかくなのる郭公哉

承元二年閏四月四日、和歌所、雨中郭公

2111 たがためにぬれつゝしひ《ゐ》て郭公ふるとも雨の山路《ぢ》わくらん

秀能五首歌中、郭公

2112 こひすとやなれも伊吹《いぶき》のほとゝぎすあらはにもゆと見ゆる山路《ぢ》に

建保四年潤六月、内裏歌合十首之中、夏

2113 ほとゝぎすたがしのゝめを音《ね》にたてて山のしづくに羽《ほ》しをるらむ

承久元年七月、内裏歌合、暁郭公

2114 新後 ほとゝぎすいづる穴師《あなし》の山かづらいまや里《さと》人かけてまつらし

水辺草

2115 かりねせし玉江のあしにみがくれて秋のとなりの風ぞすゞしき

建保五年四月十四日、庚申五首、夏暁

2116 続後 なきぬなりゆふつけ鳥《どり》のしだり尾《お》のお《を》のれにも似《に》ぬよはのみじかさ

建仁二年六月、和歌所にて当座、田家夏月

2117 門田《かどた》ふくほむけの風のよる〳〵は月ぞいなばの秋をかりける

水風晩涼

2118 したくゞる水よりかよふ風のお《を》とに秋にもあらぬ秋のゆふ暮

2110 さみだれの降る時分、布留の社の神杉を飛びすぎがてら、木高い空で声高く名乗る（鳴く）ほととぎすよ。○布留―「降る」を掛ける。○木だかく―「高く」は木と声の両方に関して言う。▽三体和歌→二〇五八。

2111 ほととぎすはいったい誰のために、濡れながら雨の降る山路を強いて分けてやってくるのだろう。本歌「いそのかみ降るとも雨にさはらめや逢はむと妹にいひてしものを」（拾遺・恋二・七六五　方見）▽後鳥羽院三首和歌会。定家四十七歳。

2112 伊吹山のほととぎすは、はっきりさしもぐさが燃えると見える山路で、そなたも恋心を燃やすというのでそのように鳴くのか。本歌「人の身も恋にはかへつ夏虫のあらはに燃ゆと見えぬばかりぞ」（後拾遺・恋四・八二〇　和泉式部）○伊吹―「いふ」を掛ける。○もゆ―もぐさは燃えるから、もぐさ（さしもぐさ）を産する「伊吹」の縁語。▽秀能勧進五首→二〇五九。

2113 ほととぎすは誰のためのしののめだというのでそんなに声を立てて鳴き、山の木々の雫に羽根もしおれるのだろうか。→補注。▽百番歌合・二十一番右負。

2114 穴師の山に暁の雲の掛かる頃、山からほととぎすが出てくるのを、今や里人は心に掛けて待っているらしい。→補注。

2115 葦を刈って玉江のほとりに仮寝したが、その葦辺の水に隠れながら、もう秋は隣までしのび寄っている。吹く風は涼しい。参考「川の瀬になびく玉藻のみがくれて人に知られぬ恋もするかな」（古今・恋二・五六五　友則）○かりね―「仮寝」に「あし」の縁語「刈り」を掛ける。「夏刈の蘆のかり寝もあはれなり玉江の月の明方の空」（新古今・羇旅・九三二　俊成）の影響もあるか。▽内裏百番歌合・四二番左負。→補注。

2116 木綿付鳥（鶏）の鳴く声がする。鶏よ、お前の長く垂らした尾にも似ず夏の夜は何とまあ短いのだろう。参考「あしひきの山鳥の尾のしだり尾のながながし夜をひとりかも寝む」（拾遺・恋三・七七八　人麻呂）○おのれ―「しだり尾」の「尾」から言い続けた。▽後鳥羽院庚申五首歌会。

2117 門田の稲穂を靡かして風が吹き寄る夜毎には、夏の月は稲葉が波打つ秋の景色を借りて、秋のように見せかけている。参考「秋の田のほむけの風のかたよりにわれは物思ふつれなきものを」（新古今・恋五・一四三一　読人不知、原歌万葉・巻一〇・二二四七）○よる〳〵は―「吹き寄る」の意と「夜々」を掛ける。▽夏でもそろそろ穂の出た稲田を涼風が吹く夜、月の光がさすと、秋景色かと錯覚させるという風景を歌う。

2118 釣殿の下を潜り流れる水の上を吹き通ってくる風の音を聞くと、秋でもないのに秋の夕暮かと思う。→補注。

建久五年夏、左大将家歌合、竜田河　夏

2119 ゆふぐれは山かげすゞし竜田《たつた》河みどりのかげをくゞる白《しら》波

名所夏月

2120 影きよき夏実《なつみ》の川《かは》と秋かけてしらゆふ花をてらす夜《よ》の月

山納涼

2121 夏の日のさすともしらぬ三笠山松のみかげぞますかげもなき

権大納言家、海上蛍

2122 満《み》つしほにいりぬる磯をゆく蛍お《を》のが思ひはかくれざりけり

建仁二年六月、水無瀬《みなせ》殿の釣《つり》殿にいでさせたまうて、六首題をたまはりて、御製にあはせられ侍し中に、河上夏月

2123 高瀬《たかせ》舟くだす夜川《よかは》のみなれざを《ほ》とりあへずあくるころの月影

海辺見蛍

2124 須磨《すま》の浦《うら》もしほの枕とぶ蛍かりねのゆめぢわぶと告《つ》げこせ

山家松風

2125 松かげや外《と》山をこむるかきねより夏のこなたにかよふ秋風

建仁元年三月尽日歌合、松下晩涼

2126 このくれを夏とはたれか岩《いは》井くむ松かげはらふ山おろしの風

2119 夕暮時の竜田の山陰は涼しい。竜田川では緑蔭を映す水面の下を水が白波を立てて潜り流れている。参考「千早ぶる神代もきかず竜田川から紅に水くくるとは」（古今・秋下・二九四 業平、伊勢物語・一〇六段）○くゞる→二〇九〇。▽良経家名所題歌合→二〇二六。

2120 影清く流れる夏実川では、秋に先立って白木綿花のような白波を夜の月が照らし出している。→補注。

2121 夏の烈しい陽ざしが松の木蔭にさえぎられてさしているとも分らない三笠山のその木蔭にまさる蔭はない。○さす―「三笠山」の「笠」の縁語。本歌「筑波ねのこのもかのもに蔭はあれど君がみかげにますかげはなし」（古今・東歌・一〇九五 常陸歌）▽二一二〇と同じ折の詠。『明月記』では「名所納涼」と記しているものであろう。

2122 満潮に隠れてしまう磯をゆく蛍よ、お前の思いの火は隠れることはない。○思ひ―「蛍」の縁語「火」を掛ける。本歌「潮満てば入りぬる磯の草なれや見らく少く恋ふらくの多き」（拾遺・恋五・九六七 坂上郎女）参考「包めども隠れぬものは夏虫の身よりあまれる思ひなりけり」（後撰・夏・二〇九 読人不知、大和物語・四〇段）▽元仁元年基家家五首歌会→二〇八九。

2123 高瀬舟を下す夜川の水馴れ棹を取り終らぬうちに夜は明けてしまう短夜の頃の月の光。参考「鵜飼ひ舟くだす戸無瀬のみなれ竿さしもほどなく明くる夜半かな」（老若五十首歌合 良経）▽水無瀬釣殿当座六首歌合・一番左持。後鳥羽院判詞「くだす夜川のみなれ棹とりあへずあくらん頃の、誠に名残多かるべし」

2124 須磨の浦に藻塩の煙が立昇り、蛍が飛んでいる。蛍よ、私は仮寝の夢を見てわびしく思っているとあの人に告げてくれ。本歌「ゆく蛍雲の上までいぬべくは秋風吹くと雁に告げこせ」（伊勢物語・四五段、後撰・秋上・二五二 業平）▽水無瀬釣殿当座六首歌合・二番左勝。後鳥羽院判詞「行平の中納言藻塩たれわびけん須磨の浦、誠に面影もある心地して、ありがたく侍るうへに、秋風吹くと雁に告げこせなどいへる古歌思ひ出でられ、結句などことにやさしく侍り」

2125 松陰の外山に占めた私の庵の垣根からこちらはまだ夏なのだが、そこに秋風が通ってくる。▽水無瀬釣殿当座六首歌合・三番左持か。後鳥羽院判詞「夏のこなたにかよふ秋風、めづらしく侍れども、またあながちには聞えず」

2126 この夕暮を夏とは誰が言おうか。岩で囲んだ泉の水を掬って飲むと、松陰を払って山颪の風が涼しく吹いてくる。本歌「松蔭の岩井の水をむすびあげて夏なき年と思ひけるかな」（拾遺・夏・一三一 恵慶）○岩井―「いはむ」を掛ける。▽新宮撰歌合の撰外歌。

摂政殿詩歌合、水辺涼自秋

2127 雪とのみ落《お》つるしらあわに夏きえて秋をもこゆる滝の岩波《いはなみ》

2128 夏衣秋だにたゝぬ神無《な》月井堰《せき》の浪のいそぐしぐれに

建保四年潤六月、内裏歌合、夏

2129 続拾 夏果《なつは》つるみそぎにちかき河風に岩波《いはなみ》たかくかくるしらゆふ

2127　雪とばかり落ちる白泡に夏の気配はすっかり消えて、滝の岩波は秋をも越え、さながら冬のようだ。本歌「宮の滝むべも名におひて聞えけり落つる白泡の玉と響けば」（後撰・雑三・一二三七　宇多院）参考「いつのまに降りつもるらむみ吉野の山の峡（かひ）よりくづれおつる雪」（同・同・一二三六　昇）▽建仁三年八月一日良経家詩歌合での詠↓二〇五三。

2128　まだ夏衣を着ていて立秋ですらないのに、井堰の波は十月に早くもしぐれが降るようだ。○たゝぬ―「夏衣」の縁語「裁つ」を掛ける。▽右に同じ。

2129　夏が終る頃行なう水無月祓をするのも間近い川には川風が吹き、岩に砕ける波はあたかもみそぎの時掛ける白木綿のように高く上っている。○かくるしらゆふ↓一六九一。▽百番歌合・三一番右持。

秋

松尾歌合に、初秋風　建暦二年

2130 続後 あらたまのことしもなかばいたづらに涙かずそふ荻《おぎ》の上《うは》風

建久五年夏、左大将家歌合

秋　宮城野

2131 秋きぬな荻ふく風のそよさらにしばしもためぬ宮木野《の》の露《つゆ》

阪磨関

2132 世やはうき秋やはすぐす須磨《ま》の関うら風こゆる袖のしら波

建保三年七夕、内裏七首

2133 天《あま》の河水かげぐさの打なびきたまのかづらも露こぼるらん

2134 天河ふるきわたりもうつろひて月のかつらぞ色にいでゆく

2135 あまのがは川門《くと》のなみの秋風にくもの衣をたつやとぞ待《ま》つ

2136 天河手《(て)》だまもゆらに織《を》るはたのながき契りはいつかたえせん

2137 天河もみぢの橋《はし》の色に見よ秋まつそでのくれをまつほど

秋―定家の歌一七二首を収める。他人の歌はない。

2130 今年も半ばはむなしく過ぎてしまった。荻の上風を聞くと涙がまさる。参考「秋は来ぬことしもなかば過ぎぬとや荻吹く風のおどろかすらむ」(寂然法師集) ▽建暦三年(一二一三)七月十七日松尾社歌合(散逸)での詠。定家五十二歳。

2131 秋が来たのだな。宮城野では荻をそよがせて吹く風が少しの時も溜めることなく、露を払い落す。○そよさらに―「それ、さらに」の意に風の擬音「そよ」を響かせる。→三六一。▽良経家名所題十首歌合の詠→二〇二六。

2132 世の中は憂くはない、悲しい秋を過ごすことはないのだ。それなのに須磨の関を越える浦風はわたしの袖に涙の白波を吹き寄せる。参考「秋風の関吹き越ゆるたびごとに声打ち添ふる須磨の浦波」(忠見集、新古今・雑中・一五九九)

2133 天の川では水陰に生える草が靡き、織女がかけている玉蔓からも露がこぼれているだろう。本歌「天の河水かげ草の秋風に靡かふ見れば時は来にけり」(万葉・巻一〇・二〇一三 人麻呂歌集) 参考「天の川水かげ草におく露や飽かぬ別れの涙なるらむ」(清輔朝臣集) ▽建保三年(一二一五)七月七日、順徳天皇の内裏での七夕歌会。七夕には七首歌を詠む習慣があった。定家は初句をすべて「天の河」で揃えているが、順徳天皇や家隆の作ではそのような技巧は用いられていない。定家五十四歳の時の作。

2134 去年渡った天の川の古い渡し場も変ってしまい、それを探しているうちに夜は更けて、月の光がいよいよはっきりとしてくる。本歌「天の河こぞの渡りで移ろへば河瀬を踏むに夜ぞふけにける」(万葉・巻一〇・二〇一八 人麻呂歌集、拾遺・秋・一四五 人麻呂、第二―四句「こぞの渡りのうつろへば浅瀬ふむまに」) →補注。

2135 秋風が吹くと天の川の川門に波が立つ。その秋風が雲の衣を裁ち切らないかと待っている。→補注。

2136 腕飾りの玉を響かせながら織女が織る布のように長い、牽牛と織女の契りはいつまでも絶えることはないだろう。本歌「足玉も手珠(たたま)もゆらに織るはたを君が御衣(みけし)に縫ひあへむかも」(万葉・巻一〇・二〇六五 作者未詳) ▽本七首の翌年に詠進した院百首・一三三七と二・三句がほとんど同じ。

2137 秋の七夕の晩が暮れるのを待つ私の紅涙に染まった袖の色は、天の川に渡す紅葉の橋の色で察してください。本歌「天の川もみぢを橋にわたせばやたなばたつめの秋をしも待つ」(古今・秋上・一七五 読人不知)

2138 天河あれにしとこをけふばかりうちはらふ袖のあはれいくとせ

2139 天河あくる岩戸《いはと》もなさけしれ秋のなぬかの年の一夜を

建久六年二月、左大将家五首、秋

2140 あきといへど木《こ》の葉もしらぬ初風にわれのみもろき袖《そで》のしら玉

閑中草花

2141 あとたえて風だにとはぬ萩《はぎ》の枝《え》に身をしる露はきゆる日もなし

元久元年七月、宇治御幸、山風

2142 かへり見るすその草葉《くさ》かたよりに限なき秋の山おろしの風

正治二年九月、院初度歌合、山嵐

2143 秋のあらし一葉《ひとは》もを《お》しめ三室山ゆるす時雨のそめつくすまで

建保元年内裏詩歌合、野外秋望

2144 むらさめの玉ぬきとめぬ秋風に幾野《いくの》かみがく萩の上の露

2145 ながめつゝ草《くさ》のたもとはうつろひぬ雁《かり》の涙もをちのしのはら

同四年閏六月、内裏歌合、秋

2146 続後 なほ《を》ざりのをのあさぢにお《を》く露も草葉にあまる秋の夕ぐれ

承久元年内裏歌合　秋夕露

2147 ゆふぐれの草のいほりの秋のそでならはぬ人やしぼらでも見む

2138　天の川で荒れた二人の夜床を、七夕の今日だけうち払う織女の袖は、かわいそうに幾年涙に濡れていたことか。本歌「わたつみとあれにし床を今さらに払はば袖やあわと浮きなむ」（古今・恋四・七三三、後撰・恋三・七五七　伊勢）○あれにしとこ—夫婦の契りが絶えた床。○うちはらふ—床に積った塵などを払う意。

2139　七夕の夜は一年中でたった一夜の牽牛と織女の逢瀬なのだから、夜を明けさせる天の岩戸も情を解してくれ。↓補注。

2140　秋だといってもまだ木の葉も落ちることを知らない秋の初風が吹く程度なのに、私だけは涙もろく、袖に涙の白玉を散らしている。▽良経家女房百首披講後の五首歌会での詠↓二〇六三。

2141　人の通う跡も絶えて風ですら訪れない萩の枝に、わが身の不幸を思い知っている涙の露は、消える日とてもない。↓補注。▽世間から忘れられたわび人の心を歌う。詠出年次未詳。

2142　振返って見ると裾野の草葉は吹き靡いて、一方に片寄り、この上もなく栄えている秋の山から山颪の風が吹きおろしている。▽元久元年（一二〇四）七月十六日、宇治で講ぜられた五首歌会の一首。後鳥羽院の御幸の折の会なので、「草葉かたより」に民が従っている意を寓し、「限なき秋の山」の句と共に祝言の心を籠める。

2143　三室山では、木々の葉を染めることを神がお認めになった時雨がすっかり紅葉させてしまうまで、秋の嵐よ、一枚でも木の葉を惜しんでくれ。○ゆるす時雨—「三室山ゆるす」と続くから、三室山の神が木々を紅葉させることを時雨に許すの意と解される。▽仙洞十人歌合・三二番右勝、判詞「ゆるすしぐれ、あまり心こもりて、愚意難ㇾ及」

2144　村雨の露の玉を貫いたままとどめておかない秋風のために、萩の上の露の玉は幾つの野にわたって磨かれたことだろう。▽内裏詩歌合・同題・二番右持。

2145　雁の涙も遠くの篠の生えた原に落ち、それを草の中でじっと見ていた私の袂は色が移ってしまった。↓補注。▽内裏詩歌合・同題・四番右持、初句「朝な〳〵」

2146　いい加減な小野の浅茅に置いた露も、置ききれないで草葉に余っている秋の夕暮。本歌「あさぢふの小野のしの原忍ぶれどあまりてなどか人の恋しき」（後撰・恋一・五七七　等）○なほざりの—露が置くには浅茅が頼りにならないことを言うか。▽百番歌合・四一番右負、判詞「右歌も秀逸のよし有二沙汰一」

2147　秋の夕暮の草の庵に住む私は、露と涙に濡れた袖を絞る。住みなれない人は絞ることなく、この夕暮の景色を見るだろうか。▽内裏百番歌合・五二番左勝、家隆執筆判詞「いとあはれに心細きさまなる由申し侍りしかば、左勝つべしと定められにき」

建永元年七月和歌所歌合、朝草花

2148 あさな〳〵した葉もよほす萩の枝《え》に鴈の涙ぞ色にいでゆく

海辺月

2149 新古 もしほくむ袖の月かげお《を》のづからよそにあかさぬ須磨《すま》の浦《うら》人

建久八年、秋歌あまたよみける中に

2150 ながめつゝ思《(おもひ)》しことのかず〳〵にむなしき空《そら》の秋のよの月

秀能がよませ侍し、月歌

2151 秋といへば月の直路《たゞち》をふく風の雲《くも》をば捨《す》てのひさかたの山

摂政殿詩歌合、月明風又冷

2152 雲たえてのちさへ月をふくあらしこぬ夜うらむる床なはらひそ

2153 さむしろに初霜《はつしも》さそひふく風を色にさえゆくねやの月かげ

正治二年九月、院に初度歌合、浦月

2154 淡路島《あはぢしま》月のかげもてゆふだすきかけてかざせる須磨《すま》の浦《うら》波

建仁元年八月十五夜歌合、月多秋友

2155 千世ふべき玉《たま》のみぎりの秋の月かはす光のすゑぞひさしき

月前松風

2156 ゆふべより雲《くも》はまよはぬ月かげに松をぞはらふ峯の木がらし

2148　毎朝毎朝下葉がそろそろもみじしてくる萩の枝に、雁の涙かと思われる露も色付いてくる。参考「夜を寒み衣かりがね鳴くなへに萩の下葉もうつろひにけり」（古今・秋上・二一一　読人不知）「鳴き渡る雁の涙や落ちつらむ物思ふ宿の萩の上の露」（古今・秋上・二二一　読人不知）▽卿相侍臣歌合・三番右負。定家四十五歳。

2149　須磨の浦の海人は藻塩を汲むので、濡れた袖に宿る月の光を特に見ようとしなくても、おのずから関りのないものとして夜を明かすことはない。▽卿相侍臣歌合・一三番右持。

2150　秋の夜の月を眺めながらそうなるとよいなと思ったさまざまのことは、いずれも空しかった。そして、この秋も虚空にはやはり変ることなく月が照っている。▽詞書に「秋歌あまたよみける中に」というが、知られるのはこの一首のみ。建久八年は主家九条家の失脚中で、定家も失意のうちに過していた。この歌は良経家における前年の二二三一の詠と照応するところがあるか。

2151　秋というので、月が通ってゆく空の路を吹く風が雲を吹き捨ててしまった、月を眺めるのにふさわしい更級の姨捨山。○雲をば捨ての―「姨捨」を掛ける。▽秀能勧進五首→二〇五九。

2152　雲が絶えた後さえ月を吹くあらしは、恋人が訪れてこない夜を恨んでいる私の床を吹き払わないでくれよ。▽建仁三年八月一日良経家詩歌合（散逸）での詠。

2153　狭筵に秋の初霜を誘って吹く風を、冴えた色に見せる閨の月光。▽六六〇と類想の歌。

2154　月の光に照らされて、須磨の浦波は木綿襷をかけて淡路島のかざしとしたように見える。本歌「わたつ海のかざしにさせる白妙の波もてゆへる淡路島山」（古今・雑上・九一一　読人不知）○ゆふだすき―「結ふ」に「木綿」を掛ける。○かけて―「たすき」「波」の縁語。▽仙洞十人歌合・一二七番右負、判詞「あながちに優にも聞えず」

2155　千代も経るに違いない宮廷の玉を敷きつめた砌に秋の月の光が映り、玉の光と月の光が相映じている。それがいつまでも変らないように、わが君の御代も長久である。▽撰歌合・選外歌。

2156　月の出る前の夕方から雲は収まっている空に、さやかな月の光がさした。峯の木枯は（雲を吹き払うことがないものだから）松を吹き払っている。▽撰歌合・選外歌。

月前擣衣

2157 秋風によさむの衣うちわびぬふけゆく月の遠《をち》の山もと

海辺秋月

2158 月にふす伊勢《いせ》の浜荻《はまをぎ》此宵《(こよひ)》もやあらきいそべの秋をしのばむ

湖上月明

2159 さゞ波やちりもくもらずみがかれて鏡《かゞみ》の山をいづる月かげ

古寺残月

2160 初瀬《はつせ》山弓槻《ゆづき》がしたにてる月のあくるもしらぬありあけのかげ

深山暁月

2161 鳥のねもきこえぬ山の山人はかたぶく月をあけぬとやしる

野月露深

2162 お《を》きあかす野《の》べのかりいほの袖《そで》の露お《を》のがすみかと月ぞさえゆく

田家見月

2163 さをしかのつまどふ小田に霜お《を》きて月影寒し岡《をか》のべのやど

河月似氷

2164 すみわたる月かげきよみ水無瀬《なせ》河むすばぬ水を氷とぞ見る

建保三年八月十五夜、内裏、月前竹風

2165 月きよみ玉《たま》のみぎりの呉《くれ》竹にちよを鳴《な》らせる秋風ぞふく

2157　夜更けとともに月が落ちてゆく方向にある遠くの山の麓では、秋風に夜寒をしのぐための衣を擣つのにもくたびれたか、砧の音がとぎれた。参考「秋深し誰浅茅生にひとりかも夜寒の衣月にうつらむ」（後鳥羽院御集・建仁元年三月内宮御百首）○遠—「落ち」を掛ける。▽歌合の本文では歌題は「月下擣衣」。▽撰歌合・一四番右負。

2158　月光の下に伏した伊勢の浜辺の浜荻は、今夜も荒い磯辺の秋に堪えているのだろうか。本歌「神風の伊勢の浜荻折り伏せて旅寝やすらむ荒き浜辺に」（万葉・巻四・五〇〇　碁檀越妻、新古今・羇旅・九一一　読人不知）▽撰歌合・選外歌。

2159　琵琶湖の湖面は塵ほどの曇りもなく磨かれた鏡の面のように澄んで、これも鏡に縁のある鏡山から、やはり澄んだ月が出た。参考「曇りなき鏡の山の月を見て明らけき世を空に知るかな」（新古今・賀・七五一　永範）▽撰歌合・選外歌。

2160　初瀬山の弓槻の下に照る有明の月は、夜が明けたのも知らぬかのように残光をとどめている。本歌「長谷の弓槻が下に吾が隠せる妻あかねさし照れる月夜（つくよ）に人見てむかも」（万葉・巻一一・二三五三　人麻呂歌集）○初瀬山—長谷寺があるので、この地名を詠むことによって歌題の「古寺」を表わそうとする。▽撰歌合・選外歌。

2161　鳥の鳴き声も聞えない深山に住む山人は、西に傾く月を見て夜が明けたと知るのであろうか。本歌「鳥の音も聞えぬ山と思ひしを世の憂きことは尋ねきにけり」（源氏物語・総角　大君）▽撰歌合・選外歌。

2162　野辺の仮庵に起き明かしている私の袖の露を自分の住みかとして、月の光は冴えてゆく。○おきあかす—「露」の縁語「置く」を掛ける。▽撰歌合・三五番右負。

2163　岡のほとりの庵に宿ると、牡鹿が妻を求めて鳴く小田には霜が置いて、月影が寒く照らしている。▽撰歌合・四二番右勝。↓補注。

2164　水無瀬殿に住み続けて見ると、水無瀬川に澄む月の光は清いので、手に掬わない水を氷と見まがうほどだ。参考「思ひあまり人に問はばや水無瀬川むすばぬ水に袖は濡るやと」（千載・恋二・七〇四　公実）○すみわたる—「澄み」に「住み」を掛ける。▽水無瀬離宮をたたえる心を籠める。▽撰歌合・五〇番右負。

2165　月が清いので、宮中の玉の砌に生えている呉竹に、わが君の御治世は千代まで続くのだという音を響かせて秋風が吹く。○ちよを鳴らせる—千代を響かせる。「よ」に「呉竹」の縁語「節（よ）」を響かせる。「色変へぬ花橘にほととぎす千代をならせる声聞ゆなり」（後撰・夏・一八六　読人不知）▽以下、二一六七まで十五夜三首歌会の詠。いずれも祝言性が強い。

月前擣衣

2166 月にうつ民の衣もやどごとに国《くに》さかえ《へ》たるみよぞきこゆる

月前眺望

2167 きは《わ》もなき田の面《も》ばかりにしく雲《ゝも》のちりもまがはぬ秋の夜の月

建永元年七月十三日、和歌所当座

湖辺月

2168 さゞなみやにほの浦《うら》風ゆめたえて夜渡《(よわたる)》月に秋のふな人

元久元年七月、宇治御幸、水月

2169 にほの海やしたひてこほる秋の月みがく波間《ま》をくだす柴《しば》舟

正治二年左大臣家歌合、山月

2170 まつことは心の秋にたえぬれど猶山のはに月はいでけり

建暦三年後九月、内裏歌合、深山月

2171 しらかしの露《つゆを》おく山も道しあれば枝にも葉にも月ぞともなふ

建久七年九月十三夜、内大臣家、未出月

2172 秋のそら月はこよひとはらふなりひかりさきだつ峯《みね》の松《まつ》風

初昇月

2173 さしのぼるみかさの山の峯からに又たぐひなくさやかなる月

2166　月の下で打つ民の擣衣の音も、国が栄えている御当代を家毎にお祝いしているように聞える。参考「靫懸くる伴の雄広き大伴に国栄えむと月は照るらし」（万葉・巻七・一〇八六　作者未詳）▽孤閨を守る女の悲しみを象徴することの多い砧の音が、治世への頌歌に用いられている。宮廷和歌の特性が看取される。

2167　はてしなく広々と雲を敷いたような田の面を、雲も散り、少しの塵もなく澄んだ秋の夜空の月が照らしている。↓補注。

2168　鳰の海（琵琶湖）の浦風に夢もとぎれて、夜空を渡ってゆく月に照らされながら、舟人は秋の湖面を渡ってゆく。○さゞなみや—「にほの浦」に掛かる枕詞。▽空の海を月の船が、その月の光が照る琵琶湖を実際の船が渡ってゆく、照応の面白さ。三首歌合（散逸）中の一首。

2169　宇治川では、水源の鳰の海を慕って冷たく氷りついたような秋の月の光が波を磨いている。その波間を分けて柴舟が下ってゆく。▽宇治での五首歌会の一首。↓二一四二。

2170　心待ちに待っていること（栄達）はもう絶えてしまった（絶望だ）が、やはり今年の秋も山の端に月は出た。○心の秋—「秋の心」と同じく「愁」の字を二つに分けた表現か。▽正治二年三月良経家十題二十番撰歌合（散逸）での詠。↓二〇五五。

2171　白樫に露の置く深山にも道がある世の中だから、その枝にも葉にも月の光が伴っている。本歌「足引の山路も知らず白樫の枝にも葉にも雪の降れれば」（拾遺・冬・二五二　人麻呂）▽建暦三年閏九月十九日歌合・二番右負。▽定家判。判詞「右しらかしの露おく山と続けたる、古言なども侍らぬを、ことありがほに聞え侍らば、そのこととなくや。道ある御代の月影、山の奥まで曇りなかるべき心を思ひけるに、言葉の足らぬにぞ侍るべき」によっても、祝言の心を籠めたことは明らか。↓補注。定家五十二歳の詠。

2172　月の光に先立って、名月は今夜だと秋の空を吹き払っている峯の松風の音が聞える。▽良経家月五首歌会。定家三十五歳の詠。

2173　三笠山の峯からさしのぼっただけあって、他にまた類のないさやかな月だ。参考「天の原ふりさけ見れば春日なる三笠の山に出でし月かも」（古今・羇旅・四〇六　仲麿）○さしのぼる—「さし」は「みかさの山」の「かさ」の縁語。▽三笠山の月を歌うことで、左大将を兼ねていた良経への祝言の心を籠めるか。

停午月

2174 秋の月なかばの空《そら》のなかばにてひかりのうへにひかりそひけり

漸傾月

2175 物ごとに秋のあはれはかずそひて空《そら》ゆく月の西《にし》ぞすくなき

入後月

2176 月はさぞ雪《ゆき》だにのこるころならばそれとも見まし峯の曙

内裏にて、禁庭月

2177 わすれずよみはしの霜のながき夜になれしながらの雲の上の月

建久二年、法皇栖霞寺におはしましし時、駒牽のひきわけの使にまゐ《い》るとて

2178 新古 嵯峨の山ちよのふるみちあととめて又露わくる望月《もち》の駒《こま》

九月十三夜、内裏にて、山路月

2179 山風《かぜ》は月のさ衣はらへどもお《を》もらぬ雪はこのはこそふれ

2180 たまぼこの道もさりあへぬ春の花それかとまがふ山の月かげ

建保二年九月十三夜、内裏、月前風

2181 すがの根《ね》や長《なが》月の夜の月かげをはるかにわたる野《の》べの秋《あき》風

2174　中秋の名月が空の半ばにとどまっているので、もともと光り輝いているうえにさらに光を添えたようだ。参考「照る月は空のなからになりにけり庭の木立の影もなびかず」（為忠家後度百首・亭午月　頼政）○停午—一般に正午をさすが、ここでは真夜中の意（現在の午前零時）。

2175　物毎に秋のあわれは加わって、空をゆく月が傾いてゆく西の空は残り少ない。▽「あはれはかずそひて」と「西ぞすくなき」との対照を狙う。

2176　月は峯に沈んで、曙が近づいてきた。せめて雪だけでも峯に残っている季節ならば、月の沈んだあともそれを月と見ようものを。参考「誰が庵の寝覚めの窓に白むらむ雪降りつもる峯の曙」（壬二集・文治三年大輔百首）▽第五句は家隆の詠の記憶もあったか。月光から雪を連想するのは歌では自然である。

2177　私は忘れないよ、御階に霜が白く置く長い夜通し馴れ親しんだ、宮中で見る月を。参考「かささぎの渡せる橋に置く霜の白きを見れば夜ぞふけにける」（新古今・冬・六二〇　家持）▽作歌年次不明。或いはかなり晩年の詠か。

2178　嵯峨の山の千代の古道の跡を求め、先例を求めて、私はこのように露を分けて望月の駒を牽く使の役を奉仕するのだ。本歌「嵯峨の山みゆき絶えにし芹河の千代の古道あとはありけり」（後撰・雑一・一〇七五　行平）○法皇—後白河法皇。○栖霞寺—嵯峨の清涼寺の別院。○駒牽のひきわけの使—諸国の牧場から貢進された馬を大臣や馬寮に分配する時の使者。○又露わくる—四年前の文治三年八月十六日、右少将だった兄成家が同じく引分の使となったこと（『玉葉』同日条）をも思って「又」というか。○望月の駒—信濃国望月の牧で産した駒。八月十六日のことなので、望の月の意をも籠める。「逢坂の関の清水に影見えて今やひくらむ望月の駒」（拾遺・秋・一七〇　貫之）▽建久二年（一一九一）八月十六日、三十歳の時の詠。↓補注。

2179　山風は月光の宿る衣を払う。それにつれて降るものは、木の葉であって雪ではないから、衣の上に降り積っても少しも重くならない。▽作歌年次不明。

2180　道も避けきれずに散る春の花、それかと見まごうほど、山路におびただしく敷く月の光。本歌「梓弓春の山辺を越えくれば道もさりあへず花ぞ散りける」（古今・春下・一一五　貫之）

2181　長月の長い夜の月影に照らされた野辺を遥かに吹き渡ってゆく秋風よ。○すがの根や—「長月」の枕詞。▽十三夜三首歌会の一。

建保六年八月十三日内裏中殿宴
秋夜侍　宴同詠池月久明
応　製和歌
参議正三位行民部卿兼伊予権守臣藤原定家上

2182 幾千代《いくちよ》ぞそでふる山のみづかきもお《を》よばぬ池にすめる月かげ　三行三字書之

神主重保、賀茂社歌合とてよませ侍しに
月　元暦元年九月　侍従

2183 勅撰 しのべとやしらぬむかしの秋をへておなじかたみにのこる月かげ

霧

2184 はれくもり山の岩根《いはね》にたつ霧《きり》をなづる衣の袖かとぞ見る

野宿月　権大納言家　貞応

2185 続拾 ゆふつゆのいほりは月をあるじにて宿《やど》りお《を》くるゝ野《の》べの旅《たび》人

建久五年八月十五夜、左大将家
見月思旅

2186 待《ま》つほどをかたらぬ月にかこつともしらでや寝《ぬ》らん荒《あら》き浜辺《はまべ》に

対月問昔

2187 わすれずやはじめもしらぬ空《そら》の月かへらぬ秋のかずはふりつゝ

2182　わが君の宮居の池に澄んでいる月は幾千年澄み続けることであろうか。古歌に袖振山の瑞垣の久しい時と歌われたのも及ばぬほど久しいに違いない。そしてわが君はこの御殿にどれほど長くお住みになることか、それは量り知れないほどである。本歌「をとめらが袖ふる山の瑞垣の久しき時ゆ思ひき吾は」（万葉・巻四・五〇一　人麻呂）↓補注。▽中殿（清涼殿）御会での詠。定家五十七歳。

2183　私の知らない昔の秋を経てきて、同じ昔の形見として残っている月は、私に見ぬ昔を偲べというのであろうか。〇神主重保―賀茂重保。▽この重保勧進賀茂社歌合は現在伝わらない。定家二十三歳の時の詠。

2184　晴れたり曇ったりして山の岩の根元に立つ霧を、岩を撫でる天人の羽衣かと見る。本歌「君が代は天の羽衣まれに来て撫づとも尽きぬいはほなるらむ」（拾遺・賀・二九九　読人不知）参考「山高み岩ねの桜散る時は天の羽衣なづるとぞ見る」（久安百首、新古今・春下・一三一　崇徳院）〇岩根にたつ霧をなづる衣の袖―仏説に基づく表現。「経云、方四十里の石を三年に一度梵天より下りて、三銖の衣にて撫づるに尽くるを一劫と為す。薄く軽き衣なり」（奥義抄、君が代は天の羽衣……の歌の注）。「銖」は秤量の単位で、一両の二十四分の一。▽右に同じ時の詠。

2185　夕露が置く庵は、その露に宿る月が主なので、宿を取りおくれる野辺の旅人よ。▽元仁元年（一二二四）基家家五首歌会での詠。↓二〇八九。▽露に宿る月光を擬人化し、そのために旅人は庵があっても野宿すると歌ったか。

2186　あの人の帰りを待つまでの間、話をしない月に対して寂しさを訴えているとも知らないで、あの人は荒々しい浜辺で旅寝をしているのであろうか。本歌「神風の伊勢の浜荻折り伏せて旅寝やすらむ荒き浜辺に」（万葉・巻四・五〇〇　碁檀越妻、新古今・羇旅・九一一　読人不知）▽定家二十三歳の時の詠。本歌と同じく旅する夫を思う妻の心。

2187　再び帰らない秋の数は積って古くなってしまったが、この世の初めも分らない空に太古から照っている月は、それらを忘れないのか。

月契潤月

2188 月も又しかならふまでなれよとやかずそふ秋の空《そら》をたのめて

元久元年、五辻殿に御わたりの後《ち》、初て講ぜらる

序通具卿　読師　太政太臣

松間月　応製臣上

2189 このまより月もちとせの色にいでてきみが世契《(ちぎる)》庭の若松《わかまつ》

野辺月

2190 み吉野《よしの》は雪ふる峯のちかければ秋よりうづむ月のしたくさ

田家月

2191 ながめつゝとはれずひさに秋の田の穂《ほ》のうへてらす月のいくよを

羇旅月

2192 草枕みやこをとほ《を》みいたづらにゆきゝの月のやどるしらつゆ

名所月

2193 里《さと》わかずもろこしまでの月はあれど秋のなかばの塩釜《しほがま》の浦《うら》

同夜当座

八月十五日夜翫月応　製和歌

正四位下行左近衛権中将兼美濃介臣藤原朝臣定家上

2194 よろづ世はこよひぞはじめやどの月なかばの秋の名はふりぬとも

2188 今年は閏八月があるので秋の日数が多い。空をあてにして月もまた日数に倣って多く出てほしいと願おうか。○しかならふ―それに倣う。▽建久五年（一一九四）は閏八月があった。

2189 木の間から月も千歳変らぬ色に出て、庭の若松もわが君の御代が千歳も続くことをお約束申しあげている。○五辻殿―京の五辻にあった御殿。もと後白河院の御所であった。後鳥羽院が修造して、元久元年八月八日移徙のことがあった。▽以下、二一九三まで、元久元年（一二〇四）八月十五夜の五首歌会。定家四十三歳。

2190 み吉野は雪の降る峯が近いから、秋の頃から野辺の下草は雪を思わせる月の光に埋まっている。

2191 秋の田の稲穂の上を月が照らす幾夜も、その風景をじっと見ながら、人に訪れられることもなく、仮庵に住んでいる。本歌「秋の田の穂の上を照らす稲妻の光のまにもわれや忘るる」（古今・恋一・五四八　読人不知）○秋―「飽き」を暗示する。

2192 都が遠いので、眺める人もないまま、むなしく空を往き来する月の光が、旅人の往還する道のべの草に置く白露に宿っている。そして私はその草を枕に結んで、涙をこぼしながら旅寝する。本歌「采女の袖吹きかへす明日香風都を遠みいたづらに吹く」（万葉・巻一・五一　志貴皇子）○ゆきゝ―月と旅人の両方に関していう。○やどる―月の光と自身との両方に関していう。○しらつゆ―自身の旅愁の涙をも暗示する。

2193 里の区別なく唐土に至るまで、どこにも月はあるけれども、中秋の塩釜の浦に出る月ほど素晴しいものはない。本歌「みちのくはいづくはあれど塩釜の浦こぐ舟の綱手かなしも」（古今・東歌・一〇八八　陸奥歌）参考「里わかぬ影をば見れど行く月のいるさの山をたれか尋ぬる」（源氏物語・末摘花　光源氏）▽上句には、後鳥羽上皇の威光が唐土まで及んでいると、その徳化をたたえる心を籠める。

2194 中秋の名月が素晴しいという評判は言い古されてしまったとしても、わが君の万世はその名月がこの御殿に初めてさす今宵を以て数え始めるのである。▽仙洞御所にふさわしい祝言の歌。

2195 建仁元年三月尽歌合、湖上秋霧
篠波《(さざなみ)》やにほの湖のあけがたに霧《きり》がくれゆくおきのつり舟

2196 建保四年閏六月、内裏歌合、秋
続古 をじかなく端《は》山のかげのふかければあらし待《ま》つまの月ぞすくなき

2197 建暦三年後九月、内裏歌合、寒野虫
ゆく秋のすゑのの木《こ》の葉《は》あさな〳〵そむればよわ《は》る虫の声々《こゑ〴〵》

2198 建保三年五月、和歌所歌合、行路秋
うちわたすをちかたのべの白《しら》露によもの草《くさ》木の色かはるころ

2199 建永元年七月十三日、和歌所当座、行路風
たまぼこやゆくての野べのあさぢまでうつろふ袖の秋の初《はつ》風

2200 正治二年二月、左大臣家歌合
唐衣すそののまくず吹《(ふき)》かへしうらみてすぐる秋の夕風

2201 元久元年七月、宇治御幸、野露
山城《しろ》の久世《くせ》のはらののしのすゝき玉ぬきあへぬ風のしらつゆ

2202 建仁二年三月六首、秋歌
霜《しも》まよふ小田《をだ》のかりいほのさむしろに月ともわかず寝《い》ねがてのそら

2203 建暦三年九月十三夜、内裏歌合、江上月
難波《なには》江にさくやこの花しろたへの秋なき浪をてらす月かげ

2195　鳰の湖の明け方、沖の釣舟は朝霧の中に漕ぎ隠れてゆく。参考「ほのぼのと明石の浦の朝霧に島隠れゆく舟をしぞ思ふ」（古今・羇旅・四〇九　読人不知、左注に人麻呂作とも伝える）〇篠波や―「にほの湖」の枕詞。▽新宮撰歌合・選外歌。

2196　牡鹿が鳴く端山の陰は木々の茂みが深いので、嵐が木の葉を吹払うのを待っているまでは、月の光も乏しい。▽百番歌合・五一番右持。

2197　秋も末になってもう行ってしまおうとしている末野では、木の葉が毎朝染まってゆくと共に、虫の声もしだいに弱ってゆく。▽建暦三年閏九月十九日歌合・八番右負。

2198　眺めわたす遠くの方の野辺に置く白露に、あたり一面の草木も色変る季節だ。本歌「うちわたす遠方人にもの申すわれ　そのそこに白く咲けるは何の花ぞも」（古今・雑体・旋頭歌・一〇〇七　読人不知）参考「秋の野にいかなる露のおきつめばちぢの草葉の色かはるらむ」（後撰・秋下・三七〇　読人不知）▽四十五番歌合・二〇番右勝、判詞「遠方のべの露、いますこし色ふかくやなど沙汰侍りき」

2199　道の行く手の野辺の浅茅まで紅葉する秋の初風が旅人の袖に吹く。参考「いつしかのねに泣き帰りこしかども野辺の浅茅は色づきにけり」（後撰・恋四・八七三　忠房）「初霜も置きにけらしなけさ見れば野辺の浅茅も色づきにけり」（詞花・秋・一三八　能宣）▽三首歌合（散逸）中の一首。↓二一六八。

2200　唐衣の裾を、そしてまた裾野の真葛の葉裏を吹きひるがえし、恨んで過ぎる秋の夕風よ。〇唐衣―「すその」に掛かる枕詞。〇うらみて―「恨み」と「裏見」の掛詞。▽歌題が記されていないが、「野風」を詠んだと考えられる。良経家十題二十番歌合（散逸）での詠。↓二〇五五。

2201　山城の久世の原野の篠すすきは、白露を玉のように貫いても、風がそれを吹き散らして、いつまでも貫き通していられない。〇しのすゝき―まだ穂の出ていないすすき。「我妹子に逢坂山のしのすすき穂には出でずも恋ひわたるかな」（古今・墨滅歌・一一〇七　読人不知）▽宇治での五首歌会の一首。↓二一四二。

2202　小田の仮庵の狭筵には霜がひどく置き、月の光とも霜とも区別できず、冴えた空の下、寒くて寝難い夜を過す。↓補注。▽三休和歌。秋冬は「からびやせすごき由也」と詠めと指示されていた（明月記）。

2203　難波江に白く咲く木の花、すなわち白梅のような、秋という季節を知らない白波を月影が照らしている。↓補注。▽建暦三年九月十三夜歌合・三番左。この歌合は無判。

暮山松

2204 秋はいぬ夕《ゆふ》日かくれぬ峯の松よもの木《こ》の葉の後もあひ見む

元久二年夏、院詩歌合、山路秋行

2205 みやこにも今や衣を宇津《うつ》の山ゆふしもはらふ蔦《つた》のした道

2206 夕づく日《ひ》このまのかげも初雁のなくやくもゐの峯の梯《（かけはし）》

建仁三年和歌所歌合、海辺鴈

2207 ゆくかりのたが秋風とうれふらん波もふせがぬいそのとまやに

三宮より十五首歌召《め》されし、秋歌

2208 とぶかりの涙もいとゞそぼちけりさゝわけし野《の》べの萩の上の露

2209 久方の月の桂のしたもみぢやどかるそでぞ色にいでゆく

2210 なみだのみ木《こ》の葉しぐれとふりはてゝうき身を秋のいふかひもなし

建久六年秋ごろ、大将殿にて末句十をかきいだして、よむべきよし
侍しに　当座

2211 しを《ほ》るべきよもの草木もお《を》しなべてけふよりつらき荻《おぎ》のうは風

2212 とれば消《け》ぬわくればこぼる枝ながらよし宮《みや》木野《の》の萩のしたつゆ

2204 秋は去ってしまった。夕日は隠れてしまった。私は四方の木の葉の散り果てたのちも、峯の松と相見るだろう。参考「秋は来ぬもみぢは宿に降りしきぬ道ふみわけてとふ人はなし」(古今・秋下・二八七　読人不知)▽同・一三番左。

2205 都でも今頃は妻が私を偲びながら衣を擣っているであろうか。私は夕霜を払いながら宇津山の蔦の下道を越えてゆく。参考「宇津の山にいたりて、わが入らむとする道はいと暗う細きに、つたかへでは茂り、物心細く、すずろなるめを見ることと思ふに」(伊勢物語・九段)○宇津の山―「打つ」を掛ける。▽元久詩歌合・同題・二七番右。自筆本は歌頭に集付「新古」あり。

2206 木の間に見えていた夕日も沈んでしまった。初雁が鳴く天に架けられたような峯の梯を私は行く。○かげも初雁の―「かげも果つ」に「初雁」を掛ける。○くもゐ―雲居。空。▽元久詩歌合・同題・二八番右。

2207 空を雁が行く。波をも防ぎとめない磯辺の苫屋に誰がああ秋風が吹くと愁えているであろう。▽建仁三年七月十五日八幡若宮撰歌合の選外歌か。

2208 野辺の萩の上の露に、空飛ぶ雁の涙も加わって、笹を分けてゆくといっそう濡れそぼってしまった。本歌「鳴き渡る雁の涙や落ちつらむ物思ふ宿の萩の上の露」(古今・秋上・二二一　読人不知)「秋の野に笹わけし朝の袖よりも逢はでこし夜ぞひちまさりける」(古今・恋三・六二二　業平、伊勢物語・二五段)▽三宮十五首。→二〇三七。

2209 月の中の桂の木の下紅葉の照り返し(月の光)が宿る私の袖は、紅涙と相俟って色づいてゆく。本歌「久方の月の桂も秋はなほもみぢすればや照りまさるらむ」(古今・秋上・一九四　忠岑)

2210 涙ばかり木の葉や時雨のように降りつくし、わが憂き身も老い、秋に逢って、飽いてしまった、言い甲斐のないこの人生。→補注。○ふり―「降り」に「古り」を掛ける。○秋―「飽き」を掛ける。

2211 これからは四方の草木もおしなべてしおれてしまうだろう。そう思うと、立秋の日の今日からつらく思われる萩の上風よ。→補注。▽以下二二二〇まで、第五句を決めておいて詠みこむ、勒句の方法による詠。大将家は左大将後京極良経家の意。

2212 手に取れば消えてしまう。分けてゆけばこぼれてしまう。仕方ない、いっそ枝のまま見よう、宮城野の萩の下露を。○よし宮木野の―「よし見む」を掛ける。本歌「萩の露玉にぬかむと取れば消(け)ぬよし見む人は枝ながら見よ」(古今・秋上・二二二　読人不知、左注に奈良帝作)

2213 こし方はみなおもかげにうかびきぬゆくすゑてらせ秋の夜《よ》の月

2214 いさ越《こ》えじおもへばとほき旧里《を》をかさなる山の秋の夕霧《ぎり》

2215 ふけまさるひとまつ風のくらき夜《よ》に山かげつらきさをしかの声《こゑ》

2216 風なびくすゝきのすゑば露《つゆ》ふかしこのごろこそは初雁の声

2217 むかしかなあはれいくよときてとへば宿《やど》もる風にうづらなく也

2218 続後 河風によわたる月の寒ければ八十《やそ》宇治《うぢ》人も衣うつなり

2219 みそぢあまり見しをば亡《な》きとかぞへつゝ秋のみおなじ夕暮のそら

2220 ひとりねのさならぬ床《とこ》もそでぬれぬわかれなれたるあか月のそら

おなじころ、大将殿にて五首歌、秋色

2221 そめてけり月の桂のすゑばまでうつろふころの野べの秋風

秋声

2222 さえわたる霜にむかひてうつ衣いくとせ秋の声《こゑ》を告《つ》ぐらん

秋香

2223 かたみかなくれゆく秋をうらみつゝけふつむ袖《そで》ににほふ白菊《しらぎく》

2213 この月夜に過去は皆俤として浮び上って見えた。将来をも照らし出してくれ、秋の夜の月よ。参考、松浦宮物語・下巻終りで、主人公弁が鄧皇后の形見の鏡を見る場面に「見し世はさだかに映りけり」とある。

2214 思えば故郷は遠いのに、秋の夕霧が立ち隔てている、山また山と重なる山路を、さあ、どうしよう。いっそのこともう越えてゆくまい。

2215 夜更け人を待っていると、待ち人の訪れと錯覚させる松風が吹き、暗い夜の山陰で牡鹿のつらく悲しげな鳴声が聞える。〇ひとまつ風―「待つ」に「松」を掛ける。「別れ路の心や空に通ふらむ人待つ風の絶えず吹くかな」（成尋阿闍梨母集）「頼めしはさしもあらじにあぢきなく人待つ風の身にもしむかな」（永久百首・待人恋 大進）。なお、↓員外・一句百首・二九〇六。▽待つ人が来ない自身の悲しみと妻に会えない牡鹿の悲しみとを重ね合せる。

2216 風に靡くすすきの葉末には露が深く置いている。この頃は初雁の声が聞えるようになった。

2217 あの人と共に住んだのも昔だ。あれから幾年経っただろうと、昔なじみの家に来て尋ねると、宿に洩れ入る風を伝って鶉の悲しげな鳴声が聞えてくる。↓補注。

2218 河風に夜空を渡ってゆく月の光が寒いので、宇治の里人も衣を擣っているらしい。砧の音が聞えてくる。

2219 三十年余りの知人も故人となってしまったと数えながら見ている、秋だけは同じ秋の夕暮の空。▽建久六年、定家は三十四歳。

2220 独り寝で、恋人との共寝をしたのではない床も、片敷く袖は涙で濡れてしまった。愛する人々と別れることに馴れた暁の空のはずなのに。〇わかれなれたる―二年前の建久四年二月に母や親しかった藤原公衡と死別して、同年秋、慈円に「見し人のなき数まさる秋のくれわかれなれたる心地こそせね」（雑・二六二一）と詠み送っている。

2221 月の中にあるという桂の枝先の葉まで散る時分に野辺を吹く秋風は、野をもみじの色に染め尽してしまった。参考「久方の月の桂も秋はなほもみぢすればや照りまさるらむ」（古今・秋上・一九四 忠岑）▽晩秋の紅葉に彩られた野辺の色をうたう。

2222 冴えわたる霜に向って擣つ砧の音は、幾年の間秋の声を告げているのだろうか。▽閨怨の心を籠めるか。

2223 暮れてゆく秋を恨みながら九月尽の今日摘む私の袖に匂う白菊は、秋の形見だ。

秋情

2224 雨落《あめお》つる木《こ》の葉《は》をなにの哀とてなきこゝちする心分《わ》く覧《(らん)》

秋恋

2225 うかりける山鳥《どり》の尾《お》のひとりねよ秋ぞちぎりしながき夜《よ》にとも

同七年の秋、内大臣殿にて、文字をかみにお《お》きて廿首歌中に、秋十

2226 をざさはらほどなき末の露おちて一夜ばかりに秋風ぞふく

2227 峯にふく風にこたふるしたもみぢ一葉のおと《を》に秋ぞきこゆる

2228 なく蟬《せみ》も秋のひゞきの声たてゝ色にみ山のやどのもみぢば

2229 へだてゆく霧《きり》も日かずもふかければわすれやしぬる遠《とを》き都《みやこ》に

2230 しきたへの枕わすれて見る月のかぞふ許《(ばかり)》のよな〳〵のかげ

2231 ふりにけりとし〴〵なれし月を見て思ひしことのさらにかなしき

2232 ちりぬればこひしきものを秋萩のけふのさかりをとはゞとへかし

2233 はやせ河水泡《みなわ》さかまきゆく浪のとまらぬ秋を何を《お》しむ覧

2224　秋の雨に打たれて落ちる木の葉はどんなにあわれを催すものだというので、悲しみに消えてしまった気がする私の心を動かすのだろうか。参考「秋雨梧桐葉落時、西宮南苑多二秋草一、宮葉満レ堦紅不レ掃」（白氏文集・巻一二・長恨歌）「三秋而宮漏正長　空階雨滴　万里而郷園何在　落葉窓深」（和漢朗詠・秋・落葉・三〇七　愁賦）

2225　番（つがい）離れて住むという山鳥のような独り寝はつらい。秋の夜は長いとは、秋が約束したのだ。私は約束しなかった。明かし難い山鳥の尾のようなこの夜の長さ。本歌「足引の山鳥の尾のしだり尾のながながし夜をひとりかもねむ」（拾遺・恋三・七七八　人麻呂）

2226　小笹原の小笹の細い葉末の露は落ちて、一夜ばかりで秋風が吹くようになった。参考「いそのかみ布留野のをざさ霜をへてひとよばかりに残る年かな」（月清集・治承題百首、新古今・冬・六九八　良経）。この作と定家の作との前後関係は不明。〇一夜―「をざさ」の縁語「一節」を掛ける。▽初秋の心。以下、二二三五まで「をみなへし」「ふちはかま」の各字を歌頭に詠み込む、勒字の方法による詠。内大臣殿は後京極良経（建久六・一一・一〇―正治元・六・二二在任）のこと。

2227　下紅葉の一枚の葉が峯に吹く風に答える音に、秋の音が聞える。参考「下紅葉一葉づつ散る木（こ）の下に秋と聞ゆる蟬の声かな」（相模集）

2228　鳴く蟬の声も秋らしい響きを立てて、深山の家の紅葉は色鮮かだ。参考「嫋嫋兮秋風　山蟬鳴兮宮樹紅」（白氏文集・巻四・驪宮高、和漢朗詠・夏・蟬・一九二）〇色にみ山―「色に見（ゆ）」を掛ける。

2229　都との間を隔てる霧も深く、日数もずいぶん隔ったので、あの人は遠い都で私のことを忘れてしまっただろうか。▽故郷に残された女の心。

2230　枕するのも（寝るのも）忘れて見る月も数えられるほど、あと残すこと僅かになった。そう思うと夜毎の月の光も心細い。〇しきたへの―「枕」の枕詞。

2231　私も老いてしまった。毎年馴れた月を見て思ったことが更に悲しく思われる。▽建久八年の二一五〇はこの歌を想起した詠か。

2232　散ってしまえば恋しいものを、どうせ訪ねるのなら、秋萩の満開の今日尋ねて下さい。参考「生きてよもあすまで人はつらからじこの夕ぐれをとはばとへかし」（新古今・恋四・一三二九　式子内親王）▽定家は建久二年にも「とはばとへかし」の句を用いた（↓三〇七六）。式子の作との先後関係は不明。

2233　川の早瀬を水沫をさかまきながら行く波のように、とめてもとまらない秋をどうして惜しむのだろう。参考『宇治川の水泡さかまきゆく水の事かへさずぞ思ひそめてし」（万葉・巻一一・二四三〇　人麻呂歌集）「年ごとにとまらぬ秋と知りながら惜しむ心をけふは恨みむ」（範永集）

2234 かりがねの雲《くも》ゆくはねにおく霜《しも》のさむきよごろに時雨さへふる

2235 松島《しま》のあまの衣手秋くれていつかはほさむ露《つゆ》も時雨も

内裏秋十五首歌合、秋風

2236 をさまれる民のくさばを見せがほになびく田の面《も》の秋のはつ風

秋露

2237 そでぬらすしのぶもぢずりたがためにみだれてもろき宮木野《の》の露《つゆ》

秋月

2238 いつはともわかぬときはの山人も空《そら》におどろく月のかげ哉

秋雨

2239 花ぞめの衣の色もさだまらす野分《のわき》になびく秋の村雨《むらさめ》

秋花

2240 たび衣ひもとく花のいろ〳〵も遠里《とを》をのゝあたら朝霧《ぎり》

秋鴈

2241 このごろのかりの涙のはつしほに色わきそむる峯の松風

秋虫

2242 あるじから思たえにし蓬生《よもぎふ》にむかしもよほす松虫《まつむし》の声

2234 雲の中を飛んでゆく雁の羽に置く霜が冷たい夜、時雨さえ降る。本歌「秋しあれば雁の翅に霜降りて寒きよなよなしぐれさへ降る」（新古今・秋下・四五八　人麻呂）

2235 秋も暮れて、そうでなくても潮に濡れているのに、さらに露や時雨に濡れた松島の海人の袖を、いつ干そうか。参考「松島や雄島が磯にあさりせしあまの袖こそかくは濡れしか」（後拾遺・恋四・八二七　重之）

2236 いかにもよく治まり、わが君の徳化に靡いている民草の有様を見せるかのように、秋の初風が吹き田の面に稲葉が靡いている。▽建保二年八月十六日歌合（秋十五首乱歌合、判者定家）・一番左勝。↓補注。

2237 一体誰のために乱れてもろい、宮城野の露なのだろう。野を分ける人は信夫もじ摺りの袖を濡らす。本歌「陸奥の信夫もぢずりたれゆゑに乱れむと思ふわれならなくに」（古今・恋四・七二四　融、伊勢物語・一段）▽同歌合・九番右負。↓補注。

2238 いつという季節の区別のない常磐の山の住人も、驚くような秋の空の月の光だ。▽上句に祝言の心をこめる。同歌合・一三番右負。

2239 野を行く人の花染め衣の色もはっきり見定められない。野分に吹かれて秋の村雨の雨脚が靡いているので。参考「世の中の人の心は花染めのうつろひやすき色にぞありける」（古今・恋五・七九五　読人不知）▽同歌合・一七番左負。判詞「衣の色も定まらずといへる、そのことと聞えずや侍らむ」

2240 旅衣の紐を解くように、色とりどりの秋草が花の紐を解き始めた。しかし、それも惜しいことに、遠里小野の朝霧に隠れて定かに見えない。本歌「いろいろの花の紐とく夕暮に千代松虫の声ぞ聞ゆる」（後拾遺・秋上・二六六　元輔）参考「ももくさの花の紐とく秋の野に思ひたはれむ人な咎めそ」（古今・秋上・二四六　読人不知）▽同歌合・三七番左負。↓補注。

2241 このごろやってきた雁の涙という新鮮な染料（露）を得て、峯の松を吹く風は緑色と区別して木々を染め始めた。本歌「秋の夜の露をば露と置きながら雁の涙や野べを染むらむ」（古今・秋下・二五八　忠岑）▽同歌合・二三番左負。↓補注。

2242 主が人気ないせいで人が訪れてくるのはすっかりあきらめてしまった、この蓬の生い茂った宿に、昔を思い出させるように、松虫の声が聞える。〇あるじから―「わが宿の桜はかひもなかりけりあるじからこそ人も見にくれ」（後拾遺・春上・一〇二　和泉式部）▽『源氏物語』蓬生の巻に語られる末摘花のごとき心を詠む。同歌合・三〇番左負。

2243 秋鹿
あさな〳〵木《こ》の葉うつろひなく鹿《しか》のことわりしるき秋の山かげ

2244 秋水
秋風のかつふきはらふ谷の戸におもふもきよくすめる山水

2245 秋霜
秋の色にのこるかたみの霜《しも》をだにおけ《を》かし草葉《くさ》それもとまらず

2246 秋祝
山水《(やまみづ)》に老せぬちよをせきとめておの《を》れうつろふ白菊の花

2247 秋旅
ふるさとは遠《とを》山鳥《どり》の尾上《おのへ》より霜お《を》くかねのながき夜のそら

2248 秋恋
下むせぶもしほのけぶりこがるとて秋やは見ゆる人はうらみじ

2249 秋思
老《(おい)》が世はあはれすゐの草がれに夜の思ひの長《なが》月のそら

2250 秋雑
わたつうみや秋なき花のなみ風も身にしむころの吹上《ふきあげ》の浜《はま》

2243 毎朝木の葉が移ろい、鹿が鳴くのももっともだと思われる秋の山陰。▽同歌合・三五番右負。判詞「右、ことわりにくく侍れば、以ㇾ左為ㇾ勝」

2244 秋風が一方では吹払う谷の入口(の住まい近く)に、思っただけでも清く澄んでいる山川の水。○谷の戸—「山人の柴引き結ぶ谷の戸を荒くも叩く風の音かな」(為忠家初度百首・谷風　顕広=俊成)○すめる—「澄める」に「住める」を掛ける。▽同歌合・四四番左負。山家住まいをする世捨て人の境涯を羨む心。

2245 草葉よ、秋の色の形見として残る霜だけでもお前の上にとどめて置け。それも秋と同じくいつまでも止まっていないのだ。参考「暮れてゆく秋の形見に置くものはわが元結の霜にぞありける」(拾遺・秋・二一四　兼盛)▽同歌合・四九番左負。判詞「「置けかし草葉」軽々の詞に侍るべし」

2246 変らない山川の水に千代もわが君が不老であられることを約束する菊水を堰きとめて、自身は色移ろってゆく白菊の花。参考「露ながら折りてかざさむ菊の花老いせぬ秋の久しかるべく」(古今・秋下・二七〇　友則)→補注。▽同歌合・五二番左持。判詞「左はことなることなく」

2247 故郷は遠い。山の尾上から霜が置いたために鳴るのか、鐘の音が長い余韻を伝えて来る。そして秋の夜は長い。○尾上—「遠山鳥の尾」から続ける。○霜おくかね—霜が結ぶとおのずと鳴るという豊嶺の鐘を念頭に置いた表現。▽同歌合・五六番左負。判詞「「ふるさとは遠山鳥」ことなること侍らじ」

2248 藻塩を焼く煙のように心の中で思い焦がれても、秋、私に飽きてしまったあの人に会えるだろうか。あの人を恨むまい。参考「須磨の海人の藻塩の煙たちまちにむせぶ思ひを問ふ人のなき」(建仁元年八月三日和歌所影供歌合・初恋　良経)○秋—「飽き」を響かせる。○うらみじ—「浦見」を響かせる。▽同歌合・六一番右負。

2249 老いたわが人生は草枯れの末野のように、末になってきた。そして、九月の空の下、長い夜通し物思いに沈んでいる。○長月のそら—第三句の「草がれ」とともに、定家の好んだ表現か。「閑居百首」・三九八でも「くさがれの野原」と「長月のそら」を一首のうちに用いた。▽同歌合・六九番右負(題「秋懐」)、左は藤原有家。判詞「両首共に旧老の歌に侍るめり。人少なる尚歯会にや侍らむ。年まさりて侍らむ作者勝ち侍るべし」。有家が七歳年長。

2250 秋がないはずの大海の波の花を吹く風、それも身にしむ頃の紀伊国吹上の浜。本歌「草も木も色変れどもわたつ海の波の花にぞ秋なかりける」(古今・秋下・二五〇　康秀)▽同歌合・七一番左負。

仁和寺宮よりしのびてめされし、秋題十首　承久二年八月

秋雨

2251 秋《あき》の色と身をしる雨のゆく雲《くも》に生駒《いこま》の山もおもがはりして

秋花

2252 このくれの秋風すゞしから衣ひもとく花につゆこぼれつゝ

秋田

2253 ながめあへぬ穂向《ほむけ》の風のかたよりに田のもふきこす峯のもみぢば

秋霜

2254 世やはうき霜《しも》よりしもにむすびおく老曽《おいそ》の森《もり》のもとのくちばゝ

秋祝

2255 露しぐれもるにつれなき秋山のまつにぞ君のみよは見えける

秋恋

2256 初鴈のとほちもよほす秋風になれてまぢかき中ぞかれゆく

秋夢

2257 風さわぐ荻《おぎ》の葉避《はよ》くとうきてみし夢の直路《たゞち》ぞいやはかななる

秋旅

2258 浪懸《か》くる袖師《そでし》の浦《うら》の秋の月宿《やど》かるまゝにまづやしぼらん

2251　ああ、あの人は私のことを飽きてしまったと、わが身の不運を思い知らされる雨を降らせる雲が行き、生駒の山も面変りして（様子が変って）見える。参考「かずかずに思ひ思はず問ひがたみ身を知る雨は降りぞまされる」（古今・恋四・七〇五　業平、伊勢物語・一〇七段）「君があたり見つつををらむ生駒山雲な隠しそ雨は降るとも」（伊勢物語・二三段、新古今・恋五・一三六九　読人不知）→補注。

2252　この夕暮の秋風は涼しい。開き初めた秋草の花に露がこぼれていて。参考「花のみな紐解く野辺の篠すすきいかなる露か結びおきけむ」（順集）○から衣―「ひも」に掛かる枕詞。

2253　稲穂をなびかせる風が偏って田の面に峯の紅葉を吹き送ってくる。それを眺めおおせることはできない。本歌「秋の田の穂向の風のかたよりに我は物思ふつれなきものを」（新古今・恋五・一四三一　読人不知）

2254　この世はつらいのだろうか。そうではないのに、老蘇の杜の根元の朽葉は、去年の霜から今年の霜へと、たえず結ぼおれている。ちょうどそのように、老残の私は人々の下積みのまま、こぼす涙も霜と氷りついている。○世やはうき―建久五年に自身が用い（→二一三二）、雅経もその後「世やは憂き人やはつらきおほかたはただわれからと思ひなりぬる」（明日香井集・建仁二年百首）と詠んだ句。○霜よりしもに―秋の霜が置く季節が再びめぐってきたことを言い、「しも」に「下」を響かせるか。直後に並ぶ「内裏秋十首」・二二六七の「霜よりしもの」が先行する。▽述懐の心を籠める。

2255　露や時雨が漏って他の木々は紅葉するのに、全く色の変らない秋の山の松に、わが君の御代もとこしえに変らないさまは見えている。

2256　遠くの地にいる初雁の訪れを促す秋風が吹きなれると、ま近だった恋人との仲が疎々しくなってゆく。○秋風―「飽き」を響かせる。

2257　秋風が吹き騒ぐ荻の葉音を避けようとして、落着かないままに寝て見た夢路は、はかなく覚めた。本歌「寝ぬる夜の夢をはかなみまどろめばいやはかなにもなりまさるかな」（古今・恋三・六四四　業平、伊勢物語・一〇三段）○避く―下の「直路」と縁語。○うきて―落着かず。○夢の直路―ここでは夢路に同じ。

2258　波が寄せては返る袖師の浦に宿って秋の月を見ると、旅愁の涙でまず袖を絞るだろうか。○袖師の浦―出雲国、伊勢国など、諸説ある。○しぼらん―「袖師の浦」の「袖」の縁語。

秋恨

2259 心もて世々《よゝ》のむかしやならひけむ秋風いそぐ岡《をか》のくずばに

秋雑

2260 しられじなく〳〵あかすながきよも沢辺《さわべ》のたづの秋の心は

内裏秋十首

2261 夏はてゝぬるや川《かは》べのしのゝめに袖《そで》ふきかふる秋のはつ風

2262 お《を》のづからいくよの人のながむらん天《(あま)》のかはらの星合のそら

2263 わすれじな萩のしら露しきたへのかりいほの床《とこ》にのこる月かげ

2264 やどれどもぬらさぬ袖《そで》のわれからになれて久しき秋のよの月

2265 声たててたれ松風のお《を》のれのみたゆまぬ月に衣うつらん

2266 またれつる月もはるかになく鶴《つる》のこゑあけがたきながきよの霜《しも》

2267 いくかへり梅をば菊《きく》にながめつゝ霜《しも》よりしもの袖《そで》しぼる覧

2268 身をくだく年のいくとせなげきして思《(おもひ)》とぢめし秋の涙ぞ

2259　早くも秋風が吹くと岡の葛の葉は、昔から自分の心でそのように習慣づけられたのであろうか、葉裏を見せる。そして私も秋の恨みを覚える。参考「水茎の岡の葛葉も色付きて今朝うらがなし秋の初風」（千五百番歌合・秋一、新古今・秋上・二九六　顕昭）

2260　秋の夜長を、鳴き鳴き明かす沢辺の鶴の、子を思う愁いの心は、人には知られないだろうな。参考「鶴鳴二于九皐一、声聞二于野一」（詩経・小雅・鶴鳴）○秋の心―「宜将二愁字一作二秋心一」（和漢朗詠・秋興・二二四　篁）「ことごとに悲しかりけりむべしこそ秋の心を愁へといひけれ」（千載・秋下・三五一　季通）

2261　夏が終って閏八川の川辺に寝て起きたしののめ方、袖に吹いてきた風は、昨日と変って秋の初風だった。↓補注。参考「秋柏潤和（うるわ）川辺のしののめの人には忍べ君にあへなく」（万葉・巻一一・二四七八）「朝柏ぬるや河辺のしののめの思ひてぬれば夢に見えつつ」（新勅撰・恋二・七二四　読人不知）▽この内裏秋十首は建暦二年（一二一二）九月頃の詠か。定家五十一歳。

2262　天の川で二星が逢う七夕の空を、ひょっとして幾代も長生きした人が眺めることだろうか。▽長恨歌の玄宗皇帝と楊貴妃は二人で長く眺め続けられなかったのに、というニュアンスがあるか。

2263　萩の白露を敷いた仮廬の床に残っていた月影の風情は、忘れないだろう。○しきたへの―「とこ」に掛る枕詞。「（白露を）敷き」の意を掛ける。

2264　秋の夜の月は袖の涙に宿っていかにも袖を濡らすように見えるけれども、本当は濡らす訳ではない。私は己の心がらで涙に袖を濡らし、それで月の光は久しく袖に濡れているのだ。参考「あひにあひて物思ふ頃のわが袖に宿る月さへ濡るる顔なる」（古今・恋五・七五六、後撰・雑四・一二七〇　伊勢）

2265　松風が吹き、月のよい夜、声を立てて誰を待っているのであろう、おやみなく衣を打つ音が聞えてくる。○たれ松風の―「たれ待つ」を掛ける。

2266　出るのが待たれた月の山も遥か先で、なかなか明けようとしない秋の長夜、霜が降り、長々と悲しげに鳴く鶴の声が遥かに聞える。

2267　いったい幾度、早春の梅から晩秋の菊と眺めてきて、春の霜から秋の霜へと、霜置く袖（下積みの者の着る衣の袖）の涙を絞ることか。▽述懐の心を籠める。

2268　いったい幾年、身を砕くような嘆きをした末に、思いあきらめた秋の涙なのだろうか。○思とぢめし―あきらめをつけた。○身をくだく―「杣山や梢に重る雪折れにたへぬ歎きの身を砕くらむ」（長秋詠藻・述懐百首）○年のいくとせ―「仁和寺宮五十首」・一六六六でも用いた句。秋の涙―「かき曇る心いとふなよはの月何ゆゑ落つる秋の涙ぞ」（月清集・花月百首）▽述懐の心を籠める。

2269 立田《たつた》山ゆふつけ鳥《どり》のなく声にあらぬ時雨の色ぞきこゆる

2270 山姫《ひめ》のかたみにそむる紅葉ばを袖《そで》にこきいるゝよもの秋風

建保二年水無瀬《みなせ》殿にて講ぜられし秋十首歌

応製　臣上

2271 続古 もしほくむあまの苫屋《とまや》のしるべかはうらみてぞふく秋のはつ風

2272 あさぢふのをののしのはら打なびきをちかた人《(びと)》に秋風ぞふく

2273 おほかたの秋お《を》くつゆや玉はなす身ながらくちし袖はほしてき

2274 いく秋をたへていのちのながらへてなみだくもらぬ月にあふらん

2275 宮木野《の》はもとあらの萩のしげければ玉ぬきとめぬ秋風ぞふく

2276 ゆふづく日むかひのをかのうすもみぢまだきさびしき秋の色哉

2277 続後 高砂のほかにも秋はあるものをわがゆふぐれと鹿《しか》はなくなり

2278 河波のくゞるも見えぬ紅をいかにちれとか峯のこがらし

2269 竜田山では、ただの木綿付鳥（鶏）の鳴く声ではなく、時雨に染まったもみじの色をした声、血の涙を流して泣く声が聞える。参考「たがみそぎゆふつけ鳥か唐衣竜田の山にをりはへて鳴く」（古今・雑下・九九五　読人不知、大和物語・一五四段）

2270 山姫がおのが形見として染めるもみじ葉を袖にしごいて入れる、四方を吹く秋風。本歌「もみぢ葉は袖にこき入れて持ていでなむ秋は限りと見む人のため」（古今・秋下・三〇九　素性）

2271 藻塩を汲む海人の苫屋を教える道しるべでもないのに、秋の初凪は恨んで（浦を見て）吹く。本歌「海人のすむ里のしるべにあらなくにうらみむとのみ人のいふらむ」（古今・恋四・七二七　小町）▽以下、二二八〇まで建保二年八月撰歌合（散逸）での詠。

2272 浅茅生の小野の篠原を靡かせて、遠くの方を行く旅人に秋風が吹く。参考「浅茅生の小野の篠原忍ぶとも人知るらめやいふ人なしに」（古今・恋一・五〇五　読人不知）「あさぢふのをののしの原忍ぶれどあまりてなどか人の恋しき」（後撰・恋一・五七七　等）

2273 秋に置く普通の露は玉をなすのだろうか。わたしの場合は身体ごと朽ちて、袖は乾いてしまった。↓補注。

2274 幾度の秋に堪えて命永らえて、涙に曇らない月にめぐり逢えるのだろうか。参考「いつまでか涙曇らで月は見し秋待ちえても秋ぞ恋しき」（新古今・秋上・三七九　慈円）○いく秋を―『千五百番歌合』でも述懐めいた秋歌（一〇四九）で用いた句。

2275 宮城野は根元のまばらな萩が茂っているので、露の玉をも貫きとめない秋風が吹く。参考「宮城野の露吹きむすぶ風の音に小萩がもとを思ひこそやれ」（源氏物語・桐壺　桐壺帝）「あはれいかに草葉の露のこぼるらむ秋風立ちぬ宮城野の原」（新古今・秋上・三〇〇　西行）

2276 夕日が沈もうとしている向うの岡は、うっすらと紅葉している。早くも寂しい秋色だ。

2277 高砂の他にも秋はあるのに、自分のための夕暮といわんばかりに、鹿の鳴く声が聞える。○わがゆふぐれ―『千五百番歌合』で慈円が「露は野辺わが夕暮の袖をまた雁の涙の染めて過ぎぬる」（秋三）と詠んだのが早い例か。定家は左中将を辞した後の承元四年に「わが夕暮の秋の日に」（雑・二五七六）と詠んだ。ここでは鹿について用いる。↓補注。

2278 川面の下を潜り流れる水が紅の波を立てるとも見えないもみじ葉を、どのように散れと思って、峯の木枯は吹くのだろうか。参考「雪とのみ降るだにあるを桜花いかに散れとか風の吹くらむ」（古今・春下・八六　凡河内躬恒）○河波のくゞる―「くゞる」は、「くくる」をこう読んだか。↓二〇九〇。建久五年良経家歌合でも「みどりのかげをくゞる白波」と詠む。↓二一一九。

2279 たまきはるわが身しぐれとふりゆけばいとゞ月日もを《お》しき秋哉

2280 しものたて山のにしきをおりはへてなくねもよわる野《はの》べの松虫

承久元年七月、内裏歌合、聞擣衣

2281 なさけなくふく秋風ぞをしふらんこぬ夜《よ》のとこに衣うてとは

庭紅葉

続拾 2282 もる山も木《こ》のしたまでぞしぐるなるわが袖のこせ軒《のき》のもみぢば

聞擣衣といふことを人々《く》よみ侍しに

2283 荻の葉のつげふるしてし秋風を又しもさらに衣うつ也

依月思秋

2284 いたづらにつもれば人のながき夜も月見であかす秋ぞすくなき

承久元年九月、日吉歌合とて内よりのおほせごと

深夜秋月

2285 おほかたのあらしも雲《くも》もすみはてて空《そら》のなかなる秋のよの月

遠山暁霧

2286 ほのかなる鐘《かね》のひゞきに霧こめてそなたの山はあけぬとも見ず

暮天聞鴈

2287 かりがねのなきてもいはむ方ぞなき昔の列《つら》のいまの夕ぐれ

2279　時雨が降り、私の肉体も古くなってゆくので、いっそう過ぎてゆく月日も惜しく思われる秋だ。本歌「今はとてわが身しぐれにふりぬれば言の葉さへに移ろひにけり」(古今・恋五・七八二　小町、伊勢物語・一二二段)○たまきはる―この場合、「身」に掛かる枕詞。○ふり―「古り」と「降り」を掛ける。

2280　霜を経(たて)糸として山の錦を織り延べてきたが、今は鳴く音も弱ってきた野辺の松虫よ。本歌「霜のたて露のぬきこそよわからし山の錦の織ればかつ散る」(古今・秋下・二九一　関雄)○おりはへて―「にしき」の縁語「織り」を掛ける。

2281　心なく吹く秋風が教えるのであろう。男がやってこない床の辺で衣を打てということは。▽内裏百番歌合・六二番左勝。判詞(家隆執筆)は第二・三句を引き「まことにありがたく秀逸のよし申侍き」という。

2282　守山も木の下までしぐれるようだ。せめて私の袖は紅葉しないまま(紅涙で色変らぬよう)残してくれ、軒のもみじ葉よ。本歌「白露もしぐれもいたくもる山は下葉残らず色づきにけり」(古今・秋下・二六〇　貫之)▽内裏百番歌合・七二番左持。判詞(家隆執筆)「左、ことの外にまさるよし申侍しを、ともに秀逸なりとて、持に被レ定」

2283　荻の葉が昔から寂しさを告げてきた秋風の存在を再認識させるかのように、衣を打つ音が(風に乗って)聞えてくる。

2284　「月をも賞でまい。これが積り積ると老となるのだ」と古人は言ったが、秋の長い夜、月を見ないで明かす秋は少ない。本歌「大方は月をもめでじこれぞこの積れば人の老となるもの」(古今・雑上・八七九　業平、伊勢物語・八八段)○月見であかす―「琴の音にあやなく今宵引かされて月見であかす歎きをやせむ」(実方集)

2285　大体嵐も収まり、雲も消えて、澄みきった秋の夜空の真中に、月が照っている。○内―順徳天皇の内裏。▽日吉社大宮歌合・一番右。この歌合は無判。

2286　ほのかな鐘の響きが聞えてくるが、霧が立ち籠めていて、そちらの方角の(鐘が鳴る寺のある)山は夜が明けたとも見えない。参考「かのおはします寺の鐘の声、かすかに聞えて、霧いと深くたちわたれり。(中略)朝ぼらけ家路も見えず尋ねこし槙の尾山は霧こめてけり」(源氏物語・橋姫　歌は薫)▽同・六番右。

2287　昔と同じようにこの夕暮も、雁が一列になって飛びながら鳴く。それを聞く私も雁のように泣くけれども、悲しみを訴えるすべはないのだ。本歌「恨みても泣きてもいはむかたぞなき鏡に見ゆる影ならずして」(古今・恋五・八一四　興風)▽日吉社十禅師歌合・一番右。大宮歌合と姉妹編を成し、やけり無判。

紅葉添雨

2288 続古 ふりまさるなみだも雨もそぼちつゝ袖《そで》の色なる秋の山哉

建保五年四月十四日、庚申五首、秋朝

2289 続後 小倉山しぐるゝころのあさな〳〵きのふはうすきよもの紅葉ば

承元三年九月、新羅社歌合とて人のよませ侍し、紅葉

2290 露じものしたてるにしき立田《たつた》姫わかるゝそでもうつる許《(ばかり)》に

内裏にて、朝見紅葉

2291 もみぢばの猶いろまさるあさひ山夜のまの露の心をぞしる

建保二年九月十三夜、内裏、暮山紅葉

2292 しぐれつゝ袖《そで》ぬれきつる山人のかへるいほりはあらぬもみぢ葉

対菊惜秋

2293 如何《(いかに)》せむ菊《きく》のはつしもむすぼほれそらにうつろふ秋の日かずを

紅葉見秋

2294 竜田河を《お》られぬ水の紅にながれてはやき秋のかげかな

九月十三夜侍宴、詠三首

秋山月

2295 さゝ枕み山もさやにてる月の千世も経《ふ》ばかりかげのひさしさ

2288　降りまさる雨に濡れそぼって、紅涙に濡れた私の袖の色と同じ秋の山だ。▽同・六番右。

2289　小倉山にしぐれが降る頃は、朝ごとにあたりのもみじが色濃くなって、昨日はもっと薄かったなと感じさせる。

2290　露霜が置いて下に照り映える紅葉の錦、その錦衣を裁って立田姫が去ってゆく。その別れの袖も映るほどに。参考「春の苑（その）紅にほふ桃の花下照る道に出で立つ少女」（万葉・巻一九・四一三九　家持）「神無月しぐるるままにくらぶ山下照るばかり紅葉しにけり」（金葉・冬・二五七　師賢）「夕されば何かいそがむもみぢ葉の下照る山は夜も越えなむ」（詞花・秋・一三二　匡房）○したてる―下に照る。○立田姫―秋の女神。「裁つ」を掛ける。▽新羅社歌合は今伝わらない。

2291　朝日の中でもみじがいっそう色を増した朝日山を見ると、夜の間に置いた露霜の心が分る。○内裏―順徳天皇の内裏歌会か。年次未詳。○あさひ山―宇治川の宇治橋近くに見える山。○夜のまの露―「仁和寺宮五十首」・一九二五でも用いた句。

2292　時雨に濡れた袖にもみじを着て（つけて）帰ってきた山人の庵は、時ならぬもみじ葉でいっぱいになってしまう。▽故郷に錦衣を飾るという朱買臣の故事を念頭に置き、山人が身に帯びてきた紅葉が庵の内に散っている有様を詠むか。

2293　初霜が結んだ菊が色うつろってゆくにつれ、空を日が移り動いて残り少くなってゆく秋の日数をどうしたらよいだろうか。

2294　竜田川の水は、水面だから手折ることはできないもみじが流れる。そのように時は流れて早く過ぎ去ってゆく秋の風光よ。参考「春ごとに流るゝ川を花と見て折られぬ水に袖やぬれなむ」（古今・春上・四三　伊勢）「昨日といひ今日と暮して飛鳥川流れてはやき月日なりけり」（古今・冬・三四一　列樹）

2295　笹枕を結って秋の山に宿ると、山全体もさやぐほど笹がさやぎ、千代も経ったと思われるほどさやかに照る月の光は寂しい。本歌「ささの葉はみ山もさやにさやげども我は妹思ふ別れ来ぬれば」（万葉・巻二・一三三、新古今・羇旅・九〇〇、第二、三句「み山もそよに乱るなり」　人麻呂）▽祝言の心。↓補注。

秋野月

2296 久方のあまつそらゆく月かげをお《を》のれしめのの《、》秋の白露

秋庭月

2297 雲のうへをてらさむ秋もしらざりき訓《をし》へし庭のみちの月かげ

右大臣家六首歌合、夜深待月

2298 夜をかさねたゆまずひさにながめする山のはお《を》そき月をこひつゝ

故郷紅葉

2299 うつろひし昔の花のみやことてのこるにしきの色ぞしぐるゝ

河辺擣衣

2300 木《こ》幡《はた》河こはたがためのから衣ころもさびしきつちのお《を》と哉

元暦元年、宰相中将通親卿五首之内

擣衣

2301 さえまさるひゞきをそへてうつ衣かさなるよはに秋や暮《く》るらん

2296　空を行く月の光を自分でひとりじめしている標野の秋の白露の美しさ。

2297　わが父が教えを垂れた庭の小径を照らしていたのと同じ月が、雲の上、宮中を照らす秋があるとも知らなかった。〇みち―歌道。▽父俊成の庭訓を守ってきて、自身の代で廷臣として重きをなすことができた喜びをしみじみと歌う。

2298　幾夜も怠らずじっと物思いにふけりながら見つめている。山の端に遅く出る月を恋い慕いながら。▽建保五年九月右大臣家歌合・一番右負。右大臣は藤原道家。判詞（定家執筆）「「たゆまず久に」といへる、ことに聞きにくく侍るべし。作者も優なりとはよも思ひ侍らじ」

2299　昔花の都として栄えたけれども、その後都は遷ってしまった。その昔のなごりとして残っているもみじの錦に、時雨が降ってもみじの色はぬれぬれとしている。▽判詞「右歌、もみぢと侍らぬいかゞと申すをも、聞きいれられず、持と定められ侍りにき」同・九番右持。

2300　木幡川で折も折、寂しい砧の槌の音が聞えてくる。これは誰が誰のための衣を擣っているのだろう。本歌「木幡川こはたがいひし言の葉ぞ無き名すゝがむ滝つ瀬もなし」（拾遺・恋二・七〇六　読人不知）「敷島の大和にはあらぬ唐衣ころも経ずして逢ふよしもがな」（古今・恋四・六九七　貫之）、参考「たがためにいかに擣てばか唐衣千（ち）たび八千（やち）たび声の恨むる」（千載・秋下・三四一　基俊）▽判詞「左、めづらしからぬ「こはたがため」よりも、末句無下に見苦しく侍る由、たび〳〵申出侍りしかど」同・一三番左持。

2301　冴えまさる響きを添えて打つ衣が重なり、夜半が重なって、秋は暮れてゆくのだろうか。▽土御門通親主催五首会の作。定家二十三歳。
↓二〇九七

冬

正治二年毎月歌召《め》されし時、初冬

2302 このごろの冬の日かずのはるならば谷の雪げにうぐひすのこゑ

時雨

2303 山めぐりしぐれや遠《をち》にうつるらむくもまちあへぬ袖の月かげ

承元四年十月、家長朝臣日吉社にて講ずべき由《よし》申し歌

故郷時雨

2304 村雲《むらくも》や風にまかせて飛《と》ぶ鳥のあすかの里は打《(うち)》しぐれつゝ

時雨知時　私家

2305 いつはりのなき世なりけり神無《な》月たがまことより時雨そめけん

寒草纔残

2306 続古 ふく風《かぜ》のやどすこのはのした許《(ばかり)》しもお《を》きはてぬ庭の冬くさ

建保二年内裏三首、時雨

2307 山の井のしづくもかげもそめはててあかずはなにの猶しぐる覧

水鳥

2308 池にすむありあけの月のあくる夜《よ》をお《を》のが名しるくうきねにぞなく

冬―定家の作七十六首、他人の作六首、計八十二首を収める。

2302 この小春日和の冬の何日かが本当の春ならば、谷の雪も消えて鶯の声が聞えるだろう。参考「十月江南天気好　可レ憐冬景似二春華一」(和漢朗詠・初冬・三五二　白楽天)▽正治二年(一二〇〇)十月十二日源通親家影供歌合での作。定家は歌だけを送り、負とされたが、後鳥羽院が後に勝とさせたという。「兵衛大夫家長示送云、夜前初冬予歌殊有二叡感一、其座負了、召寄被レ定レ勝云ゝ、存外面目也、但狂歌也、不レ慮御感、可レ謂二冥加一、このごろの……(略)、此歌頗可レ叶二時儀一之由、内心存レ之、果以如レ此、自愛之也」(明月記・正治二年十月十三日条)

2303 山をまわってしぐれは遠くに移ったのだろうか。雲の絶え間を待ちきれぬかのように、袖に月光が映った。▽二三〇二と同じ時の詠。

2304 風に任せて村雲の中を鳥が飛んでゆく。その先の飛鳥の里はしぐれていて。○家長朝臣―源家長。和歌所開闔。○飛ぶ鳥の―「あすか」の枕詞。ただし、ここでは文字通り飛ぶ鳥をも意味している。

2305 人の世には偽りが多いのに、自然界には偽りのない世だ。一体誰のいったことが本当で、神無月とともにしぐれしはじめたのだろう。本歌「いつはりと思ふものから今さらにたがまことをかわれは頼まむ」(古今・恋四・七一三　読人不知)「神無月降りみ降らずみ定めなきしぐれぞ冬のはじめなりける」(後撰・冬・四四五　読人不知)▽『為家卿集』安貞元年(一二二七)に「時雨知時京極亭月次会」として「冬来ぬといひしばかりに神無月人に待たれぬ初時雨かな」とあるので、安貞元年のおそらく十月、定家の自宅での歌会の作と知られる。二三〇六も同じ時の詠か。定家は時に六十六歳。↓補注。

2306 庭の草は一面に霜枯れてしまったが、吹く風が運んできた木の葉の下だけは霜が置いていないので僅かに残っている。

2307 時雨は山の井の雫も、そこに映る影も、すっかりもみじで染めてしまって、それで飽き足りないのならば、どうしてなおもしぐれるのだろう。本歌「むすぶ手の雫に濁る山の井のあかでも人に別れぬるかな」(古今・離別・四〇四　貫之)▽以下二三〇九まで、建保一年十月二日内裏人丸影供三首。

2308 池水に有明の月が澄んでいる冬の夜が明けるのを惜しんで、池に住む鴛鴦がつらい浮き寝をしながら鳴いている。本歌「池にすむ名ををし鳥の水を浅み隠るとすれどあらはれにけり」(古今・恋三・六七二　読人不知)参考「池にすむをし明方の空の月袖の氷に泣く泣くぞ見る」(玉吟集・建暦二年仙洞二十首、新勅撰・恋五・九六九)○おのが名しるく―「をし」という名もはっきりとの意。「惜し」に「鴛鴦」を掛ける。○うきね―「浮寝」と「憂き音」を掛ける。

寒草

2309 霜か雪か尾花《おばな》にまじりさく花ののこりし色もむかし許《(ばかり)》に

正治二年十月一日、院御会当座

枯野朝

2310 あさしもの色にへだつる思草きえずはうとし武蔵野《むさしの》の原

建仁元年三月尽日歌合、嵐吹寒草

2311 あさぢふやのこる葉《は》ずゑの冬のしもお《を》き所なくふくあらし哉

建保四年潤六月、内裏歌合、冬歌

2312 よしさらばかたみも霜に朽はてね今はあだなる秋の白《しら》菊

三宮十五首、冬歌

2313 続拾 神無《な》月くれやすき日の色なれば霜《しも》の下葉に風もたまらず

2314 信楽《しがらき》の外《と》山のあられふりすさびあれゆくころの雲《くも》の色哉

正治元年十一月七日、二条殿新宮歌合

紅葉残梢

2315 冬もふかくしぐれし色ををしみもて初雪またぬ峯のひとむら

寒夜埋火

2316 うづみ火のきえぬひかりをたのめども猶霜さゆる床《とこ》のさむしろ

2309 今積っているのは霜だろうか、それとも雪だろうか。薄に混って咲いていた千草の美しい色が残っていたのも、昔となってしまった。本歌「秋の野の尾花にまじり咲く花の色にや恋ひむ逢ふよしをなみ」（古今・恋一・四九七　読人不知）○尾花にまじりさく花―「（顕注）薄に混りて咲く色々の花とよめり。（密勘）此心たがひ侍らじ」（顕注密勘抄、古今・四九七注）

2310 朝霜の白い色が置いて、思い草の紫色も隔てられてしまい、霜が消えない限り、うとうとしくなってしまった武蔵野の原。本歌「紫のひともとゆゑに武蔵野の草はみながらあはれとぞ見る」（古今・雑上・八六七　読人不知）○思草―ナンバンギセルをさすとされるが、定家はツユクサかリンドウなどを考えていたか。▽判詞「色にへだつるといへることは聞きにくくや」

2311 浅茅生の、残っている葉末に、冬の霜が置けないほど吹く嵐よ。○ふくあらし哉―この頃流行し、後に制詞のごとく見なされるに至る句。「永不レ可レ詠詞、……ふくあらしかな」（追加）→「院句題五十首」・一七六六。▽新宮撰歌合・二三番右持。

2312 いっそ秋の形見の白菊も霜に朽ちはててしまえ。今は残っていても役に立たないのだから。▽百番歌合・六一番右負。

2313 十月のすぐ暮れてしまう冬の日の気配に包まれているので、風も霜の置いた木々の下葉に遮られることなく吹きすぎてゆく。参考「万物秋霜能壊レ色　四時冬日最凋レ年」（和漢朗詠・冬・霜・三六七　白楽天）○風もたまらず―風をも防ぎきれない。「山賤のよもぎのかども霜枯れて風もたまらぬ冬は来にけり」（久安百首　清輔）

2314 信楽の外山に霰が降りすさび、荒れてゆく季節の、暗鬱な雲の色。参考「きのふかも霰降りしはしがらきの外山の霞春めきにけり」（詞花・春・二　惟成）○ふりすさび―烈しく降るの意か。降り止むの意に言うこともある。▽旧作の「院五十首」・一七一二に通う風景。

2315 冬も深まった。しぐれしていよいよ鮮かな色になった、峯にひとむら散り残るもみじを惜しんで、初雪が降るのを待つ気がしない。参考「散り残りたる紅葉を見侍りて、僧正遍昭　唐錦枝にひとむら残れるは秋の形見をたたぬなりけり」（拾遺・冬・二二〇）▽自筆本も「正治元年」と記すが、『後鳥羽院御集』により、正治二年（一二〇〇）であると見られる。

2316 埋み火の消えない光を頼みにしているけれども、やはり床の夜具には霜が冷たく降りる。○さむしろ―「寒し」を響かせる。▽二三一五と同じ時の詠。

文治三年冬、侍従公仲よませ侍し、冬十首

2317 ふるさとのしのぶのつゆも霜ふかくながめし軒《のき》に冬はきにけり

2318 宿《やど》からぞみやこの内もさびしさは人目《め》かれにし庭の月かげ

2319 しもがるゝよもぎが杣《そま》のかれまより雪げにゝたる冬のわかくさ

2320 雲かゝる峯よりをちのしぐれゆゑ《へ》ふもとの里をくらすこがらし

2321 かこたじよ冬のみ山のゆふぐれはさぞなあらしの声ならずとも

2322 苔《こけ》ふかき岩屋《いはや》のとこのむらしぐれよそにきかばや在《あ》りてうき世を

2323 浦風の吹上《ふきあげ》の松のうれこえてあまぎる雪を波かとぞ見る

2324 ながらへむいのちもしらぬ冬のよの雪と月とをわがひとり見る

2325 空《そら》とぢて又このくれのいかならむ日ごろの雪にあとはたえにき

2326 又くれぬすぐれば夢《ゆめ》の心地してあはれはかなくつもる年哉

2317　故郷の軒のしのぶ草に置いた露も氷りついて今は深い霜となり、じっと物思いにふけって外を眺めていた家にも冬はやって来た。参考「荒れまさる軒のしのぶをながめつつしげくも露のかかる袖かな」（源氏物語・須磨　花散里）○侍従公仲―藤原氏北家、公季流。権中納言実綱の息。侍従従五位下に至る。▽文治三年（一一八七）定家二十六歳。

2318　私の家のせいで、山里だけでなく都の内でも寂しく、人の訪れも草も離れ（枯れ）てしまった庭に、月光がさしている。本歌「山里は冬ぞさびしさまさりける人目も草もかれぬと思へば」（古今・冬・三一五　宗于）

2319　霜枯れの蓬が杣木のように立ち並ぶ間から、春の雪解の頃の若草にも似て、まだ冬なのに若草が青んでいる。○よもぎが杣―杣木（材木）のように生い茂った蓬。「鳴けや鳴けよもぎが杣のきりぎりす過ぎゆく秋はげにぞかなしき」（後拾遺・秋上・二七三　好忠）

2320　雲のかかる峯より遠くの方に降る時雨のせいで、木枯は山の麓の里を暗くして吹く。

2321　ぐちをいうまいよ。冬の深山の夕暮は、嵐の声が聞えなくてもさぞ寂しくつらいことだろうが。

2322　苔が深くむしている岩屋の床で、村時雨の降り過ぎて行く音をよそごとと聞きたい。憂き世にこのままいるとつらいので。参考「草の庵何露けしと思ひけむ洩らぬ岩屋も袖は濡れけり」（金葉・雑上・五三三　行尊）

2323　浦風が吹き上げる吹上の浜の松の梢を越えて吹き、それにつれて空を暗くしてふぶく雪を、松を越す波かと錯覚するほどだ。○あまぎる―天霧る。空が一面に曇る。

2324　長生きできるかどうかは分らないままに、冬の夜の雪と月とを私は一人で見る。↓補注。

2325　空は雲にとざされ、この夕暮はどうなってしまうだろう。幾日も降り続く雪のため、人の往来はすっかりと絶えた。○空とぢて―定家が多用した句。彼の用例中では本例が最も早い。雪に空が閉ざされている状況は、この後「歌合百首」・八〇二でも歌う。○あとはたえにき―「仁和寺宮五十首」・一六七一にも見える句。▽閉塞感が歌われている。

2326　今年もまた暮れてしまった。一年は過ぎてしまうとまるで夢のようで、ああはかなく積る年だ。

官離《つかさはな》れてのち、つく〴〵とこもりゐたるに、霜《しも》月丑《うし》の日ときゝし夜《よる》
になりて、太政大臣《おほきおとゞ》の文《ふみ》たまへる

(2327) 続後 月のゆく雲のかよひぢかはれどもをとめのすがた忘《わす》れしもせず

昔《むかし》のことかきくづし思《(おもひ)》いづるを《お》りふし、いとゞ哀まさりて

2328 続後 をとめごの忘《わす》れぬすがた世々ふりてわが見し空《そら》の月ぞはるけき

建久六年二月左大将家五首、冬

2329 霜のうへのあさけのけぶりたえ〴〵にさびしさなびくをちこちの宿《やど》

正治元年左大臣家冬十首歌合

寒樹交松

2330 冬きても又ひとしほの色なれやもみぢにのこる峯のまつばら

池水半氷

2331 池の面《おも》はこほりやはてむとぢそふる夜《よ》ごろのかずを又しかさねば

山家夜霜

2332 ゆめぢまで人めはかれぬ草の原お《を》きあかす霜《しも》にむすぼほれつゝ

関路雪朝

2333 雪のもる須磨《すま》の関屋《せきや》のいたびさしあけゆく月もひかりとめけり

水鳥知主

2334 見なれてはこれもなごりやをしかものなれだにやどの主《ぬし》は分《わ》きけり

(2327)　月の行く空の雲の通い路（宮中）は変ってしまったけれども、昔見た天女にも紛う五節の舞姫の美しい姿は忘れはしない。本歌「天つ風雲の通ひ路吹きとぢよをとめの姿しばしとどめむ」（古今・雑上・八七二　宗貞＝遍昭）〇官離れて―貞応元年（一二二二）八月十六日、辞参議、叙従二位。定家は時に六十一歳。〇太政大臣―西園寺公経。貞応元年八月十三日任太政大臣。既に右大将正二位であった。▽貞応元年十一月の豊明の夜に交された贈答。続後撰・雑上・一〇九四　西園寺入道前太政大臣（公経）。

2328　五節の乙女の姿は今も忘れませんが、それから年代が経って、私が見ました空の月は遥か昔のものとなってしまいました。〇かきくづし―片端から物を崩すように。「昔語りもかきくづすべき人少なうなりゆくを、ましてつれづれも紛れなくおぼさるらん」（源氏物語・花散里）

2329　一面に霜が降りた地上に、遠くや近くの民家から朝餉の煙がとぎれとぎれに立昇り、靡いている寂しさ。それはいってみれば、寂しさが靡いているようなものだ。▽良経家五首歌会→二〇六三。

2330　冬が来てももう一度濃く染めたような鮮やかな緑色だ、秋の間はもみじの紅に取り残されていた峯の松原は。本歌「ときはなる松の緑も春くればいまひとしほの色まさりけり」（古今・春上・二四　宗于）▽以下二三三七まで、良経家冬十首歌合の詠。

2331　この幾夜か、池の面はだんだん氷で覆われてきた。この上さらに夜を重ねると、池の面はすっかり氷ってしまうだろうか。▽「半と云字をまはして、奇特によみ給ふと也」（抄出聞書）

2332　草枕をしても眠れず、起き明して涙をこぼしていると、涙が霜となって結び、心もとけず、夢も見ないので、夢の中でさえ人に会うことは絶えてしまった。本歌「山里は冬ぞさびしさまさりける人目も草もかれぬと思へば」（古今・冬・三一五　宗于）参考「尋ぬべき草の原さへ霜枯れて誰に問はまし道芝の露」（狭衣物語　巻二　狭衣）〇おきあかす―「起き」に、「霜」の縁語「置き」を響かせる。〇むすぼほれ―「霜」の縁語。

2333　須磨の関屋の板庇からは雪が洩れ、明けゆく空に残る月の光もとどまっている。参考「播磨路や須磨の関屋の板びさし月もれとてやまばらなるなむ」（千載・羇旅・四九九　師俊）〇もる―「洩る」に「関屋」の縁語「守る」を響かせる。〇あけゆく―「明け」に「関屋」の縁語「開け」を響かせる。〇とめけり―「とめ」は「関屋」の縁語。

2334　見馴れ（水に馴れ）ると、これも名残りが惜しいのだろうか。鴛鴦鳥でさえ家の主を見知りて近寄ってくる。〇なごりやをしかもの―「惜し」に「鴛鴦」を掛ける。

旅泊千鳥

2335 こぎよするとまりさびしき塩風に又夢《ゆめ》さまし千鳥なくなり

湖上冬月

2336 月にいづる堅田《かたゝ》のあまの釣《つり》舟は氷か波かさだめかねつゝ

炉辺懐旧

2337 つく〴〵とわがよもふくる風の音《をと》にむかしこひしき埋《うづ》み火のもと

正治二年九月、院にはじめて歌合侍しに、水鳥

2338 うすごほりゐるをしかものいろ〴〵に打いづる浪の花ぞうつろふ

同年冬、内裏にて、頭中将通具朝臣、人々《ぐ》に歌《うた》よませ侍しに、深夜水鳥

2339 こほりゆくみぎは《わ》をいづるをしかもに山の端《は》ちぎるありあけの月

建仁二年三月六首、冬歌

2340 はまちどりつまどふ月の影寒し蘆のかれはの雪のした風

建保四年内裏、寒山月

2341 月のうへに雲《くもゝ》もまがはでお《を》く霜をあかずふきはらふ峯のこがらし

寒閨月　老後私家

2342 山風のあれにし床《とこ》をはらふ夜はうきてぞこほる袖《そで》の月かげ

行路霰

2343 冬の日のゆく方《(かた)》いそぐ笠《かさ》やどりあられすぐさば暮《く》れもこそすれ

2335 船を漕ぎ寄せた港に寂しく潮風が吹き、旅泊の夢を覚ます。そしてまたもや夢を覚ます千鳥の鳴く声が聞える。

2336 月の照る湖上に出た堅田の海人の釣舟は、湖面が氷か波か決めかねている。

2337 いろりの埋み火のもとで、夜更けに私の人生もふけたことを知らせる風の音をつくづくと聞いていると、昔が恋しく思い出されてならない。参考「年暮れてわが世ふけゆく風の音に心の内のすさまじきかな」（紫式部日記、紫式部集）「残りなくわが世ふけぬと思ふにもかたぶく月にすむ心かな」（千載・雑上・九九九　待賢門院堀河）○わがよ―「夜」と「世」を掛ける。

2338 薄氷が張り、色とりどりの鴛鴦鳥が遊んでいる。立つ波の花のように白い波頭がその鴛鴦鳥の群に映っている。本歌「谷風にとくる氷のひまごとにうちいづる波や春の初花」（古今・春上・一二　当純）▽仙洞十人歌合・四三番右勝。判詞「右、めづらしきさまに侍り」

2339 鴛鴦は、夜が更けるにつれ氷ってゆくみぎわを離れて池の中央に向ってゆく。ちょうどその頃、約束したように山の端から有明の月が出る。参考「さ夜ふくるままに汀や氷るらむ遠ざかりゆく志賀の浦波」（後拾遺・冬・四一九　快覚）○頭中将通具朝臣―源通具、俊成卿女の夫。新古今集撰者の一人。

2340 妻を求めて鳴く浜千鳥に月の光がさむざむとさしている。蘆の枯れ葉に雪が積もって風が吹く。○雪のした風―「埋もるる軒端の梅や咲きぬらむ匂ひにさゆる雪の下風」（壬二集・詠二百首和歌）▽三体和歌→二二〇二。

2341 月光の上に雲とまぎれることなく置く霜を、飽くことなく峯の木枯が吹払っている。▽建保四年（一二一六）十一月一日内裏三首会での詠。定家五十五歳。

2342 山風が荒れはてた床を吹き払う夜は、憂さに流した袖の涙に浮かぶ月影が氷りついてしまう。本歌「わたつみと荒れにし床を今更に払はば袖や泡と浮きなむ」（古今・恋四・七三三、後撰・恋三　七五七　伊勢）○老後私家―老いて俊、自宅での歌会での詠の意。○うさてぞ―「うき」は「憂き」と「浮き」の掛詞。

2343 冬の日は短い。旅人は付先へと急ぐ。折も折、霰が降ってきた。この霰をやりすごすためにちょっと宿ったら、日は暮れてしまうかもしれない。○笠やどり―しばしの雨宿り。催馬楽「婦が門」に「しでたをさ　雨宿り　笠宿り　宿りてまからむ　しでたをさ」と歌われ、『源氏物語』末摘花にも「さやうにをかしき方の御笠宿りには、えしもやと」、「雨降り出でて所せくもあるに、笠宿りせむと」などと見える語。

遠村雪

2344 あともなきすゑのの竹の雪折《ゆきを》れにかすむやけぶり人はすみけり

建仁元年十二月八日、八幡歌合、社頭松

2345 神垣《がき》や松につれなき夜の霜《しも》かはらぬ色よおきあかせども

月前雪

2346 ふきみだる雪《ゆき》のくもまをゆく月のあまぎる風に光そへつゝ

承久元年七月内裏歌合、冬夜月

2347 天河氷によどむ風さえてゆくかたお《を》そき月ぞひさしき

杜間雪

2348 初雪《はつゆき》のいのるやなにのたむけしていそぐ生田《いくた》の杜《もり》のしらゆふ

正治二年二月、左大臣家歌合、庭雪

2349 とゞむべき人もとひこぬ夕ぐれのまがきを山とつもる白雪《しらゆき》

建仁元年三月尽歌合、雪似白雲

2350 冬のあした吉野《よしの》の山のしら雪も花にふりにし雲《くも》かとぞ見る

摂政殿詩歌合、雪中松樹低

2351 はなと見る雪も日かずもつもりゐて松の梢は春のあをやぎ

2352 風のまのもとあらの萩のつゆながらいくよか春を松のしら雪

2344 人の通った跡もない末野には一面に雪が積り、竹の雪折れも見える。しかし野末に遠く煙らしいものが立昇って霞んでいる。ああ、あのあたりには人が住んでいるのだ。▽二三四一と同じ時の詠。

2345 石清水八幡宮に参籠して通夜していると、夜の霜がいくら一晩中置いても、神垣の松は色変ることはない。〇おきあかせども―「おき」は「起き」と「置き」の掛詞。▽自筆本も「十二月八日」とするが、正しくは建仁元年十二月二十八日。

2346 ふぶきながら降る雪をもたらす雲の間を行く月は、空を暗くして吹く風に光を添えている。

2347 天の川も氷り、そのために流れは淀む。風は冴えて、空を遅く行く月の船は久しく光を送っている。参考「秋水漲来船去速　夜雲収尽月行遅」（和漢朗詠・月・二五三　郢展）〇冬氷月―底本「冬水月」、自筆本により改める。▽承久元年（一二一九）七月二十七日内裏百番歌合・八二番左負。

2348 生田の杜に初雪が降った。初雪は何を祈るというので、急いで白木綿を社前に手向けるのか。▽内裏百番歌合・九二番左持。

2349 引留めるべき人も訪れてこない私の家の垣根を、山と見せかけんばかりに白雪が積っている夕暮時の寂しさ。本歌「夕暮の籬は山と見えななむ夜は越えじと宿りとるべく」（古今・離別・三九二　遍昭）▽正治二年良経家十題二十番撰歌合。

2350 冬の朝は吉野の山の白雪も、花となって地上に降り敷く雲かと見る。▽新宮撰歌合・二七番右負。第五句「雲かとぞ思ふ」。

2351 花と見る雪も、また雪の降る日数も積って、松の梢はさながら春の青柳のように枝垂れてしまった。▽冬の自然を春の景物に見立てた点が作為。良経家詩歌合→二〇五三。

2352 風が吹く間、本疎の萩にすがるこぼれやすい露さながら、松に積った白雪は、冬の幾夜、春を待っているのだろう。本歌「宮城野の本あらの小萩露を重み風を待つごと君をこそ待て」（古今・恋四・六九四　読人不知）〇松の白雪―「待つ」を掛ける。

秀能が五首歌、雪

2353 あまつ風はつ雪白しかさゝぎのとわたるはしのありあけの空《そら》

建保内裏歌合十首之中、冬

2354 み空《そら》ゆく月もまぢかし葦垣の吉野《よしの》の里の雪のあさけに

正治二年九月、院初歌合、暁雪

2355 あけぬるかこずゑ折《お》れふす松が根《ね》のもとよりしろき雪の山の端《は》

建久五年左大将家歌合、深草雪

2356 雪《ゆき》をれの竹のしたみちあともなしあれにし後の深草《ふかくさ》の里

文治五年十二月、後京極摂政大納言の時、雪十首歌、禁庭雪

2357 さえのぼるみはしのさくら雪ふりて春秋みする雲《くも》のうへの月

故郷雪

2358 山人のひかりたづねしあとやこれみ雪《ゆき》さえたる志賀《が》のあけぼの

山家雪

2359 新古今 まつ人のふもとのみちは絶《（たえ）》ぬらんのきばの杉《すぎ》に雪お《を》もるなり

野亭雪

2360 雪の内はなべてひとつになりにけり枯野《かれの》の色もたのむかきねも

社頭雪

2361 春日山おほくの年の雪ふりてはるの朝《あさ》日は神もまつらん

2353 有明の空に風が吹き、鵲が天の川の川門（かわと）を渡って作る橋（宮中の階）には初雪が白く積っている。参考「鵲の渡せる橋に置く霜の白きを見れば夜ぞ更けにける」（新古今・冬・六二〇　家持）▽秀能勧進五首→二〇五九。

2354 吉野の里に雪が降り積った明方、空を行く月が西にかくれるのも間近い。参考「人知れぬ思ひやなぞと葦垣のまぢかけれども逢ふよしのなき」（古今・恋一・五〇六　読人不知）「朝ぼらけ有明の月と見るまでに吉野の里に降れる白雪」（古今・冬・三三二　是則）○葦垣の―葦の一名は「よし」であることから、「吉野」に掛かる枕詞。▽建保四年閏六月九日百番歌合・七一番右勝。

2355 夜は明けたのだろうか。雪が降り積ってもともと白い山の端は、雪のために梢が折れて倒れている松の根本から白んでくる。▽仙洞十人歌合・三八番左勝。判詞「「まつがねのもとより」など、おもしろきさまに聞ゆ」

2356 すっかり荒れはててしまったのちの深草の里には、雪折れの竹の下を踏分けた人の足跡もない。○竹のしたみち―「通ひこし竹の下道跡たえて崩れにけりな淀の川岸」（壬二集・文治三年閑居百首）▽建久五年夏良経家名所題十首歌合。

2357 寒さきびしい冬の夜、昇る階の傍の桜（左近の桜）に雪が降って、そこに月が映っている。冬の季節にさながら春秋の眺めを見せている禁中のみごとさ。▽祝言の心を籠める。

2358 昔、光が立ち昇ったので帝が尋ねられたという、山人の旧蹟がこれであろうか。古都があった志賀の地を曙の頃訪れると、雪が冴えている。参考「暁入二梁王之苑一　雪満二群山一」（和漢朗詠・冬・雪・三七四　白賦）○上句―「日本紀云、天智天皇大津の宮におはします時、仏寺を建立の御志ありて勝地を求め給ふに、六年二月三日の夜夢に、沙門奏云、戌亥の山に霊窟あり、早く見給ふべし。帝驚きて其方の山を見給ふに、大きなる光細く昇れり。（中略）帝その所に幸、優婆塞出で迎ひ奉れり。此山の名を問ひ給ふに、奏云、古仙霊窟伏蔵の地、佐々名実長等山といひて失せぬ。其所に伽藍を建てらる。今の崇福寺是也」（奥義抄・下・問答）

2359 人の訪れを待っているのだけれど、麓の道は雪のために途絶えてしまっただろう。この庵の軒端近く生えている杉に雪は重く積っている。

2360 雪の中ではおしなべて一つになってしまった。冬枯の野の色も、頼りにしていた垣根も。○枯野の色―「秋の色をさしても人に見するかは枯野の色を埋む白雪」（壬二集・文治三年殷富門院大輔百首）

2361 春日山に多年雪が降っている。春の朝日は春日明神もお待ちであろう。○ふりて―「降り」に「古り」を響かせる。▽述懐の心を籠めるか。

2362 古寺雪

うつしける月のみかほはひかりあひて軒《のき》のあれまにつもる白雪《しらゆき》

2363 雪中恋人

かきくらすゆふべの雪にせきとぢて心や道《みち》にかよひわぶらん

2364 雪中述懐

かずまさる年にあはれのつもる哉わが世《よ》ふけゆく雪をながめて

2365 雪中遠望

ふりまがふ雪をへだてていでつれど雲間《くもま》にきゆるあまの友《とも》舟

2366 雪中旅行

うちはらひやどかりわびぬ雪折の木々《きゞ》の下《した》道おもがはりして

2367 建保五年庚申、冬夕

ふりくらす吉野《よしの》のみ雪《ゆき》いくかとも春のちかさはしらぬ里哉

(2368) 母《はゝ》の思《おも》ひにてこもりゐたりし冬、雪のあしたに、大将殿より

み吉野《よしの》やをばすて山の春《はる》秋もひとつにかすむ雪のあけぼの

(2369) しもがれのまがきの野べのけさの雪とほ《を》き心を庭《には》に見る哉

(2370) この里《さと》はまつべき人のあともなし庭のしら雪みちはらふとも

2362　月の光の映る御本尊の仏様のお顔は雪明りと光りあっている。古寺の軒の荒れ間に白雪は積っていて。○月のみかほ—阿弥陀如来の尊容の形容。「弥陀の御顔は秋の月、青蓮の眼は夏の池」（梁塵秘抄・巻二）、「長き夜にまよふ障りの雲晴れて月のみかほを見るよしもがな」（久安百首　待賢門院堀河）、「深き夜の光も静かにて月のみかほをさやかにも見る」（長秋詠藻・下・釈教歌・六時讃の歌）○軒のあれま—「落ちつもる軒のあれまの松の葉にあやなく月の影ももりこず」（壬二集・文治三年閑居百首）

2363　空を暗くして降る夕方の雪に堰かれ閉ざされて、あの人の心も私の方に通いあぐんでいるのだろうか。○せきとぢて—堰かれ閉されて。

2364　私の人生もふけてゆくことを告げるかのように、夜更けに積る雪をじっと眺めて、また一つ加わる年を思うとあわれさも積る。参考「年暮れてわが世ふけゆく風の音に心のうちのすさまじきかな」（紫式部日記、紫式部集）○つもる—「雪」の縁語。○わが世—「夜」を掛ける。

2365　物の見分けがつかないほど降る雪を押し隔てて（雪を冒して）沖に出たけれども、連れ立っていた仲間の海人の釣舟は雲間に消えてしまった。参考「波越しに八重の潮路を見わたせば海人の友舟数ぞ消えゆく」（承安二年広田社歌合・海上眺望　広盛）「夕霞野島をかけて立つままに海人の友舟数ぞ消えゆく」（林葉集）

2366　積った雪を打払いながら、宿を借りあぐんでしまった。雪折れした木々の下の道はすっかり様子が変ってしまって、どこだか分らなくなって。

2367　吉野の里は一日中雪が降って日が暮れ、あと幾日で春になる、春は間近ということも知らない里だ。参考「冬ながら春の隣の近ければ中垣よりぞ花は散りける」（古今・雑体・誹諧歌・一〇二一　深養父）▽建保五年四月十四日庚申五首歌会。

(2368)　み吉野の春、姨捨山の秋も一つになって、遠く霞んでしまった雪の曙。○母の思ひにて……—母の喪に服して。建久四年（一一九三）二月十三日、定家母没す。○大将殿—後京極良経。○雪のあけぼの—長承元年（一一三二）内裏歌会で藤原顕輔が詠んだ「かをらずは誰か知らまし梅の花白月山の雪のあけぼの」（顕輔集）が早い例で、新古今時代の歌人に愛された句。

(2369)　今朝の雪で、霜枯れの籬も野辺と一続きになって、庭から遠くの景色が望まれる。

(2370)　私の住む里は待っている人の足跡もない。通れるように庭の白雪を取り除けてあるのだが。

(2371) おもへども君《きみ》をたづねぬ雪の夜《よ》に猶はづかしき山かげのあと

(2372) ながめするわがそでならぬ草《くさ》も木もしを《ほ》れはてぬるけさの雪哉

御返し

2368 おもかげのそれかと見えし春秋もきえてわするゝ雪のあけぼの

2369 昔今心にのこすそらもなし枯野《かれの》の雪のにはのひとむら

2370 わがやどの雪はいくへと春や見むあれにし後の蓬生《（よもぎふ）》のかげ

2371 思《おも》ふてふたゞさばかりをわが身にて雪にへだたる山かげもがな

2372 袖のうへはよもの木草《ぐさ》にしを《ほ》れあひて独《（ひとり）》友なき雪のした哉

正治二年二月、左大臣家歌合、冬述懐

2373 いたづらにことしもくれぬとばかりに冬はなげきぞそふ心ちする

山野落葉といふことを　私家

2374 みかりののとだちをうづむならしばに猶ふりまさる山のこがらし

松竹霜

2375 庭の松《まつ》まがきの竹にお《を》くしものしたあらはなる千世の色哉

(2371) 雪の夜山陰の道を踏んで、王子猷の故事に倣って、あなたを訪ねようと思うのだけれども、それを実行に移さないのが恥しい。▽「子猷尋戴」の故事（蒙求）を念頭に置いて詠む。

(2372) 今朝の雪に、じっと物思いにふけって見る私の袖だけでなく、草も木もすっかりしおれてしまいました。

2368 雪の曙には、ちらりと見えた春秋の美しい面影も消えて忘れてしまいます。

2369 昔の事も今の事もまるで心に残っていません。枯野さながらの庭に残る一叢の草も雪が覆い隠して。

2370 荒れはてたのちはよもぎが生い茂ってしまった私の家の庭は、よもぎの蔭に雪が幾重積ったかと、春になったら分るでしょうか。

2371 あなたが私のことを思ってくださるという、ただそれだけを私のことにして、雪に隔った山蔭があったらなあ、そこに籠ってしまいたいと思います。

2372 私の袖の上はあたりの木草と同様すっかりしおれて、私は友もなく独り雪の下に埋もれております。

2373 空しく今年も暮れてしまったと、冬は嘆きが加わる感じがする。参考「歎きつつ今年も暮れぬ露の命生けるばかりを思ひ出でにして」（林葉集・冬、新古今・冬・六九五俊恵）▽良経家十題二十番撰歌合。

2374 御狩野の鳥の飛び立つ場所を楢柴が埋めている。そこにさらに落葉を降らせて埋める山の木枯よ。参考「み狩する雁羽の小野の櫟（なら）柴の馴れはまさらず恋こそまされ」（万葉・巻一二・三〇四八 作者未詳、新古今・恋一・一〇五〇 人麻呂）○うづむ—四段活用の「埋む」の連体形と見られる。

2375 庭の松や籬の竹に霜は白く置くが、その下ははっきりと千代も変らぬ緑色をしている。参考「植ゑて見る籬の竹の節ごとに籠れる千代は君ぞよそへむ」（千載・賀・六〇七 公教）▽祝言の心を籠める。

報恩会のついで、歳暮述懐

2376 思やれまくらにつもる霜雪《しもゆき》の六十路《むそぢ》にちかき春のとなりは

おなじ会、山家懐旧

2377 おもひ入《い》るみ山にふかき真木《まき》の戸《と》のあけくれしのぶ人は古《ふ》りにき

おなじ会、歳暮　承久三年

2378 つきもせぬうき思《おも》ひ出《い》ではかずそひてかはりはつなる年のくれ哉

2376　枕辺に霜雪のような鬢髪を見る六十近い老人の歳末の心細さを思いやって下さい。参考「冬ながら春の隣の近ければ中垣よりぞ花は散りける」(古今・雑体・誹諧歌・一〇二一　深養父)「梅の花匂ひの深く見えつるは春の隣の近きなりけり」(拾遺・雑秋・一一五六　三統元夏)○報恩会—祖師の忌日に報恩のために行なう法会。▽詠作年次未詳。建保(一二一三—一二一八)頃の詠か。

2377　自ら思い立って深山に入り、明け暮れ真木の戸を開けたり繰ったりしながら、しのぶ人もすっかり昔のこととなってしまった。○おもひ入る……真木の戸の—「戸の開」から「明け」を起す有心の序。

2378　尽きることのないつらい思い出はむしろ増えて、すっかり世の中が変ってしまったらしい今年の暮だ。○かはりはつなる—「なる」は伝聞推量の助動詞。▽下句に、承久の乱を経験した定家の落莫たる感情が窺われる。

賀

2379
建保二年九月十四日和歌所、月契千秋
きみが世の月と秋とのありかずにおく《を》や木草の四方《よも》の白露

2380
建仁元年、鳥羽殿にてはじめて歌講ぜられ、御遊《あそ》びなど侍し夜、池上松風
池《いけ》水に千世のみどりをちぎるらし声《こゑ》すみわたる岸の松風

2381
建永元年八月十五夜、鳥羽殿御舟に御遊《あそ》びありし夜、歌人《うた》みぎは《わ》にさぶらひて
秋の池の月にすむなる琴のねを今より千代《よ》のためしにもひけ

2382
正治二年二月左大臣家歌合
松風の声《こゑ》さへはるのにほひにて花もちとせをちぎる宿《やど》哉

2383
建久五年左大将家歌合、祝春日山
かすが山みねの朝《あさ》日をまつほどの空《そら》ものどけきよろづ世の声

2384
建仁元年三月尽歌合、寄神祇祝
あとたれし四方《よも》のやしろも君にこそまもるかひある千世をならはめ

賀—定家の歌三十三首、他人の歌十二首、計四十五首を収める。

2379　あたりの草木一面に置く白露は、君が代で逢うたくさんの月と秋との数ほど置くのであろうか。本歌「わたつ海の浜の真砂を数へつつ君が千歳のありかずにせむ」（古今・賀・三四四　読人不知）

2380　松は千代も変らぬ常磐の緑をこの池水に映すことを約束しているらしい。岸の松風が声も澄みわたって池の面を吹く。参考「昆明春、昆明春、春池岸古春流新　影浸二南山一青滉瀁、波沈二西日一紅奫淪」（白氏文集・巻三　昆明春水満）〇すみわたる—「澄み」に「住み」を響かせる。▽建仁元年四月二十六日鳥羽殿初度御会。

2381　秋の池の月に音も澄みわたる琴を、これからは千代の例にも引けよ（弾けよ）。▽参考「日入後有家朝臣参二於東釣殿一、望二新月一、源少将来会、宮内自レ昼参二成菩提院一、又来加、此間御船有二管絃一、隆仲笙、伊時笛、実俊箏、御琵琶云々、久容二興于池上一、入御之間、聞二食各参由一、被レ下二御製一、今夜雖レ可レ有二和歌一、明日出御殊可レ被レ忿、仍入御了、各可二奉和一者、いにしへも心のまゝに見し月のあとをたづぬる秋の池水　下官　秋の池の（下略）清範加レ詠之、四人歌書連進入退出」（明月記・同日条）

2382　松風の声さえ春らしい花の匂いを伝えてきて、こちらのお宅では花も千歳の栄えを約束していますね。▽良経家十題二十番撰歌合、歌題「春祝」

2383　春日山の峯に朝日が昇るのを待つ間の空ものどかで、万歳の声が聞える。〇よろづ世の声—山が万歳と唱えるという中国故事（→七八三）に基づく表現。▽建久五年夏良経家名所題十首歌合。「十題百首」・七八三と表現・発想の重なるところが多い作。

2384　わが国に垂迹されたすべての神々も、わが君がおられるためにこの国を千代までも護る甲斐があると天照大神にならってお考えになるであろう。〇あとたれし—本地垂迹説に基づく表現。〇まもるかひある—日本は諸神が国を擁護する神国であるという思想に基づく表現。〇ならはめ—天照大神にならうであろう、の意か。▽新宮撰歌合　選外歌。

正治二年九月歌合十首、神祇

2385 君をまもるあまてる神のしるしあればひかりさしそふ秋の夜の月

庭松

2386 枝かはすたまのみぎりの松の風いくちよ君にちぎりそふらん

建仁三年十一月、入道殿和歌所にて九十賀たまはり給《（たまひ）》し時

2387 君《きみ》にけふとゝせのかずをゆづりお《を》きて九《こゝの》かへりのよろづ世やへむ

承元二年住吉歌合

2388 わが君《きみ》のときはのかげは秋もあらじ月の桂のちよにあふとも

仁和寺宮にて、寄松祝

2389 このさとはをかべの松《まつ》葉もる月のいつともわかぬちよぞ見えける

建保三年五月歌合、松経年

2390 たむけ草露《つゆ》もいくよかちぎりお《を》きし浜松《はまゝつ》が《ぐ》えの色もかはらず

一条の家にて、はじめて栽松といふ題を人々よみ侍しに

2391 なゝそぢのとなりを占《し》むる宿《やど》に植《うへ》ゑて千世のはじめは松やならはん

夕松風　私家

2392 松にふく風のみどりに声そへてちよの色なるいりあひの鐘《かね》

2385 わが君をお護りする天照大神の神験があるので、秋の夜の月は光が増すのである。▽仙洞十人歌合・一番左勝。判詞「左、頗有レ思所にや」

2386 玉を敷きつめたみぎり（禁庭）に枝をさし交す松。その松に吹く風は、わが君にさらに幾千年のお栄えを約束し加えることであろうか。▽仙洞十人歌合・四八番右持。判詞「右何に枝をかはすにか」

2387 わが父はわが君に十年の年数をお譲りして、わが君は万世を九回も過ごされることであろうか。▽建仁三年（一二〇三）十一月二十三日の入道釈阿九十賀宴での詠。

2388 常磐木のようにお変りなく栄え給うわが君の御姿には、物皆が衰える秋の訪れはあるまい。月の中の桂の木は千代に逢うとしても（千年も月の光が照り輝くとしても）。○わが君―後鳥羽院をさす。この歌合は仙洞での催し。○桂―落葉するので、「ときは」と対の意識でいう。▽承元二年（一二〇八）五月二十九日住吉社歌合（散逸）、歌題「寄月祝」。定家四十七歳。

2389 御室（おむろ）のましますこの里には、岡のほとりの松葉を洩る月の光がいつという季節の区別もなくさしている。そのように四季を分たぬ松の緑に御室が千代に栄えましますことははっきり見えます。本歌「夕月夜さすや岡辺の松の葉のいつともわかぬ恋もするかな」（古今・恋一・四九〇　読人不知）

2390 手向草だけでなく、露も幾世代を約束しておいたのだろうか。浜松の枝の色も変らぬ緑だ。本歌「白浪の浜松が枝の手向草幾代までにか年の経ぬらむ」（万葉・巻一・三四、新古今・雑中・一五八八　河島皇子）○たむけ草―神に手向ける物、幣帛の類。「草」と「露」は縁語。○ちぎりおきし―「おき」は「露」の縁語。▽四十五番歌合・三八番右負。

2391 七十に近い私の家に松を植えて、わが家が千代も栄える、その千代の最初はむしろ松の方が習うであろうか。○一条の家―一条京極にあった定家の家。貞応年間（一二二二―一二二三）定家六十一、二歳の頃、冷泉の家から移り、最晩年まで住んでいたらしい。石田吉貞著『藤原定家の研究』に詳しい。▽身祝いの歌。

2392 松に吹いて緑色の風に入相の鐘の声が加わって、私の家には千代の音色が伝わってくる。参考「松風は色や緑に吹きつらむもの思ふ人の身にぞしみける」（後拾遺・雑三・九九一　堀河女御＝藤原延子）

建暦二年、豊《とよ》のみそぎふたゝびとげお《を》こなはれし次《つぎ》の日、中将雅経
朝臣

(2393) 君《きみ》まちてふたゝびすめる河水にちよそふ豊《とよ》のみそぎをぞ見し

返し

2393 君が代《よ》のちよにちよ添《そ》ふみそぎしてふたゝびすめる賀茂《かも》の河水

皇后宮権亮公衡朝臣、色聴《いろゆる》されてともいまだしらざりしに、御禊行
幸に菊の下襲《したがさね》きられたりしを見て、次《つぎ》の日

2394 白菊のねはひともとの色なれどうつろふほどは猶ぞ身にしむ

返し

(2394) たぐふなる名を思ふにも白菊《しらぎく》のうつろふ色はげに身にぞしむ

少将になりたるよろこびに、おなじ中将、身にうらみありてこもり
ゐられたりしころ、三日をすぐして

(2395) うれしさを問《と》はですぎつる日数にも思ふ心の色や見ゆらん

返し

2395 うれしさを問《と》はれぬほどの日数ゆゑ《へ》わくる心も色や見ゆらん

為家元服したるのち、ほどなく従上の加階《かゝい》したるよろこびに、雅経《まさつね》
の中将

(2396) 袖のうちに思なれてもうれしさのこの春《はる》いかに身にあまるらん

(2393)　わが君が行幸し給うのをお待ちして再び澄んだ賀茂川の水で、さらに千代が加わる大嘗会の御禊を拝見しました。○豊のみそぎ—大嘗会の御禊。「大嘗会の御禊に物見侍りける所にわらはの侍りけるを見て、又の日つかはしける　寛祐法師　あまた見しとよのみそぎのもろ人の君しも物を思はする哉」（拾遺・恋一・六六二）○中将雅経朝臣—飛鳥井雅経。新古今集撰者の一人。○君—順徳天皇。▽建暦二年（一二一二）十月二十八日、順徳天皇の代になって、建暦元年十月二十二日に次ぎ二度目に大嘗会の御禊が行われた折の贈答。二度行われたのは、建暦元年十一月八日、准母春華門院の崩御のため。

2393　もともと千代に栄え給う君が代にさらに千代が加わる御禊をされて、賀茂の川水は再び澄みました。

2394　私たちはいわばもともと根は一つの白菊のような間柄ですが、あなたの下襲にその菊の色が映っているのを拝見すると、やはり私自身の不遇がしみじみと思われます。○菊の下襲—「菊」は襲の色目で、表白裏青とも裏蘇芳または紫ともいう。「下襲」は束帯の時、袍・半臂の下に着る衣。裾を長く袍の下に出す。○ねはひともと—公衡（生母は俊忠女豪子、俊成の姉妹）と定家とは従兄弟同士であることをいう。○うつろふ—「菊」の縁語。

(2394)　私達の間柄によそえられることを思うにつけ、白菊が紫にうつろった色の有難さは、本当にしみじみと身にしみます。▽公衡の返歌。元暦元年（一一八四）十月二十日、公衡は禁色を聴された。

(2395)　あなたの御慶事をお祝い申上げないで過してきた日数でも、思い嘆いている私の心の度合はお分りでしょう。○よろこび—慶祝。▽公衡の歌。文治五年（一一八九）十一月十三日、定家（二十八歳）任左近衛少将。この時公衡は正四位下左中将。↓補注。

2395　私の慶び事をおめでとうと祝って下さらなかった日数のために、分け隔てていらっしゃるあなたのお心のほども分ったと申すべきでしょうか。

(2396)　嬉しいことを袖のうちに包むことは馴れていらっしゃっても、御子息様が昇進されて、この春のあなたのお喜びはどれほどでしょう。参考「うれしきを何に包まむ唐衣袂豊かに裁てといはましを」（古今・雑上・八六五　読人不知）「うれしさを昔は袖に包みけり今宵ぞ身にも余りぬるかな」（新勅撰・賀・四五六　読人不知）○為家—息藤原為家。母は内大臣藤原実宗女。○徉上の加階—従五位上に昇階したこと。○思なれても—「なれ」は「袖」の縁語。↓補注。▽建永元年（一二〇六）一月十七日、為家が従五位上に叙された折の贈答歌。時に定家は四十五歳、為家は九歳。

返し

2396 袖《そで》せばくはぐゝむ身にもあまるまで此春《はる》にあふみよぞうれしき

おなじ中将の、子《こ》を歩《あり》きぞめにつかはしたる手本の包《つゝ》み紙《がみ》に

(2397) あとならへおもふおもひもとほ《お》りつゝ君にかひある敷島《しきしま》の道

返し

2397 敷島《しきしま》の道《みち》しるき身にならひお《を》きつ末とほ《お》るべきあとにまかせて

年ごろの望《、ぞ》みかなはで、辞《(じし)》申す三位に猶叙すべきよし、仰《おほ》せごと侍しかば、侍従をひとたびにと申てゆるされたりしに、おなじ中将

(2398) うれしさは昔《むかし》つゝみしそでよりも猶たちかへるけふやことなる

返し

2398 うれしさは昔のそでの名にかけてけふ身にあまるむらさきの色

おなじ日

(2399) うれしさは昨日や君《きみ》がつむ菊のとへとや猶もけふをまつ覧《(らん)》　宮内卿

返し

2399 けふぞげに花もかひある菊の色のこき紫の秋をまちける

とは申しかど、しづみぬる事をのみなげき侍しに、思よらざりし参議の闕に、おほくの上臈をこえてなりて侍しあした　宮内卿

(2400) 臥《ふ》しておもひ起《を》きても身にやあまるらんこよひの春《はる》の袖《そで》のせばさは

2396　貧乏人の私が狭い袖ではぐくみ育てた愚息が昇進できましたことは身にも余る喜びで、この春にめぐりあえたわが君の聖代に生きることは嬉しいことでございます。参考「うれしさを返す返すも包むべき苔の袂の狭くもあるかな」（千載・雑中・一一五六　雅兼）

(2397)　わが子教雅が、親である私の希望通り、敷島の道（歌道）をゆく甲斐のあるあなたの歩まれた道にならってほしいと思ってこれ（書道の手本）を寸志としてお送り申し上げます。○おなじ中将―雅経。○子―教雅。母は大江広元女。左少将正四位下に至る。○歩きぞめ―誕生後初めて外出する祝いの儀式。○手本―書道の手本。雅経は能筆として知られる。○あと―「道」の縁語。○とほりつゝ―同じく「道」の縁語。○おもふおもひも―「人を見て思ふ思ひもあるものを空に恋ふるぞはかなかりける」（後撰・恋二・六〇一　忠房）▽雅経の歌。→補注。

2397　お手本を有難うございます。私こそ敷島の道をよく御存知のあなたのお手本で、書を習っておきます。将来希望通りになるに違いない今までの例に安んじて。

(2398)　袖に包むばかりの嬉しさは、昔侍従に初めて任ぜられた時よりも、その昔に立ち帰って再任された今日の方がまさっておいででしょうね。→補注。本歌「うれしきを何に包まむ唐衣袂豊かに裁てといはましを」（古今・雑上・八六五　読人不知）▽雅経の歌。

2398　ありがとうございます。昔の侍従という官名に加えて紫衣（三位）を許されましたことは、身に余る嬉しさでございます。

(2399)　昨日あなたが菊を摘まれた（昇進された）と伺いました。おそらく今日は私がそのお慶び事をお祝いを言ってきそうなものだと心持ちにしていらっしゃるでしょうね（それでお祝い申し上げる次第です。おめでとう）。○宮内卿―藤原家隆。元久三年（一二〇六）正月十三日から承久二年（一二二〇）三月二十二日まで宮内卿。○とへ―「問へ」に「菊」の縁語「十重」を掛ける。▽家隆の歌。

2399　本当に今日は濃い紫色に変ることができて、菊の花（私）も秋を待った甲斐があるというものです。

(2400)　春の今宵、臥してお思いになり起きてお思いになるにつけ、この度の御栄進は、袖が狭くて包みきれないほどの身に余るお喜びでしょうね。本歌「ふして思ひ起きて数ふる万代は神ぞ知るらむわが君のため」（古今・賀・三五四　素性）、参考「うれしさを返す返すも包むべき苔の袂の狭くもあるかな」（千載・雑中・一一五六　雅兼）▽建保二年（一二一四）二月十一日、定家は参議に任ぜられた。その折の贈答。侍従は元のままであった。時に定家五十三歳。▽家隆の歌。

返し

2400 うれしてふたれもなべての事のはをけふのわが身にいかゞこたへむ

水無瀬殿に、あたらしく滝《たき》おとされ、石《いし》たてられてのちまゐ《い》りて、あしたに清範朝臣のもとへ、地形勝絶のよし申し中に

2401 ありへけむもとのちとせにふりもせでわが君契る峯の若松《わか》

2402 春日野《かすがの》やまもるみ山のしるしとてみやこの西《にし》もしかぞすみける

2403 君《きみ》が世にせきいるゝ庭をゆく水のいはこす数はちよも見えけり

院御所六月庚申扇合のよしにて、左方扇のかゝるべき歌、三条宮よりめされ侍よし、清範朝臣申しかば、たてまつりし

2404 を《お》さまれるみよにあふぎの風なればよもの草葉もまづぞなびかむ

二条中将近衛司《このゑづかさ》にて年たけぬるよし、述懐百首におほくよみて、ほどなく右兵衛督になりて、あしたに

2405 柏木《かしは》はけふや若葉《わか》の春にあふ君がみかげのしげき恵に

返し　　兵衛督

(2405) 春の雨のふりぬとなにか思けむめぐみもしげきもりの柏木《かしは》

2400　嬉しいという誰もおしなべて口にする言葉を用いて、今日の私は、あなたのお祝いの言葉に対してどのようにお答えしたらよいのでしょう。○事のは―言の葉。

2401　生えそめてから既に千歳も経てきたであろうのに、少しも老いもせずに、わが君の千代をお約束している峯の若松。○清範朝臣―藤原清範。藤原氏南家、貞嗣流、権中納言範光男。内蔵頭従五位上に至る。○わが君―後鳥羽院。▽『増鏡』おどろの下に、この歌と二四〇三を引き、水無瀬殿の景観を叙す。

2402　春日野を守護する山（三笠山）のしるしとして、都の西にもこのように鹿が住んでいたのだな。本歌「わが庵は都のたつみしかぞ住む世をうぢ山と人はいふなり」（古今・雑下・九八三　喜撰）

2403　離宮のお庭に堰き入れた遣り水が岩を越す時に出来る沢山の波の数に、君が代の千代の数も見える。本歌「音羽川堰き入れて落す滝つ瀬に人の心の見えもするかな」（拾遺・雑上・四四五　伊勢）参考「落ちたぎつ八十宇治川の早き瀬に岩越す波は千代の数かも」（千載・賀・六一五　俊頼）

2404　治まっているわが君の御代に遇う、扇の風ですから、四方の草葉（民草）もまず靡くことでございましょう。○院―後鳥羽院。○扇合―いつの催しか未詳。○三条宮―未詳。○あふぎ―「逢ふ」を掛ける。

2405　柏木（右兵衛督となったあなた）は今日若葉の芽ぐむ春に逢ったのですね。有難いわが君の深い恩恵に浴して。参考「筑波嶺のこのもかのもに陰はあれど君がみかげにます陰はなし」（古今・東歌・一〇九五　常陸歌）○二条中将―飛鳥井雅経のこと。承元二年（一二〇八）十二月九日から建保四年（一二一六）三月二十八日まで左中将だった。○述懐百首―あるいは『明日香井集』所収「百日歌合」（実際は百首和歌、毎日一首の方式で建保二年七月二十五日に詠み始めた）などをさすか。

(2405)　いたずらに老いたとどうして思ったのでしょう。杜の柏木には春雨の恵み（わが君の恩寵）も深かったのでした。○ふりぬ―「降り」に「古り」を掛ける。▽雅経の返歌。建保四年（一二一六）三月二十八日、雅経任右兵衛督。

祖父中納言の春日行幸の賞をつのりて、正三位したるあしたに

右兵衛督

(2406) 神も又君《きみ》がためとや春日《かすが》山ふるきみゆきの跡《あと》のこしけむ

返し

2406 うづもれしお《を》どろの道をたづねてぞふるきみゆきの跡《あと》もとひける

宮内卿、のぞみ申さぬに三位ゆるされたるあしたに

2407 君《きみ》が世にむかしいかなる契りありてお《を》の〳〵かゝる春にあふらん

返し

(2407) 人はいさなれもやすらん君がよにひとりぞ春《はる》にあふ心ちする

右兵衛督子の少将のよろこびに

2408 三《み》笠《かさ》山わかばの松にいかばかりあめのめぐみのふかさをか見る

返し

(2408) 年の内に春の日かげやさしつらむ三笠の山のめぐみをぞ見る

日吉禰宜親成七十賀に、人歌つかはしし時

2409 もゝとせにみそとせたらぬいはね松ちよを待《(まつ)》らし色もかはらず

おなじ八十賀

2410 百とせはやそぢの坂にちかけれど神のめぐみのちよぞはるけき

(2406)　春日の明神もあなたのために春日山に古の行幸の跡を残されたのでしょうか。○祖父中納言—藤原俊忠。▽雅経の歌。建保四年十二月十四日、定家（五十五歳）叙正三位。俊忠卿天永二年春日行幸行事賞。

2406　朝家は埋もれた荊の道（古びてしまったわが家門における先祖の公卿の足跡）をわざわざお調べ下さり、古の行幸の際先祖の仕事をこのように賞して下さいました。参考「春日野のおどろの道の埋れ水末だに神のしるしあらはせ」（長秋詠藻・右大臣家百首、新古今・神祇・一八九八　俊成）○おどろの道—「棘路」（公卿）を大和言葉とした言い方。○みゆきの跡もとひける—「みゆき」「あと」は「道」の縁語。

2407　前世にどのような因縁があって、君が代においてめいめいがこのように嬉しい春に逢うのでしょうか。○宮内卿—藤原家隆のこと。建保四年正月五日、臨時の除目で従三位に叙せられた。

(2407)　さあ、他の方（あなた）は喜びに馴れてしまっておいででしょうか。君が代において私一人が春に逢っているような心持がいたします。▽家隆の返歌。

2408　三笠山の若葉の松（御子息少将教雅殿）に、どれほど雨の恵み（わが君の恩寵）が深いかを御覧になっていらっしゃるでしょう。○子の少将—教雅。○あめのめぐみ—「あめ」は「天」と「雨」の掛詞。

(2408)　旧年中に春の日差がさしたのでしょうか。三笠の山に注ぐ雨の恵みの有難さが分りました。▽雅経の返歌。教雅の任左少将は不明。○さしつらむ—「さし」は「射し」に「三笠山」の「笠」の縁語「差し」を掛ける。○春の日かげ—春日明神の神慮の比喩。○三笠の山—近衛職。○見る—底本「しる」、自筆本により改める。

2409　百歳に三十歳足らぬ岩根松は千代を待っているらしい。常磐の緑で色も変らない。本歌「百年に一年足らぬつくも妻われを恋ふらし面影に見ゆ」（伊勢物語・六三段）参考「春日山岩ねの松は君がため千歳のみかは万代ぞへむ」（後拾遺・賀・四五二　能因）○日吉禰宜親成—祝部親成。寛喜二年（一二三〇）九月三十日没、八十九歳（明月記）。▽建暦元年（一二一一）の詠か。

2410　八十の坂を越すというと百歳は近いけれども、あなたには日吉の御神のお恵みがあるから、はるか千代までも長寿を保たれるに違いない。▽承久三年（一二二一）の詠か。

元久三年正月高陽院殿初度
応製　庭花春久

2411
あらたまの年のちとせの春《はる》の色をかねてみかきの花にまつかな

2411　わが君の千代も栄え給うことを示す春の色を、あらかじめ御殿の御垣を彩る花の色に見て、私ども朝臣はそれを待ちます。▽元久三年（一二〇六）正月十一日の歌会。○高陽院殿―京都中御門の南、堀川の東。後鳥羽院の御所。もと藤原頼通の邸宅であった。「高陽院御移徙日云と」（明月記、元久二年十二月二日条）○かねてみかきの―「見」と「御垣」の掛詞。

恋

建仁二年六月、水無瀬《みなせ》殿の釣《つり》殿にいでさせたまうて、にはかに六首題をたまはりて、御製にあはせられ侍し中、恋三首

初恋

2412 春《はる》やときとばかり聞し鶯のはつねをわれとけふやながめむ

忍恋

2413 夏草のまじるしげみにきえね露おき《を》とめて人の色もこそ見れ

久恋

2414 わがなかは浮《うき》田のみしめかけかへていくたびくちぬ杜《もり》の下葉も

おなじ年九月十三夜、水無瀬殿恋十五首歌合に、春恋

2415 わすればや花にたちまよふ春霞それかとばかり見えしあけぼの

夏恋

2416 ほとゝぎす空《そら》につたへよ恋わびてなくや五月のあやめわかずと

秋恋

2417 こよひしも月やはあらぬ大方《かた》の秋はならひぞ人ぞつれなき

恋―定家の作百二十八首、女の歌十二首、計百四十首を収める。

2412 春が早いから鳴かないのかと思っていた鶯の初音が聞えた。私は今日それを恋を知りそめた自身の泣き声と聞いて、物思いに沈むのだろうか。本歌「春やとき花や遅きと聞き分かむ鶯だにも鳴かずもあるかな」（古今・春上・一〇　言直）▽水無瀬釣殿当座六首歌合・四番左勝。判詞「初恋の心めづらしく侍るべし」

2413 私の涙の露よ、夏草が混って生えている茂みに消えてしまえ。いつまでもとどまって置いていると、他人がその紅に染まった色を見てしまうかもしれない。参考「夏の野の繁みに咲ける姫百合の知らえぬ恋は苦しきものそ」（万葉・巻八・一五〇〇　坂上郎女）▽同・五番左勝、判詞「「まじる茂みに消えね露」といへるわたり、かへす〴〵をかしくこそ侍れ」

2414 私たちの憂くつらい仲はちょうど浮田神社の占縄のようなもの。それは何度掛け替えては朽ちたことか。そして杜の下葉も。（二人の約束も何度反古にされ、言葉は空しくなったことか。）○浮田―「憂き」を掛ける。→補注。

2415 いっそ忘れてしまいたい。春の曙、桜花のあたりに立ちこめる霞、その間からちらりと見えた花のように美しいあの面影を。参考「春の曙の霞の間よりおもしろき樺桜の咲き乱れたるを見る心地す」（源氏物語・野分、紫上の容姿の描写）▽水無瀬殿恋十五首歌合・四番左勝。

2416 ほととぎすよ、空を飛んでいって、「あなたを恋するのにも倦んで、物の分別もつかず泣いています」と、あの人に伝えよ。本歌「ほととぎす鳴くやさつきのあやめぐさあやめもしらぬ恋もするかな」（古今・恋一・四六九　読人不知）▽同・十番右持。

2417 今宵の月も昔の月と同じではないか。秋が悲しいのは、世間一般の習わしではないか。あの人がつれないから特に悲しく思われるのだ。本歌「月やあらぬ春や昔の春ならぬわが身ひとつはもとの身にして」（古今・恋五・七四七　業平、伊勢物語・四段）「大方の秋来るからにわが身こそ悲しきものと思ひ知りぬれ」（古今・秋上・一八五　読人不知）→補注。▽同・十二番右勝。

冬恋

2418 新古 とこの霜《しも》枕の氷きえわびぬむすびもおかぬ人のちぎりに

暁恋

2419 おもかげもまつ夜《よ》むなしき別《わか》れにてつれなくみゆるありあけの空《そら》

暮恋

2420 ながめつゝ待《ま》たばとおもふ雲《くも》の色をたが夕ぐれと君たのむ覧

羇中恋

2421 君《きみ》ならぬ木《こ》の葉もつらしたび衣はらひもあへず露こぼれつゝ

山家恋

2422 風ふけばさもあらぬ峯の松も憂《う》しこひせん人はみやこにを住《す》め

故郷恋

2423 つれなきをまつとせしまの春の草かれぬ心のふるさとの霜《しも》

旅泊恋

2424 わすれぬは浪ぢの月にうれへつゝ身を牛窓《うしまど》にとまる舟人

関路恋

2425 須磨《すま》の浦《うら》や浪におもかげたちそひて関ふきこゆる風ぞかなしき

海辺恋

2426 わかれのみ雄《を》島《じま》のあまの袖ぬれて又はみるめをいつか刈《か》るべき

2418　床に置いた涙の霜や枕に凍りついた涙の氷が消えかねている。まだ逢おうとの約束もしていない人との恋の悩みのために。○むすびもおかぬ―「むすび」「おか」は「きえ」とともに、「霜」「氷」と縁語。▽同・二〇番右負。

2419　あの人の面影を思い描きながらその訪れを一晩待っていましたが、それも空しく、私はただ心の裡のその面影と後朝の別れをしました。その私にとって、有明の月の懸る今朝の空は、ほんとにつれなく見える。本歌「有明のつれなく見えし別れより暁ばかりうきものはなし」(古今・恋三・六二五　忠岑)▽水無瀬殿恋十五首歌合・二四番右勝。↓補注。

2420　物思いに沈みながら暮雲を見て、もしもあの人が私を待っていてくれたらと思っているのに、当のあの人は私以外の誰と逢う夕暮を期待しているのでしょう。▽同・二六番右負。

2421　あなただけでなく、降り掛かる木の葉もつらく思われる。旅衣には払いきれないほど露がこぼれて。▽同・三一番左負。

2422　風が吹くと寂しい音を立てるので、因幡の山でない峯の松までもつらく思われる。恋をする人は都に住め。恋人から遠く離れての山住みはとても堪えられない。本歌「立別れ因幡の山の峯に生ふる松とし聞かばいま帰りこむ」(古今・離別・三六五　行平)▽同・三七番右負。

2423　つれない人を待つうちに、旧里には霜が降って、春の草は枯れ、あの人も離(か)れてしまった。しかし私は今でもあの人を心に偲んでいる。本歌「わが宿は道もなきまで荒れにけりつれなき人を待つとせしまに」(古今・恋五・七七〇　遍昭)▽同・四五番左持。↓補注。

2424　舟人は、我が身を憂く思って旅愁にとらわれながら牛窓に停泊しているが、波路に宿る月を見るにつけ、故郷に残してきた人のことは忘れられない。参考「牛窓の浪の潮さゐ島響(とよ)み寄さえし君に逢はずかもあらむ」(万葉・巻一一・二七三一　作者未詳)▽同・四七番右持。↓補注。

2425　須磨の浦には波に恋しい人の面影が立添い、関を吹いて越えてゆく風は悲しい響きを立てている。↓補注。▽同・五五番右負。

2426　別れを惜しむ雄島の海人の(私の)袖は潮で濡れ、涙で濡れて、再び海松布を刈る(相見る)のはいつのことでしょう。↓補注。▽同・五九番右持。

2427
河辺恋
名取《とり》河わたればつらしくちはつる袖のためしのせゞの埋木

2428
寄雨恋
ゆくゑなきやどはと問へばなみだのみ佐野《さの》のわたりの村雨のそら

2429
寄風恋
新古 白妙の袖のわかれに露落《(おち)》て身にしむ色の秋風ぞふく

2430
建久五年夏左大将家歌合、恋三嶋江
うつりにきわが心から三島《みしま》江の入江の月のあかぬ俤

2431
建仁元年三月尽歌合、遇不遇恋
人心ほどは雲ゐの月ばかりわすれぬ袖の涙とふらむ

2432
正治二年二月左大臣家歌合、夏恋
よひ《ゐ》ながら雲《くも》のいづことをしまれし月をながしと恋つゝぞぬる

2433
宇治御幸、夜恋　元久元年七月
まつ人の山ぢの月もとほ《を》ければ里《さと》の名《な》つらきかたしきの床《とこ》

2434
建仁二年三月六首之中、恋
たのむ夜の木の間《ま》の月もうつろひぬ心の秋の色をうらみて

2435
遇不遇恋　承元二年閏四月四日和歌所
とひこかしまだおなじ世の月を見てかゝる命にのこる契りを

2427 名取川を渡ったので（噂が立ったので）つらい。瀬々の埋れ木は涙のためにすっかり朽ちてしまう袖を思わせる。↓補注。〇ためし―例。実例。▽同・六一番右負。

2428 佐野の渡りで会った女の家を訊いたが、女はそれを告げずに行ってしまった。涙ばかりが流れる。折から村雨の降る空となった。本歌「苦しくも降りくる雨か神が埼狭野の渡りに家もあらなくに」（万葉・巻三・二六五　奥麻呂）▽同・六七番右勝。判詞「「佐野の渡りの村雨の空」古からずはよろしくも侍るべし」

2429 後朝の袖と袖との別れに、二人の紅の涙の露が落ちて、身にしみるような色の秋風が吹いている。本歌「白妙の袖の別れは惜しけども思ひ乱れてゆるしつるかも」（万葉・巻一二・三一八二　作者未詳）「吹き来れば身にもしみける秋風を色なきものと思ひけるかな」（古今六帖・第一・四二三）参考「秋吹くはいかなる色の風なれば身にしむばかりあはれなるらむ」（詞花・秋・一〇九　和泉式部）▽同・七五番左負。判詞「「身にしむ色の秋風ぞ吹く」といへる、よろしからざるにはあらざるべし」

2430 私自身の心から、月の照る三島江の入江で見た、いくら見ても見飽きないあの子の面影が、同じ月に映った。〇三島江―「見し」を掛ける。▽三島江は遊女の多かった土地だから、遊女との恋を歌ったと見られる。良経家名所題十首歌合（散逸）での詠。↓二〇二六。

2431 あの人の心は空行く月ほど隔ってしまいました。そして、その月だけは、あの人を忘れることができないで流す、私の袖の涙を訪れるのでしょう。↓補注。

2432 古人によって、「まだ宵の口と思っているうちに明けてしまった。雲のどこに月は宿っているのだろう」と惜しまれた夏の月夜を長いと感じ、あの人を恋しく思いながら、寝ます。本歌「夏の夜はまだ宵ながら明けぬるを雲のいづこに月やどるらむ」（古今・夏・一六六　深養父）▽良経家十題二十番撰歌合（散逸）での詠↓二〇五五。

2433 袖を床に片敷いて、山路を越えてくる人を待っているけれども、月の出が遅いように、訪れは間遠なので、宇治（憂し）という里の名がつらく思われる。↓補注。

2434 訪れを期待している夜は更けて、木の間にさしていた月も移ってしまった。私を飽きてしまったあの人の心の移ろいを恨んでいる。参考「君はまだ知らざりけりな秋の夜の木の間の月ははつかにぞ見る」（後拾遺・雑二・九五〇　和泉式部）↓補注。▽三体和歌、艶体の歌。

2435 私はまだあなたと同じこの世の月を見て命永らえています。あなたとの契りも残っているのですから、どうか私を訪ねて下さい。↓補注。▽和歌所三首会での詠。↓二一一一。

承元四年九月粟田宮歌合、寄月恋

2436 やどりこしたもとは夢かと許《(ばかり)》にあらばあふよのよその月かげ

三宮十五首、恋歌

2437 露しぐれした草かけてもる山のいろかずならぬ袖を見せばや

2438 おほかたはわすれはつともわするなよ在明の月のありしひとこと

2439 ならふなと我もいさめしうたゝねを猶物思ふを《お》りはこひつゝ

建保五年四月庚申、久恋

2440 勅撰 こひしなぬ身のお《を》こたりぞ年へぬるあらば逢《(あふ)》よの心づよさに

建永元年七月和歌所、被忘恋当座

2441 新古 むせぶともしらじな心かはらやに我のみけたぬ下のけぶりは

建暦三年三月内裏、恋歌三首

2442 やどりせぬくらぶの山をうらみつゝはかなの春の夢の枕や

2443 ちぎりのみいとゞかりばのならしばはたえぬ思ひの色ぞまされる

2444 影をだにあふせにむすべ思河うかぶみなわのけなばけぬとも

建暦三年九月十三夜内裏歌合、旅宿恋

2445 とゞめお《を》きし袖のなかにや玉くしげ二見《ふたみ》の浦《うら》は夢もむすばず

2436　あの人の面影が袂に宿ったのは夢だったのだろうか。と思うほど、生きていれば逢う時はあるものの、空の月のように私とは無縁な人となってしまった。本歌「いかにしてしばし忘れむ命だにあらばあふ世のありもこそすれ」（拾遺・恋一・六四六　読人不知）○あふよ―「よ」は「世」と「夜」の掛詞。▽粟田宮歌合（散逸）は後鳥羽院主催。粟田宮の祭神は崇徳院。

2437　露や時雨が下草にまで漏る守山の紅葉のように紅涙で染まった、この数ならぬ身の袖を見せたい。本歌「白露もしぐれもいたくもる山は下葉残らず色づきにけり」（古今・秋下・二六〇　貫之）↓補注。▽三宮十五首↓二〇三七。

2438　すべてをすっかり忘れてしまうとしても、忘れないで下さい。ありし日に有明の月の下でいったあの一言だけは。

2439　見習うなと、私自身人を諌めたうたた寝を、やはり物思う折は、出来たらいいなと恋しく思う。本歌「たらちねの親のいさめしうたた寝は物思ふ時のわざにぞありける」（拾遺・恋四・八九七　読人不知）

2440　恋死にをしないこの身の怠慢を詫びて年が経ってしまった。生きていればあの人と逢う時もあるだろうと、心強く思って。本歌「いかにしてしばし忘れむ命だにあらば逢ふ世のありもこそすれ」（拾遺・恋一・六四六　読人不知）○おこたり―怠慢。過失。また、それを詫びること。「憂かりける身のおこたりのことわりは愁へてのちもわれのみぞする」（相模集）▽庚申五首の詠。↓二〇六九。

2441　きっと知らないでしょうね。あの人は変っても私の心は変らず、瓦を焼く小屋で火を消すことがないように、思いを消さず、その煙にむせんでいる（むせび泣いている）とも。↓補注。

2442　はかない春の夜の夢のような逢瀬で、暗部の山に宿を取らないことを恨みながら交す枕よ。↓補注。

2443　狩場の小野の楢柴が紅葉するように、契りは仮そめで、馴れもしないので、私は絶えぬ物思いに紅涙を流している。本歌「御狩する雁羽の小野の櫟柴の馴れはまさらず恋こそまされ」（万葉・巻一二・三〇四八、新古今・恋一・一〇五〇　人麻呂）↓補注。

2444　思い川に浮ぶ水の泡のように、もし消えてしまうのなら消えてしまってもいいから、落合う瀬に泡が結ぶようにせめて水に映る影だけでも（ちょっとでも）いいから逢う瀬がほしい。↓補注。

2445　あの人の袖の中に魂をとどめてきたのであろうか。二見の浦に旅寝して夢も見ない。本歌「あかざりし袖の中にや入りにけむわが魂のなき心地する」（古今・雑下・九九二　陸奥）↓補注。▽建暦三年九月十三夜歌合・八番左。

建保四年閏六月内裏歌合、恋

2446 勅撰 あふことはしのぶの衣あはれなどまれなる色にみだれそめけん

2447 勅撰 こぬ人を松帆《まつほ》の浦《うら》のゆふなぎにやくや藻塩《もしほ》の身もこがれつゝ

九月十三夜内裏、寄海恋

2448 人ごゝろうき波たつる由良《ゆら》の門《と》のあけぬくれぬと音《ね》をのみぞなく

建保四年内にて、寄蘆恋

2449 難波《なには》なる身をつくしてのかひもなしみじかき蘆の一夜ばかりは

正治元年冬左大臣家冬十首歌合

契歳暮恋

2450 続古 あらたまのとしのくれまつ大空《ぞら》はくもるばかりのなぐさめもなし

住吉歌合、旅宿恋

2451 続後 やどりせしかりいほの萩の露ばかりきえなで袖《そで》の色にこひつゝ

恋不離身といふ心を

2452 心をばつらき物とてわかれにし世々のおもかげなにしたふらん

仁和寺宮花五首、寄花恋

2453 花のごと人の心のつねならばうつろふのちもかげは見てまし

2446　逢うことを忍んでいるのに、信夫摺りの衣は、ああどうして稀な紅色に乱れ染めに染まったのだろう。本歌「あふことの　まれなる色に　思ひそめ……」（古今・雑体・短歌・一〇〇一　読人不知）「陸奥のしのぶもぢずりたれゆゑに乱れむと思ふわれならなくに」（古今・恋四・七二四　融）▽百番歌合・八一番右負。

2447　松帆の浦に焼く藻塩火がいぶっているように、私はやって来ないあの人を待って、身も焦れています。参考「名寸隅の　船瀬ゆ見ゆる　淡路島　松帆の浦に　朝凪に　玉藻刈りつつ　夕凪に　藻塩焼きつつ……」（万葉・巻六・九三五　金村）▽百番歌合・九一番右勝。↓補注。

2448　由良の海峡に波が立つように、あの人の心はつらく波立っています。それで私は明けても暮れても、声を出して泣いています。〇うき波―「憂き」から「浮波」へと続ける。〇由良の門のあけぬ―「門」から「戸」「開けぬ」を連想させて「明けぬ」と続ける。▽建保二年九月十三夜内裏三首会での詠。↓二一八一・二二九二。

2449　難波の海の澪標のようにいくら身を尽しても甲斐もない。短い蘆の一節（ひとよ）だけのように、一夜だけの逢う瀬では。↓補注。▽建保四年十一月一日内裏三首会での詠。↓二三四一。

2450　大晦日の晩に逢おうとあの人が約束したので、今年の暮れるのを待っているが、今年が逝ってしまうのも惜しいので、歳暮の大空は曇る程度の慰めもない。本歌「いつしかと暮れを待つまの大空は曇るさへこそ嬉しかりけれ」（拾遺・恋二・七二二　読人不知）

2451　旅の宿とした仮庵の萩の露ほども消えないで袖に色づいた涙（紅涙）を宿して、あの人を恋している。〇第二・三句―「最勝四天王院名所御障子歌」・一八四三の下句と似た表現。▽承元二年三月住吉社歌合（散逸）での詠か。

2452　あの人を恋しく思うわが心をつらいものと見なして、あの人と別れたけれども、あれから何年経ってもつきまとうその面影を、心はどうして慕うのであろう。参考「隔てゆく世々の面影かきくらし雪とふりぬる年の暮かな」（新古今・冬・六九三　俊成卿女）

2453　人の心が花のように移ろうのが世の常ならば、移ろったのちも影は見ようものを。本歌「花のごと世の常ならばすぐしてし昔はまたも帰り来なまし」（古今・春下・九八　読人不知）「色見えでうつろふものは世の中の人の心の花にぞありける」（古今・恋五・七九七　小町）〇うつろふ―「花」「かげ」の縁語。〇仁和寺宮―道助法親王。▽仁和寺宮花五首↓二〇八五。

建久七年、内大臣殿にて、文字を上《かみ》にお《を》きて廿首歌よみしに、恋五首、かたおもひ

2454 神なびの御室《みむろ》の山の山風のつてにもとはぬ人ぞこひしき

2455 たましひのいりにし袖のにほひゆゑ《へ》さもあらぬ花の色ぞかなしき

2456 おくも見ぬしのぶの山にみちとへばわがなみだのみさきにたつ哉

2457 藻《も》塩《しほ》たれ須磨《すま》の浦《うら》波たちなれし人のたもとやかくはぬれけん

2458 ひだたくみうつ墨縄《すみなわ》を心にて猶とにかくに君をこそ思へ

中納言長方卿五首歌よませ侍し中に

絶久恋

2459 それとだにわすれやすらむいまさらにかよふ心は夢《ゆめ》に見ゆとも

建久六年二月左大将家五首、恋

2460 思《おも》ひねはたが心にて見えねども夢にぞいとゞうかれはてぬる

建保右大臣家六首歌合、行路見恋

2461 露ぞおく井《を》手《で》の下帯《をび》さ許《(ばかり)》もむすばぬ野《の》べの草のゆかりに

山家夕恋

2462 涙せくやども端《は》山にかくろへてあらはにこふる夕暮ぞなき

2454 三室山の山風の便りにも訪おうとしない薄情なあの人が恋しい。参考「風吹かばつてにもとはむ里遠み　といひなしてやりたれば　その夜のことは忘れやはする」（大斎院御集）○内大臣殿―後京極良経。○文字を上におきて……―秋十首（二二二六―二二三五）、旅五首（二二五五六―二二五六〇）と同じ時に詠まれた勒字の歌。▽「かたおもひ」の「か」を歌頭に詠みこむ。

2455 私の魂が入ったあの人の袖のよい匂いのために、そうでない花の色までが悲しく思われる。本歌「飽かざりし袖のなかにや入りにけむわが魂のなきここちする」（古今・雑下・九九二　陸奥）▽「た」を歌頭に詠みこむ。

2456 まだ奥を見究めていない信夫山で道を尋ねると、私自身の涙が先立って流れる。本歌「しのぶ山忍びて通ふ道もがな人の心の奥も見るべく」（伊勢物語・一五段、新勅撰・恋五・九四二　業平）▽「お」を歌頭に詠みこむ。

2457 藻塩を垂らして、須磨の浦に立馴れた海人の袂はこのように濡れたのでしょうか。本歌「わくらばにとふ人あらば須磨の浦に藻塩垂れつつわぶと答へよ」（古今・雑下・九六二　行平）→補注。▽歌頭に「も」を詠みこむ。

2458 飛騨の匠（大工）が打つ墨縄のように直線的に、ただひたすらあなたをお思いしています。本歌「とにかくに物は思はず飛騨匠打つ墨縄のただ一筋に」（拾遺・恋五・九九〇　人麻呂。原歌、万葉・巻一一・二六四八）▽「ひ」を歌頭に詠みこむ。

2459 あの人はそれが夢路の恋人だという程度のことも忘れてしまっているのだろうか。今改めて通う私の心の働きで、夢に私を見ても。○中納言長方卿―藤原長方。→補注。○▽「初学百首」・六七、「皇后宮大輔百首」・一一八七と発想や表現の重なるところがある。

2460 誰の心のせいだろうか（きっとあの人のせいであろう）、思いも寝に寝ても恋しいあの人は夢に見えないが、そのために私の心はいよいよあこがれさまよい出てしまった。本歌「君をのみ思ひ寝に寝し夢なればわが心から見つるなりけり」（古今・恋二・六〇八　躬恒）▽二〇六三・二一〇〇・二一四〇・二三二九と同じ時の詠。

2461 井手の下帯を結びもしなかった（本当に契りを交すこともなかった）、僅かの縁なのに、野辺の草に露（涙）が置く。▽建保五年九月右大臣家歌合・一八番左持。→補注。

2462 涙をこらえている私の宿も端山に隠れて、はっきりと恋心を表わす夕暮もない。▽右大臣家歌合・二三番左勝。→補注。

承久二年八月、土御門院よりしのびて召《め》されし、夜長増恋

2463 秋の夜の鳥《とり》のはつねはつれなくてなく〳〵見えし夢《ゆめ》ぞみじかき

寄名所恋　私家

2464 こぐ舟の風にまかするまほにだにそことをしへぬあふの松原《ばら》

忍待恋

2465 小《を》塩《しほ》山千世のみどりの名をだにもそれとはいはぬ暮ぞひさしき

寄蛍恋

2466 いとゞ又あまるおもひはもえつきぬそでのほたるの光見えても

隔遠路恋

2467 たづぬともかさなる関《せき》に月こえてあふをかぎりの道《みち》やまどはむ

暮山恋　権大納言家

2468 うつせみのは山もりくる夕日かげうすくや人と音《ね》をのみぞなく

貞永元年七月大殿歌合、恋十首

寄衣恋

2469 秋草の露わけ衣おき《を》もせずねもせぬ袖はほすひまもなし

寄鏡

2470 ゆく水の花のかゞみの影もうしあだなる色のうつりやすさは

2463 秋の長夜が明けたことを告げる鶏の初音はつれなく聞え、別れの悲しさに泣くと見た夢は短く、覚めた。参考「秋の夜の鳥の初音はつれもなき人待ちし夜のここちこそすれ」（散木奇歌集）▽忍んで召されたのは、後鳥羽院の勘気に触れて籠居していたためか。

2464 風に任せて漕ぐ舟の真帆のように、あの子は十分に「そこが私の家」と教えないので、あふの松原で恋人の住家を尋ねあぐむ。参考「行く先も見えぬ波路に舟出して風に任する身こそ浮きたれ」（源氏物語・玉鬘　玉鬘）「はかなしな心づくしに年を経ていつとも知らぬあふの松原」（千載・恋二・七六四　経房）○まほに―十分に。完全に。「舟」の縁語「真帆」を掛ける。

2465 小塩山に生える千代までも変らぬ緑の木（松＝待つ）の名を、それとだけでも言わないで恋心を忍んでいる夕暮時は、ひどく長く感じられる。○千世のみどり―歌題のうちの「待」の字を連想させる松を暗示する。○ひさしき―「千世のみどり」の縁語。▽題をまわした歌。

2466 袖に包んだ蛍の光は見えても、いっそうまた包むに余る恋の思い（火）は燃え尽きてしまった。本歌「包めども隠れぬものは夏虫の身より余れる思ひなりけり」（後撰・夏・二〇九　読人不知、大和物語・四〇段）○おもひ―「ほたる」の縁語「火」を掛ける。

2467 いくら尋ねても逢えないまま幾月にもわたって幾つも関を重ねて越え、あの人に逢うまで遠路を迷い続けるのだろうか。本歌「わが恋は行方も知らず果もなし逢ふをかぎりと思ふばかりぞ」（古今・恋二・六一一　躬恒）

2468 端山を洩れて来る夕日の薄い光の中で、その羽のように恋人が薄情になるだろうかと、蟬が声を出して鳴く。本歌「蟬の声きけば悲しな夏衣うすくや人のならむと思へば」（古今・恋四・七一五　友則）○うつせみの―「空蟬の羽」から「端山」を導き出す序詞。▽元仁元年基家家五首会での詠。→二〇八九。

2469 起きもせず寝もしないで、秋草の露を分けた衣の袖は乾すひまもない。本歌「起きもせず寝もせで夜をあかしては春のものとてながめ暮らしつ」（古今・恋三　六一六　業平、伊勢物語・二段）→補注。▽光明峯摂政家歌合・二番右負。

2470 流れる水の鏡に映った花の影もつらい。あだな色で移りやすいと思うと。参考「年をへて花の鏡となる水はちりかかるをや曇るといふらむ」（古今・春上・四四　伊勢）▽同・一二番右勝。判詞（定家）「下句軽忽卑賤に侍るを、御気色により勝とす」

寄弓

2471 狩《かり》人のひくやゆずゑのよるさへやたゆまぬ関の守《も》るにまどはむ

寄玉

2472 緒をたえしかざしの玉と見ゆばかり君《きみ》にくだくるそでの白露《しらつゆ》

寄枕

2473 続古 わすれずよみとせのゝちの新枕さだむばかりの月日なりとも

寄帯

2474 如何せんうへはつれなき下帯のわかれし道《みち》にめぐりあはずは

寄糸

2475 夏引《ひき》のいとしもなれし俤はたえてみじかきのちぞかなしき

寄莚

2476 東野《あづまの》の露《つゆ》のかりねのかやむしろ見ゆらんきえてしき偲《しの》ぶとは

寄舟

2477 白妙の袖のうらなみよる〳〵はもろこし舟やこぎわかる覧《(らん)》

寄網

2478 人心あだなる名のみたつしぎの網《あみ》のゆくてになどかゝる覧

2471 猟師が引く弓末が寄る夜さえ、油断しない番人が見張りをしている恋人に迷うのだろう。参考「人しれぬわが通ひ路の関守は宵々ごとにうちも寝ななむ」(古今・恋三・六三二 業平、伊勢物語・五段)▽同・二四番右負。

2472 紐の切れた簪の玉と見えるほど、あなたのために袖の白露(涙)は砕けて散ります。参考「立田姫かざしの珠の緒を弱み乱れにけりと見ゆる白露」(千載・秋上・二六五 清輔)○くだくる―「玉」「露」の縁語。▽同・三五番右持。

2473 三年も帰らぬあなたを待った。新しい夫と新枕を交わすほど月日が経っても、もとの夫であるあなたへの愛情は変りません。本歌「新玉の年の三年(みとせ)を待ちわびてただ今宵こそ新枕すれ」(伊勢物語・二四段)▽同・四六番右持。判詞「優なる所も侍らぬ新枕、御気色により勝とす」

2474 どうしましょう。別れ道であなたが結んだ下帯、表面からはわからない下帯を目印として再びめぐりあわなかったら。▽『大和物語』一六九段、書きさしの物語により、女の立場で詠む。↓二四六一。同・五七番右持。

2475 深く馴れ親しんだ恋しい人の面影は、二人の間柄が短く、夏引の糸のように絶えてしまったのちに悲しく浮ぶ。参考「夏引の手引きの糸を繰り返し言しげくとも絶えむと思ふな」(古今・恋四・七〇三 読人不知)↓補注。▽同・六八番右負。

2476 露の滋く置く東国の野で、東乙女の私が萱莚を敷いて寝ながら、心も消え消えになって、あの人のことをしきりに偲ぶと、あの人の夢に見えるでしょうか。本歌「庭に立つ麻手刈り干し布暴東女を忘れたまふな」(万葉・巻四・五二一 常陸娘子)参考「麻手乾す東乙女の萱莚しきしのびても過ぐす頃かな」(千載・恋三・七八九 俊頼)○きえて―「露」の縁語。○しき―頻り。萱莚の縁語「敷き」を掛ける。▽同・七九番右持。

2477 白妙の袖の裏に出来る、涙の波の寄る浦には毎夜々々唐船が漕ぎ渡るだろうか。本歌「思ほえず袖にみなとのさわぐかなもろこし船の寄りしばかりに」(伊勢物語・二六段)↓補注。▽同・九〇番右勝。判詞「「年の緒長く松浦船」(左の道家の歌)殊勝の由皆一同申侍りしかど、可レ為二右勝一之由被レ仰」

2478 あの人の心はあだっぽくて、憂き名ばかりが飛び立つ鴫の羽音のようにぱっと立ち、世の噂の網目にどうして掛るのでしょう。▽同・一〇一番右負。判詞「右不二尋常一」

はじめて人に

2479 続古 かぎりなくまだ見ぬ人のこひしきはむかしやふかく契りお《を》きけむ

恋歌とて

2480 うつりにし心のいろにみだれつゝひとりしのぶのころもへにけり

2481 あともなき浪ゆく舟にあらねども風をしるべに物思ふころ

2482 世々かけてつらきちぎりにあひ《ゐ》そめてふかき思ひの色ぞかひなき

2483 なげくともこふともあはむみちやなき君葛城《かづらき》の峯の白雲《しらくも》

2484 あだしののわかばの草にお《を》くつゆのそでにたまらぬ物をこそ思へ

2485 わきかへりおつればこほる滝《たき》つ瀬《せ》のしたにくだけていくよへぬらん

神無《な》月のころ、まどろまであかして

2486 かなしさのたぐひもあらじ神無《な》月ねぬよの月のありあけのかげ

つゝむことある人の、春《はる》ごろとほ《を》くわかれけるに

2487 続古 けふやさはへだてはてつる春霞はれぬ思ひはいつとわかねど

2479 まだお逢いしたこともないあなたがひどく恋しく思われますのは、きっと前世で、あなたと私とはこの世でお逢いしましょうと約束をして置いたからでしょうか。参考「夢にだにまだ見ぬ人の恋しきは空にしめゆふ心地こそすれ」(新勅撰・恋一・六二八　読人不知)

2480 うつりやすい人の心の色に思い乱れ、しのぶ摺の衣を着て、ひとり忍んでいてずいぶん長い時間が経ってしまった。参考「木隠れて身はうつせみの唐衣ころもへにけり忍び忍びに」(千五百番歌合・恋二　良経)「いかにして行きて乱れむみちのくの思ひしのぶのころもへにけり」(貞永元年光明峯寺摂政家歌合・寄衣恋　家隆)○みだれつゝ―「みだれ」は「しのぶ」の縁語。○ころも―「衣」と「頃も」の掛詞。

2481 跡もない波路を行く船ではないけれども、風を恋人への道しるべに頼みたいなあと物思いに沈んでいるこの頃だ。本歌「白波のあとなき方に行く舟も風ぞたよりのしるべなりける」(古今・恋一・四七二　勝臣)

2482 前世と現世と、二世にわたってつらいあの人との関係から、逢い初めていっそう深く思い悩むけれどもその甲斐もない。→補注。○あひそめて―「藍染めて」と「逢初めて」を掛ける。下の「深き」「色」は「藍」の縁語。

2483 いくら嘆いても恋しがってもあの人に逢う道はないのだろうか。つらいあの人は葛城山の峯の白雲のように手の届かない存在なのだ。本歌「思ふとも恋ふとも逢はむものなれや結ふ手もたゆく解くる下紐」(古今・恋一・五〇七　読人不知)「よそにのみ見てややみなむ葛城の高間の山の峯の白雲」(和漢朗詠・下・雲・四〇九、新古今・恋一・九九〇　読人不知)

2484 化野(あだしの)の若葉の草に置く露のように、袖にたまらぬほど涙をこぼしながら物思いに悩む。→補注。

2485 湧きかえって落ちては氷りつく、涙のたぎつ瀬の下に、心も砕けて幾年経つのだろう。参考「わきかへり氷の下にむせびつつさもわびさする吉野川かな」(狭衣・巻二　狭衣大将)

2486 十月の長夜にまんじりともせず、有明の月の光を眺めている。この悲しさは類もあるまい。○ねぬよの月―「霜結ぶ袖の片敷きうちとけて寝ぬ夜の月の影ぞ寒けき」(千五百番歌合・冬一、新古今・冬・六〇九　通具)

2487 それでは今日は、あなたと私との間は春霞がすっかり隔ててしまったのでしょうか。晴れぬ思いはいつという区別はありませんけれども。参考「秋霧のともに立ち出でて別れなばはれぬ思ひに恋ひやわたらむ」(古今・離別・三八六　元規)○つゝむことある人―世間の人目を遠慮すべき女性。

春《はる》ものごしにあひたる人の、梅花をとらせていりにける、又のとし
おなじ所にて

2488 続拾 心からあくがれそめし花の香《か》に猶物思《(おもふ)》はるのあけぼの

又

2489 続拾 我のみやのちもしのばむ梅花《(むめのはな)》にほふのきばの春《はる》のよの月

かげばかり見てかへりける道にて、火のあるよし、人のいふに

2490 こひ〳〵てあふともなしにもえまさるむねのけぶりやそらに見ゆ覧

ことなることなき女の、心高《こゝろたか》くおもひあがりて、つれなかりければ

2491 さても猶折《お》らではやまじ久方の月の桂の花と見るとも

宮仕《みやづか》へしける女の局《つぼね》にてたづぬるに、かくれければ、鏡《かゞみ》の蓋《ふた》をとりかくしてかへさざりけるのち、その女或《あ》る人のもとにさだまりゐにければ、その蓋《ふた》をかへしやるとて

2492 ます鏡《かゞみ》ふたりちぎりしかねことのあはでややがてかけはなれなん

返し

(2492) 身こそかくかけはなるともます鏡《かゞみ》ふたり見しよの夢はわすれず

秋のくれをもろともに惜《お》しみあかして里《さと》へ出《い》でにける人に、出《い》でぬ人につたへて

2493 如何せんすててし秋をしたふとて身もを《お》しからずを《お》しき別を

2488　わが心から梅が香（あなたの美しさ）にあこがれ始めてからというものは、いつまでも春の曙に物思いに沈んでおります。↓補注。▽『伊勢物語』四段のような恋。作者は「わが身を業平となして」（京極中納言相語）歌っている。

2489　私だけがこうやってのちのちまでも偲ぶのでしょうか、梅の花が軒端に匂っていたあの春の月夜を。（あなたは私とあの夜語り合ったことをもうお忘れでしょうか）

2490　あの火事の煙は、あの人を恋するばかりで実際に逢うこともないままに燃えさかる、私の胸の思いの煙が空に見えたのだろうか。↓補注。○かげばかり—ほんのちらとだけ。○火のあるよし—火事だということを。○こひ〳〵て—古歌では「恋ひ恋ひて逢ふ」と続ける場合が少なくない。

2491　たとえあの女が月の中に生えている桂の花のような手の届かない存在であると見ても、私は決して手折らずにはすまさないだろう。参考「久方の月の桂も折るばかり家の風をも吹かせてしがな」（拾遺・雑上・四七三　道真母）○ことなることなき女—たいしたこともない女。身分的な高下についていうか。○心高く—気位が高く。「思ひやりことなることなき閨の内に、いといたく思ひあがり」（源氏物語・帚木）

2492　二人が約束した約束事が実現することもなく、鏡筥の身と蓋のようにそのまま離れてしまうのでしょうか。○さだまりゐにければ—妻と定まってその家にいるようになったので。○ます鏡—「身」を響かせ、「蓋」↓「ふたり」の連想から、「ふたり」の序のような働きをする。○あはで—「増鏡」の縁語。○かけ—「増鏡」の縁語「影」を掛ける。

(2492)　（筥の）身は（私たちの身体は）このように離れても、鏡筥の蓋ではないけれども二人で見たあの夜の夢は忘れません。

2493　私を見捨てて行ってしまった秋（あなた）を慕うというので、この身がどうなってしまうのも惜しくなく、ただ惜しまれる別れをどうしたらいいのでしょう。○秋のくれ—晩秋。○里へ—実家へ。宿下りしたのである。○出でぬ人につたへて—退出しない傍輩の女房を介して（伝えるよう依頼して）。

2494 うらめしやけふしもかふる衣手にいりにし魂《たま》のみちまどふらむ

返し

(2493) わすれねよしたひてくれし秋よりもあだにたつ名《な》はを《お》しき別を

(2494) お《を》ろかなるなみだも見えぬ袖の上をとゞめし玉と誰かたのまむ

ある所なる人を、我にはゞかるよしをきゝて、三位中将

(2495) 君《きみ》ならでかよふ人なきよひ《ゐ》〳〵をゐぬ関守《せきもり》にかこたざらなん

返し

2495 逢坂《あふさか》は君《きみ》がゆきゝときゝしよりまだ見ぬ山にふみもかよはず

心かはりにける人に

2496 あらはれて霜《しも》よりのちの色ながらさすがにかれぬ白菊の花

2497 かはる色をたが朝《あさ》露にかこちても中の契りぞ月草の花

文《ふみ》つたふる人、障《さは》ることありてかきたえて

2498 ふみかよふ道《みち》もかりばのお《を》のれのみこひはまされるなげきをぞする

返し

(2498) みかりののかりそめ人をなら柴にわれぞふみみし道はくやしき

2494 恨めしいですね。冬になった今日、あなたは冬衣に着更えたでしょうから、あなたの秋衣の袖に入ってしまった私の魂は道に迷うことでしょう。参考「飽かざりし袖の中にや入りにけむわが魂のなき心地する」（古今・雑下・九九二　陸奥）○うらめしや—「衣手」の縁語「裏」を掛ける。

(2493) 私とのことは忘れてしまってください。慕いながら暮れた秋よりも、あだに立つ名が残念に思われるあなたとの別れです。

(2494) 私の袖の上には、あなたのいいかげんな涙すら見えないのに、私の袖の中に魂をとどめたなどとおっしゃっても、誰が本気にするものですか。本歌「おろかなる涙ぞ袖に玉はなす我はせきあへずたぎつ瀬なれば」（古今・恋二・五五七　小町）

(2495) あなた以外に毎夜通う人はいないのに、私を居もしない関守に見立てて、恋路を邪魔するなどと愚痴をこぼさないでください。本歌「人しれぬわが通ひ路の関守はよひよひごとにうちも寝ななむ」（伊勢物語・五段、古今・恋三・六三二　業平）○三位中将—藤原公衡。↓二三九四。

2495 逢坂はあなたが往来する道と聞いてからは、まだ山を見ることはおろか、踏み歩きもしません。（あなたが交際している女性と聞きましたので、逢うどころか文通もしていません）○まだ見ぬ山—まだ見たこともない山。逢っていない女の比喩。○ふみ—「踏み」に「文」を掛ける。

2496 霜に逢ったのちの白菊の花の色は、目にも著しくあざやかな紫でしたが、やはり枯れてしまいました。そのように、二人の仲ももうおしまいですね。↓補注。

2497 その変る色を、誰かと共寝をした後朝の露にかこつけても、二人の間柄は月草の花の色のように移ろってしまったのですね。↓補注。

2498 お手紙もとだえたので、ちょうど狩場の鳥の尾のように、私ばかりが木居をしたって（あなたを恋しく思って）嘆いております。参考「ふみかよふ人だになきは敷島の道知らぬ身の憂きにぞありける」（伊勢大輔集　相模）○ふみかよふ—「踏み」に「文」を掛ける。○かりば—狩場。「かり」に「仮り」を掛ける。○こひ—「木居」（鷹が木にとまること）に「恋」を掛ける。○なげき—「こひ」に掛けた「木居」の縁語「木」を掛ける。参考「御猟する雁羽の小野の櫟（なら）柴の馴れはまさらず恋こそまされ」（万葉・巻一二・三〇四八　寄物陳思、新古今・恋一・一〇五〇　人麻呂）↓補注。

(2498) 御狩野で刈る楢柴のように、あなたとかりそめに知りあって馴れ親しみ、お手紙を頂くようになった私の方こそ後悔されてなりません。参考、二四九八に同じ。↓補注。

かぎりなくしのびて、人にしらせざりける人に

2499 続古 あぢきなくなにと身にそふ俤ぞそれとも見えぬやみのうつゝに

返し

(2499) いつはりのたがおもかげか身にそはむ夢にまさらぬやみのうつゝに

2500 ありあけのあか月よりもうかりけり星《ほし》のまぎれのよひの別は

(2500) 舟よするおもひもあらじよひのまのわかれは星のまぎれなりとも

2501 如何せんさすがよな〳〵みなれざを《お》しづくにごる宇治の川長《かはをさ》

(2501) 浮舟《うき》のなにの契りにみなれ棹あだなる袖をくたしそめけむ

2502 しのぶともこふともしらぬつれなさに我のみいくよなげきてか寝《ね》む

(2502) しのばれずこひずは何を契りとか憂《う》きにそへたるなげきをもせん

2503 せきわびぬいまはたおなじ名取《なとり》河あらはれはてねせゞの埋木

(2503) 名取《なとり》河ゆくての浪にあらはれてあさゝぞ見えんせゞの埋木

2504 思やれさとのしるべもとひかねてわが身の方《かた》にくゆるけぶりを

2499　つまらないことにどうしてあなたの面影が私の身に添って離れないのでしょう。あれは確かにお逢いしたとも実感できない。闇の中での出来事でしたのに。本歌「むばたまの闇のうつつはさだかなる夢にいくらもまさらざりけり」（古今・恋三・六四七　読人不知）

(2499)　嘘をおっしゃって。一体どなたの面影がお身体に添って離れないのでしょうか。お逢いしたのは夢にまさるとは思えない闇の中の現実でしたのに。

2500　有明の月の照る暁よりも憂くつらいですね。星明りに紛れて宵のうちにお別れするのは。本歌「有明のつれなく見えし別れより暁ばかり憂きものはなし」（古今・恋三・六二五　忠岑）○星のまぎれ―後年の「藤川百首和歌」・三六五五六にも用いた句。▽まだこの恋の初めの頃の贈歌か。

(2500)　七夕の二星のように船を漕ぎ寄せる苦労もありますまい。宵の間の別れは、たとえ星明りに紛れてのものであっても。▽（二五〇〇）～（二五〇四）は一字下げに書かれ、恋人からの返歌であることを示す。自筆本も同じ。

2501　さすがに毎夜水馴棹をさし、その雫に濁る宇治川の船頭はどうしたらいいのでしょう。（あなたを毎夜見馴れて、私はこれからどうしたらいいでしょう。）本歌「さしかへる宇治の河長朝夕のしづくや袖を朽たしはつらむ」（源氏物語・橋姫　大君）↓補注。

(2501)　浮舟のような憂い私は、どういう前世の約束で、水馴棹のために（あなたと逢い見ることにも馴れ、涙をこぼして）袖をくさらせ始めるようになったのでしょう。

2502　いくら偲んでも恋しがってもそしらぬふりをしていらっしゃるあなたの薄情さのために、私ばかりが幾夜嘆きながら寝ることでしょう。参考「思ふとも恋ふともあはむものなれやゆふ手もたゆく解くる下紐」（古今・恋一・五〇七　読人不知）

(2502)　私は偲ばれもせず恋しがられもしないならば、何をあなたとの関係の形見として、もともと憂くつらい上に嘆きなど致しましょう。

2503　もう堰くことに堪えられなくなってしまいました。今となってはもう同じことですから、噂になるのも覚悟の上で二人の間柄をはっきりしてしまって下さい。本歌「名取川瀬々の埋もれ木あらはればいかにせむとかあひ見そめけむ」（古今・恋三・六五〇　読人不知）参考「わびぬれば今はたおなじ難波なる身をつくしてもあはむとぞ思ふ」（後撰・恋五・九六〇、拾遺・恋二・七六六　元良親王）↓補注。

(2503)　名取川では水が流れてゆく先に、底の埋れ木が現れて、川底が浅く見えるでしょう。二人の噂が立ったら、あなたのお心の浅さがあらわになることでしょう。

2504　あなたのお里もお聞きしかねて、自分だけ恋の煙にいぶっているこの私を、かわいそうだと思って下さい。○さとのしるべ―「海人の住

(2504) とひかぬるさとのしるべに中たえていまやあとなきけぶりなる覧《(らん)》

その人のもとより、返事に

(2505) なにかとふ思《おも》ひもいとゞ末《すゑ》の松わがなみならぬ浪もこゆなり

返し

2505 こえ〳〵ず心をかくるなみもなし人の思《おも》ひぞ末《すゑ》の松《まつ》山

恋歌よみける中に

2506 時のまもいかに心をなぐさめて又あふまでの契りまちみむ

2507 新古 かきやりしその黒髪《くろかみ》のすぢごとに打《(うち)》ふすほどは俤ぞたつ

2508 わかれての思《おも》ひをさぞとしりながら誰かはときし夜半の下紐

2509 きてなれしにほひを色にうつしもてしぼるもを《お》しき花ぞめの袖

とほ《を》き所にゆきわかれにし人に

2510 心をばそなたの雲《くも》にたぐへても猶こひしさのやるかたぞなき

2511 あな恋し吹《ふ》きかふ風もことつてよ思ひわびぬる暮のながめを

2512 思《おも》ひいづる心ぞやがてつきはつる契りしそらの入逢の鐘《かね》

む里のしるべにあらなくにうらみむとのみ人のいふらむ」(古今・恋四・七二七　小町)

(2504) 私の里への道しるべを訪ねあぐんで、二人の仲は絶えてしまいました。今は通う道もなく、煙に霞んでいることでしょうね。

(2505) 今更どうして私をお訪ねなさるのです。情愛もいよいよ末となって、私の方ではなくそちらで末の松山を浪も越えている(あなたは心変りをしてしまった)ようですね。本歌「君をおきてあだし心をわが持たば末の松山浪も越えなむ」(古今・東歌・一〇九三　陸奥歌)○なにかとふ—なぜ訪うのだろう。

2505 越えるか越えないか、心を掛ける浪もありません(他に好きな人はいません)。あなたの愛情こそ末となって、末の松山を浪が越えているのでしょう。

2506 どのようにしてほんのちょっとの間も心を慰めて、またあの人と逢うまでの約束を待ってみようか。

2507 ひとり臥す時は、共寝した時掻きやったあの人の黒髪の毛筋の一本一本まで面影となって目の前にちらついて離れない。本歌「黒髪の乱れも知らずうち臥せばまづかきやりし人ぞ恋しき」(後拾遺・恋三・七五五　和泉式部)▽女と別れた後忘れ難く思い出している男の心を詠む。玉鬘が鬚黒大将と結ばれた後の光源氏の心情を叙した『源氏物語』真木柱の巻の「起き臥し面影にぞ見え給ふ」という叙述も関係があるか。

2508 いったい誰が、別れたのちの思いはさぞ痛切だろうと知りながら、夜着の下紐を解いただろう。その時はあとの思いなどは考えてもみなかった。参考「もろともにいつか解くべき逢ふことのかた結びなる夜半の下紐」(後拾遺・恋二・六九五　相模)

2509 着て馴れた移り香を色に移しているので、涙を絞るのも惜しく思われる花染めの袖よ。○花ぞめ—つゆくさ(月草)の花の汁で染めること。「色」「うつす」の縁語。

2510 心をあなたが行かれるそちらの方角の雲に托しても、やはり恋しさはどうしようもありません。参考「ながめやるそなたの雲も見えぬまで空さへくるるころのわびしさ」(源氏物語・浮舟　匂宮)

2511 ああ恋しい。夕暮に空を眺めて物思いに堪えかねていると、吹き通う風よ、あの人に言伝てくれ。参考「夕暮は雲のはたてに物ぞ思ふ天つ空なる人を恋ふとて」(古今・恋一・四八四　読人不知)

2512 逢う瀬を約束した入相(いりあい)の鐘が空に聞える。この時分に逢った昔のことを思い出すと、心はそのまま尽きはててしまいそうだ。○つきはつる—「尽き」に「鐘」の縁語「撞き」を掛ける。

2513 人めもりへだつる道《みち》をおもふよりやがてもむねにとづる関哉

2514 勅撰 誰もこのあはれみじかき玉の緒《を》にみだれて物を思はずもがな

2515 むすびおく《を》名《な》のみながるゝわたり河わが手《て》にかけむ浪とやは見《み》し

2516 お《を》のづからあはれとかけむ一言《こと》も誰かはつてむやへの白雲《しらくも》

2517 けふまでは人もわすれずと許(ばかり)もうつゝにしらぬなかぞかなしき

2518 契りお《を》きし音《をと》をたのみにしのぶともおなじ風だにふかずやある覧

つゝむことありて、文《ふみ》やることもせぬ人のてならひしたるを、人づてに見て

2519 うら〳〵にたゞかきすつるもしほぐさ見るよりいとゞ立(たつ)けぶり哉

人のもちたるあふぎに、うつの山べのうつゝにもとかきたるを見て

2520 続後 さぞなげくこひをするがの宇津《うつ》の山うつゝの夢の又し見えねば

2521 お《を》のづからそれと許(ばかり)をよそにみてむねにせかるゝ水茎《くき》のあと

ひさしくかきたえたる人に

2522 続後 いかゞせむありしわかれをかぎりにて此世ながらの心かはらば

2513　人目が見張っており、遠く隔ったあなたとの間の距離を思うと、そのまま胸は関を閉ざしたように締めつけられる。

2514　ああ、誰にとっても短いこの人生で、心も乱れて物思いをしないでいたい。参考「玉の緒の絶えて短き命もて年月長き恋もするかな」（後撰・恋二・六四六　貫之）「朝な朝なけづれば積もる落髪の乱れて物を思ふ頃かな」（拾遺・恋一・六六九　貫之）〇玉の緒に—命のあるうちに。生きている間に。〇みだれて—「玉」の縁語。▽『新勅撰集』恋五・一〇〇九に「恋十首歌よみ侍ける時」の詞書を付して自選した作。

2515　三途の川をともに渡るような関係を結んでいるという噂ばかりが流れて、涙の波をわが手にかけようと思っただろうか。参考「おりたちて汲みはみねども渡り川人の瀬とはた契らざりしを」（源氏物語・真木柱　光源氏）〇むすび—下の「ながるゝ」とともに「河」「浪」の縁語。〇わたり河—三途の川。

2516　ひょっとして、一言かわいそうといってくれるかもしれないけれど、それも誰が言伝てしてくれるでしょう。あなたは八重の白雲の彼方にいらっしゃるのだから。

2517　今日まではあなたも私のことを忘れていないという程度のことも、確かには知らないという二人の間柄は悲しい。

2518　約束しておいた風の便りを頼みとしてあなたを偲ぶとしても、あなたのまわりには同じ風でさえも吹かないのでしょうか。

2519　浦々に掻き捨てている藻塩草（恋しい人が何の悩みもなくあちこちに書き捨てている手習い）を見ると、いよいよ塩焼く煙（恋の思いの煙）が立昇る。〇うら〳〵に—「浦々に」に、「うらうらに」（うららかに）を掛ける。

2520　恋をする私は業平と同じように嘆いています。昔、業平が駿河の宇津の山で見た夢のように、現の夢（夢のような体験）は二度と見ない（訪れない）ので。参考「煙立つ富士に思ひの争ひてよだけき恋を駿河へぞ行く」（山家集・中）〇うつの山べのうつゝにも—「駿河なる宇津の山辺のうつつにも夢にも人に逢はぬなりけり」（伊勢物語・九段、新古今・羈旅・九〇四　業平）〇こひをするがの—「する」から「駿河」へと続ける。

2521　おのずとそれは恋しい人の筆蹟とはたで見て、胸の思いは水を堰くように堰かれてしまう。〇せかるゝ—「水茎」の「水」の縁語。▽深く恋している場合は、その人の筆蹟を見ただけでも、胸が締めつけられるように感ずる。

2522　どうしたらいいのでしょうか。いつぞやお別れしたのを最後として、二人ともこの世に生きていながら心変りをしてしまったならば。〇かきたえたる人—音信が途絶した女性。

2523 限《かぎ》りあらん命《いのち》もさらにながらへじこれよりまさる月日へだてば

2524 身をつくしいざ身にかへてしづみみむおなじ難波《なには》の浦《うら》の浪かぜ

2525 涙せくむなしきとこのうき枕くちはてぬまのあふこともがな

2526 こひしさを思しづめむ方ぞなき逢見しほどにふくる夜ごとは

2527 よしさらばおなじ涙にくれなゐの色にをこひん人はしるとも

2528 続古 山のはにまたれていづる月かげのはつかに見えし夜はの恋しさ

2529 なほ《を》ざりにたのめしほどもすぎはてば何にかくべき命なるらむ

2530 いかさまに恋もなげきもなぐさめむ此世ながらのあらぬ世《よ》も哉(がな)

2531 あすしらぬ世のはかなさを思ふにもなれぬ日数ぞいとゞかなしき

2532 はかなしな夢にかよはむ夜な〳〵をかたみにそれと思なすとも

2533 お《を》のづから人もなみだやしるからん袖《そで》よりあまるうたゝねの夢

2534 おもかげの身にそふ袖の匂ひゆゑ《へ》たゞその色にしむ心哉

2523　これ以上隔っている月日が多くなれば、限りある私の命も脅かされるでしょう。▽底本・東大国文学研究室本などなし。自筆本・自筆臨摸本、付箋に記し、「此歌或本ニアリ」と注する。自筆本により補う。

2524　さあ澪標に変身して難波の浦に沈んでみよう。恋のために死んだと同じように噂になるのならば。本歌「わびぬれば今はたおなじ難波なる身をつくしてもあはむとぞ思ふ」（後撰・恋五・九六〇、拾遺・恋二・七六六　元良親王）

2525　空しい床は、涙の海に枕も浮いて涙を堰きとめている。その浮枕がすっかり朽ちてしまわないうちに逢いたい。○うき枕―「浮き」に「憂き」を掛ける。

2526　恋しさを冷静に抑える方法もない。逢い見るうちに更けてゆく夜はいつも。

2527　どうせ同じく涙に昏れるのなら、紅涙を流してあの人を恋しよう。たとえ他人は知っても構わない。参考「秋の野の尾花にまじり咲く花の色にや恋ひむ逢ふよしをなみ」（古今・恋一・四九七　読人不知）○くれなゐの―「（涙に）昏れ」を掛ける。○色にを―「を」は語調を整える間投助詞。

2528　待たれた末に山の端に出た二十日の月の光のように、僅かにあの人を見た夜半が恋しい。○はつかに―僅かに。「二十日」を響かせる。二十日の月はなかなか出ない。

2529　あの人がいいかげんにあてにさせた時分もすっかり過ぎてしまったならば、何に期待して命を繋いだらいいのだろう。

2530　いったいどのようにして恋も嘆きも慰めようか。この世にいながら違った世であるといい。

2531　明日をも知らぬこの世のはかなさを思うにつけ、恋しい人と馴れ親しまない日数がいっそう悲しく思われる。

2532　はかないなあ。夜ごとの夢に通ってくる面影をお互いに、それは恋人だと無理に思うとしても、現実には逢えないのだから。参考「逢ふとだにかたみに見ゆるものならば忘るるほどもあらましものを」（後撰・恋四・八二二　読人不知）「夢をだにいかでかたみに見てしかな逢はで寝（ぬ）る夜の慰めにせむ」（拾遺抄・恋上　読人不知）○かたみに―互いに。「形見」をも響かせるか。

2533　ひょっとしてあの人も、はっきりと知れるほど涙を流しているだろうか。うたたねの夢であの人を見て、私は袖からあふれるほど涙をこぼしている。

2534　袖の移り香をかぐと、あの人の面影が髣髴として、それが身に添って離れないので、ただその色が心に染みついたような気がする。

2535 思《(おもひ)》いづる春《はる》の衣のかたみまでいはぬ色にぞちしほそめてし

2536 身にかへて人をおもはでこひ見ばやなきになしても逢《(あふ)》よありやと

2537 待《ま》つらむとちぎりしほどを忘《わす》れずはたれとながめて日をくらすらん

2538 かく知《し》らば緒《を》絶《だえ》の橋《はし》のふみまどひわたらでたゞにあらましものを

2539 を《お》しからぬ命《いのち》もいまはながらへてお《を》なじ世をだにわかれずも哉《(がな)》

2535 思い出される。あなたとの恋の形見として、春の衣まで物言わぬ色、くちなし色に千入（ちしお）に深く染めた。本歌「思ひ出づるときはの山の岩つつじいはねばこそあれ恋しきものを」（古今・恋一・四九五　読人不知）「口なしにちしほやちしほ染めてけり　道信　こはえもいはぬ花の色かな　伊勢大輔」（俊頼髄脳）○いはぬ色―くちなし色（赤みを帯びた濃い黄色）。○ちしほ―千入。染料に千回も浸たすこと。

2536 この身に代えて人を思うなどと真剣に考えないで、遊びの恋をしてみたい。そうすれば、あとで何もなかったことにして、人と逢う夜を経験できるかどうか。○身にかへて―命と引換えに。「憂きにかく今まで堪ふる身にかへて君やはかけてわれをしのばぬ」（和泉式部続集）では、相手の身についていう。

2537 あの人は「私はきっと待っているでしょう」と約束したことをもし忘れないならば、いったい誰と眺めながら日を暮しているだろう。

2538 愛情の道に迷って緒絶の橋のように二人の中が絶えると知ったら、渡らずに何でもなくていたらよかったものを。本歌「みちのくの緒絶の橋やこれならむふみみふまずみ心まどはす」（後拾遺・恋三・七五一　道雅）○かく知らば―こうだと知ったならば。

2539 惜しくないわが命でも今は生き永らえて、せめて恋人と同じ世から別れることはしたくない。参考「恋すれば憂き身さへこそ惜しまるれおなじ世にだに住まむと思へば」（詞花・恋上・二二四　心覚）

雑

旅

伊勢の勅使の御供《とも》に、鈴鹿《すゞか》の関《せき》こえしに、山中《なか》のさくらさかりなりし下《た》にて

2540 えぞすぎぬこれや鈴鹿《すゞか》の関ならむふりすてがたき花のかげ哉

宇治御幸に、秋旅

2541 わが庵は峯のさゝはらしかぞかる月にはなるな秋の夕露《つゆ》

建暦三年八月内裏歌合、山暁月

2542 やどれ月衣手《を》おもし旅枕《たび》たつや後瀬《のちせ》の山のしづくに

河朝霧

2543 あさぼらけいざよふ浪も霧《きり》こめてさととひかぬるまきの島人《しま》

建仁三年秋和歌所歌合、羇中暮

2544 たちまよふ雲《くも》のはたての空《そら》ごとにけぶりを宿《やど》のしるべにぞとふ

山家松

2545 つれ〴〵と松《まつ》にくだくる山風もさとから人の心をやしる

旅―定家の作二十九首、俊成の作二首、計三十一首を収める。

2540　これが名高い鈴鹿の関なのであろうか。この美しい花の蔭を振り捨てて行き過ぎることはできない。○伊勢の勅使の御供に……―建久六年（一一九五）二月、良経が公卿勅使として伊勢に遣わされた時の随行をさす。○ふりすてがたき―「ふり」は「鈴鹿」の鈴の縁語。

2541　私の旅寝の仮庵は峯の笹原をこのように刈って結う。秋の夕露よ、月に馴れないでくれ、そなたが月を宿すと悲しいから。本歌「わが庵は都のたつみしかぞ住む世を宇治山と人はいふなり」（古今・雑下・九八三　喜撰）○しかぞ―「然ぞ」の意に「鹿」を響かせる。▽元久元年（一二〇四）七月十六日宇治五首歌会での詠。→二一四二。

2542　後瀬の山に旅枕を結んで暁方出立すると、袖は木々の雫に濡れて重い。月よ、この袖に宿れ。参考「山路にてそぼちにけりな白露の暁おきの木々の雫に」（堀河百首・暁、新古今・羇旅・九二四　国信）「かにかくに人は云ふとも若狭道の後瀬の山の後も逢はむ君」（万葉・巻四・七三七　坂上大嬢）▽建暦三年（一二一三）八月七日内裏歌合・四番左。

2543　朝ぼらけに波がたゆたっている宇治川のほとりも霧に包まれて、真木島の人は里を訪ねかねている。参考「朝ぼらけ宇治の川霧たえだえにあらはれわたる瀬々の網代木」（後拾遺・冬・四二〇　定頼）「もののふの八十宇治川の網代木にいさよふ波の行方知らずも」（万葉・巻三・二六四、新古今・雑中・一六五〇　人麻呂）「宇治川の川瀬も見えぬ夕霧に槙の島人舟よばふなり」（金葉・秋・二四〇　基光）▽同・二十番左。

2544　雲が迷い立つ暮方の空のかなたに人里の炊煙が立昇っていると見て、それを今宵の宿の道しるべとして訪ねてゆく。実は、それは本当の煙ではないのだが…。▽建仁三年七月十五日八幡若宮撰歌合にこの題があるが、定家の作は見当らない。二五四五も同じ。→二二〇七。

2545　所在なく人の訪れを待っていると、松に当って音を立てる山風も山里だけあって、そこに住む人（私）の心を知るのであろうか。参考「山川の岩ゆく水も氷りしてひとりくだくる峯の松風」（新古今・雑上・一五七七　読人不知）○松―「待つ」を掛ける。

正治元年冬左大臣家十首歌合

羇中晩嵐

2546 新古 いづこにかこよひはやどをかり衣ひも夕ぐれの峯の嵐に

同二年二月同家歌合、秋旅

2547 新古 わすれなん松となつげそ中々に因幡《いなば》の山の峯の秋風

建仁二年三月六首、旅

2548 新古 そでに吹《ふ》けさぞなたびねの夢もみじ思ふ方よりかよふ浦《うら》風

建永元年秋和歌所、暮山雲　当座

2549 あとたえてとはれぬ山を誰《た》がみそぎゆふべのそらになびく白雲《しらくも》

建保右大臣家歌合、羇中松風

2550 続後 なれぬ夜《よ》のたびねなやます松風に此さと人や夢《ゆめ》むすぶ覧

摂政殿詩歌合、羇中眺望

2551 秋の日のうすき衣に風たちてゆく人またぬ遠(をち)の白雲

2552 かりいほやなびくほむけのかたよりに恋しき方の秋風ぞ吹(ふく)

建仁元年十二月八幡歌合、旅宿嵐

2553 故郷にさらばふきこせ峯の嵐かりねの山の夢はさめぬと

2546　日も夕暮時となり、峯にはあらしが吹く。狩衣の紐を結んだまま、今宵はどこに宿を借りようか。参考「唐衣ひもゆふぐれになる時は返す返すぞ人は恋しき」（古今・恋一・五一五　読人不知）○かり衣―「借り」から「狩衣」へと続ける。○ひも夕ぐれ―「紐結ふ」と「日も夕」の掛詞。▽良経家冬十首歌合（散逸）。

2547　私も故郷のことは忘れてしまおう。因幡の山の峯の秋風よ、なまなかに故郷の者が私の帰りを待っていると告げないでくれ。本歌「立ち別れいなばの山の峯におふるまつとし聞かばいま帰り来む」（古今・離別・三六五　行平）▽良経家十題廿番撰歌合（散逸）。

2548　私が懐しく思う故郷の方から通ってくる浦風よ、私の袖に吹け。旅寝の夢も見ないで、故郷を偲ぼう。本歌「恋ひわびて泣く音にまがふ浦波は思ふ方より風や吹くらむ」（源氏物語・須磨　光源氏）▽三体和歌、艶体の歌。

2549　人の通い路もすっかりとだえて、今は誰にも訪われない山なのに、誰がみそぎをするというのだろうか、夕暮の空にみそぎに用いる白木綿のような白雲が靡いている。参考「たが禊ぎ木綿つけ鳥か唐衣たつ田の山にをりはへて鳴く」（古今・雑下・九九五　読人不知、大和物語・一五四段）▽建永元年（一二〇六）七月十三日当座歌合での詠。

2550　馴れぬ旅寝を悩ます松風の音が聞える。しかしこの松風を聞きながら、この里の人々は夢を結ぶのであろうか。▽建保五年九月右大臣（道家）家歌合・一八番左勝。

2551　秋の日ざしは薄く、薄い旅衣に風が吹き立ち、遠くの白雲は旅人の行くのを待たずに移ってゆく。▽建仁三年八月一日良経家詩歌合（散逸）。↓二〇五三。

2552　仮廬を結ぶ野に薄の穂を片方に靡かせて、恋しい故郷の方角から秋風が吹いてくる。本歌「秋の田の穂向（ほむき）の寄れる片寄りにわれは物思ふつれなきものを」（万葉・巻一〇・二二四七　作者未詳、新古今・恋五・一四三一　読人不知、第二句「穂向けの風の」）

2553　では、故郷にまで吹き越してくれ、峯の嵐よ、そして山で仮寝する私の夢は覚めたと伝えてくれ。

(2554) 母の思《おも》ひに侍し年のくれに、比叡《ひえ》の山にのぼりて、中堂にこもりて
侍し、春の始もわかれず、かつふる雪にあとたえたりしあした、入
道殿、山のおぼつかなさなどこまかにかきつゞけ給て、おくに
子を思《(おもふ)》心や雪にまよふらん山のおくのみ夢に見えつゝ

(2555) 御返し
みたびを《お》がみひとたびたてし斧《おの》の音《をと》をいま聞《き》く許《(ばかり)》思やる哉

2554 うちもねず嵐のうへのたび枕みやこの夢《ゆめ》にわくる心は

2555 斧《おの》の音《をと》をたてしちかひもいさぎよく雪にさえたる杉のしたかげ

建久七年内大臣殿にて、文字を上《かみ》に《を》おきて廿首歌よみし中に、たび
のみち

2556 たにの水峯たつ雲《くも》をこえくれて枕ゆふべの松の秋風

2557 日《ひ》数《かず》ゆく山と海とのながめにて春《はる》より秋にかはる月かげ

2558 のきにおふる草《くさ》の名《な》かけしやどの月あれゆく風《かぜ》やかたみそふらん

2559 みやことて雲《くも》のたちゐにしのべども山のいくへをへだてきぬらん

2560 ちぎりきなこれをなごりの月のころなぐさむ夢《ゆめ》もたえて見じとは

(2554) わが子を思う私の心は、雪道を迷っているのだろうか。何度も山の奥ばかりが夢に見える。○母の思ひに侍し年―建久四年。二月十三日母が没した。↓（二六一四）（二三六八）。○中堂―根本中堂。○かつふる雪に―積もっている一方降る雪に。「駒の跡はかつ降る雪に埋もれて遅るる人や道まどふらむ」（千載・冬・四六三　西住）○あと―人の通う足跡。○入道殿―父俊成。○おくに―消息文（手紙）の奥に次の歌が書かれてあった、の意。

(2555) 伝教大師が三拝一刀して杣木を伐り出した斧の音を、今現に聞くかのように、叡山の有様を思いやるよ。参考「本尊ト申ハ、大師自斧ヲ取、薬師ノ像ヲ造ツ、、未来ノ衆生ヲ利益シ給ヘト誂申給シニ半作ノ仏像ノウナヅキ給ヒシモ憑シクコソ覚レ」（源平盛衰記・巻九）

2554 嵐の音を聞きながら叡山に旅枕をして、都で夢を見ていらっしゃるお父様のお身の上を思いやっていると、まどろむことも致しません。○わくる―旅寝している自分の身体と、遠く都へと馳せる心とを分けるという。

2555 斧の音をたてた伝教大師の誓いも潔く、清い雪に杉の下蔭も冴えております。○たてしちかひ―「阿耨多羅三藐三菩提の仏たちわがたつ杣に冥加あらせたまへ」（和漢朗詠・下・仏事・六〇二、新古今・釈教・一九二〇　最澄）の作で歌われている誓願をさす。

2556 谷川の水を越え、峯に立つ雲を越えて、日は暮れてしまった。今宵は秋の松風を聞きながら草枕を結うのだ。○内大臣殿―良経。○文字を上に置きて……―いわゆる勒字の技巧。この二十首は秋十首（二二二六―二二三五）・恋五首（二四五四―二四五八）とこの旅五首から成っていた。○枕ゆふべ―「結ふ」から「夕べ」と続ける。

2557 何日も何日も山と海を眺めながら行く。月は春の月から秋の月に変った。この旅の長さ。

2558 軒に生える草、即ち忍草がかかっている故郷の宿は荒れ、月がさし入って、荒く吹く風が旅ゆく私の忘れ形見を添えることだろうか。参考「故郷は散るもみぢ葉に埋もれて軒のしのぶに秋風ぞ吹く」（散木奇歌集・秋、新古今・秋下・五三三　俊頼）○のきにおふる草―しのぶ草。ノキシノブのこと。

2559 そちらが都の方角だと思って雲の立つにつけ偲ぶけれども、山を幾重隔てて遠く来てしまったことだろうか。参考「都にてこしぢの空をながめつつ雲ゐといひしほどに来にけり」（玄々集、続詞花集・旅、新古今・羇旅・九一四　御形宣旨）

2560 月の頃はともに同じ月を見ていよう、たとえ心慰さむとしても、寝て夢など決して見ることけするまいと、なごりを惜しみつつ別れる時に約束したなあ。

松尾歌合、山家夕

2561 身におひてすむべき山の夕ぐれをならはぬたびと何いそぐ覧

内裏歌合、山夕風

2562 鐘《かね》の音《をと》を松にふきしくおひ風に妻木やお《を》もきかへる山人

野暁月

2563 打はらひさゝわくる野《の》べのかず〳〵に露《つゆ》あらはるゝありあけの月

内より召《め》されし歌、羇中

2564 そこはかと見えぬ山ぢにこととへど今夜《(こよひ)》もうとし白雲の宿《やど》

旅泊

2565 かぢまくらたれとみやこをしのばまし契りし月の袖《そで》に見えずは

水無瀬《みなせ》殿の山のうへの御所つくられてのちまゐ《い》りて、池など見《み》めぐりてまかりいづとて、清範朝臣のもとへ

2566 おもかげにもしほの煙たちそひてゆく方つらき夕霞哉

2567 見《み》てもあかぬ春《はる》の山べをふりすてて花のみやこぞ旅《たび》心ちする

2568 思やる月こそ水にやどるらめ枕《まくら》むすばぬかへるさの道《みち》

2561　この山に住むという宿命をこの身に受けとめなくてはいけないのに、夕暮時の山路を、馴れない旅として、私はどうして行く先を急ぐのだろう。▽建保元年七月十七日松尾社歌合（散逸）での詠。↓二一三〇。

2562　入相の鐘の音を松に吹き送る追風を負って、妻木が重いであろうか。樵夫が山から帰ってくる。参考「朝南暮北　鄭太尉之渓風被二人知一」（和漢朗詠・下・丞相・六八〇　文時）○妻木―爪木。たきぎ。▽建保三年六月十八日内裏歌合の詠。↓二〇四一。

2563　露を打払い笹を分ける野辺に、その露の玉に宿って有明の月は無数に現れる。本歌「秋の野に笹わけし朝の袖よりも逢はで来し夜ぞひぢまさりける」（古今・恋三・六二二　業平、伊勢物語・二五段）▽右に同じ時の詠。

2564　どこに宿るとも定めない山路で一夜を過ごせる場所を探し求めるけれども、今夜も白雲の立つあたりはうとうとしく、宿してくれそうもない。本歌「人めだに見えぬ山路に立つ雲をたれすみがまの煙といふらむ」（後撰・雑四・一二五七　信）▽白雲の立つ山路には本当は宿などはないのだが、適当な場所がなく宿りかねている状態を「白雲の宿」がそっけなくて泊めてくれないといったもの。

2565　梶枕をしていったい誰とともに都を偲ぼうか。もしも旅先でも一緒に都を偲ぼうと約束した月が袖に宿ってみえなかったら。○かぢまくら―海辺で舟の梶を枕に旅寝すること。「伊勢の海人の苫屋の床の梶枕洗ふさ波に目を覚ましつつ」（散木奇歌集・羇旅）という俊頼の作などが古い例か。

2566　水無瀬殿の幻影に藻塩の煙が加わって、都へ帰ってゆくのもつらく思われます。その方角に夕霞がかかっています。

2567　いくら見ても飽きることのない春の山辺を振り捨てて都に帰って来てみると、この花の都がかえって旅先のような気が致します。

2568　きっと月が池水に宿っていることでしょう。草枕を結ぶことなく帰路を急ぎながら、拝見してきた水無瀬離宮の池の有様を思いやっております。

述懐

建久五年夏左大将殿歌合、述懐

浮田杜

2569 君《きみ》はひけ身こそ浮田《うきた》の杜《もり》のしめたゞひとすぢにたのむ心を

述懐三首　建永元年秋和歌所

2570 新古 君が世にあはずは何を玉の緒《を》のながくとまではを《お》しまれじ身《み》を

2571 我ぞ見しみよの始の秋の月年はへにけりもとの身にして

2572 続古 思お《を》く露《つゆ》のよすがのしのぶぐさ君をぞたのむ身は消《（きえ）》ぬとも

承元二年少将具親朝臣、八幡にて講ずべきよし申しかば、よみてお《を》くり侍し

2573 せく袖は唐紅《（からくれなゐ）》の時雨にて身のふりはつる秋ぞかなしき

同四年九月粟田宮歌合　于時辞職

2574 秋風に涙ぞきほふまじりなん昔がたりの峯の月かげ

寄海朝

2575 和歌《わか》の浦やなぎたる朝のみをつくし朽《く》ちねかひなき名だにのこらで

述懐—定家の歌四十五首、他人の歌十九首、計六十四首を収める。この内、長歌が二首ある。その作者は慈円と定家である。

2569 私の憂き身は浮田の杜の朽ちた占縄のようなもの。ただ一筋にあなた（良経）を頼りにしているのです。どうか引き立てて下さい。本歌「かくしてやなほや守らむ大荒木の浮田の杜（もり）の標（しめ）にあらなくに」（万葉・巻一一・二八三九 作者未詳）○ひけ—「しめ」の縁語。○浮田—「憂き」を掛ける。○ひとすぢ—「しめ」の縁語。

2570 もしわが君の御代に遇わなければ、何を生き甲斐として、命長かれと惜しまれようか、そんなことはないだろう。本歌「片糸をこなたかなたに縒りかけてあはずは何を玉の緒にせむ」（古今・恋一・四八三 読人不知）↓補注。▽以下二五七二までの三首は、建永元年（一二〇六）八月一日卿相侍臣嫉妬歌合（散逸）での詠。

2571 私はわが君の御代の初めの秋の月を見ました。それから多年経ちましたが、以前と同じ身分のまま、やはり同じ月を見ております。本歌「月やあらぬ春や昔の春ならぬわが身ひとつはもとの身にして」（古今・恋五・七四七 業平、伊勢物語・四段）○もとの身—建仁二年閏十月以来、定家は依然として左近衛権中将。

2572 たとえ私は死んでも、思い残して置くわが子のことは、わが君によろしくお願い申しあげます。↓補注。

2573 涙を堰く袖は唐紅の時雨（紅涙）に染まって、すっかりわが身が古くなってしまった秋は悲しい。○少将具親朝臣—村上源氏。師光の息。和歌所寄人。『新古今集』初出。○八幡—石清水八幡宮。○唐紅の時雨—「風に散るもみぢの色は神無月からくれなゐのしぐれこそすれ」（躬恒集）○ふりはつる—「降り」と「古り」を掛ける。

2574 昔から石清水八幡の縁起に語られている、和光同塵の象徴である峯の月を見ると、秋風に涙が争い落ちる。○まじりなん—神が御神威を和らげて衆愚の塵に交わるであろう。和光同塵の思想。○昔がたりの……—宇佐八幡が行教和尚に月の光で男山に鎮座すべきことを告げた縁起をさす。

2575 和歌の浦の朝凪の海に立つ澪標のように、宮廷歌壇において無用なわが身よ、朽ちてしまえ、はかない名さえも残らないで。参考「逢ふことはいなさ細江の澪標ふかきしるしもなき世なりけり」（十載・恋四・八六〇 清輔）○和歌の浦—宮廷歌壇の比喩。○なぎたる朝—和歌関係の行事がとだえたことを喩えるか。○みをつくし—水脈を示す杭。わが身の比喩。▽栗田宮歌合（散逸）での詠。↓二四三六。

寄山暮

2576 思《おも》ひかねわが夕暮の秋の日に三笠《みかさ》の山はさしはなれにき

おなじころ

2577 続拾 なきかげのおやのいさめはそむきにき子《こ》を思《（おもふ）》みちの心よわ《は》さに

賀茂社歌、社頭述懐

2578 あはれしれ霜より霜にくちはてて代々にふりにし山藍《あひ》の袖

承元二年五月住吉歌合、寄山雑

2579 ゆくすゑの跡《あと》までかなし三笠《みかさ》山道あるみよにみちまどひつゝ

松尾歌合、社頭雑

2580 神垣《がき》やわが身のかたはつれなくて秋にぞあへぬくずのうら風

建暦三年潤九月内裏歌　于時従三位 侍従

寄風雑

2581 飛鳥川《あすかゞは》今はふるさと吹《（ふく）》風の身はいたづらに秋ぞかなしき

三宮十五首、雑歌

2582 あめつちもあはれしるとは古《（いにしへ）》のたがいつはりぞ敷島の道

2583 つれなくて今もいくよのしもか経《へ》むくちにし後の谷《たに》の埋木《（むもれぎ）》

2576 思いあぐんだ末、私は人生の夕暮のこの秋の日に三笠の山を離れてしまった。（近衛中将を辞職した）▽承元四年正月二十一日、定家は左近中将を辞し、代りに、申請して息為家を左少将に任じてもらった。○さしはなれにき―「さし」は接頭語で、「三笠山」の「笠」の縁語。

2577 わが子の将来を思う恩愛の道に心弱くも迷って、亡父の庭訓には背いてしまった。↓補注。

2578 霜の置く冬からまた霜の冬へと（下位から下位へと下積みのまま）、四代にわたってお仕えしてきて、古びて朽ちてしまった、私のこの山藍摺りの衣の袖を、賀茂の神よ、あわれみ給え。▽承元年間の頃の詠か。↓補注。

2579 遠いわが家門の将来のことまで思うと悲しい。この道ある御代で、私は三笠山（近衛職）への道に依然として迷っています。○跡―「道」の縁語。○道あるみよ―「奥山のおどろが下も踏み分けて道ある世ぞと人に知らせむ」（新古今・雑中・一六三五　後鳥羽院、定家のこの歌と同じ住吉社歌合での詠）▽住吉社歌合（散逸）での詠。↓二三八八・二四五一。

2580 神垣は私の祈り事に関してはそしらぬご様子で、秋には堪えず黄変した葛の葉は風に葉裏を見せている。それを見ると私も神慮が恨めしくなる。本歌「ちはやぶる神の斎垣にはふ葛も秋にはあへずうつろひにけり」（古今・秋下・二六二　貫之）○あへぬ―敢へぬ。「敢ふ」は堪える、の意。▽建暦三年（一二一三）七月十七日松尾社歌合（散逸）での詠。

2581 飛鳥川のあたりは今は旧里となってしまい、風の吹きつけるわが身はうだつがあがらず、秋は悲しい。本歌「采女の袖吹きかへす明日香風都を遠みいたづらに吹く」（万葉・巻一・五一　志貴皇子）

2582 和歌の道は天地をも感動させることができるなどとは、いったい昔の誰が言ったいつわりごとだろうか。参考「力をも入れずして天地を動かし、目に見えぬ鬼神をもあはれと思はせ、男女の中をも和らげ、猛き武士の心をも慰むるは歌なり」（古今仮名序）▽はげしい自嘲の歌。三宮十五首↓二〇三七。

2583 朽ちてしまったあとの谷の埋れ木（私）は、これからのちも幾代か下積みのまま、変りなく日を経るのだろうか。参考「春日山谷の埋木朽ちぬとも君に告げこせ峯の松風」（元久元年春日社歌合、新古今・雑下・一七九四　家隆）○しも―「霜」に「下」（下位）を掛ける。

承元のころほひ、内より古今をたまはりて、かきてまゐ《い》らせし奥《おく》に

2584 続後 ためしなき世々の埋木朽はてて又うきあとの猶やのこらん

2585 てるひかりちかきまもりは名のみして人のしもにや思きえなん

ふるき歌をかきいだして、仁和寺宮にまゐ《い》らすとて

2586 年深きしぐれの古葉《ふるは》かきぞお《を》く君にのこさぬ色や見ゆると

承久三年、内より召《め》されし述懐歌

2587 神かけていのりし道の埋水《(むもれみづ)》むすびもはてぬかげやたえなん

為家元服したる春、加階申とて、兵庫頭家長につけ侍し

2588 子を思ふふかき涙の色にいでてあけの衣の一入《(ひとしほ)》も哉《(がな)》

聴《ゆる》さるべきよし、御気色侍ければ

返し　家長

(2588) 道を思《(おもふ)》心の色のふかければこの一入《しほ》も君ぞ染むべき

宰相の中七人帯釼、先例なきよしを申て、侍従を辞し申たりし時、そのたび叙侍にき

ふるき人のもとより

(2589) 思《おも》ひとる身《み》にしたがはぬ心《こゝろ》もてたちはなれては猶や恋しき

返し

2589 老《おい》らくの世のことわ《は》りを身《み》にしれどまだ面影はたちもはなれず

2584　類例のない代々の埋れ木（私）はすっかり朽ちてしまったのちも、またその跡（筆蹟）が残ることになるのでしょうか。○世々の―「四代」を掛けるか。安元元年の任侍従から数えると、高倉・安徳・後鳥羽・土御門で四代。

2585　照る日（天皇）に近い守りの役（近衛職）というのは名ばかりで、霜が日に解けて消えるように、人の下位である私は悲しい思いに心も消え入ることでしょうか。本歌「……かくはあれども　照る光　近きまもりの　身なりしを……」（古今・雑体・短歌・一〇〇三　忠岑）「限りなき涙の露に結ばれて人の霜とはなるにやあるらむ」（拾遺・雑上・五〇三　清忠）

2586　多年しぐれに打たれた古葉を掻いておきます。もしかしてわが君には残っていない色もお見えになるかと存じまして。（つまらない旧作を書きとどめておきます。それでもわが君がそこに少しは美点もお見つけ下さるかと思いまして。）↓補注。

2587　神の名をかけて祈った歌道も、埋れ水のように埋れてしまい、水を掬って影を映すことができないように、つなぎとめられぬまま伝統は絶えてしまうのでしょうか。↓補注。▽春二〇八三・二〇八四とともに、後鳥羽院の院勘により籠居中の述懐。

2588　子を思う深い恩愛の情は血の涙の色に出ております。その涙の色のような朱の衣にしても、もう一階わが子の位階を上げて頂きとうございます。○兵庫頭家長―源家長。○あけの衣―五位の着る衣服の色。「あけ」は「涙の色」の縁語。○一入―一階の比喩。▽元久三年（一二〇六）一月十七日、九歳の為家が従五位上に叙された時のこと。家長日記に詳しい。↓二三九六の雅経との贈答。

(2588)　歌道を思うあなたの心の色が深いので、御子息の一階の昇進が叶いました。ですから、いわばあなたが御子息の朱の衣を一入深く染めたということになることでしょう。○この―「此」に「子」を掛ける。

(2589)　御自身の運命を思い知って行動された身体には従わないお心を抱かれて、侍従職を辞されても、やはり太刀を帯びる前職が恋しくていらっしゃることでしょうね。参考「数ならで心に身をば任せねど身に従ふは心なりけり」（千載　雑中・一〇九六　紫式部）「三笠山たちはなれにしあしたより涙の雨に濡れぬ日ぞなき」（散木奇歌集、詞書「四位して殿上おりて侍りける頃……」）○たちはなれ―接頭語「立ち」に「太刀」を掛ける。▽この歌及びその返しである二五八九、底本・東大国文学研究室本などなし。自筆本・自筆臨摸本、付紙に記し「或本此歌道をおもふの下にアリ」と注する。自筆本により補う。

2589　老人として世の道理を身体で知ってはおりますけれども、まだ帯剣する侍従だった時の思い出は面影となって離れません。

京官除目のついでに、下臈参議おほく納言昇進あるべきよしきこえしに、正三位を申とて、清範朝臣につけ侍し

人のよろこびはなくて、ゆるされ侍き

2590 雪の内のもとの松だにいろまされかたへの木々は花もさく也

建久六年叙位に、ともに加階《かかい》したるあしたに、左衛門督隆房卿

(2591) 呉《くれ》竹にこづたふとりの枝うつりうれしきふしもともにこそしれ

返し

2591 百《もゝ》千《ち》鳥《どり》こづたふ竹のよのほどもともにふみみしふしぞうれしき

四位してのち臨時祭日、越中侍従、舞人にて、内をいでしほどに

2592 たちかへり猶ぞこひしきつらねこしけふのみづのの山藍《あゐ》の袖《そで》

返し　つぎの日

(2592) 山藍《あゐ》のしを《お》れはてぬる色ながらつらねし袖《そで》のなごりばかりを

小侍従にゆかりある人の、むかへにつかはしたれば、まかるに、ことづけやすると申しかば、その人の腕《かいな》にかきつけし

2593 怨《(うらみ)》ばや世にかずならぬうき身をばわきてとふべき人もとはずと

返し　小侍従

(2593) まてどかくとはれぬわれを打かへしうらむるにこそねたさ添《そ》ひぬれ

2590　雪の中の古い松だけでもせめて色まさってほしい。傍の木々には花も咲いていているようだ。○京官除目―秋の司召。京都に在住・勤務する官吏の除目。▽『明月記』建保四年十二月十二日にも見える。叙正三位は十二月十四日。

(2591)　呉竹に木伝う鳥、すなわち鶯は枝移りして、ともに嬉しい節で鳴いています。あなたも私も共に昇進したことを知って、お互に嬉しく思います。参考「梅の花散りしはてなば百千鳥竹のふしどに枝移りせよ」（林葉集・右大臣家百首・鶯）○建久六年叙位に……―同年一月五日、定家は従四位上に、隆房は従二位に昇階。○隆房―一一四八―一二〇九。藤原氏北家末茂流。隆季男、権大納言正二位に至る。家集『隆房集』。『千載集』初出。○うれしきふし―嬉しい点。「ふし（節）」は「呉竹」の縁語。

2591　百千鳥が伝う竹の節をともに踏んでみることは嬉しいことです。昨夜除目の聞書に、あなたと私とが共に加階したとあるのを見たのは嬉しいことです。○よのほども―「竹」の縁語。「節（よ）」と「夜」を掛ける。○ふみみし―「踏み見し」に「文（聞書）見し」を掛ける。

2592　今日あなたが美豆野の石清水八幡宮の臨時祭で舞人の衣裳を着ておられるのを見ると、一緒に山藍摺りの袖を連ねてきた昔の日のことが、今さらのように思い出されて恋しく思われます。○四位してのち―文治六年（一一九〇）正月五日叙従四位下。時に二十九歳。○臨時祭―石清水臨時祭。三月中の午の日。南祭という。○越中侍従―藤原家隆。当時従五位上越中守兼侍従。→補注。

(2592)　私はすっかり萎れてしまった山藍の袖ですけれども、あなたと連れ立って舞った時のなごりだけで、今度も舞人を勤めました。昇進されたのちも、私のことを思い出して下さって有難う。▽昇進した定家に対して、自身は沈淪している嘆きを籠めて歌う。

2593　この世で物の数でもないこの憂き身をとりわけお訪ねになってもよい筈の人（あなた）も訪れて下さらないと、お怨み申しあげたいものです。参考「なにゆゑか世に数ならぬ身ひとつを憂しとも思ひ悲しとも聞く」（源氏物語・夕霧　落葉宮）「あはれなり世に数ならぬ老の身をなほ尋ねてもつもる年かな」（長秋詠藻・右大臣家百首）→補注。

(2593)　いくら待ってもこのようにあなたに訪れられない私のことを反対にお恨みなさるので、嫉ましさがまさりました。参考「いかにせむ天の逆手（さかて）を打ち返しうらみてもなほあかずもあるかな」（久安百首、新勅撰・恋五・九九七　俊成）「かのをとこは天の逆手を打ちてなむ呪ひをるなる。むくつけきこと」（伊勢物語・九六段）

西行上人、御裳濯《みもすそ》の歌合と申て判すべきよし申しを、いふかひなく
若《わか》かりし時にて、たび〳〵かへさひ申《い》しを、あながちに申教《をし》ふるゆ
ゑ《へ》侍しかば、かきつけてつかはすとて

2594 山水のふかゝれとてもかきやらず君に契りをむすぶ許《(ばかり)》ぞ

返し　上人

(2594) むすびながす末《ゑ》を心にたゝふればふかく見ゆるを山川《がは》の水

又

(2595) 神路《ぢ》山松のこずゑにかくる藤《ふぢ》の花のさかえを思こそやれ

又返し

2595 神路《かみぢ》山きみが心のいろを見むした葉の藤《ふぢ》に花しひらけば

と申お《を》くり侍しころ、少将になりて、あくるとし思ゆゑ《へ》ありて
のぞみ申さざりし四位して侍き

水無瀬《みなせ》殿にさぶらひしに、大僧正の長歌《ながうた》を詠《よ》みてたてまつられたる
返し、たゞいまつかうまつるべきよし、おほせごと侍しかば、やが
てかきつけ侍し

(2596) さてもいかに　鷲《わし》のみ山の　月のかげ　鶴《つる》の林に　入《い》りしより　へにける
としを　かぞふれば　二千歳《ふたちとせ》をも　すぎはてゝ　後《のち》の五《いつ》ゝの　百歳《もゝとせ》に　入《い》りにけ

2594　山水のようにあなたのお歌はたいそう深い歌境ですが、それに対して私はとうてい、更に深くあれなどと生意気な批評を書くことができません。ただ、これを機会に水を手に結ぶように、聖でいらっしゃるあなたと結縁するばかりでございます。○御裳濯の歌合―西行の自歌合のうち、外宮に奉納された『宮河歌合』を指す。○かへさひ申しを―辞退申したのを。○中教ふる―父俊成が教訓する。○ふかゝれ「深かれ」で命令形。

(2594)　私は山川の水を掬ってはそれを流してきたのですが、その流れの末をあなたが心に湛えて下さったからこそ深く見えたのでしょう。(私は修行生活の中で詠み流してきたのに、あなたが深く受け留めて味わって下さったから、深みがあるように見えたのでしょう。)

(2595)　神路山の松の梢に懸る藤の栄えを思いやります。(伊勢大神宮の神慮によって藤家に連なるあなたの繁栄を期待します。)→補注。

2595　神路山(伊勢の御神)はあなたの心の色を御覧くださるでしょう。下葉の藤(藤氏でも卑位卑官の私)にも花が咲いたならば。○少将になりて―文治五年十一月十三日左少将に任ぜられた。○四位して―文治六年(建久元年)正月五日従四位下に叙された。

(2596)　霊鷲山の月影が沙羅の林に隠れるように、釈尊が入滅されてから過ぎ去った年を数えてみると、二千年の像法時も過ぎ、その後五百年経って、末法時に入ったことは悲しいことです。正しい教法が水の泡のように消えてゆく時代になったので、私は心を澄まして、叡山の山川に沈潜しております。競争心の盛んな僧侶達は、それぞれ我執を張って争うため、美しい法の花も紅葉も散ってしまったので、梢には何も残っていないこの深山で、道に迷いながら、ひとり心をとどめておりますが、その甲斐もありません。志賀の浦に垂迹された日吉の御神の御加護を期待しておりますが、御津川の流れも浅くなったように、人の願いを満たして下さる神のお力も衰えてしまわれたのでしょう。この比叡の峯に住む聖達の庵さえ、苔の下に埋もれてゆきます。その苔を払ってくれる人がいてほしいものです。ああ、いやな世の中よ、春の夢は空しく、秋の木々の梢を思ううちに冬となり、雪に埋もれてしまいます。そういう私を誰が訪れてくれましょうか。このようでは今は鎮護国家の道場たる叡山の伝統は断絶してしまうだろうと思うにつけ、心は昏れてしまいますが、このように思う私の命が消えてしまわないことだけを頼りとして、いくら何でもと思って、しばらく都に滞在して、僅かに残る仏法の花の余香に心を尽し、この世に多い嘆きの根源を尋ね、地獄に沈んだ昔の怨霊を弔い、人を救う心を深くして、勧めるのはあわれなことです。わが山の鐘を撞きながら、つくづくとわが君の御代のことを思うにつけ、峯の松風がのどかで、千代にさらに千歳を添えるほど、法筵に咲く教法の

るこそ　かなしけれ　あはれ御法《みのり》の　水のあわ　きえゆくころに　なりぬれば
それに心を　すましてぞ　わが山河に　しづみゆく　心あらそふ　法《のり》の師は
われも〳〵と　青柳《あをやぎ》の　いと所せく　みだれきて　花も紅葉《もみぢ》も　ちりゆけば
こずゑあとなき　み山べの　道《みち》にまどひて　すぎながら　ひとり心を　とゞむ
るに　かひもなぎさの　志賀《しが》の浦《うら》　跡垂《あとた》れましし　日吉《よし》のや　神のめぐみを
たのめども　人のねがひを　みつ河の　ながれもあさく　なりぬべし　峯のひ
じりの　すみかさへ　こけのしたにぞ　埋《むも》れゆく　うちはらふべき　人も哉《(がな)》
あなうの花の　世中や　春のゆめぢは　むなしくて　秋のこずゑを　思ふより
冬の雪をも　たれかとふ　かくてや今は　あとたえん　と思《おも》ふからに　くれは
とり　あやしき夜の　わが思《おも》ひ　きえぬ許を　たのみきて　猶さりともと　思《おも》
ひつゝ　しばし宮こに　やすらひて　のこる御法《みのり》の　花の香《か》に　しひて心を
筑波《つくば》山　しげきなげきの　ねをたづね　しづむ昔《むかし》の　霊《たま》をとひ　すくふ心を
ふかくして　つとめゆくこそ　あはれなれ　み山の鐘《かね》を　つく〴〵と　わが君《きみ》

花の色が野にも山にも咲き匂ってこそ、私も衆生を済度する橋として、しばしでも心を休めることができます。結局、この世の中はどうなるのでしょうか。明日から後、私が立った杣の立木を伐る斧の響きから、峯に立ちこめた朝霧が晴れて、曇りのない空（正しい世の中）に立ち帰れるのでしょうか。

○大僧正―慈円。○おほせごと―後鳥羽院の命。○やがて―直ちに。○鷲のみ山―霊鷲山。中印度摩掲陀国の都の東北にある山。釈迦が法華経を説いた山と伝える。○月のかげ―釈尊の隠喩。○鶴の林―沙羅双樹。「月のかげ……入る」は、釈迦が涅槃に入った、すなわち入滅したことの隠喩。○へにけるとしを　かぞふれば―「……かかる憂き身の　つれもなく　経にける年を　数ふれば　いつつの十に　なりにけり……」（千載・雑下・短歌・一一六〇　俊頼）を意識していうか。○二千歳をもすぎはてて→補注。○かひもなぎさの―「かひもなき」から「渚」へと続ける。○跡垂れましし―垂迹された。○人のねがひをみつ河の―「ねがひを満つ」から「御津川」へと続ける。慈円はこれ以前、「もろ人の願ひをみつの浜風に心涼しきしでの音かな」（新古今・神祇・一九〇四）と詠んでいる。○あなうの花―「あな憂」から「卯の花」へと続ける。「世の中をいとふ山辺の草木とやあなうの花の色に出でにけむ」（古今・雑下・九四九　読人不知）○かくてや今は　あとたえん―慈円は治承二年（一一七八）の堂衆合戦の頃、比叡山に籠って、尊円に「いとどしく昔の跡や絶えなむと思ふもかなし今朝の白雪」（千載・釈教・一二二五）と詠み送っている。○くれはとり―呉国の技術で織った織物の意から、綾を連想させる「あやしき」の「あや」を起こす序として用いる。○心を筑波山―「心を付く」から「筑波山」へと続ける。○しげきなげき―「嘆き」に「山」の縁語「木」を響かせる。○しづむ昔の霊をとひ→補注。○鐘をつくゞと―「撞く」から「つくゞと」へと続ける。○たつき―「立つ木」の意に木樵りの使う広刃の斧の意の「鐇（たつぎ）」を掛ける。「わが立ちし杣のたつき」は、「比叡山中堂建立の時　伝教大師　阿耨多羅三藐三菩提の仏たちわが立つ杣に冥加あらせたまへ」（新古今・釈教・一九二〇）による。

がよを　おもふにも　峯の松風　のどかにて　ちよにちとせを　そふるほど
法《のり》のむしろの　花の色　野にも山にも　にほひてぞ　人をわたさん　はしとし
て　しばし心を　やすむべき　つひ《ゐ》にはいかゞ　飛鳥川《あすかゞは》　あすよりのちや　わ
がたちし　杣《そま》のたつきの　ひゞきより　峯の朝霧《ぎり》　はれのきて　くもらぬ空《そら》に
たちかへるべき

反歌

(2597)　さりともと思ふ心ぞ猶ふかきたえてたえゆく山河の水

返し

2596　久方の　あめつちともに　かぎりなき　あまつ日嗣《ひつぎ》を　誓《ちか》ひお《を》きし　神も
ろともに　まもれとて　わがたつ杣と　いのりつゝ　昔の人の　標《し》めてける
峯の杉村　いろかへず　いくとし〴〵を　へだつとも　やへの白雲　ながめや
る　みやこの春《はる》を　となりにて　御法《みのり》の花も　おとろへず　にほはむ物と　思
お《を》きし　末葉《すゑば》の露も　さだめなき　かやが下葉《したは》に　みだれつゝ　本の心の　そ
れならぬ　うきふししげき　呉竹《くれ》に　なくねをたつる　うぐひすの　ふるすは

(2597)　どんどん流れがと絶えてしまう山川の水（法灯が断絶してしまいそうな叡山の現実）を見ながら、いくら何でもこのまま絶えてしまうべきだろうかと思う心は、やはり深いのです。

2596　「わが皇孫の繁栄は、天地とともに無窮であろう」と誓われた天照大神と共に、わが国を護るために、伝教大師が「わが立つ杣に冥加あらせたまへ」と祈りながら結界された叡山の杉群は、緑の色も変らず、幾多の歳月を隔てても、八重の白雲が懸かる浄界で、それを遠く眺める都の春に隣あわせて、仏法の花も衰えず咲き匂うものと思っておりました。末葉の露も定めない無常な世の中で、萱の下葉が乱れるように、人々の心も乱れて、本の素直な心でなくなってしまい、いやなことが多い世の中となりました。竹に鳴く鶯のように、古巣は雲の中に荒したまま、人も通わない谷に隠れ、椎柴などの木を樵り積む杣人のような生活をしながら、嘆きを重ね、強いて昔に返すことのできないことを、葛の葉が裏を見せるように、恨めしく思っておられます。思えば、あなたは藤原氏の高貴なお家柄の出自でいらっしゃるので、当然代々の御先祖のように、宮中に出仕して御門を輔佐する枢要の臣となるべきところを、それをふりすてて、独り仏教界に入られ、世にも稀な先達の跡を尋ねて、きびしい修行を積まれ、深い仏教の流れを汲まれたのです。その法の清水の底は清く澄んで、この濁った世の中においても濁りはありません。空にかかる月は、沼の蘆の茂った間にも光を宿す中秋の明月ですから、やはり山の端を行きめぐり、空を吹く風を仰いでも、この国の将来を祈るあなたのお心を期待外れにする筈はありません。御津の川波も深く流れた昔に立返り、私の心の忘執をも晴らして下さるであろう日吉大明神の御光はのどかに照らしています。この御神の御加護を信仰して、わが君の御代が、万世にさらに千代を重ねることを心から祈念し、期待しましょう。松の枝を翼に鳴らす鶴の子がその千歳の寿をわが君にお譲りして、わが君はいつまでも若さを保たれることでしょう。かくして、和歌の浦に今も玉藻を掻き集め、前例もないように、波でそれを磨いておくしておられる）、私の携わっておりますこの和歌の道が絶えることがないならば、首一首の歌の美しさを見て、後代の人々も今の御代を恋しく思わないことがありましょうか。

（新古今集を撰ばれて、それを精撰

○久方の――「あめ」に掛かる枕詞。○あめつちともに……誓ひおきし神――「一書曰、……勅二皇孫一曰、葦原千五百秋之瑞穂国、是吾子孫可レ王之地也。宜爾皇孫、就而治焉。行矣。宝祚之隆、当与二天壌一無レ窮者矣」（日本書紀・巻第二神代下）などの記述を念頭に置き、天照大神のことをさす。○末葉の露も――参考「末の露本の雫や世の中の遅れ先立つためしなるらむ」（新古今・哀傷・七五七　遍昭）○かやが下葉に――「みだれ」を起こす序として用いた。「あ

雲に　あらしつゝ　あとたえぬべき　谷がくれ　こりつむなげき　椎柴《しゐしば》の　しひ《ゐ》て昔に　かへされぬ　葛《くず》の裏葉《うらば》は　うらむとも　君は三笠《みかさ》の　山たかみ　くもゐのそらに　まじりつゝ　てる日を代《よ》々に　たすけこし　ほしのやどりを　ふりすてて　ひとりいでにし　鷲《わし》の山　世にもまれなる　あとゝめて　ふかきながれに　むすぶてふ　法《のり》の清《し》水の　そこすみて　にごれるよにも　にごりなし　ぬまのあしまに　かげやどす　秋の半の　月なれば　猶山の端《は》を　ゆきめぐり　空《そら》ふく風を　あふぎても　むなしくなさぬ　ゆくすゑと　みつの河波　たちかへり　心のやみを　はるくべき　日吉《よし》のみかげ　のどかにて　君をいのらん　よろづ世に　ちよをかさねて　松が枝《え》を　つばさにならす　鶴《つる》の子《こ》のゆづるよはひは　和歌《わか》の浦《うら》や　今も玉藻《たまも》を　かきつめて　ためしも波に　みがきお《を》く　わが道《みち》さても　たえせずは　言《こと》の葉《は》ごとの　いろ〳〵に　のち見む人も　こひざらめかも

2597　君《きみ》をいのる心ふかくはたのむ覧《(らん)》たえてはさらに山河の水

づまぢのかやが下にし乱るればいさや月日の行くもしられず」(後拾遺・恋三・七二八　康資王母)○うきふししげき—「ふし」は「呉竹」の縁語。↓補注。○うぐひすの　ふるすは雲に　あらしつゝ—道真の「旧巣為レ後属ニ春雲ニ」(和漢朗詠・春・鶯・七〇)の句を和らげていう。○葛の裏葉は　うらむとも—「秋風の吹き裏がへす葛の葉のうらみてもなほうらめしきかな」(古今・恋五・八二三　貞文)○空ふく風をあふぎても—慈円に「いづくにもわが法ならぬ法やあると空吹く風に問へど答へぬ」(新古今・釈教・一九四一)の歌がある。○ゆづるよはひは　和歌の浦や—定家は『千五百番歌合』の「祝」の題で「わが道を守らば君を守るらんよはひはゆづれ住吉の松」(新古今・賀・七三九↓一〇七三)と詠んだ。○のち見ん人もこひざらめかも—『古今集』仮名序の末尾「歌のさまを知り、ことの心を得たらむ人は、大空の月を見るがごとくに、いにしへを仰ぎて、今を恋ひざらめかも」を意識したおわり方。

2597　わが君の御代をお祈り申上げる心が深いのならば、わが君も叡山に深く帰依されるでしょう。そして、山川の水(叡山の伝統)は一向に絶えてしまうことはないでしょう。▽この贈答は元久二年(一二〇五)四月二十日に行われた。事情は明月記に詳しい。↓補注。

建保五年五月、御室にて三首

寄山朝

2598 けさぞこの山のかひある御室《みむろ》山たえせぬ道のあとをたづねて

寄海暮

2599 しき波のたゝまくを《お》しきまとゐしてくるゝもしらぬ和歌《わか》の浦《うら》人

承久二年八月、新院よりしのびて召《め》されし、閑中暁月

2600 春秋ものどけき宿にを《お》しめばや山のは遠《とを》き有《あり》明の月

御室にて、上陽人を

2601 秋の月むなしき軒のいくめぐりよそに出(いで)にし雲の上哉

承久二年二月十三日、内裏に歌講ぜらるべきよし、もよほされしかば、母の遠忌にあたれるよし申て、思《おも》ひよらざりしに、その日の夕方《がた》にはかに、忌日をはゞからずまゐ《い》るべきよし、蔵人大輔家光、三たびつかはしたりしかば、かき付(つけ)てもちてまゐ《い》りし二首

春山月

2602 さやかにもみるべき山はかすみつゝわが身《み》の外(ほか)も春の夜《よ》の月

野外柳

2603 道のべの野原の柳下もえぬあはれなげきのけぶりくらべに

2598 仁和寺の御室で伝統となっている歌道をこうして実践なさるので、今朝はこの御室山の山峡も山としての甲斐があります。参考「わびしらにましらな鳴きそあしひきの山のかひある今日にやはあらぬ」（古今・雑体・誹諧歌・一〇六七 躬恒）○御室―道助法親王。○かひ―「甲斐」に「峡」を掛ける。

2599 団欒して日が暮れるのも知らないでいる歌人にとっては、和歌の浦にあとからあとから波が立つように、立去ることも惜しく思われる。本歌「思ふどちまとゐせる夜は唐錦たたまく惜しきものにぞありける」（古今・雑上・八六四 読人不知）

2600 春秋ものどかな宿で惜しむから、有明の月は山の端から遠い（なかなか沈もうとしない）のであろうか。○新院―土御門院。▽「承久二年八月……」以下（二六一三）まで、底本・自筆臨写本・東大国文学研究室本等なし。自筆本にはこの部分に料紙を切り取った跡があり、紙端に「このうた、しきなみの下に或本ニアリ」とした付紙で二六〇〇から（二六一三）までの二十四首を補う。この二十四首はこの付紙により補う。

2601 秋の月は、私とは関りのない雲の上に出て、幾廻りしたことでしょう。参考「春往秋来不レ記レ年 唯向深宮望ニ明月一 東西四五百廻円」（白氏文集・巻三・上陽白髪人）↓補注。

2602 春夜、はっきりと見えるはずの山は霞んで、月もおぼろに出ているが、この良夜は私には関りないのだ。参考「さやかにも見るべき月をわれはたゞ涙に曇る折ぞ多かる」（拾遺・恋三・七八八 中務）○母の遠忌―美福門院加賀は、建久四年（一一九三）二月十三日没。○申て―書陵部五〇一・五一一本「まて」、来田本により改める。○蔵人大輔家光―藤原氏北家、内麿流。中納言資実男。この時、蔵人兼宮内権大輔であった。

2603 道のほとりの野原の柳は下萌えした。ああ、あたかも、嘆きのために立昇る私の胸の煙と競い合うかのように。参考「夕されば野にも山にも立つ煙嘆きよりこそ燃えまさりけれ」（大鏡・巻二 道真）▽定家が後鳥羽院の勘気に触れる直接原因となった歌。↓補注。

同年九月十三夜、前大僧正のもとにたてまつる

2604 ありてうきいのちばかりは長月の月をこよひととふ人もなし

2605 おもかげにおほくの今宵《こよひ》しのぶれど月と君とぞかたみ成ける

2606 なにかせん昔恋しき老が世はたへてみるべき月にしあらねば

2607 秋を経《へ》てくやしき月になれにけりいでうきすゑの世に宿りきて

2608 里《さと》わかず身《み》をばはからでしたひみし月もや今は思《おも》ひすつらん

2609 今はとて思《おも》ひはてつる袖の上をありしよりけにやどる月哉

2610 行末《すゑ》の月と花とに情ありてこの比《(ごろ)》よりは人やしのばん

2611 我宿と植《うへ》ゑし木《(こ)》のまの月にだにすみはてがたき世をもきく哉

2612 あはれなほ《を》今《いま》さへいたくながらへていかなる秋の月かみるべき

2613 今年まで身《み》にあまりぬる思ひでは君にうれへて月を見《(みる)》哉

返事

(2604) 長月の月はこよひの雲の上にながむとこそは思ひやりつれ

2604 生き永らえていてもつらい命ばかりは長く、九月十三夜の今宵この月をどう見るかと問うてくれる人もいません。参考「恋しさは同じ心にあらずとも今夜の月を君見ざらめや」（拾遺・恋三・七八七　信明）○前大僧正―慈円。○いのちばかりは長月の―「長し」から「長月」へと続ける。

2605 今まで経験した多くの九月十三夜を面影に浮べて偲んでいますが、やはり月とあなたとが楽しかった頃の形見でした。

2606 寂しさに堪えて見られそうな月ではありませんので、月を見ないとしたら、昔恋しい老人の人生はどうしたらよいのでしょうか。

2607 秋を経験してくやしい月になじんでしまいました。生涯の終りがつらい末世に生れあわせて。参考「秋をへて月をながむる身となれりいそぢの闇を何嘆くらむ」（老若五十首歌合、新古今・雑上・一五三九　慈円）

2608 里の区別なく照るものと、自身の境遇をも測ることなく慕い見た月も、今は私のことを思い捨ててしまっているのでしょうか。（月にも喩えられるお方は私のことをお見限りになられるでしょうか。）↓補注。

2609 今はもう自身の運命を諦めようと断念した私の袖の上（の涙）に、以前よりもはっきりと宿る月よ。参考「あひにあひて物思ふ頃のわが袖に宿る月さへ濡るるがほなる」（古今・恋五・七五六　伊勢）↓補注。

2610 将来の月と花とには情があって、最近よりは後の人が私のことを思い出してくれるでしょうか。参考「あたら夜の月と花とを同じくはあはれ知れらむ人に見せばや」（後撰・春下・一〇三　信明）○この比よりは―書陵部五〇一・五一一本「は」を「や」とし、「は」と小字で傍書。

2611 私の家の庭に植えた樹林の木の間を洩れる月の光にさえも及ばないで、住みおおせにくいこの世の事を、籠居しながら聞いております。○すみはてがたき―「すみ」は「澄み」と「住み」の掛詞。

2612 ああ、今ですらひどく老いているのにやはり生き永らえて、どのような秋の月を見ることでしょうか。

2613 今年まで私の身に余った思い出は、あなたに愚痴をこぼして月を見ることでした。

(2604) 九月十三夜の今宵は、雲の上に出た月を、物思いに沈みながら眺めていらっしゃると想像していました。

(2605) うき身《み》なほ《を》月にならひてかたみならばかへして君を思やる哉

(2606) 吹はらふ山の嵐をまてしばしばしぞ月は雲がくるとも

(2607) くだりはつる世の行末《すゑ》はならひなりのぼらばみねに月もすみなん

(2608) 月影の人にやどらぬ世とならばしばしもいかゞ有《あり》明の月

(2609) いかさまにいさとよ月はてらすらんすみはてつべき人は人かは

(2610) 我もさぞ今行末《すゑ》をとはば月こたへばいかにうれしからまし

(2611) 誰にいはむ思《おも》へばかなしもろともにながらへん跡の月のかたみを

(2612) 世《よ》のなかを神《かみ》にうれへてみる月に思《おも》ふ心《こゝろ》は今やはるらん

(2613) はてゝ又まじはる世《よ》とや照《てら》すらんさらばたのもし秋の夜《よ》の月

無常

きさらぎのころ、母の思《おも》ひになり侍し、とぶらふとて、大輔

(2614) つねならぬ世はうき物といひ〳〵てげにかなしきを今やしるらん

(2605) 私のこの憂き身が月にならってよき日の形見であるのならば、かえって、私の方こそあなたのことを過ぎし日の形見と思い知ることです。

(2606) しばし月は雲隠れするとしても、それを吹払う山の嵐をしばしお待ちなさい。あなたの上を覆っている、院勘という暗雲が晴れる時を待っていらっしゃい。○しばしぞ—書陵部五〇一・五一一本「しばしの」。

(2607) この世がこれから先だんだん下ってゆくこと（澆季末世）は決まっていることです。しかしまた立直ったら、峰に月も澄むでしょう。▽慈円の世界観が窺われる点で、（二六一三）とともに注目される。

(2608) 月が全く人の世に宿らない世だとしたならば、しばしの間もどうして生きていけるでしょうか。○有明の月—「しばしもいかゞあらむ」の意から「有明の月」と続けた。書陵部五〇一・五一一本、「月」の右傍に「空か」と記す。

(2609) ほんとうに、さあ月はいつも照らしているでしょうが、事無く人生を送りおおせる人は人間でしょうか。そんな人間はおりません。参考「幾代しもすみはつまじき世の中に月に心を何とどむらむ」（久安百首　上西門院兵衛）○いさとよ—さあ。下に打消しや強い疑いの表現を伴う語。○すみはてつべき—無事に人生を終ることのできる。「すみ」は「月」の縁語。

(2610) 私もおっしゃる通りです。将来の世の中のことを月に問い、もし月が答えてくれたらどんなに嬉しいでしょう。○さぞ—「然ぞ」で、その通りに思うの意。

(2611) 一緒に永らえたあとの月の形見を、いったい誰に話そうというのでしょう。思えば悲しいことです。

(2612) 世の中を神に愁訴しつつ見る月によって、嘆き思うあなたのお心は今や晴れたことでしょう。○はるらん—「はる」は「月」の縁語。

(2613) 秋の夜の月は、一旦終ってしまってまた新たに始まる世を照らすのであろうか。それならば頼もしく思われる。▽『愚管抄』にも通ずる、慈円の歴史観・世界観を窺わせる作。

無常—定家の歌八十五首、他人の歌三十八首、計百二十三首を収める。雑部の中では比較的重い扱いを受けている。性質上、他人の作も多い方である。

(2614) お互にこの無常の世は憂くつらいものと口癖に言ってきたものの、本当に悲しいことを今お分りになったことでしょう。参考「世の中をかくいひいひのはてはてはいかにやいかにならむとすらむ」（拾遺・雑上・五〇七、同・哀傷・一三一四　読人不知）○きさらぎのころ—建久四年二月十三日。○母の思ひ—母の喪。○大輔—殷富門院大輔。

2614 返し

かなしさはひとかたならず今ぞしるとにもかくにもさだめなき世《よ》を

おなじ三月尽日、大将殿より

(2615) 新古 春霞かすみし空《そら》のなごりさへけふをかぎりの別なりけり

御返し

2615 わかれにし身のゆふぐれに雲《くも》消《(きえ)》てなべての春《はる》は恨はててき

おなじ年五月になりて、三位季経卿

(2616) はかなさをわすれぬほどをしるやとて月日をへてもおどろかす哉

返し

2616 月日へてしづまるほどのなげきにぞ言問《ことゝ》ふ人のなさけをもしる

秋野《の》分《わき》せし日、五条へまかりてかへるとて

2617 新古今 たまゆらの露《つゆ》もなみだもとゞまらずなき人こふるやどの秋風

返し 入道殿

(2617) 秋になり風のすゞしくかはるにもなみだの露《つゆ》ぞしのにちりける

三位中将なくなりての秋、母《はゝ》の思《おも》ひにてこもりゐたる九月尽日、山座主にたてまつる

2618 初霜《はつしも》よなれのみ時はわきがほに人はかぞへぬ秋の暮《くれ》かは

2614　とにもかくにも定めない世の悲しさは一通りでなく今よく分りました。

(2615)　春霞が霞んでいる空の名残りさえ、今日が最後の春との別れ、あなたのお母様の亡くなられた悲しい春との別れを告げています。○大将殿―後京極良経。○春霞―霞は荼毗の煙を連想させるもの。

2615　母と別れました私にとりましては、この夕暮に消える雲も母の亡骸を焼いた雲のように思われ、おしなべて春との別れを恨んでしまいました。

(2616)　この世の無常であることを忘れない程度にはお悲しみが薄らいだかと御想像して、あえて御不幸があってから月日が経ってお見舞い申上げます。○三位季経卿―一一三一～一二二一。藤原氏北家、末茂流。左京大夫顕輔男。家集『季経入道集』。『千載集』初出。いずれといえば、定家とは不和であった。

2616　月日が経ってやや鎮静する程度の嘆きならば、お見舞い下さいましたあなたのお情も分るでしょう。(私の嘆きはその程度ではありませんので、お礼の言葉も申しようがありません。)

2617　露の玉も涙の玉もほんのしばしの間もとどまることなく乱れ落ちます。亡き人を恋しく偲ぶこの家に吹く秋風の中で。本歌「暁の露は涙もとどまらで恨むる風の声ぞ残れる」(相模集、新古今・秋上・三七二　相模)、参考「世の常に聞くだにあるをほととぎすなき人恋ふるをり〳〵の声」(兼輔集)「故郷有レ母秋風涙、旅館無レ人暮雨魂」(新撰朗詠・雑・行旅　為憲)○野分せし日―『源氏物語』野分の巻への連想があるか。○五条―父俊成の家。

(2617)　秋になり風が涼しく変るにつけ、涙の露がしきりに散る。参考「時は水無月のつごもり……夜更けて、やや涼しき風吹きけり」(伊勢物語・四五段)

2618　初霜よ、さもお前だけが季節を心得ているといった様子で置いているが、人は今日が秋の暮れる日だと数えて知らないとでもいうのか。○三位中将―藤原公衡。○なくなりての秋―公衡は建久四年二月二十一日、三十六歳で没。○山座主―慈円。▽二六一八―（二六二七a）は、拾玉集・第五にも見える。

2619 みそぢあまりふたとせへぬる秋の霜《しも》まことに袖のしたとほ《お》るまで

2620 ふりまさるわが世《よ》のあらしよわるらし袖までもろき秋のくれ哉

2621 見し人のなき数《かず》まさる秋のくれわかれなれたる心地こそせね

2622 霞まで問《と》はれし人はまがひにきむなしき秋のくれの白雲《しらくも》

2623 あけくれてこれもむかしになりぬべし我のみもとの秋とを《お》しめど

2624 とはぬ人なれつる秋のつゆ嵐あとたしかなる庭の浅ぢふ

2625 ねがはるゝおもひのすゑも風寒く谷のとぼそも秋や去《い》ぬらん

2626 まださめずよしなき夢《ゆめ》の枕哉心の秋を秋にあはせて

2627 小《を》山田のつゆのかりいほのやどり哉君をたのまむいなづまの後《ゝち》

御返し

(2618) くれの秋をかぞへてしるはかひもなししるしありけり庭の初霜《はつしも》

(2619) したとほ《お》るそでにて君《きみ》も思しれよそぢかさぬる霜のたもとを

2619 三十二の齢をかさねて、秋の霜（白髪）が私の上に置いた。本当に袖の下に滲み透るまでに。○みそぢあまりふたとせ―母が亡くなった建久四年、定家は三十二歳だった。参考「晋十有四年。余春秋三十有二。始見二毛一」（文選・巻七・秋興賦並序　潘安仁）

2620 わが齢もいよいよ老い、余生もいくばくもあるまい。嵐は吹き弱るらしい。袖までもろく朽ちやすくなった秋の暮だ。○あらし―「あらじ」を響かせる。

2621 知人で亡くなる人の数がまさってゆく秋の暮だが、死別に馴れた心持はしない。参考「昔見侍りし人々多くなくなりたることを歎くを見侍りて　藤原為頼　世の中にあらましかばと思ふ人なきが多くもなりにけるかな」（拾遺・哀傷・一二九九）

2622 弔問された人々、亡き公衡や母の茶毘の煙は、春霞にまじって消えてしまった。秋の暮の白雲は（亡き人々の形見として見ることができないので）空しい。

2623 明け暮れして月日が経てばこれも昔のこととなってしまうであろう。只今は自分だけが以前のままの秋だと惜しんでいるけれども。

2624 人の訪れのないのにも馴れたけれども、庭の浅茅生に露が置き嵐が吹いて、秋は足跡を確実に印している。

2625 願っている希望もあてになりません。風は寒く吹きつけ、谷のとぼそも開いて、秋はいってしまうのでしょうか。○とぼそ―枢（くるる）、転じて扉の意。○秋―「開き」を掛けるか。

2626 つまらない夢を見たまま私はまだ覚めていません。落寞とした秋のような心（愁）を季節の秋に合せて抱いたまま。○あはせて―夢は夢合をするから、「夢」の縁語。

2627 小山田の露置く仮庵の宿り。そこに閃めく稲妻の消えたのちのような無常の世で、私はあなたのお救いを期待します。

(2618) 秋の暮れる日を数えてそれと知るのは（数えなければ気付かないのは）、秋にとって暮れる（去ってゆく）甲斐もありませんね。そういうあなただからこそ、庭の初霜は置いただけの効果があったというものです。

(2619) 下まで透る袖であなたもお分りになってください。四―まで重ねている涙の霜の置いた私の袂を。○よそぢ―建久四年、慈円は三十九歳。

(2620) わが秋のふくれば冬の山お《を》ろしつよく身にしむ暁のそら

(2621) 人の世の霜に時雨をそめかへてわかれなれたる心地こそすれ

(2622) 藤《ふぢ》衣そめけん春《はる》の霞よりさてしも秋のくれのしら露

(2623) 思《(おもひ)》いづるきのふの秋は昔にて此ごろ思ふ行末の春《はる》

(2624) わが宿《やど》はけさこそいとゞ哀なれ秋にお《を》くるゝ庭をながめて

(2625) 君はさは思しらでやたどる覧ねがふすみかぞ秋のとなりも

(2626) ひとりのみ夜もあけやらぬ秋の夢《ゆめ》のさは又さめぬ君もありける

(2627a) 秋も冬もながめばかりは君をのみたのむのかりを月にまかせて

(2627b) ことのはにむすぶ契りは見えぬれどたのめといかゞ岩代《いはしろ》の松

おなじ日、女院の大輔に

2628 とゞまらぬ秋のわかれのかず〳〵に見なれし人の亡《な》きぞおほかる

返し

(2628) つく〴〵とひとりながめて思いづる心の内を君《きみ》もしりけり

(2620)　秋が更け、わが齢も傾くと、冬の山颪が強く身にしみる暁の空になりました。

(2621)　この世は、木々を紅葉させる（紅涙のような）しぐれを白い霜へと染め変えるので、秋とも故人とも別れるのに馴れてしまった心持がします。▽「わかれなれたる心地こそせね」と嘆く定家に対して、わざとその逆を言った。

(2622)　喪服をお染めになったでしょう春霞の立つ頃よりも、白露の置く暮秋の今の方が悲しいでしょうね。○藤衣―喪服。

(2623)　思い出しますと昨日の秋はもう昔のこととなってしまい、この頃は将来の春がしきりに思われます。

(2624)　行ってしまった秋に取残された庭を眺めて、私の庵の庭は今朝こそあわれだと思います。

(2625)　あなたはそれではお分りにならないで迷っていらっしゃるのですか。秋の隣り、即ち冬も、願うすみかですよ。

(2626)　私はひとりで夜も明けきれず思い悩んでおりますのに、それでは秋の夢から覚めないあなたのようなお方もおられるのですね。

(2627a)　秋も冬も風雅なことはあなただけを頼みとしています。田の面の雁が月夜飛ぶのに任せて。参考「み芳野のたのむの雁もひたぶるに君が方にぞよると鳴くなる」（伊勢物語・一〇段）○たのむのかり―「頼む」に「田面（たのも）」を掛ける。

(2627b)　岩代の結び松のようにお互が結んだ約束はお言葉の上に見えましたが、その契りは空しくなるまい、期待していなさいとどうして言ってくれないのですか。○岩代の松―有間皇子が松を結んで「磐代の浜松が枝を引き結びまさきくあらばまた還り見む」（万葉・巻二・一四一）と歌った故事から、「むすぶ」の縁語。「いかゞ言は（ざる）」から続ける。▽この一首のみは定家の贈歌への応和ではなく、慈円からの呼び掛けの形をとっている。

2628　留めても留まらない秋との別れが度重なるにつれ、昔見馴れた人で鬼籍に入る人が多くなります。参考「世の中にあらましかばと思ふ人なきが多くもなりにけるかな」（拾遺・哀傷・一二九九　為頼）○女院の大輔―殷富門院大輔。○おなじ日―建久四年九月尽日。○秋のわかれ―過ぎてゆく秋との別れ。九月尽なのでいう。

(2628)　つくづくと独り物思いをして、（亡き人々を）思い出しておりました私の心の内を、あなたも御存知だったのですね。

おなじ年《とし》の雪のあした、大将殿より

(2629) 白妙の外《と》山の雪をながめてもまづいろおもふ君が袖哉

(2630) 人のよは思なれたるわかれにて朝日にむかふ雪のあけぼの

(2631) いかに君思やるらむこけのしたをいくへ山ぢの雪埋むらん

(2632) まださめぬきのふの夢の袖の上にたえずむすべる雪のした水

(2633) 猶のこれあけゆく空《そら》の雪のいろこのよのほかの後《(のち)》のながめに

御返し

2629 衣手にはてなき涙まづくれてかはる外《と》山の雪をだに見ず

2630 雪《ゆき》つもりふりゆくかたぞあはれなる思なれたるわかれなれども

2631 おなじ世になれしすがたはへだたりて雪《ゆき》つむこけの下ぞしたしき

2632 去年《こぞ》は見ぬきのふのゆめのかずそひて桜《さくら》ににたるのきの雪哉

2633 心もてこのよのほかを遠《とを》しとていはやのおくの雪をみぬ哉

(2629)　白妙に積った外山の雪を眺めても、まずあなたの喪服の色が思われます。○大将殿―藤原良経。時に左大将であった。○外山―里近い山。

(2630)　人の世での別れにも馴れて、雪の降り積ったあけぼの、朝日に向かうと、はかない気持がします。

(2631)　あなたはどんなに母堂が眠っておられる苔の下を思いやられることでしょう。そこには山路の雪が幾重降り埋めていることでしょう。○こけのした―墓。『長秋草』の亡妻哀悼歌群で俊成はこの句を頻用している。

(2632)　御不幸は、まだ覚めきらない昨日の夢のように思われて、絶えず雪の下水（涙）を手に掬んでおられるでしょうね。○むすべる―「夢」の縁語。

(2633)　明けゆく空の下に鮮かになる雪の白色よ、やはり残ってくれ。この世以外の世、後世の眺めとして。

2629　袖にはてしなくかかる涙にまず目も昏れて、白妙に変った外山の雪景色すら見ません。
2630　雪が降り積るように、古くなってゆく昔が偲ばれます。もう馴れてしまった別れではありますけれども。○ふりゆく―「雪」の縁語「降り」と「古り」の掛詞。
2631　同じこの世で馴れ親しみました亡母の姿は隔って、雪が降り積んでいる苔の下がかえって親しく思われます。
2632　昨年は見ませんでした、昨日の夢のような悲しみが加わって、軒の雪は母が亡くなった春散った桜に似たような気がいたします。
2633　悟らないわが心のせいで、この世以外の世を遠いと観じて、私はまだ世捨人の住む岩屋の奥の雪を見ておりません。

建久元年二月十六日、西行上人身まかりにける、をはりみだれざりけるよしきゝて、三位中将のもとへ

2634 望月《もち》のころはたがはぬ空《そら》なれど消《(きえ)》けん雲のゆくへ《ゑ》かなしな

上人先年詠云、ねがはくは花のしたにてはるしなんそのきさらぎのもち月のころ、今年十六日望日也

返し

(2634) 紫の色ときくにぞなぐさむるきえけん雲《くも》はかなしけれども

故摂政殿、にはかに夢の心地せし御事《こと》のあくる日、宮内卿とぶらひつかはしたりし返事のついでに

2635 昨日までかげとたのみしさくら花ひと夜の夢《ゆめ》のはるの山かぜ

返し

(2635) かなしさの昨日の夢《ゆめ》にくらぶればうつろふ花もけふの山かぜ

そののち日数《かず》へて、又あれより

(2636) さくら花こふともしらじかげろふのもゆる春日になく〳〵ぞふる

(2637) 春の夜のおぼろ月夜《よ》もおぼろけの夢とも見えぬ花の俤

(2638) なく涙このめもかれし春《はる》の夢にぬるゝたもとは君もかわ《は》かじ

2634　西行上人が生前願っておられたに違わず、ちょうど望月の空ではありますが、消えてしまった雲（上人）の行方が悲しく思われます。
○建久元年—実は改元前なので、文治六年。○西行上人—俗名佐藤義清。法名円位。この日、河内国弘川寺で入寂した。七十三歳。○三位中将—藤原公衡。○ねがはくは……—願うことは、桜花の下で春死のうということ。その春も釈尊の入滅された二月の十五夜の頃。『山家集』上・春、『西行上人集』春。『新古今集』にも初め採られていたが、切継ぎの段階で除かれた。○きさらぎのもち月のころ—釈尊が涅槃に入った日。
（2634）　紫の雲に迎えられての大往生だったと伺って、慰めとします。雲と消えてしまわれたのは悲しいのですが。

2635　昨日まで蔭と頼んだ桜花（良経公）は、無常な春の山風のために一夜の夢と散ってしまいました。

参考「桜花夢かうつつか白雲のたえてつねなき峯の春風」（老若五十首歌合、新古今・春下・一三九　家隆）○故摂政殿—後京極良経。元久三年（一二〇六）三月七日急逝。享年三十八。○夢の心地せし御事—はかなくなられたこと。死を悲しい夢に譬えることが多い。家隆も定家に「この御事なほ夢のやうなるよし申し送」ったことが『玉吟集』の詞書から知られる。○宮内卿—藤原家隆。
▽二六三五—二六四五は『玉吟集』雑部にも見える。
（2635）　昨日の夢のような出来事の悲しさに比べると、今日山風に花が移ろうことも問題ではありません。

（2636）　桜花は私達がこれほど恋しがっているとも知らないでしょう。私は陽炎の燃える春の日に涙を雨と降らせつつ、泣く泣く時を送っております。○あれより—あちらから。ここでは、家隆からの意。○ふる—「経る」に、涙を雨のようにこぼしているとの心で「降る」を響かせるか。

（2637）　春の夜のおぼろ月を見ても、いい加減な夢とも見えないのに、花の俤はもうありません。

（2638）　春悲しい夢を見て泣く涙に木の芽も枯れてしまったが、その涙に濡れた袂は乾きません。あなたも御同様でしょう。→補注。

(2639) ふしてこひおきてもまどふ春《はる》のゆめいつか思《おも》ひのさめむとすらん

(2640) 思やるこけのしたこそかなしけれかすみの谷《たに》のはるの夕ぐれ

(2641) あふぎ見しかりのかすみにきえしよりむなしく暮るゝ春のそら哉

(2642) かりそめの宿《やど》にせきいれし池水に山もうつりてかげをこふらし

(2643) いつまでかたれも生田《いくた》の杜《もり》のつゆきえにしあとを恋つゝも経《へ》ん

(2644) たまきはるいのちはたれもなきものをわすれね心思返して

(2645) きえぬべし見ればなみだのたきつせにうたかた人のあとをこひつゝ

返し

2636 こひわぶる花のすがたはかげろふのもえしけぶりをむねにたきつゝ

2637 せきもあへぬ涙のとがかくもれ月霞したしき空《そら》とたのまむ

2638 紅の涙ふりいでし春雨《はるさめ》にあらじ身をしる袖のたぐひは

2639 夢《ゆめ》ならであふよもいまは白《しら》露のお《を》くとはわかれ寝《ね》とは待《ま》たれて

(2639)　身を臥しては亡き面影を恋い、起きても悲しみに惑います。この悲しい春の夢から覚めるのはいつのことでしょう。本歌「臥して思ひ起きて数ふる万代は神ぞ知るらむわが君のため」(古今・賀・三五四　素性)

(2640)　春の夕暮、霞がたなびいている谷の苔の下は思いやるだけでも悲しい。参考「深草の帝の御国忌の日よめる　文屋康秀　草深き霞の谷に影かくし照る日のくれしけふにやはあらぬ」(古今・哀傷・八四六)「もろともに苔の下にも朽ちもせで埋まれぬ名を見るぞ悲しき」(金葉・雑下・六二〇　和泉式部)

(2641)　空を仰ぎ見ると雁が霞に消えて、春も空しく暮れてゆこうとしている。

(2642)　曲水宴のために仮の宿に堰き入れた池水に山も影を映して、良経公の亡き影を恋しがっているらしい。参考「音羽川堰き入れて落す滝つ瀬に人の心の見えもするかな」(拾遺・雑上・四四五　伊勢)「春池岸古春流新。影浸㆓南山㆒青滉瀁」(白氏文集・巻三・昆明春水満)↓補注。

(2643)　誰もいつまで生き永らえて、生田の森の露のように消えた亡き良経公の跡を恋しがっているだろう。恋しがっている人々もやがては死んでゆくのだ。○たれも生田―「生く」から地名「生田」へと続けた。

(2644)　誰も命は終るのだ。この悲しみを思い返して、忘れてしまえ、わが心よ。○わすれぬ心―定家の院五十首・一六九九「あきかぜよそゝや荻の葉こたふともわすれぬ心わが身やすめて」を意識している。

(2645)　うたかたのようにはかなく消えた人を恋しがって、涙の滝津瀬に私も消えてしまいそうです。参考「思ひ川絶えず流るる水の泡のうたかた人にあはで消えめや」(後撰・恋一・五一五　伊勢)「ながめする軒のしづくに袖ぬれてうたかた人をしのばざらめや」(源氏物語・真木柱　玉鬘)○うたかた人の―底本「うたかた人に」、自筆本及び『玉吟集』により改める。

2636　もう一度お会いしたいと恋い侘びている花のお姿はどこへ行かれたのでしょう。陽炎の燃えるようにあの方の亡骸を焼く火は燃えましたが、私も胸の内で思慕の火を燃やし、煙を立てています。

2637　堰ききれない涙のせいであろうか。月よ、曇れ。霞が親しく思われる空を期待しよう。参考「曇れ月ながむる人や立ち入ると入らずは空も心ありなむ」(拾玉集・花月百首)

2638　降り出した春雨は私の紅の涙のようです。そのため袖は赤く染まって、袖と同類のこの身は朽ちてしまうだろう(生き永らえていられないだろう)と分ります。↓補注。

2639　今はもう夢でなくては良経公にお逢いする夜(世＝時)も知れません。露が置くように、起きてはお別れし、寝てはお逢いするのが心待ちされて。本歌「つれもなき人をやねたく白露の起くとは嘆き寝(ぬ)とはしのばむ」(古今・恋一・四八六　読人不知)↓補注。

2640 うづもれぬ玉《たま》の声《こゑ》のみとまりゐてしたひかねたるこけのした哉

2641 かすみにしうき物からの春《はる》の空《そら》くるればかなしそれもかたみと

2642 山の色はせきいれし水にうつるとも恋しきかげをいつか見るべき

2643 春の夢のかぎりにきゝしゆふべより生田《いくた》の杜《もり》の秋もうらめし

2644 世々経《ふ》ともわすれじ心たまきはるあだの命に身こそかはらめ

2645 いまはたゞわが身ひとつの思河うたかた消てたぎつしらなみ

おなじころ、人のとぶらへりし返し

2646 道かはるけぶりのはてにたちそはで夢ならねばぞあけくらす覧

2647 見しもうきかはらぬ夢とかつ聞《き》けどわが心にはためしだになし

2648 三笠《みかさ》山あふぎしみちもたのまれず世のことわりにまど《は》ふ心は

2649 見ぬ人もしらぬも涙かゝる世になれてそむかぬ袖のつれなさ

2650 おもかげはまだかぎりともたどられずいとしも人のしづのをだまき

2640　埋もれない玉のような響きのお声だけがとどまっていて、公は苔の下に埋まってしまわれた。お墓いしてもお慕いしきれない。参考「水茎の跡に残れる玉の声いとども寒き秋の風かな」（新古今・雑下・一九九二　能宣、除棄歌）「遺文三十軸　軸々金玉声　竜門原上土　埋レ骨不レ埋レ名」（和漢朗詠・下・文詞付遺文・四七一　白楽天）

2641　つらいものの、霞んでいた春の空が暮れてしまうと、悲しく思われます。それも亡きあのお方の形見かと思われて。

2642　山の色は堰き入れた池水に映っても、恋しい良経公のお姿をいつ拝することがありましょうか。

2643　春の夢のようにあっけなく亡くなられたと聞いた夕からは、生きながらえていて生田の杜が秋になるのも悲しく思われます。参考「寝られぬをしひて寝て見る春の夜の夢のかぎりは今宵なりけり」（貫之集）○かぎり―最期。臨終。

2644　いえ私は、世々を経てもこの悲しみは忘れますまい。生きていても甲斐のない命ですからお身替りになりたいくらいです。参考「命やは何ぞは露のあだものを逢ふにし換へば惜しからなくに」（古今・恋二・六一五　友則）

2645　今はただ私一人が悲しみの思いの思川に漂っています。うたかたは消えて涙の白波がたぎっています。本歌「思ひ川絶えず流るる水の泡のうたかた人にあはで消えめや」（後撰・恋一・五一五　伊勢）

2646　この悲しみは夢ではないので、わたしはいつもと変った葬列の道を行き、荼毘の煙の末に立ち添って消えてしまわないで、明け暮らしているのでしょう。○道かはる―「道変るみゆき悲しき今宵かな限りの旅と見るにつけても」（山家集・中・雑）

2647　見たのはつらい、無常な世での変らぬ夢と一方では聞きますけれども、私の心には例のない悲しさです。

2648　近衛職に関して期待した方面ももうあてにはなりません。この人の世の道理である死別に惑っている私には。○まどふ―「みち」の縁語。

2649　お目にかかっていない人も知らない人までも涙する、このような無常の世に馴れて、出離しない私の袖は強情だ。○かゝる―「涙懸かる」から「かゝる世」と続けた。○そむかぬ袖―出家しない俗人の着る衣の袖。

2650　あのお方の面影を拝することはもうおしまいだとも、まだ了解できない。下人（しもびと）が賤のおだまきを繰るように、身分の低い私にもひどく繰返し恋しく思い出されて。↓補注。

2651 世中はうきにあふぎの秋はてぬなにの別のわすれがたみぞ

2652 さきだてゝしのぶべしとはしらざりき思へおもひのほかの涙を

2653 あさつゆにぬれてののちの世もしらず衣にそめぬ色ぞかなしき

おなじ年の夏ごろの事にや、人に

2654 わがそむるたもとの色のひまも哉《(がな)》それゆゑ《へ》ふかきことのはも見む

2655 なくは世にしのばれんとは見し人ぞお《を》くるゝ身こそ思《(おもふ)》には似《に》ね

2656 あけくれもおぼえぬ月日へだたりてそれかの雲《くも》の空《そら》もたのまず

2657 おもひきやまちしやよひの花の色に花たちばなのよすが許《(ばかり)》と

2658 あだに見し花のことやはつねならぬうき春風はめぐりあふとも

2659 夜《よる》の鶴《つる》の心のいかにとまりけん衣の色にたれもなく音《ね》を

2660 おもひかねひとりなごりをたづねつゝその世《よ》にもにぬ宿《やど》を見し哉

2661 うたがひてうゑ《へ》し梢は青葉《あおば》にて人めは庭のよそにかれにき

2651　この世の中では憂いことに逢い、秋の扇のように世の中に飽きてしまいました。この扇はどういう別れの忘れ形見ですか。（死別の形見なのです。）○あふぎ―「扇」に「逢ふ」を掛ける。○秋はてぬ―「飽き」を掛ける。

2652　あのお方が先立たれて私が跡を偲ぶことになるだろうとは知りませんでした。御想像下さい、この思いの外の悲しみで流す私の涙を。

2653　朝露に濡れたのちは、生きている気もしません。喪服を着なくても、悲しみの色に包まれています。本歌「月草に衣は摺らむ朝露に濡れてののちはうつろひぬとも」（古今・秋上・二四七　読人不知）

2654　紅涙の色に染めている私の袂を、染めるのを控える時の間があったらなあ。そうしたら、そのためにあなたの深い同情のこもったお言葉も拝見するでしょう。○ふかき―「そむる」「色」の縁語。

2655　死んだならば世間から偲ばれるだろうと思っていた人（私）がとり残されているのは、思ったことと似ても似つかない。

2656　明暮もはっきり覚えていない月日が隔って、もはやあの雲があの方の荼毘に付された煙かと、空を期待して見ることもしません。○それかの雲―「それが荼毘の雲か」の意。▽なお、二六六〇注所引『明月記』を参照。

2657　花橘の香りだけをよすがとして、弥生の花、美しい桜花のようなあの方を偲ぼうとは思ったでしょうか。参考「さつき待つ花橘の香をかげば昔の人の袖の香ぞする」（古今・夏・一三〇　読人不知）

2658　はかないと見た花のことは常ではないのだろうか。つらい春風の吹く季節にめぐりあうとしても。

2659　御子息の将来を思われるあのお方の夜鶴のような親心はどのようにとどまっておられたことだろう。わが子の衣の色（位階）については誰も嘆くというのに。参考「第三第四絃冷々　夜鶴憶レ子籠中鳴」（和漢朗詠・下・管絃・四六三　白楽天五絃弾）○夜の鶴―夜の鶴はわが子への愛情が深いとされる。

2660　思いに堪えかね、独りなごりを尋ねて、御在世の時とはすっかり変ってしまったあの方の旧宅を見てきました。参考「天晴、新月明。依二懐旧之思一参二中御門殿一、望二前庭月一独霑レ襟。護摩僧最珍出逢。深更帰。漸送二旬月一、閑居寂寥、非二啻前途後栄之無一レ憑、毎二天曙日暮一遠隔二慈悲之恩容一、恋慕之思難二堪忍一」（明月記、建永元年五月十一日条）

2661　果して付くかどうかと疑いながら庭に植えた木の梢は青葉が生い茂っていて、人の訪れは絶えていました。↓補注。

2662 日をさしていそぎし池の花の舟みくさのなかにうき世なりけり

2663 おもひ河あはれうき世のまさりつゝいか許《(ばかり)》なる涙とかしる

又の年《とし》三月七日、賀茂《かも》に御幸侍し次《つぎ》の日、大僧正十首御歌の返し

2664 うきながら昨日はそれもしのばれきまたしらざりしこぞのあけぼの

2665 けさはいとゞ涙ぞ袖にふりまさるきのふもすぎぬこぞも昔と

2666 お《を》くれてはやすくすぎける月日哉したひしみちはゆく方もなし

2667 おほかたはたゞあけぬ夜《よ》の心地してしらずことしのきのふけふとも

2668 わすられぬ命《いのち》のかぎりなげきしてつらきはもとのなさけなりけり

2669 とほ《を》ざかる月日のうさをかぞへても面影《かげ》のみぞいとゞ気《け》ぢかき

2670 たのまれぬ夢てふ物のうき世には恋しき人のえやは見えける

2671 うかりけるやよひの花のちぎり哉ちるをや人はならひなれども

2672 神に猶君をいのりしさか木ばのかげにも見えし玉かづら哉

2662　日を決めて曲水宴の準備を急いでいた池には、花の舟が水草の中に埋もれ、浮いています。憂い世の中だと思われます。参考「同じ池に昔奉りなどせし御舟の破れたるを見て、松が浦島の心地して、池水は水草おほひて沈みにし空しき舟のあとのみぞ見る」（高倉院昇霞記）○日をさして―「さ（指）し」は「舟」の縁語。○うき世―「浮き」に「憂き」を掛ける。

2663　思い川の川面に無常な水の泡が浮き、水かさがまさって（憂き世のつらい思いがまさって）、どれほどの涙の量だとお思いです。○あはれ―「泡」を掛ける。○うき世―「憂き」に「浮き」を掛ける。

2664　憂いながらも、昨日はそれでもがまんできました。去年のこの曙、摂政殿下（良経公）の御急逝を知った時の悲しみは今まで知らないほどの悲しみです。○又の年―建永二年。○御幸―後鳥羽院の御幸。○大僧正―慈円。彼の十首は伝わらないか。

2665　今朝はいっそう涙が袖に降ります。昨日も過ぎ、こうしてあの悲しかった去年も昔となってゆくのです。

2666　良経公に取り残されてから簡単に過ぎてしまった月日です。お慕いしても追ってゆくすべもありません。

2667　何事につけても、いつまでも夜が明けないような心地がして、今年になっても昨日とも今日とも区別できません。

2668　忘れられないままに命のある限り嘆くので、以前良経公から蒙った御厚情がかえってつらく思われます。

2669　遠ざかる月日のつらさを数えても、あのお方の面影だけはいっそう身近に思い出されます。▽「とほざかる」と「気ぢかき」とが対をなす。

2670　憂き世では夢というものはあてになりません。恋しい人は見えないではありませんか。本歌「うたた寝に恋しき人を見てしより夢てふものは頼みそめてき」（古今・恋二・五五三　小町）▽「問答体の哥也」（抄出聞書）

2671　弥生に咲く花（桜）のつらい定めですね。花が散るのはそして人が死ぬのはこの世のならいですけれども。

2672　あのお方が公卿勅使として、伊勢の御神にわが君の千代を祈られた時、榊葉の蔭に、玉蘰が見えました。○玉かづら―玉で飾られた髪飾り。奉仕した巫女などの玉蘰をさすか。▽良経は建久六年二月―三月、公卿勅使として伊勢に発遣され、定家はこれに随行した。↓二五四〇。

2673 いはへどもわがため露《つゆ》ぞこぼれそふ藤のさかりを松はふりつゝ

建永元年七月和歌所当座

寄風懐旧

2674 月日へて秋の木《こ》の葉をふく風にやよひのゆめぞいとゞふりゆく

雨中無常

2675 よそふればかさねてもろき末の露身をしる袖のうへの村《むら》雨

六条三位家衡卿、人に後《をく》れてなげくとき〻て、申おくり《を》し

2676 とゞむてふしがらみもなきわかれぢの秋の涙を何にせくらん

返し

2677 なきわたるよさむの風のいかならむ常世《とこよ》はなれし雁《かり》のつばさに

(2676) せく袖もなく〳〵こそはあかしつれむなしきとこの秋の此比《(このごろ)》

(2677) 問《と》はれても常世《とこよ》はなれしかりがねの秋の別はかなしかりけり

承元四年三月七日、左大将殿へ

2678 おくれ《を》じとしたひし月日うきながらけふもつれなくめぐりあひつゝ

返し　大将殿

(2678) かすみにしけふの月日をへだてゝも猶俤のたちぞはなれぬ

2673　藤の花の盛り（良経公の御子孫の繁栄）を待って心に祝っても、私のためには露がこぼれます。松は老木になっているので。（私は老いたので、涙がこぼれます。）○藤のさかり—遺児道家らの繁栄をさすか。○松—「待つ」を掛ける。

2674　月日が経って秋の木の葉を吹く風に、弥生に見たあの悲しい夢（良経の死）はいっそう古くなってゆく。○ふりゆく—「ふり」は「古り」と「降り」の掛詞。▽建永元年七月二十八日院当座歌合（散逸）での詠。→二四四一。

2675　村雨の露を露命によそえると、それにもろくこぼれ落ちる葉末の露が重なって、わが身のほどを知ってこぼす涙が袖の上に降りかかる。参考「末の露もとの雫や世の中のおくれ先立つためしなるらむ」（新古今・哀傷・七五七　遍昭）▽前歌に同じ時の詠。

2676　とどめる柵もない死別に流す秋の涙を、あなたは何で堰き止めていらっしゃるのでしょう。○家衡卿—藤原氏北家末茂流、六条家。経家の息。『新古今集』初出。○人—妻または愛人。

2677　常世を離れた雁が鳴いて空を渡って来る、その翼に夜寒の風はどんなに当るでしょう。夜寒の風が吹く頃、比翼と契られた方を亡くされてあなたはどんなにお寂しいことでしょう。本歌「聞かせばや常世離れし雁がねの思ひのほかに恋ひて鳴く音を」（狭衣物語・巻三　狭衣）○常世—雁は北国に住むことから、そこを春秋に関係ない仙郷と見なしてこのようにいう（花鳥余情）。ここでは「床」を暗示するか。○雁—故人の比喩か。

(2676)　涙を堰く袖もなく、泣く泣く明かしております。伴侶のいない床で、秋のこの頃は。○なく〳〵—「無く」と「泣く」の掛詞。○むなしきとこ—「思ひやれ空しき床をうち払ひ昔を偲ぶ袖の雫を」（千載・哀傷・五七四　基俊）

(2677)　あなたにお見舞い頂くにつけ、常世を離れた雁のように、秋、愛する者と別れたことは悲しゅうございます。

2678　死に後れまいと亡きお父様をお慕いした月日を、つらいままに強情に生き永らえて、今年の御命日にもめぐり逢いました。○左大将殿—良経の息九条道家。

(2678)　今日思うと、遠く霞んでしまったような月日を隔てても、やはり亡父の俤は離れません。参考「若菜摘む野べの霞ぞあはれなる昔を遠く隔つと思へば」（山家集・上・春）○へだてても—「へだて」は「かすみ」と縁語関係にある。○たちぞはなれぬ—「たち」は「かすみ」の縁語。

入道寂蓮みまかりぬときゝて、雅経少将のもとへ

2679 たまきはる世のことわ《は》りもたどられず猶うらめしき住吉《すみよし》の神

返し

(2679) かぎりあればうらみても又いかゞせむかゝるうき世に住吉の神《かみ》

承久元年六月、故女院御忌日、蓮華心院にまゐ《い》りて、思《(おもひ)》いづること
どもおほくて、まゐ《い》られたりし女房の中に

2680 老《お》いらくのつらきわかれはかずそひて昔見し世の人のすくなき

2681 をしむべき人はみじかき玉の緒《を》にうき身ひとつのながき夜《よ》の夢

2682 けふごとにくさばの露《つゆ》をふみわけてあとなき君《ゝみ》のあとぞかなしき

2683 今よりのけふこむ人をかぞへつゝこれやなごりのかたみなりける

次《つぎ》の日

2684 老《お》いらくの思ひぞ空《ゝら》にしられにしうきをかさねしいにしへの夢

2685 思きやと許《(ばかり)》は見し年々《く》もことしをしらぬうらみなりけり

2686 しらざりきたれもえしらじいにしへやあとなき君があとを見むとは

2687 しのぶべきけふこむ人のそのかずにのこるべしとはおもはざりしを

2679　これが人の世の道理であると筋道を追って考えることもできません。やはり和歌の守護神である住吉の御神が恨めしく思われます。↓補注。▽『明日香井集』にも見える贈答歌。

(2679)　人の寿命には限りがあるのですから、住吉の御神をお恨みしても仕方がないでしょう。私たちは(そして神も)こういう憂き世に住んでいるのです。○うらみても―「恨み」に「住吉」の縁語「浦見」を響かせる。○住吉―「うき世に住み」から「住吉」へと続ける。

2680　老人にとってつらい死別は数が多くなって、女院御在世の昔おつきあいした人々の数は少なくなっています。○承久元年―西暦一二一九年。定家五十八歳。○故女院―八条院障子内親王。鳥羽法皇の皇女。建暦元年(一二一一)六月二十六日没。享年七十五。定家の姉妹で女院の女房だった者は少なくない。○蓮華心院―双ケ丘の西南麓にあって、もと仁和寺の常葉殿といった。承安四年(一一七四)八条院が寺に改めた。今、京都市右京区常盤古御所町あたりがその遺蹟という。○女房の中に―特定の人ではなく、「女房御中」という形で贈ったの意。

2681　惜しむべき人の命は短くて、つらい私ひとり生き永らえて、無明長夜の夢を見ております。○みじかき―下の「ながき」とともに「玉の緒」の縁語。○玉の緒―命。

2682　この御忌日ごとに草葉の露を踏分けて、故女院の墓参をするのは悲しいことです。

2683　今後の忌日にお参りするであろう人を指折り数えながら、これが故女院のところで知り合ったあなたとのおつきあいのなごりの形見かと思います。

2684　私も老いの実感は空にはっきりと分りました。つらいことの連続であった昔の夢が思い返されて。▽以下、二六八七まで四首は、二六八〇―二六八三に対する、もと八条院の女房だった何ぴとかの返歌であろう。それゆえ、(二六八〇)―(二六八三)と番号を付けるべきであるが、混乱を避けるため『藤原定家全歌集』『藤原定家全歌集全句索引本文篇』等に従って、今は通し番号のままにしておく。

2685　あなたは、故女院のことをお思いしていらっしゃるのか、そしてまた私のことを思ってくださっていたのかと今までは毎年御忌日ごとに考えていましたが、それも今年あなたがこのようにお参りされることを知らないため抱いた恨みでした。

2686　昔は知りませんでした。誰も知ることはできないでしょう。お亡くなりになった女院の跡をおとむらいしようとは。

2687　故女院のことを偲ぶべき御忌日の今日お参りする人の数に、私も残るだろうとは思いませんでした。

老耄籠居の後《ち》、秋ごろ、母の思ひなる人に

2688 かはりにしたもとの色もいかならん時雨はてぬるよもの梢に

2689 いか許《(ばかり)》秋の夜すがらしのぶらんひさしきはてのさらぬ別を

2690 つゆしぐれ袖になごりをしのべとや秋をかたみのわかれなりけん

2691 かたみとて幾日《いくか》もあらぬ秋の日にうつろひまさる白菊の花

2692 なき人をこふる涙やきほ《お》ふらんおつる木《こ》の葉《は》にあらしたつころ

2693 霜のたて山の錦の夜をへてはともなふ虫やよわ《は》りはつらん

2694 思やる枕の霜もさえはてて宮この夢《ゆめ》もあらしこそふけ

2695 さだめなくしぐるゝ雲のゆきゝにもそなたの空《そら》をわすれやはする

2696 大かたの身をしる袖にお《を》きそへて猶色ふかき秋のつゆ哉

2697 ふるさとの時雨につけてことつてよひとかたならず思やるとは

2688 あたり一面の梢もすっかりしぐれてしまった頃、あなたの喪服の袂の色はどんなでしょう。○母の思ひなる人—母の喪に服している人。▽暗に、喪服も紅涙に染まっているのではないかと言う。二六八八—二六九七の弔歌はこまやかな歌いぶりで、あるいはこの「人」は、昔親しかった女性かとも想像される。

2689 あなたは一体どれほど秋の夜どおしお偲びになるのでしょう。御母堂が長寿を保たれたのちの、避けることのできない永のお別れを。参考「老いぬればさらぬ別れもありといへばいよいよ見まくほしき君かな」（古今・雑上・九〇〇 業平母、伊勢物語・八四段）○さらぬ別—避けられない別れ、すなわち死別。

2690 露やしぐれは袖にそのなごりを偲べといって、あたかも涙のように置くのでしょうか。秋を形見として、あなたの母上は永久に別れてしまわれたのでしょう。

2691 故人の形見としてあと幾日もない秋の日にどんどん色変ってゆく白菊の花よ。

2692 亡き人を恋しく偲ぶ涙が木の葉と競って落ちるのであろうか。嵐が立って木の葉が落ちるこの頃は。○きほふ—「競ふ」の意。

2693 霜を経糸として織る山の錦は、夜を経て弱り、それにつれて虫の音も弱ってしまうのであろうか。本歌「霜のたて露のぬきこそ弱からし山の錦の織ればかつ散る」（古今・秋下・二九一 関雄）

2694 私は思いやる。——旅寝の枕辺に結んだ涙の霜も冷たく冴えて、都を恋しく思って見る夢にも嵐が吹いているであろう。▽弔歌を送られた「人」は、中陰の期間などで、都の外の山里めいた場所に籠っているか。

2695 定めなく時雨を降らせる雲の往き来するにつけ、そちらの空を忘れるものですか。参考「思ひかねそなたの空をながむればただ山の端にかかる白雲」（詞花・雑下・三八一 忠通）

2696 大体わが身のほどを知って流す涙にぬれている袖の上にさらに加えて置く紅の色深い秋の露。本歌「かずかずに思ひ思はず問ひがたみ身を知る雨は降りぞまされる」（古今・恋四・七〇五 業平、伊勢物語・一〇七段）

2697 故郷の時雨につけて伝言して下さい。一方ならず私が思いやっていると。

女院かくれさせおはしましして、典侍世をそむきにしころ、とぶらひつかはして、前宮内卿

(2698) 花のいろもうきよにかふる墨染の袖や涙に猶しづくらむ

返し

2698 すみぞめを花の衣にたちかへしなみだの色はあはれとも見き

神祇

後京極摂政殿伊勢勅使時、外宮にまゐ《い》りて

2699 新古 ちぎりありてけふ宮河のゆふかづらながき世までもかけてたのまむ

むかし八幡の歌合とて人のよませ侍し、社頭述懐

2700 たのむ哉くもゐにほしをいたゞきてわがすみかてふもとのちかひを

住吉幷依羅社に求子《もとめご》の歌よみてたてまつるべきよし、祠官申しかば、たてまつりし

2701 続後 住吉の松がねあらふしきなみにいのるみかげはちよもかはらじ

2702 君《きみ》が世はよさみのもりのとことはに松とすぎとやちたびさかえん

承元二年の秋、少将具親、三社にて歌講《うた》ずべきよし申し中に、住吉

2703 つれもなく猶住《すみ》の江にたむけ草ひきすてらるゝ道のくちばを

(2698) 憂き世の慣いで、花の色を墨染にお変えになった御息女の袖は涙でぬれたことでしょう。本歌「水の面にしづく花の色さやかにも君がみかげの思ほゆるかな」(古今・哀傷・八四五　篁)○女院―藻壁門院竴子。道家の女、後堀河院の中宮。天福元年(一二三三)九月一八日没、享年二十五。○典侍―定家の息女後堀河院民部卿典侍(典侍因子朝臣)。○前宮内卿―藤原家隆。▽『後堀河院民部卿典侍集』にも見える贈答歌。

2698　変えた筈の墨染の袖の色を、また花の色の衣に裁ち変えたかと思うような紅涙の色は、あわれだと思って見ました。参考「いろいろに思ひこそやれ墨染の袂もあけになれる涙を」(続古今・哀傷・一四五二　匡衡)「墨染にあけの衣を重ね着て涙の色の二重なるかな」(後拾遺・雑一・八九二　輔親)

神祇―三十四首を収める。他人の作は含まれていない。伊勢・石清水・住吉・広田・日吉・熊野の神々の順に排列されている。作品の数は熊野関係の十九首が最も多い。

2699　前の世からの因縁があって、今日こうして伊勢の外宮を参拝し、宮川を見ることができた。木綿鬘を掛け、遠い先の将来まで神の御加護をお頼みしよう。○宮河―「見」を掛ける。○ゆふかづら―神事の時に掛ける。○ながき世―「ながき」は下の「かけ」とともに「ゆふかづら」の縁語。▽建久六年(一一九五)二月末、良経が公卿勅使として伊勢に遣わされた時、随行した定家の詠。

2700　空に星を戴いて、男山を御自ら住処とされた八幡大明神の本誓を期待いたします。○もとのちかひ―本地垂迹思想でいう本誓(本弘誓願)を和らげた表現。

2701　あとからあとから寄せる波が松の根もとを洗う住吉の御神にたて続けにお祈りします。神の御威光は千代も変られることはございますまい。○求子の歌―東遊の歌。○しきなみに―「重波」(頻波)に副詞「しきなみに」(しばしば)を掛ける。▽『明月記』建暦元年(一二一一)十一月四日条によれば、津守経国(住吉社の神主。『新勅撰集』初出の歌人)の求めにより詠んだ作。

2702　わが君の御代は依羅の杜の松と杉のように、とわに常磐で千度栄えるであろう。↓補注。

2703　色も変らず手向草(松)は依然として住の江に生えているが、旅人に引き捨てられて道のほとりの朽葉となってしまう。(私もそのように平気な顔をして生きていて、住吉の御神に歌草を手向けるが、人に引立てられることもなく打捨てられ、朽ちてしまった。)参考「白浪の浜松が枝の手向草幾代までにか年の経ぬらむ」(万葉・巻一・三四、新古今・雑中・一五八八　川島皇子)○具親―村上源氏。師光の息。宮内卿の兄。定家と親しかった。↓補注。

2704 かきつめし松のした浪いろわかぬもくづなりけり身さへくちぬる

広田

2705 あはれびを広田《ひろた》の浜《はま》にいのりても今はかひなき身の思ひ哉

2706 海人《あま》のすむ里《さと》のしるべのいくとせにわれからたへてみるめなりけり

ことわ《は》りと思しことを北野にいのり申とて

続後

2707 ちはやぶる神の北野《きたの》にあとたれてのちさへかゝる物やおもはん

そのことわ《は》り、しるしあらたになむ侍ける

日吉社にこもりて思つゞけける事のなかに

2708 見し夢のすゑたのもしくあふ事に心よわ《は》らぬ物思ひ哉

2709 うしと世《よ》をみとせはすぎのうれへつゝかくて嵐に身やまじりなん

2710 かぞへやるほどやなげきをいのりけん神にまかせて音《ね》をぞなきつる

2711 すて果《は》つなちぎりあればぞたのみけむ神のなかにも人のなかにも

承久元年九月、日吉歌合とて、内よりのおほせごとにて、六首の中、

社頭松風

2712 たのみこししるしもみつの河よどに今さへ松の風ぞひさしき

2704 松の下に寄せる波の中で、掻き集めたものは種類の区別もできない藻屑だった。そしてそれを集めた私自身も朽ちてしまった。参考「かきつめて見るもかひなし藻塩草同じ雲居の煙となれ」（源氏物語・幻　光源氏）○もくづ―自身の詠草の謙辞。

2705 神が御憐れみを垂れ給うよう広田の浜で祈っても、今は貝の無い（甲斐のない）この身の思いよ。○かひなき―「甲斐なき」に「浜」の縁語「貝無き」を響かせる。▽述懐の歌。

2706 漁師の住む里へと道しるべしてくれる人（引き立ててくれる人）もなく、自身の心から幾年も浦見（恨み）に堪えて海松布を刈っているのだ。本歌「海人の住む里のしるべにあらなくにうらみむとのみ人のいふらむ」（古今・恋四・七二七　小町）「海人の刈る藻にすむ虫のわれからとねをこそ泣かめ世をば恨みじ」（古今・恋五・八〇七　直子、伊勢物語・六五段）○われから―「我から」に甲殻類の小動物「われから（割殻）」を掛ける。○みるめ―「見る目」と海藻の「海松布」の掛詞。

2707 神威を振われる天神様が北野に垂迹されたのちまでも、私はこのような悩みをしなければならないのでしょうか。→補注。

2708 将来望みがあると見た夢が叶えられるまで、衰えることなく続く物思いだ。○日吉社にこもりて―定家は現世における栄達などの利益を願うために、しばしば日吉社に参籠している。○見し夢―例えば『明月記』建仁元年（一二〇一）十二月十一日条には、日吉社参籠の際得た夢想を記している。○あふ―遇う。「夢」の縁語。

2709 世を憂いと見て三年は過ぎてしまいました。このようでは生きていられないだろうと憂えながら、嵐に吹かれる杉の梢同様心細い有様で生きなくてはならないのでしょうか。参考「波母山や小比叡の杉の深山居は嵐も寒しとふ人もなし」（風雅・神祇・二一〇七　日吉地主権現）→補注。

2710 数えるほど嘆きをお与え下さいとお祈りしたでしょうか。もうすべてを神にお任せして、声を出して泣いてしまいました。

2711 多くの人々の中でも、この私をお見捨て下さいますな。きっと前世の因縁があるからこそ、多くの神々の中でも、私はとくに日吉の御神の御加護をお願いするようになったのでしょうから。

2712 頼みにしてきた霊験も見た、御津川の川淀に、今でさえ吉事を待つような松風の音が久しく聞えている。○内―順徳天皇。○しるしもみつ―「験も見つ」から「御津の川淀」へと続ける。○松―「待つ」を掛ける。▽日吉社大宮歌合・十一番右。この歌合は無判。

湖上眺望

2713 にほの海のあさな夕なにながめしてよるべなぎさの名にやくちなん

御熊野詣の御共にまゐ《い》りて、歌つかうまつりし中に

本宮

寄社祝

2714 ちはやぶる熊野《くまの》の宮のなぎの葉をかはらぬ千世のためしにぞ折《お》る

河千鳥

2715 さ夜千鳥やちよと神やをしふらんきよきかはらに君いのる也

山家月

2716 み山木のかげよりほかにくまもなしあらしにすてしかりいほの月

新宮

海辺残月

2717 わたつうみもひとつに見ゆる天《あま》の戸《と》のあくるもわかず澄める月影

庭上冬菊

2718 霜おを《を》かぬ南のうみのはまびさしひさしくのこる秋の白菊《しらぎく》

暁聞竹風

2719 あけぬるか竹の葉《は》風のふしながらまづこの君《きみ》のちよぞきこゆる

2713　広い鳰の海（琵琶湖）を朝夕じっと物思いに沈みながら眺め続けて、その湖の寄るべのない渚のように、寄るべのないままにわが名は朽ちるのであろうか。↓補注。○よるべなぎさ—「寄るべ無き」から「渚」へと続ける。▽述懐の心を籠め、暗に順徳天皇の庇護を願う。日吉社十禅師歌合・十一番右。大宮歌合の姉妹編で、やはり無判。

2714　熊野の宮の象徴である梛の葉を、わが君の変らぬ千代の例として私は折る。○ちはやぶる—「熊野の宮」の枕詞として用いる。○なぎの葉—梛。マキ科の常緑の喬木。熊野の神木とされる。「熊野出でて切目の山の梛の葉しよろづの人の上着なりけり」（梁塵秘抄・巻二）▽以下二七三二まで、建仁元年（一二〇一）十月、後鳥羽院の熊野御幸に随行した時の詠。二七一四—二七一六は十月十六日の詠。

2715　さよ千鳥のちよちよと鳴く声は、わが君の御代は八千代だと神がお教えになるのであろうか。千鳥は清い河原でわが君の御治世を祈っているようだ。本歌「しほの山さしでの磯にすむ千鳥君が御代をばやちよとぞ鳴く」（古今・賀・三四五　読人不知）参考「ぬばたまの夜のふけゆけばひさ木おふる清き河原に千鳥しば鳴く」（万葉・巻六・九二五　赤人）

2716　嵐が吹く中に結び捨てた仮庵の上に照る月は、深山の木々の影以外に翳らせるものはない。

2717　海と一つに見える空が明けてくるのも知らず澄んでいる、有明の月の光。○天の戸のあくる—空には戸があって、その開閉によって朝や夜となるという古代的な想像に基づく表現。▽二七一七—二七一九は十月十八日の詠。

2718　冬でも霜が置かない南海の浜辺の小屋の庇の下に、秋の白菊が久しく咲き残っている。参考「浪間より見ゆる小島のはまびさし久しくなりぬ君にあひ見で」（伊勢物語・一一六段）○南のうみ—紀伊国は南海道に属するので、紀州の海岸をこのようにいった。○はまびさし—第四句「ひさしく」を引き出す有意の序。

2719　夜は明けたのであろうか。臥しながら聞いていると、竹の葉風の音はまずこの君の千代を寿いでいるように聞える。○ふしながら—「竹」の縁語「節」を掛ける。○この君—「晋騎兵参軍王子猷　栽称二此君一」（和漢朗詠・下・竹・四三二　篤茂）などという王子猷の故事から、「竹」の縁語。○ちよ—「竹」の縁語「節（よ）」を掛ける。

那智

深山風

2720 風の音《をと》もたゞ世のつねに吹《ふ》かばこそみ山いでてのかたみにもせめ

滝間月

2721 やはらぐるひかり添《そ》ふらしたきのいとの夜とも見えずやどる月かげ

寺落葉

2722 寺《てら》ふかきもみぢの色にあとたえてから紅をはらふこがらし

本宮にて又講ぜられ侍し、遠近落葉

2723 苔《こけ》むしろみどりにかふるから錦ひと葉《は》のこさぬ遠《をち》のこがらし

暮聞河波

2724 もろ人の心のそこもにごらじな夕にすめる河波のこゑ

道のほどの歌、山路月

2725 袖の霜にかげうちはらふみ山ぢもまだ末と《を》ほき夕づくよ哉

暁初雪

2726 冬もけさことしの雪をいそぎけり夜《よ》をこめてたつ峯のあけぐれ

深山紅葉

2727 み山ぢはもみぢもふかき心あれやあらしのよそにみゆきまちける

2720　風の音も世間一般のように吹けば、那智のお山を出た後も思い出とすることができようが、余りにも激しく吹くので思い出とすることもできないだろう。▽二七二〇—二七二二は十月十九日の詠。

2721　和光垂迹の神の御威光が加わっているらしい。滝の白糸は夜とも見えず鮮かに闇に浮び、月の光が宿っている。○やはらぐるひかり—本地垂迹思想でいう「和光」の訓読。「ひかり」は「月かげ」の縁語。○夜とも見えず—「滝の糸」の縁語「縒る」に「夜」を掛ける。滝は那智の滝。

2722　寺の庭に深く積っている色濃い紅葉に道も埋まって、ただ木枯がその唐紅を吹払っている。参考「不レ堪紅葉青苔地、又是涼風暮雨天」（和漢朗詠・秋・紅葉・三〇一　白楽天）「唐錦枝にひとむら残れるは秋の形見をたたぬなりけり」（拾遺・冬・二二〇　遍昭）○はらふこがらし—一四四〇。

2723　莚のような苔の緑に代る紅葉の唐錦を一枚も残さず吹き散らす、遠くの木枯よ。▽二七二三・二七二四は発心門の料として、十月十六日詠まれた。

2724　夕方、澄んでいる川波の音を聞くと、諸人の心の底も罪けがれに濁ることはないだろうと思われる。○河波—岩田川（御熊野詣での道筋で渡る）の川波。

2725　袖の霜を払い、そこに宿る夕月の光を打払いながら、たどりゆく深山路も、行先まではまだほど遠い。▽二七二五・二七二六は十月七日厩戸王子の法楽として詠まれた。

2726　まだ夜の明けきらないうちに出立する薄明の時分、初雪を見た。冬も今朝は今年中にと、雪を急いで降らせた。○あけぐれ—夜明け近いのにまだ暗い頃。▽『明月記』では「いろ〱のこのはのうへにちりそめてゆきはうづまずしのゝめのみち」（三七九六、員外之外）とある。

2727　この深山路では、紅葉も深い心を持っているのだろうか。嵐が吹くのをよそにして、散りもせずにわが君の御幸をお待ち申上げていた。本歌「小倉山峯のもみぢ葉心あらば今ひとたびのみゆき待たなむ」（拾遺・雑秋・一一二八　忠平）▽二七二七・二七二八は十月九日藤代王子での法楽和歌。二七二七は懐紙「詠深山紅葉和歌」では「こゑたてぬあらしもふかきこゝろあれやみ山のもみぢみゆきまちけり」（三七八一、員外之外）と記している。

2728 海辺冬月

くもりなきはまのまさごに君《きみ》が代《よ》のかずさへ見ゆる冬の月かげ

2729 河辺落葉

そめし秋をくれぬとたれか岩田《いはた》河まだ浪こゆる山ひめのそで

2730 旅宿冬月

いは浪のひゞきはいそぐたびのいほをしづかにすぐる冬の月かげ

2731 羇中霰

冬の日をあられふりはへあさたてば浪に浪こす佐野《さの》の松風

2732 夕神楽

神がきやけふのそらさへゆふかけて御室《みむろ》の山のさか木ばのこゑ

釈教

後法性寺入道関白殿舎利講に、詩歌結縁《けちえん》あるべしとて、十如是《じふによぜ》の心を、相

2733 あともなくむなしき空《そら》にたなびけど雲のかたちはひとつならぬを

性

2734 にごり江やを河の水にしづめどもまことはおなじ山のはの月

2728　冬の月に照らされて曇りない浜の真砂に、わが君の代の数さえ見える。本歌「わたつ海の浜の真砂を数へつつ君が千歳のあり数にせむ」（古今・賀・三四四　読人不知）参考「白雲に羽うちかはし飛ぶ雁の数さへ見ゆる秋の夜の月」（古今・秋上・一九一　読人不知）

2729　紅葉を染めた秋を、暮れてしまったと誰が言うのだろうか。山姫の袖（水面を流れる紅葉）はまだ岩田川の波を越えている。○岩田河―「言は」を掛ける。▽二七二九・二七三〇は十月十三日滝尻王子での法楽和歌として詠まれた。

2730　岩打つ波の響きは忙しく聞えるが、冬の月は旅の仮庵の上を静かに過ぎてゆく。▽『明月記』では初句を「たきがはの」（三七九八、員外之外）と記す。

2731　霰の降る冬の日、ことさらに朝出立すると、佐野のわたりを吹く松風のために、波はいよいよ立ち、松の梢を越すように見える。○ふりはへ―「わざわざ」の意の副詞。「降り」を掛ける。○あさたてば―「たつ」は「発つ」で出立の意、「浪」の縁語でもある。

2732　今日は神楽を奏する日なので、神垣では夕方にならないうちから楽人が木綿を懸けて「御室の山の榊葉は」と採り物の歌を歌う声が聞える。参考「神垣のみむろの山の榊葉は神のみ前に茂りあひにけり」（古今・神遊びの歌・一〇七四）○ゆふかけて―「夕かけて」に「木綿懸けて」を掛ける。木綿は白木綿。楮の樹皮を漂白して糸状にしたもの。神事に用いる。

釈教―六十一首を収める。うち二首は他人の作。十如是の歌、母の周忌の際の法華経供養で詠んだ経表紙絵の歌、卒都婆供養の歌、殷富門院大輔勧進天王寺十首歌などが主な作品。

2733　跡形もなく空しい大空にたなびくけれども、雲の形は一つとして同じものはないよ。↓補注。○後法性寺入道関白殿―藤原兼実のこと。○舎利講―舎利会ともいう。仏舎利（仏の遺骨）を供養する法会。舎利に供物を献じて廻向し、その功徳をたたえる。○十如是―すべてのものが十のあり方で存在し、生起するということ。法華経・方便品に基づく。○相―如是相。そのままの形相。▽『月清集』にも舎利講の次での十如是の歌がある。定家の作と同じ時のものか。

2734　月はたとえ濁り江や小川の水に沈んでも、本体は同じく山の端に出た月なのだ。参考「世の中を何にたとへむ濁り江の底になからは宿る月影」（順集）「あるじなく水だに澄まぬ濁り江にほのにも月の何宿らむ」（雅兼集）○性―如是性。そのままの特性。

体

2735 かりそめに鶴《つる》の林の名をたてしけぶりののちのすがたをぞ見る

力

2736 みなれざを《ほ》いはまになみはちがへどもたゆまずのぼる宇治《うぢ》の川舟

作

2737 春の田に心をつくる山賤《がつ》も植《うふ》うるさなへぞ色にいでける

因

2738 たねまきし春をわすれぬつまなれや垣ほにしのぶやまとなでしこ

縁

2739 年をへて子日《（ねのひ）》になるゝひめこ松ひくにぞちよのかげも見えける

果

2740 袖の香《か》をよそへてうゑ《へ》したち花もあさお《を》くしもに身をむすぶまで

報

2741 しらぬ世《よ》を思ふもつらき目《め》のまへに又なげきつむのちのけぶりよ

本末究竟等

2742 あさぢふやまじる蓬のすゑ葉までもとの心のかはりやはする

人のよませ侍し、化城喩品歌《（けじやうゆほんのうた）》

2743 かりの宿《やど》にたとふる法《のり》をあふげどもしばしやすめぬ身のうれへ哉

2735　仮に涅槃に入られ、荼毗に付された釈尊のその後のお姿を拝する。参考「薪尽き雪降りしける鳥辺野は鶴の林の心地こそすれ」（後拾遺・哀傷・五四四、栄花・鶴の林　忠命、初句「煙絶え」）○体―如是体。そのままの本体、本質。↓補注。

2736　岩間に波は飛びちがうけれども、水馴れ棹をあやつって油断なく遡ってゆく、宇治の川舟。○力―如是力。そのままの能力。

2737　春の田に心を尽して耕作する農夫が植える早苗も、緑の色が鮮かになった。参考「春の田を人にまかせて我はただ花に心をつくる頃かな」（拾遺・春・四七　斎宮内侍）○作―如是作。そのままの作用。○つくる―「作る」と「尽くる」の掛詞。

2738　賞美する垣根の大和撫子は、その種子を播いた春を忘れさせないようすがであろうか。↓補注。○因―如是因。そのままの原因。直接的関係。○やまとなでしこ―愛児の比喩か。

2739　毎年、子日に姫小松を引き馴れてこそ、千代も経た老松の姿も見えるのだ。○縁―如是縁。そのままの条件。間接的関係。

2740　なつかしい袖の香にたとえて植えた橘も、霜が朝置く頃実を結ぶまでになった。参考「さつき待つ花たちばなの香をかげば昔の人の袖の香ぞする」（古今・夏・一三九　読人不知、伊勢物語・六〇段）○果―如是果。そのままの結果。

2741　知らぬ前世を思うのもつらい現世で、また後の世での苛責の火の煙となる「嘆き」という薪を積んでいる。○報―如是報。そのままの果報。↓補注。

2742　浅茅生に混っている蓬の先の葉まで、本心はいつまでも変りはしないだろう。参考「尋ねても我こそ訪はめ道もなく深き蓬のもとの心を」（源氏物語・蓬生　光源氏）○本末究竟等―如是本末究竟等。相から報まで、そのままの本体と現象を綜合したものが平等であること。○すゑ葉―「もとの心」と対をなす。○

▽「浅茅生」に「麻」を響かせ、成句「麻の中の蓬」（荀子）の心への疑問をこめるか。家隆の「しかりとて直き心も世に立たずまじる蓬のあさましの身や」（玉吟集・雑）はこの歌の影響作か。

2743　この世を化城に喩えた仏の教えを仰いでも、この身の憂くつらい事は少しも休まらない。参考「以㆓方便力㆒、於㆓険道中㆒、過㆓三百由旬㆒、化㆓作一城㆒、告㆓衆人㆒言、汝等勿㆑怖、莫㆑得㆓退還㆒、今此大城、可㆓於㆑中止㆒、随㆓意所㆑作」（法華経・化城喩品）↓補注。

2744 報恩会、五百弟子品
こひしとてこがるゝ色もあらしふく柞《はゝそ》が原《はら》に人もやどらで

2745 同会、人記品
もろともに思そめける紫のゆかりの色もけふぞしらるゝ

2746 大輔勧住吉一品経、法師品
たづねゆく清《し》水にちかきみちぞこれ御《み》法《のり》の花の露のしたかげ

2747 続古 報恩会、提婆品
わたつ海のそこのたまもにやどかりてみなみの空《そら》をてらす月かげ

2748 報恩会、勧持品
霧《きり》はれてゆくすゑてらす月かげをよもさらしなと何ながめけん

2749 涌出品
いかにしてはつねはわかき鶯のふるき野山の春をつげけむ

2750 分別功徳品
とぶとりの飛鳥《あすか》河風それもかと袖ふきかへし花ぞふりしく

2751 嘱累品
みたびなづるわがくろかみの末までもゆづる御《み》法《のり》をながくたもたむ

2744 浄土では焦がれるような紅葉の色もあるまい。嵐が吹く柞が原に人は宿ることもなく。（仏土では女性が存在しないから、恋に身を焦がす人もいないだろう。人々は母の胎内に宿ることもなく。）参考「無二諸悪道一、亦無二女人一、一切衆生、皆以化生、無レ有二婬欲一」（法華経・五百弟子受記品）○報恩会―舎利報恩講のこと。舎利会に同じ。↓二七三三。○五百弟子品―法華経巻第四五百弟子受記品第八。○あらし―「嵐」に「有らじ」を掛ける。○柞が原―「母」を掛ける。

2745 前生で一緒に悟りを得ようと思いそめた、釈尊と阿難のゆかりの深さも、今日の説法で皆に知られた。参考「我与二阿難一等、於二空王仏所一、同時発二阿耨多羅三藐三菩提心一。阿難常楽二多聞一、我常勤二精進一」（法華経・授学無学人記品）↓補注。○思そめける―「そめ」は「色」の縁語。

2746 仏の御法の花（法華経）の露の下蔭（一品経供養）――尋ねてゆく清水への近道はこれです。参考「如下人渇須レ水　穿二鑿於高原一猶見二乾燥土一知二去レ水尚遠一　漸見二湿土泥一　決定知上近レ水」（法華経・法師品）「武蔵野の堀兼の井もあるものをうれしく水の近付きにける」（千載・釈教・一二四一　俊成）○大輔―殷富門院大輔。↓補注。

2747 月の光（八歳の竜女）は海の底の玉藻に宿って、南の空を照らしている。↓補注。

2748 霧が晴れて行末を照らす月影を、どうして更級の月のように心慰められないだろうと思って眺めたのだろう。（釈尊は姨母の尼をも菩提に導かれたのに、どうして恨んだのだろうか。）参考「爾時仏姨母摩訶波闍波提比丘尼、与二学無学比丘尼、六千人一倶、従レ座而起、一心合掌、瞻二仰尊顔一、目不二暫捨一」（法華経・勧持品）↓補注。

2749 どうして初音もまだおさない鶯が古い野山に訪れた春を告げたのだろう。↓補注。

2750 法花経説法の場には、飛鳥風のように袖を吹き返し、花が降り敷く。本歌「采女の袖吹きかへす明日香風都を遠みいたづらに吹く」（万葉・巻一・五一　志貴皇子）↓補注。

2751 釈尊が三度撫でて下さった私の黒髪の末までも、譲られた仏法を永く保持しよう。参考「如レ是三摩二諸菩薩摩訶薩頂一、而作二是言一」（法華経・嘱累品）↓補注。

2752
亡父十三年の忌日に、遺言に侍しかば、歌《うた》よむ人々すゝめて結縁経供養し侍しに、厳王品
この道をしるべとたのむあとしあらば迷《まよ》ひしやみもけふははるけよ

2753
律師猷円すゝめし法華経普賢品歌
こち風にちりしく花もにほひきて鷲《わし》のみ山のあるじをぞとふ

母の周忌に、法華経六部みづからかきたてまつりて供養せし一部の表紙《へうし》に、ゑにかゝせし歌

2754
一巻
あはれしれ春《はる》のそなたをさす光わが身につらききさらぎの空《そら》

2755
二巻
をしまずよあけぼのかすむ花のかげこれも思ひのしたの故郷《ふる》

2756
三巻
郭公たづぬる峯もまどはましかりねやすむるしるべならずは

2757
四巻
身をしをる山井の清水音《しをと》ちかしさきだつ人に風やすゞしき

2758
五巻
をみなへしうけける玉のあとしあればきえし上葉《うはゞ》に露なみだれそ

2752　この結縁経供養を故人の成仏するための法の道しるべと頼みにしております。仏の教えの跡があるならば、供養する今日は、亡父の迷った闇をも晴らして下さい。参考「一子如レ是以二方便力一、善化二其父一、令三心信解二、好楽仏法一」（法華経・妙荘厳王本事品）○亡父十三年の忌日―建保四年（一二一六）十一月三十日。↓補注。

2753　東風にしきりに散る花も匂ってきて、普賢菩薩は霊鷲山の主、釈尊を訪れ給う。参考「爾時普賢菩薩、以二自在神通力、威徳名聞一、与二大菩薩、無量無辺、不可称数一、従二東方一来」（法華経・普賢菩薩勧発品）○律師猷円―藤原隆信の息。三井寺の長吏となった。貞永元年（一二三二）寂、七十二歳。『新古今集』初出。↓補注。

2754　釈尊の眉間から放たれて春がやってくる東の空を照らす光よ、あわれみたまえ。私の身には母の亡くなった如月の空はつらいということを。参考「仏放二眉間光一　現二諸希有事一　此光照二東方　万八千仏土一　示一切衆生　生死業報処一」（法華経・序品）▽法華経一巻のうち、序品の心を詠む。↓補注。

2755　曙に霞む美しい花の面影を惜しむまい。これも法華経に説く火宅同様、煩悩の故郷だから。参考「気高くきよらに、さとにほふ心地して、春の曙の霞の間より、おもしろき樺桜の咲き乱れたるを見る心地す」（源氏物語・野分で夕霧が義母紫の上を垣間見た描写）○思ひ―「火」を暗示するか。○故郷―旧宅。▽二巻のうち。譬喩品での三車火宅の比喩を念頭に置いて詠むか。↓補注。

2756　もし、仮寝のために休む場所への先達の道しるべがなかったなら、ほととぎすを尋ねて分入った峰で迷っただろう。参考「我見下汝疲極　中路欲中退還上　故以二方便力一　権化二作此城一　汝今勤精進　当三共至二宝所一」（法華経・化城喩品の偈）▽三巻のうち、化城喩品の心を詠む。↓補注。

2757　その身を渇きのため苦しめたのちに癒される、山井の清水の音は近い。先立って行った母に風は涼しく吹いているだろうか。○身をしぼる―身を苦しめる。▽四巻のうち、法師品で説かれる高原穿鑿の譬の心を詠む。↓一七四六。↓補注。

2758　女郎花が捧げた玉の先蹤（竜女が捧げた宝珠を釈迦如来が納受された先例）があるから、消えた上葉に、露よ、乱れてくれるな。参考「爾時竜女、有二一宝珠一、価直三千大千世界。持以上レ仏、仏即受之」（法華経・提婆達多品）○をみなへし―女性の比喩。○玉―「露」の縁語。○露―副詞「つゆ」を掛ける。▽五巻のうち、提婆品の竜女成仏の心を詠む。↓補注。

六巻

2759 てらさなん世々もかぎらぬ秋の月いる山のはにひかりかくさで

七巻

2760 向《むか》はれよ木《こ》の葉《は》しぐれし冬の夜をはぐゝみたてし埋火のもと

八巻

2761 歴劫の弘誓(ぐぜい)の海に舟わたせ生死の波は冬あらくとも

無量義経

2762 たのもしな光《ひかり》さしそふさかづきを世をてらすべきはじめとや見《み》ぬ

普賢経

2763 朝《あさ》日かげおもへばおなじよるの夢わかれにしぼるしのゝめのつゆ

心経

2764 むなしさをみよのほとけのは、ならば心のやみをそらにはるけよ

無量義経の心を人のよませしに

2765 わたしもり出《いだ》すふなぢはほどもあらじ身は此岸《きし》に霧《きり》はれずとも

住江殿にて供養すべしとて、人のすゝめ侍し、解脱房のためとて、

法華経大意

2766 法《のり》の花きくのあさつゆやどりきてもらすかひなき光をぞまつ

2759 前世現世来世などと限定しない秋の月は、山の端に入って光を隠さないで、どこまでも照らしてほしい。▽六巻のうち、寿量品、常在霊鷲山の心を詠む。↓補注。

2760 どうか、この経供養が、木の葉がしぐれた冬の夜、埋み火の下で私を養育し、一人前にしてくれた母への報恩となるように。○向はれよ―報いとなれ。ここでは善報となれの意。「向はる」は一般に四段動詞活用で、昔のことと対応することが起る、応報があるの意だが、ここでは下二段に活用させて、報いとさせるの意にいう。↓補注。

2761 歴劫の弘誓の海に船を渡せ、例え生死の波は冬のように荒くても。参考「弘誓深如レ海　歴レ劫不二思議一」（法華経・観世音菩薩普門品）▽八巻のうち、普門品の偈を詠む。↓補注。

2762 頼もしいことだ。光のさし添う盃を、世を照らす始めと見ないことがあろうか。本歌「めづらしき光さしそふ盃はもちながらこそ千代もめぐらめ」（後拾遺・賀・四三三、栄花・初花　紫式部、紫式部日記）○無量義経―法華三部経の一。一巻。法華経の開経とされる。↓補注。

2763 朝日の光も、夢のような夜の逢瀬ののち、別れに露や涙を絞ったしののめ時も、思えば同じだ。○普賢経―観普賢経。一巻。法華経の普賢勧発品を受けており、法華経の結経とされる。↓補注。

2764 空しさを見た三世の仏が悲母のようにやさしい存在であるならば、子を思うわが母の心の闇を空に晴らして下さい。参考「人の親の心は闇にあらねども子を思ふ道にまどひぬるかな」（後撰・雑一・一一〇二　兼輔、大和物語・四五段）○はるけよ↓二七五二。

2765 渡し守が渡す船の出はまもないであろう。この身はこの岸（現世）で晴れやらぬ霧に迷っているとしても。○わたしもり―釈尊の比喩。「渡守なからましかば湊川苦しき海もこれよとぞ知る」（拾玉集・八幡百首）↓補注。

2766 菊の花に朝露が宿り光が映るのを待つように、法華経を聴聞することで洩らすことなく救われることを期待します。○解脱房―貞慶のこと。藤原貞憲の子。信西の孫。興福寺の僧、遁世して笠置に住んだ。建保元年（一二一三）寂。五十九歳。『続後撰集』初出。○法の花―法華経を和らげていう。○きく―「聞く」と「菊」の掛詞。○もらすかひなき光―「もらすことなきかひある光」の意。

海路懐旧

2767 かへり見ばゆくかたしたふしるべせよ南の海のふかきちかひに

舎利讃歎のこゝろ

2768 きえせずな鶴《つる》の林のけぶりにものこすひかりの露《つゆ》のかたみは

金光明最勝王経王法正論品歌、国内居人盛豪利益

2769 よもの海夜《(よ)》わたる月にとざしせでくもりなき代《よ》のみかげをぞしる

なき人の名をおの〳〵とりて率都婆供《く》養《やう》すとて、人のすゝめし歌《うた》、

磐姫皇后

2770 黒髪《くろかみ》のながきやみぢもあけぬらんお《を》きまよふ霜《しも》のきゆる朝《あさ》日に

二条后

2771 春かけてなくとりのねに雪消《(きえ)》てひかりをそへよあけぼのの空《そら》

高津内親王

2772 木にもあらぬ竹の下根《したね》のうきふしにむなしきよゝをまづやさとらん

斎宮女御

2773 さそはなんかよひし琴《こと》のねをそへてむかふる西《にし》の峯の松風

広幡御息所

2774 うつしお《を》くはちすのうへにみがかなん垣穂《かきほ》にさけるなでしこの露

2767 私たちはあなたの行先をお慕いしているのです。顧みられたならば、道しるべをして下さい。苦しみのない世界へ導くという南海補陀落世界での深い誓願通りに。○南の海—観音の浄土とされる補陀落山のある、インドの南の海。「うれしくも南の海の島隠れ尋ねてぞ見る北の藤波」（拾玉集・春日百首草）▽法華経観世音菩薩普門品などにより、観音信仰を歌う。

2768 沙羅双樹の林に燃え尽きた煙のように釈尊が涅槃に入られた後にも、この世に残された形見の露（舎利）の光は消えないのだ。○舎利讃歎—仏舎利（仏の遺骨）を讃仰すること。

2769 四方の海上を夜渡ってゆく月の光に、戸も鎖さない曇りない御代の恩沢を知る。○くもりなき代—「くもり」は下の「かげ」とともに「月」の縁語。○金光明最勝王経—唐の義浄の漢訳。十巻。この経典が読誦される国は四天王が守護すると説く。

2770 黒髪のように長い闇路も明けたであろうか。乱れ置いていた霜もとけて消えた朝日によって。本歌「ありつつも君をば待たむ打靡くわが黒髪に霜の置くまでに」（万葉・巻二・八七　磐姫皇后）○率都婆供養—「率都婆」は卒都婆。死者の追善のために、墓標又は塔の形の切込みをつけた細長い板（卒都婆・塔婆）にその名を書き供養すること。○磐姫皇后—仁徳天皇の皇后。『万葉集』の歌人。

2771 春に先がけて鳴く鳥、鶯の音に雪は消えて、光を添えてくれ、曙の空よ。参考「雪のうちに春は来にけり鶯のこほれる涙今やとくらむ」（古今・春上・四　二条后）○二条后—藤原長良の女高子。清和天皇の皇后。陽成天皇の母后。『古今集』の歌人。

2772 木でもない竹の下根の浮き出た節のように憂きふしぶしによって、空しい世をまず悟るのだろうか。↓補注。○高津内親王—桓武天皇の内親王。嵯峨天皇の妃。承和八年没。『古今集』初出。

2773 聖衆の来迎する西方の峯を吹く松風よ、その音に似通った琴の音を添えて、私を浄土へ誘ってくれ。本歌「琴のねに峯の松風かよふらしいづれのをよりしらべそめけむ」（拾遺・雑上・四五一　斎宮女御）○斎宮女御—重明親王の女徽子女王。村上天皇の女御。三十六歌仙の一人。家集は『斎宮女御集』。『拾遺集』初出。

2774 垣根に咲いた撫子の露を、移しておいた蓮の上で磨いてほしい。本歌「天暦の御時、広幡の御息所久しく参らざりければ、御文遣しけるに　御製（村上天皇）　山がつの垣ほに生ふる撫子に思ひよそへぬ時のまぞなき」（拾遺・恋三・八三〇）「わが宿の垣根に植ゑしなでしこは花に咲かなむよそへつつ見む」（後撰・夏・一九九　読人不知）○広幡御息所—広幡中納言源庶明の女計子。村上天皇の更衣。

2775 在原中納言
もしほたれなげきを須磨《すま》の道かへてうき世ふきこせ関《ゝき》の浦《うら》風

2776 小野宰相
なく涙わかれは雨とふりぬともまことの道《みち》にかへれとぞ思《（おもふ）》

2777 衣通王
紫のくもまにけふやむかふらん待《ま》ちには待《ま》たぬ心かよはば

2778 大伴坂上郎女
心うき里《さと》としりにしこひなれば輪廻の霞いまやはるらん

2779 中務
しのぶらんなみだにくもるかげながらさやかにてらせありあけの月

文治之比《（ころ）》、殷富門院大輔、天王寺にて十首歌よみ侍しに、非二尺教題一、依追書入在レ奥

2780 月前念仏
西をおもふなみだにそへてひく珠《たま》に光あらはす秋のよの月

2781 草庵忘帰
とまりなんくるればやどるつゆのまもお《を》き所なき身はかくれけり

2782 暁天懐旧
しらざりつ身は在明のつきもせず昔になしてしのぶべしとも

2775 藻塩を垂れ、沈淪の嘆きをした須磨の道に引きかえて、憂き世を吹き越してくれ、関の浦風よ。→補注。○在原中納言—行平のこと。阿保親王の男。業平の兄。事に坐し須磨に謫居したことがあるという。寛平五年（八九三）没、七十六歳か。『古今集』初出。

2776 別れに際しては泣く涙が雨と降っても、結局は真の道に帰ってほしいと思う。→補注。○小野宰相—参議小野篁のこと。岑守の男。遣唐副使とされながら乗船を拒み、隠岐島に流されたことがある。仁寿二年（八五二）没、五十一歳。『小野篁集』は後人の作になる。『古今集』初出。

2777 ひたすら待たなくても、心が通ったならば、紫の雲間に今日は浄土へのお迎えが来るだろうか。参考「君が行きけ長くなりぬ山たづの迎へを行かむ待つには待たじ」（古事記・中・允恭天皇の条、万葉・巻二・九〇　軽太郎女＝衣通王）○衣通王—允恭天皇の妃。玉津島社の祭神とされる。

2778 心憂い里と知った恋だから、輪廻の霞は今や晴れたであろう。→補注。○大伴坂上郎女—大伴宿奈麻呂の妻。坂上大嬢（家持妻）の母。『万葉集』の歌人。

2779 亡き母を偲ぶのであろう涙に曇る影ではあるが、はっきりと照らしてくれ、有明の月よ。本歌「さやかにも見るべき月をわれはただ涙に曇るをりぞ多かる」（拾遺・恋三・七八八　中務）○中務—中務卿敦慶親王を父、伊勢を母とする。源信明と結婚した。三十六歌仙の一人。家集は『中務集』。『後撰集』初出。

2780 西方浄土を欣求する涙に添えて引く数珠の玉につれて、光を顕わす秋の夜の月よ。○文治之比—「文治」は後鳥羽天皇の代。文治元年は一一八五年、文治六年に「建久」と改元。○西をおもふ—難波の天王寺の西門は西方浄土に向かっているとされ、極楽往生を祈るにふさわしい場所。

2781 今夜はここに泊ろう。日が暮れると宿る露も置き所ないように、この世にほんの少しの間も置き所のないこの身も、この草庵に隠れることができる。○やどる—下の「おき」とともに「つゆ」の縁語。○つゆのま—少しの間。「露」を掛ける。

2782 知らなかったよ、有明の月のように尽きもせずこの身は生き永らえて、この身を昔のものとして偲ぶであろうとは。○身は在明のつきもせず—「身は在り」から「在明の月」へ、さらに「尽きもせず」と続ける。

2783 薄暮観身

きえはてむ煙のはてとながむれど猶あともなき夕ぐれの雲《くも》

2784 旅宿浪声

おどろかじ夢の枕による浪もこゑこそかはれ袖はなれにき

2785 船中述懐

あさなぎのふなでにだにもわすればやくがにしづめる秋の心を

2786 厭離穢土

にごり江に猶しもしづむ蘆のねの厭《(いとふ)》ふしのみしげきころ哉

2787 欣求浄土

思哉《(おもふ)》さきちる色をながめてもさとりひらけん花のうてなを

2788 掬亀井水言志

もろ人のむすぶ契りはわするなよ亀《かめ》井の水に劫《こう》はへぬとも

2789 於難波精舎即事

ふきはらへ心のちりも難波《なには》潟《がた》きよきなぎさの法《のり》の浦《うら》風

(2790) 遁世のよしきゝて、家長朝臣

すみぞめの袖のかさねてかなしきはそむくにそへてそむく世中

2790 返し

生《い》ける世にそむくのみこそうれしけれあすともまたぬ老《おい》のいのちは

2783 消えてしまう煙がわが身の果であろうと眺めるけれども、その煙も夕暮の雲に跡もなく紛れてしまった。

2784 驚くまい。夢を覚まさせようと旅寝の枕に寄せる夜の波とは、音こそ変っているが、袖は涙の波にも馴れてしまった。参考「住の江の岸に寄る浪よるさへや夢の通ひ路人目よくらむ」(古今・恋二・五五九 敏行)○よる―「寄る」と「夜」の掛詞。

2785 朝凪の船出の時だけでも忘れたい。陸地で沈淪して世を飽きはてている心を。参考「水の上にいかでか鴛鴦の浮ぶらむ陸(くが)にだにこそ身は沈みぬれ」(長秋詠藻・述懐百首)○くがにしづめる―漢語「陸沈」(沈淪を意味する)を和らげた表現。○秋―「飽き」を掛ける。

2786 濁り江に依然として沈んでいる蘆の根のように、現世には厭わしいことばかり多い頃だ。○にごり江―穢土の比喩。○蘆のね―「悪し」を響かせる。○ふし―節。事柄。「蘆の根」の縁語。

2787 咲き散る花を眺めても、悟り開けて生れるであろう浄土の蓮の台を思う。

2788 亀井の水よ、諸人がそなたを手に掬んで結縁することを忘れないでくれ。亀の甲のように永い劫を経るとしても。参考「濁りなき亀井の水を結びあげて心の塵をすすぎつるかな」(栄花物語・殿上の花見、続詞花集・釈教、新古今・釈教・一九二六 上東門院)「劫を経(ふ)と消えじとぞ思ふ露にても亀井の水に結ぶ契りは」(清輔朝臣集)○掬亀井水言志―亀井の水を掬んで感懐を述べた歌の意。「亀井」は天王寺境内に古くからある名井。「言志」は詩の意で、漢詩の題にしばしば見える。○劫―「亀井」の「亀」の縁語「甲」を掛ける。

2789 難波潟の清い渚を吹く法の浦風よ、心の塵もなくなるように、吹払ってくれ。○於難波精舎即事―天王寺において詠じた歌、の意。「難波精舎」は難波の大寺、すなわち天王寺のこと。「精舎」は寺、「即事」は即席の詠で、これも漢詩風の歌題。○難波潟―「無し」を掛ける。

(2790) 墨染の袖を重ねて悲しいことは、先年御息女が世の中を遁れられた上にさらにあなたが出家されたということです。○遁世のよし―定家の出家は、天福元年(一二三三)十月十一日のこと。時に七十二歳。○かさねて―「かさね」は「袖」の縁語。

2790 いえ、生きているうちに世を遁れたのは嬉しいことです。明日をも知れぬ老いの命にとっては。参考「けふかともあすとも知らぬ白菊の知らず幾代を経(ふ)べきわが身ぞ」(拾遺・雑恋・一二五七 読人不知)

(2791) おなじ時、按察入道

君がいるまことのみちの月のかげ夢《ゆめ》と見し世をいまやてらさん

2791 返し

やみふかきうきよの夢《ゆめ》のさめぬとててらさばうれしありあけの月

兼日蒙《リシ》レ仰《ヲ》拾遺愚草三帖

以《テ》二伝来之証本《ヲ》一令《メ》二

書写《セ》一献《ズ》レ之《ヲ》

延享三年八月二十日　右兵衛督藤原為村

(2791)　あなたがお入りになった仏の道の月の光は、今や夢と見てきた現し世を照らすことでしょう。○按察入道―藤原隆衡のこと。隆衡は隆房の子。安貞元年（一二二七）前権大納言正二位で出家、建長六年（一二五四）没した。八十三歳。『新勅撰集』初出。○まことのみち―仏道。菩提への道。

2791　闇深い憂き世の夢が覚めたというわけで、もし有明の月が照らすとしたら嬉しいことです。参考「むつごとを語り合はせむ人もがなうき世の夢もなかば覚むやと」（源氏物語・明石　光源氏）

○兼日―日頃。かねて。前々から。
○仰―朝廷の命。時の御門は桜町天皇。
○延享三年―西暦一七四六年。
○藤原為村―上冷泉家。権大納言為久の男。権大納言に至る。『冷泉為村卿和歌』。歌学書『樵夫問答』などの著がある。安永三年（一七七四）七月二十八日没。六十三歳。

補　注（見出しの数字は、歌番号をあらわす）

拾遺愚草　上

8参考「嵐吹く岸の柳のいなむしろおりしく波に任せてぞみる」（久安百首　崇徳院）「稲莚川副楊《かはそひやなぎ》水行けば靡き起き立ちその根は失せず」（日本書紀・巻一五　顕宗天皇）○いなむしろ—莚を敷くことから「しく」の枕詞として用いられることが多いが、ここでは「しく」の連想で言い、庭に敷くことから「庭」の枕詞のように用いたか。

9▽「たか木」—底本「木」を「年」の草体と見て、「たかね」と読む説もあるが（赤羽淑『藤原定家全歌集全句索引本文篇』、近藤・千葉・菱川・山根『初学百首』）、「木」と読みうる。自筆本、高松宮本、書陵部五〇一・五一一本は「たか木」、来田本は「たかき」。

16参考「春風は花のあたりをよきて吹け心づからやうつろふと見む」（古今・春下・八五　好風）「風をだに待ちてぞ花の散りなまし心づからにうつろふが憂さ」（後撰・春下・八八　貫之）○心とを散れ—「桜花自身の心で散れ、自発的に散れ」の意。「を」は詠嘆の間投助詞で、「心と散れよ」というのに近い。

17本歌「駒なめていざ見にゆかむふるさとは雪とのみこそ花は散るらめ」（古今・春下・一一一　読人不知）。▽春駒の歌。春駒は気が荒く、手綱から離れやすいものと詠むのが普通。「こま」「雪」「まどへる」は、「管仲曰、老馬之智可レ用也。乃放二老馬一而随レ之、遂得二道行一」（韓非子・説林上）に基づく「老馬知道」の故事により、よせ（「寄せ」、縁語関係）のある表現。

18参考「水上に花や散るらむ（三奏本「散りつむ」）山川の堰杭にいとどかかる白波」（金葉・春・六二　経信）

23参考「ほととぎす花橘の香をとめて鳴くは昔の人や恋しき」（和漢朗詠・橘花・一七四　作者未詳）

25参考「君がねにくらぶの山のほととぎすいづれあだなる声まさるらん」（後撰・恋四・八六七　読人不知）「五月闇くらぶの山のほととぎす声はさやけきものにぞありける」（顕季集）

36参考「八重むぐら茂れる宿のさびしきに人こそ見えね秋は来にけり」（拾遺・秋・一四〇　恵慶）

「秋は来ぬ紅葉は宿に降りしきぬ道ふみわけてとふ人はなし」（古今・秋下・二八七　読人不知）「闇に昏れて臥し給へるほどに、草も高くなり、野分にいとど荒れたる心地して、月影ばかりぞ八重葎にもさはらずさし入りたる」（源氏物語・桐壺）

49参考「色ならばうつるばかりも染めてまし思ふ心をえやは見せける」（後撰・恋二・六三一　貫之）「秋くれば常磐の山の松（ィ山）風もうつるばかりに身にぞしみける」（宸翰本和泉式部集）

50参考「鐘の音のたゆる響きに音《ね》をそへてわが世つきぬと君に伝へよ」（源氏・浮舟　浮舟）

58参考「わが宿は雪降りしきて道もなしふみわけてとふ人しなければ」（古今・冬・三二二　読人不知）「さびしさに煙をだにも絶たじとて柴折りくぶる冬の山里」（後拾遺・冬・三九〇　和泉式部）。この二首を合成したような作。「けぶり」は一応、暖房のための煙と見ておくが、炊煙を暗示すると解する余地もあるか。炭竈の煙ではないであろう。

62本歌「わが恋はむなしき空に満ちぬらし思ひやれども行くかたもなし」（古今・恋一・四八八　読人不知）。本歌に贈答したような詠みぶり。なお、参考「浦にたくあまだに包む恋なればくゆる煙よ行く方ぞなき」（源氏物語・須磨　朧月夜）

65参考「いかにしていかにこの世にありへばかしばしも物を思はざるべき」（和泉式部続集）「ともかくもいはばなべてになりぬべし音に泣きてこそ見せまほしけれ」（和泉式部集）

67参考「おぼめくな誰ともなくて宵々に夢に見えけん我ぞその人」（後拾遺・恋一・六一一　和泉式部）

69参考「梓弓真弓槻弓年をへてわがせしがごとうるはしみせよ」（伊勢物語・二四段）

70参考「思ひかねけふ立てそむる錦木の千束も待たで逢ふよしもがな」（詞花・恋上・一九〇　匡房）「恨みわびほさぬ袖だにあるものを恋に朽ちなむ名こそをしけれ」（後拾遺・恋四・八一五　相模）

○錦木―陸奥の習俗で、男が求愛する女の門に立てる彩色した木。女が応ずる場合はそれを取入れる。

72参考「たましひをつれなき袖にとどめおきてわが心からまどはるるかな」（源氏物語・夕霧　夕霧大将）。これは夕霧が亡友柏木の未亡人落葉の宮に送った歌。『正徹物語』上に「定家の歌に、魂をつれなき袖にとどめおきてわが身ぞはてはうらやまれける」というが、これは七二番の作と、それが拠ったと見られるこの『源氏物語』の歌とを混交した記憶違いの結果であろうか。なお、父俊成の詠に「心をばとどめてこそは帰りつれあやしや何の暮を待つらむ」（詞花・恋下・二三六　顕広＝俊成）とある。この歌をも念頭に置くか。

74参考「思ふとも恋ふともあはむものなれや結ふ手もたゆくとくる下紐」（古今・恋一・五〇七　読人不知）

76参考「われを思ふ人を思はぬむくいにやわが思ふ人のわれを思はぬ」（古今・雑体・誹諧歌・一〇四一　読人不知）「思ひけむ人をぞともに思はましまさしやむくいなかりけりやは」（同・同・一〇四二　深養父）「歎かじな思へば人につらかりしこの世ながらのむくいなりけり」（新古今・恋五・一四〇一　皇嘉門院尾張）

77〇猪名―「もろともに居」から「猪名」と言い続けた。

78本歌「君をおきてあだし心をわが持たば末の松山波も越えなむ」（古今・東歌・一〇九三　陸奥歌）「契りきなかたみに袖を絞りつつ末の松山波こさじとは」（後拾遺・恋四・七七〇　元輔）

79参考「東路の佐野の船橋かけてのみ思ひ渡るを知る人のなさ」（後撰・恋二・六一九　等）〇こひわたる―恋い続ける。「わたる」は「ふなはし」の縁語。〇佐野のふなはし―上野国の歌枕。船を並べ、上に板を敷いて橋としたもの。群馬県高崎市上佐野、下佐野のあたり、烏川沿いの地がそれかという。〇人やりならぬ―他から強制されるのではなく、自分の心がらで。

80参考「文つかはせども返事もせざりける女のもとにつかはしける　読人しらず　あやしくもいとふにはゆる心かないかにしてかは思ひやむべき」（後撰・恋二・六〇八、拾遺・恋五・九九六）「忍ばむに忍ばれぬべき恋ならばつらきにつけてやみもしなまし」（拾遺・恋五・九四〇　読人不知）

83『法華経』法師品第十に、「是経難レ得レ聞、信受者亦難。如下人渇須レ水、穿二鑿於高原一、猶見二乾燥土一、知二去レ水尚遠一、漸見二湿土泥一、決定知上レ近レ水」と説く。俊成も康和年間の待賢門院中納言勧進の法華経二十八品歌の法師品で、右の「漸見湿土泥……」の句を題として、「武蔵野の掘りかねの井もあるものをうれしく水の近づきにける」

（長秋詠藻・下・釈教）と詠んでいる。

84『法華経』如来寿量品第十六に、「為レ度二衆生一故、方便現二涅槃一、而実不二滅度一、常住レ此説レ法。我常住二於此一、以二諸神通力一、令二顚倒衆生一、雖レ近而不レ見。……神通力如レ是。於二阿僧祇劫一、常在二霊鷲山、及舎諸住処二」と説く。「常在霊鷲山の心をよめる　登蓮法師　世の中の人の心のうき雲にそらがくれする有明の月」（詞花・雑下・四一五）をも念頭に置くか。

85『法華経』如来神力品第二十一に、「是故有智者、聞二此功徳利一、於二我滅度後一、応レ受二持斯経一、是人於二仏道一、決定無レ有レ疑」と説く。俊成は法花経二十八品歌で右の法文句題を「この法《のり》をこのごろ保つこれぞこの仏の道に定めたる人」（長秋詠藻・下・釈教）と詠んでいる。

86『法華経』薬王菩薩本事品第二十三に、「若人得レ聞二、此法華経一、若自書、若教レ人書、所レ得功徳、以二仏智慧一、籌二量多少一、不レ得二其辺一。若書二是経巻一、華香瓔珞、焼香抹香塗香、幡蓋衣服、種種之燈、……那婆摩利油燈、所レ得功徳、亦復無量」と説く。

87『法華経』二十八品の最後の品である普賢菩薩勧発品第二十八の最後、「説二是普賢、勧発品一時、恒河沙等、無量無辺菩薩、得二百千万億、旋陀羅尼一、三千大千世界、微塵等、諸菩薩、具二普賢道一。仏説二是経一時、普賢等、諸菩薩、舎利弗等、諸声聞、及諸天竜、人非人等、一切大会、皆大歓喜、受二持仏語一、作レ礼而去」あたりの心。

99○半臂字……—後日の改作を示す。「おもはむひと」ならば「はむひ」が詠み入れられていることになるから、「はんひ」の物名（隠し題）の歌としてはよくない。「とことはにひと」ならば「はにひ」が詠み込まれていることとなり、適切であることをいう。この改案によると、「とことはに」の「とこ」は下の「床」と響き合い、一首の歌意は、「いつまでも人（夫）が通ってくる床はこうではないでしょう。いったい誰が寝ない夜のうちに塵が積っているというのですか。あなたが通っていらっしゃらないからではありませんか」という閨怨の歌となる。

111参考「あをやぎの（ィあしひきの）葛城山にゐる雲のたちてもゐても君をこそ思へ」（柿本人丸集・上）

112本歌「いつのまに散りはてぬらむ桜花おもかげに

のみ色を見せつつ」（後撰・春下・一三三一　躬恒）

117 参考「花は根に鳥は古巣に帰るなり春のとまりを知る人ぞなき」（千載・春下・一二二　崇徳院）

118 参考「春霞なに隠すらむ桜花散るまをだにも見るべきものを」（古今・春下・七九　貫之）

122 参考「ほととぎすわれは待たでぞ心みる思ふことのみたがふ身なれば」（後拾遺・夏・一七九　慶範）

124 本歌「こぞの夏鳴きふるしてしほととぎすそれかあらぬか声のかはらぬ」（古今・夏・一五九　読人不知）

134 本歌「秋は来ぬもみぢは宿に降りしきぬ道ふみわけてとふ人はなし」（古今・秋下・二八七　読人不知）

138 参考「秋風にたなびく雲のたえまよりもれいづる月の影のさやけさ」（久安百首、新古今・秋上・四一三　顕輔）

146 この歌、自筆本・高松宮本・来田本・書陵部五〇一・五一一本にも「新古今」の集付を有するが、『新古今集』諸伝本には見出されない。あるいは同集の切継過程において除かれた歌か。

147 参考「さまざまに心ぞとまる宮城野の花のいろいろ虫の声々」（堀河百首、千載・秋上・二五六　俊頼）

159 『述異記』に「信安郡石室中、晋時樵者王質、逢二童子棊一。与二質一物一。如二棗核一。食レ之不レ飢。置二斧子一坐而観。童子曰、汝斧柯爛矣。質帰二郷閭一、無二復時人一」と見える。浦島伝説やリップ・バン・ウィンクルの話に通じる仙境淹留譚である。

165 参考「目には見て手にはとらえぬ月のうちの桂のごとき妹をいかにせむ」（万葉・巻四・六三二、新勅撰・恋五・九五三　湯原王、第二句「手にはとられぬ」）「目には見て手には取られぬ月のうちの桂のごとき君にぞありける」（伊勢物語・七三段）

169 参考「しかばかり契りしものを渡り川帰るほどには忘るべしやは」（後拾遺・哀傷・五九八　義孝死後の詠）「しかばかり契りしものを定めなきさは世の常に思ひなせとや」（和泉式部日記）

190 参考「わが門のおくてのひたに驚きて室の刈田に鴫ぞ立つなる」（千載・秋下・三二七　兼昌）、「心なき身にもあはれは知られけり鴫立つ沢の秋の夕暮」（山家集・上・秋、新古今・秋上・三六二）

214後年定家は、『新勅撰集』雑一・一〇五三に類似した発想の「閑居花といへる心をよみ侍りける　按察使兼宗　いとどしく花も雪とぞふるさとの庭の苔路は跡絶えにける」の歌を採っている。兼宗の作の詠まれた時期は不明だが、定家の歌に先行するか。定家の歌の初句の「ふり」は「古り」に「降り」を掛ける。

222参考「あぢさゐの花のよひらにもる月を影もさながら折る身ともがな」（散木奇歌集・夏・六月）○あぢさゐ―アジサイ（紫陽花）のこと。花弁状の萼が四枚あるので「よひら」ともいう。

223参考「瞿麦露滋といふことを　高倉院御歌　白露の玉もてゆへるませのうちに光さへ添ふ常夏の花」（新古今・夏・二七五）

234参考「わが心慰めかねつ更級や姨捨山に照る月を見て」（古今・雑上・八七八　読人不知、大和物語・一五六段）

235参考「をしめどもよもの紅葉は散りはてて戸無瀬ぞ秋のとまりなりける」（金葉・秋・二五六　公実）「貴船川玉ちる瀬々の岩波に氷をくだく秋の夜の月」（千載・神祇・一二七四　俊成）

258参考「人知れぬ思ひやなぞと葦垣のまぢかけれども逢ふよしのなき」（古今・恋一・五〇六　読人不知）○蘆垣―上の古今集の歌により、「まぢかさ」の縁語。○まぼろし―長恨歌や長恨歌伝にいう、楊貴妃の魂魄を探し求めた道士（方士）を「まぼろし」といっている。「かくて二とせばかりにもなりぬるに、まぼろしといふ仙人まゐりて」（唐物語・第一八話）

259参考「絶えはてば絶えはてぬべし玉の緒にきえならんとは思ひかけきや」（和泉式部集・上）「玉の緒よ絶えなば絶えねながらへば忍ぶることのよわりもぞする」（新古今・恋一・一〇三四　式子内親王）。式子内親王の詠の作歌年次は未詳。○たえなむ―「たえ」（絶え）は下の「ながき」とともに、「たまの緒」の「緒」の縁語。

262本歌は、年月の経過に伴う恋心の移ろいを、あきらめをもって認めようとするのに対し、定家は心変りをなじる立場を詠む。いわば、本歌を答歌と見て、それに対する贈歌のような意識で詠んでいる。

263本歌「総角《あげまき》や　とうとう　尋《ひろ》ばかりや　とうとう　離《さか》りて寝たれども　転《まろ》びあひけり　とうとう　か寄りあひけり　とうとう」（催馬楽・総角）○あ

げまきの―総角は若者の結髪、また少年の意。ここでは「よりあひ」を起こすための序としていう。

268 「定家卿、忘恋、忘れぬやさは忘れけり我が心夢になせとぞいひて別れしの歌も急度《きと》心得がたき歌也。勝定院（注、将軍足利義持）の御時、予と孝雲とに、此の歌を御尋ねありしに、両人申したりし趣かはりたる也。其の比洛中に沙汰有りしは、予が申し侍りしは、猶叶ひたると云々。予が申し侍りしは、人と契りて更にうつゝともなし、たゞ夢になしなんといひしを忘れぬは、さらんには忘れたる也。夢になして忘れよと我といひて別れしが、それを忘れぬは、いひし事を忘れたる也。か様に、定家の歌はしみ入りて、其の身に成り帰りて読み侍りし也。定家に誰も及ぶまじきは恋の歌也。家隆ぞ劣るまじけれども、それも恋の歌は及ぶまじき也。少々、「さても猶とはれぬ秋の」など、「たがかね事の末ならん」などぞ、及びたる歌にて侍るべき。孝雲申し侍りしは、「忘れぬや」とは、人に対して「忘れたるか」と問ひたる心也云々」（正徹物語・上）。正徹は「忘れぬや」の「ぬ」を完了の助動詞でなく、打消の助動詞「ず」の連体形と解し、その主語は「われ」と考えている。一方、孝雲（耕雲明魏、花山院長親）は完了の助動詞と解するが、その主語を相手（心変りした恋人）としている。ともに正しい解釈といえない。

270 参考「昔先王遊二高唐一、怠而昼寝、夢見二一婦人一。曰、妾巫山之女也、為二高唐之客一、旦為二朝雲一、暮為二行雲一。朝々暮々、陽台之下、旦朝観レ之如レ言。故為立レ廟号曰二朝雲一」（文選・高唐賦　宋玉）

272 参考「ふりすてて今日は行くとも鈴鹿川八十瀬の波に袖は濡れじや」（源氏物語・賢木　光源氏）○年ふるこひ―長年たった恋。「ふる」（経る）に、鈴鹿川の縁語「振る」を掛ける。○こひを鈴鹿川―「こひをす」から「鈴鹿川」へと言い続ける。

273 「わが庵は三輪の山本恋しくはとぶらひ来ませ杉立てる門」（古今・雑下・九八二　読人不知）を本歌とし、これに拠った「三輪の山いかに待ち見む年経ともたづぬる人もあらじと思へば」（古今・恋五・七八〇　伊勢）をも念頭に置いて詠む。○すぎ―「過ぎ」と「杉」（「しるし」とともに「三輪」の縁語）の掛詞。○三輪―「見」から「三輪」へと言い続ける。

278 参考「飛鳥井に　宿りはすべし　や　おけ　かげ

もよし　みもひも寒し　みまくさもよし」（催馬楽・飛鳥井）「飛鳥井に影見まほしき宿りしてみまくさ隠れ人やとがめむ」（狭衣物語・巻一　狭衣）○あすか井―飛鳥井。中世では、京都市内二条万里小路にあると考えられていた。

281参考「命やは何ぞは露のあだものを逢ふにしかへば惜しからなくに」（古今・恋二・六一五　友則）

282本歌「蘆辺より満ち来る潮のいやましに思へか君が忘れかねつる」（万葉・巻四・六一七、新古今・恋五・一三七八　山口女王）参考「涙川身の浮くばかり流るれど消えぬは人の思ひなりけり」（元真集、新古今・恋一・一〇六〇　元真）

286○うしみつ―本歌である『拾遺集』の連歌と同じく、「丑三つ」と「憂し見つ」の掛詞。

294○もずの草ぐき―「春されば百舌鳥《もず》の草《かや》ぐき見えずとも吾は見やらむ君があたりをば」（万葉・巻一〇・一八九七　作者未詳）にもとづく歌句。もずが春、草の中に潜って見えなくなってしまうことをいうらしいが、中世歌学では難解とされていた。俊成の「たのめこし野べの道芝夏深しいづくなるらむもずの草ぐき」（千載・恋三・七九五）と同じく、女が行方を隠したことに喩えている。

298▽題の法文は、『法華経』法師功徳品第十九の偈に「若持二法華経一　其身甚清浄　如二彼浄瑠璃一　衆生皆喜レ見　又如下浄明鏡　悉見中諸色像上　菩薩於二浄身一　皆見二世所有一　唯独自明了　余人所レ不レ見」とあるのによる。

299▽題の法文は『法華経』薬王菩薩本事品第二十三の句。仏が宿王華菩薩に対して「此経能救二一切衆生一者。此経能令下一切衆生、離上二諸苦悩一。此経能大饒二益一切衆生一、充二満其願一、……如二子得レ母、如二渡得レ船、如二病得レ医、如二暗得レ燈……」と説いている。

300▽題の法文は『法華経』妙荘厳王本事品第二十七で、浄蔵・浄眼の二子が父母に告げていう「仏難レ得レ値、如二優曇波羅華一、又如下一眼之亀、値上二浮木孔一」の句による。

312参考「背レ燭共憐深夜月　踏レ花同惜少年春」（和漢朗詠・春夜・二七　白楽天）

316▽治承二年三月『別雷社歌合』における旧作「桜花また立並ぶものぞなきたれまがへけむ峯の白雲」の改作のごとき詠。

327○風のまぎれに―『源氏物語』野分の巻で、「昨日風のまぎれに、中将は見たてまつりやしてけむ」という光源氏の言葉に見える句。

329 参考「早瀬川みをさかのぼる鵜飼舟まづこの世にもいかが苦しき」（久安百首、千載・夏・二〇五　崇徳院）

336 ○のきばの荻―『源氏物語』夕顔の巻の「ほのかにも軒端の荻を結ばずは露のかことを何にかけまし」という光源氏の歌に見える語句。

394「宮は御馬にてすこし遠く立ちたまへるに、里びたる声したる犬どもの出で来てののしるもいと恐ろしく、人少なに、いとあやしき御歩《あり》きなれば、すずろならむ物の走り出で来たらむもいかさまにと、さぶらふかぎり心をぞまどはしける」（源氏物語・浮舟）

399『捜神記』に、横恋慕した宋の康王のために仲を引き裂かれた大夫韓憑とその妻とが、それぞれ自殺し、別れ別れに葬られた二人の塚の間に大きな梓の木が生えて、二つの塚を枝で覆い、根でつなげた。またその樹上に一つがいの鴛鴦が巣を営んで、昼夜悲しげに鳴いたと語る。

405 参考「いざけふは春の山べにまじりなむ暮れなばなげの花の陰かは」（古今・春下・九五　素性）「梓弓おして春雨けふ降りぬあすさへ降らば若菜摘みてむ」（古今・春上・二〇　読人不知）

409 本歌「石ばしる垂水の上のさ蕨の萌えいづる春になりにけるかも」（万葉・巻八・一四一八　志貴皇子）、参考「谷風にとくる氷のひまごとに打ちいづる波や春の初花」（古今・春上・一二　当純）

411 ○春の夜―夏の夜と同じく、秋の長夜に対して短いものと考えられていた。

413 参考「今はとてこしぢに帰る雁がねは羽根もたゆくやゆきかへるらむ」（金葉・春・二八　経通）「かへる山ありとは聞けど春霞立ち別れなば恋しかるべし」（古今・離別・三七〇　利貞）

414 参考「をちこちのたづきも知らぬ山中におぼつかなくも呼子鳥かな」（古今・春上・二九　読人不知）○喚子鳥―古今伝授の三鳥の一。古来謎とされてきたが、カッコウのことかという。

416 参考「今宵寝て摘みて帰らむ菫草小野の芝生は露しげくとも」（千載・春下・一〇八　国信）「道遠み入野の原のつぼ菫春のかたみに摘みて帰らむ」（千載・春下・一一〇　顕国）

417 参考「三河の国八橋といふ所に至りぬ。そこを八橋といひけるは、水ゆく河の蜘蛛手《くもで》なれば、橋を八つ渡せるによりてなむ、八橋といひける。……

その沢にかきつばたいとおもしろく咲きたり」（伊勢物語・九段）○かきつばた―「垣」を掛ける。

418参考「ほととぎす汝《な》が鳴く里のあまたあればなほうとまれぬ思ふものから」（古今・夏・一四七　読人不知）「思へどもなほうとまれぬ春霞かからぬ山のあらじと思へば」（同・雑体・誹諧歌・一〇三二　読人不知）

422参考「闇なれど月の光ぞさしてける卯の花咲ける小野の細道　基俊」「卯の花の垣根は雪の心地して冬のけしきに見ゆる山里　河内」（堀河百首・卯花）

423○神もみあれの―「神も見よ、御生《みあれ》の」の意。御生は、賀茂の別雷神《わけいかづちのかみ》が出現されることの意。旧暦四月、中の酉の日の賀茂祭の前に行なわれる神事をいう。○かけて―決して。賀茂祭には葵を掛けるので、「葵草」の縁語となる。○かゝらむ―副詞「かく」に葵草の縁語「掛く」を掛ける。

426本歌「きのふこそ早苗取りしかいつのまに稲葉そよぎて秋風の吹く」（古今・秋上・一七二　読人不知）。本歌の季節を夏に変え、昨年の秋を振り返った心。

428本歌「恋ひ死なば恋ひも死ねとか玉ほこの路行く人の言《こと》も告げなく」（万葉・巻一一・二三七〇、拾遺・恋五・九三七　人麻呂。拾遺では第二句「恋ひも死ねとや」、下句「道行き人に言《こと》つてもなき」）。本歌の恋の心を余情として籠める。○玉桙の―「道」の枕詞。○ほどふる―「経る」に「五月雨」の縁語「降る」を掛ける。

429▽橘は懐旧の心を誘う花とされるが、自分が死後も親しかった人に懐しまれないであろうことを悲しんでいる。女の立場で詠み、恋の心を籠める。

435参考「秋は来ぬ年もなかばにすぎぬとや荻吹く風のおどろかすらむ」（千載・秋上・二三〇　寂然）

445▽鹿の声は鹿の恋を意味するからあわれをさそうが、さびしい家にひとり住んでいる「われ」も恋心を内に秘めながら人の訪れを待っていることを暗示する。

447参考「朝ぼらけ霧立つ空のまよひにも行き過ぎがたき妹《いも》が門かな」（源氏物語・若紫　光源氏）

448参考「見し折の露忘られぬ朝顔の花の盛りは過ぎやしぬらむ」（源氏物語・朝顔　光源氏）。▽「槿」は、今のアサガオともムクゲとも言うが、決めがたい。女性の朝の顔のイメージをダブらせるのが普通。

457 ▽時雨は、ふり方がまばらで空の月も曇らず、音も落葉の音かと錯覚させることがある。そういうむら時雨の風情を歌う。

459 『堀河百首』では「霰」「雪」の順。「重奉和早率百首」でも同様なので、ここだけ錯雑していると見られる。

462 参考「淡路島通ふ千鳥の鳴く声に幾夜寝覚めぬ須磨の関守」(金葉・冬・二七〇　兼昌)

468 参考「こりつめてまきの炭焼くけをぬるみ大原山の雪のむらぎえ」(後拾遺・冬・四一四　和泉式部)

469 ○あけがたのはひのしたなる埋火の―「のこりすくなく」を起す有心の序。

478 参考「鳥部山谷に煙のもえたたばはかなく見えし我と知らなむ」(拾遺・哀傷・一三二四　読人不知)

483 参考「晋騎兵参軍王子猷　栽称㆓此君㆒　唐太子賓客白楽天　愛為㆓吾友㆒」(和漢朗詠・下・竹　四三二　篤茂)。○呉竹の―「わがとも」の序。竹を友とした白楽天の故事による。○はのはやし―近衛の唐名「羽林」を訓読した。「竹」の縁語「葉」に「羽」を掛ける。

484 ○色もかはらぬなげき―いつまでも変らない緑色である嘆き。緑の衣は緑衫《ろうそう》といい、六位の着る物。定家はこのとき正五位下であるが、誇張してこういったか。あるいは単に色が変らぬ例としたまでか。

490 参考「かれにける男の、思ひいでてまで来て、物などいひて帰りて　葛城や久米路に渡す岩橋のなかなかにても帰りぬるかな　返し　中絶えて来る人もなき葛城の久米路の橋は今もあやふし」(後撰・恋五・九八五・九八六　読人不知)「いかにせむ久米路の橋の中空に渡しもはてぬ身とやなりなむ」(実方集、新古今・恋一・一〇六一　実方)

491 参考「流れても逢瀬ありやと身を投げて虫明の瀬戸に待ちこころみむ」(狭衣物語・巻一　飛鳥井姫)

494 本歌「住みわびぬ今は限りと山里に爪木《つまぎ》こるべき宿求めてむ」(後撰・雑一・一〇八三　業平、伊勢物語・五九段)○ひとかたならぬ―道は一筋でないことを暗示する。

495 本歌「朝露のおくての山田かりそめにうき世の中を思ひぬるかな」(古今・哀傷・八四二　貫之)

502参考「後法性寺入道前関白太政大臣右大臣に侍りける時の百首歌に、述懐の心を　源仲綱　ひき〳〵に人は高瀬ののぼり舟綱手越さるゝ身をいかにせん」（新千載・雑下・誹諧歌・二二六二）。治承二年『右大臣家百首』での詠ゆえ、定家が接していた可能性がある。

509▽行きずりに草木を折るという発想は、「折り見ばや朽木の桜ゆきずりにあかぬ匂ひは盛りなりやと」（狭衣物語・巻四　狭衣大将）「ゆきずりの花の折かと見るからに過ぎにし春ぞいとど恋しき」（同・同　同）などに見られる。

515参考「忘らるる時しなければ春の田をかへすがへすぞ人は恋しき」（拾遺・恋三・八一一　貫之）「春にのみ年はあらなむあら小田をかへすがへすも花を見るべく」（公忠集、新古今・春上・八九　公忠）「あら小田をあらすき返しかへしても人の心を見てこそやまめ」（古今・恋五・八一七　読人不知）

518参考「惆悵春帰留不㆑得　紫藤花下漸黄昏」（和漢朗詠・春・三月尽・五二　白楽天）「とはぬまをうら紫に咲く藤の何とて松にかかりそめけむ」（詞花・恋下・二五七　俊子内親王大進）

521参考「うつせみの羽に置く露の木隠れて忍びしのびに濡るる袖かな」（伊勢集、源氏物語・空蝉）

522本歌「浪間より見ゆる小島の浜久木（浜びさし）久しくなりぬ君にあはずて（あひみで）」（拾遺・恋四・八五六　読人不知、伊勢物語・一一六段）

524▽ほととぎすは「しでの田長」と呼ばれることから、死出の山の連想で死後のイメージとともに歌われることがある。また、蜀の望帝の魂魄がほととぎすとなったという中国伝承もこのことと関係があるか。「蜀之後主、名杜宇、号㆓望帝㆒、譲㆓位髑霊㆒、望帝自逃、後欲㆑復㆑位不㆑得、死、化為㆑鵑、毎㆓春月間㆒、昼夜悲鳴、蜀人聞㆑之曰、我望帝魂也」（太平寰宇記）

526参考「袖ぬるるこひぢとかつは知りながら下り立つ田子のみづからぞうき」（源氏物語・葵　六条御息所）○たご―田子。農夫。○雨もしみゝに―雨も繁く。「も」によって、早生の苗も繁く生え揃ったことを暗示する。

527本歌「春日野のわか紫のすり衣しのぶの乱れ限り知られず」（伊勢物語・一段、新古今・恋一・九九四　業平）○ともし―狩人が鹿をおびき寄せるため、松明《たいまつ》をともすこと。また、そのような狩猟のし方。その際火を挟む木を火串《ほぐし》という。

530参考「蒹葭水暗蛍知レ夜」（和漢朗詠・夏・蛍・一八七　許渾）

534参考「なれこそは岩もるあるじ見し人のゆくへは知るや宿の真清水」（源氏物語・藤裏葉　夕霧）▽泉は余りにも涼しいので、人には知られるけれども、暑い夏には知られない、という所がこの歌の狙い。

540参考「君が植ゑしひとむら薄虫の音のしげき野辺ともなりにけるかな」（古今・哀傷・八五三　御春有助）

543参考「荻の葉にそそや秋風吹きぬなりこぼれやしぬる露の白玉」（詞花・秋・一〇八　嘉言）

545本歌「わび人の住むべき宿と見るなへに嘆き加はる琴の音ぞする」（古今・雑下・九八五　宗貞＝遍昭）、参考「こころみにほかの月をも見てしがなわが宿からのあはれなるかと」（詞花・雑上・三〇〇　花山院）○わがやどからの松風―松が私の家に生えているために寂しく聞こえる松風。

550参考「秦甸《しんでん》之一千余里　凜々氷鋪」（和漢朗詠・秋・十五夜・二四〇）

553参考「蘭苑自慙為ニ俗骨一　槿籬不レ信有ニ長生一」（和漢朗詠・秋・菊・二七〇　保胤）「秋までの命も知らず春の野に萩の古根を焼くと焼くかな」（後拾遺・春上・四八　和泉式部）

562参考「友千鳥もろ声に鳴く暁はひとり寝覚めの床もたのもし」（源氏物語・須磨　光源氏）「独り寝は君もしりぬやつれづれと思ひあかしのうらさびしさを」（同・明石　明石入道）

566参考（「明星」の本末のうち、本だけを示す。）「きりきり　千歳栄《せんざいやう》　白衆等《びやくすとう》　聴説晨朝《ちやうせちしんてう》　清浄偈《しやうじやうげ》や　明星《あかぼし》は　明星《みやうじやう》は　くはや　ここなりや　何しかも　今宵の月の　ただここにますや　ただここに　ただここにますや」

568参考「人目だに見えぬ山路に立つ雲をたれすみがまの煙といふらむ」（後撰・雑四・一二五七　信）

571参考「きのふ風のまぎれに、中将見奉りやしけむ」（源氏物語・野分）「石上布留《いそのかみふる》の社《やしろ》のゆふだすきかけてのみやは恋ひむと思ひし」（拾遺・恋四・八六七　読人不知）

583参考「煙葉蒙籠侵レ夜色　風枝蕭颯欲レ秋声」（和漢朗詠・下・竹・四三〇　白楽天）

587参考「竜田川紅葉乱れて流るめり渡らば錦なかや絶えなむ」（古今・秋下・二八三　読人不知、一説奈良帝）「秋の野になまめき立てるをみなへしあなかしがまし花も一時」（古今・雑体・誹諧歌・一〇一六　遍昭）〇色はみなむなしき物を―色即是空という観念を和らげて言った。

598 参考「遺文三十軸　軸々金玉声　竜門原上土　埋レ骨不レ埋レ名」（和漢朗詠・下・文詞付遺文・四七一　白楽天）

608 『蒙求』などにいう子猷尋戴の故事をかすめるか。「嘗居二山陰一、夜雪初霽、月色清朗、四望浩然、独酌レ酒、詠二在思招隠詩一、忽憶二戴逵一、逵時在レ剡、便夜乗二小舟一詣レ之、経レ宿方至、造レ門不レ前而反、人問二其故一、徽之曰、本乗レ興而来、興尽而反、何必見二安道一邪」（晋書・王徽子伝）

625 ▽開花以前とはうって変った桜の梢への驚きを誇張して歌う。

656 参考「うき身こそなほ山陰に沈めども心に浮かぶ月を見せばや」（続後撰・雑中・一一三三　慈円の西行への返歌）

709 〇さえつる―底本「さえくる」。自筆本・高松宮本・来田本・書陵部五〇一・五一一本「さえつる」。今、改める。

714 参考「思ふとも君は知らじなわきかへり岩もる水に色し見えねば」（源氏物語・胡蝶　柏木）

715 参考「けさ見れば夜はのあらしに散りはてて庭こそ花の盛りなりけれ」（金葉・春・五八　実能）「池水にみぎはの桜散りしきて波の花こそ盛りなりけれ」（千載・春下・七八　後白河院）

721 ▽「渚宮東面煙波冷　浴殿西頭鐘漏深」（白氏文集・巻一四・八月十五日夜禁中独直対レ月憶二元九一）のごとく、水時計は「鐘漏」とも呼ばれる。その機能からいっても、「もるしらたま」と「鐘のこゑ」とは連想しやすいもの。『山海経』第五中山経で、豊山の九鐘は霜気を知って鳴るとされるので、「霜」と「鐘」とも縁語関係にある。全体的に漢詩風な世界といえる。

726 参考「遠江守為憲まかり下りけるに、ある所より扇つかはしけるによめる　藤原道信朝臣　別れての四とせの春の春ごとに花の都を思ひおこせよ」（後拾遺・別・四六五、今昔物語集・巻一四）〇よとせ―国守の任期は四年。〇たちわかる―「県の館《たち》」から「立ち別る」と続ける。

727 参考「（道真）播磨の国におはしまし着きて、明石の駅といふ所に御宿りせしめ給ひて、駅の長のいみじく思へる気色を御覧じて作らしめ給ふ詩、いと悲し。駅長莫レ驚時変改、一栄一落是春秋」（大鏡・巻二　時平伝）、「ひとり寝は君も知りぬやつれづれと思ひあかしのうらさびしさを」（源氏物語・明石　明石入道）▽菅原道真が左遷された故事などを連想して詠むか。

732 参考「荻の葉も契りありてや秋風のおとづれそむるつまとなりけむ」（久安百首、新古今・秋上・三〇五　俊成）

734「返照入二閭巷一。憂来誰共語。古道少二人行一。秋風動二禾黍一」（唐詩選・巻六　耿湋）に似た歌境。

737 参考「み熊野の浦の浜木綿百重なす心は思へど直《ただ》にあはぬかも」（万葉・巻四・四九六、拾遺・恋一・六六八　人麻呂）「さしながら人の心をみ熊野の浦の浜木綿いくへなるらむ」（拾遺・恋四・八九〇　兼盛）

741 参考「万代の秋をも知らで過ぎきたる葉がへぬ谷の岩根松かな」（後拾遺・雑四・一〇五〇　白河天皇）

742 参考「石上《いそのかみ》布留の神杉神びにし吾やさらさら恋にあひにける」（万葉・巻一〇・一九二七　問答）「石上布留の神杉神さびし恋をも我は更にするかも」（万葉・巻一一・二四一七　人麻呂歌集）〇いその神布留の神杉―石上布留にある石上神社の神杉。「石上」も「布留」も大和国の地名。「石上布留」と続けていうことが多い。〇かきは―堅磐。「カチハ」と訓むのが正しく、「カキハ」はしばしば「常磐堅磐」と重ねて用いることから、「トキハ」に引かれて誤った訓で生じた語。

744 昔、槻の若木で弓を作ったという。参考「奥山にたつひとつきの白真弓まろやわりなく人を恨むる」（古今六帖・第五・三四一七　作者未詳）

747『荘子』逍遥遊に「上古有二大椿者一。以二八千歳一為レ春、八千歳為レ秋」と見え、椿は長寿を保つ霊木と考えられている。

751 〇▽「こさち」に関連がありそうな「こさ吹かば曇りもぞするみちのくのえぞには見せじ秋の夜の月」（夫木抄・巻一三・月　西行）という伝誦歌が存する。「こさ」は、息の意とか笛の一種とかいわれるが、実体不明。なお、拙著『花のもの言う　四季のうた』の「こさ吹かば」参照。

757 本歌「年を経て住みこし里を出でていなばいとど深草野とやなりなむ（業平）、野とならば鶉と鳴きて年は経むかりにだにやは君は来ざらむ（読人不知）」（古今・雑下・九七一、九七二、伊勢物

語・一二三段)、参考「夕されば野辺の秋風身にしみて鶉鳴くなり深草の里」(千載・秋上・二五九 俊成)

760 参考「かぞいろはあはれみつらむつばめすらふたりはひとにちぎらぬものを 昔人、女《むすめ》に男をあはせたりける日、男うせにければ、又こと人をむこどらんとしければ、女よめる也。南史曰、巻七十四、覇城王整之姉妹、襄陽為二衛敬瑜妻一。年十六而敬瑜亡。父母舅姑咸欲レ嫁レ之。誓而不レ許。乃截レ耳置二盤中一為レ誓乃止、所レ住戸有二燕巣一。常双来去。後忽孤飛。女感二其偏栖一、乃以レ縷繋レ脚為レ誌。後歳此燕果復更来。猶帯二前縷一。女為レ詩曰、昔年無レ偶去、今春猶独帰、故人思既重、不レ忍二復双飛一云々。出二事類賦一(和歌童蒙抄・第八)

765 参考「宮は御馬にて少し遠く立ちたまへるに、里びたる声したる犬どもの出で来てののしるもいと恐ろしく、(中略)夜はいたく更けゆくに、この物咎めする犬の声絶えず」(源氏物語・浮舟)

766 参考「巴峡秋深 五夜之哀猿叫レ月」(和漢朗詠・下・猿・四五四 清賦)「暁峡蘿深猿一叫 暮林花落鳥先啼」(同・同・同・四五九 朝綱)

767 ○しばし―「柴」を掛ける。本歌「荒熊のすむといふなるしはせ山せめてとふとも汝《な》が名はいはじを」(古今六帖・第二・九五四 作者未詳)、参考「身を捨てて山に入りにしわれなれば熊のくらはむこともおぼえず」(拾遺・物名・三八一 読人不知)

786 ○あか月―暁。未来仏である弥勒菩薩が出現する時の比喩。○かねて―金峰山を意味する「金が御嶽」の「かね」を響かせるか。○すむ―「住む」に「澄む」を掛ける。▽金峯神社(金精大明神)を歌ったとも、それと混称される蔵王権現を歌ったとも見られる。蔵王権現は弥勒菩薩が出世した時に用いるために、金峰山の金を守護していると伝える(南都巡礼記・東大寺の条)。

791 ○釈教十―「十地」を歌う。『類題法文和歌集注解』巻一三に、十地を次のごとく解説する。「十地の義は大品経、華厳経、瓔珞経、止観にも出侍りて、是に華厳の十信十住十行十廻向を配してさま〴〵に其位をさだむる説あり。また三乗の名別義通といひ、又単の菩薩の名別義通といへる事あり。あるひは四忍を配し、あるひは十波羅蜜を配せり。ことにさとりがたき物なり。此和歌は金光明最勝王経の説につきたる故にこゝにのせ侍るなり。其いたりを云に、修行のつもり初地より仏地にいたらんことをいへるなり」。さらに「愚草の歌ことにふかく経意に達して、其経の文を毎首によみのせたる眼目、よのつねのしわざにあらず」と賞讃し、歓喜地の歌については次のごとく注する。「此第一歓喜地は、初発心の菩薩の、其所願こと〲くかなひて、大千世界の無量種々の宝蔵盈満せるをみてよろこびにたへざるの謂なるをもて、歓喜地とは云也。宝蔵とはよのつねの宝にはあらず。如来蔵の法宝を云也」

792 ▽「第二無垢地は清浄珍宝荘厳の具をそなへて、其地平なる事掌のごとしとあれば、玉しく境にて此心をこめたる也」（類題法文和歌集注解・巻一三）

793 参考「自身勇健甲仗荘厳、一切怨賊皆能摧伏」（金光明最勝王経）○あさひのかげ―仏の智恵の光の比喩。○愛宕山―「仇」を掛ける。○雪も氷も―共に怨念の比喩。▽「第三明地は其身勇健にして甲仗堅固なるまゝに、世間の怨賊みなくだけふすとあり。あたご山は怨《アタ》をこめたり。仏の慧日の光によりて衆魔の怨軍もみな雪氷のごとく消くだくるよしたとへてよめる也」（同）

794 ▽「第四焔恵地は智恵の火を以て煩悩をやきうしなふ也。おどろは荊棘也。煩悩の結伏にたとへたる也。四方の風輪に妙花をちらすによりてさやうの結習の煩悩もつきたるよしをいへり」（同）

795 本歌「天つ風雲の通ひ路吹きとぢよをとめの姿しばしとどめむ」（古今・雑上・八七二　宗貞＝遍昭）○難勝地―十地の第五地。断ちがたい無明に勝つ地。○さはりし雲―女人の五障の比喩。▽「第五難勝地は、衆宝の玉女の名花を以て其首に冠らしめて其形をかざれるよし経にあり。よりて五障の雲を天つ風の吹はらひたる体を、かの雲の通路の乙女の姿の古歌によせていへるなり」（同）

796 ▽「第六現前地は七宝の華池に金沙をしきて清涼心にまかせたる体なり」（同）

797 ▽「第七遠行地は諸衆生の地獄におちんとするを見て菩薩みづから是をすくひたすくるに、ひとつもそこなひやぶるものなしと有。とをちは遠路也。橋は菩薩の人を済度するにたとへたり。橋の堅固にして人の落やぶるゝなきを菩薩の功徳力にたとへたり」（同）

798 参考「於㆓身両辺㆒有㆓獅子王㆒以為㆓衛護㆒、一切衆獣悉皆怖畏」（金光明最勝王経）○おのがじゝ―

「獅子」を掛ける。○うごかぬ通—「不動」を和らげていう。▽「第八不動地は、其菩薩の両辺に師子王ありて其まもりをなすによりて百獣おの〳〵きふしてもろ〳〵の煩悩うごかしむる事あたはざるを云也。をのがじゝは心のまゝといふ事也。それを師子の詞にそへたるやうにきこえはべり」(同)

799▽「第九善恵地は転輪聖王無量億衆囲繞して供養する体をはかりなき花のもろ人とはいへり、其菩薩のいたゞきの上の白ききぬがさのかざり衆宝をもてよそほひなす也。其事をまさる飾とは云なるべし」(同)

800▽「第十法雲地は如来の身金色かゞやきて円満の相いはん方なし。あまたの梵王いねうして法輪をてんじ給ふ。其智恵まことに大雲の虚空に満たるがごとし。よりて法雲地とは云也。歌のことはりつまびらか也。かぎりもしらぬ光は仏の相好を云也」(同)

832▽『日暮帖』所載定家自筆詠草切にこの歌を記し、俊成筆で「ながめすて、の詞肝心々々」と評語を記す。

836参考「春の夜の闇はあやなし梅の花色こそ見えね香やは隠るる」(古今・春上・四一 躬恒)

844参考「仁和のみかど、嵯峨の例にて芹河に行幸し給ひける日 在原行平朝臣 嵯峨の山みゆきたえにし芹河の千世の古道あとはありけり 同じ日鷹飼にて、狩衣の袂に鶴のかたを縫ひて書き付けたりける おきなさび人なとがめそ狩衣けふばかりとぞたづも鳴くなる」(後撰・雑一・一〇七五、一〇七六、伊勢物語・一一四段)○おどろのみち—いばらの生い茂った道。公卿の異称を棘路というので、随行する公卿の意をも暗示する。○みゆき—「深雪」と「行幸」の掛詞。「雪」は「狩」の縁語。

855集付「新古今」は、自筆本も同じく「新古今」とある。来田本は「新後」、書陵部五〇一・五一一本はなし。『新後撰集』入集歌であるが、自筆本・底本は本来同集への入集を注記しないから、あるいは『新古今集』切継ぎ段階ではこの歌が入っていたことを意味するか。

856参考「祈りつつ頼みぞわたる初瀬川うれしき瀬にも流れあふやと」(古今六帖・第三・五七〇 作者未詳)「うかりける人を初瀬の山おろしよはげしかれとは祈らぬものを」(千載・恋二・七〇

八　俊頼）

889『正徹物語』下に、この歌を「心は、昼はひねもすに恋ひかなしびて歎くも人の形見、夜は夜もすがらに寝もせで心をつくすも、世々の契りなれば、我は臥猪の安く寝《ぬ》るもうらやましからずといふなり。誠にあはれなる心なり」と評釈する。

896○寄遊女恋―平安時代・中世を通じて、遊女は江口・神崎などの港町に住み、小舟に乗って旅客を訪れたので、この題ではすべての作者が、「舟」「波」「浮寝」などの語を詠み入れている。

902本歌「鶯の谷よりいづる声なくは春来ることを誰か知らまし」（古今・春上・一四　千里）「谷の戸をとぢやはてつる鶯の待つに音せで春も過ぎぬる」（拾遺・雑春・一〇六四、千載・雑中・一〇六一　道長、第五句「春の暮れぬる」）

906参考「月やあらぬ春や昔の春ならぬわが身ひとつはもとの身にして」（古今・恋五・七四七　業平、伊勢物語・四段）○袖のうへ―そこには懐旧の涙の宿っていることが暗示されている。梅の匂いも月の光もその涙に移る（映る）のである。

907参考、定家自身の作り物語『松浦宮物語』中巻で、主人公橘氏忠が唐土の梅林をさまよい、謎の美女にめぐりあう場での、「夕の空にながめわびて、何となくあくがれ出でぬ。いたく高きにはあらぬ山がかれる里の、梅の匂ひ、ほかよりもをかしきあたりを分け入れば、松風遥かに聞えて、山の端出づる月の光、暮れはつるままに、浮雲残らず空晴れて、さえゆく夜のさまに、物のあはれまさりて、遥かなる林の奥を尋ね行けば」という描写に通う情趣がある。

908参考「月やあらぬ春や昔の春ならぬわが身ひとつはもとの身にして」（古今・恋五・七四七　業平、伊勢物語・四段）○ふり―「古り」と「降り」の掛詞。

914参考「高砂の尾上の桜咲きにけり外山の霞立たずもあらなむ」（後拾遺・春上・一二〇　匡房）○松―「待つ」を掛ける。

917参考「思ふどち春の山べにうちむれてそこともいはぬ旅寝してしか」（古今・春下・一二六　素性）○なげの花―本歌に基づいた表現。「なげの花のかげかは」と歌われた花、の意。「なげ」は「無げ」、なさそうなこと。▽本歌で歌われている希望を実行した後の状態を歌う。

918参考「春ものへまかりけるに、山田作りけるを見

てよめる　高階経成朝臣　桜咲く山田をつくる賤の男はかへすがへすや花を見るらむ」（金葉・春・六八）

919「紫のひともとゆゑに武蔵野の草はみながらあはれとぞ見る」（古今・雑上・八六七　読人不知）の古歌、及びそれに基づく「紫の色には咲くな武蔵野の草のゆかりと人もこそ見れ」（拾遺・物名・三六〇　如覚＝高光）「ねは見ねどあはれとぞ思ふ武蔵野の露わけわぶる草のゆかりを」（源氏物語・若紫）などの歌から、「草のゆかり」という歌句が生れ、さらにこの「ゆかりの色」という句が生じた。

920○ふりすてて―「雨」の縁語「降り」を響かせる。○やすらふ―ためらう。とどまる。○雨の夕暮―良経の「うちしめりあやめぞかをるほととぎす鳴くやさつきの雨の夕暮」（新古今・夏・二二〇、建久六年二月の作）に見え、のちに主ある詞とされる句。▽春を男、自身を女、三月尽を後朝のように見立てて歌う。

928参考「たちばなの香をなつかしみほととぎす花散る里を尋ねてぞ問ふ」（源氏物語・花散里　光源氏）「四月のつごもり、五月のついたちの頃ほひ、橋の葉の濃く青きに、花のいと白う咲きたるが、雨うち降りたるつとめてなどは、世になう心あるさまにをかし。……ほととぎすのよすがさへ思へばにや、なほさらにいふべうもあらず」（枕草子・三七段）

932○片糸を―糸はよるものだから「よる〳〵（夜々）」を起こす序とする。○あはずは―「あふ」は「片糸」の縁語。

934参考「主やたれ問へど白玉いはなくにさらばなべてやあはれと思はむ」（古今・雑上・八七三　融）

937○白露―本当の露とともに、袖に宿る秋思の涙をも暗示する。○月かげならす―袖や草葉の白露（涙）に月の光が宿る。「ならす」は「袖」の縁語。

938○ひきかへて―「ひき」は「弓張の月」の「弓」の縁語。○弓張の月―秋二十首における歌の配列から旧暦七月上旬頃の歌と考えられるので、上の弓張、すなわち上弦の月をさす。

941参考「かひもなき心ちこそすれさを鹿のたつ声もせぬ萩のにしきは」（後拾遺・秋上・二八三　白河天皇）「秋の野は花のいろいろ多かれど萩の錦にしくものぞなき」（太皇太后宮亮平経盛朝臣家歌合・草花五番左　頼輔）○唐衣―「かり」の序

のごとく用いたか。○萩のにしき—美しい萩の花を錦に見立てていう。「唐衣」の縁語。

946参考「まそ鏡清き月夜のゆつりなば思ひは止まず恋こそまされ」（万葉・巻一一・二六七〇　寄物陳思歌）「織女《たなばた》し船乗すらしまそ鏡清き月夜に雲立ち渡る」（同・巻一七・三九〇〇　家持）○涙のますかゞみ—「涙の増す」と「増鏡」（真澄《ます》鏡の意）を掛ける。増鏡は「きよき月」を起こす序のような働きをする。月を鏡に喩えるのは詩歌の常套手段。

947参考「連夜に月を見るといふ心をよみ侍りける　源頼家朝臣　敷妙の枕の塵や積るらむ月の盛りはいこそ寝られね」（後拾遺・雑一・八三八）

949参考「秋の夜は衣さむしろ重ねても月の光にしくものぞなき」（大納言経信集、新古今・秋下・四八九　経信）○しかじ—「さむしろ」の縁語「敷か」を響かせる。

952参考「さよふけて衣しでうつ声聞けばいそがぬ人もねられざりけり」（後拾遺・秋下・三三六　伊勢大輔）

955○秋も嵐の音羽山—「秋もあらじ」と「嵐」を掛け、「嵐のおと」から「音羽山」へと続ける。

964参考「夜を寒み寝ざめて聞けばをしぞ鳴くはらひもあへず霜やおくらむ」（後撰・冬・四七八、拾遺・冬・二二八　読人不知）「かたみにや上毛の霜をはらふらむ共寝のをしのもろ声に鳴く」（千載・冬・四二九　親房）「この頃のをしの浮寝ぞあはれなる上毛の霜よ下の氷よ」（同・同・四三二　崇徳院）○おく—上の「はらふ」と対になる。「置く」に「起く」を響かせるか。▽共寝していれば、親房の歌のようにお互いに上毛の霜を払いあえるのに、独り寝のゆえにそれも出来ず、寒さをわびている鴛鴦を歌い、孤閨のわびしさに共感している歌。

967○わたり—渡り。渡し場。「あたり」の意とも。▽本歌取の手本とされる歌。絵画的と評されるが、現実感を感じ取ろうとする見方もある。「ある註に、今ふる当意ならばよそにてはみえじなれば、かげもなしとは、ほかまではいひがたし。ゆきふりしきてはれたるゆふべの、雪すこしちるとおぼえたり。けしきいかにともせぬおもしろさなるべし」（宗祇自讃歌註）「定家の名歌なり。抑《そもそも》、此歌、名歌なれば、元より面白く聞えて、さて面白き所を知らず。只旅行の折ふし、雪降りて、立寄るべき陰もなき路次の体かと聞えたり。但、歌道は不知の事なれば、別の感心もやあるらんと、道の人に尋ぬれ共、只、歌の面風のごとしと也。然れば、聞ゆる所、さればとて雪を賞翫の心も見えず、在所を知るにも遠見などもなき山河のほとりに、誠に陰も寄るべも便りなき道行ぶりの、面にまかせたる口ずさみ歟と聞えたり。若、堪能其人の能は、かやうに言はれぬ感もあるやらん。天台妙釈にも「言語道断、不思議、心行所滅之処、是妙也」と云へり。かやうの姿にてやあるべき」（世阿弥『遊楽習道風見』）

970 参考「大方は月をもめでじこれぞこの積もれば人の老となるもの」（古今・雑上・八七九　業平、伊勢物語・八八段）

973 参考「秋といへば石田《いはた》の小野の柞原《ははそ》しぐれも待たずもみぢしにけり」（千載・秋下・三六八　覚盛）「こきちらす滝の白玉拾ひおきて世の憂き時の涙にぞかる」（古今・雑上・九二二　行平）「朝ごとにおく霜袖に受けためて世の憂き時の涙にぞかる」（後撰・秋中・三二五　読人不知）○人はいはたのおのれのみ―「人は言はず」から「石田の小野」へ、さらに「おのれ」へと続ける。○秋―「飽き」を響かせる。

975 参考「待つほどのすぎのみゆけば大井川たのむるくれをいかがとぞ思ふ」（後拾遺・雑二・九〇四　馬内侍）

978 参考「遥かなる岩のはざまにひとりゐて人目思はで物思はばや」（新古今・恋二・一〇九九　西行）

983 参考「梓弓いるさの山にまどふかなほのみし月の影や見ゆると」（源氏物語・花宴　光源氏）

991 九九一から九九五までの「鳥五首」には、本来定家が自筆で歌を記し、趣意をところどころ注して父俊成に送って校閲を請い、俊成がこれに批点・評語を加えて返した勘返状と見られる、「俊成定家一紙両筆懐紙」が永青文庫に現存する。そこでは九九一・九九三・九九二・九九四・九九五の順に記され、五首のすべてに合点が加えられている。この歌には定家の自注として左に、「朝綱卿詩云、家鶏不レ識官班冷、依レ旧猶催報暁声」と記されている。この詩句は出典未詳。

992 ○あはむ―鷹は合わせるというので、「あは」は「はしたか」の縁語。「俊成定家一紙両筆懐紙」には、この歌の左に「文治之比禁裏御壺被レ飼レ鶏、以二近臣一被二結番一。共ニ奉其事一、長房・信清・範光・保家・定家」と注し、上欄に俊成筆で「鴈与鷲乃間一ヲ可　止歟」「鷲哥殊勝歟」と評する。

993 文治元年（一一八五）十一月、五節の試みの夜に少将源雅行と闘諍事件を起したため勅勘をこうむって除籍された定家の還昇を懇願した父俊成の文治二年三月六日付消息文の奥に添えられていた、「あしたづの雲路まよひし年暮れて霞をさへやへだてはつべき」と、それに対する藤原定長の「あしたづは霞を分けて帰るなりまよひし雲路けふや晴るらむ」（千載・雑中・一一五八、一一五九）を暗示させる形で詠む。

995 参考「鴈千鳥已停止候云々。然而此二首殊大切思給候。此外凡可ニ搆出一とも不レ覚候。制仰たゞそらしらずしてや候べからむ。凡述懐題被レ止題ニ述懐之心詠レ之、旁雖レ有ニ其憚一、此鳥題凡一切不レ可レ叶候之間、如レ此詠候。又偏以ニ狭事一為レ先者為レ道遺恨候之故也。（俊成筆）内府哥述懐多リキ」（俊成定家一紙両筆懐紙）

1007 参考「里分ぬ影をば見れど行く月のいるさの山をたれか尋ぬる」（源氏物語・末摘花　光源氏）

1008 本歌「さびしさに宿を立出でて眺むればいづくも同じ秋の夕暮」（後拾遺・秋上・三三三　良暹）

参考「月やあらぬ春や昔の春ならぬわが身ひとつはもとの身にして」（古今・恋五・七四七　業平、伊勢物語・四段）

1013 本歌「知る知らぬなにかあやなくわきていはむ思ひのみこそしるべなりけれ」（古今・恋一・四七七　読人不知、伊勢物語・九九段）、参考「遥見ニ人家一花便入　不レ論貴賤与ニ親疎一」（和漢朗詠・花・一一五　白楽天）

1014 本歌「あかざりし袖の中にや入りにけむわが魂のなき心地する」（古今・雑下・九九二　陸奥）

1015 参考「年ごとに春のながめはせしかども身さへふるとも思はざりしを」（拾遺・雑春・一〇五七　読人不知）

1017 参考「人はいさ心もしらずふるさとは花ぞ昔の香ににほひける」（古今・春上・四二　貫之）

1018 参考「待ててふにとまらぬものと知りながらしひてぞをしき春の別れは」（寛平御時后宮歌合・春二十番右、新古今・春下・一七二　読人不知）「待てといふに散らでしとまるものならば何を桜に思ひまさまし」（古今・春下・七〇　読人不知）

1019 本歌「吉野川岩波高く行く水のはやくぞ人を思ひそめてし」（古今・恋一・四七一　貫之）、参考

「年ごとにかくも見てしかみ吉野の清き河内のたぎつ白浪」（万葉・巻六・九〇八　金村）

1020本歌「濡れつつぞしひて折りつる年のうちに春はいくかもあらじと思へば」（古今・春下・一三三　業平）、参考「夏にこそ咲きかかりけれ藤の花松にとのみも思ひけるかな」（拾遺・夏・八三　重之）▽「業平朝臣の歌の心、よろしくや侍らむ」（俊成判）

1025参考「ほととぎす声待つほどは片岡の杜のしづくに立ちや濡れまし」（紫式部集、新古今・夏・一九一　紫式部）

1026本歌「さつき山梢を高みほととぎす鳴く音《ね》空なる恋もするかな」（古今・恋二・五七九　貫之）参考「なき人の宿に通はばほととぎすかけて音にのみ鳴くと告げなむ」（古今・哀傷・八五五　読人不知）、「忍び音や君もなくらむかひもなき死出の田長に心通はば」（源氏物語・蜻蛉　薫大将）

1027本歌「鳴けや鳴けたかだ（ィたかま）の山のほととぎすこのさみだれに声なをしみそ」（拾遺・夏・一一七　読人不知）、参考「あだなりと名にこそたてれ桜花年にまれなる人も待ちけり」（古今・春上・六二　読人不知、伊勢物語・一七段）

1028参考「おしなべてさつきの野辺を見渡せば水も草葉も深緑なる」（寛平御時后宮歌合・夏歌）

1029本歌「天の川雲のみをにてはやければ光とどめず月ぞ流るる」（古今・雑上・八八二　読人不知）、参考「降りそめていくかになりぬ鈴鹿川八十瀬もしらぬさみだれの空」（長秋詠藻・右大臣家百首、新勅撰・夏・一六四　俊成）

1030参考「さつき待つ花橘の香をかけば昔の人の袖の香ぞする」（古今・夏・一三九　読人不知、伊勢物語・六〇段）「ほととぎす鳴きつるかたをながむればただ有明の月ぞ残れる」（千載・夏・一六一　実定）

1031本歌「桂に侍りける時に、七条の中宮のとはせ給へりける御返事に奉りける　伊勢　久方の中に生ひたる里なれば光をのみぞ頼むべらなる」（古今・雑下・九六八）、参考「久方の月の桂も秋はなほもみぢすればや照りまさるらむ」（古今・秋上・一九四　忠岑）

1032本歌「河社しのにおりはへほす衣いかにほせばか七日ひざらん」（新古今・神祇・一九一五　貫之）、参考「夏衣たつたの川を来て見れば風こそ波のあやはおりけれ」（能宣集）○たつた河原――「夏衣裁つ」から「立田河原」へと続ける。○きて―「来て」に「衣」の縁語「着て」を響かせる。

1038 本歌「浅茅生の小野の篠原しのぶれどあまりてなどか人の恋しき」（後撰・恋一・五七七　等）、参考「君なくて荒れたる宿の浅茅生にうづら鳴くなり秋の夕暮」（後拾遺・秋上・三〇二　時綱）

1039 本歌「夕月夜さすや岡辺の松の葉のいつともわかぬ恋もするかな」（古今・恋一・四九〇　読人不知）、参考「秋吹くはいかなる色の風なれば身にしむばかりあはれなるらむ」（詞花・秋・一〇九　和泉式部）

1042 参考「鈴虫の声のかぎりを尽しても長き夜あかず降る涙かな」（源氏物語・桐壺・靭負命婦）○秋―「飽き」を掛ける。

1044 本歌「秋の野に人まつ虫の声すなり我かとゆきていざとぶらはむ」（古今・秋上・二〇二　読人不知）、参考「秋の野に道もまどひぬ松虫の声するかたに宿やからまし」（古今・秋上・二〇一　読人不知）

1045 参考「ながめわびぬ秋よりほかの宿もがな野にも山にも月やすむらむ」（新古今・秋上・三八〇　式子内親王）

1047 参考「遥かなるもろこしまでもゆくものは秋の寝覚めの心なりけり」（千載・秋下・三〇二　大弐三位）「もろこしも夢に見しかば近かりき思はぬ中ぞはるけかりける」（古今・恋五・七六八　兼芸）

1048 本歌「久方の月の桂も秋はなほもみぢすればや照りまさるらむ」（古今・秋上・一九四　忠岑）○なげ木―「歎き」の宛字だが、「紅葉」「かつら」の縁語「木」を掛ける。

1055 本歌「飛ぶ鳥の明日香の里をおきていなば君があたりは見えずかもあらむ」（万葉・巻一・七八、新古今・羇旅・八九六　元明天皇）○飛鳥の里―「明日」を掛ける。○おきて―「起き」に「置き」を掛ける。

1058 参考「秋も今はあらしの山の山高みいかで残れるもみぢなるらむ　ゆきより」（大納言公任集）「散りかかるもみぢ流れぬ大井川いづれ井堰の水のしがらみ」（大納言経信卿集、新古今・冬・五五五　経信）「ほのぼのと有明の月の月影にもみぢ吹きおろす山おろしの風」（信明集、和漢朗詠・下・風・四〇二、新古今・冬・五九一　信明）

1059 ▽冬の閑寂な草屋のたたずまいを、「あらはれて」

と「うづむ」との対において捉え、興ずる心。

1062 本歌「冬の池に住む鳰鳥のつれもなくそこに通ふと人に知らすな」（古今・恋二・六六二　躬恒）▽松と鳰鳥の両方に関して「つれもなく」という。

1063 参考「ふるさとの真木の板屋のつまびさしあられたばしる冬ぞさびしき」（堀河百首・霰　藤原顕仲）「いつのまに筧の水のこほるらむさこそあらしの音の変らめ」（千載・冬・三九五　孝善）○夜がれ—夜離れ。▽「時雨あられ」「かけひのおとづれ」という、さびしくわびしいものを恋人のように取りなし、それらを「よがれせで」「おとづれぞなき」と対照的に捉えることによって、あえて興じた歌。

1064 参考「藻刈舟沖こぎ来らし妹が島形見の浦に鶴《たづ》翔《かけ》る見ゆ」（万葉・巻七・一一九九　古集歌、新勅撰・雑四・一三二七　読人不知）▽「「沖の月影」ぞいかにぞ侍れども、勝と申すべし」（季経判）

1067 参考「秋の夜も名のみなりけり逢ふといへばことぞともなく明けぬるものを」（古今・恋三・六三五　小町）▽季経は上句が歳暮の心なのに初雪に驚くという点をつき「初雪及二歳暮一降、ことのほかの遅々歟」として、負とする。

1068 参考「さむしろに衣片敷きこよひもやわれを待つらむ宇治の橋姫」（古今・恋四・六八九　読人不知）「白山に年ふる雪や積るらむよはに片敷くたもとさゆなり」（新古今・冬・六六六　公任）▽「「かたしき」と「ふりや（ママ）しくらん」とは病にや」（季経判）

1072 参考「天香山の五百箇《いほつ》の真《ま》坂樹《さかき》を掘《ねこじにこ》じて、上枝《かみつえ》には八坂瓊《やさかに》の五百箇の御統《みすまる》を懸け、中枝《なかつえ》には八咫《やたの》鏡《かがみ》を懸け」（日本書紀・巻一・神代上）

1073 参考「天くだる神のしるしに君に皆よはひはゆづれ住吉の松」（栄花物語・松のしづ枝　品宮女房）▽「右歌尤興ありて覚え侍り。仍《テ》為《ス》レ勝《ト》」（師光判）

1076 本歌「あふことの　まれなる色に　思ひそめ　わが身は常に　天雲の　晴るる時なく　富士のねの　燃えつつとはに　思へども……」（古今・雑体・短歌・一〇〇一　読人不知）▽「右は心をかしくこそ侍れば、仍《テ》為《ス》レ勝《ト》」（師光判）

1078 参考「世の常に思ひやすらむ露深き道のさき原分けて来つるも」（源氏物語・総角　匂宮）▽「心詞相叶ひてことの外によろしくこそ見え侍れ」（師光判）

1079 本歌「片糸をこなたかなたに縒りかけてあはずは何を玉の緒にせむ」（古今・恋一・四八三　読人不知）「下にのみ恋ふれば苦し玉の緒の絶えて乱れむ人なとがめそ」（古今・恋三・六六七　友則）、参考「玉の緒を片緒によりて緒を弱み乱るる時に恋ひずあらめやも」（万葉・巻一一・三〇八一　作者未詳）「玉の緒よ絶えなば絶えねながらへばしのぶることの弱りもぞする」（新古今・恋一・一〇三四　式子内親王）▽「右歌は常の事をおもしろく続けられて、たやすからぬ所の侍るかとよ」（師光判）

1080 本歌「人知れぬ思ひするがの国にこそ身をこがしの杜はありけれ」（古今六帖・第二・一〇四七）参考「こがらしのもりの下草風はやみ人のなげきは生ひそひにけり」（後撰・恋一・五七二　読人不知）○秋―「飽き」を掛ける。○身をこがらし―「身を焦がす」を掛ける。▽「心詞言ひ下されてことによろしくこそ聞え侍れ」（師光判）

1081 参考「かりそめに伏見の野辺の草枕露かかりきと人に語るな」（続詞花・恋中、新古今・恋三・一一六五　読人不知）○かりそめに―「すがはら」の縁語「刈り」を掛ける。

1082 参考「飫宇《おう》の海の潮干の潟の片思《かたおもひ》に思ひや行かむ道のながてを」（万葉・巻四・五三六　門部王）「伊勢島や潮干の潟にあさりてもいふかひなきはわが身なりけり」（源氏物語・須磨　六条御息所）

1084 参考「なきあとの面影をのみ身にそへてさこそは人の恋しかるらめ」（聞書集、新古今・哀傷・八三七　西行）▽「深き心は知り侍らねど、ひとへにあらましごとにてくさりやられて、まこと少きさまにや」（顕昭判）

1087 参考「海人の刈る藻に住む虫のわれからと音《ね》をこそ泣かめ世をば恨みじ」（古今・恋五・八〇七　藤原直子、伊勢物語・六五段）「いく世しもあらじわが身をなぞもかく海人の刈る藻に思ひ乱るる」（古今・雑下・九三四　読人不知）「恋ひわびぬ海人の刈る藻に宿るてふわれから身をも砕きつるかな」（伊勢物語・五七段、新勅撰・恋二・七二〇　読人不知）

1089 ○時つ風―「吹飯」にかかる枕詞。▽顕昭は万葉集の本歌取の仕方を論じ、本歌に依拠しすぎて創意が少いとして、負と判した。

1091 本歌「有明のつれなく見えし別れより暁ばかりうきものはなし」（古今・恋三・六二五　忠岑）、参考「明けぬれば暮るるものとは知りながらなほ恨めしき朝ぼらけかな」（後拾遺・恋二・六七二　道信）▽一〇九一―一一〇〇は歌合の雑一・二に相当。判者慈円は和歌を以て判詞とする。

1105 参考「足引の山の山鳥かひもなし峯の白雲立ちし寄らねば」（後撰・雑四・一二八〇　兼輔）

1106 参考「消《け》ぬがうへにまたも降りしけ春霞立ちなばみ雪まれにこそ見め」（古今・冬・三三三　読人不知）

1109 参考「暮れぬなりいくかをかくて過ぎぬらむ入相の鐘のつくづくとして」（和泉式部集、新古今・雑下・一八〇七　和泉式部）「奥山の峯飛び越ゆる初雁のはつかにだにも見でややみなむ」（新古今・恋一・一〇一八　躬恒）

1124 参考「芹つみし昔の人もわがごとや心に物はかなはざりけむ　これは文書に献芹と申す本文なりとぞ承れどもおぼつかなし。たゞ物語に人の申すは、九重のうちに朝ぎよめする者の庭掃きたてる折に、俄かに風の御簾を吹き上げたりけるに、后の物めしけるに、芹と見ゆる物をめしけるを見て、人しれず物思ひになりて、いかで今一度見奉らむと思ひけれど、すべきやうもなかりければ、めしし芹を思ひ出でて、芹を摘みて、御簾の風に吹き上げられたりし御簾のあたりにおきけり。年をふれどもさせるしるしもなかりければ、つひに病になりて失せなむとしける程に、めにも明らめで死なむがいぶせきに、「この病はさるべきにてつきたる病にあらず。しか〲ありし事によりて物思ひになりて失せぬるなり。我をいとほしとも思はば、芹を摘みて功徳に作れ」と息の下にいひて失せはてにけり。その後いひおきしごとくに芹を摘みて仏に参らせ、僧に食はせなどぞしける。それが娘の、その宮の女官になりて侍りけるが、この物語をしけるを聞召してあはれにせさせ給ひける。その后嵯峨の后とぞ申しける」（俊頼髄脳）

1133 参考「老大嫁作二商人婦一　商人重レ利軽二別離一　前月浮梁買レ茶去　去来江口守二空船一　遶レ船明月江水寒　夜深忽夢少年事　夢啼粧涙紅闌干」（白氏文集・巻一二　琵琶引）

1150 本歌「数ふればわが身につもる年月を送り迎ふとなに急ぐらむ」（拾遺・冬・二六一　兼盛）参考「都にて送り迎ふと急ぎしを知らでや年の今日は暮れなむ」（千載・冬・四七五　親範）「君を思ふ心長さは秋の夜にいづれまさると空に知らなむ」

(後撰・恋四・八四二　是茂)

1153 参考「忍びつつ思へば苦し住の江の松のねながらあらはれなばや」(拾遺・恋二・七三九　読人不知) ○松のねたくや―「松の根」から「嫉《ねた》く」と続ける。○よる浪のよる―「寄る」から「夜」と続ける。

1155 ○ゆふつけ鳥―騒乱のあった時、鶏に木綿《ゆう》を付けて都の境の関で祓をしたことから、鶏のことをいう。○おりはへて―「織って長く伸ばす」の意だが、ここでは「長く声を引く」の意に用いる。

1156 参考「うべこそは急ぎ立ちけれ床の浦の波のよるべはなかりけりやは」(浜松中納言物語・巻四　式部卿宮)「焼くとのみ枕の上にしほたれて煙絶えせぬ床の浦かな」(後拾遺・恋四・八一四　相模)

1157 ○こがれ―本歌により「伊吹のさしも」は「さしもぐさ」を暗示することから、「伊吹」の縁語。

1158 本歌「晴るる夜の星か河辺の蛍かもわが住む方のあまのたく火か」(伊勢物語・八七段、新古今・一五九一　業平) ○思ひ―「焚く」「もえ」の縁語「火」を掛ける。

1159 参考「みちのくの緒絶の橋やこれならむふみみふまずみ心まどはす」(後拾遺・恋三・七五一　道雅) ○白玉の―白玉は緒で貫くことから、「緒絶の橋」の詞のように用いた。「白玉」は「涙」の比喩。○くだけて―「白玉」の縁語。

1161 本歌「夕づくよおぼつかなきを玉くしげ二見の浦はあけてこそ見め」(古今・羇旅・四一七　兼輔)、参考「あけがたき二見の浦による波の袖のみ濡れて沖つ島人」(新古今・恋三・一一六七　実方)

1163 本歌「あひ見てののちの心にくらぶれば昔は物も思はざりけり」(拾遺・恋二・七一〇　敦忠)、参考「わが恋にくらぶの山の桜花まなく散るとも数はまさらじ」(古今・恋二・五九〇　是則) ○くらぶ山―「較ぶ」から「暗部山」と続ける。

1164 参考「あな恋しゆきてや見まし津の国の今もありてふ浦の初島」(後撰・恋三・七四二　戒仙) ○はつかなる―僅かの。▽「むばたまの闇のうつゝは定かなる夢にいくらもまさらざりけり」(古今・恋三・六四七　読人不知) などと同じく、「うつゝ」と「夢」とを対比する。

1165 本歌「今ははや恋死なましを逢ひ見むと頼めしことぞ命なりける」(古今・恋二・六一三　深養父)、参考「かにかくに人は言ふとも若狭路の後瀬の山の後も逢はむ君」（万葉・巻四・七三七　坂上大嬢の家持への贈歌）「後瀬山後も逢はむと思へこそ死ぬべきものを今日までも生けれ」（同・七三九　家持の答歌）「逢ふまでとせめて命の惜しければ恋こそ人の祈りなりけれ」（後拾遺・恋一・六四二　頼宗）

1166 本歌「わが庵は三輪の山もと恋しくはとぶらひ来ませ杉立てる門」（古今・雑下・九八二　読人不知）「三輪の山いかに待ち見む年ふとも尋ぬる人もあらじと思へば」（古今・恋五・七八〇　伊勢、伊勢集）

1169 参考「流れても逢瀬ありやと身を投げて虫明の瀬戸に待ちこころみむ」（狭衣物語・巻一　飛鳥井姫）「波高き虫明の瀬戸に行く船のよるべ知らせよ沖つ潮風」（月清集・句題五十首、新勅撰・雑四・一三二四　良経）

1170 本歌「形見こそ今はあたなれこれなくは忘るる時もあらましものを」（古今・恋四・七四六　読人不知）、参考「真葛原なびく秋風吹くごとに阿太の大野の萩の花散る」（万葉・巻一〇・二〇九六　作者不詳）

1172 本歌「包めども袖にたまらぬ白玉は人を見ぬ目の涙なりけり」（古今・恋二・五五六　清行）「住吉の恋忘れ草種絶えてなき世にあへるわれぞかなしき」（新古今・恋五・一四二〇　元真）

1174 ○こけのした―墓の下、死を暗示する。

1179 参考「しきたへの衣手離れて玉藻なす靡きか寝らむ吾《わ》を待ちかてに」（万葉・巻一一・二四八三）「しきたへの衣手離れて吾を待つとあるらむ子らは面影に見ゆ」（同・同・二六〇七）「山里は冬ぞさびしさまさりける人めも草もかれぬと思へば」（古今・冬・三一五　宗于）

1181 参考「暮ると明くと目かれぬものを梅の花いつの人まにうつろひぬらむ」（古今・春上・四五　貫之）

1197 ▽「釈迦譜に、世尊のいまだ太子にておはせし時、二月七日の半夜に宮を出させ給ひて、雪山に入おはして、仏道をば修行し給ふ也。二月の半の空とは此事なるべし。春の都とは、太子の事を春宮と申せば、かくよみ給へる也。月は世尊に比したる也」（類題法文和歌集注解・巻二）

1199 ○十あまりふたつの誓ひ―薬師如来が過去世に衆生教化のために立てた十二の大願。『薬師本願経』によれば光明普照・随意成弁・施無尽物・安立大

乗・具戒清浄・諸根具足・除病安楽・転女得仏・安立正見・苦悩解脱・飽食安楽・美衣満足の十二。

1200 ▽「拾愚草花に匂ふ西の大空……　西の大空は兜率内院也。花に匂ふは竜樹の花さく暁のおりをよめり」（類題法文和歌集注解・巻二二）

1202 参考「玉島のこの川上に家はあれど君をやさしみあらはさずありき」（万葉・巻五・八五四）

1206 参考「白雲のたえまになびく青柳の葛城山に春風ぞ吹く」（新古今・春上・七四　雅経）○青柳の―青柳は鬘にすることから、「葛木山」の序のごとく用いる。○ながき―「いとゆふ」の「いと」の縁語。

1207 参考「から錦秋の形見や立田山散りあへぬ枝に嵐吹くなり」（新古今・冬・五六六　宮内卿）「風吹けば方も定めず散る花をいづかたへ行く春とかは見む」（拾遺・春・七六　貫之）○たつ―「立つ」と「裁つ」の掛詞。○いづれの神―暗に手向山の神を念頭に置いて言う。

1211 参考「更けゆかば煙もあらじ塩竈のうらみなはてそ秋の夜の月」（新古今・秋上・三九〇　慈円）○うらみ―「浦見」と「恨み」の掛詞。

1226 参考「雪降れば峯の真榊埋もれて月にみがける天の香具山」（新古今・冬・六七七　俊成）○五月雨―下の「天」「そら」「雲」などと縁語。▽壮大な五月雨の景を歌う。

1229 参考「明けぬるか川瀬の霧の絶え間より遠方人の袖の見ゆるは」（後拾遺・秋上・三二四　経信母）

1231 「名所百首哥之時与家隆卿内談事書札」で、次のごとく自注する。「はつせめは、初五字に心浮すかたやうに候、よもきぬにすそなどひく程の品秩にては候はじとくちをしく候へども、つくるゆふはなを、ならすゆふべのと申て、しづのをだまきとは、むかしをいまにとや思ひ候はんと、達摩心は思入ておぼえ候也」

1235 参考「秋風の日にけに吹けば水茎の岡の木の葉も色付きにけり」（万葉・巻一〇・二一九三　作者未詳）「水茎の岡の葛葉も色づきてけさうらがなし秋の初風」（新古今・秋上・二九六　顕昭）▽恋歌ふうに仕立てた。

1241 ▽「名所百首哥之時与家隆卿内談事書札」で、次のごとく自注する。「てぞめのいとはかうちめが物にて候へば、さらぬ物をだにてにとる心なれば、まして糸などはより候けむと、河内の山に思ひよりたるを、人のめ見せよかしと存候也」

1245 参考「秋を焼く心地こそすれ山里の紅葉散りかふ木枯の風」(堀河百首・紅葉　師時)○やく―「もえ」、「思ひ」に掛けられた「火」とともに、本歌から「さしもぐさ」を暗示する「伊吹山」の縁語。

1268 参考「なげきのみしげくなりゆくわが身かな君にあはでの杜にやあるらむ」(和歌色葉所引、康平四年三月十九日祐子内親王家名所歌合　相模)

1273 本歌「東路の佐野の舟橋かけてのみ思ひわたるを知る人のなさ」(後撰・恋二・六一九　等)▽「名所百首哥之時家隆卿内談事書札」で、次のごとく自注する。「ふなはしこがれわたるは、くらはし山とおぼえてにく丶候へども、旧哥の心ならですべきやうなくて、構出たりと存候」

1276 ▽「名所百首哥之時家隆卿内談事書札」で、次のごとく自注する。「非管絃者が中間のことのね、そのこと丶なく候らん、をだえのはしなど申候へば、その事となけれど、箏のなど申たくて、すゞろ事を申候」

1279 参考「玉くしげ明けまく惜しきあたら夜を袖《ころもで》かれてひとりかも寝む」(万葉・巻九・一六九四　作者未詳、古今六帖・第五・二七〇三　人麻呂、新古今・恋五・一四二九　読人不知)○伊勢の浜荻―蘆のこと。○しきたへの―「衣手」の枕詞。上から「浜荻敷き」と続く。○かれて―「離れて」の意だが、伊勢の浜荻が枯れていることを暗示する。

1287 ○みゆきふるらん―「みゆき」は花の比喩としての「深雪」に「御幸」(行幸)を掛け、「ふる」は「降る」に「古る」を掛ける。

1288 本歌「無き名のみ辰の市とは騒げどもいさまだ人をうるよしもなし」(拾遺・恋二・七〇〇　人麻呂)○わが名は辰の市や―「立つ」を掛ける。

1289 本歌「わたつみのわが身越す波立ちかへり海人《あま》の住むてふうらみつるかな」(古今・恋五　八一六　読人不知)○吹飯―「更け」を掛ける。○うらみ―「浦見」と「恨み」の掛詞。

1293 参考「波分けて見るよしもがなわたつ海の底のみるめももみぢ散るやと」(後撰・秋下　四一七　朝康)「何心ありて海の底まで深う思ひふるらむ。底のみるめもものむつかしう」(源氏物語・若紫)○みるめ―「海松布」と「見る目」の掛詞。○苧生の浦―「生ふ」を掛ける。

1294 ▽「名所百首哥之時家隆卿内談事書札」で、次のごとく自注する。「妻奴未レ出レ関　鳳皇池上月送レ我過二商山一　この景気の無レ術身にしみて覚候あまり、ありあけの月のさやの中山は、るいどもよもきこえ候はじ。この有明の月をば、作者すこし思入て候」

1306 本歌「暮ると明くと目かれぬものを梅の花いつの人まにうつろひぬらむ」(古今・春上・四五　貫之)「梅が枝に鳴きて移ろふ鶯の羽根白妙に沫雪ぞ降る」(万葉・巻一〇・一八四〇　作者未詳、古今六帖・第一・一八、新古今・春上・三〇　読人不知)

1310 本歌「ふして思ひ起きてながむる春雨に花の下紐いかにとくらむ」(古今六帖・第一・四五五、新古今・春上・八四　読人不知)、参考「み吉野の山井のつらゝむすべばや花の下紐遅くとくらむ」(基俊集、新勅撰・春上・五二　基俊)○とくらむ—「とく」は「峯の雪」を溶かし、「花の下紐」を解くと、二重の働きをする。

1311 本歌「桜花咲きにけらしもあしひきの山の峡より見ゆる白雲」(古今・春上・五九　貫之)参考「白雲の　竜田の山の　滝の上の　小鞍の嶺に　咲きをゐる　桜の花は……」(万葉・巻九・一七四七　虫麻呂)

1318 参考「有明のつれなく見えし別れより暁ばかり憂きものはなし」(古今・恋三・六二五　忠岑)

1321 参考「桜色に染めし衣をぬぎかへて山ほととぎすけふよりぞ待つ」(後拾遺・夏・一六五　和泉式部)「けさかふる蟬の羽衣きてみれば袂に夏は立つにぞありける」(千載・夏・一三七　基俊)

1330 本歌「夏の野の繁みに咲ける姫百合の知らえぬ恋は苦しきものぞ」(万葉・巻八・一五〇〇　大伴坂上郎女)「包めどもかくれぬものは夏虫の身よりあまれる思ひなりけり」(後撰・夏・二〇九　読人不知、大和物語・四〇段)○恋—「こひ」に「火」を響かせ、「ほたる」と縁語となる。

1335 此哥忘却……—良経の「早き瀬の返らぬ水にみそぎしてゆく年波の半ばをぞ知る」(月清集・西洞隠士百首)「みそぎ川波のしらゆふ秋かけて早くぞ過ぐるみな月の空」(同・正治百首)などに似ていることをいう。「早き瀬の」の歌は後年『新勅撰集』夏・一九〇に選んでいる。

1336 参考「桜麻の苧生の下草露しあれば明してい行け母は知るとも」(万葉・巻一一・二六八七　寄物陳思歌)「片枝さすをふの浦梨初秋になりもなら

ずも風ぞ身にしむ」（新古今・夏・二八一　宮内卿）

1351 本歌「白露も時雨もいたくもる山は下葉のこらず色づきにけり」（古今・秋下・二六〇　貫之）参考「春風は花のあたりをよきて吹け心づからやうつろふと見む」（古今・春下・八五　好風）

1366 参考「今よりはつぎて降らなむわが宿のすゝきおしなみ降れる白雪」（古今・冬・三一八　読人不知）○おしなみ—押し並み。押しならべて。

1368 参考「苔深き谷の庵に住みしより岩のかけ触れ人も訪ひ来ず」（松屋本山家集）○かけ道—崖に木材などを棚のように懸け渡した道。嶮岨な山道。「かけぢ」とも。

1372 参考「見ずもあらず見もせぬ人の恋しくはあやなくけふやながめ暮さむ」（古今・恋一・四七六　業平、伊勢物語・九九段）

1375 参考「直に逢ひて見てばのみこそたまきはる命に向ふ吾が恋止まめ」（万葉・巻四・六七八　中臣女郎）。▽『正徹物語』下に、一三七五の歌について、「……とよめる、命にむかふといふ詞も、松浦の草子に有る詞也」といふが、これは正徹の記憶違い。

1376 参考「かけて思ふ人もなけれど夕されば面影たえぬ玉かづらかな」（古今六帖・第六・三八七七、新古今・恋三・一二一九　貫之）「すべて御心にかからぬ折なく、恋しう思ひ出でられ給ふ。……起き臥し面影にぞ見え給ふ」（源氏物語・真木柱）

1378 参考「大名児を彼方《をちかた》野辺に刈る草《かや》の束の間もわれ忘れめや」（万葉・巻二・一一〇　日並皇子尊）

1380 本歌「寝ぬる夜の夢をはかなみまどろめばいやはかなにもなりまさるかな」（古今・恋三・六四四　業平、伊勢物語・一〇三段）

1384 本歌「秋の野のみ草刈り葺き宿れりし宇治の都の仮廬し思ほゆ」（万葉・巻一・七　額田王）参考「秋の野に笹分けし朝の袖よりも逢はでこし夜ぞひちまさりける」（古今・恋三・六二二　業平、伊勢物語・二五段、第四句「逢はで寝る夜ぞ」）

1385 本歌「思ふとも恋ふとも逢はむものなれや結ふ手もたゆく解くる下紐」（古今・恋一・五〇七　読人不知）「萱草《わすれぐさ》吾が下紐につけたれど醜《しこ》の醜草言にしありけり」（万葉・巻四・七二七　家持）

1386 参考「暁は鳴くゆふつけのわび声におとらぬ音をぞ泣きて帰りし」（大和物語・一一九段　藤原さねき）「恋ひ恋ひてまれに今宵ぞ逢坂のゆふつけ

鳥は鳴かずもあらなむ」（古今・恋三・六三四　読人不知）

1387 参考「山寺の入相の鐘の声ごとにけふも暮れぬと聞くぞかなしき」（拾遺・哀傷・一三二九　読人不知）

1390 参考「人の国などに侍る海山の有様などを御覧ぜさせて侍らば、いかに御絵いみじうまさらせ給はむ」（源氏物語・若紫）

1397 ○朽ちにし谷のこのもと―「朽ちにし谷の木」に「子」を掛けるか。「朽ちにし谷の木」は自身を寓し、「子」は為家を意味すると見る。建保二年一月七日叙従四位下以来昇進しなかった為家は、建保四年一月十三日従四位上に叙せられた。

1419 参考「「遠方人に物申す」とひとりごち給ふを、御随身ついゐて、「かの白く咲けるをなむ、夕顔と申し侍る…」」（源氏物語・夕顔）

1421 本歌「ぬきもあへずもろき涙の玉の緒に長き契りをいかが結ばむ」（源氏物語・総角　大君）参考「つれづれと音絶えせぬは五月雨の軒のあやめの雫なりけり」（後拾遺・夏・二〇八　俊綱）

1425 参考「吉野川浅瀬白波たどりわび渡らぬ中となりにしものを」（狭衣物語・巻二　狭衣）▽五月の結婚を忌んだ事例としては、「神代よりいむといふなる五月雨のこなたに人をみるよしもがな」（信明集）「人のいましむる五月はさりぬ。今はかの事なし給へ」（宇津保物語・藤原の君）などがある。

1430 参考「夏はつる扇と秋の白露といづれかまづはおかむとすらむ」（新古今・夏・二八三　忠岑）▽「露」が涙を暗示することで閨怨の心を漂わせた詠み方。

1432 参考「折れ返り起き伏しわぶる下荻の末越す風を人の問へかし」（狭衣物語・巻三　狭衣）

1436 参考「同じ枝を分きて染めける山姫にいづれか深き色と問はばや　薫、山姫の染むる心は分かねどもうつろふ方や深きなるらむ　大君」（源氏物語・総角）

1442 参考「別れてのちぞ悲しき涙川底もあらはになりぬと思へば」（新勅撰・恋四・九三七　読人不知）「涙川浮ぶ水沫も消えぬべし流れてのちの瀬をも待たずて」（源氏物語・須磨　朧月夜尚侍）

1443 参考「冬の夜の長きを送る袖濡れぬ暁方のよもの嵐に」（新古今・冬・六一四　後鳥羽院）

1449 参考「浅茅生の小野の篠原しのぶとも人しるらめ

やいふ人なしに」（古今・恋一・五〇五　読人不知）「浅茅生の小野の篠原忍ぶれどあまりてなどか人の恋しき」（後撰・恋一・五七七　等）

1450 ▽『細流抄』に、『源氏物語』総角の巻で匂宮が雪を冒して宇治に中君を弔問する場による、という。

1452 本歌「いかにしてかく思ふてふことをだに人づてならで君に語らむ」（後撰・恋五・九六一、拾遺・恋一・六三五　敦忠、第一・二句「いかでかはかく思ふてふ」、第五句「君に知らせむ」、大和物語・九二段）○水茎の人づてならぬあと―「人づてならぬ水茎のあと」の意。「水茎のあと」は筆跡。○かきもながさず―「ながす」は「水茎」の「水」の縁語。

1457 参考「よなよなに出づと見しかどはかなくて入りにし月といひてやみなむ」（大和物語・一〇六段　元良親王）「隠れにし月はめぐりて出で来れど影にも人は見えずぞありける」（同・九七段　忠平）

1459 参考「浦わかずみるめ刈るてふあまの身は何か難波の方へしも行く」（後撰・恋一・五五三　土佐）「伊勢の海人と君しなりなばおなじくは恋しきほどにみるめ刈らせよ」（後撰・恋五・九〇八　読人不知）「みるめ刈る海人とはなしに君恋ふるわが衣手の乾く時なき」（拾遺・恋一・六六七　読人不知）○みるめ―「海人」の縁語「海松布」と「見る目」の掛詞。○うらみ―「海人」の縁語「浦見」と「恨み」の掛詞。○夜―「寄る」を掛ける。

1461 参考「うたかたも思へば悲し世の中をたれ憂き物と知らせそめけむ」（古今六帖・第三・一七二六　作者未詳）「梓弓引津の津なるなのりそのたれ憂き物と知らせそめけむ」（新勅撰・恋四・九三六　読人不知）

1462 参考「長からむ心も知らず黒髪の乱れて今朝は物をこそ思へ」（千載・恋三・八〇二　待賢門院堀河）○おきわびぬ―「起き」に「置き」を掛ける。○ながき―「黒髪」の縁語。

1464 参考「白露のおくを待つまの朝顔は見ずぞなかなかあるべかりける」（新勅撰・恋三・八二〇　宗于）

1466 参考「色見えでうつろふものは世の中の人の心の花にぞありける」（古今・恋五・七九七　小野）

1469 本歌「わたつみと荒れにし床を今さらに払はば袖やあわと浮きなむ」（古今・恋四・七二三、後撰・恋三・七五七　伊勢）○あはれ―「あは」に、「海」の縁語「あわ」を掛ける。○うきて―「泡」の縁語「浮き」に「憂き」を掛ける。

1471 ○あまの逆手―まじないのために打つ拍手。○うつたへに―下に否定表現を伴って、「決して」の意を表す副詞。ここでは上からは「あまの逆手を打つ」→「うつたへに」と続け、下の「あとだにもなし」と呼応する。▽『東野州聞書』に、正徹がこの歌の本説は『伊勢物語』であることを指摘したと語り、「かやうの金言どもをおもふにも有難き人なり」と評する。

1475 ○霜のふり葉―霜が降り置いた葉。ここでは「降り」に「古り」を掛ける。「水茎の岡のやかたに妹《いも》とあれと寝ての朝けの霜の降りはも」（古今・大歌所御歌・一〇七二　水茎ぶり）での「降りはも」の「は」は助詞であるが、これを「葉」と誤解したために出来た語。この歌の前後の作例としては、「寛喜元年女御入内屛風、十一月、江辺寒蘆鶴立　入道前太政大臣（公経）千世ふべき難波の蘆の代を重ね霜のふり葉の鶴の毛衣」（新勅撰・賀・四八一）がある。

1476 参考「さを鹿の朝立つ野辺の秋萩に玉と見るまでおける白露」（新古今・秋上・三三四　家持）

1491 ▽建久六年（一一九五）二月末、当時左大将であった後京極良経が公卿勅使として伊勢に発遣された際、随行して、二六九九の歌などを詠じた時のことを回想して歌う。

1492 参考「昔せしわがかねことのかなしきはいかに契りしなごりなるらむ」（後撰・恋三・七一〇　定文）「はかなくぞ知らぬ命を嘆きこしわがかねことのかかりける世に」（新古今・恋五・一三九二　式子内親王）○かねこと―前もって予期していった言葉。○かけざりし―「かけ」は「すぐる」とともに「老の波」の「波」の縁語。

1494 参考「稲荷の鳥居に書き付けて侍りける歌　読人不知　かくてのみ世に有明の月ならば雲隠してよ天くだる神」（詞花・雑下・四〇八）▽正治二年初度百首で九九一のごとく詠んで不遇をかこったことを回想した作か。鶏鳴を聞きながら出仕するのは、世に用いられている身であることを意味する。

1495 ▽この歌につき、『東野州聞書』に、正徹の意見として「我が身の事を読まれたる由申されしかども、是ばかりは人のうへにこゝろえがたき由、我には仰せられし」と記し、さらに「誠に是肝心せられて覚え侍るなり。たとひ作意我が事なりとも、他の事と申すは理と、草の陰にても思合給ふらむ。神慮にも亦などか肝心せざらむ。さもあらば、いよ〱此の道当家繁昌せざらむ哉」という。『光雄卿口授』には「此の歌およばぬ道の奥義ある事を極めし心とぞ。是はおよばぬ道とぞしり給ふとなり」という。

拾遺愚草　中

1503 参考「野辺見れば弥生の月のはつかまでまだうら若きさいたづまかな」（後拾遺・春下・一四九　義孝）

1506 参考「子日してしめつる野辺の姫小松ひかでや千代の陰を待たまし」（清正集、新古今・賀・七〇九　清正）

1510 参考「背レ燭共憐深夜月　踏レ花同惜少年春」（和漢朗詠・春夜・二七　白楽天）○あかしつゝ―「ともしび」の縁語「明し」を響かせる。

1511 参考「春日遅……梁燕双栖老休レ妬」（白氏文集・巻三・上陽白髪人）

1514 ○つゆのたまゆら―「花」に縁ある「つゆのたま」から、しばしの意の「たまゆら」へと続ける。「つゆ」と「たまゆら」との取合せは、これより三年以前に亡母追懐の歌二六一七がある。

1516 参考「帰レ谿歌鶯　更逗二留於孤雲之路一」（和漢朗詠・閏三月・六〇　順）○雲しく谷―雲が敷きつめている谷。「花落随レ風鳥入レ雲」（同・三月尽・五五　尊敬）「旧宿為レ後属二春雲一」（同・鶯・七〇　道真）などからヒントを得た句か。

1520 参考「里は荒れて人はふりにし宿なれや庭も籬も秋の野らなる」（古今・秋上・二四八　遍昭）

1523 参考「一重なる蟬の羽衣夏はなほ薄しといへど暑くぞありける」（後拾遺・夏・二一八　能因）

1524 参考「松陰の岩井の水をむすびあげて夏なき年と思ひけるかな」（拾遺・夏・一三一、和漢朗詠・納涼・一六七　恵慶）「池冷水無二三伏夏一　松高風有二一声秋一」（和漢朗詠・夏・納涼・一六四　英明）。なお、下句の「秋風にまくずうらみばわれも帰らん」は、『蒙求』にいう張翰適意の故事をかすめるか。「張翰斉王ニメサレテ東曹掾タリキ。斉ニ有ル時、秋ノ風ノ颯然トシテハジメテイタレルニ、江南ノ菰菜ノアツモノ鱸魚ノナマスヲ思イデ、、ニハカニカヘラムトス。人トヾムレド

モキカズ」（蒙求和歌第三秋）

1525 ▽『玉葉集』夏に採られたこの歌を、『歌苑連署事書』は次のように非難する。「いとみゝをおどろかせり。作者いみじといふとも、所詠ごとにみなつくしていみじきにあらず。かの藍田には玉も石もあれども、石をすてゝ玉をとり、麗水には金も砂もまじれども、砂をのぞきて金をひろふならひなり。擬作の日はいかなる体をも諷詠するは讃仰の法なり。しかれどすつべきをばすて、とるべきをばとるならひは、いまさらいふべからず」

1553 ○こや―小屋に摂津の地名昆陽野を掛けると見る。昆陽は「蘆の葉に隠れて住みし津の国のこやもあらはに冬は来にけり」（拾遺・冬・二二三　重之）「蘆の屋のこやのわたりに日は暮れぬいづちゆくらむ駒に任せて」（後拾遺・羇旅・五〇七　能因）などと詠まれ、寂しい所というイメージがある。

1555 ○かへる―秋や冬の頃鷹の羽が生え変ること。「とがへる」に同じ。

1568 本歌「人づてにいふ言の葉の中よりぞ思ひつくばの山は見えける」（後撰・恋二・六八六　読人不知）○思ひつくば―「思ひ尽く」と「筑波」の掛詞。○なげ木―「思ひ」の縁語「歎き」に、「山」の縁語「木」を掛ける。「折はへて音をのみぞ鳴くほととぎすしげきなげきの枝ごとにゐて」（後撰・夏・一七五　読人不知）

1570 ○白雲―「知らず」を掛ける。○消なん―「消」は「雲」の縁語。「白雲のよそに」という続け方に似たものとしては、「天雲のよそにも人のなりゆくかさすがに目には見ゆるものから」（古今・恋五・七八四　有常女、伊勢物語・一九段）「……春霞　よそにも人に　逢はむと思へば」（古今・雑体・短歌・一〇〇一　読人不知）がある。

1574 参考「ささのくま檜の隈川に駒とめてしばし水かへ影をだに見む」（古今・神遊歌・一〇八〇　日女歌）

1576 参考「艶なるほどの夕月夜に、道のほどよろづのこと思し出でておはするに、かたもなく荒れたる家の、木立繁く、森のやうなるを過ぎ給ふ。……見し心地する木立かなと思すは、早うこの宮なりけり」（源氏物語・蓬生）「君が住む宿の梢のゆくゆくと隠るるまでにかへりみしはや」（拾遺・別・三五一　道真）「知るらめや宿の梢をかれとのみ涙のうちにながめやるとも」（艶詞絵詞）

1578 参考「霜月ばかりになれば、雪霰がちにて、ほかには消ゆる間もあるを、朝日夕日をふせぐ蓬むぐらの蔭に深う積りて、越の白山思ひやらるる雪のうちに、出で入る下人だになくて、つれづれとながめたまふ。……昔の跡も見えぬ蓬のしげさかな」（源氏物語・蓬生）

1586 参考「積善之家、必有二余慶一。積悪之家、必有二余殃一」（説苑・説叢篇）○蘆―「悪し」を響かせる。「君なくてあしかりけりと思ふにもいとど難波の浦ぞ住み憂き」（拾遺・雑下・五四○　読人不知、大和物語・一四八段）○世々―「節々《よよ》」を掛け、蘆には節があるので、その縁語。

1587 ▽現実体験よりも観念を優位とする美意識の歌で、『徒然草』一三七段のそれに通うものがある。

1589 参考「むつごとを語り合せむ人もがなうき世の夢もなかば覚むやと」（源氏物語・明石　光源氏）

1595 参考「今日はいとど涙にくれぬ西の山思ひ入り日の影をながめて」（新古今・釈教・一九七四　伊勢大輔）○春のなかば―二月十五日、釈尊入滅の日。○夕陽―涅槃に入る釈迦を象徴する。

1597 ○おはぬ―「負はぬ」で、似合わない、ふさわしくないの意。▽遁世者の心で、美しい桜をふさわしくないと言う。

1603 ○かりそめに―「さゝ」の縁語「刈り」を掛ける。○零つゝ―「零」は『童蒙頌韻』の「青九」で「レイト。ヲチ」と訓む。

1605 参考「老住二香山一初到夜　秋逢白月正円時」（白氏文集・巻三三・初入二香山院一対レ月）

1606 本歌「音羽川せき入れて落す滝つ瀬に人の心の見えもするかな」（拾遺・雑上・四四五　伊勢）○せきれし―「堰き入れし」の意。

1609 参考「子猷尋戴　晋ノ王羲之ガ第四ノ子王子猷ト戴安道トハ多年ノトモナリ。琴詩酒ノアソビニハ、ムシロヲヒトツニシ、雪月花ノナガメニハ、ソデヲツラネズト云コトナシ。子猷山陰ニコモリキタルニ、ヨルオホキニ雪フレリケリ。子猷ネブリサメテ、酒ヲクミテ四望スルニ、景気皓然タリ。ヒトリ心ヲスマシツヽ、左思ガ招隠ノ詩ヲ詠ジテ、剡県ノ戴安道ヲ思ヘリ。即一小船ニサホサシテ、剡県ニオモムク」（蒙求和歌・第七・旅）▽『伊勢物語』八三段及び『蒙求』などに伝える「子猷尋戴」の故事を踏まえるか。

1623 ○茇―底本・自筆本は「蔓」にも似た字体で書くが、誤字か。『童蒙頌韻』咸銜十五に「茇」を「サン。カリ」と訓む。書陵部五○一・五一一本は「芟」と記す。来田本は「茸」をミセケチとし、「芟」のごとく記し、「サン」という音を記す。高松宮本・東京大学国文学研究室本は「芟」のごとく記す。

1625 ○をしぞ凡たる―「凡」は『童蒙頌韻』厳凡十六で「ホン。ヲロカニ」と訓む。この字には「すべて」「しめ。総計」などの意があるので、「こめ」とも訓めるか。書陵部五〇一・五一一本「おしそこ《凡》めたる」、自筆本・高松宮本・来田本・東京大学国文学研究室本などは、底本に同じ。

1626 参考「御土器《かはらけ》まゐりて、「酔ひの悲しび涙灑《そそ》く春の盃の裏《うち》」ともろ声に誦《ず》したまふ。御供の人も涙をながす。おのがじしはつかなる別れ惜しむべかめり」(源氏物語・須磨)

1630 本歌「み山には松の雪だに消えなくに都は野辺の若菜摘みけり」(古今・春上・一九　読人不知)▽『軸物』『京極』は一六三〇の前に「雑春十」と記し、この歌の「花かとぞ見る」の句に左点を加え、「殊甘心」と評する。「春立ちて梢に消えぬ白雪はまだきに咲ける花かとぞ見る」(金葉・春・二　公実)「梅が枝に降り積む雪は鶯の羽風に散るも花かとぞ見る」(千載・春上・一七　顕輔)などの先行例がある。・

1633 参考「道のべの朽木の柳春来ればあはれ昔としばれぞする」(新撰朗詠・柳・一〇〇、新古今・雑上・一四四九　道真)▽『軸物』『京極』に「是ハ神妙、カクテ候ナン」と評する。

1634 参考「雁がねの帰る羽風やかよふらむ過ぎゆく峯の花も残らぬ」(重之集、新古今・春下・一二〇　重之、第三句「さそふらむ」)▽雁が飛来した時のきびしい秋の天候と、帰ってゆく際の温和な春の天候とを対照させて歌う。

1637 ▽『軸物』『京極』で、「なげきもあへず」の句に左点を加えて、「殊甘心」と評する。

1638 参考「風吹けば峯に別るる白雲のたえてつれなき君が心か」(古今・恋二・六〇一　躬恒)○夢のうきはし―『源氏物語』最終巻の巻名と共に、同・薄雲の巻の「夢のわたりの浮橋か」の句を連想させる。

1639 ▽『軸物』『京極』に「是も神妙〳〵候。愚意ニハ自本最末字上声ナルガニク、候、為之如何」と評する。

1641 ○へだて―「衣」の縁語。○たち―立夏の「立ち」と、衣の縁語「裁ち」を掛ける。○けふたちかふる夏衣―四句の「ころも」を引出す有心の序。▽『軸物』『京極』はこの歌を「更衣一」とし、歌頭の合点なく、「是ハカクテ候なん。残六ニハ若劣テヤトテ不付墨」と評する。

1643 参考「今こむといひしばかりに長月の有明の月を待ち出でつるかな」（古今・恋四・六九一 素性）▽『軸物』『京極』では第二句に「まちいでぬ月の」と傍書あり、「尤甘心。まちいでぬ月のと候はん如何」と評する。

1645 参考「わが庵は三輪の山もと恋しくはとぶらひ来ませ杉立てる門」（古今・雑下・九八二 読人不知）○すぎのしたかげ―「過ぎ」と「杉」を掛ける。杉は三輪明神のしるしであることから、「三輪の山もと」と縁ある表現。○よそに三輪―「見」から「三輪」へと続ける。▽『軸物』『京極』にはこの歌なく、代りに「たちとまるしたかげすゞしゆふだちのふるかはのべのふたもとの杉」（四五九〇）があり、合点と除棄符号と見られる○印が歌頭に付されている。評語に「夕立ふるとは申候か。雨なれば理り不レ連。立字病也」という。

1653 ▽『軸物』『京極』で「月さへすつる」の句につき、「此七字殊甘心」と評する。「心地こそすれ」につき『軸物』は、「此七字［ ］甘心」とあるが、虫損のため、意不通。『京極』は「此七字自本不ニ甘心ニ、空納之物候」とある。

1674 ○きなれの山―『万葉集』の「着ならの山」は「着ならし」から「奈良の山」へと続けたものだが、それと同じく「着なれ」から「きなれ山」というような山があるとして歌う。

1680 参考「春日野の若菜摘みにや白妙の袖ふりはへて人のゆくらむ」（古今・春上・二二 貫之）「……御垣が原に 芹摘みし 昔をよそに 聞きしかど……」（千載・雑体・短歌・一一六〇 俊頼）

1693 参考「有明のつれなく見えし別れよりあかつきばかり憂きものはなし」（古今・恋三・六二五 忠岑）

1694 参考「夏の夜の臥すかとすればほととぎす鳴く一声に明くるしののめ」（古今・夏・一五六 貫之）○夏―「無し」を掛ける。○ゆふつけ鳥―「木綿付鳥」に、「夜」「暁」の縁語「夕」を掛ける。

1695 ○いなむしろ―「川」に掛る枕詞として用いられるが、ここでは顕宗紀の歌から、「なびく柳」を起こす序のごとく用いているか。

1696本歌「石間ゆく水の白波立ちかへりかくこそは見め飽かずもあるかな」(古今・恋四・六八二　読人不知)、参考「むすぶ手の雫に濁る山の井のあかでも人に別れぬるかな」(古今・離別・四〇四　貫之)

1697参考「下もみぢ一葉づつ散る木のもとに秋と覚ゆる蝉の声かな」(詞花・夏・八〇　相模)「不レ堪紅葉青苔地　又是涼風暮雨天」(和漢朗詠・秋・紅葉・三〇一　白楽天)

1705参考「秋風に初雁がねぞ聞ゆなるたがたまづさをかけて来つらむ」(古今・秋上・二〇七　友則)○はつかりのたより—蘇武の故事に基づいていう。

1707参考「竜田姫たむくる神のあればこそ秋の木の葉のぬさと散るらめ」(古今・秋下・二九八　兼覧王)「道知らば尋ねもゆかむもみぢ葉をぬさとたむけて秋はいにけり」(古今・秋下・三一三　躬恒)

1709○すぎ—「過ぎ」と「杉」の掛詞。○色はかはらで—衣の色が変化しないことをいう。緑衣は本来六位または七位の衣だが、ここでは単に下位のまま昇進しないことをいうか。

1710参考「鵲の渡せる橋に置く霜の白きを見れば夜ぞ更けにける」(新古今・冬・六二〇　家持)

1772参考「思ふとはいふものからにともすれば忘るる草の花にやはあらぬ」(後撰・恋一・五五一　読人不知)「今はとて忘るる草の種をだに人の心に任せずもがな」(新勅撰・恋四・八七九　読人不知)「住みわびてわれさへ軒の忍ぶ草しのぶかたがた茂き宿かな」(金葉・雑上・五九一　周防内侍)

1827『後鳥羽院御口伝』に、この歌について次のように評する。「まことに、「秋とだに」とうちはじめたるより、「ふきあへぬ風に色かはる」といへることばつゞき、「露の下草」とをける下の句、上下あひかねて、いうなる哥の本体とみゆ。かの障子のいくたのもりの哥には、まことにまさりてみゆらん。……此哥もよく〳〵みるべし。ことばのやさしくえんなるほか、心もおもかげも、いたくはなきなり。もりのしたにすこしかれたる草のあるほかは、気色もことはりもなけれども、いひながしたることばつゞきのいみじきにてこそあれ」

1832参考「須磨にはいとゞ心づくしの秋風に、海は少し遠けれど、行平の中納言の、関吹き越ゆるといひけむ浦波よるよるはげにいと近う聞えて、またなくあはれなるものかは、か丶る所の秋なりけり」（源氏物語・須磨）「旅人はたもと涼しくなりにけり関吹きこゆる須磨の浦風」（続古今・羇旅・八六八　行平）

1837 参考「秋萩の花さきにけり高砂の尾上の鹿は今やなくらむ」（古今・秋上・二一八　敏行）「秋風のうちふくごとに高砂の尾上の鹿のなかぬ日ぞなき」（拾遺・秋・一九一　読人不知）「秋はなほわが身ならねど高砂の尾上の鹿も妻ぞ恋ふらし」（後拾遺・秋上・二八七　能因）

1840 参考「もののふの八十宇治川の網代木にいさよふ波の行方知らずも」（万葉・巻三・二六四、新古今・雑中・一六五〇　人麻呂）「明けぬるか川瀬の霧のたえだえにをちかた人の袖の見ゆるは」（後拾遺・秋上・三二四　経信母）〇八十宇治人―「宇治の里人」の意。「宇治」は「氏《うぢ》」を連想させることから、古く「もののふの八十宇治」と枕詞的に冠して言った。この歌の場合、「八十」によって「多くの」の意を含ませる。

1841 参考「嵯峨の山みゆき絶えにし芹河の千世の古道跡はありけり」（後撰・雑一・一〇七五　行平）「小倉山峯の紅葉ば心あらばいまひとたびのみゆき待たなむ」（拾遺・雑秋・一一二八　忠平）▽大堰川の川面に浮かぶ紅葉そのものを舟によそえる心もある。『明月記』建永二年（一二〇七）六月七日の条によれば、大井河の障子絵は承保三年（一〇七六）十月の白河天皇の行幸の際の記録等を参考にして、「行幸儀」を描かせたらしい。

1843 参考「秋の田のかりほの庵のとまをあらみわが衣手は露にぬれつつ」（後撰・秋中・三〇二　天智天皇）「夜もすがら妻どふ鹿の鳴くなへに小萩が原の露ぞこぼるる」（新古今・秋下・四四六　俊忠）▽合点あり、撰入歌。

1865 〇さくらあさの―「桜麻の」は万葉集では「さくらをの」と訓み、「苧生」の枕詞とされる。ここでは「春」「はつ花」との縁で桜のイメージを含むか。

1873 本歌「かくとだにえやは伊吹のさしも草さしも知らじなもゆる思ひを」（後拾遺・恋一・六一二　実方）参考「山吹の花を持ちて……くちなしに千《ち》入《しほ》八《や》千《ち》入《しほ》染めてけり〈道信〉、こはえもいはぬ花の色かな〈伊勢大輔〉」（俊頼髄脳）

1874 参考「みつ潮の流れひるまを逢ひがたみみるめの浦に夜をこそ待て」（古今・恋三・六六五　深養

父）

1875 参考「うき身世にやがて消えなば尋ねても草の原をば問はじとや思ふ　朧月夜尚侍、世に知らぬ心地こそすれ有明の月のゆくへを空にまがへて　光源氏」（源氏物語・花宴）

1878 参考「梓弓末のはら野に鳥猟する君が弓弦の絶えむと思へや」（万葉・巻一一・二六三八）「石上《いそのかみ》ふるから小野の本柏もとの心は忘られなくに」（古今・雑上・八八六　読人不知）

1881 参考「玉の緒よ絶えなば絶えねながらへばしのぶることの弱りもぞする」（新古今・恋一・一〇三四　式子内親王）

1900 参考「おしなべて叩くくひなにおどろかば上の空なる月もこそ入れ」（源氏物語・澪標　光源氏）

拾遺愚草　下

2030 参考「春日野の若紫のすり衣しのぶの乱れ限り知られず」（伊勢物語・一段）▽定家五十八歳の時の内裏百番歌合・二番左勝、判詞「春日野の霞の衣、姿詞艶に殊によろしくきこゆ」

2033 参考「梅が枝に来ゐる鶯春かけて鳴けどもいまだ雪は降りつゝ」（古今・春上・五　読人不知）「さつき待つ山ほととぎすうちはぶき今も鳴かなむこぞの古声」（同・夏・一三七　読人不知）

2036 参考「春日野の雪間をわけて生ひいでくる草のはつかに見えし君はも」（古今・恋一・四七八　忠岑）

2037 ▽家隆はこの十五首で「なさけあるこのごろの世の数に入りてうき身のはても人やしのばむ」（玉吟集　雑）と詠んでいるが、これは建暦二年（一二一二）五月五日に昇殿を聴された喜びを籠めるか。一方、定家の本十五首に見られる述懐は、これが建保二年（一二一四）二月十一日の任参議以前の詠であることを暗示するか。

2038 本歌「知る知らぬ何かあやなくわきていはむ思ひのみこそしるべなりけれ」（古今・恋一・四七七　読人不知、伊勢物語・九九段）「梅の花にほふ春べはくらぶ山闇に越ゆれどしるくぞありける」（古今・春上・三九　貫之）、参考「あたら夜の月と花とをおなじくはあはれ知れらむ人に見せばや」（後撰・春下・一〇三　信明）

2042 参考「浅緑　濃い縹　染めかけたりと　見るまでに　玉光る　下光る　新京朱雀の　しだり柳……」（催馬楽・浅緑）○そめかくる—「いと」

の縁語。○ひかり―「玉柳」の「玉」の縁語。

2060 参考「閑中春雨といふことを　大僧正行慶　つくづくと春のながめのさびしきはしのぶに伝ふ軒の玉水」（新古今・春上・六四）「よも山に木の芽春雨降りぬればかぞいろはとや花の頼まむ」（千載・春上・三一　匡房）「霞しく木の芽春雨降るごとに花のたもとはほころびにけり」（新勅撰・春上・五三　顕季）

2068 ○宮内卿―藤原家隆をさすか。ただし、この時家隆は同席していたとは考えられない。定家の記憶違いに基づく誤記か。○藤少将―藤原（飛鳥井）雅経。新古今撰者の一人。○みゆき―「行幸（御幸）」に「深雪」を掛ける。○ふりゆく―「古り」に「雪」「花」の縁語「降り」を掛ける。▽建仁三年（一二〇三）二月二十四日大内花見における詠。時に定家は四十二歳。「廿四日、朝天晴、巳時向二正親町一、具二女房小童一、謁二相公一即出、向二大内一密見レ花、一時許帰宅之間、藤少将、兵衛佐来招引、又向二大内一、坐二南殿簀子一講二和歌一首一、狂女等擲二入謬歌一、雑人多《寂イ》見物、講了連歌、少将、兵衛佐、馬助家長、其兄最栄、長明、宗安、兵衛尉景頼、秀能等也、家長取二出盃酒一、秉燭出二大内一、家長、長明吹二横笛一、少将篳篥、四人相乗帰二蓬戸一、四人又乗二後車一」（明月記、同日条）。『後鳥羽院御口伝』に「惣て彼卿が哥存知のおもむき、いさゝかも事によりおりによるといふ事なし。ぬしにすきたるところなきによりて、我哥なれども自讃哥にあらざる〔を〕よしなどいへば、腹立の気色あり」としてこの歌を引き、「左近次将として廿年にをよびき。述懐の心もやさしくみえしうへ、ことがらも希代の勝事にてありき。尤も自讃すべき哥とみえき。（中略）されども、左近の桜の詠うけられぬよし、たび〳〵哥の評定の座にても申さ。家隆等もきゝし事也。諸事これらにあらはなり」と述べている。

2070 参考「から錦秋の形見や立田山散りあへぬ枝に嵐吹くなり」（新古今・冬・五六六　宮内卿）

2078 本歌「大津の宮の荒れて侍りけるを見て　人麻呂　さざなみや近江の宮は名のみして霞たなびき宮木もりなし」（拾遺・雑上・四八三）、参考「さざなみや志賀の花園見るたびに昔の人の心をぞ知る」（千載・春上・六七　成仲）

2083 ○内よりしのびて召されし―順徳天皇の内裏からひそかに召された。前年の承久二年二月十三日の内裏歌会での「野外柳」の詠（二六〇三）が天皇の父後鳥羽院の逆鱗に触れ、定家を内裏歌会に召してはならないとの意向が天皇に伝えられ、定家は以後籠居しているので、公式に彼の歌を召すことができなかった。

2088 ○ふる―「経る」に「古る」と「花」の縁語「降る」を響かせる。○ながめ―小町の本歌では「長雨」の意を掛けるが、ここではそこまで考えなくてよいか。

2091 ▽「桃李不レ言春幾暮　煙霞無レ跡昔誰栖」「和漢朗詠・下・仙家・五四八　文時」に通うところもある。

2095 ▽寛喜元年（一二二九）四月十三日、定家家三首歌会での詠。時に定家は六十八歳。「燈下読二上三首一春後思レ花、郭公初声、寄レ桂恋、連歌六十、依レ経二時刻一各分散、天晴月明」（明月記、同日条）

2097 ○土御門内大臣―源通親。通親が宰相中将であったのは、治承四年（一一八〇）正月二十八日から元暦二年（一一八五）正月二十日までの間。ただし、二三〇一によれば、この五首は元暦元年の詠か。定家は時に二十三歳。

2101 本歌「さ月待つ山ほととぎすうちはぶき今も鳴かなむこぞの古声」（古今・夏・一三七　読人不知）、参考「今来むといひしばかりに長月の有明の月を待ち出でつるかな」（古今・恋四・六九一　素性）

2108 ▽寛喜元年（一二二九）五月十三日、定家家月次歌会での詠。「……始連歌、……秉燭、百訖講レ歌、先日題、五月雨朝、庭夏草、寄レ蛍恋」（明月記、同日条）

2113 参考「あしひきの山の雫に妹待つと吾立ち濡れぬ山の雫に」（万葉・巻二・一〇七　大津皇子）

2114 本歌「まきもくのあなしの山の山人と人も見るがに山かづらせよ」（古今・神遊びの歌・一〇七六　採物の歌）○いづる穴師―ほととぎすが山の洞のごとき場所から出てくると想像し、「穴」を暗示するか。○山かづら―山に懸かる暁の雲。この語で歌題の「暁」を表現する。○かけて―「山かづら」の縁語。▽内裏百番歌合・三十二番左負、家隆執筆判詞「いづるあなしの山かづら、暁の心もこもりてめづらしきさまによろしきよし申し侍りき」

2115 ▽家隆執筆判詞「玉江のあし、みがくれて、宜之由申す」

2118 本歌「下くぐる水に秋こそ通ふなれむすぶ泉の手

さへ涼しき」（和漢朗詠・納涼・一六六　中務、中務集）○したゞる―橋や建物などの下を潜る。ここでは水面に設けた釣殿などの下を潜り流れると考えておく。○水よりかよふ―水面を吹き通う、「より」は経過する場所を示す助詞。

2120 本歌「山高み白木綿花に落ちたぎつ夏身《なつみ》の川門《かはと》見れど飽かぬかも」（万葉・巻九・一七三六　式部大倭）▽寛喜元年六月二十三日定家家月次歌会での詠。「始二連歌一。……連歌不レ及二句数一。秉燭以前読上、歌題、名所夏月、名所納涼、寄二名所一恋。其歌多宜。秉燭之程各分散」（明月記、同日条）

2134 ○うつろひて―移り変って。「色」の縁語。○月のかつら―月光。月の中に桂の木があるという古代中国の考えに基づいていう。

2135 参考「天の河霧立ち上るたなばたの雲の衣のかへる袖かも」（万葉・巻一〇・二〇六三　作者未詳）○川門―天の川を川と見て、両岸の狭まった場所（渡り場）を想像して言う。○たつ―「裁つ」と「立つ」の掛詞。▽牽牛との年に一度の逢瀬を心待ちする織女の心で歌う。

2139 ○秋のなぬか―七夕。「天の川岩越す波の立ちゐつつ秋のなぬかのけふをしぞ待つ」（後撰・秋上・二四〇　読人不知）

2141 ○身をしる露―「かずかずに思ひ思はず問ひがたみ身を知る雨は降りぞまされる」（古今・恋四・七〇五　業平、伊勢物語・一〇七段）などに基づいて創出した句か。「露」は「萩」の縁語。

2145 参考「鳴きわたる雁の涙や落ちつらむ物思ふ宿の萩の上の露」（古今・秋上・二二一　読人不知）○草のたもと―墨染の衣を意味することもあるが、ここでは「秋の野の草の袂か花すすきほに出でて招く袖と見ゆらむ」「古今・秋上・二四三　棟梁」などの古歌によって、薄の穂がなびいている有様を暗示するか。○をち―「落ち」を掛ける。

2163 参考「さを鹿の妻呼ぶ山の岳《をか》辺なる早田《わさだ》は刈らじ霜は零《ふ》るとも」（万葉・巻一〇・二二二〇　作者未詳、新古今・秋下・四五九　人麻呂）▽俊成判詞「右柿本古風を思へり」

2167 ○しく雲―文選・巻一・西都賦に「星羅雲布」という句があり、新古今・真名序でそれに基づいて「衆作雑詠之什、並二群品一而雲布」と綴る。その「雲布」を和らげて、田の面の形容とした。○ちり―「雲の散り」から「塵」へと続ける。

2171 ▽後鳥羽院の「奥山のおどろが下も踏み分けて道

ある世ぞと人に知らせむ」(新古今・雑中・一六三五) は承元二年（一二〇八）五月住吉社歌合の詠ゆえ、それをも念頭に置くか。

2178 ▽『韓非子』『蒙求』などにいう管仲随馬の故事をもかすめるか。成家が引分の使とされたことに関する『長秋詠藻』の記事は、「八月十六日月蝕ありし年、右少将、駒牽の引分に次将《すけ》の参るなしとて、殿下より催されしかば参れとて参らせて、月現じたりと申ししかば、あたりもてくらんなど申しゐたるほどに、暁帰りたるつとめて、駒率て来たりと申すを見れば、鹿毛なる駒なりしかば雲の上を思ひやりつる望月の駒さへかげに引きあたりける」(為秀本長秋詠藻)

2182 ○みづかき—その内は神域であることを示す垣。神聖な垣。斎垣。「みづ」は「瑞」だが、ここでは「水」をも響かせ、「池」の縁語。「みづがきもおよばぬ」で、本歌に基づき、歌題の「久」を表す。○すめる—歌題の「明」を意味する「澄める」に「住める」を掛ける。▽この御会の有様は『中殿御会絵巻』(模本)に描かれている。そこには定家を含めて、列座した廷臣達の似絵が写されている。

2202 参考「秋の夜は衣さむしろ重ねても月の光にしくものぞなき」(大納言経信集、新古今・秋下・四八九　経信)○さむしろ—「寒し」を掛ける。○寝ねがて—「寝難く」の意に、「小田」の縁語「稲」を響かせる。

2203 本歌「難波津に咲くや木の花冬ごもり今は春べと咲くや木《こ》の花」(古今・仮名序　王仁) 参考「草も木も色変れどもわたつうみの浪の花にぞ秋なかりける」(古今・秋下・二五〇　康秀)

2210 参考「潮のまに四方の浦々求むれど今はわが身のいふかひもなし」(和泉式部集、新古今・雑下・一七一六　和泉式部)

2211 参考「吹くからに秋の草木のしをるればむべ山風を嵐といふらむ」(古今・秋下・二四九　康秀)「秋風の四方に吹き来る音羽山何の草木かのどけかるべき」(新古今・秋上・三七一　好忠)。なお、第五句は二二一二とともに「秋はなほ夕まぐれこそただならね荻の上風萩の下露」(義孝集)によるか。

2217 参考「深草の里に住み侍りて、京へまうでくとて、そこなりける人によみておくりける　業平朝臣
年を経て住みこし里を出でていなばいとど深草野と

やなりなむ　返し　読人不知　野とならば鶉となきて年は経むかりにだにやは君は来ざらむ」（古今・雑下・九七一・九七二、なお伊勢物語・一二三段参照）

2236 判詞（定家執筆）「民の草葉風に靡き、稲葉の雲をなせる心ばかりにて、さらによろしきふしも侍らぬにや。……治世にことよりて侍れば、為レ勝」

2237 判詞「左のしのぶもぢずり、古き乱れ、置き所も変らず、珍しき所侍らねば」

2240 判詞「花を惜しむ心によりて、「あたら朝霧」と続けたる、事違ひてや聞え侍らむ」

2241 判詞「鴈の涙のあとばかりにて、松風の歌と申すべくや」○はつしほ―初めて染料に浸して染めること。初入。「紫の初入染めの新衣《にひごろも》ほどなく色のあがれとぞ思ふ」（清輔朝臣集）

2246 ○山水―山中を流れる水。ここでは、中国の菊水の故事にいう河南省の川などを念頭に置いて歌う。

2251 ▽仁和寺宮は道助法親王のこと。「しのびてめされし」というのは、当時定家が後鳥羽院の院勘を蒙って籠居していたので、表立っては召せなかったことによる。

2261 ○内裏秋十首―「十首歌依レ召進二内裏一、老骨之後詠歌太難レ堪、家隆朝臣昨口進レ之云々」（明月記、建暦二年九月二十五日条）○ぬるや川べ―「寝るや」に「潤和川」を掛ける。

2273 参考「大方の露には何のなるならむ袂に置くは涙なりけり」（千載・秋上・二六七　円位＝西行）「おろかなる涙ぞ袖に玉はなす我はせきあへずたぎつ瀬なれば」（古今・恋二・五五七　小町）

2277 参考「秋萩の花咲きにけり高砂の尾上の鹿は今や鳴くらむ」（古今・秋上・二一八　敏行）「秋風のうち吹くごとに高砂の尾上の鹿の鳴かぬ日ぞなき」（拾遺・秋・一九一　読人不知）

2295 ▽以下二二九七までは建保六年九月十三夜内裏歌会での詠。題者は定家か。「自二右大臣殿一被レ仰云、九月十三夜内裏可レ有二和歌一、被レ召レ題、猶一首祝言歟、可二員多一歟、如何、題事又可二相計一、申云、一首祝事、不レ可レ及二度々一候歟、只月題可レ宜歟、出題事惣不レ堪、不レ能二計申一、私案、博陸嫡子、母他界悲歎之間、禁裏宴遊、無二会釈一事歟、近代之儀物如レ此」（明月記、建保六年八月二十八日条）

2305 ○私家―この定家の家は一条京極にあった。▽謡曲「定家」でもシテ（式子内親王の霊）によって語られる著名な詠。

2324 参考「春までの命も知らず雪のうちに色づく梅をけふかざしてむ」（源氏物語・幻　光源氏）「たづぬべき友こそなけれ山陰や雪と月とをひとり見れども」（治承三年十月十八日右大臣家歌合・十五番左　俊成）「あはでこそ昔の人は帰りけれ月と雪とをともに見てしか」（源師光集　隆房）。これらの先行歌と同じく、『蒙求』の「子猷尋戴」の故事を詠むか。

(2395) 本文篇『藤原定家全歌集』や『藤原定家全歌集全句索引』では、「うれしさを問はですぎつる……」を二三九五、すなわち定家の贈歌、「うれしさを問はれぬほどの……」を（二三九五）、すなわち公衡の答歌としているが、詞書によって、慶事の三日後に自身の不遇感をにじませて祝辞の遅れを弁解した「うれしさを問はですぎつる……」の歌を送ってきたのが公衡で、それに「うれしさを問はれぬほどの……」と返歌したのが定家であることは明らかである。ゆえに（二三九五）・二三九五の順に歌番号を付した。

2396 参考「嬉しきを何に包まむ唐衣袂豊かに裁てといはましを」（古今・雑上・八六五　読人不知）「嬉しさを返す返すも包むべき苔の袂の狭くもあるかな」（千載・雑中・一一五六　雅兼）

(2397) 本文篇『藤原定家全歌集』や『藤原定家全歌集全句索引』では、「あとならへ……」を二三九七、すなわち定家の贈歌、「敷島の……」を（二三九七）、すなわち雅経の答歌としているが、雅経の家集『明日香井集』での「あとならへ……」の歌の詞書は「子息教雅をありきぞめに同人〔定家〕のもとへ遣したりけるに、手本を引出物にして、その色紙に」とあるので、「あとならへ……」が雅経の贈歌、「敷島の……」が定家の返歌であることは明らかである。ゆえに（二三九七）・二三九七の順に歌番号を付した。

(2398) ○たちかへる―接頭語「たち」に「そで」の縁語「裁ち」を掛ける。○ことなる―殊なる。▽建暦元年（一二一一）九月八日、定家が従三位に叙せられ、同時に侍従に任ぜられた際の贈答歌。時に定家は五十歳。

2414 参考「かくしてやなほや守らむ大荒木の浮田の杜の標にあらなくに」（万葉・巻一一・二八三九）「朽ちはつる袖のためしとなりねとや人を浮田の杜の標縄」（六百番歌合　家隆、玉吟集）▽二四一二の詞書が掛かり、この歌も水無瀬釣殿当座六首歌合での詠と見られるが、歌合本文での「久恋」の歌は員外之外・四〇〇〇である。二四一四は或いは後日さし替えた歌か。

2417 ○秋はならひぞ—自筆本も「ならひそ」。来田本「ならひを」、書陵部五〇一・五一一本「ならひそ《を》」、歌合本文「ならひを」。

2419 判詞「「有明の空ばかりにて、月なきやいかに」と沙汰の侍りしを、作者やがて「この本歌も月は侍らぬなり」と申し侍りしかば、「まことにさ侍りけれ」とて、勝になり侍りしなり」

2423 ▽判詞に「かれぬ心のなど、いかが言へるにや、心得ず侍るなり」と評する。

2424 ▽「舟人」と言っても、船頭ではなく、『狭衣物語』の飛鳥井姫のような人物を想定するか。判詞「右の「身をうしまど」も、さまで侍らぬにやとて、又持と定め侍りしなるべし」

2425 参考「須磨にはいとど心づくしの秋風に、海は少し遠けれど、行平の中納言の、関吹き越ゆるといひけん浦波、夜々はげにいと近う聞えて」(源氏物語・須磨) ○たちそひて—「たち」は「浪」の縁語。▽水無瀬殿恋十五首歌合・五五番右負。判詞「「関吹きこゆる」などはよろしく侍るべきを、「風ぞかなしき」、あまりにやと聞え侍るうへに……」。定家は源氏の同じ箇所で、これ以前に三九九二の作を詠んでいる。

2426 参考「見せばやな雄島の海人の袖だにも濡れにぞ濡れし色は変らず」(千載・恋四・八八六 殷富門院大輔)「白波は立ち騒ぐともこりずまの浦のみるめは刈らむとぞ思ふ」(古今六帖・第三・一八七〇、新古今・恋五・一四三四 読人不知) ○雄島—「惜しま(む)」を掛ける。○みるめ—「海松布」に「見る目」を掛ける。

2427 本歌「名取川瀬々のむもれ木あらはればいかにせむとかあひ見そめけむ」(古今・恋三・六五〇 読人不知) 参考「朽ちはつる袖のためしとなりねとや人を浮田の杜の標縄」(六百番歌合 家隆、玉吟集) ▽水無瀬殿恋十五首歌合・六一番右負。判詞「「名取川瀬々の埋もれ木」事旧りて侍るべし」

2431 本歌「忘るなよほどは雲ゐになりぬとも空行く月のめぐりあふまで」(拾遺・雑上・四七〇 橘忠幹、伊勢物語・一一段) ▽新宮撰歌合・一二一番右持。

2433 本歌「さむしろに衣片敷きこよひもや我を待つらむ宇治の橋姫」(古今・恋四・六八九　読人不知)「里の名をわが身に知れば山城の宇治のわたりぞいとど住み憂き」(源氏物語・浮舟　浮舟女君)▽元久元年(一二〇四)七月十六日宇治での五首歌会において詠まれた作である。↓二一四二。

2434 参考「しぐれつゝもみづるよりも言の葉の心の秋にあふぞわびしき」(古今・恋五・八二〇　読人不知)「いつまでのはかなき人の言の葉か心の秋の風を待つらむ」(後撰・恋五・八九七　読人不知)○うつろひぬ―「色」と縁語。

2435 参考「うつせみの世は憂きものと知りにしをまた言の葉にかかる命よ」(源氏物語・夕顔　光源氏)

2437 参考「朝ぼらけ置きつる霜の消えかへり暮待つほどの袖を見せばや」(新古今・恋三・一一八九　花山院)「須磨の浦に心をよせし舟人のやがてくたせる袖を見せばや」(源氏物語・明石　五節)○もる山―「漏る」から「守山」へと続ける。

2441 本歌「わが心変らむものか瓦屋の下たく煙わきかへりつつ」(後拾遺・恋四・八一八　長能)参考「忘れずよまた忘れずよ瓦屋の下たく煙下むせびつつ」(後拾遺・恋二・七〇七　実方、清少納言への贈歌)○かはらや―「瓦屋」に「変ら(ず)」を掛ける。○けたぬ―消さない。上の「むせぶ」、下の「けぶり」とともに「かはらや」の縁語。▽建永元年(一二〇六)七月二十八日仙洞歌合(散逸)での詠。

2442 参考「くらぶの山に宿りも取らまほしげなれど、あやにくなる短夜にて、あさましうなかなかなり」(源氏物語・若紫、光源氏と藤壺との密会の件り)

2443 ○かりば―狩場。「仮」を掛ける。▽旧作と思われる女への贈歌二四九八及びそれに答えた女の歌(二四九八)を連想させる。

2444 参考「逢ふ瀬なき涙の川に沈みしや流るるみをの始めなりけむ　光源氏、涙川浮かぶ水泡も消えぬべし流れて後の瀬をも待たずて　朧月夜尚侍」(源氏物語・須磨)○影―「河」の縁語。○あふせ―「みなわ」とともに「河」の縁語。○むすべ―「うかぶ」「けぬ」とともに「みなわ」の縁語。

2445 ○玉くしげ―「蓋身」の連想で「二見」の枕詞。「玉」に「魂《たま》」を響かせる。魂結びという習俗があったことから、下の「むすばず」は「玉」の縁語。

2447 判詞「常に耳馴れ侍らぬ松帆の浦に勝の字を付けられ侍りにし、何ゆゑとも見え侍らず」

2449 本歌「難波潟みじかき蘆のふしのまもあはでこの世を過ぐしてよとや」（新古今・恋一・一〇四九　伊勢）、参考「難波江の蘆のかりねのひとよゆゑみをつくしてや恋ひわたるべき」（千載・恋三・八〇七　皇嘉門院別当）○身をつくして―「澪標」を掛ける。○一夜―「蘆」の縁語「一節」を掛ける。

2457 ○たちなれし―「たち」は、浦波が「立ち」に、「たもと」の縁語「裁ち」を響かせる。「なれ」も「たもと」の縁語。

2459 ▽長方家歌合（散逸）での詠か。長方は建久二年（一一九一）三月十日没したから、年次は不明だが定家若年の詠と見られる。

2461 参考「ゆめこと男し給ふな……といひて、これを形見にしたまへとて、帯を解きてとらせけり」（大和物語・一六九段、書きさしの物語）○建保右大臣―九条道家。良経の息。○井手の下帯―『大和物語』で、行きずりの男がのちに逢おう（結婚しようと）言って井手の里の少女に与えた帯。▽判詞（定家執筆）「左、詞の続きおぼつかなく侍らん。井手の下帯に露置きたりと聞ゆる、理かなひ侍らぬ由申し侍りき。……「結ばぬ野べの草のゆかり」優なる由、宮内卿（家隆）申しうけられ侍りしかば、為ㇾ持」

2462 判詞「右歌（宮内卿家隆）未だ聞き分き侍らぬ先に、左勝つべき由、宮内卿定被ㇾ申侍りしかば、右の歌はうけたまはらでやみ侍りにき」

2469 参考「夏草の露わけ衣着けなくに我が衣手の干る時もなき」（万葉・巻一〇・一九九四　夏相聞、新古今・恋五・一三七五　人麻呂、第三句「着もせぬに」、第五句「かわく時なき」）

2475 ○夏引の―「いと」の序として用いる。○いとしもなれし―副詞「いと」に「糸」を掛ける。○たえてみじかき―「たえ」も「みじかき」も「糸」の縁語。

2477 ○よる〳〵は―「寄る」に「夜」を掛ける。○こぎわかる―「わかる」は歌合本文「わたる」、これに従うべきか。

2482 参考「わが恋はあひそめてこそまさりけれ飾磨のかちの色ならねども」（詞花・恋下・二三四　道経）「たのまずは飾磨のかちの色を見よあひそめてこそ深くなるなれ」（長秋詠藻・右大臣家百

首・初逢恋）

2484 参考「包めども袖にたまらぬ白玉は人を見ぬ目の涙なりけり」（古今・恋二・五五六　清行）

2488 ○ものごしに―間に几帳または屏風などの物を隔てて。直接顔を合せたのではないことを意味する。○又のとし―翌年。○あくがれそめし―魂が身体から抜け出るほど心惹かれるようになった。○花の香―詞書から、梅の花の香と知られる。▽「又の年の睦月に、梅の花盛りに、去年《こぞ》を恋ひて行きて、立ちて見、ゐて見見れど、去年に似るべくもあらず。うち泣きて、あばらなる板敷に月のかたぶくまでふせりて、去年を思ひ出でてよめる。月やあらぬ春や昔の春ならぬわが身ひとつはもとの身にして　とよみて、夜のほの〴〵と明くるに、泣く〳〵帰りにけり」（伊勢物語・四段）

2490 参考「人にあはむつきのなきには思ひおきて胸はしり火に心焼けをり」（古今・雑体・誹諧歌・一○三○　小町）、なお近い時代のものとして、「豊の明りの頃にや、にはかにおびたゝしく火燃え出でて、内わたりもま近きほどなれば、人々その数参り集まりて立ち騒ぐ中にも、このことのみ忘れねば、われながらもあさましく覚えて　燃えわたるけぶりのうちの思ひこそ時をもわかず身をこがしけれ」（隆房集）。ともに火事を見て、自身の恋の思いの火を詠む。

2496 参考「ませの内なる　白菊も　うつろふ見るこそあはれなれ　われらが通ひて　見し人も　かくしつつこそ　かれにしか」（古今著聞集・好色　敦兼が歌った今様）○かれぬ―「枯れ」と「離《か》れ」の掛詞。

2497 ○月草―つゆくさ。その花の汁で染めた空色（花色）はあせやすいので、「かはる」「色」の縁語となり、「尽き」を掛ける。

2498 『藤原定家全歌集』や『藤原定家全歌集全句索引本文篇』は、「ふみかよふ……」を（二四九八）、すなわち恋の相手の女性の歌、「みかりのの……」を二四九八、すなわち定家の歌とする。しかし、王朝和歌では男が恋歌を贈り、女性が返歌するのが普通である。ここでもそのように解される歌意なので、二四九八・（二四九八）の順に歌番号を改めるべきであると考える。

(2498) ○かりそめ人―「狩」から「仮そめ」へと続けた。「夜のほどにかりそめ人や来たりけむ淀の水薦《みこも》のけさ乱れたる」（千載・雑体・物名・一一六九和泉式部）○なら柴―楢の小枝。二四九八参考の万葉歌により、「馴れ」を暗示する。○ふみみし―「道」の縁語「踏み」に「文」を掛ける。

2501 参考「むすぶ手の雫ににごる山の井のあかでも人に別れぬるかな」（古今・離別・四〇四・貫之）○さすが―「みなれざを」の縁語「挿す」を掛ける。○みなれ―「水馴れ」に「見馴れ」を掛ける。▽並々ならず深い間柄に進んだらしいことを想像させる贈歌。

2503 ▽「ありとても逢はぬためしの名取川朽ちだにはてね瀬々の埋木」（六百番歌合・恋六、新古今・恋二・一一一八　寂蓮）「嘆かずよ今はたおなじ名取川瀬々の埋木朽ちはてぬとも」（千五百番歌合・恋三、新古今・恋二・一一一九　良経）が酷似しているが、定家の作よりも後に詠まれているか。

2570 あはず―「玉の緒」の「緒」の縁語・○玉の緒の―「命」の枕詞だが、ここでは「玉の緒」で命の意に用い、「玉の緒の」で「ながく」の序のごとく続ける。○ながく―「緒」の縁語。

2572 ○思おく―「おく」は「露」の縁語。○しのぶぐさ―昔を偲ぶきっかけとなることから、二五五八のごとく忘れ形見の意に用いるが、ここでは特にわが子の比喩として用いた。「露」の縁語。○消ぬとも―「消ぬ」は「露」の縁語。

2577 参考「人の親の心はやみにあらねども子を思ふ道にまどひぬるかな」（後撰・雑一・一一〇二　兼輔）○おやのいさめ―父俊成の教え。その具体的な内容は不明。一旦拝任した官を自ら辞職してはならないというようなものであったか。

2578 ○代々―「代々」の意に「四代」をかけ、高倉・安徳・後鳥羽・土御門の四代をさすと推測される。↓二五八四。○山藍の袖―神事に奉仕する時着る小忌衣。↓二四六。▽この歌、底本・東大国文学研究本などなし。自筆本・自筆臨摸本、付箋に記し、「或本ニアリ」と注する。自筆本により補う。

2586 参考「花ならぬ言の葉なれどおのづから色もやあると君拾はなむ」（山家心中集）○仁和寺宮―道助法親王か。▽『拾遺愚草』とは別の自撰歌集を献じたのか、『拾遺愚草』の第一次本のごときものを進覧したか、不詳。父俊成も守覚法親王に『長秋詠藻』を献じているので、それに倣って道助法親王に献じたか。

2587 参考「春日野のおどろの道の埋れ水末だに神のし

るしあらはせ」（長秋詠藻・右大臣家百首、新古今・神祇・一八九八 俊成）○内―順徳天皇か。○むすびもはてぬ―「むすび」は「かげ」とともに「埋水」の「水」の縁語。

2592 ○舞人―五位か六位の者が勤める。「三月、中の午日 石清水臨時祭なり。国忌に当らば下の午なり。二月ばかりに、奉行の蔵人使舞人を申し定む。頭、朝餉の簀子にて定文を書く。先例文を奏す。返給ひて使舞人十人を書く。代の始めには使参議、舞人四位已下なり。常には使四位、舞人五位六位なり」（建武年中行事）▽定家自身は治承三年（一一七九）・文治三年（一一八七）に舞人を勤めている。

2593 ○小侍従―石清水別当光清女。太皇太后宮（藤原多子、二代の后）の女房だった。家集『小侍従集』。『千載集』初出。○腕にかきつけし―古く「大納言国経朝臣の家に侍りける女に、平定文いと忍びて語らひ侍りて、行末まで契り侍りける頃、この女にはかに贈太政大臣に迎へられて渡り侍りにければ、文だにも通はすかたなくなりにければ、かの女の子の五つばかりなるが、本院の西の対《たい》に遊びありきけるを呼び寄せて、母に見せたてまつれとて、かひなに書き付け侍りける 平定文 昔せしわがかねごとのかなしきはいかにちぎりしなごりなるらむ 返し 読人しらず うつつにてたれ契りけむ定めなき夢路に迷ふわれはわれかは」（後撰・恋三・七一〇、七一一）という例がある。

(2595) 『夫木抄』巻第六春部六・藤花にこの歌と返しの二五九五を贈答歌として載せ、この歌に「西行上人すゝめ侍けるみもすその歌合判してつかはしけるとき 前中納言定家卿」の詞書・作者名を、二五九五の歌に「返し 西行上人」の詞書・作者名を付す。『藤原定家全歌集』『藤原定家全歌集全句索引本文篇』も「神路山松のこずゑに……」を二五九五、「神路山きみが心の……」を（二五九五）と番号をつけている。けれども「神路山きみが心の……」の歌での「した葉の藤」は卑下した表現としてふさわしいもので、相手に関して用いたとは考えにくい。「きみが心のいろを見む」という句も、西行が俊成に『山家心中集』を送った際の、西行の「花ならぬ言の葉なれどおのづから色もやあると君拾はなん」と、それへの俊成の返歌「世を捨てて入りにし道の言の葉ぞあはれも深き色も見えける」の贈答歌（山家集・下・雑、長秋詠藻・下）をよく知っている者が詠んだと考えると理解しやすい。それらのことから、『宮河歌合』の跋文で沈淪をかこち、「宮川の清き流れに契りを結ばば、位山のとどこほる道までも、そのしるべや侍る」と書いていた定家を鼓舞する心から、「むすびながす……」の歌の他に、西行がさらに「神路山松のこずゑに……」の歌を加えて定家に送ったので、それへの返しとして定家が詠んだものが「神路山きみが心の……」の歌であると判断され、歌番号は（二五九五）・二五九五とつけられるべきであると考える。

(2596) ○二千歳をも　すぎはてて—釈尊入滅後の仏教の行われ方を三期に分けて、三時と呼ぶ。まず、正法時は入滅後五百年または千年で、正しい教えが行われ、証果があるという。像法時は正法時の次の五百年または千年で、教法は存在するが、証果を得る者はないという。末法時は、像法時の後の一万年をさし、仏の教えがすたれ、教法のみが残る時期であるという。ただし、この部分は『大集経』の所説に基づくという説もある（日本古典文学大系『増鏡』補注参照）。○しづむ昔の　霊をとひ—「今はなき伝教大師のみたまをとぶらい」（日本古典文学大系本『増鏡』他）という解もあるが、むしろ『愚管抄』などで慈円が自讃している怨霊の鎮魂による国家安泰の祈禱をさすと見るべきか。

2596 ○うぐひすの　ふるすは雲に　あらしつゝ—参考「旧巣為レ後属二春雲一」（和漢朗詠・春・鶯・七〇　道真）○こりつむなげき　椎柴の—「こり」は「樵り」と「懲り」の掛詞。「なげき」に「木」を掛け、「椎柴の」と続ける。「椎柴」に「為《し》」を掛ける。さらに「椎柴の」は下の「しひて」の序となる。参考「世とともに歎きこりつむ身にしあればなぞや守りのある甲斐もなき」（後撰・恋三・七六一　伊衡女いまき）「あふごなき身とは知る知る恋すとて歎きこりつむ人はよきかは」（後撰・恋六・一〇四三　読人不知）「今朝よりはいとど思ひをたきまして歎きこりつむ逢坂の山」（新古今・恋三・一一六二　高倉院）○かへされぬ　葛の裏葉は　うらむとも—葛の葉は翻り、裏を見せることから、「かへさ」「うらむ」は共に「葛」の縁語。○君は　三笠の　山たかみ—「三笠」に「見」を掛ける。「三笠の山たかみ」によって藤原氏の高位であることを暗示する。○くもゐのそらに―九重の雲居。宮中。以下、「てる日」「ほし」と天象のイメージで続ける。○てる日―御門。天子。○ほしのやどり―臣下。○鷲の山―霊鷲山のことだが、ここでは比叡山を霊鷲山になぞらえていう。参考「鷲の山今日聞く法の道ならで帰らぬ宿に行く人ぞなき」（新古今・釈教・一九四三　慈円）○ぬまのあしまに　かげやどす秋の半の月なれば―参考「難波江の蘆間に宿る月見ればわが身ひとつは沈まざりけり」（詞花・雑下・三四七　顕輔）○空ふく風を　あふぎても―参考「いづくにもわが法ならぬ法やあると空吹く風に問へど答へぬ」（新古今・釈教・一九四一　慈円）○ゆくすゑと　みつの河波　たちかへり―「行末と見」から「三津の」と続ける。「河波」は「たちかへり」の序となる。○はるくべき―晴らすべき。○「和歌の浦や」―「若」を掛ける。○かきつめて―「掻き」と「書き」の掛詞。○ためしも波に―「無み」を掛ける。○みがきおく―上の「玉藻」の「玉」の縁語。○こひざらめかも―参考「いにしへを仰ぎて今を恋ひざらめかも」（古今集仮名序）「この道を仰がむ者は今を忍ばざらめかも」（新古今集仮名序）

2597 参考「廿日、天晴、巳時参上、小時家長持二来長歌一、大僧正詠進給云と、此歌可二和進一之由、有二仰事一、長歌曾未レ詠レ之、卒爾勿論歟、但出御已後退出、即終レ篇、如レ文不レ加レ点、如レ形清書、又持参付二家長一、内と経二御覧一、可レ直者可二直進一之由申レ之、還来云、神妙也者、如レ此事早速還似レ不レ渋、為レ道雖レ不当、依二沈思一不レ可レ得二風情一、依二早速一頗可レ表二堪能一之由所二相励一也、不被二返下一、以レ之為レ悦、又退出」（明月記、元久二年四月二十日条）

2601 ○上陽人―「上陽白髪人」、すなわち『白氏文集』新楽府の題を歌題とした（楽府題）。「上陽白髪人」は帝王にまみえることなく、上陽宮で空しく老いてゆく宮女の嘆きを歌う。

2603 参考「今はとて燃えむ煙もむすぼほれ絶えぬ思ひのなほや残らむ　柏木、立ちそひて消えやしなましうきことを思ひ乱るる煙くらべに　女三宮、ゆくへなき空の煙となりぬとも思ふあたりを立ちは離れじ　柏木」（源氏物語・柏木）「恋ひわびてながむる空の浮雲やわがしたもえの煙なるらむ」（周防内侍集、金葉・恋下・四三五　周防内侍）「郁芳門院の御時に根合といへることありしに、周防の内侍といひし歌よみ、わが下もえの煙なるらむとよめりしを、よき歌などに世に申ししを、人のもゆる煙の空にたなびかむはよきことにはあらずと申ししかば、よみ人のためにぞいかゞと承りしに、院かくれおはしましてて後ぞ、歌よみの内侍はかくれにし」(俊頼髄脳)▽このために蒙った後鳥羽院からの院勘を赦されぬまま、承久の乱を迎えたと思われる。『順徳院御記』に以下のごとく見える。「此夜可レ有二和歌会一。仍自歌為二御点一進二水無瀬殿一。使所衆康行入二文筥一。秉燭程帰参。亥時於二例弘所一有二此事一。如二先々一置二文台一。職事家光置レ之。不レ用二硯蓋一、只文台也。……題ハ春山月、野外柳。自他無二秀逸之詞一。定家述懐歌立レ耳歟。兼テ不レ見之間、不レ能レ注レ之。又於二歌道一難レ謂二子細一。仍講了」(順徳院御記、承久二年二月十三日の条)、「今夜詩歌会也。……今夜明月風静。日来霜雨尤遺恨。而佳名猶知。今夜良宴殊勝歟。定家卿煙くらべの後、暫不レ可二召寄一之由、自レ院被レ仰。如レ此事深咎も中々歟。如何」(同、承久二年八月十五日の条)、「入レ夜有二和歌会一。……今夜会定家卿不レ召レ之。去年所レ詠歌有レ禁。仍暫閉門。殊上皇有二逆鱗一。于今於レ歌不レ可レ召之由有レ仰。仍不レ召。是、あはれなげきの煙くらべにとよみたりし事也。被レ超二越数輩一如レ此歟。於二歌道一不レ召二彼卿一、尤勝事也」(同、承久三年二月二十二日条)

2608 参考「里分かぬ影をば見れど行く月のいるさの山を誰か尋ぬる」(源氏物語・末摘花　光源氏)○月―あるいは後鳥羽院の比喩か。

2609 参考「忘れなむと思ふ心のつくからにありしよりけにまづぞ恋しき」(古今・恋四・七一八　読人不知)「忘るらむと思ふ心の疑ひにありしよりけにものぞ悲しき」(伊勢物語・二一段、新古今・恋五・一三六二　読人不知)○けに―格段に。ひどく。

(2638) 参考「次に素戔嗚尊《すさのをのみこと》を生みまつります。……常に哭き泣《いさ》つるを以て行《わざ》とす。……青山を枯《からやま》に変《な》す」(日本書紀・巻一)○このめ―「なく涙」の縁語「此の目」に、「木の芽」を掛ける。

(2642) 参考「中御門京極ニイヅクニモマサリタルヤウナル家ツクリタテ、、山水池水峨々タル事ニテメデタクシテ、元久三年三月十三日トカヤニ、絶タル曲水《ごくすゐ》ノ宴ヲコナハントテ、鸚鵡坏ツクラセナドシテ、イミジクヨノ人モマチ悦テ、(中略)公事ノミチ職者ノ方キハメタル人ノ、昔ニスギタル詠歌ノ道ヲキハメテ、コノ宴ヲオコサル、、シカルベシト人モ思ヒツ、、心ヲトギ目耳ヲタテツ、アリケル程ニ、三月七日ヤウモナクネ死ニセラレニケリ」（愚管抄・巻六）

2638 本歌「紅のふりいでつつ泣く涙には袂のみこそ色まさりけれ」（古今・恋二・五九八　貫之）参考「数々に思ひ思はず問ひがたみ身を知る雨は降りぞまされる」（古今・恋四・七〇五　業平、伊勢物語・一〇七段）

2639 ○おくとはわかれ寝とは待たれて—寝て見る夢の中でしか逢えないので、「起きるといっては別れ、寝ようとしては夢の中で逢うことが期待されて」と言う。「白露の置く」から「起く」へと続ける。夢の中での良経の俤を恋人のように歌う。

2650 本歌「いにしへの賤のをだまき繰り返し昔を今になすよしもがな」（伊勢物語・三二段）○たどられず—順を追って考えることができない。「たどる」は下の「いと」「をだまき」の縁語。○いとしも—副詞「いと」に「をだまき」の縁語「糸」を掛ける。「しも」は強意の助詞だが、「下人」を言い掛けるか。

2661 参考「山里は冬ぞさびしさまさりける人めも草もかれぬと思へば」（古今・冬・三一五　宗于）○かれにき—離《か》れてしまった、絶えてしまった。

2679 ○入道寂蓮みまかりぬ—寂蓮は建仁二年（一二〇二）七月に没した。定家がその報に接したのは同二十日。「左中弁云、少輔入道逝去之由、其子天王寺院主申二内府一云々。未二聞及一歟。聞レ之即退屈。已依レ為二軽服身一也。浮生無常雖レ不レ可レ驚、今聞レ之、哀慟之思難レ禁。自二幼少之昔一、久相馴已及二数十廻一。凡於二和歌道一者、傍輩誰人乎。已以奇異逸物也。今已帰レ泉、為レ道可レ恨、於レ身可レ悲」（明月記、同日条）

2702 ▽依羅社は大依羅神社。摂津国、今の大阪市住吉区庭井に鎮座する名神《みょうじん》大社（『延喜式』で格付けされた由緒正しい社）。祭神は大依羅神で、住吉三神と依羅我孫《あびこ》の祖神を合祀する。「依羅」は「寄網」の意で、海部の神かという。おそらく二七〇一と同じ折に詠じたか。

2703 ○三社—住吉社・依羅社・広田社の三社か。あるいは、大治三年（一一二八）八月から九月にかけて、村上源氏の神祇伯顕仲が、西宮（広田社）・南宮（門妙社）・住吉の三社に歌合を奉納した例に倣ったか。○住の江—「住み」を掛ける。○ひきすてらる、―「たむけ草」の縁語。○くちば―「たむけ草」の縁語で、沈淪している自身の比喩。

2707 ○ことわりと思しこと―当然祈願してよいと思ったこと。北野天神には無実の罪のはれることを祈ったり、詩文や和歌の上達を祈ったりする習慣があった。『正治二年院初度百首』の計画が明らかになった当初、定家はその作者の内に入れられていなかった。正治二年（一二〇〇）八月一日、彼は作者に加えられることを北野天満宮に祈願して、自詠の和歌を奉納したと考えられるが、この歌はその際の祈願の歌ではないかと見る説がある。明月記研究会編「『明月記歌道事』（文治四年四月〜正治二年九月）を読む」（『明月記研究記録と文学』一四号、二〇一六年一月刊、八木書店）参照。○そのことわり―自筆本・底本とも「そのことはかり」とするが、書陵部五〇一・五一一本・来田本などは「そのことはり」とする。詞書の「ことはりと思しこと」を受けて、左注で「そのことはり」と記すのは自然である。自筆本が絶対に正しいとも言い難いので、「ことはり」と書くべきところを筆が滑って「ことはかり」と書いたかと考えて、「そのことはり」と本文を改めた。○しるしあらたに―霊験あらたかに。

2709 ○みとせ―「うしと世を見」から「三歳」と続ける。○すぎの―「過ぎ」と杉の掛詞。○うれへつ、―「杉の梢《うれ》」から「憂へ」と続ける。○嵐―「在らじ」を響かせる。

2713 参考「伊勢の海人の朝な夕なに潜《かづ》くとふあはびの貝の片思ひにして」（万葉・巻一一・二七九八 作者未詳、新勅撰・恋四・八七二 読人不知）「伊勢の海人の朝な夕なに潜くてふみるめに人をあくよしもがな」（古今・恋四・六八三 読人不知）

2733 参考「世の中を思ひつらねてながむればむなしき空に消ゆる白雲」（久安百首、新古今・雑下・一八四六 俊成）

2735 ○鶴の林―釈尊が涅槃に入った時に鶴の羽のように白く枯死したという沙羅双樹。それから転じて、釈尊の涅槃そのものをいう。

2738 参考「あな恋し今も見てしか山がつの垣ほに咲ける大和撫子」（古今・恋四・六九五 読人不知）「山がつの垣ほに生ふる撫子に思ひよそへぬ時のまぞなき」（拾遺・恋三・八三〇 村上天皇）「わが宿の垣根に植ゑし撫子は花に咲かなむよそへつ

つ見む」（後撰・夏・一九九　読人不知）

2741 参考「あふごなき身とは知る知る恋すとて歎きこりつむ人はよきかは」（後撰・恋六・一〇四三　読人不知）「今朝よりはいとど思ひをたきまして歎きこりつむ逢坂の山」（新古今・恋三・一一六三　高倉院）○なげき―「歎き」に「木」を掛ける。○けぶり―木は薪となることから、「木」の縁語。

2743 ○化城喩品―法華経巻第三化城喩品第七。遠い道のりを旅する人々が疲労の余り落伍するのを憂え、案内者（如来）が途中に一つの城（涅槃）を化現して休息させたのち、目的地に向けて出発するよう激励するという、化城の譬（頭注所引の法文）が説かれる。

2745 ○人記品―法華経巻第四授学無学人記品第九。

2746 ○法師品―法華経巻第四法師品第十。頭注所引の法文にいう高原鑿水の譬が説かれる。法華経を聞くことも信受することも共に困難であることの譬喩で、高原は煩悩を持つ人、水は仏性を喩える。○清水―乾いた土の下から湧き出る水のように、努力して得られる仏の教え。

2747 参考「当時衆会、皆見㆘竜女、忽然之間、変㆓成男子㆒、具㆓菩薩行㆒、即往㆓南方、無垢世界㆒、坐㆓宝蓮華㆒、成㆓等正覚㆒、三十二相、八十種好、普為㆓十方一切衆生㆒、演㆖㆓説妙法㆒」（法華経・提婆達多品　続古今・釈教・七七九）○提婆品―法華経巻第五提婆達多品第十二。前半に悪人提婆達多の成仏、後半に畜生竜女の成仏を説く。

2748 参考「わが心慰めかねつ更級や姨捨山に照る月を見て」（古今・雑上・八七八　読人不知、大和物語・一五六段）「恨みける気色や空に見えつらむ姨捨山を照す月影」（千載・釈教・一二四四　敦仲）○勧持品―法華経巻第五勧持品第十三。仏が養母の摩訶波闍波提比丘尼に一切衆生喜見仏の記別を、妃の耶輸陀羅比丘尼に具足千万光相仏の記別を与え、またその眷属の六千の比丘尼にも記別を与える。○月かげ―釈尊の比喩。○さらしな―参考の歌から、姨捨山を連想し、「姨母摩訶波闍波提比丘尼」を暗示する。

2749 参考「譬如㆘少壮人　年始二十五　示㆓人百歳子髪白而面皺㆒　是等我所㆑生　子亦説㆓是父㆒　父少而子老　挙㆑世　所㆖㆑不㆑信　世尊亦如㆑是」（法華経・従地涌出品）○涌出品―法華経巻第五従地涌出品第十五。

2750 参考「雨二天曼陀羅 摩訶曼陀羅一 釈梵如二恒沙一 無数仏土来 雨二梅檀沈水一 繽紛而乱墜 如二鳥飛レ空下一 供二散於諸仏一」（法華経・分別功徳品）○分別功徳品―法華経巻第六分別功徳品第十七。○とぶとりの―「飛鳥」に掛かる枕詞。

2751 ○嘱累品―法華経巻第七嘱累品第二十二。

2752 ○厳王品―法華経巻第八妙荘厳王本事品第二十七。○この道―直接的には仏道だが、一品経和歌供養の歌ゆえ、同時に歌道をも意味するか。○しるべ―「あと」「迷ひ」とともに、「道」の縁語。○はるけよ―他動詞「晴るく」の命令形。晴らしてくれ。「迷ひ」の縁語。

2753 ○普賢品―法華経巻第八普賢菩薩勧発品第二十八。

2754 ○一巻―序品第一・方便品第二から成る。○春のそなたをさす光―五行説により春が来る方角は東なので、序品の「東方」を「春のそなた」と言う。

2755 ○二巻―譬喩品第三・信解品第四から成る。

2756 ○三巻―薬草喩品第五・授記品第六・化城喩品第七から成る。

2757 ○四巻―五百弟子受記品第八・授学無学人記品第九・法師品第十・見宝塔品第十一から成る。

2758 ○五巻―提婆達多品第十二・勧持品第十三・安楽行品第十四・従地涌出品第十五から成る。

2759 参考「衆生既信伏 質直意柔軟 一心欲レ見レ仏 不三自惜二身命一 時我及衆僧 倶出二霊鷲山一 我時語二衆生一 常在レ此不レ滅 以二方便力一故 現レ有二滅不滅一」（法華経・如来寿量品）○六巻―如来寿量品第十六・分別功徳品第十七・随喜功徳品第十八・法師功徳品第十九から成る。

2760 ○七巻―常不軽菩薩品第二十・如来神力品第二十一・嘱累品第二十二・薬王菩薩本事品第二十三・妙音菩薩品第二十四から成る。○はぐくみたてし―育て上げた。「はぐくむ」は「羽含む」で、親鳥が雛を自分の羽の下にかばうように、養育するの意。▽七巻のうち、薬王品で、女人が阿弥陀の世界に往生することを説いている部分などを念頭において詠むか。

2761 八巻―観世音菩薩普門品第二十五・陀羅尼品第二十六・妙荘厳王本事品第二十七・普賢菩薩勧発品第二十八から成る。

2762 ▽「是も初月の世とてらしはじむるにたとへて、此経（引用者注、無量義経）の法花の開発の趣をいへる也。歌つまびらか也」（類題法文和歌集注解・巻第一）

2763▽「此経（引用者注、観普賢行経）は法花の結経也。こゝにして世尊のとき給はく、これより後三月ありて涅槃に入べしとの給へり。歌の心は、衆罪如霜露、恵日能消除すといへる文によれり。朝日影のてらせるによりて衆罪も露霜と消尽て、長夜の冥々たる夢の中の夢もみなさめはてゝ、衆生の心にあきたれるがごとし。ひとり仏の此後にねはんの別あらん事をの給ひつるによりて、かなしみにたへずしのゝめの露の袖をしぼれりとはいへり。かくてぞ歌の心つまびらかなるべきにや」（類題法文和歌集注解・巻第九）

2765▽「法行品に、船師大船師運載羣生度《ワタシ》二生死河《ヲ》一置二涅槃岸一とあり。（中略）世尊をもて船師に比したり。衆生の生死河に浮沈せしを、大船師のすくひたる心なり。ねはんの岸とは仏地の事也」（類題法文和歌集注解・巻第一）

2772本歌「木にもあらず草にもあらぬ竹のよの端にわが身はなりぬべらなり」（古今・雑下・九五九左注、高津内親王）○うきふし―憂き節。「節」は「竹」の縁語。○むなしきよゝ―節を「よ」ともいい、竹の節は中空だから、「むなしき」「よゝ」は竹の縁語。

2775本歌「わくらばに問ふ人あらば須磨の浦に藻塩たれつつわぶと答へよ」（古今・雑下・九六二　行平）「旅人は袂涼しくなりにけり関吹き越ゆる須磨の浦風」（続古今・羇旅・八六八　行平）「行平の中納言の、関吹きこゆると言ひけむ浦波、夜々はげにいと近う聞えて」（源氏物語・須磨）○なげきを須磨の―「なげきをす」を掛ける。

2776本歌「妹の身まかりにける時よみける　小野篁朝臣　泣く涙雨と降らなむ渡り川水まさりなば帰り来るがに」（古今・哀傷・八二九）

2778本歌「心ぐきものにぞありける春霞たなびく時に恋の繁きは」（万葉・巻八・一四五〇　作者は坂上郎女とも家持ともいう）

本書は一九八五年三月十五日、河出書房新社から刊行された。

現代小説作法　大岡昇平

西欧文学史に通暁し、自らの作品においては常に事物を明晰に観じ、描き続けた著者が、小説作法の要諦を論じ尽くした名著を再び。（中条省平）

日本人の心の歴史（上）　唐木順三

自然と共に生きてきた日本人の繊細な季節感の変遷をたどり、日本人の心の歴史とその骨格を究明する。上巻では万葉の時代から芭蕉までを扱う。

日本人の心の歴史（下）　唐木順三

日本人の細やかな美的感覚を「心」という深く広い言葉で見つめた創見に富む日本精神史。下巻は西鶴の時代から現代に及ぶ。（高橋英夫）

日本文学史序説（上）　加藤周一

日本文学の特徴、その歴史的発展や固有の構造を浮き上がらせて、万葉の時代から源氏・今昔・能・狂言を経て、江戸時代の徂徠や俳諧まで。

日本文学史序説（下）　加藤周一

従来の文壇史やジャンル史などの枠組みを超えて、幅広い視座に立ち、江戸町人の時代から、国学や蘭学を経て、維新・明治、現代の大江まで。

書物の近代　紅野謙介

書物にフェティッシュを求める漱石、リアリズムに徹し書物の個性を無化した藤村。モノ－書物に顕現するもう一つの近代文学史。（川口晴美）

源氏物語歳時記　鈴木日出男

最も物語らしい物語の歳時の言葉と心をとりあげ、その洗練を支えている古代の日本人の四季の自然に対する美意識をさぐる。（犬飼公之）

江戸奇談怪談集　須永朝彦編訳

江戸の書物に遺る夥しい奇談・怪談から選りすぐった百八十余篇を集成。端麗な現代語訳により、古の妖しく美しく怖ろしい世界が現代によみがえる。

江戸の想像力　田中優子

平賀源内と上田秋成という異質な個性を軸に、江戸18世紀の異文化受容の屈折したありようとダイナミックな近世の〈運動〉を描く。（松田修）

社会と自分 夏目漱石 石原千秋解説

漱石自ら精選した六篇の講演に「私の個人主義」を併録。創造的な生を若者に呼びかけた力強い言葉が胸を揺さぶる、今あらためて読みたい名講演集。

頼山陽とその時代（上） 中村真一郎

江戸後期の歴史家・詩人頼山陽の生涯は、病による異変とともに始まった――。山陽や彼と交流のあった人々を活写し、漢詩文の魅力を伝える傑作評伝。

頼山陽とその時代（下） 中村真一郎

江戸の学者や山陽の弟子たちを眺めた後、畢生の書『日本外史』をはじめ、山陽の学藝を論じて大著は幕を閉じる。芸術選奨文部大臣賞受賞。（揖斐高）

平家物語の読み方 兵藤裕己

琵琶法師の「語り」からテクスト生成への過程を検証し、「盛者必衰」の崩壊感覚の裏側に秘められた王権の目論見を抽出する斬新な入門書。（木村朗子）

定家明月記私抄 堀田善衞

美の使徒・藤原定家の厖大な日記『明月記』を読みとき、大乱世の相貌と詩人の実像を生き生きと描く名著。本篇は定家一九歳から四八歳までの記。

定家明月記私抄　続篇 堀田善衞

壮年期から、承久の乱を経て八〇歳の死まで。乱世を生きぬき宮廷文化最後の花を開いた藤原定家の人と時代を浮彫りにする。（井上ひさし）

都市空間のなかの文学 前田愛

鷗外や漱石などの文学作品と上海・東京などの都市空間――この二つのテクストの相関を鮮やかに捉えた近代文学研究の金字塔。（小森陽一）

増補　文学テクスト入門 前田愛

漱石、鷗外、芥川などのテクストに新たな読みの可能性を発見し、〈読書のユートピア〉へと読者を誘なう、オリジナルな入門書。（小森陽一）

後鳥羽院　第二版 丸谷才一

後鳥羽院は最高の天皇歌人であり、その和歌は藤原定家の上をゆく。「新古今」で偉大な批評家の才も見せる歌人を論じた日本文学論。（湯川豊）

図説　宮澤賢治　天沢退二郎／栗原敦／杉浦静編
賢治を囲む人びとや風景、メモや自筆原稿など、約250点の写真から詩人の素顔に迫る。第一線の賢治研究者たちが送るポケットサイズの写真集。

初期歌謡論　吉本隆明
歌の発生の起源から和歌形式の成立までを、『古事記』『日本書紀』『万葉集』『古今集』、さらには平安期の歌論書などを克明に読み解いてたどる。

宮沢賢治　吉本隆明
生涯を決定した法華経の理念は、独特な自然の把握や倫理に変換された無償の資質といかに融合したのか？　作品への深い読みが賢治像を画定する。

東京の昔　吉田健一
第二次大戦により失われてしまった情緒ある東京。その節度ある姿、暮らしやすさを通してみせる、作者一流の味わい深い文明批評。（島内裕子）

日本に就て　吉田健一
政治に関する知識人の発言を俎上にのせ、責任ある市民に必要な「見識」について舌鋒鋭く論じつつ、路地裏の名店で舌鼓を打つ。甘辛評論選。（苅部直）

甘酸っぱい味　吉田健一
酒、食べ物、文学、日本語、東京、人、戦争、暇つぶし等々について、つらつら語る、どこから読んでもヨシケンな珠玉の一〇〇篇。（四方田犬彦）

英国に就て　吉田健一
少年期から現地での生活を経験し、ケンブリッジに進んだ著者だからこそ書ける極めつきの英国文化論。既存の英国像がみごとに覆される。（小野寺健）

私の世界文学案内　渡辺京二
文学こそが自らの発想の原点という著者による世界文学案内。深い人間観・歴史観に裏打ちされた温かな語り口で作品の世界に分け入る。（三砂ちづる）

平安朝の生活と文学　池田亀鑑
服飾、食事、住宅、娯楽など、平安朝の人びとの生活を、『源氏物語』や『枕草子』をはじめ、さまざまな古記録をもとに明らかにした名著。（高田祐彦）

古事記注釈　第二巻　西郷信綱

須佐之男命の「天つ罪」に天照大神は天の石屋戸に籠るが祭と計略により再生する。本巻には「須佐之男命と天照大神」から「大蛇退治」までを収録。

古事記注釈　第四巻　西郷信綱

高天の原より天孫たる王が降り来り、天照大神は伊勢に鎮まる。王と山の神・海の神との聖婚から神武天皇が誕生し、かくて神代は終りを告げる。

古事記注釈　第六巻　西郷信綱

英雄ヤマトタケルの国内平定、実は父に追放された猛き息子の、死への遍歴の物語であった。神功皇后の新羅征討譚、応神の代を以て中巻が終わる。

古事記注釈　第七巻　西郷信綱

大后の嫉妬に振り回される「聖帝」仁徳。軽太子の道ならぬ恋は悲劇的結末を呼ぶ。そして王位継承をめぐる確執は連鎖反応の如く事件を生んでゆく。

万葉の秀歌　中西進

万葉研究の第一人者が、珠玉の名歌を精選。宮廷の貴族から防人まで、あらゆる地域・階層の万葉人の心に寄り添いながら、味わい深く解説する。

日本神話の世界　中西進

記紀や風土記から出色の逸話をとりあげ、かつて息づいていた世界の捉え方、それを語る言葉を縦横に考察。神話を通して日本人の心の源にわけいる。

解説　徒然草　橋本武

『銀の匙』の授業で知られる伝説の国語教師が、「徒然草」より珠玉の断章を精選して解説。その授業実践が凝縮された大定番の古文入門書。（齋藤孝）

解説　百人一首　橋本武

灘校を東大合格者数一に導いた橋本武メソッドの源流と実践がすべてわかる！　名文を味わいつつ、語彙や歴史も学べる名参考書文庫化の第二弾！

江戸料理読本　松下幸子

江戸時代に刊行された二百余冊の料理書の内容と特徴、レシピを紹介。素材を生かし小技をきかせた江戸料理の世界をこの一冊で味わい尽くす。（福田浩）

身ぶりと言葉
アンドレ・ルロワ＝グーラン
荒木亨訳

先史学・社会文化人類学の泰斗の代表作。人の生物学的進化、人類学的発展、大脳の発達、言語の文化的機能を壮大なスケールで描いた大著。（松岡正剛）

アスディワル武勲詩
C・レヴィ＝ストロース
西澤文昭訳
内堀基光解説

北米先住民に様々な形で残る神話を比較考量。『神話論理』へと結実する、レヴィ＝ストロース初期神話分析の軌跡と手法をあざやかに伝える記念碑的名著。

日本の歴史をよみなおす（全）
網野善彦

中世日本に新しい光をあて、その真実と多彩な横顔を平明に語り、日本社会のイメージを根本から問い直す。超ロングセラーを続編と併せ文庫化。

日本史への挑戦
森浩一
網野善彦

関東は貧しき鄙か？　否！　古代考古学と中世史の巨頭が、関東の独自な発展の歴史を掘り起こし、豊かな個性を明らかにする、刺激的な対論。

米・百姓・天皇
網野善彦
石井進

日本とはどんな国なのか、なぜ米が日本史を解く鍵なのか、通史を書く意味は何なのか。これまでの日本史理解に根本的転回を迫る衝撃の書。（伊藤正敏）

列島の歴史を語る
網野善彦
藤沢・網野さんを囲む会編

日本は決して「一つ」ではなかった！　中世史に新次元を開いた著者が、日本の地理的・歴史的な多様性と豊かさを平明に語った講演録。（五味文彦）

列島文化再考
網野善彦／塚本学／坪井洋文／宮田登

近代国家の枠組みに縛られた歴史観をくつがえし、列島に生きた人々の真の姿を描き出す、歴史学・民俗学の幸福なコラボレーション。（新谷尚紀）

今昔東海道独案内　東篇
今井金吾

いにしえから庶民が辿ってきた幹線道路・東海道。日本人の歴史を、著者が自分の足で辿りなおした名著。東篇は日本橋より浜松まで。（今尾恵介）

今昔東海道独案内　西篇
今井金吾

江戸時代、弥次喜多も辿った五十三次はどうなっていたのか。二万五千分の一地図を手に訪ねる。西篇は浜松より京都までに伊勢街道を付す。（金沢正脩）

一揆の原理　呉座勇一

虐げられた民衆たちの決死の抵抗として語られてきた一揆。だがそれは戦後歴史学が生んだ幻想にすぎない。これまでの通俗的理解を覆す痛快な一揆論！

甲陽軍鑑　佐藤正英校訂・訳

武田信玄と甲州武士団の思想と行動の集大成。大部から、山本勘助の物語や川中島の合戦など、その白眉を収録。新校訂の原文に現代語訳を付す。

機関銃下の首相官邸　迫水久常

二・二六事件では叛乱軍を欺いて岡田首相を救出し、終戦時には鈴木首相を支えた著者が明かす、天皇・軍部・内閣をめぐる迫真の秘話記録。（井上寿一）

増補 八月十五日の神話　佐藤卓己

ポツダム宣言を受諾した「八月十四日」や降伏文書に調印した「九月二日」でなく、「終戦」はなぜ「八月十五日」なのか。「戦後」の起点の謎を解く。

考古学と古代史のあいだ　白石太一郎

巨大古墳、倭国、卑弥呼。多くの謎につつまれた日本の古代。考古学と古代史学の交差する視点からその謎を解明するスリリングな論考。（森下章司）

江戸はこうして造られた　鈴木理生

家康江戸入り後の百年間は謎に包まれている。海岸部へ進出し、河川や自然地形をたくみに生かした都市の草創期を復原する。（野口武彦）

お世継ぎのつくりかた　鈴木理生

多くの子を存分に活用した家康、大奥お世継ぎ戦争の行方、貧乏長屋住人の性意識。性と子造りから江戸の政に迫る仰天の歴史読み物。（氏家幹人）

戦国の城を歩く　千田嘉博

室町時代の館から戦国の山城へ、そして信長の安土城へ。城跡を歩いて、その形の変化を読み、新しい中世の歴史像に迫る。（小島道裕）

性愛の日本中世　田中貴子

稚児を愛した僧侶、「愛法」を求めて稲荷山にもうでる貴族の姫君。中世の性愛信仰・説話を介して、日本のエロスの歴史を覗く。（川村邦光）

ちくま学芸文庫

藤原定家《ふじわらていか》全歌集《ぜんかしゅう》　上

二〇一七年八月十日　第一刷発行

著者　藤原定家（ふじわら・ていか）
校訂 訳　久保田 淳（くぼた・じゅん）
発行者　山野浩一
発行所　株式会社　筑摩書房
東京都台東区蔵前二―五―三　〒一一一―八七五五
振替〇〇一六〇―八―四一二三
装幀者　安野光雅
印刷所　株式会社精興社
製本所　加藤製本株式会社
乱丁・落丁本の場合は、左記宛にご送付下さい。
送料小社負担でお取り替えいたします。
ご注文・お問い合わせも左記へお願いします。
筑摩書房サービスセンター
埼玉県さいたま市北区櫛引町二―六〇四　〒三三一―八五〇七
電話番号　〇四八―六五一―〇〇五三

ISBN978-4-480-09754-5 C0192